Besuchen Sie uns auf www.penguin-verlag.de
und Facebook.

RENA ROSENTHAL

Die Hofgärtnerin

Frühlingsträume

ROMAN

PENGUIN VERLAG

MIX
Papier aus verantwortungsvollen Quellen
FSC® C014496

Penguin Random House Verlagsgruppe FSC® N001967

2. Auflage

Dieses Werk wurde vermittelt durch die
Michael Meller Literary Agency GmbH, München.
Umschlag: Favoritbüro, München
Umschlagmotiv: © Sarah Davis/Arcangel, Anne Krämer/Arcangel;
phototropic/Getty Images; Nataliia K, Happy window, Gringoann,
Drop of Light, Artens, New Africa, Violetta Honkisz,
JeniFotoSpiroview Inc./Shutterstock
Redaktion: Angela Kuepper
Satz: Uhl + Massopust, Aalen
Druck und Bindung: GGP Media GmbH, Pößneck
Printed in Germany
ISBN 978-3-328-10680-7
www.penguin-verlag.de

Dieses Buch ist auch als E-Book erhältlich.

Für meine Eltern

Prolog

Oldenburg, 1881

Normalerweise waren die gut zehn Kilometer von Rastede nach Oldenburg, die Marleene zu Fuß zurücklegen musste, eine Qual. Doch nicht heute. Nicht an diesem besonderen Tag. Marleene wusste noch genau, wie ihre neue Lehrerin ihre Idee zu Beginn des Jahres angekündigt hatte. Fräulein Willenborg war vor den großen Fenstern auf und ab gelaufen, durch die Marleene so oft sehnsüchtig hinausblickte. Dicke Schneeflocken waren draußen vom Himmel gefallen, und die kahlen Zweige der Buchen waren bereits mit einer Schneeschicht bedeckt gewesen, sodass sie ausgesehen hatten, als wären sie mit Zuckerguss überzogen.

»Im Mai möchte ich gerne etwas mit euch ausprobieren. Eine wundervolle Idee, die ich während meiner Ausbildung in Amerika kennenlernen durfte.«

Sofort waren die Mädchen aus den vier Klassen, die sie gleichzeitig unterrichtete, mucksmäuschenstill gewesen. Selbst die Plaudertaschen, denn alle liebten es, wenn Fräulein Willenborg von ihren Erfahrungen in der Neuen Welt berichtete, wo sie das Lehrerinnenseminar absolviert hatte, während ihre Schwester dort sogar studiert hatte.

»Ich möchte, dass jede von euch etwas mitbringt, das euch am Herzen liegt, und hier vorne den anderen etwas darüber erzählt.

Ein Vortrag von zehn Minuten, und anschließend beantwortet ihr die Fragen eurer Klassenkameraden.«

Sofort waren Gespräche entbrannt, und das Fräulein hatte mit dem Zeigestock mehrmals auf das Pult schlagen müssen, um für Ruhe zu sorgen. Als endlich Pause gewesen war, hatten alle wild durcheinandergeredet und laut überlegt, was sie mitbringen könnten.

Aber nicht Marleene. Sie hatte es sofort gewusst.

Denn es gab nur eines, was sie über alles liebte. Von ihrem Vater hatte sie so viel darüber gelernt, dass sie gewiss stundenlang darüber sprechen könnte.

Und nun war es so weit.

Vom Schnee war schon lange keine Spur mehr, die Frühlingssonne kitzelte ihre Haut, und auf den Wiesen neben den Feldern surrten Fliegen und Bienen eifrig umher.

Während des gesamten Weges ließ sie den Tontopf in ihren Händen nicht aus den Augen. Heute hatte sie nicht das Glück, ein Stück weit auf einem Pferdefuhrwerk mitfahren zu können, trotzdem war ihr die Strecke noch nie so kurz vorgekommen.

Denn was sie so fest umklammert hielt, war ihr ganzer Stolz. Während die übrigen Kinder ihre Teddybären und Haustiere dabeihatten, wollte Marleene ihren ersten selbst gezogenen Fliederbusch zeigen.

Natürlich hatte ihr Vater ihr geholfen. Er arbeitete in der Oldenburger Hofgärtnerei und hatte mit Erlaubnis des Obergärtners einige der Fliederbüsche für sich vermehren dürfen und sie zu Hause eingepflanzt. So hatte er dafür gesorgt, dass ihr ärmliches Heuerhus von wunderhübschen Fliedern umgeben war. Jetzt blühten sie in Weiß, Lila und kräftigem Rosa und dufteten ganz herrlich. Sobald dieser Duft Marleene auf dem Rückweg in der Nase lag, wusste sie, dass sie zu Hause war. Wenn ihr

Vater abends von der Arbeit kam, tanzte er mit ihr durch den Fliedergarten, und sie fühlte sich dabei wie eine Märchenprinzessin. Auch wenn sie sonst nicht viel hatten, war sie zumindest die Fliederprinzessin.

»Du musst schon selbst dafür sorgen, dass du glücklich bist, meene kleene Marleene«, sagte ihr Vater ihr immer wieder und sah ihr dabei fest in die Augen. »Das wird kein anderer tun. Und auch wenn ich kein großes Hoferbe habe, möchte ich doch das Beste aus dem machen, was mir zur Verfügung steht. Daher habe ich den Fliedergarten angelegt. Vielleicht können wir daraus eines Tages eine eigene kleine Gärtnerei aufbauen …«

Dann hatte er ihr gezeigt, wie man einen Zweig so vorbereitete, dass ein neuer Fliederbusch daraus entstand. Das ging nicht ohne Weiteres. Ein Jahr lang musste man allein schon warten, bis er angewachsen war.

Gut, dass sie ihren Flieder bereits vor drei Jahren veredelt hatte. Er war etwas ganz Besonderes, denn die kleinen Blätter seiner Blüten waren nicht einfach nur Weiß oder vielleicht Helllila, nein, sie waren Purpurviolett und von einem strahlend weißen Rand umgeben.

Endlich war Marleene an der Reihe. Voller Stolz zeigte sie ihren Klassenkameradinnen den Flieder und erzählte ihnen alles, was sie darüber wusste. Selbst die Lehrerin, die in Amerika schon so viel gesehen hatte, schien beeindruckt und sprach ein kostbares Lob aus.

»Ich werde auch einen Fliederbusch pflanzen«, rief Marleenes Freundin Annemarie aufgeregt, deren Haare als geflochtene Affenschaukeln über ihren großen Ohren hingen. »Wo bekommt man so einen zweifarbigen her?«

»Das ist gar nicht so einfach. Mein Vater hat gesagt, dieser Flieder wäre eine Sensation. Er ist mehr oder weniger durch Zufall entstanden. Deswegen ist es so wichtig, dass wir ihn vermehren.«

»Und wie geht das?«

»Edelflieder lässt sich nicht aus Samen ziehen. Es ist eine so edle Pflanze, dass sie den Stamm eines robusten Wildflieders braucht, um zu wachsen.«

Ein Raunen ging durch die Klasse.

Ihr Vater hatte ihr geholfen, den dünnen Stamm eines wilden Flieders oben aufzuspalten und den Fliederzweig einzusetzen. Er war erstaunt gewesen, dass in der Gärtnerei keiner seine Begeisterung über den zweifarbigen Flieder geteilt hatte. Der Obergärtner hatte nur mit den Schultern gezuckt und sein Drängen, ihn zu vermehren, mit einem »Jo, dat mogt wie irgendwann« abgetan, da zu der Zeit sehr viel zu tun gewesen war. Aber ihr Vater hatte einen Zweig mit nach Hause nehmen dürfen und ihn Marleene geschenkt.

»Veredelung nennt man das«, erklärte sie abschließend und setzte sich an ihr Pult zurück. Noch immer flüsterten ihre Schulkameraden aufgeregt miteinander.

Einzig Rosalie Goldbach, die Tochter des Hofgärtners, war kein bisschen beeindruckt.

»Das ist doch nichts Besonderes«, sagte sie und warf ihre goldenen Locken, die immer so schön in der Sonne glänzten, nach hinten. »Mein Vater hat jede Menge Fliederbüsche in seiner Gärtnerei, das kann doch jeder«, zischte sie und blickte düster in Marleenes Richtung, deren Herz sich zusammenzog. »Schaut lieber meine Puppe an. Sie kann sogar sprechen!«

Zum Glück stieß ihre Freundin Klara Marleene just in diesem Augenblick den Ellbogen in die Rippen und flüsterte: »Na und? Mein Vater ist Direktor der Glashütte, deswegen behaupte ich noch lange nicht, dass jeder Glasflaschen machen kann.«

Auf dem Rückweg, als sie den Flieder wieder wie ein rohes Ei vor sich hertrug, fühlte Marleene sich so leichtfüßig, als ginge sie auf Wolken.

Doch gerade als sie die Schultern straffte, bekam sie einen kräftigen Schlag in den Rücken, sodass ihr die Luft wegblieb. Sie stolperte, und der Topf fiel zu Boden. Mit einem knirschenden Geräusch zersprang der Ton. Die Erde verteilte sich über den Weg, und der Strauch lag darin wie in einer Lache aus Blut.

Das macht nichts, versuchte Marleene sich zu beruhigen. Irgendwo würde sie gewiss einen neuen Tontopf auftreiben können. Solange den Wurzeln und dem Stamm nichts passiert war, konnte sie das Bäumchen einfach neu einpflanzen. Doch bevor sie sich bücken konnte, hatte sich Rosalie so dicht vor sie gestellt, dass Marleene direkt auf die weiße Bordüre ihres blauen Kleides blickte und die Seife roch, mit der es gewaschen worden war.

»Nur dass du's weißt, meine sprechende Puppe ist viel spannender als dein dummer Strauch. Pflanzen kann jeder haben. Aber meine Puppe ist durch das halbe Kaiserreich gereist und überaus kostbar. Solche Puppen haben nur wenige Menschen.«

»Ich weiß«, flüsterte Marleene, denn sie selbst hatte ihren Eltern jahrelang wegen einer Puppe in den Ohren gelegen, und sie hatten jedes Mal merkwürdig reagiert. Irgendwann hatte sie herausgefunden, wie teuer Puppen waren – selbst wenn sie nicht sprechen konnten. Ihr war klar geworden, dass das viel zu viel Geld für ihre Eltern war. Selbst auf diese Schule durfte sie nur gehen, weil ihr Vater dem Schuldirektor im Krieg das Leben gerettet hatte.

Also hatte sie die zerlumpte, selbst genähte Stoffpuppe, die nicht mal ein Gesicht hatte, an sich gedrückt und nie wieder nach einer neuen Puppe gefragt.

»Trotzdem ist es für mich etwas Besonderes, wenn ich mit

neun Jahren schon mein eigenes Bäumchen gezogen habe.« Das hatte ihr Vater so gesagt. »Und wenn ich das gerne zeigen möchte, ist das meine Sache.«

Marleene bückte sich erneut, doch bevor sie nach dem Flieder greifen konnte, sah sie, wie Rosalies schwarz glänzender Lederschuh sich auf den dünnen Stamm zubewegte. Die Zeit schien sich zu verlangsamen, und Marleene war starr vor Entsetzen. Sie konnte nur zusehen, wie die Stiefelette mit Wucht auf den Strauch niederging. Rosalie trat mehrere Male zu. Und das Knacken und Knirschen hörte sich an, als wären es Marleenes Fingerknochen, die da brachen. Der Schmerz in ihrem Herzen fühlte sich jedenfalls genau gleich an.

Aus kalten braunen Augen lächelte Rosalie sie an und gab dann ein bedeutungsvolles »Das wird dir hoffentlich eine Lehre sein« von sich.

Bestürzt blickte Marleene in die Gruppe von Schülern, die um sie herumstanden. Von der Knabenschule waren Rosalies Brüder, Konstantin und Julius, herübergekommen, vermutlich um ihre Schwester abzuholen. In ihren adretten Matrosenanzügen standen sie da. Schließlich tat Julius, der Jüngere, dessen Haare wild zu Berge standen, einen Schritt auf sie zu, aber sein Bruder mit dem peinlich genauen Seitenscheitel zog ihn zurück.

Marleene blinzelte die aufsteigenden Tränen weg und setzte ein Lächeln auf.

»Danke, dass du das schon einmal vorbereitet hast, Rosalie.« Sie bückte sich und hob die Überreste des Fliederbuschs auf. Er hing nur noch schlaff an der Wurzel, vereinzelte Zweige fielen zu Boden, andere hingen trostlos herunter oder ragten ungelenk zur Seite. »Doch wenn du dir auch nur ein einziges Wort gemerkt hast von dem, was ich heute erzählt habe, dann weißt du, dass man aus jedem einzelnen dieser Zweige einen neuen Fliederbusch machen kann. Versuch das mal mit deiner Puppe, wenn du ihr einen Arm abreißt.«

Ein paar der Schüler kicherten leise.

Rosalie quittierte ihre Worte mit einem eingeschnappten »Pfff!«, verschränkte die Arme und machte so abrupt auf dem Absatz kehrt, dass ihre Locken durch die Luft flogen.

»Ich werde aus diesen Zweigen zwanzig neue Flieder machen«, rief Marleene ihr hinterher, und ihre Mitschüler klatschten begeistert.

Auf dem Rückweg fühlte sie sich jedoch, als wären Kohlenkarren an ihre Beine gebunden. Jeder Schritt war unglaublich anstrengend.

Sie hatte gelogen.

»Ich kann es schaffen. Irgendwie kann ich es schaffen«, sagte sie sich tapfer. Noch am selben Tag könnte sie mehrere Triebe dieses einzigartigen Flieders veredeln. Aber sie war sich nicht sicher, ob es ihr alleine gelingen würde, die Schnitte zu machen. Ihr Vater war schon seit siebzehn Tagen bettlägerig. Keiner wusste, was ihm fehlte. Nicht einmal die Tinktur von Doktor Winkelmann hatte geholfen. Und lange würde der Flieder nicht überleben. Selbst dann nicht, wenn sie ihn zu Hause umgehend ins Wasser stellte.

Mit hängenden Schultern lief sie weiter. Die Traurigkeit füllte jeden Winkel ihres Körpers aus. Sie war kurz vor Rastede, konnte schon die Spitze der St.-Ulrichs-Kirche sehen, als sie jemanden auf sich zurennen sah.

»Marleene, Marleene«, rief er laut, und sie begann ebenfalls zu laufen.

Atemlos kamen sie voreinander zum Stehen.

»Was ist?«

Es war Heini, der Nachbarsjunge. Er sah sie mit weit aufgerissenen Augen an.

»Dein Vater! Du sollst sofort nach Hause kommen.«

Und Marleene drückte ihm ihre Schiefertafel und die Überreste des Fliederbuschs in die Hand und rannte los …

1. Kapitel

Oldenburg, 1891 – 10 Jahre später

Es war nicht ihre Art, in den Sachen der Gäste zu schnüffeln. Marleene achtete die Privatsphäre fremder Menschen, was bei einer Anstellung als Zimmermädchen unabdingbar war. Aber das Firmenzeichen auf dem Papier war ihr allzu vertraut, und so hatte sie innegehalten und den Staubwedel beiseitegelegt, um es genauer zu betrachten.

Sie hatte das Emblem schon länger nicht mehr gesehen, und doch förderte das edel geschwungene H, das mit seinem rechten Fuß das G umrankte, die Erinnerungen sogleich aus einem verborgenen Winkel ihres Kopfes zutage. *Preisliste der Blumenzwiebeln und Pflanzen*, stand in verschnörkelten schwarzen Buchstaben auf dem Deckblatt des dünnen Heftes, das von einer gezeichneten tiefblauen Hyazinthe geziert wurde. *Frühjahr 1891, Hofgärtnerei Goldbach*, Oldenburg. Marleene ließ sanft die Finger darübergleiten.

Sie schlug das Heft auf und las die botanischen Namen, die sogleich Bilder der dazugehörigen Pflanzen in ihr hervorriefen. Da waren Maiglöckchen – Convallaria majalis – aufgeführt, und Marleene sah vor sich, wie die zierlichen Gewächse schüchtern ihre weißen Köpfe in die Höhe reckten und so taten, als wären sie überhaupt nicht giftig. Oder Narcissus pseudonarcissus, die

Narzisse, die mit ihrem leuchtenden Gelb wie eine kleine irdische Sonne wirkte, ganz ähnlich wie die Blüten des Cornus mas, der Kornelkirsche, bevor sich ihre roten Früchte ausbildeten, aus denen man so köstliche Marmelade machen konnte.

Unter dem Heft lag ein niederländisches Gartenmagazin. Allem Anschein nach war dieser Gast aus Holland angereist, um mit der Hofgärtnerei Geschäfte zu machen. Aber natürlich. Die Hofgärtnerei war weithin bekannt für ihre besonders hochwertigen Gewächse, und es war naheliegend, dass auch Menschen aus den Nachbarländern dort einkauften.

Marleene seufzte unwillkürlich, als schmerzhafte Erinnerungen in ihr aufstiegen. Das kalte Blau in den Augen des Chefs der Hofgärtnerei, Alexander Goldbach, als er sie auf ihre Frage hin, ob sie eine Lehre in der Gärtnerei antreten dürfe, ausgelacht hatte …

Sie legte das Heft zurück und griff wieder nach dem Staubwedel. Wie schön musste es sein, mit Pflanzen zu arbeiten, statt den ganzen Tag Zimmer zu putzen. Es war ihr größter Traum gewesen, eine Gärtnerlehre in der Hofgärtnerei zu machen. Wann immer sie von Pflanzen umgeben war, fühlte sie sich ihrem Vater nahe. Und sie liebte die Arbeit an der frischen Luft, das Gefühl der kühlen Erde an ihren Händen, den Duft von Regen und das leuchtende Grün der Gewächse in der Sonne. Wenn sie mit Pflanzen arbeitete, hatte sie das Gefühl, etwas Schönes und Sinnvolles zu tun.

Stattdessen war sie hier drinnen gefangen und schrubbte Tag für Tag Böden und bezog die Betten frisch.

Denn nicht nur bei Herrn Goldbach, sondern auch in jeder anderen Gärtnerei hatte sie eine Absage auf ihr Anstellungsgesuch bekommen. Zum Schluss war sie sogar ein weiteres Mal zur Hofgärtnerei gegangen und hatte den Chef aus ihrer Verzweiflung heraus regelrecht angefleht. Doch er war unerbittlich gewesen. Er hatte sich nicht einmal davon erweichen lassen, dass schon ihr Vater unter seinem Schwiegervater dort gearbeitet hatte.

»Du kannst als Hilfsarbeiterin beim Unkrautjäten und Pikieren helfen«, hatte er gesagt. »Ansonsten sind Frauen für den Beruf des Gärtners ungeeignet.«

Natürlich. Als Frau war sie für niedere Arbeiten gerade gut genug, für die man feine Hände brauchte, wie beim Unkrautjäten und dem Verpflanzen der frischen Setzlinge. Aber Marleene war nicht dumm. Sie wusste, wie wichtig es heutzutage war, eine Lehre zu machen. Zumal sie von ihrem spärlichen Lohn auch die Kosten für die Unterbringung ihrer kranken Mutter zahlen musste. Das war mit dem Lohn einer einfachen Hilfsarbeiterin nicht möglich. Deswegen war sie nun wohl oder übel Zimmermädchen.

Als sich die Tür öffnete, zuckte sie zusammen, obwohl sie nichts Verbotenes getan hatte. Immerhin lag die Preisliste offen da und war mit Sicherheit nicht geheim, man konnte sie schließlich per Brief anfordern. Die Werbeanzeige dafür hatte sie erst neulich in den *Oldenburger Nachrichten* gesehen, die sie im Hotel für die Gäste bereithielten.

Ein Mann in feinem Zwirn, die Haare mit Pomade zurückgekämmt, trat ein. Sein Lächeln wurde so breit, als er sie erblickte, dass sie die Wurzeln seiner Zähne durch das Zahnfleisch schimmern sehen konnte.

»Na, wen haben wir denn da?«, fragte er mit holländischem Akzent.

Marleene stemmte den Wäschekorb, von dem ein unangenehmer Geruch ausging, auf ihre linke Hüfte und eilte zur Tür. »Entschuldigen Sie die Störung. Ich habe Ihr Zimmer in Ordnung gebracht, jetzt ist alles für Sie bereit.«

Sie knickste und wollte sich an dem Mann vorbeischieben, aber er trat im selben Moment einen Schritt auf sie zu, sodass sie nicht durch die Tür schlüpfen konnte. Dann sah er ihr direkt in die Augen.

»Also kann ich das Bett jetzt wieder unordentlich machen?«

Marleenes Herz begann zu klopfen. Ihr gefielen weder seine Worte noch, wie er sie ansah.

»Wie es Ihnen beliebt«, erwiderte sie knapp, schob den Korb auf ihrer Hüfte etwas höher und drängte sich nun entschieden an ihm vorbei. Erst als sie die Tür hinter sich geschlossen hatte und im langen, dunklen Hotelflur stand, atmete sie auf. Schnell entfernte sie sich von dem Zimmer. Die Holzdielen verströmten den Geruch von Bohnerwachs, der sie täglich umgab, ihr Knarren hatte etwas Tröstliches.

Sie hasste solche Gäste. Gerade die besonders Reichen waren oft der Meinung, dass sie das Zimmermädchen gleich mitgebucht hätten. Schon öfter hatte sie sich aus solchen Situationen herauswinden müssen.

Wie zum Schutz zog sie die weiße Haube tiefer ins Gesicht und versuchte, ihre weizenblonden Haare, die sie geflochten und hochgesteckt hatte, darunter zu verbergen. Am Ende des Flures nahm sie die geschwungene Treppe in den nächsten Stock. Dabei stieß sie fast mit Sophie zusammen, die gerade die Treppe herunterrannte.

»Du hast es aber eilig«, sagte Marleene zu dem jungen Mädchen, das mit ihr im Hotel arbeitete.

»Ich soll sofort zu Frau Holthusen kommen, hat Bertha mir gerade ausgerichtet. Mal sehen, was ich jetzt wieder verbrochen habe.« Sophie verdrehte die Augen und eilte weiter.

»Viel Glück«, rief Marleene ihr hinterher. »Und denk an deine Schürze.«

Sophie sah an sich herab und bemerkte, dass ihre weiße Schürze verrutscht war. Frau Holthusen, ihre Chefin, war ziemlich streng, und auf korrekt gebundene und fleckenlose Schürzen legte sie besonders viel Wert. Sie betonte immer, dass dies das Aushängeschild des Hotels sei und einen direkten Rückschluss auf die Qualität des Hauses zulasse. Sophie lächelte Marleene dankbar zu und eilte weiter. Marleene holte den Putzwagen für dieses Stockwerk aus der kleinen Abstellkammer und betrat das nächste Zimmer. Als Erstes machte sie sich daran, das Bett frisch zu beziehen, mit Ecken, so spitz gefaltet, dass Frau Holthusen mit Sicherheit nichts zu beanstanden hätte. Dann griff sie nach dem Staubwedel. Selbst auf den Bilderrahmen durfte kein einzelnes Staubkorn mehr zu finden sein, das war ihr nach fast drei Jahren im Hotel nur allzu bewusst.

Als sie mit dem Putzen fertig war, gönnte sie sich eine kleine Annehmlichkeit. Sie war seit dem frühen Morgen auf den Beinen und brauchte dringend frische Luft, um die Müdigkeit zu vertreiben. Also öffnete sie die Tür zum Balkon, den dieses Zimmer als eines von dreien aufwies, und trat ins Freie. Das Hotel Holthusen war ein Eckhaus, und so konnte sie nicht nur den Centralbahnhof auf der gegenüberliegenden Straßenseite, sondern auch die Eisengießerei am Ende der Bahnhofstraße sehen. Sie legte die Hände auf die schmiedeeiserne Balustrade und genoss die Winterluft, die unter ihre Haube fuhr.

Sie wandte sich zur anderen Seite, und obwohl der Bahnhof mit seinem Treppengiebel und den Bogenfenstern um Aufmerksamkeit buhlte, wanderten ihre Augen wie von selbst zu der kleinen Grünanlage davor. Vier Beete bildeten einen großen Kreis, unterbrochen von zwei diagonalen Fußwegen. Die runde Aussparung in der Mitte wurde nachts von einer Straßenlaterne beleuchtet. Bänke luden zum Verweilen ein.

Auf der Straße um das Kreisbeet herum fuhren Kutschen. Ein Pferd, das vor einen Holzwagen gespannt war, stand mit gesenktem Kopf ganz allein da und wartete darauf, dass sein Herr zurückkehrte. Es wirkte genauso niedergeschlagen, wie Marleene sich fühlte. Seufzend kehrte sie ins Zimmer zurück, denn sie hatte noch genug zu tun.

Drei Stunden später hatte sie die sechs Gästezimmer des vierten Geschosses gründlich geputzt. Das war das Gute an der oberen Etage: Sie hatte weniger Räume als die beiden Stockwerke darunter. Ganz unten im Erdgeschoss putzte Marleene gar nicht gerne. Dort befanden sich der Lese- und Rauchsalon und das Restaurant. Der Salon war zwar sehr hübsch mit den glänzenden Kronleuchtern und dem antiken Büfettschrank, aber oft hing hier selbst am nächsten Morgen noch der kalte Rauch so stark in der Luft, dass sie Kopfschmerzen davon bekam. Das daran anschließende Restaurant hatte elegante Bogenfenster und Stuck an der Decke. Hier mussten die Zimmermädchen mühselig die zahlreichen Stühle auf die Tische stellen, und in dem weitläufigen Raum gab es keine einzige Pflanze. Selbst die Blumen auf den Tischen hatte Frau Holthusen im vergangenen Jahr gegen künstliche getauscht. Marleene war überzeugt, dass man sich in so einem toten Raum unmöglich wohlfühlen konnte. Sie selbst hatte zwei kleine Fliederbäumchen in ihrer spärlichen Kammer in der Arbeiterherberge stehen. Am liebsten hätte sie noch viel mehr gehabt, doch die Kammer bot nicht viel Platz, und sie und ihre Cousine mussten sparen, wo es ging.

Die nächsten Stunden verbrachte Marleene in der Waschküche, um die Bettwäsche wieder blütenweiß zu bekommen. Der Dampf des kochenden Wassers machte die Strahlen der Frühlingssonne sichtbar, die durch die Luken hereinfielen. Die Fenster der Gästezimmer waren groß und von Verzierungen umgeben. Hier im Keller waren es nur zwei kleine Öffnungen, wie Luken aus der Unterwelt, mit Blick auf die Straße vor dem Bahnhof. Sie versuchte, draußen etwas zu erkennen, aber der Dampf machte es unmöglich. Rasch öffnete sie eine Luke, und die beschlagenen Hufe eines Pferdes klapperten nicht weit von ihr vorbei, gefolgt von den hölzernen Rädern der Droschke. Dann war der Blick zum Bahnhofsvorplatz frei, und Marleene sah sehnsüchtig zu den Kirschen und den Wacholderbüschen hinüber.

Tief sog sie die kühle Luft ein. Vielleicht würde sie den Duft der Krokusse herübertragen, die sie am Morgen dort gesehen hatte. Wie es wohl sein mochte, jeden Tag an der frischen Luft arbeiten zu dürfen?

Gedankenverloren kehrte sie zu dem dampfenden Waschkessel zurück und wischte sich mit dem Ärmel den Schweiß aus dem Gesicht. Sie würde am späten Abend, wenn sie endlich zurück in der Arbeiterherberge war, auch ihre Kleidung waschen müssen. Sie wünschte, sie könnte wenigstens eine Lage der Unterröcke ausziehen, aber das ziemte sich nicht, wie Frau Holthusen zu sagen pflegte.

Marleene war erleichtert, als sie endlich die gesamte Bettwäsche gewaschen und auf dem Trockenboden aufgehängt hatte. Sie ging ins Hotelrestaurant, wo Frau Holthusen um diese Zeit hinter der Theke stand. Ihr Mann war nicht aus dem Krieg zurückgekehrt, und so hatte sie die Führung des Hotels übernommen.

»Alle Zimmer sind geputzt, und die Bettwäsche ist gewaschen. Darf ich gehen, oder gibt es noch etwas zu tun?« Sie arbeitete nun seit zwölf Stunden und sehnte sich nach ihrem Bett. Hoffnungsvoll sah Marleene ihre Chefin an, die gerade Weingläser polierte.

»Nein, noch nicht.« Frau Holthusen hielt kritisch ein Glas in die Luft. »Helga war unpässlich, und ich musste sie nach Hause schicken. Ich brauche dich zum Essenauftragen. Tisch fünf wartet auf die Vorspeise.« Sie nickte zu einem von drei besetzten Tischen hinüber.

Oh nein. Nicht ausgerechnet der! Marleene zwang sich, tief durchzuatmen, um sich zu beruhigen. Sie hatte sich bereits daran gewöhnt, dass jegliche Extraarbeit an den übrig gebliebenen Mädchen hängen blieb. Aber lieber würde sie vom Fußboden essen, als diesem Gast das Essen zu servieren. Es war der Holländer.

Doch sie hatte keine Wahl. Widerworte duldete die Hoteldirektorin nicht.

»Was stehst du noch hier herum?«, fragte Frau Holthusen unwirsch. Marleene verschwand durch die Schwingtür am Ende der Theke in die Küche und atmete tief ein. Immerhin gab es nicht viel, was dieser Mann vor den Augen aller Anwesenden machen konnte.

Nachdem sie sich umgezogen hatte, balancierte sie zwei gut gefüllte Suppenschüsseln auf Untertellern vor sich her. Sie war so müde, dass sie das Gefühl hatte, jeden Moment alles fallen zu lassen. Wenigstens durften sich die Mädchen, die das Essen auftrugen, die Reste aus der Küche mitnehmen. Heute würde sie also nicht hungrig zu Bett gehen müssen.

Der Holländer und sein Begleiter waren nun in Hörweite. Marleene verlangsamte unwillkürlich ihre Schritte, denn alles in ihr wehrte sich dagegen, diesen widerwärtigen Kerl zu bedienen. Bestimmt roch er wie eine Ratte, die in ein Fass mit Pomade geplumpst war. Mit einem Mal merkte sie auf und spitzte die Ohren. War da nicht gerade das Wort *Hofgärtnerei* gefallen?

»Also, die Pflanzen waren ja in Ordnung, aber hast du das Unkraut überall gesehen? Da müssten die wirklich mal was tun. Sonst haben die bald mehr Unkraut als Pflanzen anzubieten.«

Der Holländer mit dem schütteren Haar lachte, aber es klang so kratzig, als hustete er.

»Du musst schon etwas Nachsehen haben. Die Hofgärtnerei hatte es in diesem Jahr nicht leicht. Zwei Mitarbeiter sind ausgefallen, und wie ich gehört habe, mussten sie jetzt auch noch den Lehrling entlassen. Pflanzen hat er mitgehen lassen, dieser Spitzbube. Sie sind also mehr als schlecht aufgestellt, da ist Unkraut natürlich das Letzte, worum sie sich kümmern können.«

»Sehr wahr. Der Besitzer schien mir auch reichlich durch den Wind. Nicht mal wiedererkannt hat er mich, obwohl ich jedes Jahr komme.«

»Ach, da musst du dir bei dem Goldbach keine Gedanken machen. Der ist nicht gut mit Gesichtern …«, sagte der andere Mann, während Marleene die Suppe vor ihm auf den Tisch stellte.

Ihre Gedanken schwirrten durcheinander wie ein Bienenschwarm. Sie hatten keinen Lehrling mehr und einen Mangel an Arbeitern? Sollte das etwa … Das Klirren der zweiten Suppenschüssel auf der Untertasse holte sie aus ihren Gedanken zurück. Im letzten Moment bekam sie die Schüssel noch zu fassen, sodass sie immerhin nicht zu Boden fiel und zerbrach. Aber ein wenig Suppe war über den Rand geschwappt, und die Hitze fraß sich durch ihre Haut. Eilig stellte sie die Schüssel ab, schüttelte ihre Finger und wischte sich die verschmierten Hände in ihrer Schürze ab.

Frau Holthusen kam herbeigelaufen.

»Was ist denn hier los?«

»Alles in Ordnung, junge Frau«, sagte der holländische Gast zu ihrer Chefin, die alles andere als jung war. »Ihre Bedienung war nur ein wenig stürmisch.«

Frau Holthusen wischte mit dem Geschirrhandtuch über den Tisch, wo ein winziger Suppenfleck zu sehen war. »Es tut mir aufrichtig leid, Herr de Vos, das wird nicht wieder vorkommen. Ich bin untröstlich.« Sie warf Marleene einen vorwurfsvollen Blick zu.

»Aber, aber, meine Liebe, das kann doch mal passieren. Grämen Sie sich nicht.«

Er lehnte sich auf dem gepolsterten Holzstuhl zurück und stieß sein hustendes Lachen aus. »Unverzeihlich wäre es nur, wenn ich nicht bald etwas Ordentliches zu essen bekäme. Von so einer halben Suppe wird man ja schwerlich satt.«

Frau Holthusen wandte sich an Marleene. »Worauf wartest du noch? Hol eine frische Suppe aus der Küche. Du hast doch gehört, was Herr de Vos wünscht.«

Marleene knickste leicht.

»Sehr wohl.« Sie wandte sich um, doch de Vos ließ es sich nicht nehmen, ihr dabei einen kräftigen Klaps auf den Hintern zu geben.

»Auf, auf, meine Gazelle«, rief er ihr hinterher, was alle Anwesenden zum Lachen brachte.

Marleene hätte sich am liebsten geschüttelt. Was dachte sich dieser Widerling bloß? Wieso meinte er, sie wie Freiwild behandeln zu dürfen, und kam damit auch noch durch? Sie nahm sich vor, nach dem Servieren des Hauptgangs so zackig vom Tisch zu verschwinden, dass ihm eine solche Dreistigkeit nicht erneut gelang. Als er beim nächsten Mal statt auf ihr Hinterteil ins Leere schlug, konnte sie sich ein Grinsen nicht verkneifen.

»Wünschen Sie noch eine Nachspeise?«, fragte sie, wie es die Etikette erforderte, nachdem sie erfolgreich weiteren Klapsen und Berührungen aus dem Weg gegangen war.

»Was steht denn zur Wahl?«, fragte Herr de Vos mit einem

vielsagenden Blick, der ihr die Kleidung förmlich vom Leib riss. »Gibt es auch Gazelle?«

***

»Bitte, Frau Holthusen, ich übernehme gern drei andere Zimmer. Nur nicht die 57. Ich flehe Sie an.« Marleenes erster Weg am nächsten Morgen hatte sie ins Kontor der Hoteldirektorin geführt, um ihre Bitte vorzutragen. Auf dem gesamten Nachhauseweg zur Arbeiterherberge und in der kleinen Kammer, die sie sich mit ihrer Cousine teilte, hatte Marleene voller Unbehagen über den Holländer nachgedacht. Jetzt hatte sie allen Mut zusammengenommen, um ihr Anliegen vorzubringen.

Frau Holthusen sah nur kurz von ihren Notizen auf. Sie war blass, und selbst aus mehreren Metern Entfernung konnte Marleene riechen, dass die Direktorin wieder heimlich geraucht hatte. Unbewusst hielt sie die Luft an.

»Ich bitte dich, Marleene, wo kommen wir denn da hin? Wenn jetzt jedes Zimmermädchen nur noch ihre Wunschzimmer putzt, dann werden wir gar nicht mehr fertig. Und es ist ja nicht so, als ob er handgreiflich geworden wäre.«

»Das nicht, aber ich habe wirklich ein sehr ungutes Gefühl nach diesem … Vorfall. Bitte, nur dieses eine Mal. Ich verspreche Ihnen, dass ich nie wieder derartige Sonderwünsche haben werde.«

Marleene hoffte inständig, Frau Holthusen würde verstehen, wie viel Angst sie hatte. Erkannte sie denn nicht, was für ein Mensch dieser Holländer war?

»Vorfall? Er hat ein paar lustige Sprüche zum Besten gegeben. Es gab keinen *Vorfall*. Und jetzt geh bitte an die Arbeit, Marleene, ich habe für solche Sperenzchen wirklich keine Zeit.«

Marleenes letzte Hoffnung hatte sich in Luft aufgelöst. Hatte Frau Holthusen recht? Hatte sie womöglich überreagiert? Nein, ihr Instinkt trog sie nicht. Der Blick des Mannes hatte etwas Lauerndes gehabt, und sie war sich sicher, er würde nicht zögern, sie bei der nächsten Gelegenheit wieder zu bedrängen.

»Ach, Marleene?«

Voller Hoffnung wirbelte sie herum und sah die Direktorin erwartungsvoll an.

»Mach dir keine Sorgen. Eik de Vos will heute die Gärtnerei Birkenfeld besuchen und erst spät am Abend zurück sein, wie ich gehört habe. Du wirst ihn höchstwahrscheinlich nicht einmal zu Gesicht bekommen.«

Marleene nickte, deutete einen Knicks an und verließ mit hängenden Schultern den Raum. Es war gut zu wissen, dass der Holländer außer Haus sein würde, aber so richtig wollte sich die Erleichterung bei ihr nicht einstellen. Nach wie vor hatte sie das Gefühl, er könnte ihr hinter jeder Ecke auflauern. Nur zwischendurch gelang es ihr, sich mit der verrückten Idee abzulenken, wie sie vielleicht doch noch eine Lehrstelle ergattern könnte. Die Idee war ihr in der Nacht gekommen, als sie trotz aller Müdigkeit nicht hatte schlafen können und ihre Gedanken wieder zur Preisleiste und der Hofgärtnerei gewandert waren.

Aber es würde niemals funktionieren.

Es war nur eine klägliche Lösung für ihre Misere, geboren aus der Verzweiflung. Dabei sollte sie wohl dankbar sein für das, was sie hatte. Die Arbeit als Zimmermädchen bescherte ihr zwar keinen besonders guten, aber doch einen regelmäßigen Lohn, auf den sie und ihre Mutter angewiesen waren.

Die Reinigung des Zimmers von Herrn de Vos schob sie immer weiter nach hinten. Vielleicht würde sie ja Sophie oder Bertha treffen und heimlich Zimmer tauschen können. Doch als sie am Nachmittag ihren Kolleginnen im zweiten Stock begegnete, wurde ihr auch dieser letzte Strohhalm genommen, an den sie sich geklammert hatte. Bertha starrte konzentriert auf die Astlöcher in den Holzdielen, und Sophie wurde ganz blass und stammelte: »Also, wenn Frau Holthusen es untersagt hat…«

»Du hast recht.« Marleene nickte. »Entschuldige, ich wollte dich nicht in Schwierigkeiten bringen.«

Mit Frau Holthusen wollte es sich niemand verscherzen. Sie erhob zwar selten die Stimme, aber sie zögerte nicht, wenn es um Kündigungen ging. Marleene hatte schon viele Kolleginnen kommen und wieder gehen sehen. Auch deswegen hatte sie lange gezögert, ob sie mit ihrer Bitte wirklich an die Hoteldirektorin herantreten sollte. Aber noch weniger wollte sie eines der anderen Mädchen in eine missliche Lage bringen.

Als sie schließlich mit den übrigen Zimmern fertig war, kam Marleene nicht länger umhin, sich um die 57 zu kümmern. Mit angehaltenem Atem schloss sie die Tür auf. Alles war ruhig. Das Bett war zerwühlt, zwei Gläser standen auf dem Tisch, es roch muffig. Sie öffnete das Fenster, um frische Luft hereinzulassen. Dann machte sie mit routinierten Handgriffen das Bett und verdrängte dabei den Gedanken, dass dieser Widerling darin geschlafen hatte. Sie nahm frische Gläser von ihrem Wagen und stellte sie neben die Cognacflasche auf dem Sekretär. Immer auf der Hut, wechselte sie die Handtücher, leerte die Mülleimer und wischte mit dem großen Wedel Staub. Zum Abschluss warf sie hektisch einen letzten prüfenden Blick um sich, ob auch alles tadellos aussah.

Sie hatte es geschafft. Erleichtert drehte sie sich um – und zuckte zusammen. Dort stand er. Er hatte seinen massigen Körper an den Türrahmen gelehnt, das obligatorische Grinsen verzog seine Oberlippe zu einem dünnen Strich. Wie lange hatte er sie von seiner Position an der Tür aus beobachtet?

Am liebsten wäre sie davongestürzt, doch sie fühlte sich, als wäre sie fest mit dem Boden verwurzelt, und konnte sich vor lauter Angst nicht rühren.

De Vos kam herein und löste dabei seinen Blick keine Sekunde von ihr.

»Oh, welch charmanter Besuch.«

Marleene hob den Staubwedel auf und wollte sich an ihm vorbeischieben. »Ich bin nur meiner Arbeit nachgegangen.«

»... und hast dir dabei besonders viel Zeit gelassen.« In einer fließenden Bewegung wandte er sich um, machte die Tür zu und drehte zweimal den Schlüssel um.

Dann kam er langsam auf sie zu.

»Ich habe die anderen Zimmermädchen bereits in der Küche miteinander schwatzen hören. Alles so süße junge Dinger, mit ihren weißen Schürzen und den Häubchen. Ihr versteht es schon, den Männern den Kopf zu verdrehen.« Mit diesen Worten zog er ihr die Haube vom Kopf. »Aber ich mag euch so noch viel lieber.«

Marleene war noch immer wie erstarrt, als er begann, ihre Zöpfe zu lösen, und die Haare auf der linken Seite ihres Kopfes in sanften Wellen bis zu ihrem Ellbogen herabfielen.

»Hmmm, Haare wie Honig«, säuselte er genüsslich.

Sie unterdrückte ein Zittern.

»Hören Sie auf, ich möchte das nicht«, sagte sie. Endlich erwachte sie aus ihrer Starre und wich einen Schritt zurück, doch er zog sie zu sich heran und hielt sie fest. Verzweifelt versuchte Marleene, sich aus seinem Griff zu lösen.

»Ich habe schon verstanden, was du möchtest. Immer das Gleiche mit euch jungen Dingern. Ihr sagt das eine und meint das andere. Ihr wollt erobert werden.« Mit einem Ruck drückte er sie an sich.

Als er mit dem Kinn über ihre Wange rieb und sie spürte, wie sein Bart ihre Haut zerkratzte, versuchte sie ihn mit aller Kraft von sich zu stoßen.

»Nehmen Sie die Finger von mir, sonst schreie ich das ganze Hotel zusammen!«

Er seufzte ergeben.

»So eine bist du. Erst süße Versprechungen machen und dann doch nicht wollen. Aber ich verstehe schon.« Schnell griff er nach der Aktentasche, die er neben der Tür auf den Boden gestellt hatte. »Alles hat seinen Preis. Auch du musst überleben.« Er holte seinen Geldbeutel hervor. »Also, wie viel soll es kosten?«

Ungläubig starrte Marleene ihn an. War das sein Ernst? Vielleicht war doch alles einfach nur ein Missverständnis. Er dachte wohl, dass sie eine von diesen Frauen wäre, die ihren Körper verkauften. In der Mottenstraße, wo sie wohnte, gab es einige Verzweifelte, die dazu gezwungen waren. Marleene wusste auch, dass manche Mädchen, die in Diensten waren, auf diese Weise ihr Gehalt aufbesserten. Für sie käme das jedoch niemals infrage. Sie musste das Missverständnis auf der Stelle klären, dann würde er die Finger von ihr lassen.

»Sie verstehen nicht«, begann sie, »ich bin nicht … so eine.«

De Vos lachte gehässig. »Ich weiß. Am Anfang seid ihr es alle nicht.« Er stopfte ihr einen Zehnmarkschein in das Dekolleté. »Ich denke, das sollte genügen.«

»Nein!«, schrie Marleene, griff hektisch nach dem Geld und warf es von sich. De Vos aber löste mit der linken Hand den Knoten ihrer Schürze und nagte an ihrem Hals, was in seiner Welt wohl Küssen gleichkommen sollte.

Marleene schlug mit geballten Fäusten auf seine Brust ein. »Nein, nein, nein! Ich will es wirklich nicht. Nicht für alles Geld der Welt!« Es war in der Tat mehr Geld, als sie monatlich verdiente, doch niemals würde sie ihren Körper verkaufen. »Lassen Sie mich los!«

Sein Griff wurde fester und seine Stimme gereizter. »Was willst du denn noch? Mehr bist du nun wirklich nicht wert, Kleine. Ganz possierlich bist du ja, doch eigentlich ist das bei Weitem genug.« Er zögerte einen Moment. »Aber ich sag dir was. Wenn du noch Jungfrau bist, lege ich einen Fünfer obendrauf.«

»Was?« Entgeistert sah sie ihn an. Sie war neunzehn Jahre alt, und natürlich hatte sie sich noch keinem Mann hingegeben, aber das würde sie ihm niemals offenbaren. Leider hatte ihr Ausdruck sie wohl verraten. Abermals verzog sich sein Gesicht zu einem schmierigen Grinsen. »Habe ich's mir doch gedacht.«

Marleene versuchte sich zu befreien, um zur Tür zu gelangen, doch sein Griff war erbarmungslos. Sie hämmerte mit den Fäusten wild auf ihn ein, als er sie gegen die Wand drängte und sein Zwiebelgeruch ihr in die Nase stieg. Sie schrie aus Leibeskräften, schmeckte den salzigen Geschmack seiner Finger, die sich auf ihren Mund pressten. Sie unterdrückte den Würgereiz, riss den Kopf zur Seite und schrie jetzt so laut, dass man sie bestimmt bis nach Rastede und Wiefelstede hören konnte.

Doch es dauerte schier eine Ewigkeit, bis ihre Hilferufe erhört wurden.

Es ruckelte an der Tür, und Frau Holthusen betrat zusammen mit Sophie das Zimmer. Sie hatte sich vermutlich mithilfe eines Zweitschlüssels Einlass verschafft. Sofort ließ de Vos von Marleene ab. Sie musste ein jämmerliches Bild abgeben, wie sie da mit verheultem Gesicht, gelöstem Haar und geöffneter Schürze im Zimmer des Gastes stand.

»Marleene, warum schreist du hier Zeter und Mordio? Was ist nun wieder los?«, fragte Frau Holthusen mit tadelndem Blick.

»Ich, ich, ich ...« Marleene sah zu dem Holländer hinüber, der soeben seinen Anzug glatt strich. Wie sollte sie das Ganze nur erklären? Warum musste sie es überhaupt erklären? War es nicht offensichtlich, dass er sich an ihr vergehen wollte? »Er …«, setzte sie an, doch da ergriff de Vos das Wort.

»Es tut mir sehr leid, wenn das junge Fräulein mich missverstanden hat. Ich hatte sie lediglich um einen kleinen Gefallen gebeten, aber sie scheint meine Worte völlig falsch verstanden zu haben. Ehe ich mich versah, hat sie auf einmal wie wild geschrien und an der Tür gerüttelt.« Er drehte in gespielter Unwissenheit die Handflächen nach außen. »Dabei hätte ich sie doch sofort geöffnet, wenn sie mir nur die Gelegenheit dazu gegeben hätte.«

Frau Holthusen schüttelte resigniert den Kopf. »Marleene, hatte ich nicht gesagt, keine Sperenzchen?«

Sperenzchen? Marleene schnappte nach Luft. Das hier waren doch keine Sperenzchen gewesen! Um ein Haar hätte er ihr Gewalt angetan.

»Aber er …«, stammelte sie, doch dann brach sie ab.

Auf Frau Holthusens Stirn zeichneten sich Zornesfalten ab. Sie wandte sich de Vos zu, und Marleene freute sich schon darauf, dass sie ihm gehörig die Leviten lesen würde. Das konnte ihre Chefin gut, wie sie aus eigener Erfahrung wusste.

»Sie müssen sich nicht entschuldigen. Es tut mir aufrichtig leid, dass unser unerfahrenes Zimmermädchen Ihre Worte in den falschen Hals bekommen hat. Ich bitte Sie, ihr dies nachzusehen.«

Über ihre Schulter sah sie Marleene an. Es war der gleiche Blick, den sie aufsetzte, wenn sie einen nicht geleerten Mülleimer entdeckte. Der Blick, der in Marleenes Innerem alles gefrieren ließ … Er sagte ihr, dass sie in den Augen ihrer Chefin nichts als ein niederes Wesen war, dumm genug, diesen vermaledeiten

Fehler zu machen. Einen Fehler, der für alle anderen offensichtlich war und für den man es verdient hätte, entlassen zu werden.

»Marleene, entschuldige dich bei Herrn de Vos.«

Nein! Das konnte, das durfte ihre Chefin nicht von ihr verlangen. Sie hatte nichts falsch gemacht. Alles in Marleene zog sich zusammen. Niemals würde sie diese Worte über die Lippen bringen und sich damit selbst verraten. Sie hatte nichts falsch gemacht. De Vos müsste sich entschuldigen. Wenn sie es täte, würde es bedeuten, dass Frauen wirklich weniger wert waren, dass ihr Wort nicht zählte.

Sie presste die Lippen zusammen. »Aber ich …«

Frau Holthusen hob die Augenbrauen und legte den Kopf schief. Sie musste nichts sagen. Ihr Blick vermittelte ihr die Botschaft unmissverständlich. *Wenn dir deine Anstellung lieb ist, dann tu, wie dir geheißen.*

Hilfe suchend sah Marleene sich im Raum um. Sophie war voller Mitleid, aber sie konnte ihr nicht helfen. Niemand konnte das. Frau Holthusen hatte sich gegen sie und für den Gast entschieden.

Marleene schloss die Augen. Das Atmen erschien ihr unsagbar schwer, und ihre Kehle brannte, als hätte jemand zu fest zugedrückt. Eine Entschuldigung würde ihr das letzte bisschen Würde nehmen.

»Marleene«, sagte Frau Holthusen, die Drohung in ihren Worten war schwer zu überhören.

Marleene holte tief Luft. Sie brauchte diese Arbeit. Ohne Lohn würde nicht nur sie auf der Straße sitzen, sondern auch ihre Mutter.

Sie trat vor, und es fühlte sich an, als watete sie durch Tiefschnee. Herr de Vos trug wieder sein Schmiergrinsen. Die Wut, die dieses Grinsen in ihr weckte, gab ihr die Kraft für die Worte.

Sie schleuderte sie heraus, ohne noch länger darüber nachzudenken, denn sie wusste, dass sie es sonst nicht schaffen würde.

»Ich bitte vielmals um Verzeihung«, sagte sie, jedoch ohne ihm in die Augen zu blicken. Trotzdem schabte jedes einzelne Wort wie ein faseriges Stück Holz über ihr Herz und ließ eine Menge Splitter zurück. Sie hatte sich selbst verraten, hatte es nicht geschafft, für sich einzustehen.

Frau Holthusen ließ ihr keine Zeit, sich in ihrem Schmerz zu suhlen.

»Und? Was sagen wir außerdem all unseren Gästen?«

Nein, nicht auch noch das! Mit panischem Blick sah sie ihrer Vorgesetzten in die Augen. Diese nickte streng, ohne eine Miene zu verziehen.

»Und ich hoffe, Sie werden uns auch in Zukunft mit Ihrem Besuch wieder beehren«, brachte Marleene mit krächzender Stimme über die Lippen.

Dann stürzte sie aus dem Raum.

2. Kapitel

Es war noch nicht an der Zeit für einen Besuch und die Fahrkarte für den Zug viel zu teuer, aber Marleene musste einfach mit ihrer Mutter sprechen. Sie lebte in der Nähe von Bremen bei einer Bauernfamilie. Marleene zahlte den Leuten die Hälfte ihres Gehalts dafür, dass ihre Mutter dort wohnen durfte und sie sich um sie kümmerten.

Schon seit einigen Jahren konnte ihre Mutter das Bett nicht mehr verlassen. Die viele Arbeit war einfach zu hart gewesen.

Marleene zwang sich, ihre Gedanken an den grauenvollen Vortag zu verdrängen, während die Ortschaften an ihr vorbeizogen. Sande, Hude, Hatten. Fast überall hatte sie zeitweilig mit ihrer Mutter gewohnt, denn nach dem schlimmsten Tag ihres Lebens, dem Tod ihres Vaters, waren sie von Arbeitsstätte zu Arbeitsstätte gezogen und hatten überall geholfen, wo jemand für ein paar Groschen oder auch nur im Tausch für ein Bett und eine warme Mahlzeit gesucht wurde.

Doch dann hatte sich ihre Mutter das Bein gebrochen, und es wollte einfach nicht heilen. Im Gegenteil, es ging ihr immer schlechter. Als ihre Tante und ihr Onkel Marleene angeboten hatten, zusammen mit ihrer Cousine Frieda in eine Kammer nach Oldenburg zu ziehen, um sich dort eine Arbeit zu suchen, hatte Marleene annehmen müssen. Für Frieda gab es auf dem heimischen Hof keine Arbeit und in der Nähe von Wiesmoor, wo sie wohnten, auch keine Anstellung. Sie musste also in die nächste größere Stadt ziehen, und im Grunde war es eine gute Lösung, dass die beiden Cousinen nun immerhin zusammenwohnen und sich die teure Miete teilen konnten. Marleene liebte Frieda wie eine Schwester, und es war schön, mit solch einer guten Seele zusammenzuwohnen. Trotzdem war es Marleene sehr schwergefallen, ihre Mutter zurückzulassen, aber es war die richtige Entscheidung gewesen. Sie besaßen nicht mal mehr das bescheidene Heuerhus ihres Vaters, das ihm nach der Höfeordnung als drittgeborenem Sohn zugestanden hatte. Wie sollte sie sonst das Geld beschaffen, wenn nicht durch ihre Arbeit?

Zischend kam die Eisenbahn in Brettorf, einem kleinen Dorf zwischen Oldenburg und Bremen, zum Stehen. Marleene kletterte die schmale Eisenstiege des Zuges hinunter und machte sich auf den langen Fußmarsch nach Prinzhöfte. Das Klackern ihrer Holsken, der Holzschuhe, wenn sie gegen einen Stein stießen, war die einzige Ablenkung. Die Felder, die von baumbewachsenen Wällen unterteilt wurden, boten nicht viel Abwechslung.

Und so drängte *er* sich in ihren Kopf.

Wieder und wieder spürte sie seinen heißen Atem und die Spucketropfen in ihrem Nacken. Die fordernden Hände, die ihre Brüste begrapschten. Am gestrigen Abend hatte sie ihren Körper immer wieder mit einem feuchten Lappen abgeschrubbt. Trotzdem konnte sie seine Berührungen nicht aus ihrer Erinnerung wegwischen.

Doch als das einsame Bauernhaus endlich in Sicht kam, blinzelte Marleene entschieden die Tränen weg. Sie wollte ihrer Mutter nicht noch mehr Leid bereiten.

»Was willst du denn jetzt schon hier?«, keifte eine Stimme zu ihrer Linken, und Marleene entdeckte die Bäuerin, die neben dem schmalen Kiesweg mit der Hacke auf dem Feld stand.

»Ich wollte meine Mutter besuchen«, antwortete sie.

Die Bäuerin murmelte etwas Unwirsches und hob dann den Zeigefinger.

»Glaub ja nicht, dass du was von dem Rübeneintopf abbekommst. Das Essen zahlst du nur für deine Mutter.«

Marleene biss sich auf die Lippe, um nichts zu entgegnen. Die Mäuseportionen, die ihre Mutter noch zu sich nahm, und die winzig kleine Kammer, in die gerade mal ein Bett passte, verschluckten wohl kaum das ganze Geld. Ihr war nur allzu bewusst, dass ihr hart erarbeiteter Lohn die neuesten Geräte des Großbauern mitfinanzierte. Erst beim letzten Mal hatte sie eine dieser neumodischen Schubkarren aus Eisen anstelle von Holz gesehen, und sie wusste, dass die sehr teuer waren. Aber sie hatte keine Wahl.

»Natürlich. Ich will sie nur besuchen. Nichts weiter. Ich werde keine Umstände bereiten«, rief sie der Bäuerin zu. Diese richtete selbstzufrieden ihr Kopftuch und griff dann nach der Hacke.

Nachdem sie das Bauernhaus erreicht hatte, öffnete Marleene vorsichtig die grüne Doppeltür. Beißender Gestank nach Kuhdung schlug ihr entgegen, und sie beeilte sich, den Viehstall zu durchqueren, der direkt an die bewohnten Räume grenzte, damit es im Winter drinnen schön warm blieb.

In den Wohnräumen roch es deutlich angenehmer. Ihre Mutter war in einer kleinen Seitenkammer untergebracht, die von der Wohnstube abging. Ihre Augen leuchteten auf, als sie erkannte, wer sie da besuchte.

»Marleene«, hauchte sie schwach, aber voller Freude. »Was machst du denn hier? Wir haben doch noch gar nicht Hochsommer.«

»Ich musste dich sehen, Mama. Ich habe einen freien Tag und bin einfach losgefahren.«

Marleene setzte sich auf den Rand des Bettes und griff nach der runzeligen Hand ihrer Mutter, die von der harten Arbeit schwielig und an vereinzelten Stellen hart war.

»Erzähl erst mal, wie geht es dir? Behandelt man dich auch gut?«

Immerhin konnte sie auf den ersten Blick nichts finden, das zu beanstanden wäre. Die Bettdecke wirkte sauber, und der Raum war offenbar erst vor Kurzem ausgefegt worden.

»Ach, wie soll es mir schon gehen? Hier ist alles beim Alten. Aber ich freue mich so, dass du mich besuchen kommst. Wie ist die Arbeit im Hotel, und was macht deine Cousine?«

Marleene begann mit der letzten Frage, um sich noch ein wenig vor dem schwierigen Thema drücken zu können.

»Bei Frieda ist alles in Ordnung. Die alte Frau Maader aus dem Blumenladen setzt ihr zwar ganz schön zu, aber immerhin lernt sie den Beruf, den sie sich gewünscht hat. So langsam erholt sie sich auch wieder von dieser schlimmen Sache kurz vor Weihnachten.«

Ihre Mutter nickte verständnisvoll und drückte die Hand ihrer Tochter. »Und wie geht es dir, meen Deern? Du wirkst ein wenig … bedrückt.«

Im Blick ihrer Mutter lag so viel Mitgefühl, dass Marleene die Tränen nicht länger zurückhalten konnte. Sie schluchzte auf, und erst nachdem sie sich wieder beruhigt hatte, konnte sie ihrer Mutter die ganze Geschichte erzählen.

»Ach, meine kleine Marleene«, sagte ihre Mutter und strich ihr tröstend über den Arm.

»Es ist so ungerecht.« Mit dem Handrücken wischte Marleene sich die verbliebenen Tränen aus den Augen. »Warum dürfen sich Männer so was herausnehmen und kommen auch noch ungeschoren davon?«

Ihre Mutter deutete ein Schulterzucken an.

»Es war immer so und wird wohl immer so sein, dass wir Frauen nicht die gleichen Rechte haben wie die Männer. Du musst dich damit abfinden. Schlaf noch mal eine Nacht drüber. Morgen sieht die Welt schon wieder ganz anders aus.«

Marleene schwieg eine Weile. Sie war sich nicht sicher, wie sie ihrer Mutter ihr Vorhaben schonend beibringen könnte. Gewiss würde es ihr nicht gefallen. Unschlüssig stand sie auf, trat zum Fenster und verschränkte die Arme.

»Ich möchte nicht zurückgehen«, sagte sie schließlich.

Ihre Mutter versuchte ächzend, sich aufzusetzen.

»Das kannst du nicht tun, Marleene. Du hast eine gute Stellung als Zimmermädchen.«

»Aber ich bin im Hotel nicht glücklich. Es war nie das, was ich wirklich machen wollte.«

»Die Gärtnerei.« Ihre Mutter seufzte. »Ich weiß, dass das immer dein großer Traum war. Aber unsere Träume gehen selten in Erfüllung, meen Deern. Wir müssen das nehmen, was wir kriegen können. Du hast schon ein unglaubliches Glück gehabt, diese Anstellung im Hotel zu bekommen. Denk daran, was dein Vater tun würde. Er würde nicht wollen, dass du dein Glück mit beiden Händen von dir wirfst.«

Marleene ließ die Schultern hängen. Hatte ihre Mutter recht? Hätte ihr Vater das auch so gesehen? Verlangte sie zu viel vom Leben? Sie ließ den Blick über den matschigen Hof und die Bäume auf den Wällen in der Ferne schweifen. Sie wusste es nicht. Sie wollte schlicht und einfach mit Pflanzen arbeiten und nicht in schmutzigen Hotelzimmern.

»Aber was ist, wenn ich für mein Glück noch gar nicht stark genug gekämpft habe? Ich habe gehört, dass in der Hofgärtnerei eine Stelle frei ist. Ich möchte dort noch einmal fragen, ob sie mich nicht vielleicht doch in die Lehre nehmen.«

»Aber das hast du doch schon. Und sie haben dich abgelehnt, obwohl dein Vater dort früher gearbeitet hat. Irgendwann muss es einfach mal gut sein, Marleene. Wie oft müssen sie dir noch sagen, dass sie dich nicht haben wollen? Du musst dich damit abfinden, dass man im Leben nicht alles bekommen kann, was man möchte, gerade als Frau.«

Als Frau … Marleene kam es so vor, als würde alles immer wieder daran scheitern. Ein Junge hätte sicherlich eine Lehrstelle in einer Gärtnerei bekommen. Aber für ein Mädchen war das undenkbar. Es gab zwar neuerdings sogar Gartenbauschulen, aber die waren teuer und höheren Töchtern vorbehalten. Und auch von diesen Schulen hörte man nicht nur Gutes. Selbst als Frau der Oberschicht hatte man Nachteile im Leben. Marleene hat es nie verstanden, warum Männern in dieser Welt so viel mehr

Rechte zugestanden wurden. Als wären sie bessere Menschen. Als hätten sie mehr verdient, nur weil sie von Natur aus höher gewachsen und kräftiger waren. Dabei hatten Frauen ganz andere Vorzüge, und eigentlich ergänzten sich Männer und Frauen doch hervorragend. Warum also sollte ihr weniger zustehen, nur weil sie zufällig als Frau geboren worden war?

»Ich kann mir einfach nicht vorstellen, bis ans Ende meiner Tage als Zimmermädchen zu arbeiten. Wie vielen Männern wie Herrn de Vos werde ich denn noch begegnen? Und immer dieses Eingesperrtsein … die täglich gleichen Arbeiten. Stets dieselben Zimmer putzen, Betten aufschütteln, waschen, bügeln. Vielleicht am Abend noch Essen servieren. Das kann doch nicht alles sein! Ich möchte nach draußen.« Marleene deutete durch das Fenster, wo die Sonne sich gerade in den Bäumen verfing. »Ich möchte in der Natur arbeiten, ich möchte den Wechsel der Jahreszeiten miterleben, Regen und Sonne auf meiner Haut spüren, mit meinen Händen in der Erde graben und mithelfen, dass wunderschöne Pflanzen gezogen werden.«

Ihre Mutter lachte sanft. »Du kommst wahrhaftig nach deinem Vater. Auch er hat seine Arbeit draußen über alles geliebt. Aber anscheinend hat der liebe Gott einen anderen Weg für dich vorgesehen. Sonst hättest du diese Stelle im Hotel nicht bekommen. Komm, setz dich wieder zu mir.« Sie tätschelte die Bettkante, und Marleene kam ihrem Wunsch nach. »Wir hatten es nicht immer leicht im Leben, das weiß ich. Aber es werden auch wieder bessere Tage kommen. Also gib jetzt nicht auf, das hätte dein Vater nicht gewollt.«

Marleene nickte tapfer. Ihre Gedanken schweiften zu ihrem Vater. Er hatte stets mehr für sie gewollt. Der Krieg in Frankreich hatte ihn verändert. Dort hatte er mit eigenen Augen gesehen, wie die Kinder der Oberschicht sofort zum Offizier aufstiegen, während die Arbeiter einfache Soldaten blieben und als Kanonenfutter dienten. Sie starben den Heldentod auf dem Feld der Ehre, was in Wirklichkeit nichts anderes bedeutete, als in den Feuerpausen eiligst eingesammelt und verscharrt zu werden, um Seuchen zu vermeiden.

Deswegen hatte er alles dafür getan, dass sie eine bessere Schule besuchte. Und deswegen hatte er den Grundstein für eine eigene Gärtnerei legen wollen. Hätte er es also nicht für gut befunden, wenn sie sich um eine Gärtnerlehre bemühte? Hatte er dort nicht ebenso eine Zukunft gesehen?

Ihre Kehle brannte, und sie musste wieder mit den Tränen kämpfen.

Was ihre Mutter gesagt hatte, war nicht das, was sie hatte hören wollen. Sie hatte sich so gewünscht, in ihren Plänen bestärkt zu werden, war aber doch wieder nur in die Schranken gewiesen worden. In das Korsett eines Lebens, das einfach nicht zu ihr passte.

Es würde ihr auf ewig die Luft zum Atmen rauben.

Aber immerhin war ihr durch das Gespräch klar geworden, was sie wirklich wollte. Selbst ohne Herrn de Vos und seinesgleichen hasste sie die Arbeit im Hotel. Sie fühlte stärker denn je, dass sie nach draußen gehörte. In die freie Natur. Sie würde einen Weg finden. Was hatte sie denn schon zu verlieren?

Später, als Marleene sich auf dem Weg nach Hause befand und ihr Blick sich in den Bäumen und Büschen verlor, wirkten sie verändert. Jetzt sah sie das zart aufkeimende Grün der Äste. Es sprießte genauso vorsichtig wie die Idee in ihrem Kopf.

Denn mit einer Sache hatte ihre Mutter recht: Als Frau standen ihr in dieser Welt kaum Möglichkeiten offen. In einer anderen Sache aber hatte ihre Mutter sich geirrt: Ihr Vater hätte niemals gewollt, dass sie für den Rest ihres Lebens einer Arbeit nachging, die sie unglücklich machte. Er hatte ihr immer wieder gesagt, er wolle, dass sie glücklich sei. Und er hat außerdem gesagt, sie sei für ihr Glück allein verantwortlich. Deswegen gab es nur eine Lösung. Und die war einerseits bestechend einfach, andererseits aber riskierte sie damit alles.

3. Kapitel

Frieda blieb mit der Türklinke in der Hand stehen und schlug die Hand vor den Mund.

»Ach, du meine Güte, was ist geschehen? Deine wunderschönen Haare, die wie Weizen in der Sonne geglänzt haben …«

Frieda, die ihre eigenen Haare stets zu einem Haarkranz flocht, ging mit schreckgeweiteten Augen auf Marleene zu. Sie streckte die Hand nach ihren raspelkurzen Haaren aus, die nun wohl eher einem Stoppelfeld glichen.

Herrje, sah es wirklich so schlimm aus? Oder war es nur die Überraschung? Kurze Haare passten schwerlich zu Friedas romantischer Gesinnung. Marleene atmete tief durch. Auf jeden Fall musste sie ruhig bleiben. Sie durfte sich nicht anmerken lassen, dass in ihrem Kopf gerade ein Wirbelsturm aus Gedanken und Zweifeln tobte.

Betont gleichgültig zuckte sie mit den Schultern.

»Läuse«, sagte sie schlicht und erreichte damit genau das, was sie beabsichtigt hatte. Friedas Hand zuckte zurück, als ob sie sich verbrannt hätte. Hoffentlich merkte ihre Cousine nicht, wie aufgeregt sie in Wahrheit war. Würde sie mit ihrer Geschichte durchkommen? Frieda war ihr erster Versuch, um zu sehen, ob sie Menschen ins Gesicht lügen konnte. Denn das würde sie noch häufig machen müssen. Zwangsläufig. Es war eines der Opfer, die sie bringen musste, um ihrem Ziel näherzukommen.

»Aber da gibt es doch dieses neue wundersame Mittel von Doktor Winkelmann…« Frieda eilte auf das wackelige Nachtkästchen zu, das zwischen den beiden Holzbetten stand. »Warum hast du nichts gesagt? Ich habe sogar noch etwas da.« Sie rüttelte am dunklen Messinggriff der obersten Schublade, die immer klemmte.

»Lass gut sein.« Marleene trat zur Tür der Kammer, die sie gemeinsam bewohnten. Ihre Cousine hatte sie in der Aufregung offen stehen lassen.

»Ich weiß, wie teuer die Tinktur ist, und sie wirkt nur, wenn man sie frühzeitig einsetzt. Dafür war es bei mir zu spät. Was sein muss, muss sein.«

»Aber deine wunderschönen Haare!« Frieda setzte sich auf das Bett und sah sie zerknirscht an. »Ich würde alles für solch ein helles Blond geben! Jetzt siehst du aus wie ein Junge!« Frieda hatte die letzten Worte geflüstert, so schockiert war sie.

Marleene senkte den Kopf und widmete sich ihren Blusenknöpfen, damit Frieda nicht die Erleichterung sah, die ihr sicherlich ins Gesicht geschrieben stand. Immerhin war es ihre größte Sorge gewesen, dass man sie weiterhin für ein Mädchen hielt. Aber das war nur eine von vielen Schwachstellen in ihrem waghalsigen Plan. Dennoch, sie würde es versuchen. Was hatte sie schon zu verlieren? Eine schlecht bezahlte Anstellung im Hotel – aber immerhin eine, die das dringend benötigte Geld einbrachte, erinnerte sie eine Stimme in ihrem Kopf, die ein wenig wie ihre Mutter klang.

Und ihr Ansehen.

Und das ihrer Familie.

Wenn es herauskam, würde sie sich in der ganzen Stadt lächerlich machen und vielleicht nie wieder eine Anstellung finden. Dann müsste sie ihr geliebtes Oldenburg verlassen.

Marleene verbannte die Zweifel zurück in die hinterste Ecke ihres Kopfes und setzte eine zuversichtliche Miene auf.

»Sie werden wieder nachwachsen«, sagte sie und zog das Unterhemd über den Kopf. Das stimmte natürlich. Auch wenn sie dafür sorgen würde, dass das nicht allzu schnell passierte, vor allem, wenn ihr Plan aufging. Doch jetzt sollte sie dringend das Thema wechseln.

»Wie war es bei dir auf der Arbeit? Hat die alte Frau Maader dich wieder herumkommandiert?«

»Wer so ungeschickt und lahm ist, hat sich das alles selbst zuzuschreiben.« Frieda ahmte den vorwurfsvollen Ton ihrer Chefin so gut nach, dass Marleene lachen musste. Frau Holthusen war zwar sehr streng, aber immerhin ließ sie nicht jeden Tag ihre Launen an den Mädchen aus.

Frieda kleidete sich nun ebenfalls aus und legte ihre Sachen fein säuberlich zusammen, während Marleene ihr Nachthemd anzog und rasch unter die Decke schlüpfte. Das Stroh raschelte, roch aber immerhin noch schön frisch. Trotzdem hoffte sie, sich irgendwann eine Federbettdecke leisten zu können.

Auch Frieda streifte nun ihr Nachthemd über und eilte ins kleine Holzbett an der gegenüberliegenden Wand. Wie Marleene besaß sie nur zwei Hemden und Blusen für die Werktage und eine bessere Garnitur für die Sonntage. Beide achteten sie peinlich genau darauf, sie so sauber wie möglich zu halten.

Frieda seufzte, während sie ihren Haarkranz löste.

»Hugo ist krank, deshalb musste ich mit dem Handkarren durch halb Oldenburg laufen, um bei der Hofgärtnerei die Blumen abzuholen. Als ich endlich dort war, konnte ich weit und breit niemanden entdecken. Eine halbe Stunde habe ich gesucht, bis ich jemanden gefunden habe, der gewusst hat, welche Ware für den Blumenladen reserviert war. Sie sind wirklich vollkommen unterbesetzt.«

Marleenes Herz klopfte schneller. Dann stimmte es also. »Das habe ich im Hotel auch schon aufgeschnappt. Zwei Holländer, die dort Pflanzen einkaufen wollten, haben sich darüber unterhalten. Wie kommt das denn bloß?«, fragte sie. Da der Blumenladen, in dem Frieda lernte, zur Hofgärtnerei gehörte, wusste ihre Cousine immer gut über solcherlei Dinge Bescheid. Das Blumenbinden hatte Marleene ebenfalls in Betracht gezogen, um zumindest mit Pflanzen arbeiten zu können, auch wenn es sie niemals so erfüllen würde wie das Gärtnern. Doch es gab nur wenige Blumenläden in Oldenburg, und die hatten alle bereits ihre Lehrlinge.

»Gleich drei Arbeiter haben das Unternehmen verlassen. Den jungen Franz haben sie hinausgeworfen, weil er Pflanzen gestohlen hat. Gott, der Arme. Er muss vollkommen verzweifelt gewesen sein, so etwas zu machen. Ich wünschte, ich könnte irgendwas für ihn tun.«

Das war typisch für Frieda. Sie lebte selbst mehr oder weniger von der Hand in den Mund, sorgte sich aber trotzdem um die anderen.

»Und wer fehlt noch?«, hakte Marleene nach.

»Willibald hat eine bessere Stellung in Bremen gefunden, und Hugo, der uns sonst die Blumen liefert, ist, wie gesagt, krank.« Sie strich sich durchs Haar. »Es sieht nicht so aus, als ob er zurückkehren würde.«

»Oh«, sagte Marleene betroffen. Das hatte sie nicht gewusst.

»Schlimm für die Familie«, murmelte Frieda, und Marleene

stimmte ihr zu. Wenn der Hauptverdiener ausfiel, bedeutete das den sozialen Abstieg der gesamten Familie.

Hieß das, dass ihr Glück womöglich auf dem Unglück anderer Menschen fußte? Auf der anderen Seite hatte auch sie bisher nur wenig Glück im Leben gehabt. Ihre kranke Mutter, der früh verstorbene Vater … Nichts da, schalt sie sich selbst, um das Selbstmitleid zu vertreiben. Sie hatte gemeinsam mit Frieda eine wenn auch kleine Kammer, zwei Garnituren an Kleidung und halbwegs festes Schuhwerk – das war mehr, als manch anderer in dieser Stadt besaß. Sie konnte sich weiß Gott glücklich schätzen.

Das imposante Läuten der Lambertikirche drang von draußen herein.

»Herrje, jetzt sind wir wieder ins Plappern gekommen«, sagte Frieda betreten, die die Schläge mitgezählt hatte. »Lass uns besser schlafen, sonst schimpft Frau Maader wieder, weil ich so müde bin.«

Ihre Cousine hatte recht. Die Arbeitstage begannen mit dem Sonnenaufgang, und wenn sie ihre zehn, zwölf Stunden gut durchhalten wollten, mussten sie zusehen, dass sie spätestens um neun im Bett waren.

Aber heute Nacht würde Marleene sowieso kein Auge zutun, das spürte sie. Die Aufregung war einfach zu groß.

* * *

Am nächsten Morgen nahm Frieda auf dem Weg zur Arbeit einen Umweg in Kauf, denn heute war Mittwoch, und am Mittwoch dekorierte das Blumenhaus Husmann stets die Auslage neu. Vor dem hübschen Degodehaus bog sie in die Kleine Kirchstraße ab. Das Degodehaus war eines ihrer liebsten Gebäude in

Oldenburg. Es hatte den großen Brand von 1676 überstanden und war eines der wenigen Fachwerkhäuser der Stadt. Die Balken, die das Gemäuer durchzogen, waren in einem nussfarbenen Braun und die rechteckigen Kammern osterglockengelb, mit gemalten Karos und herzallerliebsten Blumen zur Verzierung.

Frieda warf einen Blick durch die großen Schaufenster der Kolonialwarenhandlung im unteren Geschoss und sah, dass im Innern des Geschäfts eine Frau mit weißer Schürze bereits damit beschäftigt war, frische Waren zu verräumen. Im Schaufenster waren allzu verlockende Packungen mit exotischem Kaffee, Tabak, Reis, Kakao, Gewürzen und Tee liebevoll dekoriert. Zu gerne hätte Frieda einmal etwas davon gekostet. Außer vom Tabak natürlich. Rauchen ziemte sich nicht für Frauen, und sie konnte es sich nicht leisten, dass ihr Ruf noch mehr litt.

Sie riss den Blick von der Auslage los und ging weiter die Kopfsteinpflasterstraße entlang. Auf Höhe des Seifengeschäfts wurde sie beinahe von einem kleinen Jungen umgerannt. Lachend sah er sich um und kreischte vergnügt auf, als er merkte, dass seine beiden Freunde ihm dicht auf den Fersen waren. Seine Holzschuhe klapperten auf den Pflastersteinen, während seine Freunde kaum zu hören waren. Frieda blickte ihnen hinterher und bemerkte, dass der hagere Junge mit den blonden Haaren viel zu große Lederschuhe trug, die auseinanderzufallen drohten, während der kleinere mit den schwarzen Haaren seine Füße lediglich mit Lumpen umwickelt hatte. Das schien ihre Freude am Spiel jedoch kein bisschen zu trüben. Juchzend rannten sie dem älteren Jungen hinterher, der um ein Haar mit einem voll beladenen Pferdewagen zusammengestoßen wäre. Der Fahrer riss die Zügel nach hinten und brachte den Wagen im letzten Augenblick zum Stehen. Ein paar Kartoffeln rollten von der Ladefläche.

»Passt bloß auf, ihr Gassenjungen!«, rief er ihnen wütend hinterher. Es war Markttag, und die Händler bauten vor der Lambertikirche gerade ihre Stände auf, vermutlich gehörte er zu ihnen.

Als der Wagen sich wieder in Bewegung setzte, ging auch Frieda weiter. Sie hatte ihr Ziel fast erreicht. Schon von Weitem leuchteten ihr gelbe und weinrote Blumen entgegen, und ein Blick durch die Scheibe sagte ihr, dass das Ladeninnere genauso schön aussah wie die Schaufenster. Sie sah locker gebundene Sträuße mit viel Grün dazwischen. Die meisten bestanden aus Blumen in verschiedenen Schattierungen eines einzelnen Farbtons. Der feuerrote Strauß würde perfekt zu Marleenes heller Haut passen. Es wäre so wundervoll, wenn Frieda wie eine der feinen Damen in den Laden spazieren und Marleene einen Strauß kaufen könnte. Er sah so edel aus, dass er selbst ihre heruntergekommene Kammer aufwerten würde.

Seufzend wandte sie sich ab. Vielleicht blieb heute ja etwas Verschnitt übrig, und sie konnte daraus einen kleinen Strauß für ihre Cousine binden und sie damit aufmuntern. Die Sache mit den Läusen schien Marleene doch mehr zugesetzt zu haben, als sie zugeben wollte. Sie war ihr so verändert vorgekommen. Es war ein Jammer um ihr volles Haar, das sie meist in Flechten zu Schlaufen gedreht und so gesteckt hatte, dass es unter der Haube hervorlugte. Warum in aller Welt hatte sie auch gleich alles abschneiden müssen?

Hatte Marleene deswegen heute Morgen gar nicht aufstehen mögen? Normalerweise schlüpfte sie als Erste aus dem Bett und mahnte Frieda zur Eile, doch heute war es andersherum gewesen. Murrend war ihre Cousine liegen geblieben und hatte sich erst dann aufgerichtet, als sie ihr die Bettdecke weggezogen hatte. Mit den kurzen Haaren, die ihr zerstrubbelt vom Kopf abstanden, hatte Marleene richtig fremd ausgesehen. Was Frau

Holthusen vom Hotel wohl dazu sagen würde? Zum Glück war die nicht so eine Furie wie ihre Chefin.

Frieda hatte nun das Blumengeschäft erreicht, in dem sie ihre Lehre zur Blumenbinderin machte.

Maader

stand in riesigen Buchstaben auf dem Schild, und obwohl auch die alte Witwe einige der eng gebundenen Bouquets ins Fenster gestellt hatte, sah man im Hintergrund die Eimer, Besen und das Einschlagpapier, sodass alles recht unordentlich wirkte.

»Da bist du ja endlich«, raunzte die beleibte Frau Maader in ihrer Kittelschürze, obwohl die Kirche noch nicht siebenmal geläutet hatte. »Gieß zuerst die Blumen in den Kübeln. Die kosten ein Heidengeld, und ich will nicht, dass sie mir verwelken. Und dann fegst du durch.«

»Sehr wohl, Frau Maader«, sagte Frieda rasch, brachte ihr Umhängetuch in das Kontor hinter der Kasse und holte die Gießkanne. Sollte sie ihrer Chefin jetzt von ihrer Idee berichten? Meistens mochte sie es nicht, wenn Frieda Vorschläge machte. Aber es war ihr wirklich wichtig.

Frau Maader hatte ihr Zögern offenbar bemerkt. »Ist noch was?«

»Ja, also … ich …«, stotterte Frieda.

»Was?«

»Ich habe mich gefragt, ob ich danach vielleicht die Schaufenster neu dekorieren soll?«

Frau Maaders Augen verengten sich in ihrem aufgedunsenen Gesicht. Wie befürchtet, schien ihr der Vorschlag ganz und gar nicht zu gefallen.

»Mir ist von außen aufgefallen, dass es etwas … unruhig aussieht, weil man unsere Arbeitsutensilien sehen kann«, erklärte Frieda eifrig und deutete auf Eimer und Einschlagpapier.

Jetzt schnaubte Frau Maader und sah sie an, als hätte sie soeben um einen zweiten freien Tag in der Woche gebeten. »So weit kommt es noch, dass du dir deine eigenen Aufgaben zuteilst. Was denkst du eigentlich? Lehrjahre sind keine Herrenjahre«, sagte sie mit mahnend erhobenem Zeigefinger. »Wenn du fertig bist, holst du die Pflanzen aus der Hofgärtnerei. Hugo hat immer noch Dusel.«

Frieda senkte enttäuscht den Blick. Was hatte sie erwartet? Sie war nur der Lehrling, und natürlich stand es ihr nicht zu, der Chefin Vorschläge zu machen.

»Sehr wohl, Frau Maader.«

Eilig machte sie sich an die Arbeit. Sie konnte nur träumen, denn als fünftes Kind eines ärmlichen Bauernhofs blieb ihr nichts anderes übrig, als ihr Leben als Arbeiterin zu fristen. Aber falls sie es trotz allem schaffen sollte, eines Tages einen eigenen Blumenladen zu besitzen, dann würde sie sehr vieles anders machen.

4. Kapitel

Sobald die Tür hinter Frieda ins Schloss gefallen war, stand Marleene auf. Ihr Herz begann zu pochen.

Jetzt würde ihre Maskerade beginnen. Es gab kein Entrinnen mehr, sie würde ihren Plan in die Tat umsetzen.

Aus dem schmucklosen Schrank holte sie das lange Leinentuch, das sie vor Jahren im Kolonialwarenladen gekauft hatte. Früher hatte sie ihre kleinen Brüste verflucht. Wie Blumenknospen reckten sie sich gegen das weiße Hemd. Sie hätte alles dafür gegeben, einen so üppigen Busen wie Frieda zu haben, die in jedem noch so einfachen Kleid viel eleganter und weiblicher aussah als sie. Aber dünn und hochgewachsen, wie sie war, war sie von Eleganz weit entfernt. Mit ihren riesigen Augen und den buschigen Wimpern kam sie sich eher vor wie eine Giraffe, einem afrikanischen Tier auf überlangen Beinen, das sie einmal in einem Buch in der Herzoglichen Öffentlichen Bibliothek gesehen hatte.

Aber jetzt waren ihre kleinen Brüste von Vorteil. Mehrmals wickelte sie das Leinentuch um ihren Oberkörper, sodass sie sich schon bald nicht mehr abzeichneten. Danach holte sie das Hemd hervor, das sie tags zuvor unter dem Vorwand gekauft hatte, dass es für ihren – nicht vorhandenen – Bruder sei, und zog sich an. Dabei war es der Verkäuferin vollkommen gleich gewesen, für wen sie das Hemd kaufte. Mit einem beipflichtenden Gemurmel hatte sie es Marleene einfach herübergereicht und ihr dann auch noch die braune Hose mit den Hosenträgern und die Kappe ausgehändigt. Der Einkauf hatte ihre gesamten Ersparnisse aufgefressen, doch als Marleene jetzt in den von Rostflecken übersäten Spiegel sah, erschrak sie.

Ihr blickte ein junger Mann entgegen.

Gewiss war er keine neunzehn Jahre alt, wie sie selbst, aber als Vierzehn- oder Fünfzehnjähriger konnte er ohne Weiteres durchgehen. Gerade richtig für ihr Vorhaben.

Sollte sie sich noch etwas von dem Kohlestift ins Gesicht reiben, den sie in der Apotheke von Doktor Winkelmann für besondere Anlässe erstanden hatte, und damit einen Bartschatten vortäuschen? Oder würde man auf den ersten Blick erkennen, dass es nur Farbe war? Sie könnte es wenigstens ausprobieren, entschied sie und griff nach dem dunklen Stift. Sparsam verteilte sie einige Punkte in der Bartgegend und verschmierte sie dann großflächig. Nicht schlecht.

Sie war sich nicht sicher, ob es tatsächlich wie ein Bartschatten wirkte, aber auf jeden Fall sah sie irgendwie schmutziger aus. Das passte zu einem Jungen schon eher als zu einer jungen Frau, und alles, was sie mehr wie ein Junge aussehen ließ, war ihr nur recht.

Jetzt musste sie nur noch am Wirt der Arbeiterherberge vorbeikommen. Leider hatte der bessere Ohren als ein Wachhund. Konzentriert lauschte sie nach Geräuschen im Korridor, aber alles war ruhig. Kein Wunder. Hier in der Herberge lebten fast ausschließlich Tagelöhner und Arbeiter, und alle mussten bei Sonnenaufgang auf ihren Arbeitsstätten sein. Am lautesten schien das Herz in ihrer Brust zu pochen.

Marleene zwang sich, ruhig zu bleiben. Nahezu geräuschlos öffnete sie die Tür, schloss sie ebenso leise hinter sich und schlich dann im Zickzack über die Holzdielen, um nicht auf diejenigen zu treten, die knarrten. Mit angehaltenem Atem stakste sie wie ein Fischreiher die Treppe herunter, da sie es noch gewohnt war, beim Laufen mehrere Lagen von Röcken mit den Beinen davonstoßen zu müssen, die jetzt fehlten.

Schließlich hatte sie es geschafft, schloss wenig später die hölzerne Eingangstür der Unterkunft hinter sich und war im Begriff, aufzuatmen, als ein freches »Wer bist du denn?« dicht hinter ihr ertönte.

Sie fuhr herum und sah in das schmutzige Gesicht mit den kugelrunden Augen. Anton. Der Neffe des Wirts wohnte seit einigen Wochen ebenfalls in der Herberge. Wie hatte sie den Lausebengel nur vergessen können? Er war ungefähr acht Jahre alt und lungerte in letzter Zeit ständig am Eingang des Hauses in der Mottenstraße herum.

»Moin erst mal«, sagte sie, um Zeit zu gewinnen.

»Wer bist du? Und was machst du hier? Ich kenne dich ja gar nicht.« Er ließ den Stock, mit dem er im matschigen Boden herumgestochert hatte, fallen und trat so nah an sie heran, dass sie die Reste des Gerstenbreis in seinen Mundwinkeln sehen konnte. Mit gerunzelter Stirn musterte er sie. »Du kommst mir irgendwie bekannt vor.«

»Ich bin der Cousin von Marleene«, beeilte sie sich zu erklären. »Gut, dass ich dich treffe. Du bist Anton, richtig?«

Der Kleine nickte heftig.

»Das dachte ich mir. Marleene hat mich gebeten, dir etwas auszurichten. Du sollst zum Hotel Holthusen laufen und der Besitzerin sagen, dass sie krank ist und nicht kommen kann.«

»Marleene ist krank?«, fragte der Junge mit großen Augen. »Aber gestern sah sie noch ganz normal aus! Was hat sie denn?«

»Die Krätze.« Es war die abstoßendste Krankheit, die ihr auf die Schnelle einfiel. »Das ist hochgradig ansteckend, also halte dich so weit wie möglich von ihrer Kammer fern. Überbringst du jetzt die Nachricht?« Der Junge sprang auf und rannte los. Auf halbem Wege drehte er sich jedoch noch einmal um. »Wie heißt du?«, rief er über seine Schulter.

Marleene zögerte. Sie hatte mehrere Männernamen für sich in Betracht gezogen, aber welcher war der beste?

»Friedrich«, rief sie kurz entschlossen. Mit Friedrich konnte man nichts falsch machen. Nahezu jeder dritte Mann schien so zu heißen. Warum nicht auch sie?

***

Frieda kämpfte mit dem Handwagen, der ein weiteres Mal in einem Schlagloch versunken war und die beiden Fliederbüsche darauf zum Wanken brachte. Das durfte doch nicht wahr sein!

Als sie diesmal zur Hofgärtnerei gekommen war, um die bestellten Blumen abzuholen, hatten diese noch nicht einmal bereitgestanden.

»Die Blumen musst du dir schon selbst zusammensuchen«, hatte ein junger Arbeiter mit feuerroten Haaren, schweinchenrosa Haut und abstehenden Ohren gesagt, während er sich auf einen Spaten stellte, damit er tiefer in die Erde glitt.

Frieda seufzte innerlich und sah noch einmal auf den Bestellzettel, den Frau Maader ihr in die Hand gedrückt hatte. Die beiden Fliederbüsche hatte sie jetzt immerhin, aber sie brauchte noch Pfingstrosen, Schwertlilien, Glockenblumen und Alpenveilchen. Die körperliche Arbeit machte ihr nichts aus, und ein wenig genoss sie es auch, mal herauszukommen und mehr von der Gärtnerei zu sehen, von der die Blumenbinderei ihre Ware bezog. Da es sonst Hugos Aufgabe war, kannte sie sich hier noch nicht so gut aus. Aber nun würde sie verpassen, wie Frau Beckmeier den Blumenstrauß, den sie eigens für sie gebunden hatte, abholen würde, und vermutlich niemals erfahren, ob er ihr gefiel.

Zu ihrer Linken hörte sie das Quietschen einer Tür, durch die ein junger Mann mit dunklem Haarschopf und offenbar sonnengebräunter Haut trat. Sie würde ihn nach den übrigen Pflanzen fragen müssen, wenn sie nicht noch mehr Zeit verplempern wollte.

»Entschuldigung«, rief sie ihm hinterher. Er drehte sich um, und als er sie erblickte, erschien auf seinem Gesicht ein so strahlendes Lächeln, dass sie ganz verlegen wurde.

»Hallo, Signorina, was kann ich für Sie tun?«, fragte er mit einem herrlichen Akzent und sah ihr dabei so eindringlich in die Augen, dass Frieda spürte, wie ihre Wangen rosig wurden.

»Ich komme vom Blumengeschäft Maader, um die Pflanzen abzuholen.«

Er runzelte die Stirn und kratzte sich im Nacken. »Maader. Ist das nicht …«

»Die Schwägerin des Chefs. Genau.« Aus einem unerklärlichen Grunde musste sie jetzt auch noch kichern. Wie peinlich! »Sie betreibt den Blumenladen in der Stadt, der zur Gärtnerei gehört«, erklärte sie hastig. »Seit Hugo so schrecklich krank ist, fehlt unglücklicherweise der Lieferant, deshalb hat sie mich losgeschickt. Ich soll unter anderem Pfingstrosen und Glockenblumen mitbringen. Weißt du, wo ich die finden kann?«

»Finksgrosen?«, wiederholte er und hatte offenkundig Probleme, das Wort auszusprechen.

»Paeonien und Campanula persicifolia?« Sie wechselte zu den botanischen Namen, da er die vielleicht eher verstand. Sicherlich war es nicht einfach, zu einer neuen Sprache auch noch die vielen Pflanzennamen zu lernen. Woher er wohl stammte?

»Aaaaah. Aber natürlich«, rief er voller Begeisterung und winkte ihr, ihm zu folgen. »Die sind in der Orangerie.«

Als Frieda sich mit dem Handwagen in Bewegung setzen wollte, eilte er herbei und nahm ihn ihr aus der Hand.

»Nein, bitte! Es geht schon«, beeilte Frieda sich zu sagen. Es war zwar eine nette Geste, aber in der Arbeitswelt war für derlei Höflichkeiten gewöhnlich kein Platz. Auch wenn sie seine kräftigen Muskeln an den Unterarmen bemerkte, da er das helle Hemd bis zu den Ellbogen hochgekrempelt hatte, und es ihm sicherlich leichterfallen würde, die hölzernen Räder über den holprigen Weg zu ziehen. Sie mussten dringend mal wieder neu beschlagen werden. An solchen Dingen sparte ihre Chefin gerne.

»Ich bestehe darauf.« Er schenkte ihr ein weiteres gewinnendes Lächeln, und seine dunklen Augen blitzten. Nachdem Frieda sich verstohlen umgeblickt hatte, ob sie auch niemand beobachtete, ließ sie ihn gewähren. Es war ihr unangenehm, denn es stand ihr nicht zu, wie eine Dame behandelt zu werden. Aber nachdem sie den Karren jetzt schon eine ganze Weile über die unebenen Wege gezogen hatte, konnte sie die Verschnaufpause gut gebrauchen.

»Danke«, flüsterte sie daher und folgte dem jungen Mann, der sich als Manilo vorgestellt hatte, zur Orangerie. Dabei beobachtete sie ihn neugierig. Sein Gang war so beschwingt, als würde er innerlich ein Lied singen. Mit einem Quietschen öffnete sich die Tür des Glashauses. Sogleich schlug ihr warme Luft entgegen, die nach Moos und Blumen roch. Manilo breitete die Arme aus, nachdem er den Wagen abgestellt hatte.

»Willkommen in meinem kleinen Paradies«, sagte er mit einem Augenzwinkern.

Frieda trat ein und sah sich um. Der Anblick war so überwältigend, dass sie glatt ihre Schüchternheit vergaß.

»Das ist ja bezaubernd! Und … und du bist nur für die Orangerie zuständig?«, fragte sie voller Begeisterung. Verwunderlich wäre es nicht. Dieses riesige Gewächshaus war zweimal so groß wie ein Haus. Aus jedem Winkel leuchteten ihr unbekannte Pflanzen in bunten Farben entgegen. Es war wie eine Zeitreise in die Zukunft: Während es draußen nur vereinzelt erstes Grün zu sehen gab, war hier bereits der Frühling ausgebrochen.

»Extra deswegen haben sie mich aus Italien hergeholt. Hier weiß ja keiner, wie man mit Orangen umzugehen hat.« Er lachte herzhaft. »Nein, ich bin hier, um das Gärtnern zu lernen. Es schadet nie, sich die Arbeitsweise in anderen Ländern anzusehen.«

»Italien, wie faszinierend! Aber wie schafft ihr es, dass es hier drinnen so warm ist? Gibt es irgendwo einen Ofen?« Frieda sah sich suchend um.

»Komm, ich zeig es dir.« Manilo führte sie zum Ende der

Orangerie und öffnete eine unscheinbare Tür, die sich hinter einer Palme verbarg. Sie gelangten in einen kleinen Arbeitsraum mit Regalen voller Töpfe, Schaufeln, Scheren und Bänder; eine ausgeblichene schwarze Arbeitsjacke hing an der Wand.

Manilo ging auf ein eisernes Ungetüm mit zwei großen Klappen zu, das in einer Vertiefung im Boden stand. Dann griff er nach einem langen Eisenstab mit einer Bürste am Ende und schlug auf den abgerundeten Deckel des metallischen Behälters, der größer war als er selbst.

»Das ist der Kessel«, erklärte er. »In die untere Öffnung fülle ich regelmäßig Kohle nach, damit das Feuer nicht ausgeht, welches das Wasser erhitzt.«

»Und wie kommt das Wasser zu den Pflanzen?«

Manilo grinste. »Gar nicht. Es ist nur dazu da, das Gewächshaus zu beheizen. Sieh mal hier.« Er deutete auf die eisernen Rohre, die vom Kessel ausgingen. Frieda folgte ihnen zurück in die Orangerie und erkannte, dass die Rohre über die Decke, am Rand der Orangerie und unter den Tischen der höher platzierten Pflanzen verliefen. Von ihnen ging so viel Hitze aus, dass sie die Luft erwärmten.

»Faszinierend«, hauchte Frieda und kam sich im nächsten Augenblick reichlich dumm vor. Hatte sie das nicht gerade eben schon gesagt? Aber so etwas Modernes hatte sie noch nie gesehen.

»Solch ein Heizsystem hätte ich gerne für meine Kammer im Winter«, sagte sie gedankenverloren, und eine warme Freude erfasste sie, als Manilo fröhlich lachte.

»Oh ja! Könntest du dir das vorstellen, keine eisigen Füße zu haben, wenn du dich im Winter aus dem Bett quälst?«

Frieda nickte versonnen. »Kein Eis auf der Waschschüssel … Man könnte sogar die Hemden und Röcke auf die Rohre legen und hätte es dann kuschelig warm, wenn man sie am frühen Morgen anzieht.«

Manilo sah sie nachdenklich an, und sie befürchtete schon, etwas Blödes gesagt zu haben, als er ihr zuzwinkerte.

»Du hast gute Ideen. Komm, ich zeig dir den Rest.«

Langsam schritten sie durch die engen Gänge. Frieda sah langblättrige Bäume, die bis an das gläserne Dach reichten, Topfpflanzen auf Tischen und üppige Pelargonien in Blumenampeln, die wild über die Behältnisse nach unten wucherten. Sie strich über ein paar Lavendelpflanzen, die bereits jetzt in einem kräftigen Lila blühten und wie kostbare Seife dufteten.

Und dann passierte es.

Mit ihren Schichten von Röcken, die ihre Hüfte verhüllten, blieb sie an einigen Dornen hängen und riss sie mit. Klirrend fiel der Topf zu Boden und zerbrach augenblicklich. Die Rose lag wie eine tote Gans vor ihren Füßen. Bestürzt legte sie die Hände an die Wangen. Herrje, hatte sie denn gleich wieder unter Beweis stellen müssen, was für ein Trampeltier sie war?

»Oh nein, wie ungeschickt von mir!« Sie löste sich aus ihrer Starre und bückte sich. »Ich bin wirklich untröstlich. Natürlich werde ich den Topf von meinem Lohn erstatten.«

Manilo war mit einem frischen Topf vor ihr in die Hocke gegangen und klaubte die Erde zusammen. »Vorsicht!«

Im ersten Moment dachte Frieda, er spräche von der Rose. Doch dann hielt er sanft ihre Hände fest, mit denen sie fahrig die Scherben zusammengetragen hatte. »Nicht, dass du dich schneidest.« Er nahm das duftende Gewächs und stellte es in den frischen Topf. »Sieht so aus, als wäre nichts passiert. Und das andere muss ja keiner erfahren.« Er bückte sich nach den drei größten Scherben und trug sie fort. Frieda eilte ihm hinterher. »Nein, bitte, ich bestehe darauf. Sag Herrn Goldbach, dass seine Schwägerin den Topf von meinem Lohn abziehen kann. Oder ich bringe das Geld vorbei, wenn es sonst zu viele Umstände macht …«

»Sieh mal.« Er hatte die Tonscherben zu einer ganzen Reihe anderer kaputter Töpfe gelegt. »Das passiert hier ständig. Berufsrisiko sozusagen. Dafür muss kein spärliches Lehrlingsgehalt geopfert werden.«

Ängstlich sah sie ihn an. Er hatte recht, der Lohn, den Frau Maader ihr zahlte, war wirklich äußerst knapp bemessen. Er reichte gerade für die kleine Kammer und einfaches Essen. Sie wollte aber auf keinen Fall, dass der nette junge Mann ihretwegen Schwierigkeiten bekam.

Manilo zwinkerte ihr verschmitzt zu. »Es bleibt einfach unser kleines Geheimnis.« Sie wirkte offenbar noch immer nicht überzeugt, denn nun sagte er: »Komm, ich zeig dir etwas, das dich auf andere Gedanken bringen wird.«

Sie folgte ihm in den hinteren Teil der Orangerie und schnappte nach Luft. Da waren sie. Die Bäume, die diesem speziellen Gewächshaus ihren Namen verliehen. *Bäume* war jedoch nicht das richtige Wort. Es waren eher hohe Büsche. Zu ihrem Entzücken entdeckte sie zwischen den länglichen dunkelgrünen Blättern gelbe und orangefarbene Früchte.

»U-und solche Pflanzen wachsen bei euch in f-freier Natur?«, stotterte sie und hasste sich dafür. Sie deutete auf die Orangen- und Zitronenbäume, den leuchtend roten Oleander und den weißen Jasmin mit seinen sternförmigen Blüten. Warum verkauften sie den nicht auch im Blumengeschäft?

»Dafür haben wir andere schöne Dinge nicht«, sagte er mit einem schelmischen Lächeln und einem tiefen Blick in ihre Augen.

Frieda sah zu Boden und hatte die Befürchtung, dass ihre

Wangen gerade so rot wurden wie ihr Rock. Dabei war sie nicht einmal sicher, ob sie seine Andeutung richtig verstanden hatte. So hatte noch nie jemand mit ihr gesprochen. Aber eigentlich konnte er das gar nicht so meinen. Es wäre viel zu kühn, ihr solch ein Kompliment zu machen. Und sie wusste ja, dass sie sich beim besten Willen nicht als schön bezeichnen konnte. Sie hatte zwar keinen riesigen Schönheitsmakel wie eine buckelige Nase oder abstehende Ohren. Ihre endlos vielen Sommersprossen störten sie jedoch ziemlich. Sie war nicht zu dick, aber sie hatte nicht diesen grazilen Körper von Marleene, der ihre Cousine wie eine Elfe wirken ließ. Eigentlich war gar nichts Besonderes an ihr, sie ging allemal als »ganz passabel« durch. Sonst wäre diese Sache vor Weihnachten mit Sicherheit auch nicht passiert …

»Es muss seltsam sein, so weit von zu Hause entfernt zu leben. Vermisst du nicht alles ganz schrecklich?«, fragte sie, um das Thema zu wechseln.

»Ja, es ist nicht immer leicht. Aber die Tage vergehen so schnell, dass ich kaum Zeit habe, darüber nachzudenken.«

Frieda nickte. Dass in der Gärtnerei hart und lange gearbeitet wurde, war allgemein bekannt. Sie konnte froh sein, dass sie abends gegen sieben Uhr gehen durfte, wenn bis dahin alles aufgeräumt war.

»Wie ist es in Italien?«, fragte sie neugierig, obwohl sie ein schlechtes Gewissen hatte, ihn von seiner Arbeit abzuhalten. Aber sie war noch nie weit weg von zu Hause gewesen und hatte bisher auch keine Gelegenheit gehabt, sich mit jemandem zu unterhalten, der aus einem fremden Land kam.

»Es ist um einiges wärmer als hier. Eichen und Buchen, saftige Wiesen und überhaupt das viele Grün, das gibt es nicht in der Gegend, wo ich herkomme. Dafür wachsen bei uns, wie du vermutet hast, viele von diesen hier …« Er trat zu den Orangenbäumen. »Ich staune immer noch, wie sehr die Früchte die Leute hier in Aufregung versetzen.« Vorsichtig pflückte er eine Orange und begutachtete sie mit einem amüsierten Kopfschütteln, als wollte er etwas Neues an ihr entdecken. »Tagsüber ist es so heiß bei uns, dass wir uns um die Mittagszeit für zwei Stunden zurückziehen und ausruhen.«

»Wirklich?« Zwei Stunden Mittagspause! Das stelle sich einer vor. In Italien musste es ja paradiesisch zugehen.

»Ja, das vermisse ich hier. Abends sind wir dafür viel länger wach, sitzen zusammen und unterhalten uns.« Versonnen sah er nach draußen. »Manchmal habe ich das Gefühl, dass bei uns das Leben erst losgeht, wenn hier schon alle in den Betten liegen. Aber das deutsche Essen ist lecker. Ich liebe diese Klöße, die es manchmal gibt. Und die Hühnersuppe hat mich über so manche kalte Wintertage gerettet.« Er schüttelte sich. »Niemals hätte ich vermutet, dass es so kalt werden könnte. Ohne die abgelegten Kleider, die Herr Goldbach mir gegeben hat, hätte ich diesen Winter wohl nicht überstanden.«

»Und was vermisst du noch außer den milden Temperaturen?«

Er legte den Kopf schief und überlegte einen Moment. »Mittlerweile würde ich alles für ein Stück Pizza geben.«

»Pizza? Was ist das?« Frieda hatte dieses lustige Wort noch nie gehört.

»Oh, das ist ein Teig, den man mit Olivenöl beträufelt und dann mit Tomaten, Oregano und Basilikum belegt. Pizza ist unglaublich lecker.«

Frieda nickte vage, auch wenn sie sich nicht vorstellen konnte, dass so etwas tatsächlich schmecken könnte. Es erschien ihr abstrus, Brot mit Gemüse zu mischen.

»Sind das kleine Palmen?«, erkundigte sie sich nach den unscheinbaren Pflanzen, die besonders viel Raum neben der Fensterfront einnahmen.

»Das …«, Manilo senkte die Stimme verschwörerisch und schien das Gewächs mit den Händen verzaubern zu wollen, so wie er in der Luft herumwedelte. »Das ist die Königin der Pflanzen.«

Frieda betrachtete skeptisch die langweilig aussehenden länglichen Blätter, die aus der Mitte wuchsen. Erlaubte er sich einen Scherz mit ihr?

Manilo lachte warm. »Du glaubst mir nicht. Dann hättest du uns nach Hannover begleiten müssen. In den Herrenhäuser Gärten züchten sie sie reihenweise. Sie haben ihr sogar einen eigenen Zaun gewidmet.«

Frieda beugte sich darüber, um das Gewächs genauer zu inspizieren. »Wirklich?« Sie konnte nichts Majestätisches entdecken. Was mochte daran so besonders sein?

»Es ist eine Ananas.«

»Oh«, hauchte sie nun voller Ehrfurcht. Sie hatte noch nie eine Ananas gesehen, aber davon reden gehört.

Manilo lachte. Er kannte natürlich alle Südfrüchte, hatte sie vermutlich sogar schon gekostet.

»Wenn wir hier eine ernten, wird sie gleich für hohe Besuche und Feste reserviert. Dann wird sie von einem zum anderen weitergereicht, damit möglichst viele Menschen sie zu Gesicht bekommen. Verspeist wird sie erst dann, wenn sie ihre volle Reife erreicht und eine der Festtafeln des Großherzogs geziert hat.«

Frieda wollte gerade etwas dazu sagen, als sie hinter der Glasscheibe einen Jungen entdeckte. Sie zog die Lider zusammen, um schärfer sehen zu können, doch schon sprang er zwischen die Bäume, die auf dem Freilandquartier standen.

»Wer war denn das?«, erkundigte sie sich bei Manilo.

Er zuckte mit den Schultern. »Es muss ein Kunde gewesen sein. Zumindest habe ich ihn noch nie zuvor gesehen.«

Friedas Magen grummelte leise, und ihr wurde mit einem Mal klar, dass es bereits um die Mittagszeit sein und sie dringend zurück in die Stadt eilen musste. Sie war schon viel zu lange fort und würde von Frau Maader gewiss eine Standpauke bekommen.

»Ich würde sehr gerne noch viel mehr über Italien erfahren, aber ich fürchte, ich muss nun zurück. Wo finde ich denn die Paeonien und Campanula?«

»Pfingstrosen sind dort drüben.« Manilo deutete in einen versteckten Winkel der Orangerie. »Und die Glockenblumen stehen hinter den Zitronenbäumen.«

»Das hast du dir aber gut gemerkt«, zeigte Frieda sich beeindruckt.

»Ich habe nicht viel Zeit zum Lernen. In einem Dreivierteljahr muss ich zurück nach Italien, und dann sollte ich alles können, was ich hier gelernt habe«, erklärte er, während sie die Orangerie durchquerten. »Komm, ich helfe dir beim Aufladen.«

»Das musst du aber nicht.«

Er lächelte sie an. »Ich weiß«, sagte er und griff nach den ersten Töpfen.

Frieda wunderte sich. Warum verspürte sie einen Stich, wenn ein junger Mann, den sie nicht mal eine halbe Stunde kannte, ankündigte, dass er in einigen Monaten das Land verlassen würde?

Sollte nicht gerade sie es mittlerweile besser wissen?

* * *

Nachdem Anton davongeeilt war, hatte Marleene die Oldenburger Innenstadt durchquert und schritt eine halbe Stunde später durch die Allee aus hochgewachsenen Linden, die zur Hofgärtnerei führte. Mit jedem Schritt bebte sie, daher schloss sie für einen Moment die Augen und flüsterte »Tilia«, den botanischen Namen der Linden, um sich zu beruhigen. Die ersten Pflanzennamen hatte sie schon als Kind von ihrem Vater gelernt. Seit jenem fürchterlichen Tag, der so schön als Vorzeigetag in der Schule begonnen und an dessen Ende ihr Vater seine letzten Atemzüge getan hatte, verbrachte sie jede freie Minute in der oft so überfüllten Bibliothek und las alles über Pflanzen, was sie nur finden konnte. Und wenn dafür keine Zeit blieb, blätterte sie durch die Pflanzenenzyklopädie, die er ihr geschenkt hatte. Dadurch war es ein wenig so, als wäre ein Teil von ihm noch immer bei ihr. Zahlreiche botanische Namen kannte sie inzwischen auswendig.

Sie öffnete die Augen wieder, um weiterzugehen, und die Bäume lenkten ihren Blick direkt auf die Fliedervilla. So nannten alle die Villa der Hofgärtnerei Goldbach, die am Ende der Lindenallee hinter dem eleganten Schaugarten aufragte.

Am Ende der Allee angekommen, hätte Marleene zwar direkt über den Hof laufen und nach links in den Hauptweg der Gärtnerei abbiegen können, aber ihr Blick war wie gefesselt von der hübschen Villa aus rotem Backstein. Das war ihr schon als Kind so gegangen, wenn sie ihren Vater hier von der Arbeit abgeholt hatte. Es war nicht das größte, aber in ihren Augen doch das hübscheste Haus von ganz Oldenburg. Die dunkelgrüne Eingangstür war in einen Vorbau eingelassen, der sich bis ins obere Stockwerk zog. Darüber befand sich ein weiß umrandetes Bogenfenster, das von einem kreisrunden Fenster gekrönt und von einem Spitzdach geziert wurde. An der Seite sah man sogar einen Raum voller Pflanzen ganz aus Glas, von dem sie gelesen hatte, dass er »Wintergarten« hieß.

Am schönsten aber war es, wenn die opulenten weißen Fliederbüsche blühten, von denen das herrschaftliche Haus an drei Seiten reichlich umgeben war. In wenigen Wochen würde es so weit sein, und der Flieder würde die weißen Einfassungen um die Fenster und Türen noch stärker zur Geltung bringen.

Doch heute ließ sie allein der Anblick der hübschen Villa in Schweiß ausbrechen. Sie war nahezu panisch. Ihr Schritte waren kleiner und kleiner geworden, und mittlerweile ging sie mit Schritten, so groß wie die Beeren einer Zwergmispel, weiter. Dennoch stand sie bald darauf direkt vor dem Haupthaus. Tief sog sie die Luft ein und konzentrierte sich auf die Knospen der Fliederbüsche. Sobald sie ausgetrieben wären und aufsprängen, würden sie herrlich duften. Das war auch nach so vielen Jahren für sie noch immer der Geruch von zu Hause, von Behaglichkeit und Heimat.

»Flieder – Syringa vulgaris«, flüsterte Marleene, damit ihr Herz nicht mehr so flatterte.

Um sich in ihre Rolle als junger Bursche hineinzufinden, sprang sie die Stufen hoch und klopfte, mutiger als sie sich fühlte, an die Tür. Hoffentlich war es nicht Rosalie, die Tochter des Hauses und gleichzeitig ihre Erzrivalin aus Schulzeiten, die ihr öffnete. Aller Wahrscheinlichkeit nach würde ohnehin das Stubenmädchen herbeieilen. Auch gegen Helene, die Herrin des Hauses, hätte Marleene nichts einzuwenden gehabt. Sie hatte ihr als Kind, wenn sie ihren Vater abgeholt hatte, oft nett zugelächelt und hatte eine ganz besondere Sanftheit um die braunen Augen.

Marleene hörte Schritte im Inneren der Villa. Sie betete still: *Nicht Rosalie, alle, nur nicht Rosalie*, als sich die Tür öffnete und kurz darauf Rosalies perfekt gedrehte Locken und das dazugehörige makellose Gesicht mit dem winzigen Schönheitsfleck neben dem linken Nasenflügel im Türrahmen erschienen. Zu ihrem Unmut musste Marleene zugeben, dass Rosalie sich zu einer eleganten jungen Dame entwickelt hatte. Sie war eine wahre Schönheit. Aber die kalten Augen, die sie nun fragend ansahen, versetzten Marleene sogleich in ihre Schulzeit zurück. Würde Rosalie in dem jungen Burschen, der ihr gegenüberstand, ihre ehemalige Klassenkameradin wiedererkennen?

Weil es der Anstand erforderte, nahm sie die Kappe ab und biss innerlich die Zähne zusammen. Anstatt etwas zu sagen, hob Rosalie die feinen Augenbrauen und neigte den Kopf.

Marleene räusperte sich. »Guten Tag. Ist … ist der Chef zu sprechen?«

Rosalie musterte sie und runzelte leicht die Stirn. Marleene hatte ein flaues Gefühl im Magen, doch dann glätteten sich die Falten, und Rosalie verschränkte die Arme.

»Ja, aber nicht hier. Er ist zu dieser Zeit natürlich in der Gärtnerei. Was ist denn dein Anliegen?«

»Ich würde mich gerne vorstellen. Ich suche eine Lehrstelle.«

Zu ihrer Überraschung erschien ein fast schon kokettes Lächeln auf Rosalies Gesicht.

»Das ist sehr erfreulich. Hilfe wird hier momentan dringend gebraucht. Sieh dich gern in der Gärtnerei um, dann findest du ihn bestimmt selbst.« Noch einmal lächelte Rosalie ihr zu und schloss dann die Tür.

Marleene fiel ein Stein vom Herzen, dass Rosalie sie offenbar nicht erkannt hatte, und sie jubilierte innerlich. Eine weitere Prüfung war bestanden!

Anscheinend sahen die Leute lediglich das, was sie sehen wollten. Auf der anderen Seite lag ihre gemeinsame Schulzeit bereits sehr weit zurück, denn nach dem Tod ihres Vaters hatte sie nicht in die Schule zurückkehren können. Selbst wenn sie ihr als Frau begegnet wäre, war sie sich nicht sicher, ob Rosalie sie wiedererkannt hätte.

Marleene war froh, dass sie sich erst einmal in Ruhe umsehen konnte. Auf die Orangerie war sie besonders gespannt, denn die hatte es noch nicht gegeben, als ihr Vater hier gearbeitet hatte. Vor drei Jahren, als sie das erste Mal wegen einer Lehrstelle angefragt hatte, hatte sie das gläserne Gebäude von Weitem gesehen. Dort wurden tatsächlich Orangen gezogen! Eine hatte sie sogar schon einmal kosten dürfen, und sie fühlte sogleich wieder den herb-süßen Geschmack auf der Zunge, als sie jetzt daran dachte. Aber auch andere exotische Früchte wie Bananen und Ananas und ebenso Blumen, die sie noch nicht kannte, mochte es dort geben.

Und natürlich war da noch eine weitere Pflanze, nach der sie suchen wollte. Vielleicht würde sie ja doch irgendwo den zweifarbigen Flieder ihres Vaters finden. Immerhin hatte er ihn hier entdeckt. Möglicherweise gab es ja einen weiteren Busch, oder sie hatten damals ebenfalls Ableger genommen.

Neugierig sah sie sich um, nachdem sie den Schaugarten hinter sich gelassen hatte und nun in den breiten, sandigen Hauptweg einbog, der längs durch die gesamte Gärtnerei verlief und in einem Waldstück mündete. Rechts von ihr reihten sich Topfpflanzen in verschieden großen Töpfen aus Ton. Ihr Vater hatte ihr erzählt, dass sie eigens aus einer Tonbrennerei aus Rastede stammten.

Gegenüber lag die Remise, in der der alte Alois, den sie noch aus Zeiten ihres Vaters kannte, ein Fuhrwerk reparierte. Sie fragte ihn nach dem Chef, und er bedeutete ihr, weiter nach hinten durchzugehen.

Marleene folgte dem Hauptweg und konnte schon die Erdgewächshäuser sehen, lang gezogene Bauten aus Glas, kaum höher als sie selbst, die am Ein- und Ausgang mit gemauerten Treppengiebeln verziert waren.

Davor standen mehrere hölzerne Kästen, die mit Fenstern verschlossen waren. Mistbeete. Als Kind hatte sie über diesen Namen immer lachen müssen. Mittlerweile wusste sie, dass durch das Verrotten des Strohs die Erde und auch die Luft unter dem Fenster warm wurde. Junge Pflanzen und Frühgemüse wie Kohlrabi, Radieschen, Sellerie und Fenchel mochten das. Von dem Pferdemist wurden sie nach der Ernte natürlich gründlich befreit.

Auf der linken Seite standen derweil zahlreiche Bäume, die ins Freilandquartier gepflanzt worden waren. Eichen, Kastanien, Linden, aber auch Fliederbüsche und Maulbeeren standen hier in geraden Reihen. Sie bog nach rechts ab und sah in der Ferne zwei Männer. Der kleinere stemmte sich auf einen Spaten und schien etwas aus der Erde zu stechen. Der andere trug eine ähnliche Kappe wie sie und war mit zwei Pflanzen in der Hand auf dem Weg zu einer hölzernen Schubkarre.

Sie kniff die Augen zusammen, um besser sehen zu können. Waren das die überheblichen Söhne des Hauses? Konstantin und Julius? Sie und ihre biestige Schwester waren die einzigen Wermutstropfen, die sie in Kauf nehmen müsste, sollte sie als Lehrling hier anfangen dürfen. Schnell bog sie in einen Seitenweg ab.

Jegliche dunklen Gedanken wurden vertrieben, als sie plötzlich vor der riesigen Orangerie stand. Die verzinkten Eisenstreben waren verschnörkelt und wirkten fast zu fragil, um das Glas zu halten. Marleene spähte durch ein Fenster, um zu erkennen, welche Gewächse hier beherbergt wurden.

Sie erblickte Orangen, Zitronen, interessante Blüten in einem feurigen Ton zwischen Rosa und Rot, die sie nie zuvor gesehen hatte, und schließlich auch langblättrige Bromelien, von denen sie wusste, dass sie nach einigen Monaten von einer Ananas gekrönt werden würden.

Direkt vor den Pflanzen stand ein junger Mann mit dunklen

Haaren. Er lehnte auf einer Heugabel, und als er breit lächelte, leuchtete sein gesamtes Gesicht auf. Das Mädchen, dem sein Lächeln galt, musste ihm gut gefallen. Sie hatte dunkelbraune Haare und beugte sich soeben über eine Ananaspflanze, sodass Marleene sie im Profil sehen konnte.

Sie stockte und fühlte sich, als wäre sie von einer Sekunde auf die andere von fiesem Bodenfrost gepackt worden. Das war doch tatsächlich Frieda! Mit einem hektischen Sprung zur Seite rettete sie sich vor dem Erkennen.

5. Kapitel

Alexander Goldbach ließ den Blick über das Gelände der Hofgärtnerei schweifen, während er zusammen mit Oskar, seinem Obergärtner, die Strohmatten auf den Dächern der Erdgewächshäuser befestigte, um drinnen für Schatten zu sorgen.

»Wie steht es mit den Arbeiten? Liegen wir wenigstens noch halbwegs im Plan?«, erkundigte er sich bei Oskar.

Obwohl es erst März war, brannte die Frühlingssonne ungewöhnlich stark vom Himmel. Das war zwar gut für das Geschäft, denn die Leute kauften am häufigsten Pflanzen, wenn sie in voller Blüte standen, und so würden die Gewächse früher austreiben. Aber jetzt, wo zeitgleich drei seiner Arbeiter ausgefallen waren, konnte er den zusätzlichen Aufwand, den die Sonne mit sich zu bringen pflegte, nicht gebrauchen.

»Wir hinken ziemlich hinterher.« Oskar war außer Atem, da seine üppige Körperfülle ihn selbst bei einfachen Arbeiten ins Schwitzen brachte. Er zog sich die Kappe vom Kopf, wischte den Schweiß aus seinen spärlichen Haaren und setzte sie wieder auf, bevor er sich der nächsten Matte widmete. Unmerklich vergrößerte Alexander den Abstand zu ihm, denn wie immer verströmte Oskars Kopfbedeckung einen recht strengen Geruch, wenn sie bewegt wurde.

»Wer macht was?«

Oskar verzog das Gesicht. Alexander wusste, sein stellvertretender Leiter mochte es nicht, wenn er kontrolliert wurde. Dabei wollte er sich lediglich einen Überblick verschaffen.

»Johannes und Bruno pflanzen Liguster um. Greta und Hildegard bereiten die Mistbeete vor, aber sie kommen jetzt schon nicht mehr hinterher. Außerdem müssten wir die Spargelgräben ausheben. Manilo ist wie immer in der Orangerie, Hugo siecht noch vor sich hin, und Alois repariert das Pferdefuhrwerk in der Remise.«

Schiet! Die kaputte Deichsel hatte er ganz vergessen. Eine weitere Glanzleistung des letzten Lehrlings. Aber sie brauchten den Wagen dringend. Morgen stand eine Großlieferung für das Schloss Oldenburg an. Die Residenz des Großherzogs wurde alle zwei Wochen mit den schönsten und prestigeträchtigsten Pflanzen ausgestattet und war ihr größter und wichtigster Kunde. Seit sein mittlerweile verstorbener Schwiegervater diesen Auftrag hatte ergattern können, war es ihnen erlaubt, sich *Hofgärtnerei* zu nennen. Es waren jedoch keine Lorbeeren, auf denen man sich ausruhen durfte. Zu Hofe erwartete man oberste Pünktlichkeit und höchste Qualität. Am besten würde er selbst noch in den Warmhäusern nach den Rosen und Lilien sehen, die sie für diese Zwecke mithilfe riesiger Kohleöfen dazu brachten, bereits im März auszutreiben.

»Sag Manilo, er soll am Nachmittag Lotte einspannen und schon mal das Feld vor dem Waldstück pflügen. Heute müssen die Karotten- und Kürbissamen in die Erde, sonst wird das nichts mehr.« Alexander packte die restlichen Matten und sah sich nach seinem Münsterländer Jagdhund um, während sie den Erdgewächshäusern den Rücken zukehrten. Über den festgetrampelten Seitenweg ging er weiter zu den Mistbeetkästen, legte seine Last beiseite und hob die Glasscheibe an. Ein leiser Fluch entwich ihm.

»Greta soll unbedingt mit dem Pikieren der Cyclamen anfangen. Die Pflanzen sind schon viel zu weit ausgetrieben. Wenn sie nicht bald vereinzelt werden, geht uns die gesamte Aussaat verloren.«

Es war schlichtweg zu viel. Sollte er seinen Söhnen Bescheid geben, dass er sie dringend zu Hause benötigte? Aber nein, entschied er, die Ausbildung war wichtiger. Konstantin, sein Ältester, würde ohnehin schon bald von seiner Studienreise zurückkehren. Allerdings würde er dann eine Stelle als Gartenkünstler antreten, um die er sich bereits vor Wochen bemüht hatte. Es war ein bedeutender Schritt in seiner beruflichen Laufbahn. Julius hingegen war erst seit knapp einem Jahr unterwegs. Er konnte ihn noch nicht zurückholen. Üblich waren drei Jahre, um die wichtigsten Pflanzen und Kultivierungsmethoden anderer Länder kennenzulernen. Der Junge hatte es kaum abwarten können, in die Welt hinauszuziehen und auf eigenen Füßen zu stehen. Er würde mit Sicherheit in die Luft gehen, wenn er nach Hause zitiert würde.

Vielleicht könnte Rosalie …? Fast musste er grinsen, als er sich vorstellte, wie seine pingelige Tochter sich über die Mistbeete beugte. Wobei, warum eigentlich nicht? Seit sie die Schule für höhere Töchter beendet hatte, lebte sie nur noch in den Tag hinein. Ging ins Theater, hatte schon mehr von den neuen Cafés besucht als er und traf sich mit Freundinnen, während sie hier in der Gärtnerei in Arbeit versanken. Aber was würden die Leute denken, wenn seine Tochter arbeitete? Das war nicht vorstellbar. Also doch Julius? Er würde gleich am Abend mit seiner Frau sprechen. Wenn sie sich nicht wieder unwohl fühlte.

»Ich werde heute Nachmittag mit der Veredelung der Fliederbüsche weitermachen.« Normalerweise war das nicht mehr seine Aufgabe, aber die Not war einfach zu groß. Die Buchführung würde er irgendwie nachholen.

»Ja … das ist auch wichtig.« Oskar wich seinem Blick aus.

»Liegt außerdem etwas anderes an?«

»Die Pflanzen für den Schützenhof in der Ziegelhofstraße müssten noch ausgeliefert werden, und das Ehepaar Dahlmann wird heute vorbeikommen, um die Alleebäume für ihre neue Villa auszusuchen. Ich musste sie letzte Woche fortschicken, damit wir die Mistbeetfenster fertig machen konnten.«

Alexander fluchte innerlich, ließ sich jedoch nichts anmerken. Er hasste diese neureichen Menschen. Es schien, als müssten sie Gott und der Welt zeigen, wie viel Geld sie hatten. Nur das Allerbeste war für sie gut genug. Das war anstrengend, und wenn sie nicht so viel Geld in der Hofgärtnerei gelassen hätten, dann hätte er sie am liebsten gar nicht mehr beraten. Meist konnten sie sich ewig lang nicht entscheiden, außerdem schienen sie alles besser zu wissen und wollten kein bisschen auf seine gärtnerische Erfahrung hören. Hoffentlich erwarteten sie nicht, stundenlang durch die Gärtnerei geführt zu werden, um sodann unverrichteter Dinge wieder nach Hause zu gehen. Und die Fahrt zum Schützenhof würde auch zu viel Zeit in Anspruch nehmen, dann kam er mit dem Flieder wieder nicht voran. Trotzdem durfte er am Abend keinesfalls seinen Termin bei den Freimaurern verpassen. Nach Monaten hatte er es endlich geschafft, an sie heranzukommen. Er musste dorthin.

»Wollte gestern nicht jemand wegen der Lehrstelle kommen?« Oskar war vom Feldweg ins Freiland getreten und prüfte den Wuchs der Kastanien. Sie hatten vor Jahren viel zu viele davon gezogen. Auch hier musste er sich etwas einfallen lassen.

»War der nichts?«

Alexander lachte auf, und Oskar sah ihn skeptisch an.

»Es war eine Frau.«

»Ach so«, sagte Oskar mit abfälligem Grummeln.

»Sie hatte diese neuartige Gartenbauschule für höhere Töchter besucht. Ich will nicht wissen, was das Ganze gekostet hat. Hielt sich für eine fertig ausgebildete Gärtnerin und hatte lachhaft hohe Gehaltsvorstellungen.«

Das entlockte selbst Oskars dauergrimmigem Gesicht ein Grinsen.

»Letztes Jahr habe ich mit dem Gärtnerverein die Schule besichtigt…« Er ließ den Satz ins Leere laufen und schüttelte den Kopf. »Kaum zu glauben, was die dort unter Kultivierung verstehen. Die Stecklinge haben ein vollkommen jämmerliches Bild abgegeben. Drei Viertel waren verkümmert, und was sie sonst den ganzen Tag dort gemacht haben, weiß ich nicht. Wahrscheinlich haben sie sich die gesamte Zeit darüber unterhalten, welche Blüten am hübschesten sind.«

Beide Männer brachen in schallendes Gelächter aus und vergaßen für einen Moment die Arbeit, die ihnen wie das Unkraut über den Kopf wuchs.

Unter den Apfelbäumen auf der Streuobstwiese entdeckte Alexander nun endlich seine Hündin. Sie tollte zwischen den Bäumen umher und schien einer Fliege nachzujagen.

»Asta!«, rief er, und sie schoss sogleich auf ihn zu. Er kraulte sie hinter den Ohren, was sie besonders mochte. »Du sollst Rehe und Kaninchen jagen, damit sie unsere Pflanzen nicht wegfressen, und keine Fliegen«, sagte er mit sanfter Stimme. »Nun gut. Sehen wir mal im Kontor nach, ob die Post schon da war.«

Asta bellte, und sie gingen los.

Auf dem Hauptweg, der zur Fliedervilla führte, erblickte Alexander plötzlich einen jungen Burschen, der mit einem Satz zwischen die Bäume im Freilandquartier sprang. Er runzelte die Stirn. Was hatte das zu bedeuten?

Er lief mit schnellen Schritten auf die Stelle zu, wo er den Jungen hatte verschwinden sehen. War das etwa ein weiterer Pflanzendieb? Es wäre allerdings ein ziemlich dummer Kerl, wenn er sich am helllichten Tage auf dem Hauptweg herumtrieb. Auf der anderen Seite gab es aber auch einfach viele dumme Menschen. Deswegen hatte er schließlich den letzten Lehrling entlassen müssen. Die Arbeiter hatten ihm jede Aufgabe bestimmt achtmal erklären müssen, und trotzdem hatte er beim Veredeln mindestens die Hälfte falsch angeschnitten. Und was seine Stecklinge anging, so waren sie gänzlich unbrauchbar. Als man ihn dann noch beim Klauen erwischt hatte, war für Alexander Schluss gewesen.

Aus den Augenwinkeln nahm er eine Bewegung wahr und entdeckte den Jungen jetzt zwischen den Bäumen. Er war ihm also durch die Bäume hindurch entgegengelaufen. Trotzdem zuckte der Jungspund zusammen, als er Alexander sah, und das freute ihn. Er mochte es, wenn die Leute Respekt vor ihm hatten. Manchmal schaute er deswegen genauso grimmig wie Oskar, da er beobachtet hatte, welche Wirkung das auf andere hatte. Diesmal war sein Ärger jedoch echt.

»Was hast du hier zu suchen, Junge?«, blaffte er ihn an.

Dieser begann zu seiner Überraschung zu lächeln und fuhr sich mit der Hand an den Kopf, als wollte er sich die Haare zurückstreichen. Doch dann wich sein Lächeln einer Unsicherheit, und er nahm hastig die Kappe zum Gruß ab.

»I-ich suche den Chef der Gärtnerei«, sagte er mit überraschend hoher Stimme. Er schien noch ziemlich jung zu sein.

»Und da dachtest du dir, du fängst mal mitten zwischen den Maulbeerbäumen an?«, schimpfte er.

Der Bursche klappte den Mund auf und wieder zu. In seinen Augen stand nun die Panik. Fast schon tat es Alexander leid, ihn so angefahren zu haben. Aber er hatte einfach keine Zeit für solche Fisimatenten. Er winkte ihn zu sich auf den Weg. »Na komm, du kannst mich zur Streuobstwiese begleiten. Ich bin Alexander Goldbach. Weswegen bist du hier?«

Der Junge sah nach links und rechts, bevor er auf den Feldweg trat, als handelte es sich um eine viel befahrene Straße. Erst dann folgte er ihm. Sonderbarer Kerl.

»Wer bist du überhaupt?«, erkundigte er sich nun.

»Mar…« Er brach mitten im Wort ab.

Gott, war das so ein Minderbemittelter, der nicht einmal den eigenen Namen kannte? Prüfend studierte er jede Regung im Gesicht des Jungen, um aus ihm schlau zu werden.

»Marten«, sagte er nun mit fester Stimme.

»Marten? Was ist denn das für ein Name?«

»Nordisch«, antwortete er knapp.

Die Namen wurden auch immer ausgefallener. Was war nur aus den guten alten Vornamen wie Friedrich und Wilhelm geworden? Egal, er hatte andere Probleme.

»Nun mal raus mit der Sprache, was machst du hier?«

Der Junge atmete tief ein. »Ich wollte mich vorstellen … weil ich gern eine Lehre in Ihrer Gärtnerei antreten möchte.«

»Hmmm«, grummelte Alexander. Er ließ den Blick erneut über den Jungen schweifen. Die einfache Kleidung schlackerte um Arme und Beine; er wirkte fast, als könnte ein größerer Windstoß ihn auf der Stelle umwehen.

»Und da kommt nicht dein Vater, um bei mir anzufragen?!«, erkundigte er sich, um Zeit zu gewinnen. Natürlich konnte er ein weiteres Paar Hände dringend gebrauchen. Allerdings war dieser Junge dermaßen schmächtig, dass er vermutlich eher ein Klotz am Bein wäre als eine Hilfe. Was sollte so einer schon ausrichten? Die feinen Finger wirkten fast wie die einer Frau und wären geeignet, um zartes Unkraut zu jäten oder zu pikieren. Aber zu einer Gärtnerlehre gehörte viel mehr. Er würde auch Pflanztröge schleppen müssen, gießen, Raupennester herausschneiden, im Winter die schweren Holzplanken auf die Orangerie ziehen, mit großen Geräten umgehen. Wie sollte so ein Hänfling mit ihren Kaltblutpferden zurechtkommen? Er war ja kaum breiter als Lottes linkes Vorderbein.

Aber vielleicht war er doch besser als niemand? Auch ein dünner Baum belebt die Landschaft, hieß es schließlich. Und wer wusste schon, wann sie einen anderen Lehrling finden würden? Erst letzte Woche hatte einer der vielen Kriegsversehrten vorgesprochen, die konnte er auch nicht gebrauchen. Und am Ende kam wieder eine Frau und stellte die absurde Behauptung auf, dass sie als Gärtnerin ebenso geeignet sei wie ein Mann.

Sie waren neben den Kastanien entlanggelaufen und kamen nun zu den Apfelbäumen, die nach den wärmeren Tagen bereits vereinzelt blühten.

»Wie alt bist du denn? Vierzehn?«, schätzte er grob.

»Fünfzehn«, gab der Junge stolz an.

Das bedeutete, dass er im letzten halben Jahr, seit die Volksschule zu Ende war, untätig gewesen war. Die heutige Jugend wurde wirklich verzärtelt. Zu seiner Zeit hatte es das nicht gegeben. Da hatte man direkt nach der Volksschule in die Lehre gemusst. Vielleicht gehörte er ja zu denen, die erst etwas anderes ausprobiert hatten und jetzt »umsatteln« wollten, wie es so schön hieß. Auch das hatte es zu Alexanders Zeit nicht gegeben. Früher hatte man sich für eine Sache entschieden, und dann blieb man dabei. Man probierte nicht vorher noch drei andere Lehren aus. Er merkte, dass er ungewollt die Nase gerümpft hatte, und glättete sein Gesicht wieder.

Von Weitem sah er das Ehepaar Dahlmann auf sich zukommen. Besser, wenn er diese Sache zum Abschluss brachte. Ein Lehrling bedeutete auch Pflichten, überlegte er. Wenn er sich jetzt entschied, dieses Maul mitzustopfen, würde der Platz für einen anderen, vielleicht besser geeigneten Burschen fehlen. Deswegen musste die Entscheidung wohlbedacht sein. Es war vermutlich sinniger, auf einen etwas kräftigeren Jungen zu warten. Er würde beim nächsten Gärtnerstammtisch in die Runde fragen, ob jemand was wüsste. Irgendein kräftiger Bursche würde sich schon finden lassen. Er wandte sich an Marten.

»Tut mir leid. Ich kann dich nicht in die Lehre nehmen. Aber wenn du möchtest, kann ich dich als Hilfsarbeiter einstellen, und du unterstützt uns im Frühjahr beim Unkrautjäten und Pikieren.«

Die Augen des Jungen sahen aus wie die von Konstantin als Kind, wenn er ihm eine weitere Runde im Kettenkarussell auf dem Kramermarkt versagt hatte.

»Ich bin bereit, alles, was mir an Muskelkraft fehlt, durch doppelten Fleiß wieder wettzumachen. Ich habe mich auch, so gut es ging, eingearbeitet. Jede freie Minute habe ich in der Bücherei verbracht und Pflanzenkunde studiert. Bitte, wollen Sie es nicht doch mit mir versuchen?«

Das Ehepaar Dahlmann war inzwischen so nahe gekommen, dass Alexander sie schon miteinander reden hörte.

»... was es sonst noch nie gegeben hat«, plapperte die Frau im weißen Spitzenkleid aufgeregt. »Die Leute sollen schon bei der Ankunft sehen, dass unser Anwesen etwas ganz Besonderes ist.

So wie letztens bei Schloss Bothmer, wo sie diese Allee aus Bäumen mit gespaltenen Stämmen haben.«

Alexander biss die Zähne zusammen. Er kannte diese Allee. Es waren Holländische Linden, die als junge Bäume in der Mitte gespalten wurden. So bildeten sich zwei Stämme heran, die mit den Stämmen der Nachbarbäume eine Girlande formten. So beeindruckend dieser Anblick auch sein mochte, zerriss er doch seine Gärtnerseele. Es sah ungesund aus und war wider die Natur. Schließlich hatte es schon seinen Grund, warum Bäume normalerweise nur einen Stamm hatten. Mit Sicherheit würde dies kein leichtes Beratungsgespräch werden. Noch einmal blickte er zu dem Jungen und sah ihm fest in die Augen.

»Wie gesagt, es geht nicht. Meine Entscheidung ist gefallen, und jetzt muss ich mich leider entschuldigen.«

Der Junge nickte traurig und trottete niedergeschlagen in Richtung des Hauptweges. Ein Windhauch kam auf und löste ein paar der frühen Apfelblüten, sodass es für einen Moment so aussah, als würde es schneien.

Die junge Frau Dahlmann mit ihrem weißen Kleid und dem hellen Hut passte perfekt in das frühlingshafte Bild. Sie breitete die Arme aus, als wollte sie ein paar der Blütenblätter fangen, und drehte sich lachend im Kreis.

»Wie bezaubernd!«, rief sie. Aufgeregt wandte sie sich ihrem Mann zu. »Das ist es! Wir werden eine Apfelbaumallee zur Villa pflanzen. Warum ist bisher noch niemand auf diese Idee gekommen?«

Während Alexander noch nach den rechten Worten suchte, weil er ihr schlecht sagen konnte, dass es eine vollkommen dämliche Idee war, hörte er, wie Marten etwas murmelte.

»Das wäre keine gute Idee«, sagte er.

Sofort legten sich Schatten auf das Gesicht der jungen Dame, und Alexander biss die Zähne zusammen. Was maßte dieser Jüngling sich an?

Doch Herr Dahlmann hörte auf, an seinem Schnurrbart zu zupfen, und wandte sich interessiert an den jungen Burschen.

»Keine gute Idee? Ich finde den Einfall meiner Frau sehr vielversprechend.«

Der Junge nickte verständnisvoll. »Sicher, es würde traumhaft aussehen – diese Apfelbäume mit ihren hellen Blüten als Allee vor einer weißen Villa …«

Die Schatten auf dem Gesicht der Dame wurden umgehend von einem sonnigen Lächeln vertrieben. »Ganz genau so habe ich es mir vorgestellt. Und im Herbst könnten wir ein Apfelfest feiern, weil wir jede Menge Äpfel übrig hätten.«

»Mit Apfelkuchen, Apfelmost, Apfelmus und Apfelmarmelade. Ja, das ist wirklich eine schöne Vorstellung. Doch leider ist der Apfelbaum für eine Allee vollkommen ungeeignet.«

»Aber warum?«, fragte nun Herr Dahlmann. Seine Stimme klang geradezu bestürzt.

»Apfelbäume werden nicht sehr hoch«, erklärte Marten, warf dann aber Alexander einen unsicheren Blick zu, als würde er um Erlaubnis bitten, weiterzusprechen. Alexander musste sich eingestehen, dass der Knabe ihn überraschte. Vielleicht konnte es nicht schaden, ihn einer kleinen Prüfung zu unterziehen.

»Wenn du hier wirklich in die Lehre gehen willst, dann zeig mal, was du kannst«, raunte er ihm zu.

Das schien Marten Mut zu geben. Er richtete sich kerzengerade auf und breitete die Arme aus. »Sehen Sie sich um. Diese Bäume hier sind bereits über zwanzig Jahre alt, und doch sind sie gerade mal drei Meter hoch. Sie wollen aber ja in einigen Jahren eine herrschaftlich anmutende Allee haben mit hohen Bäumen, unter denen man hindurchkutschieren kann. Das wird mit Apfelbäumen jedoch nicht möglich sein. Sie brauchen für Ihre Allee in jedem Fall höher wachsende Bäume mit ausladenden Kronen, die auch Schatten spenden. Denn gerade an warmen Tagen ist es ein Genuss, durch solch eine Allee zu fahren. So werden Ihre Gäste die Ankunft bei Ihnen zu Hause mit etwas sehr Schönem und Angenehmem verbinden – so wie vermutlich auch den Besuch bei Ihnen«, sagte er mit einem schmeichelnden Lächeln, das ganz genau den richtigen Nerv der jungen Frau Dahlmann zu treffen schien.

»Ja, das wollen wir«, sagte sie voller Euphorie.

»Ich würde Ihnen daher zum Beispiel die Kastanie ans Herz legen. Die Blüte ist noch edler und imposanter, und dazu wächst der Baum deutlich höher und ist ein hervorragender Schattenspender.«

Frau Dahlmann nickte gedankenvoll, und Alexander war froh, dass man ihm dank seiner nordischen Gelassenheit äußerlich in keiner Weise ansah, wie erleichtert er wäre, die lästigen Kastanien loszuwerden. Marten sprach indessen weiter. So viel Wortgewandtheit hatte Alexander dem Burschen gar nicht zugetraut.

»Ihr Vorhaben mit dem Apfelfest müssen Sie aber trotzdem nicht aufgeben. Sie haben sicherlich noch viele freie Flächen, wenn Sie das Anwesen erst neu beziehen. Sie könnten ohne große Umstände eine Streuobstwiese anlegen, so wie die Hofgärtnerei Goldbach sie hat.« Der Jüngling breitete die Hände aus und deutete um sich. »Und wenn Sie schon einmal dabei sind, wie wäre es mit ein paar Birnen- und Pflaumenbäumen gleich dazu?«

Frau Dahlmann klatschte in einer nahezu kindlichen Freude und schlug dann die Hände vor den Mund, um ihr Kichern zu verbergen.

»Oh ja, das klingt wundervoll.« Sie wandte sich ihrem Ehemann zu. »Nicht wahr, Friedhelm? Das ist doch eine fantastische Idee. Ich kann es schon vor mir sehen: die riesige Kastanienallee und dann unser Apfelfest im Herbst. Da werden die Menkes sich ganz schön umschauen müssen, um das überbieten zu können.«

Herr Dahlmann legte den Arm um die Schultern seiner Frau. »Alles, wonach es dir beliebt, meine Teuerste.« Er zwinkerte Marten zu und wandte sich dann an Alexander, um die besagten Pflanzen zu ordern.

Nachdem sie die Formalitäten geklärt und mit einem Handschlag besiegelt hatten, wartete Alexander, bis das Ehepaar außer Hörweite war. Er war so beeindruckt von der Gewandtheit des jungen Burschen, dass er am liebsten laut gejubelt und den schlaksigen Jungen dazu noch durch die Luft gewirbelt hätte.

Das zeigte er ihm durch ein knappes Nicken.

Er hatte Marten unterschätzt, musste er zugeben. So schmächtig er sein mochte, er war definitiv nicht auf den Kopf gefallen. Auch wenn er ganz anders aussah, erinnerte er ihn nun sogar ein wenig an sich selbst. Auch er hatte sich allein mithilfe seines Verstandes aus ärmlichen Verhältnissen hochgearbeitet.

Außerdem hatte der Knabe ein Talent, das er sonst nur bei wenigen seiner Mitarbeiter beobachtet hatte. Er konnte gut mit Menschen umgehen, sich in sie hineinfühlen. Das war für einen Verkäufer ungemein wichtig. Vielleicht hatte er also nicht zu viel versprochen. Möglicherweise konnte er tatsächlich seine fehlende Muskelkraft anderweitig ausgleichen. Eine Sache interessierte ihn jedoch besonders.

»Nicht schlecht, Junge. Aber wieso hast du die Kastanien empfohlen? Buchen oder die gute alte Eiche wären doch genauso gut geeignet gewesen?«

Der Junge lächelte spitzbübisch. »Ich habe gesehen, dass von den Kastanien noch sehr viele im Freilandquartier stehen. Deswegen dachte ich mir, es wäre nicht schlecht, einen Teil davon abzuverkaufen.«

»Das lernt man auch in den Büchern der Bücherei?«

Marten schüttelte den Kopf und grinste verlegen. »Das lernt man, wenn man den Chef der Gärtnerei zwischen den Freilandbäumen sucht.«

Ja, er hatte den Burschen wahrhaftig unterschätzt. Dieser Marten war nicht nur schlau wie ein Fuchs, er hatte es zudem faustdick hinter den Ohren.

6. Kapitel

Yunnan, China

Ein Windhauch vertrieb die verbliebenen Nebelschwaden, die den schmalen Pfad verschleiert hatten, der sich den Berg hinaufschlängelte. Wie an den vergangenen Tagen tauchte die glühende Sonne die Bergspitzen in ein leuchtendes Goldorange. Julius genoss die sanfte Wärme auf seiner Haut, denn in der Nacht war es bitterkalt gewesen. Trotzdem hätte er dieses Abenteuer, auf welches ihn der Botaniker Sir Joseph Hooker mitgenommen hatte, auf keinen Fall missen wollen. Sein Vater würde außer sich geraten vor Zorn, wenn er je erfahren sollte, dass er schon lange nicht mehr auf Studienreise in den herrschaftlichen Gärten von England war, sondern am anderen Ende der Welt auf der Jagd nach unbekannten Pflanzen.

Und sie waren erfolgreich gewesen.

Tausende von sorgsam verpackten Stängeln und Samen warteten in den Taschen der Maultiere darauf, die große Reise über die Ozeane antreten zu können.

Vielleicht würde sich sein Vater besänftigen lassen, wenn er eine bisher unbekannte, besonders schöne oder besonders sinnvolle Pflanze mit entdeckte. Er war schon immer auf sein gutes Ansehen bedacht gewesen.

Aber das war unwahrscheinlich.

Einerseits tat er das alles hier im Dienst für Königin Victoria. Sie war es, die die Gelder für die Reise in das Himalayagebirge bereitstellte. Allein die Überfahrt hatte ein kleines Vermögen gekostet. Hinzu kamen die Ausrüstung und die vielen Helfer. Obwohl sie nur zu fünft nach unbekannten Pflanzen suchten, hatten sie zwölf Einheimische dabei, die ihnen zur Hand gingen, und doppelt so viele Maultiere. Sie trugen trittsicher die Zelte, Vorräte, Werkzeuge und ihre seltenen Funde durch die dicht bewachsenen Berge. Alles in allem kostete es wohl hundertmal mehr, als ein einfacher Arbeiter in seinem gesamten Leben je verdienen würde.

Julius hatte Hooker in den vergangenen achtundzwanzig Tagen schon unzählige Male voller Begeisterung eine prachtvolle Pflanze gezeigt, nur um dann enttäuscht zu werden. Der Expeditionsleiter hatte nachdenklich eine Hand ans Kinn gelegt, das von unten bis zu den Ohren hinauf mit einem wuscheligen Bart bewachsen war. Dann hatte er eins seiner vielen, bis zum Rand vollgeschriebenen Notizbücher hervorgezogen und nach wenigen Minuten das bestätigt, was er vermutlich schon geahnt hatte. Es war keine neue Sorte. Jemand hatte sie bereits entdeckt und mit nach England gebracht. Jedes Mal aufs Neue war Julius' Hoffnung verwelkt. Trotzdem war er mehr als stolz, Seite an Seite mit einem derart renommierten Botaniker arbeiten zu dürfen. Inzwischen leitete Hooker den riesigen Royal Botanic Garden in London, aber zuvor hatte er zahlreiche Pflanzenexpeditionen unternommen, die ihn berühmt gemacht hatten: in die Antarktis, nach Marokko, Palästina, die Vereinigten Staaten und schon einmal in den Himalaya. Außerdem sollte er sehr gut mit dem legendären Naturwissenschaftler Charles Darwin befreundet gewesen sein, der mit seinen neuen Erkenntnissen zur Entstehung der Arten für Furore gesorgt hatte. Bei Gelegenheit wollte Julius Hooker unbedingt einmal danach fragen.

Während sich die Karawane den Hügel hinaufarbeitete, jeder in seine eigenen Gedanken versunken, beleuchtete die Sonne immer mehr von Yunnan. Julius hatte nicht einmal geahnt, dass es solch eine Schönheit gab. Schon Holland mit den bunten Tulpenfeldern und England mit den saftig grünen Hügeln und den wunderschön angelegten Gärten waren beeindruckend, aber das hier übertraf alles.

Yunnan bedeutete wörtlich »südlich der Wolken«, und Julius war überzeugt, dass es keinen besseren Namen für diese Gegend geben könne. Die schneebedeckten Berge vergruben ihre Spitzen in flauschigen Wolken und spiegelten sich auf der glasklaren Oberfläche eines türkisblauen Sees. Flüsse hatten tiefe Schluchten durch die Felsen gegraben. Noch beeindruckender aber waren die Pflanzen. Fast jede von ihnen zeichnete sich durch Farben und Formen aus, die er noch nicht kannte. Das strahlendste Orange, das kräftigste Rot, zarte Rosétöne, leuchtendes Weiß und sattes Lila boten sich ihm dar. Immer wieder stießen sie auf ein buntes, überwältigendes Meer an Farben, das sich vor ebenjener Bergkulisse abzeichnete. Hier gab es sogar Bäume, die wie Blumen blühten. Es waren Zierkirschen, Magnolien und vor allem Rhododendren, wie er inzwischen gelernt hatte. Letztere gab es in allen Farben, die man sich nur vorstellen konnte. Er hatte sie erstmals in den Kew Gardens in London gesehen, aber hier wuchsen unzählige weitere Sorten, die alle auch für England und natürlich für das Deutsche Kaiserreich interessant sein könnten. Welch eine Vorstellung, eine solche Königin der Blumen in den Gärten zu haben!

Hooker gab das Zeichen zum Anhalten, als sie eine Lichtung erreichten. Die Helfer strömten aus und machten sich mit sicheren Handgriffen daran, das Lager aufzuschlagen. Julius übergab sein Maultier an einen drahtigen Mann mit Turban und schloss zu Hooker und Fields auf, dem dritten Pflanzenjäger im Bunde. Die zwei weiteren Männer hatten sie krank im letzten Dorf zurücklassen müssen.

Tashi, der Tibeter, der sie bereits seit Wochen sicher durch das Gebirge führte, winkte ihnen auffordernd zu. Den restlichen Weg würden sie zu Fuß bewältigen müssen, da das Gelände zu unwegsam wurde. Sie wollten diesen letzten Tag dafür nutzen, weitere exotische Pflanzen zu suchen, die in ihrer Heimat Gefallen finden würden. Für eine Weile liefen sie hinter Tashi her, bis sich der Pfad um eine weitere Kurve schlängelte. Der Anblick, der sich dahinter verbarg, sorgte dafür, dass Julius trotz der kühlen Morgenluft der Schweiß ausbrach.

»Wir sollen doch nicht etwa …« Er deutete auf das schrecklich dünne Seil, das an zwei kräftigen Bäumen auf je einer Seite über eine gut dreißig Meter tiefe Schlucht gespannt war. An ihrem Boden glitzerte ein Fluss mit türkisfarbenem Wasser, der zu beiden Seiten von breiten baumbewachsenen Hängen gesäumt war.

Tashi machte sich jetzt an einem ledernen Riemen zu schaffen und knotete ihn gekonnt um Fields' Körper.

»Tut mir leid. Von so etwas wie der London Bridge haben sie hier noch nichts gehört. Wenn wir da rüberwollen – und das sollten wir unbedingt, denn Tashi sagt, dass es dort die schönsten Pflanzen gibt –, dann bleibt uns nichts anderes übrig.«

Fields war inzwischen fest an das Seil geschnürt und brachte sich in Position.

»Wir sehen uns auf der anderen Seite!« Er grinste ihnen zu, bevor er so weit wie möglich zurückging und dann auf die Schlucht zurannte. Kurz darauf schwebten seine Füße in der Luft, und am Seil hängend raste er mit einem lauten Freudengeheul zur gegenüberliegenden Seite. Dort angekommen, legte er die Hände um den Mund und rief: »Ich freue mich schon auf den Rückweg!«

Julius schluckte.

Tashi sagte etwas, und Julius wurde klar, dass er den Nächsten an das Seil knoten wollte.

»Du musst das nicht machen«, erklärte Hooker mit seiner sanften Stimme. »Du kannst auch im Camp auf uns warten und solange mit der Dokumentation weitermachen. Lass dir von Nyima eine Schüssel Reis geben und erhol dich von den Strapazen.«

Das wäre eine Erleichterung. Aber es war ihre letzte Gelegenheit zum Suchen. Die kommenden zwei Tage würden sie für die Rückkehr zum Hafen benötigen.

»Auf gar keinen Fall!« Entschieden ging er auf Tashi zu und stieg in die Beinschlaufen. »Lang lebe die Königin«, sagte er mit einem Augenzwinkern, hielt sich fest und nahm Anlauf, nachdem Tashi seine Knotenkunst beendet hatte.

Jetzt verstand er Fields' Freudengeheul. Unterwegs kämpfte die Angst gegen seine Begeisterung. Er fühlte sich so wach, so sehr von pulsierendem Leben durchströmt, als hätte jemand ein Feuerwerk in ihm entzündet.

»Das ist ja fantastisch«, sagte er voller Aufregung zu seinem Kollegen, der ihm half, die Knoten wieder zu lösen.

»Ein kleiner Weckruf, der einem den wahren Wert des Lebens ins Bewusstsein bringt, wirkt absonderlich belebend. Ist das nicht absurd?«

Fields legte nur selten die gehobene Forschersprache ab.

Wenige Sekunden später war auch Hooker auf ihrer Seite angekommen, und nun strömten sie in verschiedene Richtungen aus, um einen möglichst großen Radius des unerforschten Gebiets abdecken zu können.

Julius stapfte vorsichtig durch einen Ozean aus helllila blühenden Azaleen. Hooker hatte ihm erklärt, dass sie bereits erfolgreich nach England gebracht worden waren. Seine Augen waren starr auf den Boden gerichtet, immer auf der Hut, ja keine frische Farbe zwischen den Gräsern zu übersehen. Er passierte einen interessanten Baum mit Nadeln, die so lang waren wie seine Hand. Aber ihre Mission war es, blühende Pflanzen für den königlichen Garten zu entdecken und keine Bäume.

Die Landschaft veränderte sich, und er kam in ein Gebiet, wo vermehrt Sträucher wuchsen. In der Ferne sah er eine Magnolie mit Blüten, die an Tulpen erinnerten, aber auch diese Schönheit hatte die Reise nach Europa längst mit Erfolg überstanden.

Jetzt zeichneten sich im Grün fingerbreite brombeerfarbene Blüten ab. Er war sich nicht sicher, ob sie davon bereits etwas gesammelt hatten, aber vorsichtshalber wollte er ein paar Samen und Stängel mitnehmen. Sorgsam holte er das Ölpapier heraus, das die Pflanzen schützen sollte, und schnitt zusätzlich etwas mehr für die Dokumentation ab. Er war so konzentriert, dass er zusammenzuckte, als ganz in seiner Nähe Äste knackten.

Das war doch nicht etwa eine Rindergämse oder gar ein Bär? Gerade noch rechtzeitig konnte er sich hinter einem Felsen verstecken. In der Ferne sah er zwei Fremde, die einem ausgetretenen Pfad folgten. Sie hatten Gewehre geschultert. Julius' Herz galoppierte in seiner Brust. Immer wieder hatte Hooker ihm eingebläut, dass sie sich vor den ihnen feindlich gesonnenen Stämmen in Acht nehmen müssten. Einige scherte es nicht, dass sie nur an Pflanzen interessiert waren. Sie waren Eindringlinge und somit eine Bedrohung, die beseitigt werden musste.

Zum Glück bemerkten ihn die beiden nicht. Als er sich endlich wieder sicher wähnte und aufrichtete, waren seine Arme und Beine ganz steif geworden. Er dehnte die schmerzenden Glieder und ließ müde den Blick schweifen.

Und da entdeckte er ihn.

Er stand im Schatten einiger Fichten und wurde von der Sonne so angestrahlt, als wollte die Natur diesen ganz besonderen Rhododendron extra ins Licht rücken. Unwillkürlich hielt er den Atem an und ging darauf zu. Er war ein prachtvolles Exemplar. Die ovalen dunkelgrünen Blätter wurden von weißen Blüten gekrönt, was zunächst nichts Besonderes war, aber im Inneren wiesen sie zudem einen wohlgesetzten brombeerfarbenen Tupfen auf. Als hätte jemand einen Borstenpinsel genommen und jede einzelne Blüte von Hand verziert. Obwohl es absurd war, wurde Julius' Aufregung jetzt noch viel größer als vorhin, als er sich in unmittelbarer Lebensgefahr befunden hatte.

Diesmal war er sich vollkommen sicher. Er hatte Hookers Bücher studiert, und eine solche Sorte hätte er niemals vergessen, erinnerte sie ihn doch an eine andere wichtige Pflanze in seinem Leben. Gewiss hatte niemand bisher einen derartigen Rhododendron gefunden. Mit größter Sorgfalt sammelte er extra viele Samen ein und schnitt gleich mehrere Pflanzenproben. Ein Blick auf seine goldene Taschenuhr, die er von seinem Großvater geerbt hatte, zeigte ihm, dass es Zeit für den Rückweg war. Er konnte es kaum erwarten, Hooker von diesem Fund zu berichten. Wenn einer die Freude und Aufregung über eine unentdeckte Pflanzensorte teilte, dann war es der Botaniker, der ihn überhaupt erst auf diese Reise mitgenommen und von dem er in den Kew Gardens so unendlich viel gelernt hatte.

Schon von Weitem konnte er erkennen, dass Hooker wie so oft über seine Notizen gebeugt dasaß. Er rief seinen Namen, und da Hooker wohl die Aufregung in seiner Stimme vernahm, erhob er sich und eilte ihm entgegen. So holte Julius, noch bevor sie sich auf den Rückweg zum Lager machten, das Tuch hervor und präsentierte Hooker die Proben. Der beugte sich dicht darüber und schob die filigrane Brille zurück auf seine Nase.

»Interessant!« Leise murmelte er etwas vor sich hin, das Julius nicht verstand, obwohl er mittlerweile recht gut Englisch sprach.

»Es ist wirklich ein wunderschönes Exemplar«, sagte Hooker schließlich. »Ausgezeichnete Arbeit! Genau so etwas haben wir gesucht. Für solche prachtvollen Funde wird unsere Expedition finanziert, und dieser könnte uns das Budget für die nächste Reise sichern.« Er sah Julius eindringlich in die Augen. »Wenn du möchtest, kannst du gerne wieder mit dabei sein. Du hast dich unglaublich schnell in die Materie eingearbeitet, und wir können so wissbegierige junge Menschen wie dich gut gebrauchen.«

»Wirklich?« Julius konnte kaum glauben, was er da gerade gehört hatte. »Das würde ich unglaublich gerne tun. Ich habe selten etwas erlebt, das mir so viel Freude bereitet hat wie die Pflanzenjagd und -zucht.«

Seite an Seite gingen sie zurück zu ihrem Treffpunkt. Noch nie in seinem Leben hatte Julius so viel Anerkennung bekommen und war dermaßen in einer Aufgabe aufgegangen. Es tat unglaublich gut, und er mochte gar nicht daran denken, wie es werden würde, wenn er erst wieder in Oldenburg wäre.

7. Kapitel

»Marleene!«

Sie hatte die Türklinke schon in der Hand, als die strenge Stimme des Wirts sie zusammenzucken ließ. Marleene fuhr herum und sah den hageren Mann vor der Schankstube stehen, die Hände in die Hüften gestemmt. Sie ahnte, was jetzt kommen würde, und wappnete sich innerlich.

»Ich warte immer noch auf die Miete.«

Marleene atmete tief ein, damit ihre zitternde Stimme sie nicht verriet.

»Ja, die Miete …« Zögerlich ging sie auf den Wirt zu, denn das folgende Gespräch war eines, bei dem man sich besser in die Augen sah. »Ich habe mich gefragt, ob es vielleicht möglich wäre, sie dieses Mal – als allereinzige Ausnahme – erst nächsten Monat zu bezahlen? Ich …«

»So weit kommt's noch«, fiel ihr der Wirt ins Wort. »Und nächsten Monat wollt ihr die Miete dann auf den übernächsten Monat verlagern. Und so geht es immer weiter. Nein. Nein. Nein. Das fangen wir gar nicht erst an. Spätestens heute Abend habe ich das Geld.« Er beugte sich so nah zu ihr, dass sie das Bier riechen konnte, das er offenbar bereits getrunken hatte. »Oder ihr könnt demnächst in der Gosse schlafen«, setzte er hinzu und verschwand in der Schankstube.

Marleene verscheuchte die aufsteigende Furcht und machte sich auf den Weg zum Hotel. Sie konnte immer noch nicht fassen, wie viel sie als Lehrling in der Gärtnerei verdienen würde, aber den Lohn würde sie erst zum Ende des nächsten Monats bekommen. Sie hatten per Handschlag abgemacht, dass sie am ersten April beginnen würde. All ihre Ersparnisse waren für die Jungenkleidung draufgegangen. Den wenigen Schmuck, die silberne Kette und das Armband ihrer Großmutter hatte sie bereits vor drei Jahren versetzt, um das Zimmer für ihre kranke Mutter zahlen zu können. Normalerweise würde sie Frau Holthusen um einen Vorschuss bitten. Aber da sie ihr heute ihre Kündigung mitteilen würde, war das kein guter Zeitpunkt.

Sie musste sich dringend etwas einfallen lassen. Frieda hatte wie immer bereits die Hälfte von ihrem spärlichen Blumenbinderlohn abgezwackt. Sie konnte ihre Cousine jetzt unmöglich hängen lassen. Und wo sollten sie denn hin, wenn der Wirt sie auf die Straße setzen würde?

Vielleicht könnte sie mit Frau Holthusen ausmachen, dass sie den Teil ihres Lohns, den sie bereits erarbeitet hatte, schon jetzt bekäme? Das wäre immerhin kein Vorschuss, sondern Geld, das ihr ohnehin zustand.

Marleene ging über die Kurwickstraße zum Staugraben und folgte ihm, bis sie zum Bahnhof abbiegen musste, an dessen Vorplatz das Hotel lag. Sie mochte die Strecke am Fluss entlang. Es kam ihr so vor, als liefe sie durch einen kleinen Park.

Voller Vorfreude betrachtete sie die winzigen Knospen der Bäume, die sich der Sonne entgegenreckten. Bald würde sie jeden Tag mit Pflanzen zu tun haben! Das war so eine wunderschöne und sinnvolle Aufgabe. Sie würde nicht länger die immer gleichen Betten frisch beziehen und jeden Tag aufs Neue Zimmer putzen müssen, die dann sowieso wieder schmutzig wurden.

Bevor sie das Hotel betrat, tasteten ihre Hände noch einmal die Kanten ihrer weißen Haube ab. Schon oft hatte sie die Kopfbedeckung verflucht, spürte sie doch viel lieber den frischen Nordwind in ihrem Haar. Heute aber war sie dankbar dafür. So sah man nicht auf den ersten Blick, dass sie sich die Haare kurz geschnitten hatte.

Würde die Hoteldirektorin merken, dass sich unter der Haube nicht länger ihre geflochtenen Haare verbargen? Eine Frau mit kurzen Haaren … Das käme einem Skandal gleich. Aber meist hatte ihre Chefin den Kopf so voller Aufgaben, dass sie für Details keinen Blick hatte. Zumindest nicht für derartige Details. Kleinigkeiten, die ein nicht korrekt hergerichtetes Zimmer betrafen, entdeckte sie umgehend mit Adleraugen.

Deswegen war Marleene bei ihrer heutigen Arbeit besonders darauf bedacht, keinen Fehler zu machen. Sie durfte ihrer Chefin nicht den winzigsten Grund zur Beanstandung geben. Die Ecken der Laken mussten gestochen scharf um die Matratzen gefaltet werden, die Decken durften keine einzige Falte werfen. Waschschüsseln und Frisiertische wurden blank geputzt, und nirgendwo war ein Körnchen Staub zu finden. So verging der Vormittag wie im Flug, denn das Hotel war voll belegt.

In ihrer Mittagspause fasste Marleene sich schließlich ein Herz und klopfte zaghaft an die Kontortür von Frau Holthusen. Sie wartete eine ganze Weile, und gerade, als sie unverrichteter Dinge wieder gehen wollte, hörte sie doch noch ein »Herein!«.

Frau Holthusen wirkte frappiert, als sie Marleene in der Tür entdeckte.

»Was gibt es? Du kannst unmöglich schon alle Arbeiten erledigt haben, die ich dir aufgetragen habe.«

»Nein, das ist es nicht.«

Marleene schloss die Tür hinter sich, trat ein paar Schritte in den Raum und lauschte dem Knarren der Dielen unter ihren Holzschuhen. Sie hätte bis zum Monatsende warten können, aber Frau Holthusen hatte sie, von dem Vorfall mit dem Holländer abgesehen, meistens gerecht behandelt. Deswegen wollte sie ihr frühzeitig Bescheid sagen, dass sie ihre Stellung aufgeben würde, sodass noch genug Zeit blieb, einen Ersatz für sie zu finden.

Wenn sie nur geahnt hätte, wie schwer es war, solch eine Botschaft zu überbringen. Bisher hatte sie derartige Worte immer nur entgegennehmen müssen, und es hatte weder dem Kaufmann, der so eifrig mit dem Prügel gewesen war, noch dem Direktor der Kornmühle Schwierigkeiten bereitet, sie zu entlassen.

»Ich …« Sie konnte dem abwartenden Blick nicht länger ausweichen und tat noch einen Schritt nach vorne. »I-ich möchte meine Anstellung gerne zum nächsten Monat kündigen.«

Frau Holthusen fiel der Stift aus der Hand. Sie sah Marleene an, als hätte sie soeben verkündet, dass das Schloss abgebrannt sei.

»Wie bitte?«, fragte sie ungläubig.

»Ich habe beschlossen, nicht länger als Zimmermädchen zu arbeiten. Ich möchte etwas anderes machen.«

»Aber es ist eine gute Stelle mit einem sicheren Auskommen. Möchtest du das alles wirklich hinwerfen?«

»Ja, ich habe festgestellt, dass ich nicht den Rest meines Lebens in einem Hotel arbeiten möchte.«

»So, so, die feine Dame wird wählerisch.« Frau Holthusen unterstrich ihre Worte mit einem demonstrativen Blick auf Marleenes ausgetretene Holzschuhe. »Und jetzt lässt du mich hier sitzen. Mit all der Arbeit. Nach allem, was ich für dich getan habe?«

Marleene blieb stumm. Sie war sich nicht sicher, was Frau Holthusen für sie getan hatte. Sie hatte ihr diese Stelle gegeben, und Marleene wurde hier zumindest nicht geschlagen, das stimmte, aber abgesehen davon war nicht mehr viel von der Frau Direktor gekommen. Die Köchin und die anderen Zimmermädchen hatten sie eingearbeitet, sie hatte pünktlich ihren

Lohn erhalten, hatte ihrerseits aber auch ihre Arbeit stets zur vereinbarten Zeit verrichtet und bis auf gestern keinen einzigen Krankheitstag gehabt.

»Und wer soll das alles erledigen? Helga ist krank, wie du weißt.«

»Ich werde bis zum Ende des Monats meinen Arbeiten wie gewohnt nachgehen. Sie müssen erst dann jemanden einstellen. Ich bin mir sicher, die Mädchen werden die neue Kraft genauso schnell einarbeiten wie mich.«

Frau Holthusen zog die Augenbrauen so hoch, dass sich auf dem verbleibenden schmalen Stirnstreifen drei lange Runzeln bildeten und ihr restliches Gesicht seltsam gestrafft wirkte.

»Das ist ja sehr erfreulich, dass du dir da so sicher bist. Aber weißt du was? Wir brauchen dich nicht mehr. Nimm deine Sachen und geh. Vergiss aber nicht, die Schürze vorher abzugeben. Sie ist Hoteleigentum.«

Marleene nickte beklommen. Sie sollte auf der Stelle gehen? Das konnte nichts Gutes bedeuten. »Was ist… mit meinem Lohn?«

»Welcher Lohn?«

»Der für diesen Monat.«

Frau Holthusen lachte auf. »Du glaubst doch nicht allen Ernstes, dass du unter diesen Umständen auch nur einen Pfennig von mir bekommst?«

»Aber…«

Frau Holthusen nahm ihren Stift wieder in die Hand und beugte sich über den dunklen Schreibtisch. »Danke, du wirst hier nicht länger gebraucht.«

Marleene knickste und verließ den Raum mit einem mulmigen Gefühl im Bauch. Sie benötigte das Geld dringend für ihre Miete. Aber was hätte sie denn tun sollen? Nachdenklich löste sie die Bänder im Nacken und auf ihrem Rücken und brachte ihre weiße Schürze in den Waschraum. Sie verabschiedete sich lediglich von der Köchin und zwei der Mädchen, die sie auf dem Weg nach draußen zufällig traf.

Für die Schönheit der Blumen hatte sie auf dem Rückweg keinen Blick mehr. Auch die Geschäfte und die Menschen zogen in einem einzigen Wust an ihr vorbei. Ihr Kopf arbeitete derweil auf Hochtouren.

Sie musste irgendwie an Geld kommen.

Vielleicht konnte sie für die verbleibenden Tage des Monats als Tagelöhnerin arbeiten? Aber Alfred aus dem Nachbarzimmer hatte erzählt, dass momentan kaum etwas zu bekommen war. Sollte sie in die Gärtnerei gehen und fragen, ob sie jetzt schon anfangen könnte? Das würde den Chef jedoch verwundern, wenn sie entgegen ihrer Vereinbarung auftauchte. Und es wäre besser, keinerlei Fragen aufzuwerfen.

Als Marleene wieder in ihrer Kammer war, hatte sie einen Entschluss gefasst.

Sie setzte sich auf das Bett, öffnete ihr Nachtschränkchen und holte all ihre Habseligkeiten hervor. Liebevoll strich sie über das Buch, dessen Rücken trotz aller Sorgfalt schon auseinanderfiel. Zu oft hatte sie es gelesen. Es war eines von den drei Büchern, die sie in ihrem Heuerhus gehabt hatten. *Enzyclopedia Botanica* stand in großen, verschnörkelten schwarzen Buchstaben auf dem Buchdeckel. Im Inneren waren die schönsten Lithografien verschiedener Pflanzen abgebildet – sogar in Farbe. Ihr Vater hatte das Buch zum zwanzigsten Jubiläum vom damaligen Gärtnereibesitzer geschenkt bekommen, der ihm damit die größte Freude gemacht hatte. Außerdem hatte Marleene noch Grimms Märchenbuch und natürlich eine Bibel, deren Verlust sie weniger schmerzen würde.

Sie gab die Bücher zusammen mit dem Kohlestift und der Haartinktur von Doktor Winkelmann, einer Tasse und einer Schüssel aus Emaille in ein großes Tuch. Das Geschirr war schon ziemlich angestoßen, aber vielleicht würde sie auch dafür noch einen Abnehmer finden. Ihr fliederfarbenes Seidenband, das sie bei besonderen Anlässen im Haar trug, legte sie obenauf. Zum Glück hatte es bisher erst einen besonderen Anlass gegeben, deswegen sah es noch ganz vorzüglich aus. Nach kurzem Zögern griff sie nach ihrem Wechselrock und der blauen Schürze. Wenn sie sich jetzt öfter in Männersachen kleidete, brauchte sie die Wechselkleidung nicht so schnell. Dann schnürte sie das Tuch zu einem Beutel zusammen und nahm auch noch die zwei kleinen Fliederbüsche mit, die sie für ihre Fensterbank gezogen hatte. Die Töpfe waren schon alt, aber die Pflanzen waren wunderschön und blühten bereits, da es in der Kammer wärmer war als draußen. Einen Versuch war es wert.

***

Auf dem Marktplatz der Lambertikirche gackerten die Hühner zusammengepfercht in den engen Käfigen, der Metzger strich mit einem quietschenden Kreidestrich die Räucherwurst von der Tafel, und die Obst- und Gemüsehändler versuchten sich gegenseitig zu übertönen, um die Menschen mit besonders günstigen Angeboten an ihre Stände zu locken. Glänzende Äpfel und knackige Möhren leuchteten Marleene von dort entgegen, und beim Käsehändler verströmten die orangegelben Käseräder einen solchen Duft, dass ihr Magen zu grummeln begann. Normalerweise bekam sie ihr Mittagessen im Hotel, aber natürlich war das an diesem Tag ausgefallen. Die Miete war jedoch erst einmal wichtiger, entschied sie. Gekonnt schlängelte sie sich durch die Stände, um nach einem Platz Ausschau zu halten, wo sie ihre eigenen Waren feilbieten konnte.

Der Markt war sehr gut besucht, sie sah junge Frauen in der typischen Gesindekleidung mit Schürze, aber auch viele Stadtbewohner füllten ihre Körbe mit Nahrungsmitteln, die sie für die Woche brauchten.

Zwischen dem Marktbrunnen und einem Gemüsehändler mit dunklem Bart entdeckte sie eine Lücke, die für einen üblichen Stand zu klein, für ihr Vorhaben aber gerade recht war. Sollte sie ihre Sachen einfach auf dem Kopfsteinpflaster ausbreiten? Das würde jedoch keinen anschaulichen Eindruck erwecken. Doch wo sollte sie einen Tisch herbekommen? Suchend glitt ihr Blick umher und blieb schließlich an einigen hölzernen Obstkisten hängen, die der Gemüsehändler hinter seinem Stand aufgestapelt hatte.

Sie wartete, bis der südländisch aussehende Mann seinen Kunden bedient hatte, und fragte dann, ob sie zwei der Kisten ausborgen könnte.

»Was hast du denn damit vor?«

»Ich möchte einen eigenen Stand aufmachen«, sagte sie leise.

»Aha. Dann willst du mir also Konkurrenz machen?«, fragte der Händler mit einem grimmigen Gesichtsausdruck.

Konkurrenz konnte man es wohl kaum nennen. Marleene setzte zu einer Antwort an, als der Mann in schallendes Gelächter ausbrach. Er lachte so sehr, dass er sich sogar die Tränen aus den Augen wischen musste.

»Nimm dir gerne so viele Kisten, wie du benötigst. Nur heute Abend, wenn wir alles wieder abbauen, müsste ich sie zurückbekommen, um das Gemüse zu verstauen.«

»Ich brauche sie wirklich nur vorübergehend. Und ich kann dafür später auch gerne beim Aufräumen helfen.«

Aus sechs Kisten baute Marleene einen kleinen Tisch und breitete das Tuch darüber aus. Sie ordnete all die Dinge, die sie mitgebracht hatte, möglichst ansehnlich darauf an. Besonders die kleinen Fliederbäume und das Pflanzenbuch erregten Aufmerksamkeit, wie sie fand. Aber doch liefen die meisten Menschen an ihr vorbei und hatten kaum einen Blick für ihr Angebot übrig. Nach zwei Stunden hatte sie erst einen der Fliederbüsche für ein paar Pfennige verkaufen können und fühlte in ihrem Inneren eine Mischung aus Furcht und tonnenschwerer Resignation.

Als das Treiben auf dem Markt nachließ, kam der Gemüsehändler zu ihr herüber und legte einen Apfel auf ihren Tisch. Marleene konnte kaum den Blick davon abwenden.

»Den kann ich mir nicht leisten«, gab sie niedergeschlagen zu.

Der Händler nahm ihn wieder auf, und Marleene fürchtete schon, er würde ihn wegstecken, doch er drehte ihn so, dass sie ein braunes Loch entdecken konnte.

»Er ist wurmstichig. Den kann ich sowieso nicht verkaufen. Die Leute ekeln sich ja bei so etwas, dabei ist das doch nur die Natur. Die gönnen dem Wurm seinen Apfel nicht.« Er lächelte und hielt ihr die Frucht direkt vors Gesicht.

Diesmal zögerte Marleene nicht lange, biss in den süßen Apfel und genoss den herrlich fruchtigen Geschmack, der sich in ihrem Mund ausbreitete. Währenddessen war ein junger Mann über den Markt geschlendert und beugte sich nun über ihre Dinge. Er hatte hellbraune Haare, die perfekt zu seiner Kleidung passten und in einem akkuraten modischen Seitenscheitel gekämmt waren. Er begutachtete jedes ihrer Stücke ganz genau, sogar den Kohlestift und die Haartinktur, die sie bei Doktor Winkelmann gekauft hatte. Schließlich nahm er die Pflanzen-Enzyklopädie in die Hand und begann darin zu blättern.

»Wie viel willst du dafür haben?«, erkundigte er sich.

Marleene nannte ihren Preis.

Der junge Mann nickte bedächtig. »Ein stolzer Preis. Man könnte fast meinen, du möchtest das Buch gar nicht verkaufen.«

»Doch, doch«, beeilte sie sich zu sagen. »Ich möchte es auf jeden Fall verkaufen, aber es ist ein überaus umfassendes Werk. Die wichtigsten Pflanzen aus ganz Europa sind dort verzeichnet, und man findet die botanischen Namen, ihre Blütezeit und Beschaffenheit genau beschrieben. Es ist das ideale Nachschlagewerk für alle Pflanzenfreunde.«

Ihre Worte schienen etwas in ihm zu bewegen, denn zum ersten Mal sah er sie genau an. Auf seinem Gesicht erschien ein Lächeln, und sein Blick wurde so durchdringend, dass es sich anfühlte, als schaute er bis in ihre Seele. Seine Augen waren von einem lebendigen Braun und glänzten wie frische Kastanien, die aus ihrer stacheligen Schale hervorlugten.

»Woher hast du es?«, fragte er mit sanfter Stimme.

»Mein Vater hat es mir gegeben.«

Er wendete das Buch hin und her, begutachtete die kaputte Stelle am Einband und strich jetzt ebenso liebevoll über die farbige Abbildung, wie Marleene es bei ihrem Abschied getan hatte. »Und der braucht es jetzt nicht mehr?«

»Nein.«

Mehr konnte sie nicht sagen, denn sie fühlte, dass ihre Stimme sonst brechen und all die unterdrückten Gefühle hochkommen würden. Selbst nach all den Jahren wog der Tod ihres Vaters schwer für sie.

»Und du? Du brauchst es auch nicht mehr?«

»Ich kann es auswendig.«

Sein Kopf schnellte hoch, und er sah sie prüfend an. Marleene konnte nicht verhindern, dass ihre Mundwinkel sich zu einem dümmlichen Lächeln verzogen.

Entschlossen klappte er das Buch zu und legte es auf den Tisch zurück. Marleenes Herz sank. Er hatte so interessiert gewirkt, dass sie bereits Hoffnung geschöpft hatte. Wollte er es doch nicht? Ein Teil von ihr war bei dem Gedanken erleichtert, aber wenn sie bis heute Abend das Geld nicht hatte, stand sie vor einem ernsthaften Problem.

Der charmante Mann deutete nun auf den Tisch. »Ich nehme es.«

»Das Buch?« Der Schmerz schimmerte durch ihre Worte, doch er nickte entschieden.

»Ich nehme alles.«

»Alles? Aber was möchtest du denn mit einer Schürze?«

»Ich kenne da jemanden, der sie gebrauchen kann«, sagte er, während er seinen Geldbeutel hervorholte. »Was bekommst du von mir?«

Sie nannte den Betrag, von dem sie beide wussten, dass er viel zu hoch für all die alten, gebrauchten Sachen war. Dennoch holte er die Münzen hervor und legte sie in ihre Hand. Obwohl sie das kalte Metall auf ihrer warmen Haut fühlte, konnte sie nicht fassen, dass er ihr tatsächlich diese exorbitante Summe gegeben hatte.

Er schloss ihre Finger um die Münzen. Sie spürte, wie sich die harten Metallstücke in ihre Handfläche gruben. Sprachlos sah sie auf und versank in seinen braunen Augen. Er erwiderte ihren Blick einen Herzschlag lang, lächelte noch einmal und ging.

Marleene brauchte einen Moment, bis sie sich wieder gefangen hatte. Er konnte doch nicht einfach so gehen, wurde ihr mit einem Mal klar. Er musste doch mitnehmen, was er soeben teuer erstanden hatte.

»Was ist mit den Sachen?«, rief sie ihm verdattert hinterher.

Er blieb stehen und drehte sich um. Für einen Augenblick

wirkte er, als hätte sie eine vollkommen absonderliche Frage gestellt.

»Ich schenke sie dir«, sagte er mit einem Zwinkern.

Wie bitte? Sollte sie das gerade richtig gehört haben? Er hatte all die Dinge gekauft, nur um sie ihr zu schenken? Aber das … aber das würde ja bedeuten … dass er ihr genau das gegeben hatte, was sie am allermeisten brauchte. Ohne Gegenleistung. Sollte es wirklich noch so gute Menschen auf dieser Welt geben?

Mit schnellen Schritten kam er zurück zu ihrem behelfsmäßigen Tisch. Er griff nach dem Fliederband. Sie konnte förmlich fühlen, wie sich der seidige Stoff um seine Finger schmeichelte. »Nur das nehme ich mit.«

»Für wen ist es?« Sie hauchte die Frage wie ein verliebtes Mädchen. Gebannt beobachtete sie das Band, das sachte zwischen seinen Fingern im Frühlingswind flatterte.

»Die Frage müsste lauten, an wen es mich erinnern soll«, erwiderte er mit leiser Stimme und tiefem Blick in ihre Augen. Dann ging er davon, und Marleene sah ihm nach, bis er sich in der Menschenmenge verloren hatte.

8. Kapitel

Auf dem Weg vom Wochenmarkt nach Hause ging Marleene nun schon zum zehnten Mal ihre Einnahmen durch. Dank der großzügigen Spende des Mannes mit den kastanienbraunen Augen fehlten ihr nur mehr zwanzig Pfennig. Sie hatte den ganzen restlichen Nachmittag versucht, weitere Habseligkeiten zu verkaufen, doch nur das zweite Fliederbäumchen war sie noch losgeworden. Das würde Probleme geben.

Nur eine allerletzte Hoffnung blieb ihr. Sie bog von der Hohen Straße in eine Seitengasse ein und stand wenig später vor Doktor Winkelmanns Apotheke. Marleene war sich allerdings nicht sicher, ob er ein richtiger Doktor war. Doch in seinem Laden gab es neben Medikamenten großartige Dinge zu kaufen: Mittel gegen jedes Wehwehchen und Tinkturen für besonders rosige Haut, wache Pupillen oder eben glänzende Haare, wie sie eine zu besseren Zeiten erstanden hatte.

Sie öffnete die gläserne Tür, und ein helles Glöckchen kündigte ihr Eintreten an. Marleene sog den Duft von Kräutern und ungekannten Ölen und Arzneien tief in ihre Nase. Wie immer standen auf dem Tresen Fläschchen in allen Formen, Farben und Größen, dazwischen geöffnete Dosen und Mörser. Es gab sogar ein echtes Mikroskop! Hinter dem Tresen waren unzählige Regalreihen zu sehen, jede von ihnen lückenlos gefüllt mit kleinen Flaschen. Neugierig studierte sie die Etiketten, während sie wartete, dass Doktor Winkelmann nach vorne kam. Die meisten Namen sagten ihr trotz ihrer botanischen Kenntnisse nichts. Doramad, Coca Win, Arsen, Aspirin, Agré-Gola ... Da, endlich etwas, das sie kannte: Atropa belladonna. Tollkirsche. Diese Pflanze war giftig, aber wenn Doktor Winkelmann sie als Heilmittel anbot, kam es vermutlich, wie so oft, auf die Dosierung an.

»Marleene!« Mit ausgebreiteten Armen ging Doktor Winkelmann auf sie zu. Er trug wie gewohnt einen weißen Kittel, seine Haare waren mittlerweile weißgrau. Trotz seines hohen Alters – er hatte schon ihren Vater medizinisch versorgt – strahlte er einen gewissen jugendlichen Leichtmut aus. »Was kann ich heute für dich tun? Ist der Kohlestift schon leer? Oder darf es etwas sein, das deine Lippen kirschrot färbt? Das würde dich noch hübscher machen, es wäre ein guter Kontrast zu deinem hellen Teint.«

Marleene hatte das ungute Gefühl, dass ihre Gesichtsfarbe jetzt gar nicht mehr so hell war, sondern sich ganz ohne Hilfsmittel kirschrot färbte.

»Nein, ich bin heute nicht hier, um etwas zu kaufen«, beeilte sie sich zu sagen. »Im Gegenteil.« Sie holte den Kohlestift und die Haartinktur heraus und legte beides auf den Tresen.

Aus Doktor Winkelmanns Gesicht verschwand die Freundlichkeit. »Stimmt etwas damit nicht?«

»Doch, es ist alles in Ordnung.« Die Glanztinktur hatte ihre Haare zwar vor allem ölig gemacht, aber mehr geglänzt hatten sie schon. Und wer wusste schon, wie genau diese Dinge wirken sollten? »Ich habe mich nur gefragt, ob Sie sie vielleicht für einen verminderten Preis zurückkaufen würden?«

Doktor Winkelmann sah aus, als hätte er Schmerzen. Wahrscheinlich würde ihr Plan, der letzte Strohhalm, an den sie sich klammerte, kläglich scheitern. Was hatte sie sich bloß dabei gedacht? Aber eigentlich war ihre Idee gar nicht so schlecht. Sie entschied, ihm die Sache genauer zu erklären. Vielleicht hatte er dann ein Nachsehen.

»Ich habe beides nur überaus selten benutzt. Wer weiß, womöglich gibt es ein junges Mädchen unter Ihren Kunden, das sehr gerne die Dinge haben möchte, sich eine ganze neue Flasche jedoch nicht leisten kann?«

Der ältere Herr kratzte sich an der Nase und seufzte. »Es tut mir leid, Marleene. Ich würde dir gerne aus deiner misslichen Lage helfen, denn ansonsten würdest du wohl kaum mit so einer … Bitte an mich herantreten. Aber das kann ich nicht machen.«

Marleenes letzte Hoffnung schwand dahin. Jetzt fiel ihr wirklich nichts mehr ein, was sie noch tun könnte, um an das restliche Geld zu kommen. Sie hatte keine Freunde, die sie um Geld bitten konnte, Familie ebenso wenig, und der Versuch, weitere Habseligkeiten zu verkaufen, war fehlgeschlagen. An ihr Geld vom Hotel, das ihr rechtmäßig zustand, würde sie niemals kommen. Sie konnte ja schlecht deswegen vor Gericht ziehen. Vermutlich würde Frau Holthusen dann ohnehin so tun, als wenn sie ihren anteiligen Lohn ausbezahlt hätte. In der Sache mit dem Holländer hatte sie schließlich bewiesen, wie skrupellos sie war.

»Versteh mich doch bitte«, setzte Doktor Winkelmann zu einer Erklärung an. »Ich weiß schließlich nicht, ob du die Substanzen irgendwie verändert hast. Ich kann nur verkaufen, was ich selbst hergestellt habe, denn nur so kann ich für Qualität bürgen.«

»Aber ich würde doch nie …«

»Das weiß ich doch, Marleene. Es ist aber eine generelle Regel, und ich kann für dich keine Ausnahme machen. Dadurch würde ich meinen guten Ruf aufs Spiel setzen.«

»Verstehe.« Sie legte umständlich die Sachen zurück in den Beutel, denn sie wollte nicht, dass er sah, wie sehr sie seine Entscheidung mitnahm. Es war nachvollziehbar, dass er nicht einfach Waren verkaufte, wieder ankaufte und erneut feilbot. Aber sie hätte schon gedacht, dass sie eine Ausnahme wert wäre. Immerhin kannte er sie von Kindesbeinen an. Er hatte sie auf dem beschwerlichen Leidensweg, den ihr Vater gegangen war, begleitet. Wusste er denn nicht, dass er ihr vertrauen konnte?

Sie wollte sich zum Gehen wenden, als Doktor Winkelmann unter dem Tresen eine knisternde Papiertüte hervorzog. »Noch etwas Lakritz für den Weg?«

Am liebsten hätte sie würdevoll abgelehnt, aber sie hatte außer der Hafergrütze am Morgen den ganzen Tag nichts als den Apfel gegessen. Der Hunger siegte, und so fischte sie eine der schwarzen Stangen aus der Tüte, bevor sie sich mit gesenktem Kopf verabschiedete.

Sie biss nur winzige Stücke davon ab, um sie möglichst lange genießen zu können, und versuchte währenddessen einen neuen Schlachtplan zum Ergattern der letzten zwanzig Pfennig zu entwickeln. Wenn sie eine liebliche Stimme hätte, hätte sie sich einfach an den Straßenrand stellen und singen können. Aber bei ihrem Talent würde man eher Geld von ihr verlangen, um sie zu ertragen. Tanzen oder gar jonglieren konnte sie ebenso wenig.

Sollte sie vielleicht die Passanten um eine milde Gabe bitten? Die Vorstellung widerstrebte ihr, das Betteln hatte ihre Mutter ihr selbst in den härtesten Zeiten untersagt.

Aber was blieb ihr ansonsten übrig?

Doch selbst wenn sie nur alte Kleidung besaß, so heruntergekommen wie ein Bettler sah sie bislang nicht aus. Ihr Atem, der nun nach Süßholz roch, war vermutlich auch nicht hilfreich. Und was, wenn man sie erkannte? Nein, so verzweifelt war sie noch nicht, betteln kam nicht infrage.

Schon als sie zur Tür hereinkam, wurde sie von grimmigen Worten abgefangen.

»Hast du das Geld?« Mit verschränkten Armen stand der Wirt im Flur.

Marleene wartete, bis ihre Augen sich an das Dämmerlicht gewöhnt hatten, und ging auf ihn zu.

»Keine Sorge, ich habe es hier.«

Unter den skeptischen Blicken des Wirts zog sie ihren Lederbeutel hervor und bedeutete ihm, die Hand aufzuhalten. Sie leerte den gesamten Inhalt in die schwieligen Hände des Mannes. Mit geübtem Blick hatte er schon nach Kurzem die Gesamtsumme der Münzen gezählt und schimpfte wie erwartet: »Da fehlen zwanzig Pfennig. Und komm mir ja nicht wieder mit *nächs-*

tem Monat. Ich will die gesamte Miete. Ich vermiete euch schließlich auch ein ganzes Zimmer und nicht nur einen Teil davon.«

Marleene biss sich auf die Zunge, um nicht vorzuschlagen, dass sie ja eine Woche keine Milch zum Frühstück trinken könnte, denn ein Liter kostete zwanzig Pfennig. Sie setzte stattdessen ein Lächeln auf. Manchmal war Angriff die beste Verteidigung.

»Ich will ehrlich mit dir sein. Ich habe die zwanzig Pfennig nicht.«

Das Gesicht des Wirts verdunkelte sich noch mehr.

»Aber«, beeilte sie sich zu sagen, »ich … ich kann dir ein anderes Angebot machen.«

»Ach ja?«

Marleene überlegte fieberhaft. »Ich … stehe dir für den restlichen Monat als Arbeitskraft zur Verfügung.«

Der Wirt guckte immer noch verdrossen, aber er stemmte die zuvor verschränkten Arme nun in die Hüften und sah sie abwartend an.

»Ich werde den Boden schrubben, die Wäsche waschen, ja, den Waschraum, sogar den Abort putzen, Bier ausschenken, kochen … Alles, was getan werden muss. Du weißt, dass ich im Hotel arbeite und sehr fleißig bin.«

»Und was ist mit deiner Arbeit dort? Du kannst schlecht Tag und Nacht auf den Beinen sein.«

Es wunderte Marleene, dass ihm dieser Gedanke kam, denn es wäre typisch für ihn gewesen, wenn er genau das von ihr erwartet hätte. »Ich habe Urlaub die nächsten zwei Wochen.«

»Du hast frei? Dieser neue Sozialistenkram … da macht die Holthusen mit? Das hätte ich nie gedacht.«

Marleene zuckte mit den Schultern. »Die Zeiten ändern sich nun mal. Und ich bin gewillt, in meinem Urlaub die zwanzig Pfennig abzuarbeiten. Bist du einverstanden?«

Auf dem Gesicht des Wirts erschien ein Lächeln, das einen verfaulten Zahn entblößte. Den hatte sie nie zuvor gesehen. Ihr wurde schnell klar, warum.

Sie hatte ihn noch nie lächeln gesehen.

»Na gut.«

Ein Glück. Es fühlte sich herrlich an, als die Anspannung von ihr abfiel und Erleichterung sie durchströmte. Bei dem ewig missgelaunten Wirt hätte es auch sehr gut sein können, dass er sich nicht darauf einließ.

»Aber da dies eine Notlösung ist und ich nicht um deine Hilfe gebeten habe, wirst du den Betrag doppelt und dreifach abarbeiten müssen.«

Marleene biss die Zähne zusammen. Am liebsten hätte sie ihm mit ihren Holsken gegen das Schienbein getreten. Schlimm genug, dass sie diesen kleinen Betrag nicht später zahlen durfte. Nein, sie sollte sich auch noch dafür abrackern. Dabei hatte sie genau gehört, dass er für ihren Nachbarn sehr wohl schon einmal eine Ausnahme gemacht hatte. Aber die Anstellungen der Frauen waren immer viel ungewisser, hatte er beanstandet, als sie ihn das letzte Mal darauf angesprochen hatte. Und deswegen war sie jetzt gezwungen zuzustimmen.

»Natürlich«, sagte sie schlicht. Als wäre es das Normalste der Welt.

»Aber Marleene.« Sie war schon auf der Treppe, als er ihr hinterherrief. »Das war das letzte Mal, dass ich eine Ausnahme mache. Bekomme ich die Miete in Zukunft nicht pünktlich, seid ihr draußen. Ich hätte mir denken können, dass es nur Ärger bringt, so junge Dinger aufzunehmen.«

***

Marleene lag schon im Bett, als Frieda ihre Kammer betrat. Sie hatte an diesem Abend bereits einen Vorgeschmack darauf bekommen können, was in den nächsten Tagen an Arbeiten auf sie wartete. Sie musste die Treppe schrubben, Nachttöpfe leeren, und auch das Plumpsklo im Hinterhof hatte sie geputzt, sodass es nun so sauber war, wie sie es nie zuvor gesehen hatte.

»Du bist noch wach, wie schön.« Ordentlich stellte Frieda ihre Holzschuhe neben die Tür. »Hast du gesehen, wie herrlich sauber die Treppe ist? Das hatten wir ja noch nie. Ich frage mich, ob der Alte eine Frau gefunden hat. Ach, wäre das nicht romantisch? Eine junge Liebe auf seine alten Tage? Sie erweicht sein versteinertes Herz und macht aus ihm einen vollkommen neuen Menschen …« Versonnen setzte Frieda sich auf das Bett und knotete das dunkle Tuch auf, das sie sich um die Schultern gelegt hatte.

»Und zum Zeichen ihrer aufrichtigen Liebe schrubbt sie als Erstes die Treppe der Arbeiterherberge? Oh ja, ich kann mir nichts Romantischeres vorstellen.«

Frieda warf ihr Kopfkissen nach Marleene, die es lachend abfing.

»Du hast ja recht«, sagte Frieda. »Es wird wohl einen anderen Grund geben. Aber …«, sie setzte sich aufrecht und wippte voller Energie auf der Matratze, »was ich dir unbedingt noch erzählen wollte – du hast ja gestern schon geschlafen, als ich nach Hause gekommen bin … Du glaubst nicht, was für eine Pflanze ich in der Hofgärtnerei gesehen habe.«

»Dann sag es mir besser.«

»Eine Ananas!« Der Stolz brachte Friedas Gesicht zum Strahlen. »Sie sieht eigentlich recht langweilig aus für so eine besondere Frucht. Und ich habe mich mit einem Italiener unterhalten. Es war sehr erquicklich, was er alles zu erzählen wusste.« Friedas Gesicht wechselte die Farbe, und Marleene grinste in sich hinein.

»Ach, es muss so wundervoll sein, in einem Land zu leben, wo Orangenbäume wachsen. Apropos … Er hat mir sogar etwas mitgegeben.« Frieda öffnete ihr Nachtschränkchen und präsentierte mit leicht zitternden Händen eine faustgroße Orange.

»Na, das sieht mir doch eher nach einer romantischen Liebesgeschichte aus«, sagte Marleene mit einem vielsagenden Zwinkern. So fröhlich hatte sie Frieda lange nicht mehr erlebt. Seit jener großen Enttäuschung schien sich eine Dunkelheit auf ihr Gemüt gelegt zu haben, die das Leuchten ihrer Augen verbarg.

»Papperlapapp! Ich werde kaum so dumm sein und mich in jemanden verlieben, der nur für ein paar Monate im Land ist.« Sie fuchtelte mit der Orange in der Luft herum. »Was ist jetzt, wollen wir sie probieren? Ich habe extra damit gewartet.«

»Sehr gerne.« Marleene streckte die Hand nach der Frucht aus. Sie war kühl und schwer und duftete verführerisch. »Soll ich sie schälen? Das habe ich vor Jahren schon einmal gemacht.«

»Oh ja. Ich habe mich bereits gefragt, wie ich sie am besten aufbekomme. Aber wie war denn dein Tag? Du siehst so rosigfrisch aus. Oder hast du diese neue Tinktur von Doktor Winkelmann benutzt?«

Doktor Winkelmann. Von dem würde sie so schnell bestimmt nichts mehr kaufen. Sie ärgerte sich ohnehin, dass sie sich damals hatte hinreißen lassen. Aber er verstand es, die Dinge so gut anzupreisen, dass sie sie unbedingt haben wollte. Sie griff nach einem Teller und einem alten Messer und bohrte es durch die störrische Schale der Orange.

So viel war heute geschehen. Die Kündigung. Das Problem mit der Miete. Ihr behelfsmäßiger Marktstand und natürlich dieser charmante Mann mit den kastanienbraunen Augen. Bei der Erinnerung fühlte sie einen bisher ungekannten Aufruhr in sich aufsteigen. Zu gern hätte sie all das mit ihrer Cousine geteilt, ihre tröstenden Worte über die Kündigung auf ihre geschundene Seele gerieben und gemeinsam in der Aufregung der neuen Bekanntschaft geschwelgt. Aber gerade weil Frieda so ein herzensguter Mensch war, musste sie dies alleine durchstehen. Sie würde ihre Cousine sonst nur mit ins Unglück reißen, wenn ihr Plan nicht aufging und ihre Maskerade aufflog. Immerhin gehörte das Blumengeschäft Maader der Schwägerin von Alexander Goldbach. Und der würde toben, sollte er je herausfinden, dass Marleene eine Frau war. Sie konnte nicht riskieren, dass Frieda in ihren gewagten Plan mit hineingezogen und am Ende ihretwegen ebenfalls entlassen wurde. Das würde sie sich nie verzeihen. Da wäre es schon besser, wenn Frieda ruhigen Gewissens behaupten konnte, sie habe von alledem nichts gewusst.

»Nein, bei mir war alles beim Alten«, sagte sie schweren Herzens. Sie reichte Frieda ein Stück Orange, und die beiden Mädchen ließen sich nach hinten sinken, um in Ruhe den fruchtigsüßen Geschmack zu genießen.

»Herrlich«, schwärmte Frieda. »Das schmeckt ja wie Sonnenschein!«

Marleene konnte ihr nur zustimmen. Apfel, Lakritz und jetzt eine Orange, dachte sie bei sich. Welch seltsame Nahrung sie heute zu sich genommen hatte. An einem Tag, an dem sie sich als eine der Ärmsten unter den Armen gefühlt hatte, speiste sie wie eine Herzogin. Sie hatte ihre neue Arbeit nicht einmal begonnen, und schon war alles anders. Sollte das etwa ein Vorbote sein für das, was noch kommen mochte? Und wenn ja, war dies ein gutes oder ein schlechtes Zeichen?

»Ich kann es kaum abwarten, ihn wiederzusehen«, wisperte Frieda nun. »Kennst du das, wenn es sich anfühlt, als würde eine Sonnenblume in deinem Herzen aufblühen? Und die Sonne scheint nur für dich? Und der Sommerwind kitzelt dich von innen?«

Ein warmes Lächeln aus kastanienbraunen Augen leuchtete in Marleenes Erinnerung auf, und auch wenn sie dieses Gefühl nicht so ausgedrückt hätte, konnte sie sich nur allzu gut vorstellen, wovon Frieda sprach.

»Nur gut, dass ich jetzt immer die Pflanzen aus der Hofgärtnerei holen muss, bis Hugo wieder da ist«, sagte Frieda, ihren Gedanken nachhängend. Marleene verschluckte sich vor Schreck. Der süße Saft der Orange schien den falschen Weg zu nehmen. Statt in den Magen lief er in ihre Lunge. Sie musste husten.

»Du musst was?«, fragte sie, während sie nach Luft rang.

»Die Blumen. Ich muss sie nun zweimal pro Woche von der Hofgärtnerei abholen.«

Sie sprach noch weiter, aber Marleene konnte nicht mehr zuhören. Wie sollte sie ihr Leben als Junge vor ihrer Cousine verheimlichen, wenn diese nun regelmäßig in die Hofgärtnerei kam?

9. Kapitel

Yunnan, China

Der schwarze Rumpf des riesigen Schiffes bäumte sich vor Julius auf, und das durchdringende Tönen des Schiffshorns brachte jede Faser seines Körpers zum Erzittern.

Ein rhythmisches Klopfen von Holz auf Stein verriet ihm, dass Fields sich von hinten näherte.

»Wartet auf dich zu Hause ein Mädchen, oder warum lächelst du hier vor dich hin?«

Julius schüttelte den Kopf und fuhr sich durch das Gesicht,

um die Müdigkeit fortzuwischen, die noch immer seinen Körper belagerte.

»Nein.«

Es wäre eine schöne Vorstellung. Eine junge Frau, die ihm Briefe schrieb, sehnsüchtig auf seine Rückkehr wartete und der er all seine Abenteuer berichten konnte. Eine Frau, die sich beeindruckt zeigen würde, wenn er die unglaubliche Schönheit dieses Landes beschrieb. Aber in der Wirklichkeit sah es anders aus. Rosalie, seine Schwester, hatte ihn schon einige Male zum Nachmittagstee mit ihren Freundinnen überredet. Sie hatte ihm eingeflüstert, dass die jungen Mädchen ihn gut aussehend fänden, und seine stille Art hatte offenbar ihre Neugier geweckt.

Dabei war er gar nicht still. Zumindest nicht in seinem Kopf. War es nicht normal, dass man sich zunächst Gedanken machte, bevor man den Mund öffnete? Für Rosalies Freundinnen offenbar nicht – in dem Fall waren sie seiner Schwester sehr ähnlich, und er hatte sich damals gefragt, wie ihre zahlreichen Treffen endeten, ohne dass sie einander die Augen auskratzten. Denn jede von ihnen hatte so unglaublich viel zu erzählen, dass sie oft wild durcheinanderplapperten und jeweils nur halbherzige Antworten gaben.

Und wie es aussah, wollten sie gar nicht mehr über ihn erfahren. Zumindest hatten sie sich, abgesehen von seinem momentanen Befinden, kaum nach ihm erkundigt. Hatten nicht wissen wollen, welche Arbeiten er in der Gärtnerei übernommen hatte oder wohin seine Studienreise ihn führen würde. Nein, vielmehr hatten sie seine Schweigsamkeit ausgenutzt, um ihn über die neueste Mode aufzuklären. Anscheinend hatten sie sich alle extra aufwendig bestickte Teekleider anfertigen lassen, die jetzt modern waren. Sie waren ihren Worten nach deutlich leichter als die sonst üblichen Turnüren, da sie ganz ohne Stahlkonstruktionen auskamen. Es war anstrengend gewesen, aufmerksam zuzuhören.

»Ich bin einfach nur froh, dass wir es geschafft haben«, sagte er zu Fields, während sie beobachteten, wie das Schiff beladen wurde. »In den Kew Gardens werden sie staunen, was wir entdeckt haben.«

In der letzten Nacht waren sie auch noch von einem ihnen feindlich gesonnenen Stamm überfallen worden. Fluchtartig hatten sie auf den Maultieren das Lager verlassen müssen und dadurch einen großen Teil ihrer Funde verloren. Doch nun gab es endlich keine Bedrohungen mehr, die ihre Arbeit zunichtemachen könnten.

Fields runzelte die Stirn und beobachtete weiter die Träger, die barfuß, vorsichtig balancierend, eine deutlich beschriftete Holzkiste nach der anderen über den wackeligen Zugangssteg trugen.

»Er hat es dir nicht gesagt, oder?«

»Hooker?« Verwirrt sah Julius seinen Kollegen an. »Was soll er mir gesagt haben?«

Fields sog angestrengt die Luft ein. »Nun ja … wie du weißt, sind Pflanzen keine Menschen«, begann er umständlich.

Julius schnaubte. »Danke für den Hinweis. Jetzt, da du's mir sagst, fällt es mir auch auf.«

Fields ging nicht darauf ein und stocherte mit dem Fuß im sandigen Boden. »Also, was ich damit sagen will … Aus Sicht der Pflanzenjagd sind das Finden und der Weg der Pflanzen zum Ablegehafen nur ein kleiner Teil einer erfolgreichen Reise.«

Ein kleiner Teil? Was wollte er damit sagen? Es war verdammt schwer gewesen, die Samen hierherzubekommen.

»Aber wir müssen sie doch jetzt nur noch nach Hause bringen. Natürlich wird die Überfahrt nicht einfach werden, und in England müssen sie noch austreiben, aber genau deswegen haben wir ja immer mehrere Samen gesammelt. Einer von ihnen wird es doch schaffen, wenn sie grundsätzlich für unsere Vegetation geeignet sind.«

»Ja, das ist eins der Probleme.«

Auf der Zugangsbrücke kamen die Träger mit einem riesigen Überseekoffer ins Schlingern. Die schmale Brücke neigte sich gefährlich zur Seite, sodass Julius instinktiv die Luft anhielt.

»Aber abgesehen davon, dass anscheinend selbst der Weg auf das Schiff eine Herausforderung ist«, sagte Fields mit einem Nicken in Richtung der Träger, »ist gerade die Überfahrt der anstrengendste Teil für die Pflanzen. Sie müssen wochenlang in dunklen Kisten verbringen. Auf so einem Schiff ist es immer feucht, die ganze Ladung kann also anfangen zu schimmeln, und wenn das nicht passiert, spült eine ordentliche Welle gern mal Salzwasser rein. Salzwasser aber ist Gift für Pflanzen. Dann kannst du die gesamte Ladung vergessen.«

Julius sah ihn entsetzt an, aber Fields sprach weiter.

»Und sollte sie all das überstehen, gibt es auch noch gefräßige Mäuse und Ratten, die dieses exotische Festmahl durch die Wände der Holzkisten riechen und sich gerne ihren Weg dorthin freinagen.«

Jetzt, wo Fields es sagte, ergab es absolut Sinn. Julius hatte nur vorher nie darüber nachgedacht, was eine so lange Überfahrt für Pflanzen bedeutete. Hatte sie eher als Gepäck angesehen, das man nach einigen Wochen wieder herausholte.

Julius' Bestürzung über den riesigen Verlust, den sie durch den Überfall erlitten hatten, wurde noch größer. Schon vorher war es ein nahezu körperlicher Schmerz gewesen, darüber nachzudenken, dass sie all diese wunderschönen Pflanzen nun nicht nach Europa würden bringen können. Aber er hatte sich damit getröstet, dass immerhin noch ganze fünfzehn Kisten da waren und dass diese auch den einen oder anderen großartigen Schatz in sich bargen. Aber wenn am Ende nur ein winzig kleiner Teil wohlbehalten in England ankommen würde, dann hätte sich die gesamte Expedition fast gar nicht gelohnt.

Fields klopfte ihm auf den Rücken. »Na komm, nun lass mal nicht die Schultern hängen. Zum Glück hat der gute alte Hooker für diesen Fall sogar vorgesorgt.« Er deutete auf die Zugangsbrücke, wo zwei Tibeter eine gläserne Kiste an Bord balancierten. Sie sah aus wie ein Sarg aus Glas. Wie passend, dachte Julius, denn hierin würde tatsächlich die eine oder andere schlafende Schönheit liegen. Gut geschützt vor dem aggressiven Salzwasser. Hooker war wirklich genial.

10. Kapitel

Friedas Nase war am folgenden Mittwoch nur eine Haaresbreite davon entfernt, Fettflecken auf der Fensterscheibe zu hinterlassen, als sie in das halbdunkle Ladeninnere des Blumenhauses Husmann spähte. Allein schon der Name war so viel besser. Blumenhaus nannten sie sich. Das klang fröhlich, nach Farbe und Leichtigkeit.

Was stand denn dort hinten im Regal? Frieda kniff die Augen zusammen. Verkauften sie etwa die passende Keramik zu den Pflanzen? Welch eine großartige Idee! Natürlich brauchten viele Kunden auch gleich ein Gefäß für die Blumen. Das war sicherlich eine nicht zu verachtende Nebeneinnahmequelle.

Plötzlich nahm Frieda im Ladeninneren eine Bewegung wahr. Sie zuckte zusammen. Sie war extra früh gekommen und überzeugt gewesen, dass sie zu dieser Stunde niemanden antreffen würde. Doch nun war direkt vor ihr ein junges Mädchen, nur wenig älter als sie selbst, in das Schaufenster gestiegen. Sie hatte die zwei eleganten Vasen beiseitegestellt und trug in ihren Händen ein ausgefallenes Blumenarrangement. Es war eine flache, längliche Schale, geformt wie ein Schiff. Die Blumen schossen wie ein Segel daraus hervor, wobei die Farben geschmackvoll aufeinander abgestimmt waren.

Es sah fantastisch aus.

Sie drehte sich zu Frieda um, die sie zweifelsohne längst gesehen hatte, und lächelte ihr zu. Frieda erstarrte. Was sollte sie jetzt tun? Noch einmal unverbindlich lächeln und gehen? Oder gar eintreten?

Ein bisschen durchs Schaufenster linsen war in Ordnung. Aber hineingehen und sich alles angucken … das hatte sie sich bisher nie getraut. Dabei würde sie sich vorkommen wie eine Spionin. Sie hatte das Gefühl, dass sich das nicht gehörte. Doch bevor sie noch weiter darüber nachdenken konnte, öffnete sich die Glastür, und die junge Frau kam heraus. Die dunklen Haare hatte sie seitlich zu Schnecken aufgedreht, und ihre Wangen waren rosig. Was hatte sie vor? Wollte sie sie etwa zur Rede stellen? Oder wollte sie sie dazu überreden, etwas zu kaufen?

Sie stellte sich neben Frieda, trat dann zwei Schritte zurück und beäugte kritisch das Schaufenster. Jetzt verstand Frieda. Sie wollte die Außenwirkung ihrer neuen Gestaltung prüfen. Wie geschickt!

»Was hältst du davon?«

Frieda nahm ebenfalls etwas Abstand und überlegte. Das Schiff aus Pflanzen war ein faszinierender Blickfang. Aber irgendetwas, eine Kleinigkeit, fehlte.

»Vielleicht könnte man noch zwei kleinere Gefäße mit ins Bild bringen, um das Ganze etwas besser ins Verhältnis zu setzen und die Anordnung des Gestecks zu spiegeln?«

Die junge Frau runzelte die Stirn.

War sie zu forsch gewesen? Frau Maader hatte sie oft ermahnt, nicht immer so kritisch zu sein. Sie solle ihre Gedanken besser für sich behalten.

Doch nun erschien ein Lächeln auf dem Gesicht der jungen Frau. »Du hast absolut recht.« Mit diesen Worten verschwand sie im Laden und erschien kurz darauf mit zwei kleineren Vasen wieder im Fenster. Sie stellte sie leicht versetzt hinter dem Schiff auf.

»Wie ist es jetzt?«, rief sie, schon während sie zur Tür heraustrat.

Das Mädchen hatte ein ganz einzigartiges Gespür für Farben und Formen.

»Es ist perfekt«, hauchte Frieda voller Anerkennung. »Wie hast du das auf Anhieb hinbekommen? Ich hätte mindestens zwanzig verschiedene Vasen durchprobieren müssen.«

Die junge Frau winkte ab. »Ach, das ist einfach der Goldene Schnitt. Das lernen wir in der Ausbildung. Aber komm lieber herein, du bist doch sicherlich hier, um dich in Ruhe umzusehen, und nicht, damit ich dich mit der Theorie des Blumenbindens langweilen kann.«

Im Ladeninneren erwartete Frieda der vertraute Duft von frisch geschnittenen Blumen. Das war in Frau Maaders Blumenbindewerkstatt ganz genauso. Ansonsten ließ sich jedoch kaum etwas vergleichen. Erst jetzt sah sie, wie groß der Laden war. Mindestens drei-, wenn nicht viermal so groß wie das Geschäft, in dem sie ihre Lehre machte. Je nach Wasser- und Wärmebedarf hatten sie verschiedene Pflanzenabteilungen gebildet. Anscheinend gab es sogar einen eigenen Innenhof für Gartenpflanzen!

»Was darf es denn sein? Kann ich dir beim Aussuchen helfen, oder hast du schon etwas Bestimmtes im Auge? Ich binde dir auch gerne einen Strauß mit den Blumen, die du ausgesucht hast.«

Wie herrlich würde das sein?! Sie sah die wunderschönen Alpenveilchen, die strahlenden Rosen und die majestätisch anmutenden Hortensien. Es wäre ein Traum, mit einem ganzen Strauß dieser Schönheiten nach Hause zu gehen und ihre kleine Kammer damit zu verschönern. Spätestens seit Marleene die Fliederbüsche hatte vertrocknen lassen, fehlte dem Zimmer jeglicher Liebreiz. Ihre Cousine wäre entzückt. Aber das würde niemals möglich sein.

»Das kann ich mir leider nicht leisten.«

»Am Freitag verkaufen wir immer nicht mehr ganz so frische Ware zum halben Preis«, bot die junge Frau voller Geschäftssinn an.

Frieda schüttelte wieder den Kopf. Selbst dann wäre es noch zu viel. Sie sparte momentan auf neue Schuhe, ihre jetzigen würden nicht mehr lange halten. Bis zum Winter musste sie die Summe unbedingt zusammenhaben.

»Du fragst dich sicherlich, was ich dann hier zu suchen habe.«

»All unsere Kunden sind willkommen, sich in Ruhe umzusehen.« Sie machte eine weit ausholende Geste, die den Raum umfasste.

»Aber ich werde wohl nie eine Kundin sein«, sagte Frieda halb flüsternd. »Um die Wahrheit zu sagen, ich mache selbst eine Lehre zur Blumenbinderin. Ihr habt immer so wunderschöne Sträuße, die sehe ich mir gerne an und hoffe, allein durch das Schauen etwas zu lernen. Deswegen komme ich regelmäßig hier vorbei.«

Jetzt würde sie ganz gewiss im hohen Bogen rausgeschmissen

werden. Sie sah in unendlicher Langsamkeit, wie der Mund der jungen Frau sich öffnete, und hätte am liebsten die Augen zusammengepresst in der abwegigen Hoffnung, dass sie unsichtbar würde.

Doch die Frau lachte.

»Warum hast du das nicht gleich gesagt? Du bist also quasi eine Kollegin.« Sie machte eine auffordernde Geste, ihr zu folgen. »Ich muss jetzt sowieso ein paar Sträuße vorbereiten. Wenn du möchtest, zeige ich dir einfach, wie wir das hier machen. Ich bin übrigens Almuth.«

Frieda sah sie ungläubig an. »Darfst du das denn?«

Sie zuckte die Schultern. »Warum nicht? Ich bin sicher, dass mein Chef nichts dagegen hat.« Einen Moment blieb sie stehen und dachte nach. »Er hat letzte Woche sogar erwähnt, dass wir langsam einen neuen Lehrling gebrauchen könnten. Meine Lehrzeit ist bald zu Ende, und die Arbeit wächst uns über den Kopf. Vielleicht könntest du ja einfach wechseln, wenn es dir in deinem Lehrbetrieb nicht so gut gefällt.«

Friedas Herz begann zu pochen, und die bunten Blumen um sie herum schienen noch stärker zu leuchten als zuvor. Es wäre ein Traum, in dieses Blumenhaus zu wechseln! Aber wäre das mitten im Lehrjahr überhaupt möglich?

Sie hatten die Bindestube erreicht, und Almuth strich den Vorhang zurück. Frieda fand die Idee gut, den oft etwas unordentlich wirkenden Arbeitsraum so vor den Blicken der Kunden zu schützen. Vielleicht könnte sie das bei Frau Maader auch einbringen.

»Was hast du denn bisher schon gemacht?«, erkundigte sich Almuth.

»Also, wir machen hauptsächlich Biedermeiersträußchen.«

Almuth sah sie mitleidig an. »Verstehe. Die machen wir hier auf Anfrage, aber wir sind zu dem neuen Trend aus Holland übergegangen. Man bindet heutzutage eigentlich etwas lockerer mit viel Grün dazwischen.«

Sie nahm ein paar rote Blumen auf und hielt die Stängel diagonal zusammen. Dann griff sie nach etwas Grün und hatte mit wenigen Handgriffen alle Blüten damit umrahmt.

»Das ist Asparagus sprengeri. Wir nehmen ihn zur Auflockerung, damit wir die Pflanzen so anordnen können, wie sie rein theoretisch in der Natur wachsen würden. Siehst du?« Sie führte dem Strauß noch mehrere von der gleichen Blüte zu, und Frieda erkannte ihr Vorhaben. Auf einem wild wachsenden Feld in der Natur hatten die Blüten in etwa die gleichen Abstände, dort bildeten die Pflanzen ja auch keine Schachbrettmuster. Almuth deutete nun auf die Blumen vor sich auf der Arbeitsplatte. »Mach doch einfach mit. So lernt man es am besten.«

Frieda zögerte nicht lange und band in kurzer Zeit einen ähnlichen Strauß aus Grün mit gelben Sonnenhutblumen und Gerbera. Einträchtig arbeiteten sie Seite an Seite. Eigentlich war es längst Zeit, zu Frau Maaders Laden zu gehen, aber sie konnte diesen Ort einfach nicht verlassen. So viel Spaß hatte sie lange nicht beim Binden gehabt. Die Farben und das Grün vereinigten sich in einem perfekten Zusammenspiel. Es wirkte so viel natürlicher als die Blüte an Blüte gebundenen Biedermeiersträuße.

»Du bist begabt. So gut habe ich es auf Anhieb nicht hinbekommen. Die nächsten Pflanzen müssen wir andrahten, damit sie mehr Halt bekommen.« Vorsichtig führte Almuth einen dünnen Draht in den Stängel der zarten Pflanze. »Arbeitet ihr auch mit künstlichen Materialien?«

Frieda verdrehte die Augen. »Viel zu viel, wenn du mich fragst.«

»Das kann ich mir gut vorstellen. Aber wir setzen auch welche ein. Es lässt sich sonst ja einfach nichts vorbereiten für die Feiertage, und einige wollen nun mal kostengünstigere Sträuße.« Sie zwinkerte Frieda verschwörerisch zu.

»Guten Morgen«, tönte plötzlich ein tiefer Bariton von hinten, und Frieda zuckte zusammen. Sie hatte die Eingangstür nicht gehört.

»Der Chef kommt«, flüsterte Almuth schnell. Sie lächelte ihn an, als er den Vorhang nach hinten schob und sie verwundert ansah.

Frieda war kurz davor, den Blumenstrauß fortzuwerfen, damit er nicht dachte, sie würde ihn klauen wollen, aber dann wäre die ganze Mühe umsonst gewesen.

Almuth stellte Frieda dem Mann vor. »Ich zeige ihr, wie wir hier binden, weil sie bei ihrer Lehrstelle nicht so glücklich ist.«

Frieda sah den muskulösen Mann mit der Halbglatze vorsichtig von der Seite an und wartete erneut auf ein Donnerwetter.

»Das sieht ja schon ganz passabel aus«, stellte er jedoch mit melodischer Stimme fest. »Bring jetzt noch etwas Blau als Komplementärfarbe rein, ich denke, das würde dem Strauß guttun.« Frieda tat, was er vorgeschlagen hatte, und musste feststellen, dass er recht hatte. Das frische Blau der Kornblumen gab dem Strauß eine leicht spielerische Note und brachte das Gelb zum Leuchten.

Nachdem der Mann mit Almuth ein paar organisatorische Dinge für eine riesige Blumenschau besprochen hatte, nahm diese das Wort wieder auf.

»Hatten Sie nicht erwähnt, dass wir uns so langsam nach einem neuen Lehrling umsehen könnten, Herr Husmann? Vielleicht könnte Frieda ja zu uns wechseln. Es ist doch recht angenehm, wenn man jemandem nicht auch noch die Grundlagen beibringen muss.«

Herr Husmann verschränkte die Arme und musterte Frieda, als wäre sie ein blau kariertes Gänseblümchen. »Du hast recht.

Und es ist immer gut zu wissen, dass sich die Lehrlinge nicht vollkommen verdummbödelt anstellen werden.« Er nahm Frieda den jetzt fertig gebundenen Strauß aus der Hand und betrachtete ihn von allen Seiten. »In welchem Lehrjahr bist du?«

»Das zweite hat gerade angefangen«, beeilte Frieda sich zu erklären und fühlte sich, als würden Bienen durch ihren Körper sausen. Sollte ihr größter Wunsch, den sie bereits aufgegeben hatte, doch noch wahr werden? Es wäre zu schön, hier mit Almuth Seite an Seite zu arbeiten. Sie konnte sich gut vorstellen, wie unglaublich viel sie in diesem Betrieb noch lernen würde, hatte sie in der kurzen Zeit doch bereits mehr erfahren als im gesamten letzten Lehrjahr.

»Wahrscheinlich müsstest du das zweite Lehrjahr noch mal beginnen, aber du könntest im April anfangen und würdest die Lehre dann einfach fortsetzen. Wäre das etwas für dich?«

Frieda musste nicht lange überlegen. »Ja, das wäre großartig.« Zur Bekräftigung nickte sie so hektisch, dass ihr schwindelig wurde.

»Na dann … Besiegeln wir das Ganze doch mit einem Handschlag.«

Sie ergriff die riesengroße Pranke des Mannes und störte sich nicht mal daran, dass er ihre schmale Hand fast erdrückte.

»Gut, dann machst du diesen Monat in deinem jetzigen Betrieb zu Ende, und ab nächsten Monat bist du bei uns.«

»Sehr gerne. Vielen Dank für diese Chance.«

»Wo lernst du denn jetzt eigentlich gerade?«

»In der Bindewerkstatt Maader.«

Das Lächeln verschwand von einer Sekunde auf die andere aus dem Gesicht von Herrn Husmann.

»Maader?«, wiederholte er, und seine Stimme glich nun einem Donnergrollen. »Dann kannst du's wieder vergessen.«

Er hatte die Worte so ausgespuckt, dass ein kleiner Tropfen auf Friedas Unterlippe gelandet war. Mit der Schulter wischte sie ihn weg.

Aber ich … ich mag die Frau auch nicht. Ich kann Sie gut verstehen, wenn Sie mit ihr ein Zerwürfnis hatten. Ich habe es mir damals nicht freiwillig ausgesucht. All das wollte sie ihm sagen, doch er drängte sie bereits aus dem kleinen Binderaum, sodass sie Almuths Blicke nicht mehr auffangen konnte.

»Verschwinde von hier!«, rief er so laut, dass Frieda tatsächlich nur noch den Wunsch hatte, dieses blumige Paradies auf der Stelle zu verlassen.

London

Julius war überrascht, wie schnell die Strapazen der Reise in Vergessenheit gerieten. Schon die Hinreise war anstrengend gewesen, doch auf der Rückreise hatte ein heftiger Sturm das Schiff durchgerüttelt. Noch unterwegs hatte er gedacht, dass er fortan jeden Tag Gott danken würde, festen Boden unter den Füßen zu haben und frisches Essen verzehren zu können. Aber die ganzen Entbehrungen waren doch recht schnell wieder in Vergessenheit geraten. Die ersten Wochen auf See waren zügig vergangen. Julius hatte gerne an der Reling gelehnt und versucht, in der Ferne Land auszumachen oder Hookers *Himalaya Journal* zu lesen, das er in den Fünfzigern nach seiner dreijährigen Rhododendron-Expedition geschrieben hatte. Er war der erste Europäer gewesen, der Pflanzen im Himalaya gesammelt hatte. Die Aufzeichnungen waren in Kalkutta verlegt worden, und er hatte sie seinem Freund Charles Darwin gewidmet. Viele der Pflanzen waren als farbige Lithografien abgebildet worden, und Julius hatte sich in Tagträumereien verloren, wie auch er eines Tages solche Pflanzen kultivieren könnte.

Doch dann war der beschwerliche Teil der Reise gekommen. Viele Vorräte waren verschimmelt gewesen, und sie hatten sich tagelang von Haferbrei ernähren müssen. Manchmal hätte Julius am liebsten gar nichts gegessen, denn ihm war klar gewesen, dass er es nicht lange bei sich behalten würde.

Schließlich war er auch noch krank geworden. Die Tage und Nächte hatten nur mehr aus verwirrenden Fetzen bestanden, während Fields und Hooker abwechselnd an seinem Bett gesessen und versucht hatten, seine Albträume von den feindlichen Tibetern zu vertreiben. Manchmal war er überzeugt gewesen, sie wären wieder auf der Schneeebene, und er hatte trotz des Fiebers zitternd im Bett gelegen und geschrien.

Über zwei Wochen hatte er so verbracht, hatten die anderen ihm erzählt. Danach war er nahezu auf die Knochen abgemagert gewesen, da sie ihn nur schwer hatten überreden können, etwas zu essen. Er hatte wohl jedes Mal geschrien, dass er niemals die Samen essen würde.

Sobald es ihm wieder besser gegangen war, war auch sein Appetit zurückgekehrt. Zum Glück hatten sie in Alexandria ein neues Schiff mit frischen Vorräten bezogen, und er hatte alles hinuntergeschlungen, was man ihm vorgesetzt hatte.

Als er nach weiteren Wochen endlich in London über die wackelige Brücke gestolpert war, hatte sich der Boden noch sehr lange so angefühlt, als würde er leicht schwanken.

Deswegen hatte er sich fest vorgenommen, fortan für das Leben mit festem Boden unter den Füßen dankbarer zu sein, doch nach einem Monat hatte der Alltag ihn wieder eingeholt.

Aber es war auch ein Alltag, der ihn voll und ganz beanspruchte. Oft wünschte er, die Tage hätten noch viel mehr Stunden, damit er sich besser um die neuen Pflanzen kümmern könnte. Jetzt betrat er das Warmhaus, kontrollierte die Temperatur und die Öfen und gestattete sich erst dann, sich über die vielen Töpfe in unterschiedlichen Größen zu beugen, um zu sehen, wie sich ihre verbliebenen Schützlinge machten. Obwohl sie erst vor acht Wochen gepflanzt worden waren, reckten einige bereits einen zarten hellgrünen Trieb in die Luft.

»Na los, ihr Kleinen, traut euch ruhig raus. Auch wenn wir euch nicht die frische Höhenluft von Tibet bieten können, werden wir uns gut um euch kümmern«, flüsterte er den Pflänzchen zu und guckte sich sogleich um, ob er wirklich allein war.

So verrückt es auch war, es würde ihm schwerfallen, die Pflanzen zu verlassen. Aber es war nicht nur das. Er genoss die Bestimmungsarbeit mit Hooker, den Austausch mit den Kollegen, die alle seine Liebe zu außergewöhnlichen Pflanzen teilten. Das würde er in Oldenburg nicht haben.

Ob sein Vater es endlich geschafft hatte, Mitglied bei den Freimaurern zu werden? Vielleicht wäre seine Laune dann erträglicher.

Dabei war er selbst es, der Veranlassung zur schlechten Laune gehabt hätte. Sein Vater hatte nicht einmal den Mut gehabt, ihm die Nachricht persönlich zu übermitteln. Den Brief seiner Mutter hatte er am Abend des Vortags in seinem Gästezimmer gefunden.

Mein lieber Sohn,

wie ergeht es dir in England?

Hier nimmt alles seinen gewohnten Lauf. Konstantin ist vor wenigen Tagen zurückgekehrt und hat ein großartiges Angebot bekom-

men. Er soll Seiner Exzellenz Dr. Georg von Eucken bei der Anlage eines Parks in Neuharlingersiel behilflich sein. Der oldenburgische Gesandte baut den Herrensitz des Rittergutes der von Eucken-Addenhausen zu einem sogenannten Sielhof um, und dabei wird auch das Parkgelände erneuert. Vater ist außer sich vor Freude, auch wenn er es natürlich nicht zeigt, du weißt ja, wie er ist.

In der Gärtnerei wächst und gedeiht alles prächtig. Unseligerweise auch das Unkraut. Selbst dein Vater hat schon einige der niederen Arbeiten verrichtet, da er nun auch noch diesen Lehrling entlassen musste. Den, der immer diese Rotznase hatte. Wie hieß er noch gleich?

Willibald hat die Stelle gewechselt, und Hugo ist unpässlich. Es fällt mir nicht leicht, dir diese Zeilen zu schreiben, aber dein Vater hat mich gebeten, dir mitzuteilen, dass die Zustände in der Hofgärtnerei so misslich sind, dass eine Abwesenheit deinerseits nicht mehr tragbar ist.

Wir wissen, wie sehr dir die Studienreise gefällt, daher haben wir uns zum Trost überlegt, dass du eine leitende Funktion übernehmen kannst, sobald du dich bewährt hast. Konstantin wird sich bis dahin sicherlich zum Gartendirektor hochgearbeitet haben, und es wird höchste Zeit, dass mein lieber Herr Gemahl etwas Verantwortung abgibt. Er hat kaum Zeit für mich, obwohl ich in den letzten Wochen immer wieder unpässlich war.

Dein Vater lässt schöne Grüße ausrichten. Ich umarme dich herzlich, wir freuen uns alle auf ein baldiges Wiedersehen hier bei uns zu Hause.

Deine Mutter

PS: Teile uns mit, wann du ankommst, damit wir dich vom Bahnhof abholen können.

Mit einer einzigen Bewegung hatte Julius alles vom Schreibtisch gefegt. Die Bücher kamen polternd zum Liegen, die Papiere brauchten etwas länger, bis auch sie sich auf den Holzdielen ausbreiteten und von tiefblauer Farbe durchtränkt wurden, die aus dem Tintenfass floss.

Ein Jahr. Nur ein Jahr war er fort gewesen, um die Pflanzen und Kultivierungsmethoden in Holland und England kennenzulernen. Das hätte lediglich der Anfang sein sollen. Geplant waren noch Italien, Frankreich und Amerika. So wie Konstantin es hatte machen dürfen, der anscheinend eine ansehnliche Position als Gartendirektor gefunden hatte.

Da war es natürlich nicht mehr wichtig, dass der kleine Bruder auch etwas erreichte. Der durfte schön in der heimischen Gärtnerei versumpfen. Mutlos schritt er weiter durch das Gewächshaus. Was sollte er nur tun?

11. Kapitel

Mit dem Ärmel wischte Frieda sich immer wieder die Tränen aus dem Gesicht, die einfach nicht aufhören wollten zu fließen. Sie würde zu spät kommen. Und sie hatte keine Ausrede. Vor wenigen Minuten war ihr das vollkommen gleich gewesen. Doch jetzt sah es so aus, als wäre sie weiterhin auf die Stelle bei Frau Maader angewiesen, wenn sie nicht mit leeren Händen aus ihrer Ausbildung hervorgehen wollte.

»Du faules Stück«, schimpfte ihre Chefin, sobald sie zur Tür hereingekommen war, und ließ den Strohbesen achtlos gegen die Wand knallen. »Geohrfeigt hätte man mich, wenn ich mir so etwas erlaubt hätte. Glaube nicht, dass du mit deinen Eskapaden ungeschoren davonkommst. Du wirst die gesamte Arbeit nachholen, und wenn du bis heute Nacht um drei am Bindetisch stehst. Du weißt genau, dass wir die Hochzeit haben und fünfzig Biedermeiersträuße bis dahin fertig bekommen müssen. Eigentlich wollte ich dir dabei helfen. Jetzt wirst du alles alleine machen. Du wirst schon lernen, was sich gehört. An die Arbeit mit dir!«

Frieda nickte knapp, zog sich in den beengten Raum zurück und bereitete den Arbeitstisch vor. Eigentlich war es ihr ganz recht, dass sie heute diese eintönige Arbeit machen musste. Bei den Biedermeiersträußen wurden die Blüten in ein starres Drahtgestell gepresst, sodass Schachbrettmuster, Spiralen oder Streifen entstanden. Symmetrie war das Ziel. Es war kein Grün zur Auflockerung vorgesehen, die Natürlichkeit wurde verbannt, und es reihte sich einfach Blüte an Blüte in einer angeblich kunstvollen Anordnung.

Von den immer gleichen Bewegungen taten ihr schon bald die Handgelenke und die Schultern weh. Sie fragte sich, wann sie die Pflanzen aus der Hofgärtnerei holen müsste. Sie mochte es sich kaum eingestehen, aber ihre Gedanken wanderten immer wieder zur Hofgärtnerei und verweilten dort zwischen den exotischen Pflanzen. Das wäre eine herrliche Abwechslung. Wegen der Pflanzen natürlich. Allein wegen der herzerquickenden Pflanzen! Ein charmanter junger Mann hatte rein gar nichts damit zu tun. Vorsichtig streckte Frieda den Kopf in den Verkaufsraum.

»Was willst du?«, blaffte Frau Maader sie sofort an und schob das Heft mit dem bunten Umschlag, in dem sie gelesen hatte, hektisch unter einen Schwung Einschlagpapier.

»I-ich wollte nur fragen, ob ich jetzt die Pflanzen holen soll?«, fragte sie schüchtern.

Frau Maader nahm einen Stift in die Hand und trug etwas in das Verkaufsbuch ein. »Das musst du nicht.«

»Ist Hugo wieder gesund?«, fragte sie und konnte nicht verhindern, dass ein wenig Enttäuschung in ihrer Stimme durchschimmerte, sosehr sie sich auch für Hugo freuen würde.

»Nein, sie werden die Pflanzen heute aber trotzdem liefern.«

»Ich dachte, dafür hätten sie keine Männer mehr?«

»Anscheinend hat jemand sich freiwillig gemeldet. Jetzt aber flugs wieder an die Arbeit, ich will von dir nichts mehr sehen, bis du alle fünfzig Sträuße fertig hast.«

Friedas Herz kam ein kleines Stück hinter den Regenwolken hervor. Es hatte sich jemand freiwillig gemeldet? Das war doch nicht etwa der, von dem sie dachte, dass er es sein könnte?

Schon wenig später hörte sie die laute Stimme, in der immer ein wenig Sonne mitzuschwingen schien.

Vorsichtig spähte Frieda in den Verkaufsraum. Da stand er. Manilo. Er sprach mit Frau Maader, während er den Handwagen in die hintere Ecke des Ladens lenkte. Mit dem Unterarm wischte er sich über die Stirn, und Frieda musste sich eingestehen, dass er selbst dabei unglaublich gut aussah. Sie zwang sich, den Blick abzuwenden. So etwas sollte sie nicht einmal denken.

»Und jetzt alle Blumen auf die Eimer verteilen«, ordnete Frau Maader im Ton eines Oberbefehlshabers an.

Frieda klopfte sich die Hände ab und ging in den Verkaufsraum, um zu helfen. Mit Sicherheit war er nicht hier, um jetzt auch noch die Blumen zu verteilen. Das konnten schließlich sie beide machen. Sie fand es äußerst befremdlich, dass Frau Maader ihn dafür einspannte, als gehörte er zu ihrem Personal.

»Und du zurück an die Arbeit, oder sind die fünfzig Sträuße schon fertig? Wie gesagt, will ich dich hier nicht mehr sehen, bis alles erledigt ist.«

Wie ein geprügelter Hund trottete Frieda zum Binderaum. Kurz bevor sie ihn erreichte, warf sie noch rasch einen Blick über die Schulter. Sie wollte Manilos Augen finden. Und dort die Antwort aufspüren, ob er sich vielleicht ihr zuliebe für die beschwerliche Arbeit gemeldet hatte. Sie wollte ihm durch ihr Lächeln zeigen, wie dankbar sie war.

Er beugte sich jedoch gerade über die schwere Kiste mit den Chrysanthemen. An der Tür blieb sie stehen und sah ein weiteres Mal zurück.

»Frieda!« Frau Maader fuchtelte mit der Hand, als wäre sie eine lästige Fliege. Ganz langsam trat sie in den Raum, mochte den Blick einfach nicht abwenden.

Manilo stellte währenddessen ächzend die Kiste ab – und verpasste diese letzte Chance, ihr in die Augen zu sehen.

***

Marleene hockte zwischen Blecheimer und Scheuerbürste auf den Holzdielen der Schankstube und wischte sich mit dem Handrücken den Schweiß aus dem Gesicht und wünschte sich abermals, sie könnte wenigstens ihre Haube abnehmen.

»Dat glaub ich ja nicht, da kriegste de Motten! Ich hab dich fürs Putzen bezahlt und nicht fürs Pausemachen«, rief der Wirt unwirsch zu ihr herüber.

Marleene biss die Zähne zusammen, nahm die Schrubbbürste wieder auf und tauchte sie ins Wasser. Am liebsten hätte sie zurückgeblafft, dass sie die zwanzig Pfennig ganz gewiss nach spätestens einem Tag abgearbeitet hätte.

Zum wohl hundertsten Mal verfluchte sie den Handel, den sie aus der Verzweiflung heraus eingegangen war. Sie war sprichwörtlich vom Regen in die Traufe gekommen, denn im Hotel musste sie zwar ebenfalls die meiste Zeit putzen, doch dort waren die Böden und Möbel bereits sauber und auf Hochglanz poliert. Hier in der Mottenstraße machte sie eher eine lange überfällige Grundreinigung und versuchte jahrzehntealten Dreck aus den Dielen zu scheuern. An diesem Vormittag war sie dazu verdonnert worden, den Schankraum auf Vordermann zu bringen.

Doch das Schlimmste war, dass bei dieser eintönigen Arbeit ihre Gedanken nur allzu gut auf Wanderschaft gehen konnten. Immerzu sah sie seine braunen Augen vor sich. Wie er sie mit dieser besonderen Sanftheit im Blick und seinem herzgewinnenden Lächeln ansah. Obwohl sie nur für gut zehn Minuten auf dem Markt miteinander gesprochen hatten, erinnerte sie alles um sie herum an den Kastanien-Mann. Nach jedem feinen Herrn im Gehrock, dem sie im Stadtzentrum begegnete, drehte sie sich um, ob er es vielleicht war. Schließlich konnte sie nicht davon ausgehen, dass er immer Braun trug, auch wenn ihm das überaus gut zu Gesicht stand.

Die nussbraune Theke erinnerte sie ebenso an ihn wie der tiefbraune Schnaps, der hier abends zur Genüge ausgeschenkt wurde und den sie am nächsten Morgen sogar von den Stühlen schrubben musste.

Die Tür flog auf, und wie bei jedem Gast, der den Schankraum betrat, wandte sich Marleene hoffnungsvoll um, da sie sich danach sehnte, ihn schlicht und einfach wiederzusehen – auch wenn es recht unwahrscheinlich war, dass ein Mann seines Formats ein Wirtshaus wie dieses betrat.

Mehr konnte sie sich nicht erhoffen. Schon gar nicht, solange sie hier auf dem feuchten Boden hockte und nach abgestandenem Alkohol mit Seife roch. Und selbst wenn die Umstände besser wären, tat sie nur gut daran, die Flamme ihrer Hoffnung kleinzuhalten. Immerhin war er ein Mann des Bürgertums. Womöglich sogar Großbürger. Und sie nur eine Arbeiterin der untersten Schicht. Mit kurzen Haaren zudem. Alles sprach dagegen, dass er nur den Hauch eines Interesses an ihr haben könnte – selbst wenn er sich gar ritterlich verhalten hatte.

Marleenes Herz sank, als sie sah, dass es ein dicklicher Mann um die sechzig war. Nein, hier würde sie den Kastanien-Mann gewiss nicht treffen. Der neue Gast setzte sich trotz der frühen Stunde an den Tresen und bestellte Bier. Ihr Gedankenkarussell drehte sich, und sie kam erneut zu dem Entschluss, dass es nur einen Ort gab, wo sie ihn finden könnte.

Und heute war wieder Markttag.

Sie musste dorthin, es war die einzige Möglichkeit, ihn vielleicht wiederzusehen. Wenn in einer Woche ihre Lehre begann, hätte sie keine Gelegenheit mehr, auf den Markt zu gehen. Entschlossen tauchte sie die Bürste in das Wasser und schrubbte den Boden so rasant wie eine Postkutsche. Eine Dreiviertelstunde später vermeldete sie ihre verrichteten Arbeiten so, wie sie es sonst bei Frau Holthusen getan hatte.

»Der Boden ist geschrubbt, die Gläser abgewaschen und poliert. Darf ich dann jetzt gehen?« Sie versuchte nicht zu hoffnungsvoll zu klingen, aber es gelang ihr nicht. Es war mittlerweile fast Mittag, und der Markt würde gegen drei enden.

Der Wirt sah sich mit seinem grimmigen Gesicht um, nickte bedächtig, antwortete jedoch nicht sofort. »Ja, nun ja …« Er hielt inne. »Hast du denn auch die Kohlen im Keller neu geschichtet?«

»Ja, das habe ich bereits gestern erledigt.«

Er nahm sich reichlich Zeit zum Überlegen. »Nun, denn man to. Lassen wir es gut sein für heute«, sagte er schließlich, und Marleene musste einen Freudenhüpfer unterdrücken. Dann würde sie sich jetzt rasch frisch machen, ihre Sachen waschen und die nächsten drei Stunden in einem wundervollen Schwebezustand zwischen Hoffnung und Furcht verbringen, da sie ihr Wiedersehen zum einen so übermächtig herbeisehnte, sich aber auf der anderen Seite davor fürchtete, wie er ihr begegnen würde.

Was, wenn er einfach nur ein netter Kerl war, der all ihre Sachen aus purer Freundlichkeit gekauft hatte?

Was, wenn er sie gar nicht erkannte oder von ihren kurzen Haaren abgestoßen wäre, sobald er sie ohne Haube sah?

Unwillkürlich hatte sich bei dem Gedanken an ihn auf ihrem Gesicht ein Lächeln ausgebreitet, das erstarb, als der Wirt ihren Namen rief. Frustriert drehte sie sich um.

»Mir ist doch noch etwas eingefallen.« Der Wirt deutete auf die Fenster. »Sie müssten dringend mal wieder geputzt werden.«

»Das habe ich doch letzte Woche bereits getan.«

Der Wirt zuckte mit den Schultern. »Sie sind trotzdem schon wieder schmutzig. Guck, da vorne hat ein Vogel hingeschissen.«

»Aber …«

Mit einem erhobenen Finger brachte er sie zum Schweigen. »Marleene, wir hatten eine Abmachung.«

Sie kämpfte die brodelnde Wut nieder, die in ihr aufstieg. Wenn sie dennoch etwas erreichen wollte, musste sie freundlich bleiben. »Gewiss«, sagte sie zaghaft und schlug die Augen demütig nieder. Sicherlich wollte er sich gegenüber dem Gast keine Blöße geben, und vielleicht bliebe ihr doch noch eine Möglichkeit, sich fortzustehlen.

»Ich habe mich nur gefragt, ob ich die Fenster vielleicht später putzen könnte, denn ich habe etwas Dringendes zu erledigen.«

»Was hast du denn schon zu erledigen? Willst du noch ein paar Löcher stopfen?«, sagte er, halb an den älteren Herrn gewandt, und beide lachten. »Nee, nee, später ist hier die Bude voll. Da will niemand putzende Weiber um sich haben. Das machst du jetzt, und danach erledigst du deine ach so dringende Sache.«

Marleene wog ihre Möglichkeiten ab. Die Idee, den Eimer mit dem Putzwasser über dem Wirt auszuleeren, gefiel ihr am besten. Doch Oldenburg war keine Industriestadt, leider gab es kaum andere Arbeiterherbergen, und Frieda und sie hatten lange genug suchen müssen, um diese Unterkunft zu finden.

Sie musste wieder einmal klein beigeben.

Sie griff nach dem Eimer, holte frisches Wasser und machte sich abermals an die Arbeit. Wenn sie schnell genug wäre, bliebe ihr immer noch eine gute Stunde auf dem Wochenmarkt. Der Zufall musste unter diesen Umständen schon sehr groß sein, um den Kastanien-Mann zu treffen, aber sie wollte es zumindest versuchen.

Doch als sie die Fenster fertig hatte, bestand der Wirt darauf, dass sie ein weiteres Mal die Treppe und das Plumpsklo putzte – ganz klar eine Schikane, weil sie Widerworte gegeben hatte. Marleene erinnerte sich gedanklich wieder und wieder daran, dass sie nur noch eine Woche aushalten musste, danach würde sie herrliche Arbeiten unter freiem Himmel verrichten können.

Sobald sie fertig war, rannte sie in den Waschraum, wusch sich und zog danach ihre Wechselkleidung über. Danach eilte sie durch die Lange Straße, am Degodehaus vorbei und erreichte völlig außer Atem den Marktplatz.

Die Hälfte der Händler hatte ihre Stände bereits abgebaut. Sie eilte so schnell am Eier- und Hühnerstand vorbei, dass einige Tiere aufflatterten. Daher mäßigte sie ihr Tempo, während sie den Marktbrunnen umrundete. Kurz dahinter entdeckte sie den freundlichen Gemüsehändler vom letzten Mal, der ihr fröhlich zuwinkte. Vom Käsestand wehte ein herzhafter Duft herüber, der ihren Magen zum Knurren brachte und sie daran erinnerte, dass sie auch heute viel zu lange nichts gegessen hatte. Einige Mägde mit Körben am Arm versuchten, bei den zusammenpackenden Händlern noch ein paar Vergünstigungen zu ergattern. Marleene umrundete die wenigen verbliebenen Stände abermals und reckte dabei den Kopf in alle Richtungen. Vergebens.

Der Kastanien-Mann war nirgends zu sehen.

London

»Und ich kann dich wirklich nicht überzeugen, hierzubleiben? Du weißt, dass wir Männer wie dich in den Kew Gardens gebrauchen können.«

Julius biss die Zähne zusammen. Das durfte nicht wahr sein. Ihm wurde im botanischen Garten von London eine Stelle angeboten, wo er genau seinen Interessen nachgehen und den ganzen Tag die Botanik erforschen könnte. Stattdessen musste er zurück nach Hause, wo er nur versauern würde.

»Ich wünschte, ich könnte, aber leider habe ich keine Wahl. Mein Vater braucht mich in seiner Gärtnerei.«

»Dann lass mich dir wenigstens das hier mitgeben.« Hooker reichte ihm einen großen braunen Papierumschlag.

»Was ist das?«

»Nur eine kleine Starthilfe für deine ganz persönliche Pflanzenzucht zu Forschungszwecken und zu deiner Freude – natürlich in Oldenburg.«

»Aber ich dachte, dass all die Samen, die im Rahmen der Expedition für Ihre Majestät gesammelt worden sind, hier in England bleiben müssen?«

Hooker räusperte sich. »Das ist auch so. Aber dennoch steht

es uns frei, einige Pflanzen zu tauschen. Und die meisten Samen da drin sind Nachzüchtungen von Rhododendren, die bei uns bereits bekannt sind. Und, nun ja, vielleicht ist mir ein kleiner Fehler unterlaufen, und ein ganz besonderer Rhododendron, der von einer ganz besonderen Person gefunden wurde, ist auch dabei. Aber das wird keiner bemerken. Schick mir einfach ein paar Samen von außergewöhnlich schönen Pflanzen, die ihr da unten im Deutschen Kaiserreich habt.«

Julius nahm den Umschlag entgegen, der viel schwerer in seiner Hand wog, als Papier es eigentlich dürfte. Er fühlte sich, als hätte er einen Schatz überreicht bekommen.

»Das mache ich. Ich habe da einen ganz außerordentlichen Flieder, der dir gefallen wird.«

12. Kapitel

Entnervt warf Rosalie ihre Stickarbeit mit den filigranen Maiglöckchen auf den Salontisch aus Nussbaumholz.

»Ich halte das nicht mehr aus. Jeden Tag diese sinnlose Stickerei. Und davor Konversationsstunden in Englisch und Französisch. Und dann soll ich auch noch drei Stunden Pianoforte üben. Dabei würde ich viel lieber meine Freundinnen treffen, Tanzen gehen und Modemagazine durchblättern.«

Konstantin knickte eine Ecke der *Oldenburger Nachrichten* um und sah sie an. »Warum tust du es denn nicht? Du machst doch sonst auch nur das, wonach dir der Kopf steht, Schwesterherz.«

Rosalie kontrollierte mit den manikürten Fingerspitzen, ob

ihre goldblonden Locken sich weiterhin in ihre raffinierte Hochsteckfrisur fügten, und seufzte theatralisch.

»Vater erlaubt mir sowieso nicht, dass ich mir ein neues Kleid zulege. Er ist doch tatsächlich der Meinung, dass drei Teekleider genügen.«

Meike, ihr Stubenmädchen, huschte unhörbar herein und vollführte einen angedeuteten Knicks.

»Darf ich Ihnen noch etwas bringen, gnädiges Fräulein? Tee oder vielleicht etwas von dem Gebäck?« Aus ihren zu eng stehenden Augen sah sie Rosalie unterwürfig an.

»Nein«, sagte Rosalie so barsch, als hätte das Mädchen sie beleidigt. Am Ende würde sie noch so pummelig werden wie ihre Freundin Julia. Das durfte unter gar keinen Umständen passieren, also verkniff sie es sich, ein weiteres dieser köstlichen Himbeertörtchen zu bestellen.

»Und für Sie, gnädiger Herr?«

»Nein, danke, ich hatte genug.« Konstantin lächelte charmant, und Meike senkte schnell den Blick. Rosalie schnaubte, als sie sah, wie sich die großen Ohren des Hausmädchens um mehrere Nuancen verfärbten, bevor es eilig durch die Tür verschwand.

Hatte ihr Bruder Meike etwa den Kopf verdreht? Sie konnte nur hoffen, dass das Mädchen schlau genug war, sich nicht auf ihn einzulassen.

»Herrje, warum müssen wir in Oldenburg wohnen statt in Bremen oder gar Hamburg? Dieses Kuhkaff hat einfach nichts zu bieten. Mein Leben besteht einzig aus zähflüssiger Eintönigkeit.«

Konstantin legte die Zeitung zur Seite. »Such dir doch einen patenten Ehemann. Dann hast du einen eigenen Haushalt zu führen und kannst dich um die Kinder kümmern.«

Rosalie lachte freudlos auf. Das war nun wirklich das Letzte, was sie wollte. Da ihr Vater so viel arbeitete und ihre Mutter die meiste Zeit im abgedunkelten Schlafzimmer verbrachte, wurde sie zu Hause wenig kontrolliert. Solange sie ihre Hausfrauentugenden erlernte, war ihre Mutter zufrieden. Aber wenn sie einen Ehemann hätte, würde er als Oberhaupt der Familie das alleinige Sagen haben.

»Damit kann ich gut und gerne noch etwas warten. Jeder weiß, dass mit der Ehe auch das letzte bisschen Freiheit, das man als Frau haben kann, verloren ist. Deswegen werde ich eine Heirat so lange hinauszögern, wie es der Anstand nur irgendwie erlaubt. Einen Mangel an Bewerbern habe ich schließlich nicht, ich werde schon jemanden finden.«

»Gute Einstellung. Aber was willst du so lange machen? Etwa Lehrerin werden? Das würde Mutter niemals zulassen.«

Rosalie ließ die Hände in den Schoß sinken. Leider hatte er recht. Es gehörte zum guten Ton einer bürgerlichen Familie, dass sie keinen Beruf ergriff. Ihre Familie zeigte dadurch, dass sie es sich leisten konnte. Aber es gab sowieso kaum Berufe, die ihr Interesse geweckt hätten. Als junge Frau konnte sie Lehrerin werden oder sich in einer sozialen Einrichtung engagieren. Als wenn sie sich eine dieser übergroßen Hauben aufsetzen und Krankenschwester werden würde. Kranke Menschen pflegen … Das war doch eklig! Ein Studium, das würde sie reizen. Leider herrschte die allgemeine Meinung, dass dies vermännlichend wirken könnte und sie ihrem von der Natur vorgeschriebenen Beruf als Mutter und Ehefrau entfremdet würde. Rosalie fand das lächerlich. Für sie fühlte es sich gar nicht so an, als wäre sie einzig dazu geboren, Mutter zu werden. Wäre das nicht schon fast Verschwendung? Und wie sollte das Studieren eines Faches Einfluss auf ihr Dasein als Frau haben? Ganz gleich, wie sie es drehte und wendete, es blieb nicht das Mindeste für sie übrig.

»Das ist es ja, wir können einfach nichts machen«, klagte sie

Konstantin ihr Leid. »Dabei will ich doch in Erinnerung bleiben! Ich will etwas Großes erreichen, sodass man auch in hundert Jahren noch weiß, wer ich war.«

»Hhhhm«, murmelte Konstantin zustimmend, und für einen Moment hatte Rosalie das Gefühl, dass er genau verstand, wovon sie sprach. Dass er das Verlangen kannte, nicht sang- und klanglos von dieser Welt zu verschwinden. Dieses Gefühl, dass es da draußen noch mehr für sie gab.

Aber im nächsten Moment sagte er: »Dann musst du dich wohl doch ein bisschen mehr ins Zeug legen und dem Herzog schöne Augen machen. Die Herrscher werden auf ewig in den Schulbüchern stehen, und dann zwingst du die Schüler, sich deinen Namen ins Gedächtnis zu prügeln. Das wäre doch ganz nach deinem Geschmack, oder? Schüler hast du ja schon immer gerne gequält.« Er lachte, und Rosalie warf ihm einen ihrer gekonnt giftigen Blicke zu, die sie als Mädchen vor dem Spiegel geübt hatte.

»Der ist doch viel zu alt und verheiratet. Außerdem ist er ein konservativer Narr, der sich gegen jegliche Neuerungen wehrt. Für ihn wäre eine Frau wie ich viel zu modern.«

Sie warf ihre Locken, die aus ihrer kunstvollen Frisur herausschauten, auf den Rücken und freute sich, dass sie Konstantin mit ihrem politischen Wissen offensichtlich beeindrucken konnte. Dabei hatte sie nur ein Gespräch ihres Vaters belauscht, wo er sich lautstark beschwert hatte, dass Peter der Zweite noch immer an historischen Rechten und seiner landesherrlichen Stellung festhalte. Offenbar hatte der Herzog vor ein paar Jahren sogar das Staatsgrundgesetz von Oldenburg im konservativen Sinne revidieren lassen, um seine Regierung zu stärken und den Einfluss des Parlaments zu beschneiden. Ihr Vater war außer sich gewesen, da anscheinend im restlichen Deutschen Reich das Gegenteil der Fall war und das Bürgertum mehr Rechte bekam.

Konstantin legte die Füße auf den Tisch und streckte sich ausgiebig, während er gähnte. »Na, dann nimmst du halt seinen jüngsten Sohn. Der ist zwar ständig unterwegs, aber das stört eine moderne Frau wie dich ja sicherlich nicht.«

Rosalie verschränkte die Arme, doch bevor sie etwas erwidern konnte, wurden sie von ihrer Mutter unterbrochen, die soeben ins Zimmer schlich. Wie immer war sie so blass wie das weiße Kleid, das die trug. Die Last der Welt schien auf ihren Schultern zu liegen – zumindest war sie so tief zusammengesunken, dass es den Anschein hatte.

»Was macht ihr denn noch hier?«, erkundigte sie sich in ihrer sanften Stimme. »Der Tee ist doch längst abgetragen.«

»Das ist es ja. Wir wissen einfach nicht, was wir tun sollen.« Rosalie setzte sich jetzt auf. »Aber in der Stadt hat ein neues Kaffeehaus eröffnet. Dürfen wir die Pferde einspannen lassen und dorthin fahren?«

»Hast du denn deine Stickarbeiten bereits beendet?«

Manchmal kam es Rosalie so vor, als wenn das alles wäre, was ihre Mutter interessierte. Solange sie brav stickte, Konversationsstunden nahm und musizierte, war die Welt für sie in Ordnung.

»Aber gewiss doch, das habe ich gleich heute Morgen gemacht.« Sie hoffte, dass ihre Mutter die halb fertige Stickerei, die unter Konstantins Zeitung hervorschaute, nicht entdeckte.

»Sehr schön.« Ihre Mutter fasste sich an die Stirn. »Ich werde mich wieder zurückziehen, mir ist etwas schummerig vor Augen.«

Sobald sie den Raum verlassen hatte, wandte Rosalie sich an Konstantin. »Und? Wollen wir? Du bist jetzt schon seit zwei Wochen wieder hier, und wir haben noch gar nichts gemeinsam unternommen.«

»Vielleicht später. Wir haben doch gerade erst Tee getrunken.«

Rosalie schob die Unterlippe vor, aber dann erinnerte sie sich, dass Konstantin einmal gesagt hatte, dass sie so aussehe wie ein fünfjähriges Mädchen, und zog sie schnell wieder ein.

»Was machen wir dann? Sollen wir etwa, so wie früher, die Arbeiter in der Gärtnerei ärgern?«

»Ich fürchte, dass es uns mittlerweile nur noch halb so viel Spaß bereiten würde wie früher, wenn wir die Arbeitsgeräte versteckt oder gar die Öfen in den Warmhäusern ausgeschaltet haben.«

Rosalie musste kichern. »Weißt du noch, wie lustig es war, als Oskar den Zorn unseres Vaters ertragen musste, nur weil ein paar der Pflanzen verkümmert waren? Mein Gott, was hat er gewütet …«

»Ja, das hat er. Nur können wir mittlerweile nicht mehr ganz so unauffällig durch die Gärtnerei streifen wie früher, als wir gerade mal einen Meter groß waren. Aber vielleicht sollte ich Greta einen Besuch abstatten. Die Kleine hat innerhalb der letzten drei Jahre, die ich nicht da war, recht nette Vorzüge entwickelt.« Er warf Rosalie einen verschwörerischen Blick zu.

»Konstantin!«, rief Rosalie erbost.

»Wieso? Auch ein kleiner Bach kann den Durst stillen. Und ich bin wirklich sehr durstig.«

»Du bist immer durstig, nahezu unstillbar. Aber denk doch nur an die Folgen. Was, wenn sie schwanger wird? Oder noch schlimmer, wenn Vater euch beide erwischt? Bei der übersichtlichen Anzahl an Arbeitern fällt es schnell auf, wenn plötzlich jemand verschwunden ist.«

»Oh ja, er würde toben. Wie lange soll es eigentlich noch so bleiben mit der Unterbesetzung? Wieso stellt Vater nicht endlich jemanden ein?«

»Ach, du kennst ihn ja. Das Beste ist ihm gerade gut genug, und das betrifft auch die Arbeiter. Aber morgen soll wohl der neue Lehrling anfangen. Ich habe ihn schon kurz kennengelernt. Vater ist ganz begeistert von ihm, obwohl ich sagen muss, dass er etwas Seltsames an sich hatte. Und er ist ein richtiger Hänfling. Ich war recht verwundert, dass Vater sich für ihn entschieden hat. Aber er hat einen Narren an ihm gefressen.« Rosalie seufzte erneut. »Was machen wir denn nun?«, fragte sie und legte ihre gesamte Unlust in ihre Stimme.

Konstantin zuckte mit den Schultern. »Ich bin eigentlich ganz zufrieden damit, mich einfach nur auszuruhen. In den nächsten Wochen in Neuharlingersiel kommt noch genügend Arbeit auf mich zu. Warum stickst du nicht einfach weiter?«

»Sticken? Damit in den Geschichtsbüchern steht: ›Rosalie Goldbach war eine sehr bedeutende Person. Sie hat ganz hervorragend Stoffe bestickt – wie zwanzigtausend andere Frauen ihrer Zeit‹?«

»Mein Gott, dann lade halt ein paar Freundinnen ein.« Ein anzügliches Grinsen überzog sein Gesicht. »Vorzugsweise Mathilde. Oh, diese bernsteinfarbenen Haare, dieser Kirschmund und …«

»Glaub bloß nicht, dass ich meine Freundinnen nicht längst umfänglich vor dir gewarnt hätte. Sie werden ganz gewiss immer einen großen Sicherheitsabstand zu dir wahren. Einige haben schon Angst, schwanger zu werden, wenn sie auch nur in deine Nähe kommen. Alle werden sich von dir fernhalten.«

»Obwohl ich so unverschämt gut aussehe?«, fragte Konstantin mit einem charmanten Unterton und ließ deutlich den Schalk aus seinen Worten hervorblitzen. Aber Rosalie wusste, dass er durchaus viel von seinen äußerlichen Vorzügen hielt, auch wenn die gängige vornehme Zurückhaltung in Oldenburg das eigentlich nicht erlaubte. Nicht umsonst verbrachte er morgens gewiss eine Stunde damit, seinen akkuraten Scheitel zu ziehen, nachdem er die teuerste Pomade der Stadt in seinen mittelbraunen Haaren verteilt hatte. Und auch sein Schnurrbart blieb sicherlich nicht von selbst auf der genau richtigen Länge, wo sich kein einziges Haar schief legte. Es verwunderte sie nicht, dass ihm die Frauen zu Füßen lagen – und dieser Erfolg war ihm zu Kopf gestiegen.

»Auch dann«, sagte Rosalie bestimmt. »Die meisten haben sowieso eher ein Auge auf Julius geworfen.«

»Auf Julius?« Mit einem Satz setzte Konstantin sich kerzengerade hin. »Wieso das denn, der kriegt doch nicht einmal seine Haare gebändigt!«

Rosalie zuckte die Schultern und betrachtete, wie das hereinfallende Tageslicht ihre Fingernägel zum Glänzen brachte. »Er hat so etwas In-sich-Gekehrtes, Geheimnisvolles. Das scheint ihn interessant zu machen. Zumindest werde ich ständig gefragt, wann er zurückkommt. Du kannst dir nicht vorstellen, wie sehr Henrietta und Mathilde sich gefreut haben, als ich ihnen mitgeteilt habe, dass es nun doch nicht zwei weitere Jahre dauern wird, bis er wieder da ist, sondern er schon …« Sie runzelte die Stirn. »Wann genau wird er zurückkommen?«

»Nächste Woche. Aber da können deine Damen lange warten. Der ist doch quasi mit seinen Pflanzen verheiratet.«

Die beiden brachen in schallendes Gelächter aus. Sie zuckten zusammen, als die Tür sich ruckartig öffnete. Alexander kam mit energischen Schritten herein und kümmerte sich nicht darum, dass seine Stiefel Schietklatten auf dem edlen Teppich hinterließen. Mit grimmiger Miene verschaffte er sich einen Überblick.

»Was geht hier vor? Warum sitzt ihr am helllichten Tag im Salon herum?«

Rosalie und Konstantin hatten sofort Haltung angenommen.

»Ich …«, begann Rosalie. Verflixt! Warum wollte ihr keine gute Ausrede einfallen? Sie war sonst selten um eine verlegen. Aber ihr Vater sah wirklich verärgert aus, und sein Überraschungsauftritt war perfekt gewesen.

»Wir haben nur den Nachmittagstee eingenommen«, sagte Konstantin.

Rosalie hätte am liebsten laut aufgestöhnt. Das war zwar eine Ausrede, aber mitnichten eine gute. Es standen ja nicht mal mehr die Tassen auf dem Tisch. Nur den weiß-blauen Zuckertopf mit den dicken Kluntjes, den hatte Meike vergessen. Sie war wie immer etwas nachlässig gewesen.

»Um halb fünf am Nachmittag?«, erkundigte Alexander sich nun auch sogleich.

»Vorher hat es unser enger Terminplan leider nicht erlaubt. Wir hatten noch so viel vorzubereiten wegen meiner anstehenden Reise an die Nordsee. Rosalie war so nett, mir dabei zu helfen.«

»Nun gut«, murmelte Alexander, aber Rosalie hörte den Zweifel in seiner Stimme. »Ich hoffe, euch ist klar, dass wir da draußen in der Gärtnerei untergehen vor Arbeit. Es wäre eine Schande, wenn ihr hier nur eure Zeit totschlagt, während wir nicht wissen, wo uns der Kopf steht.«

»Aber du sagst doch selbst immer: ›Die Frauen und die Gärtnerei sind wie Feuer und Wasser.‹ Ich kann also leider nicht helfen«, sagte Rosalie und legte jegliche Unschuld in ihren Blick, die sie in sich finden konnte – was nicht viel war. Aber sie war mittlerweile eine recht gute Schauspielerin.

»Natürlich, so war das auch nicht gemeint.«

»Und du wirst doch nicht von mir erwarten, dass ich so niedere Arbeiten wie Unkrautjäten oder Pikieren wie die einfachen Frauen verrichte, oder, Vater?«

»Nein, selbstverständlich nicht.«

»Gut, dabei würde ich nämlich nur meine Kleidung ruinieren.

Ich würde höchstens in der Gärtnerei arbeiten, wenn ich auch eine leitende Position hätte, so wie es meinem Stand gebührt. Und das ist ja irrwitzig, Frauen, die Betriebe leiten … Dazu fehlt uns einfach das nötige logische Denkvermögen. Wo kämen wir denn da noch hin?«

Das hatte sie in der *Gartenwelt* gelesen, der Fachzeitschrift für Gärtner, die ihr Vater überall herumliegen ließ, und sich gehörig über diesen Leserbrief geärgert. Sie hatte ein besseres Denkvermögen als zahlreiche Männer, wie sie immer wieder feststellte. Aber das zeigte sie meist nicht. Jetzt konnte sie dieses Wissen immerhin für sich verwenden, und ihr Plan ging tatsächlich auf.

Auch ihr Vater schien die Vorstellung von Frauen in leitenden Positionen höchst amüsant zu finden. Glockenhell lachte sie auf, um ihn noch weiter von den fehlenden Teetassen abzulenken, und er stimmte ein, wenig später auch Konstantin.

Alle drei lachten in solcher Erheiterung, dass sie nicht hörten, wie die Tür ein weiteres Mal geöffnet wurde. Die drei bemerkten nicht die Augen, die sie ungläubig anstarrten. Sie hörten erst auf, als ein schwerer Koffer krachend zu Boden fiel.

13. Kapitel

»Amüsiert ihr euch gut?«, fragte Julius. Das war wirklich die Höhe. Ewig hatte er am Bahnhof gestanden und gewartet. Zunächst hatte er vermutet, dass vielleicht etwas Wichtiges dazwischengekommen wäre und es deswegen länger dauere. Nach fast einer Stunde hatte er schließlich erkannt, dass niemand kommen würde, und sich eine Mietdroschke genommen.

Sein Vater fing sich als Erster wieder und eilte mit weit geöffneten Armen auf ihn zu.

»Ja, Julius! Was machst du denn schon hier? Ich dachte, du kehrst erst nächste Woche zurück.«

»Nein, ich habe geschrieben, dass ich am 31. März mit dem Nachmittagszug in Oldenburg ankomme. Mutter hat darauf bestanden, dass ihr mich abholt.«

»Das kann nicht sein.« Alexander tastete seine Taschen ab. »Ich habe es mir extra aufgeschrieben. Hier.« Seine Finger waren in der Innentasche fündig geworden, und er hielt ihm ein leicht zerknittertes Stück Papier unter die Nase.

Julius las, was sein Vater in seiner fein säuberlichen Schrift notiert hatte:

31.03. Freimaurer (Zivilkasino)
02.04. Julius vom Bahnhof abholen (15 Uhr)

»Wann dein Freimaurertreffen ist, weiß ich nicht, aber ich bin mir sicher, dass ich euch das heutige Datum genannt habe.«

Alexander sah ihn zerknirscht an, und es stimmte Julius etwas milder, wie sehr sein Vater sich sein Missgeschick zu Herzen nahm. Wenigstens das.

»Ich muss sofort nachsehen. Was macht das für einen Eindruck, wenn ich heute Abend im Zivilkasino aufschlage, und es findet gar kein Treffen statt? Dann nehmen sie mich gewiss nicht auf.«

Mit großen Schritten eilte er zur Tür. Er war bereits im Gang verschwunden, tauchte kurz darauf jedoch noch einmal im Türrahmen auf.

»Aber wir freuen uns, dass du wieder da bist. Komm doch erst mal in Ruhe an. Lass deine Sachen auspacken, dann kannst du dir schon mal einen Überblick in der Gärtnerei verschaffen, damit du morgen gleich anfangen kannst.«

Eilig verschwand er aus dem Salon.

Konstantin trat an Julius heran und klopfte ihm auf die Schulter. »Nimm es nicht so schwer. Du weißt, wie lange er schon versucht, bei den Freimaurern aufgenommen zu werden.« Er deutete auf die edlen, mit Samt bezogenen Sessel der Sitzecke. »Setz dich doch erst mal hin und erzähl, wie es dir ergangen ist.«

»Genau!« Rosalie war ebenfalls zu ihm getreten. »Und dann könnten wir in die Stadt fahren. Ich kann dir alle neuen Kaffeehäuser zeigen.«

Julius rief sich ins Gedächtnis, dass sie es nicht böse meinte. Früher hätte er sich über so wenig Einfühlungsvermögen geärgert. Dass sie nicht ahnte, wie müde er nach der langen Reise war, und dass ihm nicht der Sinn danach stand, gleich wieder aufzubrechen. Aber sie war eben anders. Sie brauchte den Trubel. Es kam ihm fast so vor, als zöge sie daraus sogar Energie, auch wenn das für ihn selbst unvorstellbar war.

»Danke«, sagte er mit einem höflichen Lächeln. »Vielleicht in den nächsten Tagen. Ich denke, ich werde jetzt tatsächlich Vaters Vorschlag folgen, auspacken und mir dann die Gärtnerei ansehen.«

Er ignorierte das Tuscheln, das bereits einsetzte, noch bevor er den Salon gänzlich verlassen hatte.

In der Waschküche leerte er den Großteil seines Koffers aus, damit das Stubenmädchen die Sachen zu den Waschfrauen in der Stadt bringen konnte, und ging dann die Treppe hinauf. Es war seltsam, nach einem Jahr den vertrauten Geruch aus Bohnerwachs und Flieder zu riechen. Die Pflanzen wurden in der Gärtnerei in den Warmhäusern bereits vor ihrer eigentlichen Blüte durch die höheren Temperaturen vorgetrieben, und Meike hatte die lilafarbenen und weißen Rispen – vermutlich auf Wunsch seiner Mutter – auf jeder möglichen Ablagefläche aufgestellt. Sein Herz wurde sogleich wieder etwas leichter.

Sachte klopfte er an die Schlafzimmertür seiner Eltern. Es kam keine Antwort. Er entschied, seine Mutter lieber schlafen zu lassen, denn sie kam oft nicht zur Ruhe, und ging weiter in sein Zimmer. Es sah genauso aus, wie er es verlassen hatte – was ihm falsch vorkam, hatte er sich innerlich doch so verändert. Aber vielleicht zählte das hier alles nicht mehr? Wem würde er je begreiflich machen können, wie hart es war, auf Pflanzenjagd zu gehen, und wie faszinierend die Klassifikation von Pflanzensorten und die Zucht für ihn waren?

Er trat ans Fenster, aus dem man fast über die gesamte Hofgärtnerei blicken konnte. Konstantin brüstete sich gerne damit, dass man von seinem Fenster aus den eleganten Schaugarten vor der großen Haustür sehen konnte. Er war wie ein herrschaftlich anmutender Barockgarten mit bunt bepflanzten Beeten in geometrischen Formen angelegt. Aber Julius war der Garten zu künstlich und zu sehr in Form gepresst. Er mochte den Blick auf die Gärtnerei viel lieber.

Müde räumte er in seinem Zimmer die wenigen Habseligkeiten, die er mitgenommen hatte, wieder an Ort und Stelle. Den kleinen Wecker, den Montblanc-Füller mit der goldenen Feder und das Reisetintenfass, das Fields ihm geschenkt hatte.

Dann ließ er sich auf sein Bett sinken, holte die lederne Mappe hervor und begutachtete noch einmal den Inhalt. Zwischen mehreren Pergamentpapieren hatte er die Samentütchen geheftet, die Hooker ihm zum Abschied in dem großen Umschlag überreicht hatte. Er hatte sie während der Reise immer wieder durchgeblättert, als handelte es sich um ein Bilderbuch, dabei waren es einfache Papiertüten, die lediglich mit blassem Bleistift beschriftet waren. Er konnte kaum abwarten, sie einzupflanzen und dann zu hegen und zu pflegen.

Wenn sie überhaupt keimten.

Schließlich erlaubte er sich, hinauszugehen. Dies war die eine Sache, auf die er sich während der gesamten Reise gefreut hatte. Er ging den Hauptweg der Gärtnerei entlang und winkte Bruno und Johannes zu, die er in der Ferne entdeckte, wo sie einige Freilandbäume aus der Erde stachen und in Ballentücher wickelten.

»Wieder im Lande?«, rief Johannes, der mittlerweile einen Vollbart trug, ihm zu.

Julius entschied sich für die kurze Antwort, die hier im Norden immer funktionierte und Gespräche schnell beendete. »Was muss, das muss.«

Sie nickten sich zu, und er setzte seinen Weg fort. Er mochte die beiden, aber heute wollte er seine Ruhe haben. Ab morgen würde er noch ausreichend Gelegenheit haben, mit ihnen zu sprechen. Inzwischen hatte er das Ende des Hauptweges erreicht und bog in das dahintergelegene Waldstück ab. Es war recht weitläufig, da sein Großvater langfristig geplant und ein sehr großes Stück Land für die Gärtnerei erworben hatte. Damals hatte es in dieser Gegend außer einer Meierei mit Mühle nichts gegeben, und statt der beiden gepflasterten Straßen, die die Gärtnerei jetzt einfassten, hatte lediglich ein Feldweg zu dem Grundstück geführt.

Das Land war günstig gewesen, und so hatte sein Großvater gleich mehrere Hektar gekauft. Den Wald inklusive, falls die Gärtnerei noch größere Dimensionen annehmen sollte. Aber zum Glück war es bisher nicht so weit gekommen.

Jetzt lief er den vertrauten Weg entlang. Er erkannte ohne Schwierigkeiten die Bäume, an denen er abbiegen musste. Da sah er es. Zunächst war es noch etwas scheu. Dann schien das kleine Reh Gewissheit zu haben, dass er es war, und kam näher.

»Hallo, Trientje«, sagte er sanft und ging in die Knie. »Wir haben uns aber lange nicht gesehen, nicht wahr?« Vorsichtig strich er über den warmen Rücken der Ricke.

»Jetzt komm ich dich aber wieder öfter besuchen.«

Sie schnupperte. »Das freut dich? Mich auch. Vielleicht ist es ja doch gar nicht so schlimm, wieder hier zu sein.«

Sie warf ihm aus ihren schwarzen Augen einen langen Blick zu. Dann sprang sie davon. Es müsste ihn freuen, war es doch so lange fraglich gewesen, ob sie es überhaupt schaffen würde. Aber er wurde immer etwas schwermütig, wenn sie ihm deutlich machte, dass sie ihn nicht mehr brauchte. Vor fünf Jahren hatte er sie als kleines Kitz zitternd am Boden gefunden und in einer versteckten Ecke in einem der Warmhäuser untergebracht. Sein Vater hätte es niemals zugelassen, denn Rehe und Kaninchen gehörten mehr oder weniger zu den Erzfeinden der Gärtner. Es war nicht einfach gewesen, aber er hatte es geschafft, sie aufzupäppeln. Und jetzt holte sie sich regelmäßig ein paar Streicheleinheiten ab, wenn er in den Wald kam, um seine spezielle Pflanze zu besuchen.

Der Flieder lag ihm sehr am Herzen, denn ihn hatte er ebenfalls als kleiner Junge gerettet und mithilfe seines Großvaters hierher gepflanzt. Er hatte noch oft an das hellblonde Mädchen zurückgedacht, das so zerbrechlich wirkte. Sie hatte sich als wahre Rebellin entpuppt, die sich von seiner Schwester nicht hatte einschüchtern lassen. Rosalie und Konstantin hatten sich damals bereits auf den Rückweg gemacht, aber er hatte die kleinen Zweige vom Boden aufgeklaubt und dann gemeinsam mit seinem Großvater veredelt. Einer hatte es geschafft und Wurzeln geschlagen. Jedes Mal, wenn sie Rosalie von der Mädchenschule abgeholt hatten, so wie ihre Mutter es verlangt hatte, hatte er nach dem dürren Mädchen Ausschau gehalten, um ihm die gute Nachricht zuzuflüstern.

Aber er hatte sie nie wiedergesehen.

Er stakste weiter durch den dicht bewachsenen Wald, den außer ihm vermutlich niemand mehr betrat, seit sein Großvater verstorben war. Die Äste knacksten unter seinen Schuhen, Brombeerranken kratzten an seinen Beinkleidern. Schließlich kam die kleine Lichtung. Er konnte den Flieder schon von Weitem sehen, denn sie hatten ihn mittig gepflanzt. Es war schön, dass er im Frühjahr heimgekommen war, so würde er sehr bald in den Genuss dieser herrlichen Blüte kommen. Sie war etwas ganz Besonderes, denn sie war zweifarbig. Die filigranen Blüten waren purpurviolett, umgeben von einem weißen Rand.

14. Kapitel

Am ersten Tag ihrer Gärtnerlehre wachte Marleene bereits vor Sonnenaufgang auf. Im Dämmerlicht zeichnete sich der Blumenstrauß ab, den Frieda am Samstag auf das Fensterbrett gestellt hatte. Eigentlich war er leuchtend gelb und knallrot, doch um diese Zeit wirkte er lediglich grau. Hellgrau und dunkelgrau. Ganz enthusiastisch hatte Frieda ihr von einer revolutionären Blumenbindetechnik erzählt. »Stell dir vor, da werden die Blumen nicht mehr in ein Drahtgestell gepresst, damit sie extravagante Muster ergeben. Sie werden locker gebunden, mit viel Grün dazwischen, quasi eine Rückkehr zur Natur.«

Trotz der Müdigkeit gelang es ihr nun nicht mehr, einzuschlafen, denn sie fürchtete, dass der Wirt womöglich vergessen könnte, seinen Wecker aufzuziehen. Dann würde er seine Herbergsbewohner nicht rechtzeitig durch sein schroffes Pochen an der Tür wecken. Leider waren sie auf ihn angewiesen, da er der Einzige war, der einen teuren Wecker besaß. In den zwei Jahren, in denen sie in der Herberge wohnte, hatte er zwar erst einmal verschlafen, aber man konnte sich schließlich nie gewiss sein, was geschehen mochte.

Als endlich die Sonne aufging, vollzog sie mit zittrigen Händen die morgendliche Waschprozedur mit dem eiskalten Wasser. Dann streifte sie ihre Röcke und das beigefarbene Oberteil über, denn sie hatte beschlossen, sich fortan immer kurz vor der Hofgärtnerei umzuziehen. Damit sie Frieda nicht durch ihr Geheimnis gefährdete, wollte sie ihr weismachen, sie arbeite weiter im Hotel.

Sie atmete die kühle Luft tief in sich ein, um ihr aufgeregtes Herz zu beruhigen. Die in der Morgenbläue daliegenden Häuser schienen weise auf sie herabzublicken. Ahnten sie, was sie vorhatte? Hatten sie gar schon andere Frauen gesehen, die sich verkleiden wollten, um ihren Herzenswunsch zu erfüllen? Würde sie in der Anstellung ihrer Träume endlich ihr Glück finden?

In hoffnungsvolle Gedanken versunken hatte sie schon bald die Lindenallee erreicht, die ihr Herz wieder heftig zum Pochen brachte. Doch jetzt gab es kein Zurück mehr.

Am Rande der Allee schlüpfte sie mit einem beklommenen Gefühl im Magen in ihre Jungenkleider und stand wenig später mit nass geschwitzten Händen neben Alexander Goldbach, der sie den übrigen Arbeitern vorstellte. Sie fühlte, wie mehrere Augenpaare sie ausgiebig musterten, und versuchte möglichst unauffällig ihre Hände abzuwischen.

»Das ist Marten, unser neuer Lehrling.« Marleene stand kerzengerade. Es war herrlich, diese Worte zu hören, ihr Vater wäre unendlich stolz auf sie.

»Und ich kann euch sagen, er hat Köpfchen«, sprach Alexander dann jedoch weiter. »Schon am Tag seines Vorstellungsgesprächs hat er es geschafft, mehr Pflanzen zu verkaufen als ihr alle hier in drei Jahren. Also behandelt ihn ordentlich, sodass mir keine Klagen kommen.«

Oh nein. So etwas konnte er doch nicht sagen! Jetzt würden die anderen Arbeiter sie für einen Wichtigtuer halten. Verstohlen warf sie Alexander einen Seitenblick zu, um in seinen Augen zu lesen, ob er das aus Bosheit getan hatte, doch sie konnte nichts dergleichen erkennen. Vermutlich dachte er wirklich, er würde ihr einen Gefallen tun.

Ihr Blick glitt über die Arbeiter. Da war ein verdrießlich Dreinschauender mit einem enormen Bierbauch, der das Hemd zum Spannen brachte. Er trug einen Schnurrbart, und auf den lichten Haaren lag eine alte Kappe schief auf dem Kopf. Die Axt, die er locker über seine Schulter gehängt hatte, machte seine Erscheinung nicht freundlicher.

»Das ist Oskar, unser Obergärtner«, erklärte Alexander. »Wenn du Fragen oder nichts zu tun hast, wende dich an ihn.«

Neben Oskar stand eine junge Frau, nur ein paar Jahre älter als sie, mit schwarzen Haaren, die sie wie ein Mädchen in zwei langen geflochtenen Zöpfen trug, die seitlich herabhingen. Sie flüsterte immer wieder mit einer Frau Ende vierzig mit rotem Kopftuch, offenbar der einzig anderen Frau im Betrieb.

»Die beiden Damen hier sind unsere helfenden Hände. Sie machen all das, wofür uns die Zeit oder die Geduld fehlen.« Die Frauen freuten sich sichtlich über das Kompliment, auch wenn Marleene es etwas zweifelhaft fand.

Dann gab es noch Alois, einen alten Mann um die siebzig,

dessen weiße Haare unter der Kappe hervorschauten und den sie insgeheim bereits kannte. Doch er hatte sie am Tag ihrer Vorstellung nicht erkannt, und auch jetzt lächelte er ihr zu und zeigte, dass ihm mehrere Zähne fehlten. Hinter ihm stand Johannes, ein Mann, der vermutlich Ende zwanzig war. Er würde wahrscheinlich gut aussehen, wenn er sich nicht einen Vollbart hätte wachsen lassen. Und nun spuckte er auch noch eine Ladung Kautabak in den Sand. Zu seiner Rechten standen zwei Männer Mitte zwanzig, einer hatte karottenrote Haare, blassrosa Haut und abstehende Ohren. Der andere war dunkelhaarig mit einer Haut, die jetzt schon sonnengebräunt wirkte. Sie erkannte in ihm den jungen Mann, den sie vor Kurzem mit Frieda in der Orangerie gesehen hatte. Alle drei hatten ihre Arbeitsgeräte bereits mitgebracht. Der Bärtige stützte sich locker auf einen Spaten, die anderen hatten lange Holzrechen über ihre Schultern gelegt.

»Der alte Alois, Johannes, Bruno und Manilo machen alles, was je nach Jahreszeit anfällt. Veredeln, Stecklinge, Raupennester schneiden, Pflanzen zurückschneiden, Gewächse umpflanzen, Bäume ausgraben, einwintern … Momentan haben wir viel mit der Vorbereitung der Mistbeetfenster zu tun. Das wirst du im Laufe der nächsten drei Jahre alles lernen. Und wir haben eigentlich auch noch Hugo, aber der ist momentan bettlägerig.«

Marleene dachte, jetzt würde sie alle kennen, doch nun kam aus der Fliedervilla ein weiterer Mann auf sie zu. Sie starrte ihn an, als wäre er ein Baum, der das Laufen gelernt hatte. War das etwa der jüngere Goldbach-Sohn? Sie war fest davon überzeugt gewesen, dass die Söhne der Fliedervilla noch auf ihrer Bildungsreise waren, die in Gärtnerkreisen üblich war.

Alexander nickte seinem Sohn zu. »Aha, Julius. So früh schon wach?« Er lachte bei seinen Worten, doch Marleene konnte in

Julius' Mimik sehen, dass dieser den kleinen Scherz überhaupt nicht lustig fand.

»Ich habe mich noch um Mutter gekümmert«, sagte er schlicht, dabei sah er mit seinen wuscheligen Haaren eher so aus, als hätte er ohne Kopfbedeckung an einer Treibjagd teilgenommen. Er war derjenige, der damals in der Schule, als Rosalie ihr Fliederbäumchen zertrampelt hatte, einen Schritt auf sie zugetan hatte, aber von seinem Bruder zurückgehalten worden war. Er wirkte immerhin ein wenig netter als sein Bruder, letztendlich war er aber ebenfalls ein arroganter Bürgersohn, der sich für etwas Besseres hielt.

Er würde sie doch gewiss nicht von jener kurzen Begegnung wiedererkennen?

»Wie dem auch sei. Ich habe gerade unseren neuen Lehrling vorgestellt. Wie sieht's aus, hast du Lust, ihm eine kleine Führung zu geben, damit er weiß, wo sich alles befindet und wir ihn ordentlich herumkommandieren können?«

Julius machte den Mund auf, doch bevor er antworten konnte, fiel Alexander ihm sogleich wieder ins Wort. »Ach, weißt du was? Das mache ich selbst. Du kannst ja so lange schon mal mit der Veredelung der Flieder anfangen. Gut«, er klatschte in die Hände, »dann wissen alle, was sie zu tun haben. An die Arbeit! Und du kommst mit mir, Marten!«

Alexander nahm seine Sache ernst und startete im vorderen Teil der Hofgärtnerei, im adretten Schaugarten vor der Villa. Er war mit Sicherheit ein Blickfang mit den Musterbeeten, in denen jetzt schon vorgezogene bunte Blumen blühten, aber irgendwas gefiel Marleene daran nicht. Sie konnte jedoch nicht richtig greifen, was es war.

Ihr Chef erklärte, dass der Schaugarten einzig und allein den Zweck erfülle, die Menschen in Kauflaune zu versetzen. »Sie sehen, wie die Pflanzen zur Geltung gebracht werden können und welche Wirkung sie erzielen. Die meisten Leute können sich nicht vorstellen, wie die Gewächse aus dem Pflanzenquartier später im Garten wirken. In unserem Schaugarten demonstrieren wir daher, wie man die Pflanzen einsetzen könnte, und genau das wollen viele auch für sich zu Hause haben. Sie kaufen dann oft mehr Pflanzen als geplant.«

Marleene nickte. Das war eine gute Idee.

Seitlich der Villa gab es einen weitläufigen Bereich mit einzelnen Pflanzen in unterschiedlich großen rötlichen Tontöpfen. Dahinter lag das Gebäude, das sie schon als Orangerie erkannt hatte. Auf der gegenüberliegenden Seite des Hofes befand sich ein riesiger Unterstand, mit Fuhrwerken, Pflügen, Spaten und Sensen und einigen Geräten für die Gärtnerei, die sie noch nicht kannte.

»Das ist unsere Remise. Hier bewahren wir alles gut geschützt vor dem Wetter auf, was wir für die Arbeit brauchen. Wenn du etwas benötigst, kannst du es hier holen, aber bitte achte immer darauf, dass die Geräte hierher zurückgebracht werden, damit sie lange halten. Hier ist auch der Stall für die Kutsch- und Ackerpferde. Wir haben zwei Kaltblüter: Lore und Lotte.«

Als Nächstes liefen sie zum Hauptweg, und Alexander erklärte den Nutzen der niedrigen Erdgewächshäuser, die sich anscheinend so tief am Boden befanden, damit die Wärme besser gehalten werden konnte. Das hatte Marleene sich zwar schon gedacht, denn es war bei den Mistbeeten, die sie aus ihrer Kindheit kannte, ganz ähnlich. Aber sie sagte nichts, weil sie nicht besserwisserisch erscheinen wollte.

Vom Hauptweg aus sah Marleene, wie zwei Personen die Fliedervilla verließen. Die erste trug ein auffälliges Kleid aus dunklem Bronzestoff mit rosa Puffärmeln. Es musste Rosalie sein.

Das Kleid passte perfekt zu ihren halb aufgesteckten blonden Locken, die kupferfarben in der Sonne schimmerten. Alles in Marleene zog sich zusammen, denn sie hatte immer noch Angst, dass die Tochter des Hauses erkennen würde, wer sie wirklich war. Immerhin waren sie über ein Jahr lang auf dieselbe Schule gegangen. Hoffentlich würde Alexander sie nicht auf sie aufmerksam machen, dachte sie, als Alexander auch schon rief: »Rosalie, Konstantin, kommt mal herüber.«

Konstantin, der älteste Sohn der Fliedervilla, war also auch zurückgekehrt. Doch von ihm hatte sie eigentlich nichts zu befürchten, denn er hatte sie wie Julius nur einmal kurz in der Schule gesehen. Damals, bei dem Fliederdebakel. Alexander ging bereits auf seine Kinder zu, und Marleene war gezwungen, ihm zu folgen.

»Ich wollte euch unseren neuen Lehrling vorstellen. Das ist Marten.« Er drehte sich zu ihr um, da ihre Schritte zu zögerlich gewesen waren, und deutete auf sie. Sie schloss zu ihm auf und lächelte die beiden an. Und auf einmal war sie so wach, als hätte man einen Kübel kaltes Wasser über sie ausgeschüttet.

Dort stand der junge Mann mit den kastanienbraunen Augen.

Der, der ihre gesamten Habseligkeiten aufgekauft hatte, ohne etwas mitzunehmen. Ihr Retter.

Das war Konstantin Goldbach gewesen?

Ihre Füße wurden eiskalt, während in ihrem Oberkörper brennende Hitze aufstieg.

Die ganze Zeit hatte sie sich Sorgen gemacht, ob Rosalie sie erkennen würde oder Frieda vielleicht wieder Pflanzen holen müsste. Und jetzt schlug diese ungeahnte Gefahr aus dem Hinterhalt zu. Der Herr mit dem akkuraten Seitenscheitel hatte sie erst vor Kurzem in Frauenkleidern gesehen. Erkannte er sie? Trotz der Jungenmontur? Hoffentlich nicht. Das Bizarre war, dass sie bis vor wenigen Sekunden noch gehofft hatte, ihm in Erinnerung geblieben zu sein. Und sie hatte so sehr ein Wiedertreffen herbeigesehnt, aber doch nicht in der Hofgärtnerei! Sie zwang sich zu einem neuerlichen Lächeln, von dem sie ahnte, dass es kläglich aussah.

Sie schaffte es nicht, etwas zu sagen. Und deswegen sah sie einfach von einem zum anderen. Zum Glück war Rosalie nach wie vor nicht auf den Mund gefallen.

»Willkommen in der Hofgärtnerei«, sagte sie damenhaft, und wenn sie sich nicht täuschte, warf sie ihr dabei ein gar nicht damenhaftes Lächeln zu. »Ich hoffe, du wirst es hier etwas länger aushalten als dein Vorgänger.« Sie strich genussvoll über ihr Haar.

Marleene hatte keine Zeit, sich darüber zu wundern, warum Rosalie sich so kokett verhielt. Vorsichtig sah sie in die sanften braunen Augen, die in letzter Zeit so oft ihre Gedanken beherrscht hatten, dass sie jetzt schon wie die eines Freundes wirkten.

Hatte er sie erkannt?

Sollte jetzt schon alles vorbei sein, bevor es begonnen hatte, und sie müsste in Schande den Hof verlassen?

* * *

Mit Schwung schnitt Julius den Stamm des nächsten Wildflieders zurecht. Er sah zum Haus hinüber und bemerkte Rosalie und Konstantin, die gerade herauskamen. Rosalie hatte ihren Bruder also überreden können, mit ihr in die Stadt zu fahren. Sein Vater eilte auf die beiden zu. Der neue Lehrling schlich nur langsam hinterher. Schüchtern war er also auch noch.

»Autsch!« Er ließ das Messer fallen und steckte schnell den Finger in den Mund, um die Blutung zu stillen. Greta stürzte zu ihm. Sie jätete gerade das Unkraut im Beet neben dem Pflanztisch. Er wunderte sich, da woanders das Unkraut viel höher stand, aber sie würde schon wissen, was sie tat.

»Alles in Ordnung?« Sie griff nach seiner Hand und wollte die Wunde begutachten.

»Es geht schon.«

Anscheinend war sie seinem Blick gefolgt, denn sie sagte nun mit einem Nicken in Richtung der kleinen Gruppe vor der Fliedervilla: »Und von dem sollen wir etwas lernen können?«

Julius runzelte die Stirn. »Das hat mein Vater gesagt?«

Greta nickte.

Na großartig. Jetzt konnte so ein Hänfling seinen Vater schon eher beeindrucken als sein eigener Sohn. Kaum ein Wort hatte er mit ihm gewechselt, nur ganz kurz gefragt, wie die Reise gewesen war. Und der Lehrling bekam hier vom Chef höchstpersönlich eine Einführung in den Betrieb. Das hatte er wirklich noch nie erlebt.

»Rosalie hat so viele schöne Kleider. Sie sieht darin immer unglaublich hübsch aus«, sagte Greta nun sehnsuchtsvoll.

Julius blickte zu seiner Schwester, die ein bauschiges Kleid trug. »Ich weiß nicht, was dieses ganze Trara um die Kleider soll. Es dauert ewig, sie anzuziehen, und dann sind sie auch noch umständlich und ungemütlich, wie ich gehört habe. Wenn du mich fragst, kommt es bei Weitem nicht auf die Kleider an, damit eine Frau hübsch ist.«

»Findest du?«

»Aber absolut! Hässliche Mädchen können auch die besten Kleider nicht schön machen und umgekehrt.«

Wer wüsste denn besser als er, wie hässlich und durchtrieben Rosalie manchmal war. Für ihn war klar: So hübsch sie auch aussehen mochte, innerlich war sie es ganz und gar nicht. So war sie bereits als Kind gewesen. Vielleicht wunderte er sich deswegen immer, wenn jemand seine Schwester als gut aussehend bezeichnete.

»Das ist lieb von dir«, hauchte Greta, und Julius fragte sich, was sie damit meinte. Sie wirkte geradezu, als hätte er ihr ein Kompliment gemacht. Nach kurzem Zögern setzte sie hinzu: »Es ist schön, dass du zurück bist.« Sie strahlte ihn einen Moment an und widmete sich dann wieder ihrer Arbeit, nachdem er ein nichtssagendes »Hm« gebrummt hatte.

Nach einiger Zeit sah er seinen Vater mit dem Lehrling auf sie zukommen. Sie unterhielten sich angeregt.

»Julius, zeig Marten bitte, wie man veredelt. Das kann er dann bis um sechzehn Uhr machen, und ab dann kann er gießen. Das wird sicherlich die restlichen Stunden in Anspruch nehmen. Dir ist klar, dass du erst gehen darfst, wenn alle Pflanzen Wasser bekommen haben?«, fragte er an Marten gerichtet.

»Aber natürlich. Sie können sich auf mich verlassen.«

Julius äffte die Antwort im Stillen nach. Wie lächerlich! Als wenn sie hier beim Militär wären. Ein einfaches »Ja« hätte es auch getan. Dieser neue Lehrling war wirklich lachhaft.

Als sein Vater gegangen war, trat Marten zu ihm. Er war unglaublich schmächtig für einen Jungen. Hatte er denn gar keine Muskeln?

»Na gut. Das hier ist Flieder. Der botanische Name ist …«

»Syringa vulgaris.«

Julius hatte Mühe, seine Überraschung zu verbergen. Konstantin hätte Marten jetzt einen Klassenprimus geschimpft, aber er hatte selbst bereits als kleiner Junge mit Vorliebe botanische Namen gelernt. Doch musste der Hänfling so damit angeben?

Das schien Marten auch aufgefallen zu sein, denn er war rot geworden.

Pflichtschuldig erklärte Julius mit wenigen Worten, warum sie Edelflieder im Gegensatz zu Wildflieder veredelten, da er nämlich in der Regel selbst keine oder nur sehr schwer Wurzeln bildete. Er zeigte dem Jungen, wo er die Schnitte setzen musste, machte es ihm zweimal vor und erkundigte sich dann, ob er ein Gärtnermesser hätte.

»Leider noch nicht.« Er sprach viel zu leise.

Julius schnaubte. »Du fängst eine Gärtnerlehre an und hast dir noch nicht mal die richtige Ausrüstung besorgt?«

Der Junge sah zu Boden und wirkte ganz elendig. »Das werde ich von meinem ersten Gehalt sofort nachholen. Aber ich konnte es mir einfach noch nicht leisten.«

Das war doch die Höhe. Wahrscheinlich hatte er nie Geld gespart, sondern alles verjubelt und für Alkohol und irgendwelchen unnützen Firlefanz ausgegeben. Wenn man ein pflichtbewusster Lehrling sein wollte, musste man die wirklich wichtigen Dinge zu erkennen wissen.

»Greta«, rief er ins Beet hinüber, wo seine Kollegin sich inzwischen bis in die dritte Reihe vorgearbeitet hatte. »Kannst du Marten dein Messer leihen?«

Greta verzog das Gesicht und zögerte eine Sekunde zu lange. »Ich habe es leider im Aufenthaltsraum vergessen.«

»Das kann doch nicht wahr sein«, murmelte Julius genervt. Jetzt durfte er zurück zur Remise laufen und ein Ersatzmesser holen.

»Hier, nimm so lange mein Messer. Ich habe dir gezeigt, wie's geht. Du kannst schon mal ein paar Wildflieder als Unterlage vorbereiten, und ich gehe ein zweites Messer holen.«

Marten nickte schnell.

Er, Julius, bekam natürlich kein »Aber selbstverständlich, Sie können sich auf mich verlassen« zu hören. Nein, er war ja nur der unwichtige Gärtnersohn. Ihn konnte man ruhig von der Seite des großartigsten Botanikers aus England zurückholen und seine Karriere zerstören. Dabei hätte er so gerne weiter bei der Zucht und Einkultivierung der von ihnen gefundenen Rhododendren geholfen. Es fühlte sich wie ein Betrug an, dass er nach all den Strapazen verpasste, wie es mit den Pflanzen weiterging.

Nach zehn Minuten kehrte er zurück und war gespannt, wie Marten sich angestellt hatte. Die Arbeit mit dem scharfen Messer war nicht einfach, und vermutlich hatte er einige der Unterlagen verhunzt. Doch als er an seinem Arbeitsplatz ankam, standen zwanzig Fliederstämme perfekt vorbereitet bereit. Marten hatte es richtig gut gemacht, musste er sich eingestehen.

Und er hasste ihn dafür.

***

Marleene kam richtig ins Schwitzen. Sie wollte sich Julius gegenüber unbedingt von ihrer besten Seite zeigen und beweisen, dass sie eine gute Arbeiterin war. Jetzt blieben ihr nur wenige Minuten, bis er mit dem Messer zurückkehren würde.

Es war unendlich peinlich, dass sie ihr Arbeitswerkzeug noch nicht besorgt hatte, aber die Miete war wichtiger gewesen. Sie hatte vermutet, dass man hier in der Gärtnerei sicherlich Ersatzmesser bereithielt.

Welch ein Glück, dass das Veredeln ihre erste Aufgabe war, denn dies kannte sie immerhin noch aus ihrer Kindheit. Auch wenn ihr Vater damals den schwierigen Teil mit dem Messer übernommen hatte. Aber er hatte ihr jedes Mal gezeigt, wo man es ansetzen musste, damit es am einfachsten ging. Sie war nur nicht ganz sicher, wie tief sie den Schnitt setzen sollte. Als Julius das gemacht hatte, war er so schnell gewesen, und sie hatte auf so viele Dinge gleichzeitig geachtet, dass ihr das entgangen war.

»Äääh … Greta«, rief sie zögerlich. So hieß sie doch, oder nicht? Ihre Zweifel wuchsen, denn erst nach mehreren Sekunden hob die Schwarzhaarige den Kopf.

»Was?«

»Weißt du vielleicht, wie tief ich schneiden muss?«

Gretas Kopf mitsamt den Zöpfen verschwand wieder zwischen den dunkelgrünen Blättern. »Vom Veredeln habe ich keine Ahnung«, rief sie immerhin noch herüber.

Unsicher sah Marleene sich um, doch sonst war niemand in Sichtweite.

Jetzt musste sie abwägen. Was wäre schlimmer? Wenn Julius zurückkehrte und sie nichts fertig hatte oder wenn er kam und sie einige Unterlagen falsch vorbereitet hatte? Wenn sie wartete, hätte sie immerhin kein Material verbraucht, aber sie würde als faul dastehen oder gar als dumm, weil sie es nicht verstanden hatte.

Marleene beschloss, dass dies der schlimmere Fall wäre. Und eine ungefähre Vorstellung, wie sie das Messer ansetzen sollte, hatte sie ja. Sie versuchte es an den ersten Zweigen, und auf einmal ging es richtig gut. Es machte Spaß, mit dem Holz zu arbeiten. Das war so viel schöner, als halb warme Betten aufzuschütteln.

Ein Flieder nach dem anderen wanderte in ihre Hand. Je mehr sie sich an die Bewegungen gewöhnte, umso weiter zogen ihre Gedanken fort von den Pflanzen. Sie dachte an die Begegnung mit Konstantin zurück. Sofort begann alles in ihr zu kribbeln.

Zu ihrem Ärger hatte der Chef auch vor seinen Kindern noch einmal betont, dass sie ganz schön pfiffig sei. »Ich denke, er wird der Hofgärtnerei als Lehrling alle Ehre machen«, hatte er gesagt und ihr sogar ein Lächeln geschenkt.

Sie fühlte sich furchtbar. Ihr Chef vertraute ihr. Er dachte, dass sie ein ehrenvoller Mensch wäre. Und sie log ihn eiskalt an. Aber auf der anderen Seite hatte sie nichts Schlimmes im Sinn. Sie wollte wirklich so viel arbeiten und lernen, wie es nur ging. Am liebsten würde sie wie ihr Vater eine Festanstellung in der Hofgärtnerei bekommen und ihr ganzes Leben hier tätig sein. Daher würde sie alles dafür geben, ein guter Lehrling zu werden. Aber das ging nur, wenn Konstantin ihrem Spiel kein Ende setzte. Was sein gutes Recht wäre. Sie hatte vorsichtig in seine Richtung geblickt und mit ihren Augen eine stumme Frage gestellt.

Das dachte sie zumindest.

Aber entweder war die Frage nicht angekommen, oder er hatte sie tatsächlich nicht erkannt.

»Das klingt gut«, hatte er knapp, aber mit einem leichten Lächeln auf den Lippen gesagt. Kein Stutzen, keine gerunzelte Stirn oder gar ein ausgestreckter Finger mit wüsten Beschimpfungen, wie sie es sich bereits ausgemalt hatte.

»Ich denke, wir sollten jetzt gehen, aber wir laufen uns bestimmt noch mal über den Weg«, waren seine abschließenden Worte gewesen.

Was sollte das bedeuten? Hatte er sie erkannt oder nicht? War die Täuschung mit den Männerkleidern so perfekt, dass er eine Frau, die er kurz zuvor kennengelernt hatte, nicht wiedererkannte? Oder hatte er die Eigenschaft seines Vaters geerbt, von dem allgemein bekannt war, dass er Gesichter oft nicht zuordnen konnte?

Sie wusste es nicht.

Für den Moment konnte sie nur froh sein, dass er sie nicht auf der Stelle verraten hatte. Ab jetzt lag ihr Schicksal in seinen Händen.

»Das sieht ja gar nicht mal so schlecht aus«, sagte Julius, als er zurückgekommen war. Er klang dabei aber, als meinte er das Gegenteil. Trotzdem breitete sich ein riesiges Lächeln von einem Ohr zum anderen auf Marleenes Gesicht aus. Sie ließ es schnell wieder verschwinden, da sie beobachtet hatte, dass Männer oft viel nüchterner reagierten als Frauen. Das musste sie sich unbedingt angewöhnen.

Nach kurzem Zögern klärte sie Julius über ihre Unsicherheit auf, was die Tiefe des Schnitts anging, er versicherte ihr aber, dass sie alles richtig gemacht habe. Dann zeigte er ihr, wie man den Fliederzweig mithilfe von Bast mit dem robusteren Wildflieder verband. Für einige Zeit arbeiteten sie still nebeneinander.

Marleene war sich nicht sicher, was sich hier gehörte. Unterhielt man sich beim Arbeiten, oder war es wichtig, dass man die ganze Zeit hoch konzentriert blieb? Vorsichtig linste sie zu Julius und hatte das Gefühl, dass es besser war, wenn sie schwieg. Im Hotel hatten sie immer miteinander geschwatzt, wenn sich die Gelegenheit ergeben hatte. Aber er war der Sohn des Chefs, eigentlich müsste er den Anfang machen. Doch es kam nichts.

Als jedoch nach dem Mittagessen, das sie in einem Raum neben der Remise einnahmen, eine weitere Stunde stillschweigend vergangen war, hielt sie es nicht mehr aus. Womöglich war an diesen Vorurteilen der schwatzhaften Weiber tatsächlich etwas dran? Aber abgesehen davon war sie neugierig. Er war immerhin gerade von seiner Studienreise zurückgekehrt. Sie würde alles dafür geben, etwas über die Pflanzen in anderen Ländern und die Anbaumethoden dort zu erfahren. Hier hatte sie nun jemanden an ihrer Seite, der genau das gemacht hatte.

Sie musste ihn einfach fragen.

»Ich habe gehört, dass du gerade von einer längeren Reise zurückgekehrt bist?«

Er sah nicht von seiner Arbeit auf. »Das stimmt«, war das Einzige, was er sagte.

»Wo warst du denn?«

»Nur in Holland und England.« Hinter diesen paar Worten lag so viel Ärger, dass Marleene sicher war, einen Fehler begangen zu haben. Ganz gewiss unterhielten sie sich hier bei der Arbeit nicht. Wenn man miteinander sprach, war man doch immer ein bisschen abgelenkt. Vermutlich tat sie besser daran, sich ihre Schwatzhaftigkeit abzugewöhnen und in Zukunft immer streng ihrer Arbeit nachzugehen. Mit einem umso kürzeren »Aha« widmete sie sich jetzt wieder voller Eifer den Fliedern, um Julius zu zeigen, dass sie die verlorene Zeit schnell aufholen würde.

Schließlich zog er eine goldene Taschenuhr hervor. »Es ist gleich sechzehn Uhr. Weißt du, wie du beim Gießen vorgehen musst?«

»Nein.«

Julius klappte sein Messer zusammen und legte den wilden Flieder beiseite. »Dann komm mit, ich zeige es dir.« Er führte sie an ein großes rundes Becken fast am Ende des Hauptweges, das mit Wasser gefüllt war. »Das hier ist unser Wasserbecken, wo das Wasser aus dem Brunnen hineingepumpt wird, damit es wärmer wird. Die Pflanzen dürfen nie mit ganz kaltem Wasser gegossen werden, und sie müssen richtig nass sein. Für die näher gelegenen Beete gibt es Schläuche, die du benutzen kannst. Außerdem führen mehrere Wasserkanäle durch die Gärtnerei, die viele Entnahmestellen für die Gießkannen haben. Am besten gießt du die Pflanzen, nachdem das Wasser durchgesickert ist, noch einmal nach.«

Schon nach einer halben Stunde verstand Marleene, warum der Chef drei bis vier Stunden für diese Aufgabe eingeplant hatte. Es war eine Heidenarbeit. Sie musste immer wieder zum Becken laufen, um die Gießkanne zu befüllen. Die verzinkte Kanne fasste gut fünfzehn Liter und wog dementsprechend viel. Wahrscheinlich würde sie am Ende ihrer Ausbildung ein richtiger Muskelprotz sein.

Erst als die Sonne kurz davor war, unterzugehen, hatte sie sich zu den Topfpflanzen neben der Fliedervilla vorgearbeitet. Ihr Hemd war von Schweiß durchtränkt, und sie war dankbar, dass die halblange Hose Luft an ihre Knöchel ließ und sie nicht durch die üblichen Schichten an Unterröcken verdeckt wurden.

Nach und nach hatte sie die anderen Arbeiter vom Hof gehen sehen. Der Italiener, der sich als Manilo vorgestellt hatte, hatte sogar angeboten zu helfen, aber diese Blöße hatte sie sich nicht geben wollen. Zumindest nicht gleich am ersten Tag. Sie würde es alleine schaffen!

Mit dem Handrücken wischte sie sich den Schweiß aus dem Gesicht und merkte am kühlen Kratzen, dass sie dabei sandige Erde über ihre Stirn verteilte. Aber auch das war ihr mittlerweile gleichgültig. Hier war sowieso keiner mehr.

Als hinter ihr urplötzlich eine Stimme erklang, zuckte ein Blitz durch ihren Körper.

»Eine ganz schöne Knochenarbeit, nicht wahr? Das ist nichts für Zartbesaitete.«

Marleene fuhr herum und sah in die Richtung, aus der die Stimme gekommen war. Ein Schatten löste sich von der Rückwand der Fliedervilla, und Konstantin trat auf sie zu.

»Man muss sich daran gewöhnen, aber es geht schon.«

Er trat so nah an sie heran, dass sie den zarten Duft nach Zedernholz riechen konnte, der von seinem Anzug ausging. Sie mochte gar nicht darüber nachdenken, wie sie vermutlich roch. Aber warum stellte sie sich diese Frage überhaupt? Entschieden nahm sie Abstand und griff wieder nach der Gießkanne. Noch etwa zehn Befüllungen, dann hatte sie es geschafft.

Er nahm ihr die Kanne aus der Hand und sah sie aus Augen an, die ihre Wärme verloren hatten. Offensichtlich hatte er gewartet, bis er sie unter vier Augen zur Rede stellen konnte.

»Was spielst du für ein Spiel? Was soll das werden?«

***

Konstantin hatte seine Worte sorgfältig gewählt. Immerhin hatte er den ganzen Tag darüber nachdenken können. Am Vormittag, als er mit Rosalie in der Stadt gewesen war, war er die gesamte Zeit über abgelenkt gewesen. Obwohl er sonst stets darauf bedacht war, Rosalies Freundin Mathilde mit dem kirschroten Mund mit Komplimenten zu verwöhnen. Die Art, wie sie errötete, und die Blicke, die sie ihm zuwarf, ließen ihn vermuten, dass diese von Erfolg gekrönt sein könnten.

Aber dieses elfenzarte Wesen mit den strahlenden Augen hatte ihn aus dem Konzept gebracht. Ihre Augen machten den Vergissmeinnicht alle Ehre. Sie waren ebenfalls leuchtend blau und schafften das, worum die Blumen baten.

Es war unmöglich, sie zu vergessen.

Zugegebenermaßen geisterten viele Frauen durch seine Gedanken, doch bei ihr war es anders. Er sah sie noch immer vor sich, wie sie vor diesem improvisierten Tisch gesessen und jeden Passanten so voller Hoffnung angeblickt hatte – obwohl das, was sie zu bieten hatte, wahrhaft kläglich war. Sie musste wirklich verzweifelt gewesen sein, dennoch hatte etwas in ihr geleuchtet. Der Glaube, dass sie es schaffen könne.

Es hätte ihm das Herz gebrochen, diesen festen Glauben zu erschüttern, spätestens als er erfahren hatte, wie sehr sie Pflanzen liebte. Allein deswegen schon hatte er ihr einen Großteil seines Geldes überlassen, das er eigentlich in eine neue Garderobe für seine Anstellung in Neuharlingersiel hatte stecken wollen. Entgegen aller Annahmen war es um seine finanziellen Mittel nicht allzu rosig bestellt, da er sich gern etwas gönnte. Doch das würde sich schon bald ändern.

Die Gartengestaltung in Neuharlingersiel war schließlich nur ein kleiner Zwischenschritt in seiner beruflichen Erfolgslaufbahn. Er war für weitaus Größeres bestimmt. Daher hatte er schon vor Jahren mit seinem Vater besprochen, dass sein jüngerer Bruder die Hofgärtnerei übernehmen solle, während er sich und sein Können als Kunstgärtner verewigte. Eines Tages würde er die prestigeträchtigsten Gärten des Landes gestalten. Das Talent dazu hatte er, das hatten ihm seine Lehrer in Berlin versichert, und dass er gleich nach seiner Studienreise eine Anstellung gefunden hatte, bestätigte ihn umso mehr. Der Garten war zwar noch nicht ganz so groß und herausfordernd, wie er es gerne hätte, doch das war sicherlich nur eine Frage der Zeit. Eines Tages würde er es bis in die Herrenhäuser Gärten oder gar nach Schönbrunn oder Sanssouci schaffen.

Das war seit jeher sein einziges Ziel, doch nun gelang es dem Elfenmädchen aus Oldenburg, sich immer wieder in seine Gedanken zu schleichen. Erstmalig fand er eine Frau nicht nur körperlich interessant, sondern auch vom Wesen her. Sie hatten sich zwar nur kurz unterhalten, dennoch war es überaus erquicklich gewesen. Diese Intelligenz, die durch ihre Worte geschimmert hatte, kombiniert mit einer immensen Leidenschaft für Pflanzen …

Und nun hatte er sie in Jungenkleidern inmitten der Hofgärtnerei entdeckt!

Er war so perplex gewesen, dass er zunächst gar nichts dazu gesagt hatte. Lieber wollte er sich keine Blöße geben, dass er womöglich auf sie hereingefallen war. Vielleicht hatte sie ja eine ganze Weile auf dem Marktplatz gesessen, todtraurig getan und den Menschen mit dieser Masche das Geld aus der Tasche gezogen? Aber sollte es da nicht effektivere Wege geben?

Hinzu kam, dass er in den vergangenen zwei Wochen unter einem Vorwand abermals den Markt besucht hatte und erst nach Stunden der erfolglosen Suche mit einem merkwürdigen Gefühl im Magen nach Hause gegangen war. Was war nur mit ihm los? Es war wahrlich ein Rätsel.

»Und was haltet ihr von unserem neuen Lehrling? Ganz schön gewieft für sein Alter, oder?«, hatte sein Vater beim Abendbrot gefragt. Konstantin sah die Szene genau vor sich. Der Stolz, der aus der Stimme seines Vaters herauszuhören war, tat ihm weh. Keiner schien zu ahnen, dass dieser spillerige Kerl eine Frau war.

»Wird sich noch zeigen«, brummte Julius unwirsch, der allem Anschein nach nicht begriff, dass sein Vater nur deswegen so streng mit ihm war, weil er eines Tages die Gärtnerei übernehmen sollte.

»Und was denkst du?«, fragte Alexander ihn nun direkt, und er fuhr zusammen. Alle sahen ihn verwundert an, so fahrig kannte man ihn nicht.

Seine Mutter tätschelte seine Hand. »Geht es dir nicht gut?« Sie nickte in Richtung seines Tellers, auf dem er nur das Essen herumgeschoben hatte. Hastig spießte er eine Kartoffel auf. »Doch, doch alles bestens.« Er schenkte seiner Mutter ein Lächeln und wandte sich dann an seinen Vater.

»Ich denke auch, dass man nach einem Tag noch nichts über diesen Marten sagen kann. Warten wir erst mal die Woche ab.« Gedanklich setzte er hinzu: *Denn die wird er nicht überstehen.* Nachher würde er hinausgehen und sie zum Teufel jagen.

Zum Glück nutzte Rosalie die Gelegenheit, das Gespräch an

sich zu reißen, und fragte, ob sie für den Rosenball ein neues Kleid bei der Schneiderin in Auftrag geben dürfe, da sie einen rot changierenden Stoff entdeckt habe.

Konstantin blendete aus, was seine Schwester sagte, und kehrte in seine Gedankenwelt zurück. Er hatte vom Wintergarten aus beobachtet, dass das Mädchen alle Pflanzen gießen musste. Das geschah ihr recht. Sollte sie nur sehen, was sie davon hatte. Er würde schön warten, bis sie fertig war. Dann würde er sie hochkant rausschmeißen und die Hofgärtnerei so vor größerem Schaden bewahren.

Eine Stunde nach dem Essen war es im Haus still geworden, und er stahl sich nach draußen. Die Gärtnerei war ins Zwielicht getränkt, und der vermeintliche Marten hatte nun die Topfpflanzen neben der Villa erreicht.

»Was spielst du für ein Spiel? Was soll das werden?«, fragte er mit eiskalter Stimme. Sie hatte ihn schwer enttäuscht.

»D-dann hast du mich also erkannt.«

»Natürlich. Solch himmelblaue Augen gibt es nur einmal. Den ganzen Tag habe ich darüber nachgedacht, was ich mit dir machen soll. Nenn mir einen guten Grund, warum ich dich nicht auf der Stelle rauswerfen soll!«

15. Kapitel

Obwohl der Handwagen hinter ihr über das Kopfsteinpflaster holperte, fühlte Frieda sich, als ginge sie zum Tanztee. Früher hatte sie ein paarmal solche Veranstaltungen im Hofcafé Klinge besucht und war vorher jedes Mal von kribbeliger Aufregung erfüllt gewesen. Dort hatte sie damals auch Otto kennengelernt. Sie bereute es, an ihn gedacht zu haben, denn sofort wurde sie wieder von traurigen Schatten umhüllt. Sie bog in die Lange Straße ein und flüchtete sich in einen Tagtraum. Wie wäre es, wenn sie eine der reichen Damen wäre, die einfach nur durch die Stadt flanierten? So wie die Frauen um sie herum, die gemächlich in ihren hellen Kleidern die Straße entlangschlenderten und immer mal wieder einen Blick in die Schaufenster warfen. Die Geschäfte hatten die Markisen ausgefahren und verbreiteten ein sommerliches Flair.

Frieda tauchte gerne in ihre Traumwelt ab, um sich etwas aufzumuntern. Dann musste sie nicht daran denken, wie sehr Frau Maader sie in den letzten Tagen von einer Ecke in die andere gescheucht hatte. Ihre zaghaften Fragen, ob sie auch einmal modernere Sträuße binden könnte, waren immer wieder auf taube Ohren gestoßen.

Aber immerhin hatte es sich inzwischen so eingespielt, dass Manilo einmal pro Woche die Pflanzen brachte. Da sie dabei aber stets mit Argusaugen von ihrer Chefin beobachtet wurden und Frieda schon froh war, wenn sie nicht mehrmals pro Woche den beschwerlichen Weg mit dem wuchtigen Wagen durch die Stadt zurücklegen musste, übernahm sie weiterhin die zweite Fuhre. Auf dem Weg zur Hofgärtnerei war der Handwagen immerhin noch leicht, und so konnte sie dem Unwillen ihrer Chefin wenigstens für ein paar Stunden entkommen.

Obwohl sie es nicht wollte, freute sie sich auf das strahlende Lächeln von Manilo und die spannenden Dinge, die er mit Sicherheit wieder erzählen würde. Italien musste so ein herrliches Land sein. Dank ihrer fliegenden Gedanken hatte sie die Innenstadt im Nu durchquert und bog jetzt in die imposante Lindenallee ein, die direkt auf die Fliedervilla zuführte. Sehnsuchtsvoll ließ sie den Blick über den farbenfrohen Schaugarten schweifen. Es musste fantastisch sein, so viele herrlich duftende Blumen direkt vor der Haustür zu haben.

Zwischen den Topfpflanzen hinter der Villa entdeckte sie Oskar. Er band die hochgewachsenen Pflanzen an stützende Stöcke, die in der Erde steckten.

»Soll ich die Blumen direkt aus den Gewächshäusern holen?«

»Jo, mog dat maal«, antwortete er in seinem breiten Plattdeutsch.

Frohen Mutes ging Frieda in Richtung der Orangerie. Dann stutzte sie. Auf dem Beet vor den Gewächshäusern hatte sich eine schmächtige Gestalt weggeduckt. Eine Silhouette, die ihr sehr bekannt vorkam. Doch das konnte nicht sein. Sie schob den Gedanken beiseite und lief weiter zur Orangerie. Dort angekommen, klopfte sie zaghaft an die Glasscheibe und trat ein. Sie genoss den frischen Duft nach Zitrusfrüchten und exotischen Blumen, der sie sogleich umhüllte.

»Manilo, bist du da?«, rief sie so verhalten, als fürchtete sie, die Blumen könnten sich sonst mimosengleich zusammenziehen. »Ich bin hier, um die Pflanzen abzuholen.«

»Ciao, Bellissima«, begrüßte Manilo sie fröhlich. Frieda fühlte, wie das Blut in ihre Wangen strömte. Er hatte ihr inzwischen verraten, dass es »Hallo, Schöne« bedeutete. Das würde im Kaiserreich natürlich niemand zu ihr sagen, aber in Italien war das wohl vollkommen normal.

»Wie geht es dir?«, erkundigte sie sich schnell, um von sich abzulenken.

»Ach, die Orangen und Zitronen wollen nicht so recht gedeihen. Ich habe bisher jedoch noch nicht herausgefunden, woran es liegt. Aber wir haben endlich einen neuen Lehrling. Die Arbeit verteilt sich etwas besser, allerdings steht übermorgen wieder eine riesige Lieferung für das Schloss an, und ich habe immer noch alle Hände voll zu tun. Deswegen freue ich mich über jeden Lichtblick.« Er grinste sie an, schien aber zum Glück keine Antwort zu erwarten. »Wie ist es bei dir? Gönnt diese missmutige Frau mit den grauen Haaren dir auch mal eine Pause? Und lächelt sie eigentlich jemals?«

»Gute Frage. Ich kann mich nicht daran erinnern, aber wenn sie ihre bunten Heftchen liest, die sie immer vor mir versteckt, bekommt sie manchmal einen sehnsuchtsvollen Ausdruck. Ich weiß trotzdem nicht, wie ich das noch weitere anderthalb Jahre aushalten soll, doch es wäre dumm, jetzt alles aufzugeben.« Sie reichte ihm den Zettel mit den Bestellungen. Gemeinsam luden sie die verschiedenen Blumen auf den Handwagen.

»Darf es vielleicht auch noch etwa Asparagus sprengeri, Astern, Schleierkraut und ein bisschen Riesendill sein?«

Das waren genau die Pflanzen, die sie bei Husmann gesehen hatte.

»Woher weißt du, was in der Blumenbinderei gerade gefragt ist?«

Manilo lachte verschmitzt. »Ich habe keine Ahnung, was in deutschen Blumengeschäften gerade modern ist. Aber ich weiß, was die anderen Läden bestellen. Wir beliefern ja nicht nur unser hauseigenes Geschäft.«

»Verstehe«, sagte Frieda nachdenklich. »Ich würde gerne etwas mit diesen neueren Pflanzen versuchen, aber ich darf doch nicht ungefragt Blumen mitbringen, die nicht auf der Liste standen. Das Verhältnis zwischen Frau Maader und Herrn Goldbach ist ohnehin nicht das beste …«

»Und wenn du einfach sagst, dass mir ein Fehler unterlaufen ist?«

»Das würde ich dir niemals zumuten wollen. Am Ende schicken sie dich noch zurück.« Frieda war selbst überrascht, wie entsetzt sie klang.

»Vielleicht könntest du so tun, als wenn der Chef das angeordnet hätte? Normalerweise würde ich niemals lügen, aber es würde kein Schaden entstehen.« Er deutete auf mehrere Holzeimer neben der Tür. »Diese Pflanzen hat Bruno aus Versehen zu viel geschnitten. Wenn ihr sie nicht verkauft, müssten wir sie auf den Komposthaufen werfen.«

Diese wunderbaren Pflanzen entsorgen? Das wäre wirklich ein Jammer. Sie sahen äußerst reizvoll aus mit ihren filigranen Blättern, und Frieda war sich sicher, dass sie dafür Käufer finden würden. Sie bekam mit, was die Leute suchten, und ein Gefühl sagte ihr, dass diese Pflanzen für das Geschäft einen riesigen Unterschied machen würden.

»Weißt du was? Dann machen wir es einfach so. Dass die Pflanzen sonst nur entsorgt werden würden, kann ich doch gut als Ausrede nehmen.« Sie ging auf die Blumen zu. »Also, laden wir alles auf, was sonst auf dem Komposthaufen landen würde.«

Als sie fertig waren, stocherte Manilo gedankenverloren in der Erde eines Fliederbuschs herum. Schließlich räusperte er sich. »Also, du hast gesagt, dass du mir nicht glaubst, wie lecker Pizza ist, und dass du Spaghetti al pomodore gerne einmal probieren würdest …«

Frieda blickte ihn stumm an. Was würde jetzt kommen? Sie hatte eine ungefähre Ahnung, aber seit der Sache mit Otto wartete sie lieber ab.

»Also, ich habe mir überlegt, da meine Mutter nun mal nicht hier ist … Ob ich es vielleicht für dich kochen könnte?«

Ein Mann wollte für sie kochen? War er von allen guten Geistern verlassen? Das war doch Frauenarbeit.

»Hast du denn eine Hausdame oder etwas Ähnliches bei dir in der Unterkunft?«

Er wich ihrem Blick aus. »Nein, das habe ich nicht. Aber du kannst sicher sein, dass ich keine unsittlichen Hintergedanken habe. Ich möchte dir einfach zeigen, wie gut italienisches Essen schmeckt.«

Sie antwortete nicht sofort.

»Du hast so viel danach gefragt, deswegen dachte ich, es würde dich interessieren. Ich wollte dir eine Freude machen …«

»Ja, das würdest du. Ich würde einiges dafür geben, so etwas einmal probieren zu können. Aber es geht einfach nicht.«

Er sah sie mit großen traurigen Augen an.

»Ich muss auf meinen guten Ruf achten. Erst vor Kurzem gab es da …«, wie sollte sie es nur nennen, »… so eine Sache … Deswegen darf ich mir nichts mehr zuschulden kommen lassen. Als unverheiratete Frau kann ich nicht zu dir zu Besuch kommen. Was würden denn die Leute denken?«

Manilo legte den Kopf schräg und überlegte. »Nun ja … wenn es nur das ist. Ich habe mir überlegt, dass … es vielleicht gar keiner mitbekommen müsste?«

* * *

Marleene hielt Oskar die alte Schüssel mit den abgestoßenen Rändern entgegen. »Dürfte ich bitte auch noch einen Nachschlag haben?« Schon als die Worte heraus waren, bereute Marleene sie. Sie hatte sich doch fest vorgenommen, die Höflichkeit, die ihr in dem edlen Hotel vermittelt worden war, wieder abzulegen. Die erste Arbeitswoche war fast geschafft, und sie hatte bemerkt, dass man sich in der Gärtnerei um einiges derber ausdrückte.

»Aber selbstverständlich«, sagte Oskar mit gekünstelter Stimme und verpasste ihr einen deftigen Klaps in den Nacken. Die Arbeiter im Raum lachten, selbst Greta und Hildegard.

Als Oskar jetzt aber dennoch nach ihrer Schüssel griff und noch etwas von dem köstlichen Eintopf hineinfüllte, begriff Marleene. Er meinte es nicht von Grund auf böse. Solche Scherze gehörten einfach dazu. Leider hatte der Unterste in der Rangordnung am meisten zu ertragen, und das würde für eine Weile wohl sie sein.

Also tat sie das Einzige, was sie tun konnte. Sie lächelte nachsichtig und widmete sich dann wieder ihrem Essen. Dass sie hier mittags versorgt wurde, war ein Segen. Überhaupt war es ein Segen, dass sie noch hier sein durfte.

Das hatte sie nur Konstantins Güte zu verdanken. Sie dachte an ihr Gespräch vor einigen Tagen zurück, wie er sie im Zwielicht abgepasst und zur Rede gestellt hatte …

»Bitte, ich … ich führe gewiss nichts Böses im Schilde«, beteuerte sie auf seine Frage hin.

»Nein? Was hast du dann vor?«

»Es ist einfach mein Wunsch, eine richtige Gärtnerin zu werden. Keine Frau, die Unkraut jätet und Hilfsarbeiten macht. Ich will alle Arbeiten lernen, wissen, wie man Pflanzen züchtet und verkauft.«

»Wer will das wissen? Wer hat dich geschickt?« Bei jeder Silbe tippte er eindringlich auf ihre Brust.

»Niemand.«

Er grummelte skeptisch und verschränkte die Arme.

»Ich schwöre bei Gott. Ich habe doch niemanden mehr, der mich schicken könnte. Erinnerst du dich an das Pflanzenlexikon?«

Er dachte einen Moment nach. »Dein Vater ist tot.«

»Genau. Und er hat früher ebenfalls in der Hofgärtnerei gearbeitet. Deswegen wollte ich hier meine Lehre machen. Wer sollte mich denn schicken? Denkst du nicht, wenn eine andere Gärtnerei spionieren wollte, dass sie dann jemand …«, sie deutete an ihrer schmächtigen Gestalt herunter, »… jemand Geeigneteres gewählt hätten?«

Das schien ihn zu überzeugen. »Du nimmst ganz schön viel auf dich, um Gärtnerin zu werden«, sagte er schließlich.

Sie nickte, und für eine Weile schwiegen sie beide, lauschten dem Rascheln des Windes in den Bäumen und dem leisen Gurgeln des Brunnens. Aber irgendwann hielt sie die Ungewissheit nicht mehr aus. Sie musste wissen, woran sie war. Sie mochte zwar nicht daran denken, was passieren würde, wenn sie aufflöge und ohne Arbeit auf der Straße stünde, aber das Aufschieben der Antwort würde an den Konsequenzen nichts ändern.

»Also … ist mein Geheimnis bei dir sicher?«, fragte sie mit rosenzarter Stimme.

Er trat auf sie zu. Im Dämmerlicht sah sie nur seine wachen Augen aufblitzen. Dann beugte er sich so dicht zu ihr herab, als wollte er sie küssen. Marleenes Herz pochte dermaßen laut, dass sie sicher war, er könnte es hören. Eine ganze Weile standen sie da und sahen sich an …

Erst im Nachhinein fragte sie sich, was passiert wäre, wenn Julius oder Alexander aus der Fliedervilla gekommen wären und Konstantin in so trauter Zweisamkeit mit ihrem Lehrling gesehen hätten.

Aber in dem Augenblick war in ihrem Kopf nur Platz für eins.

Konstantin.

Konstantins Geruch nach Zedernholz, die hellbraunen Augen und seine kraftvolle Präsenz. Er gehörte zu den Menschen, bei denen man spürte, wenn sie einen Raum betraten, auch wenn man mit dem Rücken zur Tür stand. Wann immer er in der Nähe war, fühlte sie sich ganz anders. Eine innere Anspannung erfasste sie, und sie wusste nie, was als Nächstes geschehen würde.

»Ich werde dich nicht verraten«, sagte er so leise, dass sie sich noch näher zu ihm beugen musste, »aber ich habe etwas gut bei dir.«

Das Klirren eines Löffels auf Porzellan holte Marleene jäh in die Gegenwart und den Vesperraum der Arbeiter zurück.

»Und jetzt wieder an die Arbeit, sonst schaffen wir das alles nicht mehr«, rief Oskar in seinem plärrenden Tonfall. »Männer zurück zum Schneiden, Frauen ab ans Unkraut.«

Einträchtig liefen sie auf das Feld, wo sie ihre Arbeitsutensilien zurückgelassen hatten. Oskar ging in seinem Watschelschritt voran, bei dem sein massiger Körper sich hin und her wiegte. Greta und Hildegard liefen ins Gespräch vertieft hinterher. Manilo musste zur Orangerie abbiegen, und Johannes flüsterte mit Bruno. So blieb Marleene nichts übrig, als allein den Weg zurückzulegen. Sie sah sich nach Julius um, aber er schien noch zu Tisch zu sein. Auch hatte er in den letzten Tagen mehr als einmal deutlich gemacht, dass er auf Gespräche mit ihr keinen Wert legte.

Sie blickte sich suchend nach ihrer Rosenschere um, als Johannes mehrere Male nach Luft schnappte und dann so laut nieste, dass es auf dem Hof der Fliedervilla widerzuhallen schien. Er schüttelte leicht den Kopf, während er sich wieder aufrichtete.

»Oh, das wollte ich nicht«, sagte er zu Marleene, und sie folgte seinem Blick. Er hatte direkt auf ihre Schere geniest. Auf den hellen Griffen thronten jetzt ein paar nasse Sprenkel, gekrönt von einer milchigen Schleimlache. Für einen Moment wollte der Eintopf in ihrem Bauch sein Lager wieder verlassen.

Die Lacher waren natürlich auf Johannes' Seite, und auch

wenn alle ihre Sachen zusammensuchten, hatte Marleene das Gefühl, dass jeder Einzelne gespannt ihren nächsten Schritt beobachtete.

Was tat ein junger Mann in so einem Fall? Es tonlos abwischen? Johannes schlagen? Oder besser mit einem erbosten »He!« auf ihn zugehen und ihn nach hinten schubsen, um zu signalisieren, dass man so nicht mit ihm umgehen konnte? Aber Johannes war einen Kopf größer und breit gebaut. Eine Prügelei wäre aussichtslos. So blöd wären doch selbst Jungs nicht, oder?

Bisher hatte sie immer nur mit den Waffen einer Frau gekämpft und war darin mittlerweile recht geübt. Sie konnte sich bestens mit Worten wehren. Aber wer sagte eigentlich, dass das jetzt nicht auch funktionierte?

»Das macht doch nichts«, sagte sie daher und angelte blitzschnell die Schere aus seiner Jackentasche. »Ich wusste ja nicht, dass du lieber meine Schere haben möchtest.« Sie nickte in Richtung Boden. »Nimm sie ruhig. Ich benutze gern diese hier.« Sie hielt seine Schere hoch.

Johannes schnaubte. »Nein, du wirst die andere nehmen.«

Seine Stimme war so tief und bedrohlich, dass sie tatsächlich kurz überlegte, die Erniedrigung auf sich zu nehmen. Aber dann sah sie Julius den Hauptweg entlangkommen. Auch wenn er ihr nicht besonders zugetan war, hatte er bisher doch immer gerecht gehandelt. Darauf setzte sie jetzt und wagte es, Johannes die Stirn zu bieten. Sie hatte das Gefühl, sonst den Rest ihrer Lehrzeit in der Opferrolle verbringen zu müssen.

»Das werde ich mit Sicherheit nicht tun.«

Mit zornigen Augen näherte Johannes sich ihr. »Dann …«

»Was ist hier los?«, erkundigte Julius sich, der nun zu ihnen aufgeschlossen hatte.

»Marten wollte gerade seine Schere wieder aufheben.«

Marleene schüttelte stur den Kopf. »Ich hab meine Schere hier.« Sie hielt erneut Johannes' Schere hoch.

Julius begutachtete die Schere am Boden, beugte sich etwas näher und sah dann zu Marleene.

»Was steht ihr hier noch rum?«, fragte er in die Runde, als ihm gewahr wurde, dass alle Augen auf ihm ruhten. »Es ist zehn nach eins. Ab an die Arbeit!«

Jeder griff rasch nach einer Pflanze, um sie zu beschneiden, nur Johannes blieb unsicher stehen.

»Wenn alle eine Schere haben, nur du nicht, wird das wohl deine sein.«

Johannes trat zögerlich einen Schritt darauf zu. »He, Bruno, wenn wir Scheren tauschen, kriegst du morgen mein Brot.«

Bruno unterbrach seine Arbeit, und Marleene überlegte noch, ob sie nicht immer so viel Brot bekamen, wie sie wollten, als Julius mit warnender Stimme »Johannes!« rief.

Schließlich bückte sich der junge Mann mit dem Rauschebart und hob die Schere auf. Marleene bekam jedoch nicht mit, wie und ob er sie von dem Rotzfleck befreite, denn in diesem Moment lief in einiger Entfernung Frieda über den Hof. Sie sah direkt in ihre Richtung. Marleene blieb die Luft weg, und so schnell wie möglich duckte sie sich hinter einen Wacholder.

16. Kapitel

Alexander beobachtete das Pendel der dunklen Standuhr des Großvaters seiner Frau, das stetig und gelassen seiner Arbeit nachkam.

Hin, her, hin, her.

Er zwang sich, ganz gemächlich zu atmen. Helene würde jeden Moment perfekt herausgeputzt die linke Seite der Doppeltreppe herunterkommen. Er trat in den fast zugewucherten Wintergarten und sah in die Gärtnerei hinaus. An diesem Samstag hatte er sich für die große Unternehmung freigenommen; Julius und Oskar würden schon ein Auge darauf haben, dass alle Arbeiten erledigt würden. In der Ferne sah er seinen Sohn gemeinsam mit Marten bei den Mistbeetfenstern. Sie strichen Kalk auf die Fensterscheiben, denn der Frühling war außergewöhnlich warm, und mit der hellen Kalkschicht auf den Scheiben schien die Sonne zwar noch durch das Glas, verbrannte jedoch nicht die zarten Keimlinge.

Langsam kehrte er ins Foyer zurück. In dieser Sekunde sprang der lange Zeiger überraschend laut ein weiteres Stück vor und zitterte danach noch kurz. Wenn sie nicht bald losgingen, würden sie sich verspäten.

Tief einatmen.

Hin, her, hin, her.

Als der Zeiger ein weiteres Mal erbarmungslos vorrückte, hielt er es nicht mehr aus. Er lief die samtbezogene Treppe hoch und weiter den Flur entlang. Nach einem leisen Klopfen öffnete er die Tür zum Zimmer seiner Frau und erschrak. Regungslos wie Rosalies alte Puppe saß Helene vor der Frisierkommode und starrte ins Leere. Bestürzt stellte er fest, dass sie sich noch nicht einmal angekleidet hatte.

»Warum sitzt du noch da? Warum hast du noch dein Nachthemd an? Wo ist Meike, soll ich sie rufen?« Er stürmte in das Zimmer und fuhr sich gedankenlos durch die sorgfältig frisierten Haare. »Mein Gott, wir werden viel zu spät kommen, was werden die Leute nur von uns denken? Gerade heute muss ich doch einen besonders guten Eindruck machen. Der Logenmeister, Baron von Rittenberg, wird da sein, und ich will endlich in Erfahrung bringen, was ich tun muss, um bei den Freimaurern aufgenommen zu werden. Meike!«, rief er in den Flur. »Wo bleibst du denn?«

Fast unmerklich schüttelte seine Frau den Kopf, atmete tief ein und hob schwach die Hand.

»Ich kann nicht«, flüsterte sie schließlich so leise, dass er ihre Worte kaum verstand.

»Was?«, fragte er harsch.

»Ich kann nicht. Ich weiß, was es dir bedeutet … aber es geht einfach nicht.«

»Du hast recht. Es ist mir verdammt noch mal wichtig!« Er hob drohend den Finger. »Und deswegen wirst du dich jetzt ein Mal, ein einziges Mal, für mich zusammenreißen und mich auf die Kohlfahrt begleiten. Es ist eine unglaubliche Ehre, dass wir zu so einer feinen Unternehmung eingeladen wurden, und das wird jetzt nicht ins Wasser fallen, nur weil du wieder unpässlich bist. Herrje, so oft wie du kann man doch gar nicht krank sein. Ich habe dafür bisher sehr viel Verständnis gehabt, aber dieses eine Mal wirst du das tun, was ich will.« Er lief in den Flur. »Meike, verdammt noch mal, wo bleibst du denn?«

Wortlos stand seine Frau auf. Er nahm an, dass sie jetzt gehorsam zum Kleiderschrank gehen würde. Wie dumm von ihm!

Sie schritt wie eine Schlafwandlerin auf ihr Bett zu und legte sich unter die schwere Daunendecke.

Flehentlich blickte er sie an. »Helene, ich kann da nicht ohne weibliche Begleitung hingehen. Bitte, tu mir das nicht an.«

Seine Ehefrau neigte den Kopf zur anderen Bettseite und ging nicht auf seine Worte ein. Vermutlich war sie schon längst wieder in ihrer eigenen Welt der ewig blassen Kranken.

Er verließ den Raum, nicht ohne durch das laute Knallen mit der Tür seiner Rage zumindest ein wenig Luft zu machen. Dann atmete er tief ein und dachte nach. Wie konnte er auf die Schnelle das Beste aus der Situation machen? Kurz entschlossen steuerte er Rosalies Zimmer an. Wozu finanzierte er seiner Tochter diese ganzen sündhaft teuren Kleider für sogenannte soziale Anlässe? Er riss ihre Zimmertür auf.

Rosalie blickte überrascht von dem Magazin auf, das auf ihrem Schoß lag.

»Zieh deinen Mantel an. Du wirst mich auf eine Kohlfahrt begleiten.«

Sie wandte sich wieder der Zeitschrift zu und blätterte weiter. »Was ist eine Kohlfahrt?«

Alexander schnaubte genervt. Hatte die heutige Jugend gar keinen Respekt mehr? Wenn er etwas anordnete, hatte sie aufzuspringen und keine Rückfragen zu stellen. Erst recht nicht, wenn er selbst nicht genau wusste, worum es bei dieser Fahrt ging.

»Kennst du denn nicht diese neumodischen Veranstaltungen, die die feinen Leute seit ein paar Jahren unternehmen? Du bist doch sonst so gut informiert, was das betrifft.«

»Nein.«

»Wenn ich es richtig verstanden habe, geht es mehr oder weniger darum, spazieren zu gehen, dabei jede Menge Schnaps zu trinken, während man eine schwere Kugel vor sich her schießt, und am Ende des Tages Grünkohl mit Kassler und Pinkelwurst zu verspeisen. Wer am meisten Kohl isst, wird Kohlkönig.«

Rosalie rümpfte die Nase, ohne von ihrer Lektüre hochzusehen.

»Die Crème de la Crème der Oldenburger Gesellschaft wird dabei sein.«

Rosalie legte das Magazin zur Seite und stand auf. »Ich habe keine Ahnung, was eine Kohlfahrt sein soll. Aber du hast mein Interesse geweckt. Gib mir eine Minute, damit ich mich rasch umziehen kann«, sagte sie wie eine weltgewandte Dame.

Aus der einen Minute wurde eine halbe Stunde. Aber spätestens, als er bei den Empfangsgetränken immer wieder dafür gelobt wurde, was für eine wunderhübsche Tochter er habe, konnte Alexander es ihr verzeihen. Zum Glück hatten die Gastgeber eine großzügige Empfangszeit im Schloss von Rastede, dem Sommersitz des Großherzogs, eingeplant. Zu seinem Erstaunen fügte sich Rosalie verblüffend gut in die feine Gesellschaft ein. Sie flatterte von Grüppchen zu Grüppchen und hielt hier und da kleine Unterhaltungen, in denen sie immer wieder auffällig lachte. Sie wirkte so souverän, als würde sie täglich Zeit auf irgendwelchen Empfängen verbringen. Sollte sich das teure Mädcheninternat, das sie nach der Schule besucht hatte, also doch bezahlt machen? Zumindest stellte sie sich besser an als er. Aber er war letztendlich auch nicht hier, um sich zu amüsieren. Er verfolgte einen Plan.

Mit einem Glas Ammerländer Löffeltrunk in der Hand zog er sich an den Rand des Raumes zurück. Er ließ es unangetastet, denn sobald er es leer trank, würde ihm ein neues Glas aufgedrängt werden. Doch er musste einen klaren Kopf bewahren und verschaffte sich zunächst einen Überblick, wer alles an der Kohlfahrt teilnahm. Da waren die Dahlmanns, deren Auffahrt nun eine ganze Reihe von Kastanien zierten; kurz nickte er seinem Gärtnerkollegen Jan-Died Eppendorf zu, den er regelmäßig zum Stammtisch traf, und der Besitzer des Hotels Rosenstock schlenderte ebenso an ihm vorüber. Das musste er sich merken; vielleicht gab es hier ja eine Möglichkeit, ein Geschäft zu machen.

Dann entdeckte er ihn. Baron von Rittenberg.

Er war ein fein gedrechselter Mann von Welt, der wahrlich viel erlebt und gesehen hatte. Mehrere Jahre hatte er in Rom gelebt und dort in der deutschen Künstlerkolonie und im Hause des preußischen Gesandten Wilhelm von Humboldt verkehrt. Als ehemaliger Kammerherr des Kronprinzen war er seit dem Regierungsantritt von Nikolaus Friedrich Peter der vertraute Berater des Landesherrn, und es wurde gemunkelt, er habe bedeutenden Einfluss auf ihn. Hinzu kam seine führende Rolle bei den Freimaurern.

So oder so war der Baron ein Mann, den man unbedingt für sich gewinnen sollte, wenn man selbst auf das Stadtgeschehen Einfluss nehmen wollte.

Nachdem sich endlich alle eingefunden hatten, setzte sich die Truppe von rund fünfundzwanzig Menschen in Bewegung. Baron von Rittenberg erklärte den neu Dazugestoßenen, wie dieses sogenannte Boßeln funktionierte, das sie während der Kohlfahrt machen würden. Man stieß dabei eine schwere Holzkugel möglichst weit die Wege entlang, und die Mannschaft, die mit weniger Stößen am Zielort ankam, hatte gewonnen. Die Mannschaften waren zuvor ausgelost worden, und Alexander war froh, dass er in der Gruppe mit weniger Frauen gelandet war, wusste doch jeder, dass sie über nur geringe Kraft verfügten.

Die ersten Boßelkugeln wurden geworfen, während sie über verschiedene Feldwege in Richtung Oldenburg zurückmarschierten.

Alexander gesellte sich bald zu einer Kleingruppe, die sich um Baron von Rittenberg geschart hatte. Jedoch verfolgten offensichtlich mehrere Männer ein ähnliches Ziel wie er. Bisher hatte er den Baron noch nicht ein Mal alleine sprechen können.

Seine Tochter fügte sich noch immer tadellos in das soziale Geschehen ein und heischte nicht ständig um seine Aufmerksamkeit, wie seine Frau es tat. Jetzt war sie für die gegnerische Mannschaft an der Reihe, die Kugel zu werfen. Ein Mann in einem edlen Anzug demonstrierte ihr mehrmals, wie sie mit dem Arm ausholen musste. Sie folgte seinen Anweisungen konzentriert, und Alexander musste zugeben, dass die Kugel ein ordentliches Stück den Weg hinunterholperte. Rosalie freute sich wie ein kleines Mädchen. Und das war sie ja letztendlich auch noch.

Missmutig wandte er sich wieder den Rittenberg-Anhängern zu.

Oberstleutnant Leonhard von und zu Egloffstein gab gerade einen Witz zum Besten, und die Männertruppe brach in schallendes Gelächter aus. Man merkte, dass sie schon ausgiebig dem Ammerländer Löffeltrunk zugesprochen hatten, und auch Alexander fiel der Form halber in das Lachen ein.

Er blieb noch eine ganze Weile bei der Männergruppe, ließ sich sogar zu ein oder zwei weiteren Schnäpsen überreden, doch er verpasste immer wieder die Möglichkeit, sich ins Gespräch einzuklinken. Innerlich fluchte er, denn zu irgendetwas musste diese dämliche Kohlfahrt doch gut sein. Zu seiner Überraschung näherte sich ihm jetzt Walter von Wallenhorst, der Besitzer des Hotels Rosenstock. Sein Gesicht wirkte so zerknautscht, als stäche ihm permanent ein Dorn in die Fingerkuppe.

»Mir wurde erzählt, dass in Ihrer Gärtnerei auch Frauen arbeiten?«, erkundigte der Hotelier sich, nachdem er sich versichert hatte, mit dem Richtigen zu sprechen.

»Für gewisse Arbeiten gibt es nichts Besseres als feine Frauenhände.« Nach kurzem Zögern fügte Alexander hinzu: »Und wenn ich dafür Männer bezahlen würde, könnte ich außerdem gleich Konkurs anmelden.«

Die beiden Männer lachten einvernehmlich.

»Und wie *ich* gehört habe, wird in Ihrem Hotel jedes Jahr der große Rosenball abgehalten. Wie ist es denn, arbeiten Sie da nur mit festen Lieferanten?«

»Ja, die Blumen liefert in der Regel die Gärtnerei Birkenfeld.«

»Aha. Verstehe. Und … lässt sich da etwas machen?«

»Vielleicht. Zunächst habe ich jedoch auch noch eine Frage. Meine älteste Tochter, Dorothea, hat gerade frisch ihre Ausbildung an der Gartenbauschule für höhere Tochter absolviert. Aber sie hat große Probleme, eine Anstellung als Gärtnerin zu finden. Wie sieht es denn bei Ihnen aus? Können Sie noch jemanden gebrauchen? Ihre Tochter erwähnte, dass Sie gerade etwas dünn besetzt sind.«

Alexander hätte Rosalie den Hals umdrehen können. Wie hatte sie so etwas in diesem Zusammenhang erwähnen können? Natürlich könnten sie noch Unterstützung gebrauchen, aber mit so einer besserwisserischen Möchtegern-Gärtnerin wollte er sich nicht herumärgern. Wie sollte er sich denn jetzt herausreden, ohne sich die Aussicht auf den großen Rosenball entgehen zu lassen? Der könnte gut zwei Monatslöhne seiner gesamten Arbeiter einbringen.

»Wir waren dünn besetzt«, erklärte Alexander. »Aber nun ist mein Sohn von seiner Studienreise zurückgekehrt, und wir haben einen neuen Lehrling, deswegen sind wir erst einmal gut versorgt und haben leider keinen Bedarf.«

»Sie haben keinen Bedarf an weiblichen Gärtnern«, korrigierte der Hotelier.

Alexander war heilfroh, dass er dem Alkohol nicht zu sehr gefrönt hatte. So war sein Kopf noch klar, und er konnte sich halbwegs gut herausreden.

»Das habe ich nicht gesagt.«

»Aber gemeint. Ich weiß ja, was meine Dorothea tagein, tagaus von jeder Gärtnerei im Umkreis von dreißig Kilometern zu hören bekommt. Wie kann es sein, dass niemand gewillt ist, Gärtnerinnen einzustellen? Wofür habe ich denn diese immense Summe für ihre Ausbildung gezahlt?«

Alexander klopfte ihm freundschaftlich auf den Rücken. »Früher oder später wird sich schon noch etwas finden. Würden Sie mich jetzt kurz entschuldigen?« Er hatte gesehen, dass Baron von Rittenberg gerade von seinem Boßelstoß zurückgekommen war und ausnahmsweise nicht sogleich belagert wurde. Diese Gelegenheit musste er nutzen. Er eilte zu ihm hinüber, aber bevor er den Mund aufmachen konnte, kam ihm der Baron zuvor.

»Haben Sie das gesehen? Das waren bestimmt dreißig Meter. Da habe ich mir aber noch einen verdient. Kommen Sie, trinken Sie mit!«

Er ließ zwei Schnapsgläser füllen, und sie tranken gegenseitig auf ihr Wohl.

»Da wir nun hier gerade so zusammenstehen … Ich wollte noch einmal nachfragen, wie die genauen Aufnahmekriterien der Freimaurer sind. Zwar war ich bei einigen Treffen, aber ich habe noch nichts Genaues darüber erfahren, wie man endgültig aufgenommen wird.«

Der Baron sah ihn überrascht an. »Ach, Sie sind ein Suchender?« Alexander nickte, so wurden die Anwärter genannt. Von Rittenberg legte nun den Arm um ihn und zog ihn näher zu sich heran. »Denken Sie einfach immer daran …« Alexander beugte sich tiefer zu ihm hinab, auch wenn ihm von dem alkoholgeschwängerten Atem des Barons übel wurde. Aber er wollte sichergehen, dass ihm kein Wort entging.

»... Toleranz, Brüderlichkeit und Menschlichkeit.«

Alexander sah ihn fragend an, und der Baron lächelte geheimnisvoll. Sollte das schon alles gewesen sein? Wie sollten die allgemein bekannten Ideale der Freimaurer ihm weiterhelfen? Er wollte wissen, zu wie vielen Gesprächsabenden er noch kommen sollte. Ob er etwas Bestimmtes sagen sollte. Ob es ein geheimes Zeichen gab. Und jetzt kam der Baron ihm mit diesen begrifflichen Sammelbehältern, in die er schlichtweg alles hineinfüllen konnte. Tolerant, brüderlich und menschlich hatte er sich schon immer verhalten. Das brachte ihn nicht weiter.

»Was ich eigentlich wissen wollte«, begann er, wurde in diesem Moment aber vom Oberstleutnant informiert, dass er an der Reihe sei zu boßeln. Er ging an die Spitze der Gruppe, ließ sich die schwere Kugel geben, holte aus, zielte genau und legte seinen gesamten Frust in die Bewegung, um die Kugel mit Schmackes den Weg hinunterzuschicken. Zu seinem großen Ärger rollte sie jedoch schon nach wenigen Metern ins Gebüsch.

Zerknirscht kehrte er zum Baron zurück. Von Rittenberg lachte herzlich. Schlechten Boßlern gegenüber schien er tatsächlich tolerant zu sein. Er legte erneut den Arm um ihn und bestand darauf, noch mehr Schnaps zu trinken. Zum Trost diesmal. Alexander hatte nichts mehr dagegen.

***

Als die Boßelgesellschaft am späten Nachmittag das Gesellschaftshaus Harmonie erreichte, bemerkte Alexander, dass er leicht taumelte. Er sollte mal langsam weniger trinken.

Während der wohlverdiente Grünkohl mit Kassler und Pinkelwurst serviert wurde, sah Alexander sich nach Rosalie um. Sie war mit dem fein gekleideten Herrn, der ihr zuvor das Boßeln gezeigt hatte, ins Gespräch vertieft. Wie schön, dass sie sich so gut amüsierte, dachte er und grinste selig vor sich hin. Dann hielt er für einen Moment inne, weil er das Gefühl bekam, etwas an dieser Situation sei seltsam, verwarf den Gedanken jedoch wieder.

Nach dem deftigen Essen gingen viele der Gäste im wunderschönen Garten des Gasthauses spazieren, und er schloss sich ihnen an. Er war schon beinahe ein Park. Kieswege schlängelten sich unter Bäumen hindurch zu einem ruhigen See. Doch der Boden unter Alexanders Füßen schwankte, als befände er sich auf einem Schiff. Weiße Buschwindröschen und lila Krokusse sprossen überall so wunderhübsch, dass er daran erinnert wurde, warum er einst hatte Gärtner werden wollen. Warum Helene mit dem, was sie mit in die Ehe gebracht hatte, so unglaublich anziehend auf ihn gewirkt hatte. Warum hatte er sich heute Morgen eigentlich dermaßen über sie geärgert? Es war doch nicht schlimm, wenn sie nicht mitwollte. Sie verpasste nur diesen erlesenen Frühlingstag. Wo war Rosalie eigentlich? Fand sie den Ausflug auch so herrlich?

Er suchte nach seiner Tochter, und als sie schließlich Augenkontakt aufgenommen hatten, kam sie mit ihrem Begleiter zu ihm herüber.

»Das ist Julius Mosen, Vater, wenn ich vorstellen darf. Stell dir vor, er ist Dramaturg am Herzoglichen Hoftheater.«

Die beiden Männer schüttelten einander höflich die Hand.

»Papa, ich habe eine ganz vortreffliche Nachricht. Ich weiß jetzt endlich, was ich mit meinem Leben anfangen möchte.«

Alexander überlegte angestrengt, was ihm momentan nicht leichtfiel. Sein üblicher Scharfsinn war einer zähen Masse gewichen, durch die sich die Gedanken durchkämpfen mussten. Sie hatte auf einer Kohlfahrt eine Eingebung gehabt. Sie wollte doch nicht etwa Köchin werden? Nein, das wäre völlig unter ihrer Würde. Oh Gott, wollte sie diesen Schnösel etwa heiraten? Der war doch viel zu alt für sie!

»Ja?«, fragte er unschlüssig.

Rosalie wirkte dermaßen begeistert, wie er sie noch nie erlebt hatte. Sonst zeigte sie meist eine kühle Herablassung. Wenn sie jetzt so anders war … Das konnte eigentlich nur Liebe sein. Vielleicht war das Alter dann doch nicht von Bedeutung? War es nicht das Wichtigste, dass alle glücklich waren? Ein dümmliches Grinsen machte sich auf seinem Gesicht breit, und er merkte, dass seine Tochter ihm einen strengen Blick zuwarf. Schnell ergriff sie das Wort.

»Wie gesagt arbeitet Herr Mosen am Theater. Und er könnte sich vorstellen, mich ins Ensemble aufzunehmen. Ist das nicht großartig?«

»Theater.« Da, wo sonst sein rationales Denkvermögen saß, gab es jetzt große Lücken, die mit Ammerländer Löffeltrunk befüllt waren. Er nickte vorsichtig, während er sich weiter durch die zähe Masse in seinem Kopf grub. Aber alles wirkte so beschlagen wie ein Gewächshaus nach einem starken Regenguss.

»Interessant«, sagte er schließlich.

Sie strahlte ihn an. »Dann habe ich also dein Einverständnis?«

Alexander massierte für einen Moment seine Stirn. Irgendetwas war da. Etwas, das ihm sagte, dass er nicht zustimmen sollte. Es lag tief am Boden seines Gedankenstrudels. Aber warum sollte er es ihr verwehren? War es nicht die Hauptsache, dass sie nicht die ganze Zeit zu Hause Däumchen drehte?

»Ich bin mit allem einverstanden, was dich glücklich macht, meine Tochter«, sagte er schließlich.

Für eine Sekunde flackerte Überraschung in Rosalies Blick auf.

Aber dann hauchte sie ihm einen Kuss auf die Wange und zog in einem aufgeregten Gespräch mit diesem Julius Mosen davon.

Alexander machte sich auf den Rückweg ins Gasthaus. Der Rasen fühlte sich an, als würde er sich langsam und gemächlich wie das Riesenrad auf dem Kramermarkt drehen, und er wollte ihn lieber verlassen. Sämtliche Euphorie war mit einem Mal verflogen. Kein bisschen hatte er aus dem Baron herausbekommen. Er beobachtete die Menschen, die zu zweit oder mehreren durch den Park flanierten. Eigentlich sollte er nach Hause gehen, aber auch das fand er zu anstrengend. Deswegen tat er das, was ihm momentan als die einzig richtige Lösung erschien. Er nahm an einem Tisch am Rande des Saals Platz, griff nach der Schnapsflasche und schenkte sich noch einen ein. Es würde ihm morgen ohnehin schlecht gehen, dann konnte er jetzt auch noch einen obendrauf setzen. Außerdem wollte er so spät wie möglich nach Hause kommen, um sich wenigstens ein bisschen an seiner Frau zu rächen.

Er sah, wie dieser Hotelier, Walter von Wallenhorst, wieder auf ihn zukam. Da schenkte er sich besser gleich noch einen ein.

»Ist Ihre erste Kohlfahrt gut für Sie gelaufen?«

Der Hotelier war Kohlkönig geworden und trug eine riesige Krone auf dem Kopf, was Alexander zu ignorieren versuchte. Diese lächerliche Aufmachung passte einfach nicht zu dem verbissenen Gesicht des Mannes.

»Eigentlich hatte ich mir etwas anderes vorgestellt«, gab Alexander dank des vielen Schnapses offen und ehrlich zu. »Es wäre schön gewesen, wenn wenigstens eine gute Sache aus dieser Kohlfahrt entsprungen wäre.«

»Vielleicht kriegen wir das ja noch hin.«

Neugierig sah er von Wallenhorst an. »Worauf wollen Sie hinaus?«

»Ich habe nachgedacht. Sie haben doch Interesse an der Ausstattung unseres Rosenballs geäußert …«

Alexander setzte sich aufrecht hin. »Das habe ich. Wenn Sie es in diesem Jahr mit uns versuchen würden, werden Sie es nicht bereuen. Wir sind nicht umsonst Lieferant des herzoglichen Hofes.«

»Ja, ich will es gerne wagen. Überzeugen Sie mich von der Qualität Ihrer Pflanzen und der Abwicklung. Aber ich hätte da eine Bedingung.« Mit Daumen und Zeigefinger deutete er an, dass es sich um keine große Sache handelte. Eher eine Nichtigkeit, kaum der Rede wert.

Alexander dachte zu langsam. Sonst hätte er das, was er jetzt sagte, niemals angeboten. »Egal, was es ist, ich werde tun, was Sie wollen.«

Walter von Wallenhorst nahm seine Krone ab und sah ihn mit einem süffisanten Lächeln an. Er räusperte sich, bevor er den Trumpf aus seinem Ärmel zog. »Nun ja, um noch einmal auf meine Tochter Dorothea zu sprechen zu kommen …«

17. Kapitel

»Huch.« Julius wäre am Montagmorgen beim Betreten des Esszimmers beinahe mit Rosalie zusammengestoßen, die mit ihren rosigen Wangen und den neu gelegten Locken aussah wie ein frisch gepflückter Pfirsich. Die Energie schien geradezu in ihr zu pulsieren.

»So früh schon wach, Schwesterchen?«

»Ja, ich habe heute meinen ersten Tag am Theater. Ich kann es kaum abwarten, dass es losgeht.«

Dann schien sie es also ernst zu meinen. Sie hatte am Vortag beim Sonntagskaffee der Familie eröffnet, dass sie nun Theaterschauspielerin werden wolle und dass ihr Vater – zur Verblüffung aller – bereits sein Einverständnis gegeben habe. Rosalie war wirklich immer für eine Überraschung gut. Aber vielleicht war es tatsächlich keine schlechte Idee. Julius konnte sich kaum eine geeignetere Beschäftigung für sie vorstellen, denn so konnte ihr dringendes Verlangen, im Mittelpunkt zu stehen, doch am besten erfüllt werden.

»Aber es ist gut, dass wir uns treffen. Ich wollte dich nämlich fragen, ob du mich heute Abend ins Kaffeehaus begleiten magst.«

Julius verzog das Gesicht.

»Bitte«, flehte Rosalie und machte Kulleraugen. »Wir haben uns so lange nicht gesehen, und ich möchte endlich ganz in Ruhe erfahren, wie es auf deiner Reise war. Du hast bisher kaum etwas erzählt. Immer geht es bei den Mahlzeiten nur um Konstantins neue Stelle oder die Gärtnerei.«

Julius schämte sich, dass er seine Schwester falsch eingeschätzt hatte, denn genau das hatte ihm auch schon Kummer bereitet. Dass sie mehr über seine Reise erfahren wollte, war wirklich … nett, so kannte er Rosalie nicht. Aber wenn sie sich dermaßen um ihn bemühte, sollte vielleicht auch er einen Schritt auf sie zutun.

»Na schön. Wir können um halb acht aufbrechen, wenn ich mit der Arbeit fertig bin und mich frisch gemacht habe.«

»Kannst du nicht ausnahmsweise etwas früher Schluss machen heute?«

Flehentlich sah sie ihn an, und Julius wunderte sich, dass es ihr so wichtig war. Normalerweise war sie sowieso bis spät in die Nacht wach, wenn alle anderen längst tief schliefen. Sollte mit ihrer neuen Beschäftigung auch die Vernunft gekommen sein?

»Na gut«, sagte er milde. »Ich gebe Vater Bescheid, dass ich heute früher aufhöre.« Das würde ihm nicht gefallen. Als Sohn des Chefs sollte er stets als gutes Vorbild vorangehen, aber diese Ausnahme musste er ihm genehmigen.

Rosalie hauchte ihm einen Kuss auf die Wange und flatterte aus der Villa.

Julius betrat das Esszimmer und setzte sich an den langen Tisch, wo sein Vater mit gerunzelter Stirn die Zeitung studierte. Konstantin war am Vorabend nach Neuharlingersiel aufgebrochen, und seine Mutter hatte ihr Zimmer mal wieder nicht verlassen. Vielleicht sollte er die Gelegenheit beim Schopf packen und seinen Vater endlich auf das Vorhaben ansprechen, das seit Längerem in seinem Kopf herumgeisterte. Doch gerade als er ansetzen wollte zu sprechen, ergriff sein Vater das Wort.

»Nächste Woche fängt Dorothea von Wallenhorst hier an. Als Gärtnerin. Bitte bereite alles für einen reibungslosen Einstieg vor.«

Julius verschluckte sich an seinem Tee.

»Eine Frau?«, fragte er schlicht. Seit wann war sein Vater so modern eingestellt? Damit hätte er niemals gerechnet. Wenn er in der *Gartenwelt* über diese neuerliche Gärtnerinnenschule las, regte er sich stets auf. War er etwa deswegen am Sonntag so schlecht gelaunt und kurz angebunden gewesen? Und wie stellte er sich das vor?

»Können wir uns das denn leisten? Wäre es nicht besser, einen weiteren Lehrling oder einen einfachen Tagelöhner einzustellen?«

Sein Vater schlug so hart mit der Faust auf den Tisch, dass Mutters gutes Meißner Porzellan auf und ab hüpfte.

»Das bestimme immer noch ich. Wenn du hier mal der Chef bist, kannst du deine eigenen Entscheidungen treffen, aber bis dahin werden noch einige Jahre ins Land ziehen, und so lange sage ich, was gemacht wird.«

Julius presste die Lippen zusammen, um seinen Vater nicht anzufahren. Er hasste es, wenn er ihn behandelte, als hätte er keine Ahnung. Er hatte sich am Wochenende die Buchhaltung angesehen und feststellen müssen, dass es um die Gärtnerei nicht allzu rosig stand. Nahezu alle finanziellen Reserven, die sie über die Jahre erarbeitet hatten, waren aufgebraucht. Sie mussten sparen, wo es nur möglich war, durften sich keinen Fehltritt leisten. Natürlich waren Investitionen wichtig, aber ob ein weiblicher Gärtner eine gute Investition in die Zukunft war?

Er hatte schon Geschichten gehört von einigen Kollegen, die es mit einer Absolventin der Gartenbauschule für höhere Tochter gewagt hatten. Am Ende hatten sie nur Ärger gehabt, denn die feinen Damen waren es weder gewohnt, in der Erde zu wühlen und sich schmutzig zu machen, noch Anweisungen zu befolgen.

Schließlich brach Alexander das Schweigen. »Es war ein Handel«, sagte er, ohne ihn anzusehen.

Julius musterte ihn fragend.

»Wir dürfen die Rosen für den Ball des Hotels Rosenstock liefern, und dafür stellen wir die Tochter des Hauses ein. So einfach ist das.«

Julius biss sich auf die Lippe. Natürlich brachte das ein schönes Sümmchen Geld ein, aber ob es das Jahresgehalt einer Fachangestellten aufwiegen würde? Er war sich da nicht so sicher. Aber er hütete sich, auch nur eine weitere Silbe dazu zu sagen. Wenn sein Vater sich etwas in den Kopf gesetzt hatte, war er nur schwer wieder davon abzubringen. Und bei der Laune, die er momentan hatte, erst recht nicht.

Erst als Julius aufstand, legte sein Vater die Zeitung beiseite. »Wir müssen noch mehr Rosen in die Gewächshäuser zum Vorziehen bringen. In sechs Wochen müssen sie in voller Blüte stehen. Sag Marten bitte, dass er sie besonders gut gießen soll. Außerdem werde ich alle Rosen aus der Gegend aufkaufen. Walter von Wallenhorst soll das Hören und Sehen vergehen. Wir werden ihm einen Rosenball bieten, den er noch nie erlebt hat. Uns darf keine einzige vertrocknen. Der Rosenball wird die beste, kolossalste Ausstattung bekommen, die man in ganz Oldenburg je gesehen hat. Die Hofgärtnerei Goldbach soll in aller Munde sein.«

»In Ordnung, Vater, du kannst dich auf mich verlassen.« Er ließ sich wieder auf seinen Stuhl sinken. »Wenn es dein Wunsch ist, dass unsere Gärtnerei in aller Munde ist, hätte ich da noch ein paar weitere Ideen.«

»Tatsächlich?« Alexander lehnte sich nach vorne. »Lass hören. Ich bin ganz Ohr.«

»In England habe ich unter anderem gelernt, wie man erfolgreiche und interessante Neuzüchtungen hervorbringen kann. Sicherlich ist das Ganze mit einigem Aufwand und sehr viel Papierkram verbunden, aber so könnten wir unbekannte Sorten ziehen und Neuzüchtungen anbieten, die sonst keiner hat. Die Leute müssten von nah und fern in unsere Gärtnerei kommen, um diese speziellen Pflanzen zu bekommen. Ich denke, dadurch könnten wir uns wirklich wieder von den anderen Gärtnereien abheben. Das vielfältige Angebot, das wir zu Großvaters Zeiten den anderen voraushatten, haben inzwischen fast alle Gärtnereien hier in der Gegend. Wir brauchen etwas Neues, das die Konkurrenz noch nicht hat.«

Alexander lachte auf und schüttelte dann den Kopf. »Ach, Sohnemann, du hast wirklich gar keine Ahnung. Nur weil du in England ein paar Monate mitgezüchtet hast, weißt du noch lange nicht, wie der Hase läuft. Der Großteil bei Züchtungen ist doch immer für den Komposthaufen. Das bedeutet viel Zeit und endlosen Aufwand. Und wie denkst du wohl, führt man neue Sorten ein? Dazu muss man erst mal durch ewig langes Ausprobieren herausfinden, welche Pflanzen winterhart sind. Nein, das will ich mir auf keinen Fall antun, dafür sind mir meine Arbeitskräfte zu schade.«

»Aber, Vater, wir müssen mit der Zeit gehen …«

»Mit der Zeit gehen? Was denkst du denn, was ich versuche, wenn ich immer wieder zu den Treffen der Freimaurer gehe? Dass das zu meinem Vergnügen geschieht? Weißt du, was die in den letzten Jahren alles bewirkt haben? Sie sind maßgeblich an der Gestaltung des öffentlichen Lebens in Oldenburg beteiligt, und wenn sie mich aufnehmen, kann ich vielleicht darauf Einfluss nehmen, dass die Nardorster Straße bis zu uns neu gepflastert wird. Das würde unsere Lieferungen erheblich erleichtern und mit Sicherheit auch einen Kundenaufschwung bringen.«

»Und was sollen die Kunden dann kaufen? Genau das, was sie auch in jeder anderen Gärtnerei bekommen?«

Sein Vater warf betont einen Blick auf die Uhr. »Es ist schon nach sieben.«

Julius wusste, was er damit sagen wollte. Die Unterhaltung war beendet, und als Sohn des Hauses hätte er sowieso längst auf dem Feld stehen müssen. Er schluckte die aufsteigende Bitterkeit hinunter und stand auf. Er hatte einen zukunftsweisenden Vorschlag gemacht und wurde dennoch abgekanzelt. Warum war sein Vater nur so starrsinnig? Auch andere hatten mittlerweile entdeckt, dass der Boden in dieser Gegend des Kaiserreichs besonders fruchtbar war, und die Gärtnereien schienen wie Unkraut in einem regnerisch-sonnigen Monat aus dem Boden zu schießen. Sie mussten etwas finden, um sich von der wachsenden

Konkurrenz abzusetzen. Doch für heute wollte er es auf sich beruhen lassen, denn er konnte seinem Vater vor Wut kaum noch in die Augen sehen.

18. Kapitel

Ein Pochen riss sie aus dem Schlaf. Marleene öffnete die Augen, versuchte im Dämmerlicht etwas zu erkennen und lauschte. Da waren laute Stimmen, aber sie konnte nicht verstehen, was gesagt wurde. Sie fuhr hoch, als es nun auch an ihrer Tür polterte. Trotz der anstrengenden Arbeit hatte sie wie viele Nächte zuvor wach gelegen und sich gefragt, was Konstantin jetzt von ihr hielt. Da er seine Anstellung an einem Ort an der Küste angetreten hatte, wie sie von den anderen wusste, hatte sie ihn nicht mehr gesehen. Das quälte sie Abend für Abend, und wenn das derbe Pochen sie kurz vor Sonnenaufgang aus dem Schlaf riss, fühlte sie sich stets wie gerädert.

»Aufwachen. Es ist sieben Uhr. Der Wecker hat nicht geklingelt«, hörte sie die harsche Stimme des Wirts.

»Was? Das kann doch nicht wahr sein.« Zeitgleich sprangen Frieda und Marleene aus dem Bett, stießen fast zusammen, während Frieda auf den Holzstuhl zuhechtete, über den sie ihr Kleid abends hängte, und Marleene auf den Messinghaken neben der Tür mit ihren Sachen. Sie versuchte, dabei ihre Hände möglichst rasch unter dem Stoff zu verbergen, denn trotz des Waschens und Schrubbens mit der Holzbürste bekam sie sie an einigen Stellen nicht mehr richtig sauber. Erst neulich hatte Frieda sie verwundert gefragt, was mit ihren Händen los sei, und sie hatte sich notdürftig damit herausgeredet, dass sie sich nun um die Zimmerpflanzen des Hotels kümmerte.

»Der Wecker hat nicht geklingelt? Ist das möglich?«, fragte Frieda auf einem Bein balancierend, während sie rasch in ihren weinroten Rock stieg. Marleene hatte ihn ihr im vergangenen Jahr zu Weihnachten geschenkt. Es war sündhaft teuer gewesen, etwas Farbiges zu kaufen, aber ihre Cousine war zu der Zeit so betrübt gewesen, dass sie ihr unbedingt eine große Freude hatte machen wollen. Frieda hatte dann auch Tränen der Freude in den Augen gehabt, als sie ihn aus dem Packpapier gezogen hatte. »So etwas Schönes habe ich doch gar nicht verdient«, hatte sie gewispert.

Marleene hatte ihr versichert, dass gerade sie etwas Großartiges verdient habe, und seitdem verzichtete Frieda nur dann auf ihn, wenn er gewaschen werden musste.

»Vermutlich hat der Alte wieder vergessen, den Wecker aufzuziehen oder einzustellen. Und das ausgerechnet heute«, fluchte Marleene. Es war wirklich zum Mäusemelken. Gerade heute sollte eine große Lieferung für das Schloss Oldenburg in den frühen Morgenstunden auf die Fuhrwerke verladen werden, damit die Pflanzen vor dem Mittagessen frisch aufgestellt werden konnten. Der Chef hatte am Vortag alle ermahnt, ja pünktlich zu sein.

Nun würde sie viel zu spät kommen. Die anderen würden für sie mitarbeiten müssen, und dabei waren sie ohnehin nicht gut auf sie zu sprechen. Marleene wusste nicht, ob es daran lag, dass sie der Lehrling war, oder ob Alexanders lobende Worte noch immer die Schuld daran trugen. Sie hatte sich redlich bemüht, es wiedergutzumachen, und sich immer nett und zuvorkommend gezeigt, aber sie hatte das Gefühl, dass sie dadurch alles nur noch schlimmer gemacht hatte. Zumindest wechselte kaum einer in der Gärtnerei ein Wort mit ihr, abgesehen von Manilo, doch der war die meiste Zeit in der Orangerie beschäftigt, sodass sie den Großteil der Tage still vor sich hin arbeitete.

Während sie hastig die Bänder um ihre Kniestrümpfe knotete, ging sie im Kopf durch, wie verquer das alles war. Endlich hatte sie die Lehrstelle, die sie wollte, und nun klappte es mit den anderen Arbeitern nicht. Vorher hatte sie ihre Arbeit gehasst, sich mit den anderen aber gut verstanden. Konnte man denn nie beides haben?

»Was ist denn heute so wichtig?«, erkundigte sich Frieda, die in beeindruckender Geschwindigkeit ihren Haarkranz flocht. »Steht etwas Besonderes an im Hotel?«

»Ach, die Holthusen ist einfach nicht gut auf mich zu sprechen, und ich möchte ihr keinen weiteren Grund geben, um mir das Leben schwer zu machen.«

Das war zumindest die halbe Wahrheit.

»Aber du kommst doch jetzt auch immer so spät nach Hause. Wenn du schon abends das Küchenmädchen vertrittst, soll sie dich nicht so herumscheuchen.«

Marleene zuckte die Achseln. »Was soll ich machen? Offiziell Beschwerde einreichen?« Das war eine so absurde Vorstellung, dass sie beide traurig lachten.

Frieda stieg bereits in ihre Holzschuhe, und Marleene ärgerte sich, dass sie ihre Männerkleidung noch nicht gepackt hatte, um sich wie gewohnt hinter einem Busch umzuziehen. Jedes Mal sprach sie ein schnelles Stoßgebet, dass niemand ihre Sachen fand, die sie in der Gärtnerei am Ende der Lindenallee hinter einem besonders wild wuchernden Flieder versteckte, damit niemand von der großen Straße aus ihr Bündel entdeckte.

Aber auch am Vorabend hatte sie für das Gießen wieder überaus lange gebraucht und war so spät nach Hause gekommen, dass sie todmüde ins Bett getaumelt war.

»Weißt du schon, ob du heute wieder Pflanzen holen musst?«, fragte Marleene scheinheilig, während sie ihr Hemd zuknöpfte. Sie hatte Frieda erzählt, dass sie diese Männerhemden mit den Knöpfen viel praktischer fand, sodass sie wenigstens eine Ausrede hatte, warum sie sich obenherum wie ein Mann kleidete.

»Nein, wir haben erst morgen wieder Liefertag. Momentan ist der Laden noch ganz gut gefüllt. Natürlich gibt Frau Maader den neuen Pflanzen die Schuld, die ich letztes Mal aus der Hofgärtnerei mitgebracht habe. Mir kommt es fast so vor, als würde sie sie den Kunden ausreden, sobald einer Interesse bekundet. Daher wundert es mich nicht, wie wenig moderne Sträuße wir bisher davon verkauft haben.« Frieda griff nach ihrem Tuch, das sie sich immer um die Schultern legte, um sich vor der frischen Morgenluft zu schützen. »Du, entschuldige mich, aber ich werde schon mal losstürmen, wenn es für dich in Ordnung ist.«

»Aber natürlich. Lauf ruhig los. Ich will nicht dafür verantwortlich sein, dass du in eine frisch ausgelegte Maaderfalle tappst.«

Frieda lachte und war auch schon zur Tür hinaus.

Marleene atmete auf. Darauf hatte sie nur gewartet, denn nun konnte sie ausnahmsweise hier bereits ihre restlichen Jungenkleider anziehen und in aller Sorgfalt ihre Brüste wegschnüren.

Wenig später verließ sie die Herberge und ging eiligen Schrittes die Mottenstraße entlang.

»Friedrich!«, rief ihr ein kleiner Junge an der Gabelung zur Langen Straße hinterher. »Friedrich, warte doch mal.«

Es dauerte einen Moment, bis Marleene den Neffen des Wirtes erkannte und begriff, dass sie gemeint war. Sie hatte fast vergessen, dass sie Anton diesen Namen genannt hatte. Ungeduldig drehte sie sich um. Er grinste ihr aus seinem schmutzigen Gesicht mit einer riesigen Zahnlücke entgegen.

»Was ist? Ich habe es eilig.« Es gab Momente, da genoss sie es, dass man als Mann auch mal die Höflichkeit beiseitelassen und wenig galant und ohne Umschweife sagen konnte, wie es war, ohne dass jemand daran Anstoß nahm.

Der Kleine ließ sich dennoch nicht davon beeindrucken. »Dich habe ich ja schon lange nicht mehr gesehen.«

»Ich hatte zu tun.« Marleene ging weiter, und er lief springend neben ihr her.

»He, kennst du den? ›Das dümmste Tier auf Erden sollte einst der Affe werden. Doch das ging voll daneben, und die Frau begann zu leben.‹« Jetzt blieb er stehen, denn er musste sich den Bauch halten vor Lachen.

Marleene lag schon eine schlagfertige Antwort auf den Lippen, zu oft hatte sie sich derartige Sprüche anhören müssen, doch dann besann sie sich darauf, dass sie nun anders denken musste. Also gab sie ein verspätetes Lachen von sich und erklärte dann schnell, dass sie weitermüsse. Dieses Mal machte sie so große Schritte, dass Anton nicht mithalten konnte.

Erst um Viertel vor acht kam sie mit Seitenstechen bei der Hofgärtnerei an. Sobald sie die Innenstadt verlassen hatte, war sie den restlichen Weg gerannt.

Und doch sah sie lediglich noch die königlichen Wagen mit den vorgespannten Pferden davonfahren. Die Arbeiter standen auf dem Hof und blickten dem Fuhrwerk hinterher. Sie eilte auf die kleine Gruppe zu.

»Mahlzeit«, sagte Oskar sarkastisch, und Bruno schüttelte den Kopf. »Bei dir ist echt Hopfen und Schmalz verloren …«

»Es tut mir unendlich leid. Unser Wirt hat verpasst, uns rechtzeitig zu wecken. Ich bin wirklich untröstlich.«

Alexander trat von hinten an sie heran und klopfte ihr mehrmals auf den Rücken. »Nimm es nicht so schwer. Das passiert doch mal. Wir haben es ja auch so gut geschafft, mach dir keine Sorgen.«

Marleene biss die Zähne zusammen. Verstand er denn nicht, dass er es mit seinem Wohlwollen ihr gegenüber nur noch schlimmer machte? Auch wenn sie erst seit Kurzem hier arbeitete, war ihr klar, dass er den anderen Arbeitern eine ordentliche Standpauke gehalten hätte.

Er ging mit festen Schritten zur Fliedervilla, und Marleene trat auf ihre Kollegen zu.

Oskar nickte wissend. »Jo, jo. Wenn de Arbeid getan is, laten de Faulen süch sehn.«

»Ich werde die verpasste Arbeitszeit ganz gewiss nachholen«, beteuerte sie. »Und ihr dürft mir die Arbeiten auftragen, die ihr loswerden wollt. Ich werde alles erledigen, was ich kann«, sagte sie in ihrer Verzweiflung.

Hatte sie jetzt auf versöhnliche Worte gehofft, lag sie falsch. Oskar murmelte lediglich: »Das dürfen wir doch ohnehin.«

Er rückte seine Kappe zurecht, und Marleene wich zurück, als daraufhin ein strenger Geruch zu ihr herüberwallte.

»Ich bin bereit, was soll ich heute machen?«

»Ich denke, heute wäre eine kleine Strafarbeit angebracht.« Oskar verschränkte die Arme, während er sie skeptisch ansah.

Marleene war klar, dass er testen wollte, wie sie reagierte. Im Grunde genommen war sie aber sogar dankbar. Wenn er sie bestrafte, hegten die anderen vielleicht keinen Groll mehr gegen sie. Es gab ihr die Möglichkeit, ihre Schuld abzuarbeiten. Und so schlimm konnte es doch nicht werden?

»Natürlich. Ich mache alles, was du sagst.«

»Gut. Dann schneidest du heute Vormittag Berberitzen, und danach sehen wir weiter. Vielleicht Unkraut jäten zwischen den Wacholderbüschen.«

Marleene kannte Berberitzen noch nicht, aber an der Art, wie Oskar grinste, ahnte sie, dass die Sache einen Haken hatte. Normalerweise gehörte das Beschneiden der Pflanzen zu den Arbeiten, die ihr Spaß machten. Es war lustig, ihnen einen Haarschnitt zu verpassen, und man konnte immer gut sehen, was man geschafft hatte. Sie betrat das Feld und baute aus zwei Holzböcken und einem Brett den Schneidetisch auf. Eigentlich sahen die Berberitzen ganz hübsch aus mit ihren lindgrünen Blättern und den roten Stielen.

Sie stellte eine Kiste voll auf den Tisch, griff beherzt ins Laub der ersten Pflanze, um keine vereinzelten Blätter herauszuziehen – und ließ sie schreiend wieder fallen. Greta, Johannes, Bruno, Albert und Oskar lachten beherzt. Ganz offensichtlich hatten sie nur darauf gewartet, dass das passierte.

Johannes äffte ihren viel zu hohen Schrei nach, den alle zum Glück auf ihren vermeintlichen Stimmbruch schoben, und die anderen grölten erneut los.

Marleene betrachtete währenddessen ihre Handinnenfläche. Drei kleine Rinnsale Blut flossen über ihre helle Haut, von dort, wo die Berberitze ihre scharfen Dornen tief in ihr Fleisch gebohrt hatte. Wenn das so weiterging, würde sie diese Arbeit wirklich nicht mehr lange vor Frieda geheimhalten können. Sie hatte bereits darüber nachgedacht, ob sie ihre Cousine ins Vertrauen ziehen sollte, aber sie fühlte sich nach wie vor schlecht dabei, dass diese dann für sie würde lügen müssen. Vermutlich wäre es besser, wenn sie weiterhin nichts wusste.

In den nächsten Stunden musste Marleene noch öfter die Zähne zusammenbeißen, denn immer wieder wehrten sich die Berberitzen mit Dornen und Stängeln gegen die neue Frisur. Schon bald waren Marleenes Hände mit kleinen Wunden übersät, obwohl sie jetzt mit sehr viel mehr Vorsicht arbeitete.

Sie wusste nicht, was sie gemacht hätte, wenn sie innerlich nicht abgelenkt gewesen wäre.

Eine Stunde zuvor hatte sie ihn aus einer Mietdroschke steigen sehen, und seitdem war sie sich des pochenden Herzens in ihrer Brust nur allzu bewusst gewesen. Immer wieder war ihr Blick wie von selbst zur Fliedervilla geflogen. Welches der Fenster wohl seines war? Hatte er von dort aus einen Blick über die Hofgärtnerei? Den hätte sie gewiss gewählt – nicht, dass sie jemals eine solche Wahl hätte treffen dürfen. Oder bevorzugte er als Kunstgärtner den Blick auf den Schaugarten und die Lindenallee?

Schließlich öffnete sich die Tür, und kurz darauf sprang eine braun gekleidete Person die Stufen hinunter und schritt schwungvoll den Hauptweg entlang. Marleene entglitt eine Berberitze, und sie stieß sich den Kopf am Schneidetisch, als sie mit der Pflanze in der Hand wieder hochkam. Jetzt bog er direkt in ihre Richtung ab! Marleenes Herz pochte noch schneller. Sollte er wahrhaftig ihretwegen gekommen sein?

Nun hatte er sie fast erreicht. Auf seinem Gesicht zeichnete sich wieder dieses Lächeln ab.

Konnte sie ihren Beinen noch trauen? Sie zitterten und wirkten nicht so stabil wie gewöhnlich. Ihre Hände wollten ihre Haare ordnen, und sie musste sich erst daran erinnern, dass es dort keine langen Strähnen mehr gab, die sie hinter die Ohren streichen könnte. Darüber vergaß sie die Pflanze, und ein weiterer Dorn bohrte sich tief in ihre Hand. Aber er war nun in Hörweite. Sie unterdrückte den scharfen Schmerz in ihrer Fingerkuppe und lächelte.

Ob er auch hin und wieder an sie gedacht hatte? Gewiss lag ihm bei seiner Gewandtheit und dem guten Aussehen bereits die gesamte Damenwelt von Neuharlingersiel zu Füßen. Die Stimme ihrer Mutter warnte sie innerlich zur Vorsicht. *Halt dich von den jungen Männern fern, du musst erst sichergehen, dass ihre Absichten ehrenwert sind.*

Nachdem Konstantin sie erreicht hatte, hielt er ihr etwas Braunes entgegen. Marleene blickte sich um und stellte erleichtert fest, dass die anderen nirgends zu sehen waren. Erst dann ergriff sie, was er ihr geben wollte. Es waren Lederhandschuhe, erkannte sie nun.

Konstantin beugte sich etwas näher zu ihr heran. »Eine feine Dame sollte niemals ihre Handschuhe vergessen«, sagte er mit einem charmanten Zwinkern, woraufhin Marleene sich erneut panisch umsah. Hatte einer der anderen sie gehört? Konnte jemand sehen, was seine Worte in ihr auslösten?

»D-danke«, stammelte sie. »Was … womit … wie … äh …« Sie benetzte ihre Lippen und versuchte sich zu sammeln. »Womit habe ich das verdient, und woher wusstest du …?«

Konstantin deutete auf die Fliedervilla. »Ich war im Wintergarten und konnte dich von Weitem hier bei den Berberitzen sehen. Ich habe mir schon gedacht, was es damit auf sich hat. Kleines Einführungsritual der Arbeiter, würde ich sagen. Selbst Julius und ich mussten vor Jahren da durch. Aber seit wir dieses spezielle Geheimnis miteinander teilen, fühle ich mich verantwortlich für dich.«

»Danke, du weißt nicht, wie viel mir das bedeutet«, gestand Marleene mit glühend heißen Wangen. Hatte seine Fürsorge etwas zu sagen, oder war er schlichtweg höflich? In jedem Fall war sie ihm zu großem Dank verpflichtet, denn für Handschuhe fehlte ihr das Geld.

»Wie kann es sein, dass du immer zur rechten Zeit am rechten Ort bist? Wobei …« Einmal hatte es eine Situation gegeben, in der er sie nicht gerettet hatte, fiel ihr jetzt wieder ein. Damals vor vielen Jahren. Aber sollte sie ihm wirklich davon erzählen?

»Habe ich dich denn jemals im Stich gelassen?«, scherzte er, doch Marleene blieb ernst.

»Weißt du eigentlich, dass wir uns schon einmal begegnet sind?«

»Du meinst vor der Sache auf dem Marktplatz? Das glaube ich nicht. An jemanden wie dich hätte ich mich ganz gewiss erinnert.«

Marleene kicherte nervös. Seit wann kicherte sie jetzt auch noch? Rasch senkte sie den Blick. »Ich meine, als Kinder.«

»Wann soll das gewesen sein?«

»Ich war das Mädchen mit dem Flieder am ersten Schautag in der Schule, an dem Rosalie ihre Puppe gezeigt hat.«

Konstantin runzelte die Stirn.

»Der Flieder, den Rosalie zertrampelt hat?«

Jetzt konnte sie deutlich erkennen, wie die Erinnerungen in Konstantins Kopf aufblitzten und sich zusammenfügten.

»Das Mädchen mit dem Flieder.« Er sah sie an. »Ja, ich erinnere mich. Rosalie hat damals noch wochen-, wenn nicht monatelang geschmollt, weil du das Gesprächsthema des Tages warst und nicht sie. Aber wieso sollte ich dir damals nicht geholfen haben?«

Marleene begutachtete ganz genau die nächste Berberitze und zog sie heraus. »Nun ja, ich habe mich gefragt … Also, dein kleiner Bruder, Julius … Er wollte mir damals …« Im Nachhinein betrachtet, war es wirklich sonderbar, dass der meist schlecht gelaunte Julius so hilfsbereit hatte sein wollen, während der charmante Konstantin ihn davon abgehalten hatte. »Dein Bruder wollte mir helfen. Warum hast du ihn zurückgehalten?«

Das hatte sie sich etliche Male gefragt. Vielleicht weil es ihr letzter Tag an der Cäcilienschule gewesen war. Immer wieder waren ihre Gedanken zu diesem Tag zurückgekehrt. Sie hatte sich gefragt, ob sie den Flieder noch hätte retten können. Warum

Rosalie so viel Wut in sich gehabt hatte. Ob sie es früher nach Hause geschafft hätte, wenn sie nicht so stolz gewesen wäre und den Flieder zurückgelassen hätte. Und schließlich auch, warum Konstantin seinen Bruder nicht hatte gewähren lassen.

Er kam um den Schneidetisch herum, nahm ihre Hände in seine und blickte ihr in die Augen. Zunächst blieb er still, und für einen Moment wirkte es fast, als wollte er sie an sich ziehen.

»Ich habe das Mädchen gerettet, nicht den Flieder. Julius ging es einzig und allein darum, die Pflanze zu retten. Ich wollte, dass *du* möglichst unbeschadet aus der Situation herauskommst, und das war nur möglich, indem du dich selbst gegen Rosalie wehrtest. Sonst wärst du dank ihr zum Gespött der anderen Schüler geworden.« Sanft strich er über ihr Haar, und Marleene bemerkte das Bedauern in seinem Blick, dass sie es abgeschnitten hatte. Dann knipste er mit den Fingernägeln eine Blüte der Berberitzen ab und reichte sie ihr.

Marleene nahm sie lächelnd entgegen – und ließ sie schnell auf den Boden fallen, als es links von ihnen knackte. Das war knapp gewesen! Sosehr sie Konstantins Aufmerksamkeiten auch genoss, sie musste damit aufhören. Es war zu gefährlich. Sie konnte sich gewiss sein, dass er als Sohn des Chefs ihr gegenüber keine ernsthaften Absichten hegte. Dafür durfte sie nicht ihre Tarnung aufs Spiel setzen, die so überraschend gut funktionierte. Besser schlug sie sich Konstantin aus dem Kopf.

***

Bruno trat auf Marten und Konstantin zu, und die beiden stoben auseinander wie aufgescheuchte Graugänse. Er grüßte kurz und ging weiter den Hauptweg entlang. Warum die wohl die Köpfe so eng zusammensteckten? Das fehlte noch, dass dieser Hänfling sich jetzt auch noch beim älteren Sohn des Chefs einschmeichelte. Immerhin konnte Julius ihn ebenfalls nicht leiden, dem machte keiner so leicht etwas vor. Aber Konstantin war eigentlich nur eine jüngere und gepflegtere Version des Chefs. Und der Chef hatte wirklich einen Narren an diesem Jungen gefressen. Ständig nahm er ihn beiseite und erklärte oder zeigte ihm etwas. So viel Aufmerksamkeit hatte er während seiner Lehre nicht bekommen.

Deswegen hatte Marten es verdient, dass er ihm eins auswischte. Oskar hatte ihn in die stacheligen Berberitzen gesteckt, und Johannes hatte die Sache mit der Rotze auf der Schere gemacht. Jetzt war er am Zug. Er hatte genau gesehen, wie bewundernd Greta Johannes angeschaut hatte, als er seine Alberei durchgezogen hatte.

Nun hatte er sich etwas überlegt. Es hatte gedauert, bis er auf die Idee gekommen war, dafür war sie umso lustiger. Und dazu leicht durchzuführen, alles war also optimal.

Er stand am großen Wasserbecken am Ende des Hauptweges, in welches das Grundwasser gepumpt und von dort auf die einzelnen Leitungen verteilt wurde. Flink kletterte er hoch. Dann knöpfte er seine Hose auf und setzte seinen Plan in die Tat um.

Das Lächeln war auf seinem Gesicht wie festgewachsen, als er wenig später Greta, Hildegard und Johannes erreichte, die gerade die Wacholder beschnitten.

»Ich hab Marten jetzt auch einen Streich gespielt«, verkündete er nicht ohne Stolz.

»Wirklich? Das hätte ich dir gar nicht zugetraut«, sagte Johannes und klopfte ihm auf den Rücken. In seiner Stimme mischte sich Überraschung mit Anerkennung. »Was hast du denn gemacht?«

Ganz nah beugten sie sich zu ihnen heran. Er genoss es, dass Gretas schöne Augen wissbegierig auf ihm ruhten.

»Ich habe gerade in das Gießwasserbecken gepullert.«

Er war unglaublich stolz, dass ihm dieser Einfall gekommen war. Es war ähnlich fies wie die Sache mit der Schere, setzte dem Ganzen aber noch die Krone auf.

Doch was war das?

Greta stöhnte auf, als hätte sie Schmerzen, und Johannes schloss die Augen und seufzte. Hildegard sah ihn voller Mitleid an, während sie den Kopf schüttelte.

»Versteht ihr denn nicht?«, hakte er nach. »Jetzt hat er meine Pisse an den Händen, wenn er die Gießkanne in das Wasser taucht.« In sein Lachen schlich sich ein Hauch Hysterie, da seine eigene Schlauheit ihm Angst machte. Eine derartig gute Idee hatte er noch nie gehabt.

»Du bist widerlich!«, schimpfte Greta und stapfte aufgebracht davon.

»Aber er hat es doch gut gemeint«, rief Hildegard und eilte Greta hinterher.

Widerlich? Wieso? Gretas Worte hallten in seinem Inneren nach. Schmerzvoll.

Verwirrt sah er zu Johannes. »Was ist los? War ich zu hart? Ich dachte, sie kann ihn auch nicht ausstehen.«

»Das ist es nicht.« Johannes hatte den Arm um seine Schultern gelegt, während sie den sandigen Hauptweg zur Streuobstwiese entlanggingen. »Sie mag Marten nach wie vor nicht. Aber hast du mal darüber nachgedacht, wo das Wasser hinkommt, nachdem Marten es in die Gießkanne gefüllt hat?«

Unterwegs merkte Bruno, dass er den Spaten in der Remise vergessen hatte, sodass er den langen Weg zurücklaufen musste. Die ganze Zeit über arbeitete es in seinem Kopf. Doch erst, als er fast an der Remise angekommen war, verstand er das Problem. Auf einmal war es offensichtlich. Natürlich. Marten würde das

Wasser über die Pflanzen gießen, und so würde nun früher oder später jeder Arbeiter der Hofgärtnerei mit seinem Harn in Berührung kommen.

Wie hatte er das übersehen können? Kraftlos ließ er sich auf einen Strohballen sinken. Er wusste nicht, wie er die Energie aufbringen sollte, heute noch die Pflanzen umzusetzen. Und noch weniger wusste er, wie er je wieder Greta unter die Augen treten sollte.

»Ist dir eine Maus über die Leber gelaufen?«

Bruno hob mühsam den Kopf und sah in Manilos strahlendes Gesicht. Aber nicht einmal die Tatsache, dass der Italiener sich das Sprichwort mit der Leber gemerkt hatte, das er ihm vor Kurzem beigebracht hatte, konnte ihn aufmuntern.

»Nein.«

Manilo ließ sich auf den Strohballen gegenüber von ihm fallen.

»Nun sag schon, so missmutig habe ich dich in all den Monaten hier noch nicht erlebt.«

»Hmm«, grunzte er. Er wollte einfach nur alleine sein und sich in seiner Traurigkeit suhlen wie die Bentheimer Landschweine auf dem Bauernhof seiner Eltern im Schlamm.

»Vielleicht kann ich dir ja irgendwie helfen«, bot Manilo vorsichtig an.

Bruno seufzte. »Das glaube ich kaum. Das Kind ist schon in den Brunnen gefallen. Oder in meinem Fall … in die Pisse.«

Manilo kratzte sich am Nacken. »Also, ich dachte eigentlich, mein Deutsch wäre mittlerweile gut genug, dass ich das meiste verstehe, aber das hier … Ich habe keine Ahnung, was du damit sagen willst.«

Er musste wohl deutlicher werden. Es wussten ohnehin schon fast alle, da konnte er Manilo auch noch einweihen.

»Ich habe in das Gießwasser gepinkelt, um Marten einen Streich zu spielen.«

Manilo breitete die Hände aus. »Was habt ihr alle gegen den armen kleinen Kerl? Warum macht ihr ihm das Leben so schwer?«

»Er hat gerade erst angefangen und kennt schon fast alle botanischen Namen. Und Alexander hat gesagt, wir sollen uns von ihm eine Scheibe abschneiden. Von einem Fünfzehnjährigen! Ich hasse diesen Bohnenjokel!«

»Aber …«, Manilo suchte nach den richtigen Worten, »hat er dir persönlich denn schon mal was getan?«

Bruno dachte nach. Vergeblich. Wie hätte er auch etwas finden sollen, hatte er doch bisher fast gar nicht mit Marten geredet.

»Na, siehst du. Und was die andere Sache betrifft … Ich nehme an, dass die Pflanzen hier regelmäßig mit Jauche gedüngt werden?«

Worauf wollte Manilo jetzt nur hinaus? Bruno hatte keine Ahnung, aber er nickte.

»Und wenn man genauer darüber nachdenkt, ist es doch viel ekeliger, mit flüssigen Kuhfladen zu arbeiten, als mit ein klein bisschen Bruno-Pippi, das tausendfach verdünnt wird. Oder?«

Er zog die Brauen zusammen und sah auf. So hatte er das Ganze noch gar nicht gesehen. In der Tat waren die Tage, an denen mit dem Jauchegemisch gedüngt wurde, sehr verhasst. Er hatte sich nie Gedanken darüber gemacht, was die Jauche eigentlich war. Zu Hause lebten sie im Winter mit den Kühen und Schafen gemeinsam im Bauernhaus, und sie und ihre Absonderungen gehörten zum Leben dazu. Aber Manilo hatte völlig recht. Wenn die Arbeiter die Jauche-Tage überlebten, würden sie auch einen Tag mit, wie hatte Manilo es genannt, Bruno-Pippi überleben. Jetzt konnte sogar Bruno wieder lachen.

19. Kapitel

Dorothea von Wallenhorst war keine gewöhnliche Frau. Sie war eher wie zwei gewöhnliche Frauen, so kräftig, wie sie gebaut war. In einem gesunden Selbstbewusstsein streckte sie die Schultern zurück, und obwohl sie kleiner als alle anderen war, schien sie die Dinge von oben herab zu betrachten.

Marleene sah skeptisch auf die weißen Spitzenhandschuhe, den breitkrempigen Hut, der mit langen Federn verziert war, und das in mehreren Lagen fallende Kleid, das bis zum Boden reichte. Jetzt war sie insgeheim froh, dass sie kein Geld für die teure Gärtnerinnenschule gehabt hatte. Wenn sie dort nicht einmal lernten, was anständige Arbeitskleidung war, was wurde ihnen dann überhaupt beigebracht?

Alexander ergriff das Wort.

»Das ist …« Er zögerte und sah sich Hilfe suchend um. Im ersten Moment glaubte Marleene, er habe den Namen der Neuen vergessen, doch dann erkannte sie das Problem. Dorothea von Wallenhorst war eine Dame vom Stande, der es gebührte, mit Titel angeredet zu werden. Als Chef nannte er jedoch alle Arbeiter schlicht beim Vornamen.

»Das ist Dorothea von Wallenhorst«, setzte er neu an. »Ist es in Ordnung, wenn wir hier ›Dorothea‹ sagen?«, erkundigte er sich.

Das gnädige Fräulein kräuselte für eine Sekunde die Nase, schien sich dann auf etwas zu besinnen und nickte knapp.

Mit wenig Enthusiasmus beendete er seine Begrüßungs- und Einführungsworte und übergab die Dame an seinen Sohn. Julius ging mit Dorothea fort und sah dabei aus, als hätte man ihn dazu verdonnert, den ganzen Tag Nacktschnecken zu essen.

Sobald sie außer Sichtweite waren, stieß Johannes Bruno den Ellbogen zwischen die Rippen.

»Hast du die gesehen? Das war ja eher ein Zirkuszelt als ein Kleid.«

»Und diese Handschuhe …«, fiel Greta mit ein.

Nur der alte Alois schien es recht gelassen hinzunehmen. »Mal abwarten, de wat mögen, de wat dögen.«

»Jo, die ist gut durch 'n Winter gekommen«, kommentierte ausgerechnet der beleibte Oskar. »Da word ja de Stuuv düüster, wenn se am Fenster langsgeiht.«

Hildegard stemmte die Hände in die Hüften. Anscheinend hatte Dorothea ihren Mutterinstinkt geweckt. »Jetzt lasst doch die arme Frau in Ruhe«, mahnte sie. »Sie muss sich hier schließlich erst mal eingewöhnen.«

»Eins verstehe ich noch nicht ganz«, meinte Bruno. »Ist die nun etwa auch unsere Vorgesetzte? Weil sie ja Gärtnerin ist, und wir sind bloß Gärtnergehilfen.«

»Sieht so aus«, sagte Johannes verächtlich und schob sich ein Stück Kautabak in den Mund.

Nun mischte sich Oskar wieder in das Gespräch ein. »Aber sie ist immer noch mir unterstellt. Und ihr seid das sowieso«, sagte er schnaufend, während sie zur Streuobstwiese liefen. »Und jetzt an die Arbeit, sonst fressen die Raupen uns die Bäume weg.«

Trotz ihrer guten Vorsätze konnte Marleene es auch heute nicht verhindern, dass ihr Blick unauffällig zur Fliedervilla wanderte, als sie losgingen. Sie schaffte es einfach nicht, sich Konstantin aus dem Kopf zu schlagen. Und das, obwohl er es ihr leicht machte, denn seit seiner großzügigen Geste mit den Handschuhen vor zwei Wochen hatte er sich nicht mehr blicken lassen.

Sie fühlte seine Abwesenheit jeden Tag mit einer Gewissheit, die nicht gut für sie war. Vielleicht tat sie deswegen etwas wahrlich Unüberlegtes.

»Wann …«, sie räusperte sich, »wann kommt Konstantin eigentlich aus Neuharlingersiel zurück?«, fragte sie in die Runde.

Johannes hob den Kopf. »Was geht dich das denn an?«

»I-ich«, stotterte sie. Was sollte sie als Vorwand sagen? Sie konnte schlecht zugeben, wie es um sie bestellt war. Insgeheim hoffte sie, dass sie ihrer Sehnsucht Einhalt gebieten könnte, indem sie nicht Tag für Tag auf jede Kutsche horchte, die vorfuhr, sondern lieber ein festes Datum vor Augen hatte. »Ich wollte ihn etwas über die Gartengestaltung fragen.« Innerlich atmete sie auf. Das war eine recht gute Ausrede.

Johannes verdrehte dennoch die Augen. »Das willst du jetzt auch noch lernen?«

»Du leggst dir mehr Eier unner, as du utbröden kannst«, kommentierte Oskar.

Aber Hildegard wartete, bis sie zu ihr aufgeschlossen hatte, und lächelte ihr freundlich zu. »Er wird noch einige Monate in Neuharlingersiel bleiben, aber er kommt alle zwei bis drei Wochen hierher, um nach seiner Mutter zu sehen. Helene Goldbach geht es nicht besonders gut, weißt du?«

Marleene ging das Herz auf. Er kümmerte sich sogar um seine kranke Mutter!

»Spätestens zum Rosenball wird er wieder hier sein, dann kannst du ihn sicherlich fragen. Das Ereignis lässt sich hier kaum einer entgehen, und Konstantin ganz gewiss nicht.«

Marleene ließ die Schultern sinken. Erst zum Rosenball würde sie ihn wiedersehen? Dann müsste sie noch fast vier Wochen warten. Sie konnte nur hoffen, dass er zwischenzeitlich noch einmal zurückkehrte.

Hildegard winkte zum Abschied, da sie nun das Juniperus-Quartier erreichten, wo sie mit Greta Unkraut rupfen sollte. Der Rest ging weiter zur Obstbaumwiese. Heute stand eine besonders interessante Aufgabe an. Sie sollten die Bäume von den zahlreichen Raupennestern befreien. Oskar meinte, es wäre höchste Zeit, da sie sonst bald schlüpfen würden, und dann wären die Bäume kaum noch zu retten. Nach einer halben Stunde stieß Julius zu ihnen und schnappte sich eine der ewig langen Scheren. Sie hatten einen fast zwei Meter langen Stiel, damit man auch die Nester hoch oben in den Bäumen erreichen konnte.

»Wo hast du denn Dorothea gelassen?«, fragte Marleene, die neugierig darauf war, sie kennenzulernen. Auch wenn die Frau nicht mal angemessen gekleidet war, wollte sie alles über diese Gartenbauschule wissen, und freute sich insgeheim, jetzt eine Kollegin zu haben.

»Die ist im Unkraut mit Greta und Hildegard.«

Fast hätte Marleene gefragt, ob er das für eine gute Idee hielt, immerhin sollte sie als Fachkraft sicher nicht das Gleiche machen wie eine einfache Lohnarbeiterin. Aber sie wusste, dass ihr eine solche Frage als Lehrling nicht zustand.

Zum Glück nahm Johannes ihr diese Aufgabe ab. »Ich dachte, sie soll genauso arbeiten wie wir?«, fragte er mit einem gehässigen Unterton.

»Was soll ich denn mit ihr machen?«, brauste Julius überraschend heftig auf. »Sie als Begrüßungsscherz in die Berberitzen schicken? Den Spaß wollte ich euch nicht nehmen.«

Die Arbeiter wichen seinem feurigen Blick aus.

»Die Dinger hier«, fuhr er fort und hielt seine Riesenschere in die Luft, »können durch die Hebelwirkung unglaublich schwer werden. Das schafft eine Frau nicht.«

Für einen Moment schwiegen alle betreten.

»Also … so schwach hat sie jetzt gar nicht ausgesehen«, sagte Johannes schließlich. Bruno und Oskar brachen in Gelächter aus. »Und wenn es nur das ist, könnte sie auch mit der kleinen Schere auf der Leiter arbeiten.«

»Nein, besser nicht. Dann bricht noch eine Leiter nach der anderen ein, und die Gute hat am Ende des Monats gar keinen Lohn mehr.«

Es war üblich, dass kaputte Arbeitsgeräte vom Lohn abgezogen wurden. Wieder lachten sie, und Marleene wunderte sich, dass Oskar, der noch einige Fettschichten mehr mit sich herumtrug, am lautesten grölte.

Julius unterbrach das Gefeixe mit einem ruppigen »Genug jetzt!«, und wandte sich demonstrativ der Arbeit zu.

Marleene folgte ihm und stabilisierte die Leiter, die er hinaufkletterte.

»Foffteihn«, sagte Oskar nun mit einem dringlichen Unterton, halb rufend, halb flüsternd.

Marleene war verwirrt. Foffteihn war das plattdeutsche Wort für fünfzehn. »Was soll das heißen?«

»Dass der Chef kommt«, erklärte Oskar. »Dort, auf zehn Uhr.« In diesem Moment sah auch sie Alexander Goldbach in seinem stechschrittartigen Gang den Hauptweg hochkommen. Sie deutete für Bruno, der sich noch immer suchend umblickte, in die richtige Richtung.

Als Alexander die Männergruppe erreicht hatte, sah er sich mit gerunzelter Stirn um. »Wo ist die Neue?«

Genervt beugte Julius sich von der Leiter nach unten und rief: »Sie ist im Unkraut, Herrgott noch mal!«

»Das geht aber nicht. Eine ausgebildete Gärtnerin kann nicht Unkraut jäten. Dafür ist sie zu teuer.«

Marleene machte Platz, denn Julius kletterte jetzt hinunter, immer zwei Sprossen auf einmal nehmend. Achtlos schmiss er die Riesenschere auf den Boden. »Dann mach deinen Kram doch allein, und finde du eine angemessene Arbeit für sie. Ich hab die Nase voll!«

Alexander sah ihm kurz nach, dann hielt er ein Bündel hoch, das er mitgebracht hatte. Es war aus dunklem, staubigem Stoff und oben fest verknotet. Marleene hielt die Luft an.

Es war ihr Beutel.

Der mit der Kleidung, die sie abends gegen ihre Männersachen tauschte. Er hatte doch nicht etwa hineingeschaut?

»Ich wollte eigentlich Dorothea das hier geben. Ich habe es versteckt im Gebüsch gefunden. Scheint ein bisschen schüchtern zu sein, die Gute. Ich wollte ihr sagen, dass sie sich ruhig einen Spind nehmen kann, wie die anderen Arbeiter auch ... Die Unterröcke im Gebüsch verstecken, wer kommt denn auf solche Ideen?«

Ein bäriges Lachen breitete sich unter den Männern aus, in das selbst Marleene aus lauter Nervosität einfiel.

»Sie können es mir geben, ich bringe es ihr«, bot sie eilfertig an.

»Ja, das ... Ach, da kommt sie ja!« Er deutete mit dem Beutel in der Hand auf den hinteren Teil des Hauptweges, wo ihre imposante Gestalt aufgetaucht war. Vermutlich hatte Julius sie auf seiner Flucht zu ihnen geschickt.

»Dann kann ich ihr die Sachen gleich geben.«

Panisch sah Marleene in die andere Richtung, auf den Teil des Weges, der zum Haupthaus führte. Konnte sie unter einem Vorwand dorthin fliehen?

Doch von da lauerte eine noch viel größere Gefahr.

»Das kann nicht wahr sein«, flüsterte sie unhörbar vor sich hin.

Eine sehr bekannte Gestalt kam soeben den Hauptweg hinauf. Sie hatte dunkle Haare, trug eine schlichte Bluse und einen weinroten Rock mit heller Schürze.

Es war Frieda.

20. Kapitel

Julius stapfte durch die Gärtnerei und trat so heftig gegen die Erde, dass vereinzelte Klumpen und Moosstücke gegen das Gewächshaus prallten. Wie hatte sein Vater ihn dermaßen vorführen können? Dachte denn jeder, er könnte mit ihm machen, was er wollte? Neulich erst hatte es mit seiner Schwester eine ganz ähnliche Situation gegeben. Bei seinem Besuch mit ihr im Hofcafé Klinge hatte er sich ebenso miserabel gefühlt. Rosalie hatte es schon einige Male besucht und davon geschwärmt. Die Erinnerung an den Abend stieg in ihm auf wie bittere Galle.

»Das ist es«, hatte sie gesagt und so ausladend die Hände in den Saal gehalten, als wäre sie die Besitzerin. »Und? Habe ich zu viel versprochen?«

Julius musste seiner Schwester recht geben, das Café machte wirklich einen imposanten Eindruck. Es gab einen opulenten Verkaufstresen mit edlen Schnitzereien, auf dem sich auf filigranen Porzellantellern Törtchen, Kuchen und Kekse türmten. Die Wände waren mit halbhohen Holzvertäfelungen eingefasst, darüber gab es farbenfrohe Blumentapeten. Die Gasträume verbargen sich hinter einer breiten Tür, die mit einem schweren Vorhang in mehreren Lagen verschönert wurde. Tische und Stühle hatten der Mode entsprechend geschwungene Beine.

Rosalie trat durch die Zwischentür und ließ den Blick durch das Hofcafé gleiten.

»Das gibt es ja nicht!«, rief sie und schlug theatralisch die Hand vor den Mund.

Wenn sie im Theater genauso spielte, dann hatte sie noch viel zu lernen, dachte Julius im Stillen.

»Da vorne sind ja Henrietta, Mathilde und Julia. Wollen wir hinübergehen?«

Noch bevor sie die rhetorische Frage beendet hatte, lief sie bereits über den weichen roten Teppich, und Julius folgte ihr säuerlich.

Mit großem Hallo wurden sie begrüßt, und Julius' Herz sank in die Knie. Er hatte nicht die geringste Lust, seinen wohlverdienten Feierabend mit dem Geplapper der Mädchen zu verbringen, worauf es zweifellos hinauslaufen würde.

»Und du bist jetzt beim Theater, Rosalinchen? Erzähl doch mal! Wirst du so richtig in einem Stück mitspielen?«, fragte Mathilde, nachdem sie das Begrüßungsgeplänkel beendet hatten, und strich sich vorsichtig eine dunkelrote Locke aus dem Gesicht.

Julius seufzte innerlich. Jetzt musste er sich zum dritten Mal die Zusammenfassung dieses seltsamen Shakespeare-Stücks anhören. Doch Rosalie schilderte den Inhalt der Handlung noch immer mit dem gleichen Enthusiasmus.

»Es geht um einen betrunkenen Kesselflicker, der aus einer Gastwirtschaft geworfen wird und auf der Straße liegen bleibt und einschläft. Ein Lord findet ihn dort und nimmt ihn kurzerhand mit auf sein Schloss, denn er will sich einen Spaß erlauben. Als der Kesselflicker zu sich kommt, liegt er sauber und gewaschen in einem Bett, mit Dienerschaft um sich herum. Alle behaupten, er sei ein Lord, der jahrelang an einer Geisteskrankheit gelitten habe und nun endlich wieder zu sich gekommen sei.

Vor allem seine Frau – ein hübscher junger Diener, der flugs in Frauenkleider gesteckt wurde – sei nun glücklich. Man redet ihm so lange ein, dass sein bisheriges Leben nur ein Traum war, bis er die Geschichte selbst glaubt. Und dann kommt eine fahrende Theatergruppe an den Hof, die ihm eine Komödie vorspielt.« Dramatisch öffnete Rosalie die Hände. »Und da komme ich ins Spiel.«

Das hatte sie bisher jedes Mal so gemacht, und die Aufmerksamkeit der Zuhörer war ihr dadurch gewiss. Julius hatte allerdings noch immer nicht verstanden, warum es diesen Einstieg mit dem Kesselflicker überhaupt geben musste und nicht gleich das eigentliche Stück begann, das sie nun detailliert erklären würde. Aber vom Theater hatte er keine Ahnung.

»In dem Stück geht es darum, dass Lucentio sich in die jüngere der beiden Töchter Baptistas verliebt«, ergriff Rosalie nun wieder das Wort. »Doch der erlaubt keine Heirat seiner jüngeren Tochter, bevor nicht seine ältere Tochter Katharina unter der Haube ist. Um Bianca zu gewinnen, muss Lucentio also einen Ehemann für Katharina finden. Allerdings interessiert sich niemand für sie, da sie so widerspenstig ist.«

»Und wen wirst du spielen?«, fragte Julia mit ihrer piepsigen Stimme, die voller Bewunderung war.

Rosalie blickte in die Runde, um sicherzugehen, dass sie die volle Aufmerksamkeit genoss, bevor sie antwortete.

»Die Katharina.«

»Diese widerspenstige Tochter?«, fragte Henrietta.

»Genau.«

Julius grinste. »Das wird dir sicherlich sehr gut gelingen.«

»Ich denke auch«, sagte Rosalie und merkte gar nicht, dass er dies nicht als Kompliment gemeint hatte. »Auf jeden Fall trifft dann zum Glück Petruchio in der Stadt ein, der auf der Suche nach einer reichen Partie ist. Er erklärt Katharina, er werde sie heiraten, ob sie wolle oder nicht.«

Julia runzelte die Stirn, während sie nachdenklich einen Löffel Kluntje in ihre Teetasse klickern ließ. »Und das macht er dann auch?«

Rosalie strahlte. »Aber natürlich.«

»Und das geht gut?«

»Na ja«, Rosalie zuckte mit den Schultern. »Er kommt zu spät und auffallend schlecht gekleidet zur Hochzeit und nimmt ihr anschließend alle Annehmlichkeiten des Wohlstands weg, um ihr zu zeigen, dass nach seinen Regeln gespielt wird.«

Julia runzelte weiterhin die Stirn, sagte aber nichts. Julius konnte ihre Skepsis nachvollziehen, denn auch er hatte sich schon über Rosalies Begeisterung gewundert. Er fand es eigentlich sehr schade, wenn so eine willensstarke, kluge und lebendige Person dermaßen verbogen wurde.

»Und was ist deine Lieblingsszene?«, fragte Henrietta aufgeregt.

Rosalie musste nicht lange überlegen. »Als sie zur Hochzeit der Schwester fahren, sagt Petruchio zur Mittagszeit, dass der Mond scheine. Katharina erwidert, die Sonne scheine, und er weigert sich, die Fahrt fortzusetzen, bis Katharina zugibt, dass es der Mond sei. Da liefern wir uns ein großartiges Wortgefecht, und die Bühnenbildner haben eine wunderschöne Kutsche gebaut. Und wartet, bis ihr die Sonne seht, sie leuchtet, als wäre sie leibhaftig ein Feuerball.« Rosalie legte den Finger an die Lippen. »Und zum Schluss singt sie ein Loblied auf die Unterwürfigkeit der Frauen. Stellt euch vor, ich singe auf der Bühne, ist das nicht großartig?«

»Faszinierend«, hauchten Mathilde und Henrietta. »Du bist wirklich zu beneiden.«

Nur Julia schien das Gehörte infrage zu stellen. »Aber sagtest du nicht, wir Frauen sollten mehr für die Gleichberechtigung kämpfen? Wie kannst du dann so ein Lied singen?«

»Julia, das ist doch alles nur gespielt«, klärte Rosalie ihre Freundin auf.

»Was hältst du denn davon?«, erkundigte Julia sich bei Julius.

»Ich?« Er schrak aus seinen Gedanken hoch. Er hatte zwischenzeitlich geplant, wie er mit den Züchtungen, die sein Vater nicht erlauben wollte, weiter vorgehen sollte. »Nun ja, ich … äh … habe mich gefragt, ob das für die Frau nicht ziemlich … ungerecht ist.«

Rosalie lachte auf. »Doch nicht, was das Stück angeht, du Dummbüdel. Julia möchte wissen, wie du es findest, dass ich jetzt Schauspielerin bin.«

»Ach so.« Julius ignorierte den Stich von Rosalies Zurechtweisung, und sein Blick huschte zu Julia, die bedröppelt dreinschaute. Er ahnte, dass sie nur zu schüchtern war, um ihre dominante Freundin zu korrigieren. »Nun ja, äh, also ich bin mir sicher, dass du die Rolle der Widerspenstigen großartig meistern wirst.«

Rosalie strahlte ihn an, und als hätte sie sich jetzt an seine Anwesenheit erinnert, wandte Henrietta sich an Julius. »Und du bist von deiner großen Reise zurück? Wie ist es, wieder zu Hause zu sein, wenn man so lange fort war?«

Es fühlte sich seltsam an, dass so viele Damenaugen auf ihn gerichtet waren, und daher zuckte er nervös mit den Schultern. »G-ganz nett.«

»Mehr nicht?«, hakte Henrietta nach, und Julius zwang sich, mehr von sich preiszugeben.

»Es ist schön, die vertrauten Dinge um sich zu haben, dafür war es unterwegs natürlich um einiges abenteuerlicher. Aber es ist angenehm, den heimischen Komfort wieder genießen zu können.«

»Und bist du jetzt schon der große Chef in der Gärtnerei, oder wie habt ihr euch arrangiert?«

»Nein«, sagte Julius mit einem leichten Lachen.

»Sondern?«

»Zunächst unterstütze ich Vater nur. Er will, dass ich erst mal mehr Erfahrungen sammle. Aber eines Tages soll ich die Hofgärtnerei führen, da Konstantin ja als Kunstgärtner arbeiten möchte.«

Jetzt klatschte Rosalie aufgeregt in die Hände. »Und stellt euch vor: In diesem Jahr wird die Hofgärtnerei die Ausstattung für den Rosenball übernehmen.«

Eine ganze Reihe Ohs und Ahs waren ihr bei der Verkündung dieser Neuigkeit sicher, war doch der Rosenball das beliebteste Fest der Oberschicht. Nur geladene Gäste hatten zu dem exquisiten Ball Zutritt. In gewisser Weise bewunderte Julius Rosalie. Spielend leicht hatte sie es geschafft, nach drei Sätzen über die Gärtnerei das Gespräch wieder auf ein Thema zu lenken, das ihr gefiel.

»Stellt euch vor, der Baron von Seggern hat mich gefragt, ob ich mit ihm zum Ball gehen werde …« Rosalie lachte auf und fächerte sich dabei Luft zu, um zu unterstreichen, wie abstrus sie diesen Vorschlag fand. »Als wenn ich mit so einem Glotzauge dorthin gehen würde! Nein, ich werde schön abwarten, wer mir noch alles aufwartet.«

»Aber … aber er ist ein Baron …«, gab Henrietta zu bedenken.

Rosalie verschränkte die Arme. »Das ist mir gleich. Wisst ihr schon, was ihr anziehen werdet?«

Natürlich besprachen die Frauen jetzt bis ins Detail, was jede zum Ball tragen würde, von den Abendkleidern über den dazugehörigen Schmuck bis hin zu den Frisuren. Mathilde wollte anscheinend sogar extra ein Kleid anfertigen lassen, das mit Rosen bestickt war. Julius sah es sofort in Rosalies Augen aufblitzen und war froh, dass es nicht seine Aufgabe war, ihr diese teure Idee wieder auszureden. Neue Kleider gehörten beim besten Willen nicht zu den Dingen, in die sie momentan investieren sollten.

»Du bist so ruhig, Julia. Was möchtest du denn anziehen?«, fragte Rosalie ihre Freundin.

Julia senkte den Blick. »Ich werde nicht gehen.«

»Aber wieso?«

»Ich habe niemanden, der mich begleiten könnte.«

»Das ist das Problem? Also daran sollte es nun wirklich nicht scheitern. Wenn ihr geladene Gäste seid, werden wir gewiss jemanden für dich finden«, sagte Rosalie zuversichtlich und sah Julius auffordernd an.

Julius blieb still. Er hatte Mitleid mit dem einfühlsamen Mädchen, das um die Hüften ein wenig rundlicher war als ihre Freundinnen, was ihr aber sehr gut stand. Trotzdem würden ihn keine zehn Pferde auf diesen Ball bringen. Er wollte lieber früh zu Bett gehen, damit er am nächsten Morgen eine Gärtnerei in der Gegend besichtigen konnte. Der Austausch unter Kollegen war ihm wichtig.

Rosalie räusperte sich leicht, und er griff nach seiner Teetasse, um ihrem Blick besser ausweichen zu können.

Fast hätte er ihn verschüttet, denn gerade, als er die Tasse ansetzen wollte, durchzog ein stechender Schmerz sein Schienbein. Sie hatte fest zugetreten. Es war klar, was seine Schwester vorhatte, aber davon würde er sich nicht beeindrucken lassen. Er traf seine eigenen Entscheidungen. Keinesfalls würde er einen weiteren Abend damit verplempern, mit einer Frauengruppe an einem Tisch zu sitzen und eine langweilige Unterhaltung zu führen. Er unterdrückte den Schmerz, lächelte aber, als wäre nichts gewesen, und nahm einen genüsslichen Schluck vom viel zu kalten und viel zu süßen Tee.

Aber er hatte die Rechnung ohne Rosalie gemacht.

Sie sah ihn offen an und sagte: »Nicht wahr, Julius?«

Er lächelte unverbindlich und erwiderte: »Ja, ich bin mir sicher, dass sich jemand finden wird.«

Was du kannst, kann ich auch, Schwesterchen, dachte er triumphierend.

Aber er täuschte sich.

Rosalie strahlte. »Großartig!«, rief sie so laut in den Raum, dass die Leute an den Nachbartischen zu ihnen herüberschauten. »Also, dann ist es abgemacht«, sagte sie zu Julia. »Julius wird dich an dem Abend begleiten. *Julia und Julius* – wie schön das zusammenpasst!«

Julius biss bei der Erinnerung die Zähne zusammen. Auf dem gesamten Rückweg hatte er kein einziges Wort mit seiner Schwester gewechselt. Erst hatte sie ihn unter einem Vorwand in das Kaffeehaus gelockt, und dann auch noch so etwas. Sie schreckte wirklich vor nichts zurück. Dabei hasste er es, wenn andere über ihn bestimmten. Er wollte nicht auf diesen Ball, aber er konnte unmöglich Julias Freude zerstören. Sie schien um einige Zentimeter gewachsen, ihre Augen hatten freudig gefunkelt, und ihre Wangen waren gerötet gewesen, sodass er es nicht fertiggebracht hatte, die von Rosalie ausgesprochene Einladung zurückzunehmen.

Deswegen hatte er auch in der gesamten letzten Woche Rosalies begeisterte Erzählungen von den Proben mit einsilbigen Antworten zum Verstummen gebracht.

Und jetzt, nach der Sache mit der neuen Gärtnerin, floss schon wieder der heiße Zorn durch seine Adern, während er ziellos durch die Gärtnerei lief.

Nur dass diesmal Rosalie keine Schuld trug.

Diesmal hatte Alexander ihn vorgeführt.

Aber was hätte er zu seinem Vater sagen sollen, ohne dessen Autorität zu untergraben? Er hatte leicht reden. Julius wusste ja noch nicht einmal, wie er mit Dorothea umgehen sollte. Sie war immerhin eine Dame. Und die würde er höflich und respektvoll behandeln, wie er es gelernt und verinnerlicht hatte.

Sollte er dann jetzt etwa sagen: »Würde es Ihnen etwas ausmachen, die Raupennester aus den Bäumen zu schneiden? Aber nur, wenn es nicht zu viele Umstände bereitet.« Der Anstand verlangte es, aber die Sprüche von Johannes und Oskar klangen ihm schon jetzt in den Ohren. Dann auch noch Raupen … Jeder wusste doch, dass Damen und Insekten keine gute Kombination waren. Erst letztens hatte Rosalie die halbe Fliedervilla zusammengeschrien, weil eine Spinne über die Wand gehuscht war.

Und wenn Dorothea einen Eimer oder eine Harke trug, müsste er eigentlich hinübereilen, um ihr behilflich zu sein. Das passte aber nicht in die Arbeitsabläufe, dann würde er niemals fertig werden. Sicherlich bekam sie zudem auch noch mehr Lohn als er.

Nein, es war wirklich nicht verwerflich, dass er sie zunächst mit den anderen Frauen ins Unkraut geschickt hatte. So hatte er die Schwierigkeit mit der Anrede umgangen und einfach »Ihr drei« sagen können. Und die Frauen würden doch sicherlich wissen, wie sie sich untereinander verhalten sollten, oder?

Er bog um die Ecke und sah nun das Feld mit den Wacholdersträuchern, wo die Rücken zweier gebeugter Frauen herausragten. Eine massige Gestalt mit riesigem Hut ging langsam zwischen den Sträuchern umher. Das war in Ordnung. Sein Vater mochte es anders sehen, aber Julius wusste, dass der Rücken Pausen brauchte. Gerade, wenn man es noch nicht gewohnt war, zwölf Stunden in gebückter Haltung zu arbeiten.

Aber auch als Julius näher kam, bückte sie sich nicht. Er sah jetzt, dass sie hin und wieder auf etwas deutete.

»Wie kommt ihr voran?«, fragte er, als er die Frauen erreichte.

Greta und Hildegard tauchten zwischen den grüngrauen Büschen auf. Julius konnte sofort sehen, dass sie schlecht gelaunt waren, aber bevor sie etwas sagen konnten, ergriff Dorothea das Wort.

»Die beiden schlagen sich gut. Sie haben nur wenig übersehen, und wir haben etwas mehr als zweieinhalb Reihen geschafft«, meldete sie, als wäre er ein Offizier.

Wollte sie damit etwa sagen, dass sie die beiden Gehilfinnen lediglich kontrolliert und gar nicht selbst Hand angelegt hatte?

»Und mit ›wir‹ meint sie Greta und mich«, erklärte Hildegard und bestätigte damit Julius' Befürchtung.

Greta stemmte die Hände in die Hüften. »Keinen Finger hat sie gerührt«, fauchte sie. »Sie hat höchstens auf etwas gezeigt, das wir übersehen haben. Und manchmal auf etwas, das ich sowieso noch rausziehen wollte.«

Am liebsten hätte Julius das Gesicht in den Händen vergraben. Womit hatte er das verdient? Fragend sah er Dorothea an, doch sie tat ihm nicht den Gefallen, etwas zur Erklärung beizutragen. Sie wirkte nicht einmal ertappt oder gar peinlich berührt. Sie blickte ihn einfach nur abwartend an.

Er räusperte sich. »Fräulein von … ääähhh … Dorothea?«

»Ja?«

»Warum haben Sie denn kein Unkraut gezupft?«

Sie schien aus allen Wolken zu fallen.

»Ich?«, rief sie in einem Ton, als hätte er ihr vorgeschlagen, von nun an Hosen zu tragen.

Musste er das wirklich erklären? Er deutete mit Kopf, Schulter, seinem Blick und beiden Händen zum Unkraut, das überall neben den kultivierten Pflanzen aus dem Boden schoss.

»In der Gartenbauschule habe ich gelernt, wie ich eine solche Arbeit überwache. Ich selbst kann sie natürlich nicht verrichten, das wäre nicht standesgemäß.«

Statt loszuschreien, schaffte Julius es, schlicht zu nicken. »Gehen Sie bitte zu meinem Vater, er ist auf der Streuobstwiese neben dem Hauptweg. Er wird Ihnen eine standesgemäße Arbeit zuteilen.«

Immerhin hatte diese kleine Unterredung ihm so viel Genugtuung verschafft, dass sein Zorn fast vollständig verflogen war. Jetzt würde sein Vater schon sehen, was er davon hatte, eine Gärtnerin einzustellen. Trotzdem war es nicht gerecht, sinnierte er, als er seinen Weg bis ans Ende der Hofgärtnerei fortsetzte. Warum konnte Konstantin den lieben langen Tag seinen Launen nachgehen und bekam die Anstellung, die er sich wünschte, und er mühte sich hier in der Gärtnerei ab, während sein Vater jegliche Ideen ablehnte und sogar seine Entscheidungen untergrub?

Ab jetzt würde er sich nichts mehr vorschreiben lassen. Er war ein erwachsener Mann, und wenn sein Vater sich nichts von ihm sagen ließ, dann musste er das umgekehrt auch nicht.

Er hatte auf so vieles verzichtet … Doch damit war jetzt Schluss. Er würde auch hier seinen Traum verwirklichen. Schwungvoll öffnete er die Glastür des abgelegenen Gewächshauses ganz am Ende der Gärtnerei, kurz vor dem Waldstück. Es war das älteste auf dem Gelände, und sie nutzten es nicht mehr, da es mehrere undichte Stellen hatte und sie um diese Jahreszeit nicht so viele Warmhäuser brauchten.

Hier würde er es machen. Hier würde er seine eigene Zucht

beginnen und ausprobieren, welche Rhododendren für das nordische Klima geeignet waren.

Sofort vertrieben die hellen Strahlen seiner Idee die Dunkelheit aus seinem Gemüt. Er trat in das alte Glashaus. Es war fast leer. Nur ein paar Töpfe mit mittlerweile vertrockneten Pflanzen standen hier noch herum. Voller Tatendrang begann er, das Gewächshaus auszuräumen. Er würde die undichten Stellen reparieren, sämtliche leeren Tontöpfe zusammensuchen und jeden Abend nach Feierabend hier seinen persönlichen Interessen nachgehen. Hooker würde ihm mit Sicherheit einige Rhododendren schicken, dann könnte er schon sehr bald beginnen und musste nicht warten, bis die ersten Samen keimten. Sein Vater durfte es nur nicht mitbekommen.

* * *

Marleene sah sich rasch um, wo sie sich verstecken könnte. Sie musste hier weg. Auf der Stelle. Noch hatte ihre Cousine sie nicht entdeckt.

»Ich …« Aller Augen wandten sich ihr zu, und sie erkannte, dass sie angefangen hatte zu sprechen, ohne sich eine Ausrede zurechtzulegen. Ihr musste etwas einfallen. Sofort.

»Ich … ich werde mal nach Julius sehen, er ist bisher ja noch nicht zurückgekommen.«

»Papperlapapp«, sagte Alexander. »Der wird sich schon wieder einkriegen, sei doch kein Mädchen!«

Frieda war mittlerweile so nahe, dass sie sie vielleicht sogar schon erkennen konnte. Was sollte sie nur tun? Verzweifelt sah sie in die andere Richtung, wo Dorothea stetig näher kam. Das durfte alles nicht wahr sein.

Marleene nahm allen Mut zusammen und verkündete lauthals:

»Ich geh mal pinkeln!« So wie sie es bei den anderen Männern schon mehrmals mitbekommen hatte. Sie war gerade erst einen Schritt gegangen, als Oskar sie zurückhielt.

»Dafür sind die Pausen da. Außerdem kriegen wir anscheinend gerade Damenbesuch.« Er nickte in Friedas Richtung.

Marleene murmelte unwirsch vor sich hin und suchte immer panischer nach einer Fluchtmöglichkeit. Sie konnte schlecht einfach wegrennen. Es gab auch keinen Grund, sich einer anderen Arbeit zuzuwenden. Aus ihrer Not heraus griff sie sich eine der ewig langen Scheren und stellte sich hinter einen Baum, damit Frieda sie nicht so gut sehen konnte. Sie begann daran herumzuschnippeln, obwohl sie kein Raupennest entdecken konnte. So könnte es vielleicht gehen.

Aber verflixt, Julius hatte recht gehabt. Die Schere war unglaublich schwer, und schon nach kurzer Zeit schmerzten ihre Arme dermaßen, dass sie sie kaum noch hochhalten konnte. Frieda hatte die Gruppe jetzt fast erreicht, und sie merkte, wie die Augen ihrer Cousine immer wieder zu ihr huschten. Vermutlich machte sie ihre Schweinsäuglein, um besser sehen zu können. Selbst als sie die Männer erreicht hatte, starrte sie ausschließlich zu Marleene.

»He, Marten, komm mal her, ich glaube, es hat sich jemand in dich verliebt.« Johannes, Bruno und Oskar lachten dreckig.

In Schneckengeschwindigkeit legte Marleene die Schere beiseite und machte einen kleinen Schritt hinter dem Baum hervor, sodass ihr Körper jetzt nur noch halb verdeckt wurde.

Frieda klappte den Mund auf, ohne etwas zu sagen oder den Blick von Marleene zu lösen.

Jetzt erreichte auch Dorothea die Gruppe und kam damit Marleene unwissentlich zu Hilfe.

»Gut, dass du da bist«, sagte Alexander zu ihr. »Ich habe das hier im Gebüsch gefunden und wollte sagen, dass Sie, äh du, Ihre Sachen ruhig in den Spind legen können. So schlecht geht es der Hofgärtnerei nun auch wieder nicht. Unsere Mitarbeiter haben alle ihren eigenen Schrank.«

Dorothea griff nach dem Bündel und zog einen leicht fleckigen weißen Unterrock und einen dunkleren Überrock hervor. Durch die langen Schichten in der Gärtnerei war Marleene schon länger nicht mehr dazu gekommen, ihre Frauensachen zu waschen, zumal sie diese Kleidung jeden Tag sowieso nur etwa eine halbe Stunde trug.

Dorothea hielt sie mit spitzen Fingern weit von sich und tat so, als wären sie von Jauche durchzogen.

»Da soll die reinpassen?«, hörte Marleene Johannes flüstern, und im nächsten Moment sagte Dorothea mit spitzer Zunge:

»Das sind nicht meine Sachen.« Es klang, als hätte man ihr etwas unterstellt.

»Nein? Aber wer …« Nachdenklich sah Alexander in die Runde, als er versuchte, sich einen Reim darauf zu machen. »Wie kommen die Sachen denn hinter den Fliederbusch? Wenn mir jemand etwas zu sagen hat, sollte er das lieber gleich tun. Vielleicht kann ich dann ein Auge zudrücken.«

Täuschte sie sich, oder hatte er in ihre Richtung gesehen?

Marleenes Herz raste. Das war's also. Jetzt würde alles auffliegen. Was würde ihre Mutter nur sagen?

Natürlich war die Arbeit sehr hart gewesen, und sie musste sich eingestehen, dass sie einiges unterschätzt hatte, aber trotzdem war es einer der glücklichsten Monate in ihrem Leben gewesen. Sie liebte die frische Luft und die Arbeit mit den Pflanzen. Sie fühlte einfach, dass sie hierhergehörte. Das war es, was sie für immer machen wollte. Nur so war es richtig – und jetzt sollte alles vorbei sein?

Da war wieder dieser Blick von Alexander in die Runde, der an ihr hängen blieb.

Vermutlich hatte er recht. Wenn sie jetzt alles beichtete, gab es vielleicht wenigstens eine winzig kleine Chance, dass er ihr verzieh. Auch wenn sie instinktiv fühlte, dass er das niemals tun würde, trat sie einen Schritt nach vorne. »Ich …«

Doch jetzt stürmte Frieda los. Sie griff nach dem Bündel, zeigte mit dem Finger auf Marleene und rief laut und hastig: »Du solltest dich schämen!«

Marleene zog den Kopf ein, als könnte sie dadurch dem Donnerwetter entgehen, das nun über sie hereinprasseln würde. Jetzt hatte sie ihre letzte Chance vertan. Frieda würde sie aus Unwissenheit vor versammelter Mannschaft enttarnen, sie ungewollt zum Gespött der Arbeiter machen. Sie hatte es jedoch nicht anders verdient, sie hatte sie alle belogen.

»Du hattest mir doch versprochen, mir meine Sachen wieder mitzubringen.«

Marleene riss den Kopf hoch und starrte Frieda an. Was hatte sie da gerade gesagt? Das ergab doch gar keinen Sinn. Sie erkannte ihre sonst so schüchterne und sanftmütige Cousine kaum wieder. Verdattert beobachtete sie, wie sich Frieda nun an Alexander Goldbach wandte.

»Ich hole hier ja regelmäßig die Pflanzen für das Blumengeschäft. Als es vorige Woche so warm war, habe ich kurzerhand ein paar meiner Unterröcke ausgezogen und im Gebüsch versteckt, bevor ich den Handwagen beladen habe. Und dann habe ich die Kleidung aus Versehen liegen gelassen.« Sie fuhr sich mit der Hand durchs Gesicht. »Ich bin auch immer so ein Schussel! Und es war natürlich unschicklich … Es tut mir schrecklich leid, aber deswegen hatte ich meinen Cousin gebeten, sie mir mitzubringen, aber das hat er wie erwartet vergessen.« Anklagend sah sie Marleene an – dafür musste sie sich vermutlich nicht einmal verstellen, aber der Rest ihres Auftritts war bühnenreif gewesen. Es war fast beängstigend, wie gut Frieda den Leuten etwas vormachen konnte.

»Ach, Marten, du kannst doch einer Frau nicht die Unterröcke vorenthalten. Hätte gar nicht gedacht, dass du so einer bist«, sagte Johannes.

Ein raues Lachen breitete sich unter den Männern aus, in das nun auch Frieda nervös einstimmte. Nur Dorothea blickte pikiert in die Runde.

Marleene war Johannes nicht böse wegen des frechen Spruchs. Sie war froh, dass er ihr eine Entschuldigung bot, rot zu werden.

Frieda warf ihr einen letzten Blick zu, bevor sie sich an Alexander Goldbach wandte mit der Frage, wegen der sie eigentlich hergekommen war.

Marleene war ihrer Cousine unendlich dankbar, dass sie so schnell begriffen und sie dadurch gerettet hatte. Aber irgendetwas sagte ihr, dass damit die Sache noch nicht abgehakt war.

21. Kapitel

Ausverkauft. Sie waren in der Blumenbindewerkstatt nahezu ausverkauft gewesen. Obwohl Frau Maader den Kunden von den neuen Pflanzen und Sträußen eher abgeraten hatte, hatte sich die Neuerung offenbar herumgesprochen. Langsam, aber stetig waren immer mehr Kunden in den Laden gekommen und hatten eifrig gekauft, sodass sie schon außerhalb der Reihe Nachschub benötigten. Natürlich hatte Frieda mit dem Handwagen losgehen müssen.

Heute hatte sie das vor lauter Euphorie kaum gekümmert, und sie hatte zum Hufgeklapper der Pferdekutschen fröhlich ihre Lieder gesummt. Jetzt war die Freude verschwunden. Als sie die Männer in der Gärtnerei aufgesucht und zwischen ihnen Marleene in Männerkleidern entdeckt hatte, hatte sich alles wie ein Mosaik in ihrem Kopf zusammengefügt.

Deswegen kam sie abends immer so spät.

Deswegen hatte sie kaputte Hände.

Deswegen hatte sie sich die Haare abgeschnitten.

Aber warum, um Himmels willen, hatte Marleene sie nicht ins Vertrauen gezogen? Hatte sie geglaubt, dass sie sie verraten würde? Oder dass sie es missbilligen würde? Dabei bewunderte sie ihre Cousine für ihre Kühnheit. Sie hatte auf normalem Wege nicht bekommen, was sie wollte, also hatte sie einen anderen Weg gefunden, der ebenso ans Ziel führte. Aber den hatte sie anscheinend auf Teufel komm raus alleine gehen müssen. Und die Erkenntnis tat weh. Sie war sicher, dass sie Marleene alles erzählt hätte.

Wirklich alles?, fragte eine schüchterne Stimme in ihrem Kopf.

Abrupt blieb sie stehen.

Sie hatte ihrer Cousine gegenüber bisher mit keinem Wort erwähnt, wie sich die Dinge mit Manilo entwickelt hatten, erinnerte sie sich nun. Dass sie sich mit Leib und Seele danach sehnte, einmal von dieser Pizza zu kosten. Dass sie jede Minute mit ihm genoss. Und dass sie dennoch seine Einladung schweren Herzens ausgeschlagen hatte. Davon hatte sie Marleene nichts erzählt. Doch das hatte nichts damit zu tun, dass sie ihrer Cousine nicht vertraute.

Es war einfach … Ja, was war es? Sie wollte sich nicht lächerlich machen. Sie wusste ja selbst, dass das alles zu nichts führen würde, denn Manilo würde bald in sein Heimatland zurückkehren. Deswegen war es absurd, dass sie sich überhaupt mit ihm treffen wollte. Da sie sich weiterhin geweigert hatte, ihn in seiner Wohnung zu besuchen, hatte er gefragt, ob er sie dann wenigstens in ein Kaffeehaus einladen könne. Bei der Erinnerung kribbelte alles in ihr.

Mit einem kräftigen Ruck brachte Frieda den Wagen wieder ins Rollen. Es war schon seltsam, wie wenig man über die Leute wusste, mit denen man tagtäglich zusammen war.

Das wollte sie ab jetzt ändern. Sie betrat die Bindewerkstatt und freute sich über die kühle Luft im Laden.

»Frau Maader, wie haben Sie eigentlich das Blumenbinden gelernt?«, erkundigte sie sich fest entschlossen, während sie die Blumen ablud und sie mit frischem Wasser versorgte.

Ihre Chefin saß wie gewohnt in ihrer Kittelschürze auf dem Hocker hinter der Kasse und las in einem dieser dünnen Heftchenromane, die sie so liebte. Sie besaß eine Vielzahl davon, und alle zeigten ein sehr bunt koloriertes Liebespaar und hatten einen reißerischen Titel. Erst wenige Male hatte Frieda es geschafft, ein wenig darin zu lesen, denn Frau Maader hütete die Heftchen, als hätten sie Blätter aus purem Gold.

»Das geht dich gar nichts an«, wetterte sie nun.

Frieda lud unbeeindruckt den vorgezogenen Edelflieder ab und suchte einen Platz, wo dieses prachtvolle Gewächs besonders gut zur Geltung käme.

»Njäää«, murrte Frau Maader nun. »Früher war das mit den Lehrstellen alles noch nicht so geregelt. Für Frauen gab es erst recht keine. Aber mein Großvater, der damalige Leiter der Gärtnerei Goldbach, hatte erkannt, wie profitabel es für eine Gärtnerei sein kann, wenn sie ein dazugehöriges Blumengeschäft in der Innenstadt hat. Dann müssen die Leute nicht bis zur Gärtnerei hinausfahren und können bequem ein paar Blumen mit nach Hause nehmen.«

»Aber woher wussten Sie damals, wie es geht, das Blumenbinden?« Frieda musste aufpassen, dass sie nicht allzu sehr zeigte, wie sehr sie sich freute, dass Wilhelmine Maader von sich erzählte.

»Das wussten wir nicht. Wie auch? Ich war ja noch ein kleines Mädchen. Das muss man aber auch nicht. Man muss nur die richtigen Leute finden.«

Frieda war sicher, dass Frau Maader diesen Satz bei ihrem Großvater aufgeschnappt hatte, denn er klang so ganz anders als das, was ihre Chefin sonst sagte.

»Und das hat er, mein Großvater.«

»Aber wie?«, fragte Frieda betont beiläufig und griff dabei nach etwas Asparagus sprengeri. Ob das Ganze vielleicht etwas mit dem Besitzer des Blumenhauses Husmann zu tun hatte? Sie hatte sich nicht mehr getraut, an dem Laden vorbeizugehen, aber innerlich brannte sie darauf zu erfahren, was damals geschehen war.

»Na, wie wohl? Inseriert hat er. In der *Gartenwelt.* Und dann hat sich ein begabter Blumenbinder aus Bremen gemeldet. Die hübschesten Biedermeiersträuße konnte er binden. Ich bin nach der Schule immer sofort ins Geschäft gelaufen. Alles, was ich weiß, habe ich von ihm gelernt.«

Das erklärt einiges, dachte Frieda und biss sich sogleich wegen ihrer eigenen Gehässigkeit auf die Zunge. Aber immerhin hatte sie jetzt einen Anhaltspunkt, warum sie hier kaum etwas anderes beigebracht bekommen hatte und Frau Maader noch immer an den Biedermeiersträußen festhielt.

»Und dann?«

»Als ich mit der Schule fertig war, war Großvater der Meinung, dass wir heiraten sollten.«

Eine Liebe über die Liebe zu den Blumen gefunden. Vereinigt

in der Leidenschaft für die Farben der Natur. Frieda hatte mit ihrer Arbeit innegehalten und strich versonnen über die Fresien. »Wie romantisch«, hauchte sie.

»Romantisch?« Frau Maader hatte zu ihrem ruppigen Tonfall zurückgefunden und griff unverhohlen nach ihrem Heftroman. »Der alte Sack war über zwanzig Jahre älter als ich. Aber es geht im Leben nicht um Liebe, das wirst du noch früh genug feststellen. Oder hast du das vielleicht schon? Wo ist er denn abgeblieben, dieser Otto, der dich sonst immer mal abgeholt hat?«

Das hätte sie nicht sagen dürfen.

Jetzt kam alles wieder hoch. Das Gefühl des Alleinseins. Die Schwäche und Erniedrigung. Und der Schmerz.

Auf einmal war ihr klar, warum Marleene nichts gesagt hatte.

***

Als Marleene zögerlich die kleine Kammer betrat, saß Frieda auf dem Bett und funkelte sie wütend an. Marleene holte tief Luft. Genau das hatte sie befürchtet. Aber ihre Cousine hatte alles Recht der Welt, zornig zu sein. Sie kniete sich vor ihr hin und griff nach ihren Händen.

»Frieda, es tut mir so leid. Ich wollte dich nicht ausschließen, sondern nur beschützen.«

»Ich weiß«, flüsterte sie mit Schmerz in der Stimme.

»Das weißt du?« Verwirrt sah sie ihre Cousine an. »Aber warum bist du denn so verärgert?«

»Ich ärgere mich, dass du denkst, ich wäre zu schwach und müsste deswegen beschützt werden. Nur weil Otto mich mehr oder weniger vor dem Altar hat stehen lassen, traut ihr mir alle nichts mehr zu. Mama wollte sogar, dass ich zurück zu ihnen ins überfüllte Bauernhaus nach Wiesmoor komme, und das, wo meine Schwester gerade ein Kind bekommen hat.« Sie sprang auf und wischte sich eine Träne aus dem Augenwinkel. »Warum denkt ihr alle, dass ihr mich wegen einer dummen Sache behandeln müsst wie ein rohes Ei?«

»Aber, Frieda, das denke ich doch nicht.« Marleene schloss ihre Cousine in die Arme und drückte sie für einen Moment fest an sich. Gemeinsam ließen sie sich auf das Bett sinken. »Mit Otto hatte das rein gar nichts zu tun. Der ist einfach nur ein Hornochse. Ich bin froh, dass er im letzten Moment die Hochzeit abgesagt hat, denn er hat jemanden wie dich überhaupt nicht verdient. Großbauer hin oder her, er hat einen schlechten Charakter.«

»So siehst du das?«, fragte Frieda mit Spuren von Erleichterung zwischen den weggekämpften Tränen.

»Aber natürlich. Ich bin froh, dass du nun frei bist, um einen neuen Weg zu gehen.«

»A-aber wenn es nichts mit Otto zu tun hat, warum hast du mir dann nichts gesagt?«

Marleene zuckte hilflos die Schultern. »Das alles ist so ein großes Wagnis, und ich habe keine Ahnung, was passiert, wenn es herauskommt. Vielleicht wird der Skandal so groß sein, dass ich alle Mitwisser mit ins Verderben ziehe.«

»Siehst du, allein deswegen hättest du mich schon einweihen sollen.« Nun lächelte Frieda sogar wieder. »Wir werden einfach dafür sorgen, dass du niemals auffliegst.«

Da hatte Frieda leicht reden. Dachte sie denn, dass sie das nicht längst versuchte? Nur lag der Teufel wie so oft im Detail. »Wie soll das gehen?«

»Ganz einfach. Ich beobachte die Männer schon eine ganze Weile und kann dir Ratschläge geben.«

»Was glaubst du eigentlich, was ich die ganzen letzten Wochen gemacht habe?«

Frieda lachte auf. »Die letzten Wochen? Ich studiere das menschliche Verhalten bereits, seit ich denken kann. Alle sagen immer: ›Frieda, sei nicht so still und schüchtern, sondern komm mehr raus aus deiner Märchenwelt.‹ Aber was ich eigentlich mache, ist beobachten.«

Marleene sah sie zweifelnd an.

»War das eine bühnenreife Vorstellung heute Nachmittag, oder nicht?«

Da hatte sie allerdings recht. Das war eine Frieda gewesen, die sie nicht gekannt hatte. Eine selbstbewusste und überzeugende Frieda. Wenn sie all das gelernt hatte, allein indem sie Menschen beobachtete, konnte sie ihr vielleicht tatsächlich helfen.

»Gut. Dann lass mal hören, was du dir überlegt hast«, sagte Marleene unsicher.

Frieda sprang auf. »Zuallererst dein Gang. Du machst noch immer diese Tipselschritte, als würden deine Beine von Röcken behindert werden.« Sie tänzelte in kleinen Schritten auf dem schmalen Weg zwischen den beiden Betten und ließ dabei die Hüfte schwingen.

»So gehe ich nie und nimmer«, beschwerte sich Marleene.

»Doch! Und das muss aufhören«, befahl Frieda und deutete mit verengten Augen auf Marleene. »Probier es am besten gleich mal aus. Zeig mir, wie *Marten* geht.«

Auch wenn ihre Cousine stark übertrieben hatte, war vielleicht ein Körnchen Wahrheit in dem, was sie sagte. Es schadete zumindest nicht zu üben. Marleene ging mit großen Schritten durch den Raum und versuchte, besonders männlich zu wirken.

»Schon besser. Aber etwas fehlt noch.« Frieda legte den Finger an die Lippen, während sie weiter beobachtete, wie Marleene hin und her lief.

»Es muss mehr Selbstverständlichkeit in deinen Gang«, befand sie schließlich. »Du bist das herrschende Geschlecht! Du bist bedeutend. Andere haben dir zu gehorchen.«

»Aber ich bin nur der Lehrling …«

»Das macht nichts, denn du wirst es nicht bleiben. Besser als eine Frau bist du allemal, und das musst du ausstrahlen. Deine Genialität muss aus jeder Pore triefen. Wie sagte der gute alte Martin Luther schon? ›Die größte Ehre, die das Weib hat, ist, dass Männer durch sie geboren werden‹«, deklamierte Frieda mit erhobenem Zeigefinger und verstellter Stimme.

»Was?«, kreischte Marleene empört auf.

»Nur damit du weißt, wie das Geschlecht denkt, das du jetzt verkörperst. Apropos Geschlecht. Das scheint für die eine große Sache zu sein. Etliche Male greifen sie sich zwischendurch in den Schritt und ruckeln da was zurecht. Probier das doch mal.«

»Ich soll was? Frieda, du spinnst ja wohl.«

»Willst du jetzt überzeugend wirken oder nicht? Es ist mir sowieso ein Rätsel, wie du es die ganzen Tage geschafft hast, nicht entdeckt zu werden. Du bist der lausigste Mann, den ich je gesehen habe. Also los!«

Marleene seufzte. »Ungefähr so?« Sie ruckelte umständlich das Tuch zurecht, das ihr als Gürtel diente, und bewegte dabei auch den oberen Teil der Hose.

»Für den Anfang nicht schlecht. Aber du darfst nicht so zaghaft sein! Du musst dir das richtig vorstellen: Da baumelt etwas zwischen deinen Beinen, und das muss immer mal wieder an die richtige Stelle gerückt werden. Oder, wenn das zu viel ist, kratz dich wenigstens hin und wieder am Po. Du bist nicht mehr das wohlerzogene Zimmermädchen, das bei jeder Gelegenheit knickst!«

Marleene kicherte, was Frieda sofort dazu veranlasste, sich einzuschalten. »Das wäre Nummer drei. Kein Kichern mehr! Allgemein wirst du kaum Gefühle zeigen. Höchstens hin und wieder ein dreckiges, dunkles Lachen. Ungefähr so …« Sie gab ein gekonnt tiefes Lachen von sich.

Marleene versuchte es ebenfalls, doch es klang eher, als hätte ein altes Pferd Staubhusten.

»Nein, versuch dabei, trotzdem natürlich zu bleiben. Nur eben tiefer.«

Marleene versuchte es noch einige Male. Sie berücksichtigte alle Tipps von Frieda, scheiterte jedoch jedes Mal kläglich.

»Na gut, neuer Plan. Vielleicht versuchst du einfach, gar nicht zu lachen«, empfahl Frieda, nachdem sie zuletzt wie eine Ziege geklungen hatte, die auf dem Grund eines tiefen Brunnens gefangen war. »Lass mich mal überlegen, was machen Männer noch? Ach ja, wenn deine Nase läuft, musst du dir nicht mehr die Mühe machen, dein Taschentuch hervorzukramen. Du kannst einfach deinen Ärmel nehmen.«

Marleene verzog angewidert das Gesicht. »Das machen aber nicht alle Männer.« Sie dachte an den immer so hübsch herausgeputzten Konstantin mit seinen makellosen Kleidern. Bei ihm konnte sie sich eine derartige Geste keineswegs vorstellen.

Frieda überlegte kurz und stimmte dann zu. »Aber falls du mal in Verlegenheit kommst, weil du es vergessen hast, musst du dir keine Sorgen machen. Allgemein musst du dir nicht mehr Sorgen um dein Erscheinungsbild machen. Wenn deine Hose schmutzig wird oder dein Gesicht dreckig«, sie winkte ab, »das macht nichts, du lässt es einfach so. Kein sofortiges Rumgereibe mit Wasser und Seife. Schließlich muss es dich nicht kümmern, ob der Fleck eintrocknet, denn nicht du musst die Kleidung später waschen. Und nett aussehen, um eine gute Partie zu machen, musst du ebenfalls nicht. Für dich zählen jetzt andere Werte.«

So langsam hätte Marleene gerne ihre alte Schultafel hervorgeholt, um sich all das zu notieren. Frieda hatte wirklich eine außerordentliche Beobachtungsgabe und jede Menge hilfreicher Dinge in ihrem Kopf gesammelt.

»Als Nächstes streichst du sämtliche Höflichkeitsfloskeln, die deine Lehrerin dir in der Mädchenschule eingeprügelt hat, aus deinem Wortschatz.« Sie warf ihr einen strengen Lehrerinnenblick zu. »Es gibt kein ›könnte ich‹, ›würdest du bitte‹ oder ›dürfte ich‹ mehr. Nein. Du sagst einfach kurz und knapp, was du willst. Ob du das Recht dazu hast, stellst du von vornherein gar nicht mehr infrage. Selbstverständlich hast du das. Du bist ein Mann.« Sie setzte sich hin und schlug sich eifrig auf die Oberschenkel. »Das üben wir jetzt. Bitte mich um etwas.«

Marleene sah zu Friedas Nachttisch, auf dem eine verstaubte Bibel, ein eiserner Armreif, ihre Tasse und die Läusetinktur von Doktor Winkelmann standen.

Normalerweise würde sie fragen: »Darf ich bitte einen Schluck Wasser aus deiner Tasse trinken? Ich hole danach auch Neues.« Aber so durfte sie sich ja nicht mehr ausdrücken. »Gib mir deine Tasse«, ordnete sie an, und Frieda reichte sie ihr grinsend.

»Und, wie war das?«, fragte ihre Cousine.

»Ehrlich gesagt, schrecklich. Ich kann dir doch keine Befehle erteilen. Und woher weißt du jetzt, dass ich auch daraus trinken will?«

»Na, ich kann ja wohl davon ausgehen, dass du sie nicht nur aus der Nähe betrachten willst. Das versteht man, glaub mir! Und da das so gut geklappt hat, können wir sogar zu Stufe zwei übergehen: Wann immer möglich, bring die Kraftausdrücke ein, für die es früher einen Schlag auf die Finger gab.«

Unwillkürlich zog Marleene sich zusammen. Bis heute erinnerte sie sich an den brennenden Schmerz, der sich durch den ganzen Körper gefressen hatte. Sie hatten nach jedem Schimpfwort pflichtschuldig dem Lehrer ihre Hände hinhalten müssen, damit er mit dem biegsamen Stock dreimal kräftig hineinschlagen konnte. Das Fluchen hatte er ihnen so erfolgreich ausgetrieben.

Frieda sprang wieder auf. Sie schien ganz in ihrem Element zu sein. Bisher war Marleene fest davon überzeugt gewesen, dass Frieda mit ihrem Gespür für Farben und Formen eine perfekte Blumenbinderin war, aber nun fragte sie sich langsam, ob sie vielleicht doch ihre Berufung verpasst hatte. Aber eine Schule, in der man aus Frauen Männer machte, gab es ja nicht.

»Also, wir haben Mist, Schiet, Döspaddel, Klookschieter, Dummbüdel, Piepenkopp, Torfkopp, Rübenschwein, Bierhausschwätzer, Bohnenjokel, Büchsenscheißer, Buttermilchgesicht, Christenhund, Knollmichel, Dorfhammel, Erztrunkenbold, Falschmünzer, Gassenjunge, Gassenhure, Gänsescheucher, Glotzauge …«

»Schon gut, schon gut, ich verstehe, was du meinst.«

»Das reicht aber nicht. Du musst sie in- und auswendig kennen. Ab heute sagen wir keine Bibelverse vor dem Schlafengehen auf, sondern Schimpfwörter. So lange, bis du sie im Schlaf herunterbeten kannst wie das Vaterunser. Denn nur so bist du wirklich schlagfertig und kannst jedem, der dir dumm kommt, eines dieser sehr speziellen Wörter um die Ohren hauen.«

Marleene nickte einsichtig, was Frieda veranlasste, weiter auszuholen. »Du musst dir Respekt verschaffen, und das möglichst früh. Du wirst niemals eine Prügelei gewinnen, deswegen müssen deine Worte umso schlagkräftiger sein. Also, sprich mir nach …«

Die nächste halbe Stunde übten sie so viele Schimpfwörter, bis Marleene das Gefühl hatte, es würde nichts anderes mehr in ihrem Kopf herumschwirren. Nicht einmal sanfte kastanienbraune Augen fanden noch Platz in ihren Gedanken. Müde ließ sie sich zurück auf ihr Bett sinken. »War das alles?«, fragte sie hoffnungsvoll.

Frieda wirkte noch immer hellwach. »Fast«, sagte sie. »Auf eine Sache würde ich dich für heute gerne noch aufmerksam machen.«

»Und die wäre?«

»Kein Bemuttern und keine Muttergefühle.«

»Bemuttern? Wen soll ich denn bemuttern ohne Kinder?« Sie richtete sich halb auf ihrem Bett auf. »Ich bemuttere überhaupt niemanden.«

»Doch, das tun wir Frauen alle. Aber ab heute gilt: Kein Interesse mehr zeigen, wie es anderen geht. Jemand sieht blass aus? Nicht drauf eingehen. Jemand war ein paar Tage krank? Wenn er wieder da ist, tust du so, als wäre nichts gewesen. Jemand geht bei Regen nach draußen, ohne eine Jacke anzuziehen? Ist dir schnurzpiepe! Und am allerwichtigsten …« Frieda betonte die erste Silbe ganz besonders stark und legte dann eine Kunstpause ein.

»Ja?«

»Wenn dieser Hund von Alexander Goldbach, dieser Münsterländer, irgendwann Welpen werfen sollte und kleine Wesen mit flauschig weichem Fell und riesigen ängstlichen Augen über den Hof tapsen …«

»Ja?« Allein die Vorstellung der tapsigen Hunde mit Schlappohren malte Marleene die Verzückung ins Gesicht.

»Dann gibst du keine beglückten Laute von dir und kniest dich nicht hin, um sie zu streicheln!«

Marleene zuckte zusammen, denn Frieda hatte zur Unterstreichung mit der flachen Hand auf ihren Nachttisch geschlagen.

»A-aber was mache ich dann?«

»Hmm«, machte Frieda.

»Hmm?«

»Ja. Es gibt *keine* Sache der Welt, die ein norddeutscher Mann nicht mit einem alles sagenden ›Hmm‹ beantworten könnte. ›Schönes Wetter heute, oder?‹ – ›Hmm.‹ – ›Hat dir das Essen geschmeckt?‹ – ›Hmm.‹ – ›Wollen wir heute ausgehen?‹ – ›Hmm.‹ – ›Geht es dir wieder besser?‹ – ›Hmm‹.«

Marleene nickte langsam. »Hmm. Verstehe. Werde ich mir merken.«

»Kriegst du das alles hin?«

»Na klar, kein Problem. Ich werde ab heute ein gefühlloses, schmutziges, wortkarges Schwein sein.«

Frieda grinste. »Du lernst schnell.«

22. Kapitel

Die Arbeit an der frischen Luft machte so hungrig, dass Marleene mit laut knurrendem Magen zusah, wie Hildegard den Erbseneintopf in die Schüsseln füllte.

»Hier!« Auf ihrem apfelbäckigen Gesicht zeichnete sich ein Lächeln ab, und sie reichte Marleene zur Suppe noch einen dicken Kanten Brot. »Damit du ’n bisschen was auf die Rippen bekommst. Du bist ja so dünn, dass du dich hinterm Besenstiel verstecken kannst!«

Marleene nahm ihre Portion dankbar entgegen und setzte sich zu den anderen an den abgestoßenen Tisch. Alt wie er war, musste sie aufpassen, sich keinen Splitter einzufangen, wenn ihre Hände über das Holz strichen.

»So, so, das war letzte Woche also deine Cousine«, sagte Johannes, der ausnahmsweise sein Essen mal nicht hinunterschlingen konnte, ohne zu kauen, da der Eintopf zu heiß war.

Eigentlich hätte Marleene dies jetzt wortreich bestätigt und vielleicht sogar von sich aus erzählt, dass sie seit einigen Jahren zusammen in der Arbeiterherberge in der Mottenstraße lebten, da ihre Familien ein ganzes Stück weit entfernt zu Hause waren. Doch sie erinnerte sich nur zu gut an Friedas Worte.

Emotionslose einsilbige Kommentare. Wann immer es ging, eine Unterhaltung ganz vermeiden. Deswegen grummelte sie etwas Nichtverständliches vor sich hin. Das war eigentlich ganz praktisch, fand sie. So musste sie nicht einmal mit dem Essen aufhören.

»Ziemlich heißer Feger«, ließ Johannes jetzt verlauten und hob vielsagend die Augenbrauen.

Marleene schaffte es, ihren empörten Aufschrei herunterzuschlucken, und murmelte ein nicht bestätigendes »Hmm«.

»Hat sie schon Heiratspläne?«

Auch Manilo und Bruno, die neben Johannes saßen, sahen jetzt neugierig zu ihr herüber.

»Das geht dich nichts an«, sagte Marleene, ohne von dem Teller aufzuschauen.

»Aber ich habe ernsthaftes Interesse!« Er sah in die Runde, um sicherzugehen, dass er die volle Aufmerksamkeit der Anwesenden hatte. »Ich hätte nichts dagegen, meinen Wurm regelmäßig in so einen knackigen Apfel zu versenken.«

Klirrend fiel Marleenes Löffel in die Schüssel. Doch statt des Gewitters, das eigentlich aus ihr herausdonnern wollte, mit vielen, vielen Fragen, die alle in die Richtung gingen, wie er sich erdreisten konnte, so etwas zu äußern, sagte sie mit kühlem Unterton: »Glaubst du wahrhaftig, dass sie sich für ein dachsbeiniges Buttermilchgesicht wie dich interessiert?«

Dann nahm sie gelassen den Löffel wieder auf und freute sich über die Wirkung, die ihre Worte hinterlassen hatten. Der Fluch-Unterricht bei Frieda hatte sich gelohnt, denn sie hatte nur eine halbe Sekunde überlegen müssen, um aus ihrem Fundus etwas Geeignetes auszuwählen. Sie fand so langsam Gefallen an dieser distanzierten männlichen Art, sich zu unterhalten, und sonnte sich im Gelächter der anderen.

Das konnte Johannes anscheinend nicht auf sich sitzen lassen. Im Gegenteil, es stachelte ihn vielmehr an, es jetzt erst recht zu wagen.

»Du hast doch keine Ahnung«, rief er abfällig und schlug mit der Faust auf den Tisch. »Ich werde sie nächstes Mal fragen, ob sie mit mir ausgeht.«

Für einen Moment sah Marleene ihn voller Verachtung an. Es war ein Jammer, dass sie für eine Schlägerei nicht kräftig genug war, denn es wäre eine Katastrophe, wenn dieser querköpfige Unruhestifter ihrer herzensguten Cousine den Hof machte. Womöglich würde Frieda ihm nämlich auf den Leim gehen. Ihr Herz war so groß, dass es ihrem Kopf mitunter die Sicht versperrte. Schließlich war es mit Otto damals ähnlich gewesen. Der Sohn des Großbauern war ein aufgeblasener Piefke, doch Frieda war von seinem selbstbewussten Auftreten ziemlich beeindruckt gewesen.

So etwas durfte nicht erneut passieren.

Frieda hatte sich gerade erst davon erholt, dass Otto ihre Verlobung so plötzlich wieder gelöst hatte. Natürlich für eine bessere Partie – zumindest, was die Mitgift betraf. Menschlich hätte er es mit Frieda nicht besser treffen können.

»Du lässt deine dreckigen Finger von ihr«, sagte sie. Weil sie aber das Gefühl bekam, dass die Worte eines schmächtigen Lehrlings vielleicht nicht ganz so viel Nachdruck hatten, wie sie es sich wünschte, setzte sie hinzu: »Sie ist verlobt und wird demnächst heiraten.«

Das war nur halb gelogen, denn schließlich war es der ursprüngliche Plan gewesen, dass sie heiratete. Johannes stieß unwirsch seine leere Schüssel weg, und im nächsten Moment zog Manilo jegliche Aufmerksamkeit auf sich. Er hatte sich so sehr an seinem Brot verschluckt, dass er prustend den Raum verließ.

* * *

Der Abend war schon recht weit vorangeschritten, und die Grillen zirpten laut, als jäh die Tür zu Julius' heimlichem Reich aufgerissen wurde. Er zuckte zusammen. War sein Vater verfrüht vom Gärtnerstammtisch zurückgekehrt?

Doch im Türrahmen zeichnete sich eine schmächtige Gestalt ab. Marten. Es konnte nur der Lehrling sein, keiner der anderen war so schmal gebaut. Er war erleichtert und wütend zugleich. Was hatte der hier zu suchen?

»Raus!«, herrschte er ihn an. Wenn zu viel kühle Luft hereinkam, könnte das seine neueste Forschung zerstören. Er wusste noch nicht, wie viel Frischluft die zarten Sprösslinge aus dem Himalaya vertrugen.

»E-es tut mir leid. Ich habe Licht gesehen, und da …« Marten verstummte mitten im Satz und sah sich mit leicht geöffnetem Mund um. Er war wie erstarrt, also ging Julius mit großen Schritten auf den Eingang zu und wollte den Jungen nach draußen schieben, um die Tür eigenhändig zu schließen.

Doch Marten versuchte, sich wie ein Wiesel an ihm vorbeizuschieben. Rasch verstellte er ihm den Weg, der Junge hatte ohnehin schon viel zu viel gesehen.

»Was … was ist das?« Nun stellte er sich auf die Zehenspitzen, um über Julius' Schulter zu gucken.

Es war die Faszination in Martens geweiteten Augen, die Julius dazu bewog, aufzugeben. Resigniert trat er zur Seite und gewährte ihm Einlass. Ganz langsam trat der Junge in das kleine Paradies, das er mittlerweile geschaffen hatte. Hooker hatte ihm eine ganze Ladung voller Rhododendren geschickt, und einige hatte er zudem aus Holland geordert und die mitunter sehr großen Pflanzen mithilfe des verschwiegenen Alois spätabends ins Gewächshaus geschaffen, als er sicher hatte sein können, dass sein Vater bereits schlief. Bis seine eigenen Neuzüchtungen weit genug ausgetrieben waren, würde es noch dauern, doch er wollte so bald wie nur möglich herausfinden, welche Sorten für das norddeutsche Klima besonders gut geeignet waren.

Und möglicherweise waren die Pferde dabei ein wenig mit ihm durchgegangen.

Er hatte großblumige Gewächse in Weiß, Rot, Rosa, Gelb und sogar Blau, aber auch kleinblättrige Rhododendren – sogenannte Azaleen – erstanden, die sich wie ein Meer an winzigen knallig-bunten Blüten duftend vor ihm erstreckten.

Überwältigt schlug Marten die Hand vor den Mund. Eine Weile schritt er mit großen Augen durch den Mittelgang des Gewächshauses und sah von den bunten Blumen zu Julius und zurück. Julius konnte ein Grinsen nicht unterdrücken. Immer wieder schüttelte Marten fassungslos den Kopf, und Julius erfasste eine seltsame Freude.

Martens Reaktion machte ihn stolz.

Sie bedeutete, dass er auf dem richtigen Weg war, dass Rhododendren Blumen waren, die die Menschen begeisterten. Es war fast, als würde er ihm einen geheimen Schatz zeigen.

»Das ist das Schönste, was ich je gesehen habe«, hauchte

Marten schließlich in seiner ungewöhnlich hohen Stimme. Der Ärmste hatte anscheinend wirklich stark mit dem Stimmbruch zu kämpfen. Aber Julius verstand, was er meinte. Die Orangerie war allein schon durch die vielen exotischen Blumen eine Wohltat fürs Auge. Doch mit den Rhododendren konnte kaum eine Blume mithalten. Die Blüten erinnerten nicht nur an eine majestätische Krone, sie waren zudem besonders zahlreich. Und obwohl er das Gewächshaus nur ein wenig heizte, standen einige Pflanzen bereits in Blüte.

Im Grunde müsste er Marten nun zum Schweigen verpflichten und davonjagen, doch der Junge trat interessiert an seinen Experimentiertisch heran. Auf dem Tisch standen mehrere Tontöpfe, aus denen die ersten Pflanzen hervorlugten, die er bereits kurz nach seiner Ankunft aus den Samen aus England gezogen hatte.

»Und was machst du hier?« Er beugte sich näher über die Töpfe und deutete dann in das Gewächshaus. »Und was ist das alles?«

»Was wolltest *du* eigentlich hier?, lautet die Frage«, entgegnete Julius. »Es ist schon nach neun, und du solltest längst zu Hause sein.«

»Ich bin eben erst mit dem Gießen fertig geworden.« Marten zögerte. »Weil es heute so warm war, habe ich länger benötigt. Und dann habe ich hier Licht bemerkt und wollte nach dem Rechten sehen.«

Julius musterte ihn prüfend und musste feststellen, dass Marten ernsthaft besorgt wirkte. Deswegen ließ er sich erweichen und erklärte ihm, was er mit den Rhododendren und Samen vorhatte. Marten hörte wie gebannt zu.

»Das heißt, diese wunderschönen Pflanzen könnten vielleicht auch in norddeutschen Gärten blühen?«

Julius nickte. »Das versuche ich gerade herauszufinden. Aber selbst wenn es nicht auf Anhieb geht, will ich Sorten züchten, die auch unsere härteren Winter verkraften.«

»Das ist möglich?«

Julius gefiel es, so ausführlich über sein Lieblingsthema sprechen zu können, und er erklärte Marten noch einiges über die Pflanzenzucht und die Einkultivierung neuer Sorten. Er beobachtete, dass Marten den gleichen Enthusiasmus entwickelte, den er in sich selbst spürte. Schließlich erzählte er ihm sogar von dem besonders schönen Rhododendron, den er im Himalaya gefunden hatte, und warum es ihm so wichtig war, dass insbesondere diese Pflanze gedieh. Als in weiter Ferne der tiefe Klang der Glocken der Lambertikirche zwölfmal zu hören war, blickten sie sich erschrocken an.

»Es ist schon Mitternacht?« Marten sah sich hektisch nach seiner Kappe um. »Ich muss sofort nach Hause, sonst schlafe ich morgen noch ein bei der Arbeit.«

Julius ging mit ihm zur Tür. »Und ich kann nur hoffen, dass mein Vater noch nicht vom Stammtisch zurück ist.« Gemeinsam eilten sie den Hauptweg hinunter, doch bevor Marten in die Lindenallee abbiegen konnte, richtete Julius noch einmal das Wort an ihn.

»Du wirst es doch niemandem erzählen?«

Marten schüttelte heftig den Kopf. »Zum Glück bin ich sehr gut darin, Geheimnisse zu bewahren.«

23. Kapitel

Am Dienstag versammelten sich wie am Vortag wieder alle unter der Remise, wo sie gemeinsam Stecklinge von verschiedenen Pflanzen für die Hofgärtnerei schnitten.

Als Lehrling kam Marleene die Aufgabe zu, die fertig geschnittenen Pflanzen in die mit Erde gefüllten Kisten zu stecken, während die gelernten Arbeiter fleißig die Stängel zurechtschnitten. Es hatte sich so ergeben, dass unmerklich eine Art Wettstreit zwischen Männern und Frauen entbrannt war. Insgeheim frohlockte Marleene, dass die Frauen weit vorne lagen, obwohl sie eine Person weniger hatten als die Männer.

Aber jetzt zeigte sich, dass, wenn Dorothea etwas in der Gärtnerinnenschule gelernt hatte, es Stecklingeschneiden war. Sie arbeitete in einer solchen Geschwindigkeit, dass Marleene kaum hinterherkam, obwohl das Stecken normalerweise schneller ging als das Schneiden. Und auch Greta war fingerfertig, während Bruno sich immer wieder verschnitt und letztendlich eher Müll als Stecklinge fertigte. Oskar schien heute oft mit den Gedanken woanders zu sein, und was mit Johannes los war, wusste sie nicht. Jedenfalls schien sein Haufen mit den fertigen Stecklingen eher weniger zu werden als mehr.

»Soll ich deine Stecklinge fertig machen?«, bot Bruno Greta an, da diese damit geschlagen war, noch einen Rest der stacheligen Berberitzen zu schneiden, doch sie warf ihm lediglich einen genervten Blick zu.

»Frauen sind wie Milch – erst süß, dann dick, dann sauer!«, kommentierte Johannes spöttisch, und die Männer lachten.

Dorothea setzte sich noch aufrechter hin als zuvor, warf Johannes einen Seitenblick zu und räusperte sich tadelnd. »Ich würde mich freuen, wenn das weibliche Geschlecht hier nicht zum Gespött, sondern mit dem Respekt behandelt würde, den es verdient.«

Marleene war beeindruckt. Gern hätte sie Dorothea mit beipflichtenden Worten unterstützt. Aber sie musste sich zurückhalten, wenn sie sich nicht verdächtig machen wollte. Womöglich war es gar nicht schlecht, überlegte sie nun, eine Dame von höherer Herkunft mit in die Wiege gelegtem Selbstbewusstsein und entsprechender Bildung auf ihrer Seite zu haben.

Oskar hielt beim Schneiden inne. »Kiek an! Du klingst ja geradezu wie eine dieser Frauenrechtlerinnen mit ihren absurden Ideen«, sagte er im süffisanten Tonfall zu Dorothea. »Willst du vielleicht auch noch das Frauenwahlrecht?«

Alle lachten, als wäre das eine vollkommen abwegige Vorstellung, selbst Greta und Hildegard.

»Wäre das so verkehrt?«, zischte Dorothea. »Warum sollte es uns Frauen verwehrt bleiben?«

»Du hest wohl een Schruuv lose! Frauen sind gar nicht in der Lage, solche Entscheidungen zu treffen.« Oskar deutete mit dem Messer in Richtung seines Kopfes. »Außerdem klappt doch alles so ganz gut, wie es ist. Warum etwas ändern? Wenn de good sitzt, laat dat Rücken, sach ich nur.«

»Willst du mir unterstellen, dass ich schlechtere Entscheidungen treffen kann als der da?« Dorothea nickte zu Bruno, und Marleene unterdrückte ein Grinsen. Sie mochte Bruno – aber dank zahlreicher Kommentare, die seine Gedankengänge offenbarten, konnte keiner bestreiten, dass er im Kopf etwas … umständlich war.

»Na ja …« Oskar rang um Ausflüchte. »Es ist immerhin keen Geheimnis, dat Frauen nicht logisch denken können«, sagte er schließlich.

Seine Erklärung brachte Dorothea allerdings nicht zur Räson, sondern vielmehr das Fass zum Überlaufen. Sie legte sorgfältig ihr Messer beiseite, ging zu Oskars Tisch hinüber und baute sich vor ihm auf.

»Das ist keine allgemeine Bekanntheit, das ist ein Vorurteil. Und was passiert deswegen? Rechnen wird an den Mädchenschulen nicht unterrichtet, weil man es für überflüssig hält, Frauen und Mädchen im logischen Denken zu schulen. Ist das nicht widersinnig?« Sie gestikulierte mit den Händen durch die Luft. »Für Mädchen ist es aufgrund dessen nahezu unmöglich, einen richtigen Abschluss zu machen. Und deswegen können sich zum Beispiel Lehrerinnen nur über private Seminare ausbilden lassen, und danach haben sie es sehr schwer, eine Stelle zu finden, während Männer Anrecht auf eine Anstellung im öffentlichen Dienst haben.«

»Lehrerin.« Oskar spuckte den Begriff wie bittere Galle aus. »Dat maken Frauen doch sowieso nur, wenn sie keenen mehr abbekommen haben, so wie …« Er unterbrach sich, aber seine unausgesprochenen Worte hingen wie eine Gewitterwolke in der Luft. *So wie du.* Alle starrten ihn an, doch Oskar blieb still.

Auch Dorothea überging die Anspielung. »Ist es denn wirklich so unvorstellbar, dass einige Frauen ein Interesse daran haben, sich weiterzubilden? Dass sie sich nicht lediglich auf ein Leben als Hausfrau und Mutter vorbereiten wollen? Und du bist meines Wissens nach ja auch nicht verheiratet …«

»Ja, aber …«

»Ich verstehe einfach nicht, warum einem von allen Seiten dermaßen viele Steine in den Weg gelegt werden müssen. Keine einzige Gärtnerei wollte mich. Warum? Weil immer nur männliche Gärtner eingestellt und die Gärtnereien von Männern geführt werden. Und was im Kleinen so ist, wird auch im Großen so sein. Wenn in der Politik sämtliche Entscheidungen immer nur von Männern getroffen werden, wird sich für Frauen nie etwas ändern. Also, um auf deine Ausgangsfrage zurückzukommen: Ja, ich finde, es wird höchste Zeit für eine Frauenbewegung!«

Oskar starrte sie mit offenem Mund an. Man konnte förmlich sehen, wie in seinem Kopf festgewachsene Vorstellungen und Ideen schwergängig versuchten, ihren Platz zu verlassen, um zu probieren, ob es auch anders funktionieren könnte. Doch ganz gleich, wie sehr er daran rüttelte, er konnte sein Weltbild vermutlich nicht neu aufstellen. Schon gar nicht so schnell.

Marleene hingegen war fasziniert. Derart umfassend hatte sie das alles noch nie betrachtet. Natürlich hatte sie sich oft geärgert, dass sie nur so kurz die Schule besuchen durfte und dass die Knaben ganz andere Dinge lernten als sie und ihnen viel mehr Berufe offenstanden. Aber sie hatte bisher nicht darüber nachgedacht, dass schon diese veränderte Ausgangssituation dazu führte, dass es immer so bleiben würde.

Und sie hatte unterschätzt, dass andere Frauen offenbar ganz ähnlich fühlten wie sie. Die Frauenbewegung unterstützen … Vielleicht wäre das auch etwas für sie? Würden zumindest die nachfolgenden Generationen es dann einfacher haben?

»Absolut«, rief nun Johannes. Alle Köpfe flogen mit weit aufgerissenen Augen in seine Richtung. Keiner konnte glauben, was er soeben gesagt hatte. »Ich liebe die Frauenbewegungen«, gab er nun an, und Greta schnappte erstaunt nach Luft.

»Nur rhythmisch müssen sie sein!«, setzte er hinzu und schlug sich auf die Schenkel vor Lachen, während die anderen noch darüber nachdachten, was er soeben gemeint hatte.

Die Männer stimmten schließlich laut in sein Lachen ein, als müssten sie all die zuvor aufgekommenen aufrührerischen Gedanken, die so erschreckend wahr waren, schleunigst davonlachen, um sich von ihnen zu befreien.

»Was sagt eine Frau, die gegen einen Baum gelaufen ist?«, rief jetzt sogar Bruno in die gelöste Stimmung. »Menno, ich habe ihm doch gesagt, er soll zur Seite gehen.«

»Woran erkennt man, dass eine Frau im Begriff ist, etwas Schlaues zu sagen?«, fragte Oskar. Er wartete nicht lange mit der Antwort. »Wenn der Satz beginnt mit: ›Ein Mann hat mir mal gesagt …‹«

Die Männer grölten, und Greta fauchte: »Es hat schon seinen Grund, warum Vogelscheuchen immer männlich sind …«

Ein Spruch, nahezu berührend in seiner Harmlosigkeit. Marleene kannte ihn noch aus Kindheitstagen. Aber immerhin hatte Greta es versucht. Und was war das? Johannes sah zornig zu seiner schwarzhaarigen Kollegin mit den Zöpfen herüber. Spiegelte sich tatsächlich so etwas wie Verletzung in seinen Augen? Marleene war schon öfter aufgefallen, dass er häufig das Haar zurückstrich und an seinem Vollbart nestelte, wenn sie in der Nähe war. Außerdem schaffte er es auf wundersame Weise, sein Gesicht vollkommen schmutzfrei zu halten. Aber sollte er wahrhaftig dermaßen auf sein Aussehen bedacht sein, dass diese unbedarfte Bemerkung ihn kränkte?

Er schien ihren prüfenden Blick zu spüren. »Was ist mit dir, Marten? Haste auch noch einen?«, herrschte er Marleene an.

Schiet. Jetzt saß sie in der Falle. Natürlich hatte sie sich beim Lachen dezent zurückgehalten, da sie die Sprüche nicht nur abwertend, sondern auch wenig amüsant gefunden hatte, aber sie wollte sich nicht verdächtig machen. War der Zweifel erst einmal gesät, würde er wachsen.

»Also?«

Nun gut. Mit mäßig lustigen Phrasen konnte sie gewiss dienen.

»Das dümmste Tier auf Erden sollte einst der Affe werden. Doch das ging voll daneben, und die Frau begann zu leben.«

Die Männer lachten im Rausche der bereits gelösten Heiterkeit über den Spruch des kleinen Anton so sehr, dass sie kurz darüber nachdachte, auch noch den Spruch von Frieda weiterzugeben. Doch in diesem Moment rief Oskar: »Foffteihn!«, und alle verstummten rasch, da man Alexander aus der Fliedervilla kommen sah.

»Gut, die Handwagen sind voll.« Oskar ließ den Blick über die Arbeiter schweifen. »Bruno«, entschied er, »du hilfst Marten beim Abladen. Wir beginnen bei Gewächshaus drei.«

»Ich kann auch helfen«, rief Hildegard und legte ihr Messer ab. Marleene war nicht sicher, ob sie hilfsbereit war oder sich lediglich nach Abwechslung sehnte.

»Wenn ich das gewollt hätte, hätte ich es angeordnet.« Oskars Stimme war frostig, und Hildegard duckte sich enttäuscht weg und griff wieder nach ihrem Messer.

Bruno und Marleene nahmen sich je einen Handwagen. Der Sand knirschte unter den Rädern, und der lange Griff quietschte in der Angel. Als sie Gewächshaus Nummer drei erreicht hatten, trat Bruno an sie heran.

»Ein Glück, dass Oskar mich genommen hat. Ich wollte ohnehin mit dir sprechen.« Er sah sich erst nach links und dann nach rechts um. Die Nachmittagssonne ließ seine Haare leuchten.

Marleene wurde neugierig. Was mochte er von ihr wollen? Er war ihr doch wohl nicht etwa auf die Schliche gekommen? Ausgerechnet Bruno? Aber vielleicht hatte sie etwas gesagt oder getan, das sie trotz aller Vorsicht verraten hatte? Marleene lockerte ihr Halstuch. Ihr war heiß, obwohl sie das Gewächshaus noch nicht einmal betreten hatten.

»Was ist denn?« Ihre Stimme kiekste vor Nervosität, doch Bruno schien es nicht bemerkt zu haben.

Abermals sah er sich um, bevor er zu sprechen begann. »Ich wollte dich fragen, ob du mit mir den Gießdienst tauschen würdest.«

»Den Gießdienst? Wieso?«, fragte Marleene verblüfft. Sollte es das schon gewesen sein, was er wollte?

»Ja, ich übernehme auch das komplette Wochenende in zwei Wochen, da braucht mein Vater mich nicht auf dem Bauernhof. Ich muss nur heute Abend freihaben.« Eindringlich blickte er ihr in die Augen, und seine Stimme ließ keinen Zweifel daran, wie wichtig es ihm war.

»Natürlich, wir können gerne tauschen. Was ist denn derart lebensnotwendig?«

Bruno beugte sich zu ihr heran und wisperte nahezu, ohne die Lippen zu bewegen: »Johannes will mich heute Abend mit zu einem Treffen der Sozialdemokraten nehmen.«

Erleichterung durchströmte Marleene, und sie musste auflachen. »Bruno, das Sozialistengesetz wurde letztes Jahr aufgehoben. Wir können ganz normal darüber sprechen, dass ihr dort hingehen wollt. Es ist nicht mehr verboten.« Sie griff nach der ersten Holzkiste mit den Stecklingen und ging auf das Gewächshaus zu. Bruno tat es ihr gleich und folgte ihr.

»Ich weiß. Aber Johannes hat gesagt, dass sie sich dort für einen Achtstundentag einsetzen wollen. Acht Stunden, kannst du dir das vorstellen?«

»Kaum.« Sie stellten die Kästen ab, und Marleene rechnete nach. Acht Stunden, das würde bedeuten, von acht Uhr morgens bis vier Uhr nachmittags. Mit Pause vielleicht bis fünf. Dann würde sie zumeist im Hellen nach Hause gehen und hätte den gesamten Abend für sich. Das war wirklich unvorstellbar. Sie wüsste kaum, was sie in all den freien Abendstunden machen sollte.

»Ich würde mich nie wieder über die viele Arbeit beschweren, wenn es nur acht Stunden wären«, schwor Bruno, als sie die nächsten Kisten holten. »Aber was meinst du, wie der Chef das sehen würde. Oder Julius.« Er hatte die Stimme gesenkt und sah sich erneut verstohlen um. »Deswegen dürfen sie es auf keinen Fall mitbekommen, dass wir dort jetzt auch mitmachen möchten. Ich zumindest. Johannes ist wohl schon eine ganze Weile dabei.«

»Verstehe.«

»Also, bist du mit dem Tausch einverstanden?«

»Ja, gerne. Ich freue mich, wenn ich ein komplettes Wochenende freihabe. Du denkst doch daran, dass wir in zwei Wochen an dem Samstag Feiertag haben?«

Bruno lächelte. »Na klar! Darauf freue ich mich schon seit Wochen. Die Rathauseinweihung werde ich mir gewiss nicht entgehen lassen. Deswegen muss ich an dem Tag ja auch nicht zu Hause helfen, darauf habe ich bestanden.«

»Mach das, wenn du darüber das Gießen nicht vergisst. Ich muss mich auf dich verlassen können, nicht zuletzt wegen der Rosen für den Ball. Der Chef und Julius sind momentan am Wochenende oft Pflanzen kaufen, um den Hotelier mit noch mehr Rosen zu beeindrucken. Sie können daher nicht einspringen, wenn etwas sein sollte. Und du musst vor zehn Uhr abends hier sein, dann wird das Tor geschlossen.«

»Als wenn ich so spät noch gießen würde, das erledige ich natürlich gleich als Erstes.«

»Na gut«, sie hielt Bruno die Hand hin, »dann ist es abgemacht.«

Er schlug ein, und nachdem sie auch die letzten Kisten abgeladen hatten, kehrten sie zum Unterstand zurück.

Kurze Zeit später betrat Julius die Remise, und es wurde auf der Stelle still. Er schien mit den Gedanken weit weg zu sein und sah besorgt aus. Aber wenn sie Friedas Anweisungen befolgen wollte, konnte Marleene ihn nicht darauf ansprechen.

»Alles in Ordnung?«, erkundigte sich stattdessen Greta bei ihm.

Julius schien aus einer anderen Welt aufzutauchen und fuhr sich durch die wuscheligen Haare. »Ja, nichts, was euch Sorge bereiten müsste.« Er wandte sich jetzt an Marleene. »Wie steht es mit den Rosen für den Ball?«

»Ich kontrolliere sie morgens, mittags und abends. Heute Mittag waren sie noch feucht genug, und die ersten Knospen treiben bereits aus. Wenn es so weiterläuft, werden wir keinerlei Probleme haben.«

»Gibt es schon Neuigkeiten wegen der Karten?«, schaltete Greta sich wieder ein und erklärte in die Runde: »Ich habe Julius gefragt, ob er etwas tun kann, damit die Arbeiter der ausstattenden Gärtnerei ebenfalls teilnehmen dürfen.«

Ein Rosenball, wie herrlich wäre das! In Gedanken tanzte Marleene über das Parkett an der Seite eines gewissen Jemand im braunen Anzug und sah sich selbst dabei in einem veilchenblauen Kleid, passend zu ihren Augen. Aber dann wurde ihr bewusst, dass so etwas in ihrer jetzigen Verkleidung nicht möglich war, und sie verdrängte die Gedanken.

Julius lächelte Greta freundlich an. »Ja, deswegen bin ich unter anderem hier. Herr von Wallenhorst ist so froh, dass seine Tochter sich hier gut eingelebt hat, dass er gerne eine Ausnahme macht und ihren Kollegen ebenfalls Zutritt gewährt.«

Spontaner Jubel und Applaus brachen aus, und Hildegard rief freudig: »Danke, Dorothea!«

Diese nickte gönnerhaft wie eine Königin.

Marleene ahnte, was sie vorhatte. Vermutlich hatte sie zu Hause erzählt, wie schwer ihr Stand in der Gärtnerei war, und durch diese überaus großzügige Geste wollten sie sich das Wohlwollen erkaufen. Marleene war jedoch nicht sicher, ob dieser Plan aufgehen würde.

»Wirst du denn hingehen?« Gretas Stimme klang aufgeregt, und sie ließ Julius keine Minute aus den Augen. Marleene beobachtete die beiden genau, um herauszufinden, wie es zwischen ihnen stand.

»Das muss ich wohl«, sagte Julius und wandte sich wieder zum Gehen.

Greta sprang auf und lief ihm hinterher. »Also, wenn du möchtest …«, sie zögerte, »könnte ich dich vielleicht begleiten.« Die Wangen, die unter den dunklen Zöpfen hervorlugten, leuchteten wie Klatschmohn.

»Danke, aber nett von dir«, sagte Julius nur. Er hob noch einmal die Hand zum Gruß und ging davon.

Greta wirkte für einige Minuten wie vom Donner gerührt. Selig grinsend trottete sie zu ihrem Platz zurück und verlor sich offenbar in Tagträumereien, sodass sogar Brunos Stecklingshaufen größer wurde als ihrer.

Ob Julius sich bewusst war, was er angerichtet hatte? Dass Greta seine Worte als Zusage verstanden hatte? Marleene musste ihn bei nächster Gelegenheit unbedingt darauf ansprechen.

»Na, na, machst du etwa schon schlapp?«, fragte Johannes gehässig und holte sie damit aus ihren Gedanken zurück. Normalerweise hätte Marleene sich eine Rechtfertigung überlegt, aber jetzt beließ sie es bei einem unwirschen Brummen.

»Es ist aber auch langweilig heute«, warf Hildegard ein. »Sollen wir alle ein Lied anstimmen? So haben wir uns früher auf dem Acker die Zeit vertrieben.«

Marleene hatte fest mit Einwänden der Männer gerechnet, doch zu ihrer Überraschung sangen sie kurz darauf das Lied von den Brombeeren im Walde, und weil es so viel Freude bereitete, stimmte Hildegard danach »Das Wandern ist des Müllers Lust« an, und plötzlich verflog die Zeit nahezu.

»Habt ihr noch Stecklinge?«, erkundigte sich Marleene um halb sieben, da sie vor ihrem Feierabend das gesamte Material wegstecken musste. Am kommenden Tag wäre es zu ausgetrocknet. Sie sammelte von jedem die letzten geschnittenen Pflanzen ein. Die anderen brachen nach und nach auf, und auch sie hatte bald lediglich eine Handvoll in die Erde zu bringen.

Nur Johannes lungerte eine Weile unter Vortäuschung merkwürdiger Arbeiten im Unterstand herum. Sobald alle weg waren, holte er mit einem Mal eine riesige Kiste unter dem Tisch hervor.

Er trat an ihren Arbeitstisch heran und schüttete voller Genugtuung den Inhalt der Kiste darauf aus. Bestürzt beobachtete Marleene, wie kleine grüne Stängel auf das Holz rieselten, bis sich schließlich ein richtiger Hügel gebildet hatte. Stecklinge. Es war wieder alles voller Stecklinge. Marleene schloss die Augen, sie hatte sich so sehr auf den Feierabend gefreut. Und er war in greifbarer Nähe gewesen. Nun würde es gewiss eine weitere Stunde dauern, die frischen Gewächse in die Kisten zu stecken. Und erst danach konnte sie mit dem Gießen beginnen, das ebenfalls zeitaufwendig war.

»Blixem! Die hatte ich wohl ganz übersehen«, sagte Johannes mit einem Grinsen, das dem soeben herzitierten Teufel gut zu Gesicht gestanden hätte. Und seine Augen beteuerten noch etwas anderes: Das soll dir eine Lehre sein, mich vor den anderen zum Narren zu halten.

24. Kapitel

Auch zwei Wochen später zuckte Julius noch immer zusammen, sobald die Tür zu seinem geheimen Gewächshaus geöffnet wurde, da er stets befürchtete, es könnte sein Vater sein. Dabei hatte es sich inzwischen eingebürgert, dass Marten Abend für Abend nach dem Gießen bei ihm vorbeischaute. Mittlerweile half Julius Marten sogar beim Gießen, nachdem er neulich abends um zehn noch nicht fertig gewesen war, damit sie mehr Zeit gemeinsam im Gewächshaus verbringen konnten. Dort begutachteten sie, wie weit die Sprösslinge waren, entnahmen neue Samen von den bereits verblühten Rhododendren, und Julius erzählte immer mehr und mehr von seiner Reise. Marten war davon offenbar besonders fasziniert. Wie gebannt lauschte er seinen Schilderungen und schien Julius' Eindrücke genau nachempfinden zu können. Er teilte die Verzauberung angesichts der exotischen Blütenmeere, erahnte die Furcht, die Julius auf der Flucht gefühlt hatte, als sie von feindlichen Tibetern entdeckt worden waren.

Nach und nach hatte er Marten alle Einzelheiten seiner Studienreise erzählt. Die Zeit in Holland und die wunderschönen Monate in England, die von der großen Expedition gekrönt worden waren. Kurioserweise wusste nicht einmal seine Familie, dass er bis in den Himalaya gekommen war, da keiner genauer nachgefragt hatte. Marten war da anders. Er wollte stets alles ganz genau wissen, bis ins letzte Detail. Deswegen legte Julius sich meist schon tagsüber die Szenen und Worte zurecht und las in seinen Reisenotizen nach, damit er Marten am Abend alles bestmöglich beschreiben konnte.

Heute würde er alles über die wochenlange Rückreise auf dem schaukelnden Schiff erzählen. Rasch erhob er sich und winkte Marten herbei.

»Ich habe zur Feier des Tages etwas vorbereitet.« Weil er gemerkt hatte, wie hungrig Marten abends nach der Arbeit war, brachte Julius nun stets geschmierte Brote mit in das Gewächshaus. Zum heutigen besonderen Anlass hatte er sogar einige Heidesand-Plätzchen eingepackt.

Ganz in Ruhe betrachtete Marten alles, was er aufgetischt hatte. Das war eine der Eigenheiten, die er an dem Burschen so mochte. Er nahm sich Zeit und handelte mit Bedacht.

»Weil wir heute quasi gemeinsam die Rückreise nach deinem Abenteuer antreten? Das ist eine herrliche Idee!«, sagte Marten euphorisch. Gleich darauf sah sein Gesicht so verzerrt aus, als hätte er sich auf die Zunge gebissen. »Ich meine …« Er deutete auf den kleinen Kistentisch zwischen der kunterbunten Blütenpracht mit den Broten, den Bechern und den Keksen. »Das sieht recht … ansprechend aus.« Er griff nach einer leeren Kiste und setzte sich. »Sind das etwa Weihnachtsplätzchen?« Er wirkte nicht belustigt, sondern eher voller Hochachtung.

Dabei war Julius es doch sehr unangenehm, die alten Dinger auftischen zu müssen. »Es waren die einzigen Kekse im ganzen Haus, wie unser Stubenmädchen mir erklärt hat. Rosalie hat ihr offenbar aufgetragen, keinerlei Gebäck zu kaufen, da sie es nicht schafft, es nicht zu essen, wenn welches im Haus ist. Einen regelrechten Tobsuchtsanfall hat sie vor Kurzem wohl bekommen. Sie sucht regelmäßig alles ab, wenn das Verlangen nach Süßem sie übermannt, möchte aber nichts finden …«

Marten lachte. »Wirklich?«

»Sag ihr bloß nicht, dass ich es dir verraten habe. Die Weihnachtskekse waren ganz hinten im Schrank, und so konnte

Meike sie vor Rosalie geheim halten. Wir sollen aber alles aufessen, da sie nicht länger mit einem derartigen Geheimnis leben möchte …«

»Das glaube ich gern. Mit Rosalie sollte man sich besser nicht anlegen«, sagte Marten und lachte noch mehr. Und als Julius eine Stunde später zur Höchstform aufgelaufen war und die Szene mit dem Schiff nachstellte, wo er erfahren hatte, dass das Schlimmste noch immer nicht geschafft war, hielt Marten sich sogar den Bauch vor Lachen.

»Ich muss also ungefähr so geguckt haben«, sagte Julius und zeigte seinen besten Ochse-vorm-Berg-Gesichtsausdruck. »Und Fields hat sich ordentlich gewunden, um mir schonend beizubringen, dass das Schwierigste noch bevorstand«, fasste er die Situation zusammen.

Marten wischte sich einige Lachtränen aus den Augen. Er war recht gefühlvoll für einen Burschen, aber Julius schätzte seine offene und ehrliche Art inzwischen sehr. Noch einmal musste er feststellen, dass er den Jungen zu Beginn völlig falsch eingeschätzt hatte.

»Damit rechnet schließlich auch niemand, nach dem, was ihr zuvor alles durchgemacht habt.«

Julius brummte zustimmend, bevor er mit einer Pinzette ein paar Samen aus der dunkelroten Blüte vor ihm entnahm.

»Es gibt da übrigens eine ganz andere Frage, die mir einfach nicht aus dem Kopf geht«, gab Marten nun zu.

»Und die wäre?«

Marten stand auf und sah sich im schummerigen Licht der Lampe noch einmal im Gewächshaus um. »Wie ich weiß, warst du die letzten Wochenenden stets unterwegs, um noch mehr Rosen zu kaufen. Ich hatte lediglich die Anweisung, die Pflanzen in der Gärtnerei zu gießen, und du schließt hier ja immer ab.«

Marten breitete die Arme aus. »Wie haben diese ganzen Prachtexemplare überlebt?«

Julius lächelte und zog den honiggelben Rhododendron zu sich heran, der neben ihm stand. Mit einem Griff holte er einen bauchigen Glaskolben mit einer langen Spitze aus der Erde und hielt ihn hoch.

Marten überlegte für einen Moment, schien aber schnell zu begreifen. »Durch die dünne Spitze sickert jeweils nur so viel Wasser hindurch, wie die Pflanze gerade benötigt. Raffiniert! Wie lange hält das vor?«

»Der Verkäufer sagte, bis zu zwei Wochen. So lange würde ich sie aber trotzdem nicht alleine lassen wollen.«

»Nein, das würde ich auch niemals wagen. Aber schade, ich dachte, du hättest etwas gefunden, was mir das Gießen erleichtert.«

Julius steckte den Glaskolben zurück in die Erde. »Leider nicht. Dann hätte ich es schon längst eingesetzt. Für die gesamte Gärtnerei wären die Glaskolben auch viel zu kostspielig. Ich habe allein für dieses Gewächshaus einen guten Teil meiner Ersparnisse verbraucht.«

»Das kann ich mir vorstellen.« Marten untersuchte die Installation bei der Pflanze neben sich interessiert, als wollte er sich vergewissern, dass er auch alles richtig verstanden hatte. Doch dann schob er sie abrupt ein Stück von sich und sah Julius prüfend an. »Aber wozu eigentlich diese ganze Heimlichtuerei?«

Julius zuckte die Schultern. »Mein Vater. Er versteht nicht, dass wir uns weiterbewegen müssen, um mit der Zeit zu gehen. Wenn wir erfolgreich bleiben wollen, können wir nicht auf der Stelle stehen und alles wie vor fünfzig Jahren handhaben.«

Sie waren mal wieder so ins Gespräch vertieft, dass sie beide noch bis zum Einsetzen der Dämmerung mit der Arbeit fortfuhren.

»Oh je, ich sollte mich dringend auf den Heimweg machen«, sagte Marten, als die Luft dicker zu werden schien und alle Rhododendren ihre Leuchtkraft verloren.

»Mach das. Morgen um die gleiche Zeit?«

Marten sah für einen Moment so aus, als wollte er etwas sagen, doch dann nickte er nur heftig. Es war herrlich, dass ihm die Arbeit mit den Rhododendren ebenso viel Freude bereitete und Julius endlich jemanden hatte, mit dem er sich darüber austauschen konnte. Er war sich mittlerweile sicher, dass sein Geheimnis gut bei ihm aufgehoben war.

Als Marten die Klinke in der Hand hatte, drehte er sich noch einmal um.

»Ach ja. Ist dir eigentlich bewusst, dass Greta annimmt, ihr würdet gemeinsam zum Rosenball gehen?«

Überrascht sah Julius auf. »Was? Wie kommst du denn zu der Annahme?«

»Na ja, sie wirkte einfach so freudig ...«

»Das kann nicht sein. Ich habe nett und höflich abgelehnt.«

Marten runzelte die Stirn. »Also hast du noch einmal mit ihr gesprochen?«

Gesprochen? Was genau sollte das heißen? Greta hatte ihn beim Stecklingeschneiden gefragt, und er hatte gesagt: *Nein, danke, aber nett, dass du gefragt hast.*

Das wusste er noch genau.

Er wollte schließlich ohnehin nicht auf diesen Ball gehen, und jetzt hatte nicht nur seine Schwester ihn überrumpelt, sondern auch Greta dachte angeblich – aus unerfindlichen Gründen –, dass er mit ihr hingehen würde? Das konnte unmöglich sein, hier musste ein Missverständnis vorliegen. Noch einmal rief er sich die Situation ins Gedächtnis. Vermutlich hatte Marten seine Antwort nicht richtig gehört, überlegte er. Ja, so musste es gewesen sein. Also nickte er zuversichtlich. »Ich habe es ihr bereits gesagt.«

Marten hob die Hand zum Abschied. »Na, dann ist ja alles gut.«

***

Dunkle Wolken spiegelten sich in den Pfützen, und es roch nach Regenwürmern, als die Pferde mit dem großherzoglichen Wappen auf dem Wagen vom Hof trabten. Sobald sie in der Lindenallee verschwunden waren, sah Marleene skeptisch an sich herunter. Das Beladen der Lieferung für den Großherzog hatte sie diesmal zwar nicht verpasst, aber sie hatten es im strömenden Regen machen müssen, und ihr Hemd war vollkommen durchtränkt. Ob wohl etwas von dem langen Band zu sehen war, mit dem sie ihre Brüste wegschnürte? Zeichnete es sich etwa unter dem nun eng anliegenden Stoff ihres Oberteils ab?

Sie konnte nichts erkennen. Trotzdem würde sie zur Sicherheit ihre Weste überziehen, dann würde sie auch nicht mehr frieren. Eilig ging sie zur Remise, wo ihre offiziellen Sachen neben dem Essraum lagerten, während ihre Frauenkleider nun sehr viel besser versteckt in einem Busch am Ende der Lindenallee auf sie warteten. Es war zwar einfacher, seit Frieda Bescheid wusste, aber der Wirt sollte sich nicht wundern, welch junger Bursche in seine Herberge kam. Wenn er sah, dass der vermeintliche Junge das Mädchenzimmer betrat, würden sie Ärger bekommen, denn das war streng verboten. Deswegen zog sie sich weiterhin jeden Abend und jeden Morgen um.

Frieda fragte sie täglich nach ihrer Arbeit in der Gärtnerei. Sie schien besonderes Interesse an der Orangerie zu haben, aber das war nachvollziehbar, denn die Pflanzen dort waren durchaus faszinierend. Zumindest, wenn man nichts von den viel beeindruckenderen Exemplaren in einem geheimen Gewächshaus wusste. Trotz des Regens, der auf sie niederprasselte, huschte ein Lächeln über Marleenes Gesicht, als sie an die Blumenpracht dachte. Aber Julius hatte sie gebeten, niemandem davon zu erzählen, und sie wollte sein Vertrauen nicht missbrauchen. Daher hatte sie nicht einmal Frieda etwas verraten. Dort zwischen den farbenprächtigen Pflanzen hatte sie einen gänzlich anderen Julius kennengelernt. Einen gesprächigen, fortschrittlichen jungen Mann voller Enthusiasmus und ausgefuchster Ideen. Einen, der ihr sehr gut gefiel ... Aber den Gedanken verdrängte sie schnell wieder und schlüpfte in ihre Weste. Sie versuchte gewiss nicht, sich Konstantin aus dem Kopf zu schlagen, um sich in jemand ebenso Unerreichbaren zu verlieben.

Aber sie konnte nicht leugnen, wie sehr sie die Abende genoss und ihnen tagsüber gar entgegenfieberte. Manchmal, wenn keiner zusah, schenkten sie und Julius sich ein verschwörerisches Lächeln, und bei Kommentaren über ihre Müdigkeit tauschten sie einen Wimpernschlag lang Blicke und wussten intuitiv, was der andere dachte. Wegen seines großen Wissens hatte sie bei Julius schon mindestens so viel über die Pflanzenzucht gelernt wie durch ihre Lehre.

Als sie an den Frühbeeten entlangging, kam sie nicht umhin zu bemerken, wie Alexander Goldbach wild gestikulierend auf Dorothea einredete.

»Wenn ich sage, die Mistbeetfenster zweimal lüften, dann meine ich zweimal.«

Dorothea stand kerzengerade da und schien nicht mal mit der Wimper zu zucken. »Ich habe auf der Schule aber gelernt, dass man im April viermal lüftet. Das kann man nicht einfach nach Gutdünken machen.«

»Gutdünken? Herr Gott noch mal!«, schrie Alexander, und Marleene zuckte zusammen, da es nicht oft vorkam, dass in Gottes Namen geflucht wurde. Ein ungutes Gefühl breitete sich in ihr aus, so als könnte der Herrgott sich in jedem Moment dafür rächen.

Alexander griff sich an den Kopf und strich die klatschnassen Haare unter seiner Mütze zurück. Jetzt sah er Dorothea an, als wäre sie vollkommen verdusselt.

»Es geht hier nicht um Gutdünken, sondern um gärtnerische Erfahrung. Viermal lüften mag an sonnigen Tagen im April hinkommen. Aber doch nicht an einem derart kühlen Tag wie heute.« Er streckte die Hände aus und hielt sie in den frisch eingesetzten Regen. »Bei den Frühbeeten kann man sich nicht einfach strikt an ein Lehrbuch halten. Es bedarf jahrelanger Erfahrung, um das richtige Verhältnis zwischen dem Lüften und Schließen hinzubekommen, denn die Pflanzen brauchen Sauerstoff. Aber was noch viel wichtiger ist: Das Frühbeet darf nicht erkalten. Dann ist sämtliche Mühe, die wir uns gemacht haben, vergebens. Und deswegen sage ich dir ein weiteres Mal: Hör auf das, was *ich* sage – und nicht, was du zu wissen glaubst.« Er murmelte noch etwas, das so klang, als würde er Frauen generell den Verstand absprechen.

Dorothea wirkte geknickt. Als erinnerte sie sich plötzlich an etwas, reckte sie jedoch wieder das Kinn. »Mag sein, dass ich einen Fehler gemacht habe. Dieser hat allerdings viel mehr mit meiner mangelnden praktischen Erfahrung zu tun und nicht mit meiner Weiblichkeit. Im Gegenteil, weil ich eine Frau bin, sind mir bisher allerlei Bildungsmöglichkeiten versagt geblieben. Das ist aber ein gesellschaftlicher Missstand, suchen Sie den Fehler also dort und nicht bei mir.« Sie nickte und schwebte davon.

Marleene wäre am liebsten stehen geblieben, um ihre sich überschlagenden Gedanken besser bändigen zu können. Das war erneut ein höchst interessanter Denkansatz, über den sie gerne mehr erfahren hätte. Gewiss, sie hatte schon oft darüber nachgedacht, wie ungerecht es war, dass die schulische Ausbildung der Jungen viel umfassender war und dass ihr als Frau nur wenige Berufe offenstanden. Sie hatte aber nie in Erwägung gezogen, dass dieses Problem auch den Frauen aus den bürgerlichen Familien zu schaffen machte, und schon gar nicht, dass all dies offensichtlich bloß die Spitze des Eisbergs war.

Nachdenklich sah sie Dorothea hinterher. Obenherum trug sie zwar einen dicht gewebten Umhang aus Lodenstoff, um den Marleene sie sehr beneidete, denn der half gut gegen dieses Schietwetter. Aber ihre Röcke endeten nicht wie die der Arbeiterinnen kurz über dem Knöchel, sondern waren bodenlang und bestanden aus mehreren Schichten. Vermutlich schleppte sie allein durch die Kleidung über vier Kilo Gewicht mit sich herum. Durch den Regen waren die Röcke nun ein Stück länger und noch schwerer geworden. Sie schleiften bereits über die Erde, sodass sie einen fußhohen matschigen Rand hatten. Dorothea blieb damit an einigen Wacholderzweigen hängen und riss wütend am Stoff, als diese sie nicht aus ihren Klauen lassen wollte. Kurz darauf hielt sie inne, um nach Luft zu ringen. Marleene war schon häufiger aufgefallen, dass Dorothea nach kürzester Anstrengung die Luft wegblieb, was höchstwahrscheinlich am eng geschnürten Korsett lag. Die Korsetts der Arbeiterinnen – wenn sie denn überhaupt welche trugen – waren in der Regel viel luftiger geschnürt und reichten auch nicht so weit nach unten.

Dorothea mochte mit ihrer Ausbildung, ihrem Mut und der Herkunft aus einer hübschen Stadtvilla einiges haben, was Marleene zu gern selbst ihr Eigen genannt hätte. Die Gärtnerarbeit in den unpraktischen Damenkleidern aber gehörte gewiss nicht dazu.

25. Kapitel

Am kommenden Tag hatte sich der Regen zwar verzogen, doch Marleene und die anderen Arbeiter wurden nicht nur von der strahlenden Sonne, sondern auch von einem bestialischen Gestank begrüßt, als sie den Hauptweg hinaufgingen.

Sie folgten Oskar zu einer Grube am hinteren Ende des Gärtnereigeländes. An der Seite stand ein mächtiges Holzfass auf vier Rädern, das von rostigen Eisenringen zusammengehalten wurde. Das Kutschpferd, das davor eingespannt war, war so kräftig, dass selbst Lotte und Lore daneben schmächtig gewirkt hätten.

»Was in aller Welt ist das?«, fragte Dorothea, die neben Marleene stand, mit kraus gezogener Nase und pikiertem Gesichtsausdruck. Alle beobachteten gebannt, wie die dunkle Flüssigkeit aus dem Fass in einem stetigen Strahl, der sich hin und wieder zu verdicken schien, in die Pfütze am Boden der Grube floss. Oskar grinste diabolisch.

»Das ist das, was deine Erdbeeren schmackhafter und die Pflanzen grüner macht.«

Dorothea wirkte verwirrt, und Greta war so nett, es auf den Punkt zu bringen.

»Jauche«, sagte sie angewidert, denn wie Marleene wusste sie vermutlich, was auf sie alle zukommen würde.

In Dorotheas Augen loderte Panik auf. Dies hatte sie in der Gartenbauschule anscheinend nicht gelernt. Es war aber wahrlich auch kein Thema für höhere Töchter.

»A-also Kuh…«, Dorothea schien nach einem halbwegs schicklichen Wort zu angeln, »Kuhfladen?«

»Nicht nur das«, sagte Oskar, und sein Grinsen wurde noch

breiter. Er nahm die Kappe ab, und ausnahmsweise wich keiner zurück, denn der beißende Gestank der Jauche übertönte alles. »Es ist ein Gemisch: Neben den Kuhfladen ist dadrin auch Schlachtblut …«

Dorothea wirkte bereits ganz grün um die Nase, doch Oskar war noch lange nicht fertig.

»… Geflügelmist, Hornspäne, Malzkeime, Ziegen- und Kaninchenködel und Asche.«

Marleene ahnte, dass das Jauchen nicht zu Oskars Lieblingsaufgaben gehörte, aber Dorotheas sichtlicher Abscheu ließ ihn jedes Wort genüsslich ausstoßen.

»U-und wer darf das auf die Pflanzen verteilen?«, fragte die Gärtnerin mit zitternder Stimme.

Marleene betete inständig, dass nicht auch diese Arbeit wie so viele ungeliebte Tätigkeiten allein an ihr als Lehrling hängen blieb.

»Der Chef hat angeordnet, dass wir alle mit anpacken. Dann geht es schneller.«

Johannes machte ein miesepetriges Gesicht. »Kommt gar nicht infrage, wozu haben wir denn einen Lehrling? Ich habe nicht die geringste Lust, den ganzen Tag in der Scheiße zu wühlen und die ganze Woche danach zu stinken.«

»Keine Sorge, für dich kann sich selbst ohne Gestank kaum eine Frau erwärmen«, sagte Greta garstig, und Johannes' Blick verdunkelte sich.

Dorothea hatte sich indes offenbar wieder gefangen, denn sie trug nun abermals ihre Überheblichkeitsmiene zur Schau. »Ich verstehe nicht, warum wir keinen Trockendünger verwenden. Das ist um einiges angenehmer und lässt sich leicht verteilen.«

»Wenn du die Kosten dafür trägst, können wir das gerne machen, Dorothea.« Julius war an die Gruppe herangetreten.

»Aber solange wir für die Jauche nur die Transportkosten zahlen, düngen wir weiter damit. Diese neuartigen Düngungsmittel wurden auch noch gar nicht ausreichend erprobt.«

»Pass aber auf«, rief Bruno grinsend zu Julius. »Wer anderen eine Jauchegrube gräbt, fällt selbst hinein.«

Doch Julius lächelte nicht einmal. Er wirkte nahezu verbittert, aber wie Frieda es ihr aufgetragen hatte, fragte Marleene nicht nach. Vielleicht würde sie ihn am Abend im geheimen Gewächshaus ja darauf ansprechen können.

Julius sah in die Runde und schnappte nach Luft – was er seinem Gesichtsausdruck zufolge im nächsten Moment schon wieder bereute. Er räusperte sich. »Ich habe euch etwas zu sagen.«

Herrje, was machte er es dramatisch, dachte Marleene. Als ob sie mittlerweile nicht alle begriffen hätten, dass sie den heutigen Tag damit verbringen würden, in Kuhscheiße zu wühlen.

»Ich habe gestern die Bestandsaufnahme abgeschlossen, und mir ist dabei aufgefallen, dass erneut zahlreiche Pflanzen fehlen. Zwei von den großen Fliedern, fünf Rosen, ein kleiner Kirschbaum, ein Apfelbaum … nahezu von allem etwas, könnte man sagen.«

So viel? Und hatten sie nicht gesagt, dass der letzte Lehrling die Pflanzen geklaut hatte? Jeder schien sich im Moment diese Frage zu stellen, denn keiner wagte zu sprechen. Allein das dumpfe Plätschern des Jauchestrahls, der stetig den Inhalt der Grube vergrößerte, war zu hören.

»Da Franz, unser alter Lehrling, jetzt aber nicht mehr da ist, kann das nur eins bedeuten.« Julius warf einen bedeutungsvollen Blick in die Runde. »Entweder hat er jemanden veranlasst, es ihm nachzutun, oder wir haben damals den Falschen verdächtigt.«

Aufgeregtes Flüstern verbreitete sich unter den Arbeitern, und Marleene sah nachdenklich in die Runde. Wer mochte die Pflanzen gestohlen haben? Greta und Hildegard mit Sicherheit nicht, die beiden waren herzensgute Seelen, selbst wenn Greta eher grummelig wirkte, solange Julius nicht in der Nähe war. Dorothea war noch zu neu und hatte es wohl kaum nötig. Alois war so alt, dass er meist lediglich die leichteren Arbeiten erledigte. Daher blieben nur Bruno, Oskar und Johannes. Und Manilo natürlich, der wie immer in der Orangerie war. Aber wie sollte der die Gewächse nach Italien bekommen? Und was Bruno anging, war sie sich nicht sicher, ob er den Grips hatte, regelmäßig unbemerkt Pflanzen vom Gelände zu schaffen. Wie hatte der Dieb das überhaupt hinbekommen? Die Hofgärtnerei war von einer hohen Backsteinmauer umgeben, und der einzige Weg nach draußen führte an der Fliedervilla vorbei.

Julius ergriff wieder das Wort, und die flüsternden Stimmen der Arbeiter verstummten.

»Wer auch immer es war, ich möchte ihm die Chance geben, sich bis heute Abend bei Vater im Kontor zu melden. Er wird den gesamten Tag über den Büchern sitzen. Wenn sich bis dahin niemand gemeldet hat, wird es für alle Konsequenzen haben. Wir werden die Polizei verständigen, und da die Ermittlung einiges kosten wird, werden wir euch das vom Lohn abziehen. Also, auch wenn ihr irgendetwas wisst, bitte geht zu Vater und berichtet ihm davon. Ich möchte eigentlich nicht, dass ihr alle einen Nachteil davon habt, dass jemand hier sein Unwesen treibt. Aber wir sehen momentan keine andere Möglichkeit, den Schuldigen zu finden.«

Johannes schnaubte verächtlich. »Ich denke, so weit muss es gar nicht kommen.« Langsam ging er auf Marleene zu. In seinen Augen lag etwas Bedrohliches. Was hatte er vor? Er wollte ihr doch nicht etwa unterstellen, dass sie die Pflanzen geklaut hatte?

Aber genau das tat er.

»Marten war es.«

Ein Raunen verbreitete sich unter den Arbeitern, und bevor Marleene etwas erwidern konnte, sprach der bärtige junge Mann weiter.

»Wer sonst hätte solch eine perfekte Gelegenheit dazu? Er ist nahezu täglich bis spätabends in der Hofgärtnerei, verfügt über umfangreiche Kenntnisse der Pflanzen und kann gut eine eigene Gärtnerei aufmachen, denn nach dem, *was* gestohlen wurde, hört es sich ganz danach an, als würde jemand ein eigenes Sortiment zusammenstellen.«

Zu ihrem Unmut musste sie Johannes recht geben. Theoretisch hätte sie wahrhaftig die Gelegenheit dazu gehabt, und es klang tatsächlich so, als wollte jemand seine eigene Gärtnerei aufbauen. Zu allem Unglück meldete sich jetzt auch noch Oskar zu Wort. »Und ich habe ihn schon mehrmals grundlos durch das Freilandquartier streifen sehen.«

Marleene wurde heiß. Greta und Hildegard murmelten zustimmend, denn leider hatte Oskar ebenfalls recht. Allerdings lag das nur daran, dass sie in Wirklichkeit ihren Flieder gesucht hatte. Den Rest der Gärtnerei kannte sie durch das Gießen wie ihre Westentasche, aber die Bäume auf dem Freiland mussten lediglich an äußerst heißen Sommertagen mit Wasser versorgt werden. Sie waren daher ihre letzte Hoffnung. Wenn es ein weiteres Exemplar des zweifarbigen Flieders aus ihrer Kindheit irgendwo gab, wo sonst würde sie es finden, wenn nicht in der Hofgärtnerei? Vielleicht hatten sie damals doch Ableger gemacht, oder womöglich hatte es mehrere Büsche gegeben. Doch wer würde ihr diese Geschichte glauben? Sie konnte schlecht sagen, dass sie bereits als Kind Flieder gezogen hatte und es einen ganz besonderen gab, den ihr Vater hier aus der Hofgärtnerei hatte. Am Ende würde sie sich damit noch enttarnen, denn

Alois und Oskar hatten damals auch schon in der Hofgärtnerei gearbeitet.

»Aber ich … aber ich …«, stotterte sie und suchte derweil hektisch in ihrem Kopf nach einer plausiblen Erklärung.

Johannes kam noch näher auf sie zu. »*Aber ich* … was?«, fragte er und blieb direkt vor ihr stehen.

»Ich hätte doch niemals die Möglichkeit, eine eigene Gärtnerei aufzubauen. Wo sollte ich das machen? Ich habe nur ein kleines gemietetes Zimmer in der Stadt.«

»Das erzählst du uns, aber ist es wahrhaftig so? Du kommst schließlich aus dem Oldenburger Umland. Rastede war es doch, nicht wahr? Oder Wiefelstede? So oder so, dort ist das Land noch erschwinglich. Wer weiß schon, was du im Schilde führst?«

Die meisten murmelten zustimmend, nur Dorothea hielt sich gänzlich zurück, und Julius schien anderer Meinung zu sein.

»Ach, hör doch auf, Johannes! Wenn Marten uns etwas zu sagen hat, wird er später mit Sicherheit zu Vater ins Büro kommen.«

»Den Teufel werde ich tun!«, rief Johannes unwirsch. »Ich werde keinesfalls auf einen Teil meines Lohns verzichten. Marten wird hier und jetzt gestehen – und wenn ich es aus ihm herausprügeln muss.« Er trat noch einen Schritt näher, und Marleene wich zurück, sodass sie jetzt direkt vor der Jauchegrube stand. Nervös sah sie immer wieder nach hinten, während sie sprach.

»I-ich schwöre hoch und heilig, d-dass ich es nicht war.«

»Ich glaube dir kein Wort«, zischte Johannes zwischen zusammengebissenen Zähnen. »Das kannste jemandem erzählen, der noch keen Knopen an de Büx hat! Ich hab dich neulich nachts gesehen, wie du durch die Felder gezogen bist. Wahrscheinlich ist dein lausiger Vater noch nicht einmal tot, sondern sitzt schön zu Hause und macht die ganze Zeit Stecklinge von unseren Pflanzen!«

Marleene konnte einiges ertragen. Aber nicht, wenn jemand ihren Vater beleidigte. Das war zu viel. Er war der ehrenhafteste Mensch gewesen, den sie kannte, und dass Johannes diese Dinge behauptete, machte sie nahezu blind vor Wut. Mit einem Mal konnte sie verstehen, warum Menschen sich prügelten, denn im Moment hätte sie nichts lieber getan, als Johannes größtmögliche Schmerzen zuzufügen. Nur dann würde er vielleicht begreifen, wie sie sich fühlte.

»Nimm das sofort zurück!«, keifte Marleene stattdessen hilflos. Ihre Stimme krächzte dabei und war wieder viel zu hoch, was ihren Ärger nur verstärkte. »Ich könnte das Gleiche genauso gut von dir behaupten. Wer sagt denn, dass du nicht irgendwo ein Stück Land hast? Diese absurden Unterstellungen machst du ohnehin nur, weil du Greta beeindrucken willst!«

Zu spät erkannte Marleene, dass sie ihn zu sehr gereizt hatte. Johannes platzte der Kragen. Dabei hatte sie nicht mal damit gerechnet, ins Schwarze zu treffen. Die Worte waren aus einer vagen Vermutung heraus aus ihr herausgepurzelt, aber sie brachten das Fass zum Überlaufen.

Johannes grunzte wie ein Keiler kurz vor dem Angriff, holte aus, und obwohl alles sehr schnell ging, sah Marleene seine stark behaarten Arme mit den hochgekrempelten Ärmeln elendig langsam auf sie zukommen. Die dunklen Haare auf seiner Haut glänzten in der Sonne. Marleene öffnete den Mund zum Schrei, und auch Julius rief aus dem Hintergrund ein lang gezogenes »Neeeein!«.

Er stürzte sogleich auf Johannes zu.

Doch es war zu spät.

Marleene spürte, wie sie nach hinten kippte. Stück für Stück. Die Zeit schien sich unheilvoll zu verlangsamen.

O Gott!

O Gott!

O Gott!

Was, wenn sie in der Jauche stecken blieb? Oder noch schlimmer, wenn sie ihre Hose verlor oder sich ihre Brustbinde abzeichnete, sobald ihr Hemd durchtränkt wurde? Panisch kreischte sie auf und ruderte hektisch mit den Armen, versuchte verzweifelt, einen Halt zu finden – doch sie griff ins Leere.

»Marten!«, ertönte zeitgleich Julius' besorgte Stimme, während der beißende Jauchegestank sich durch ihre Nase fraß und ihre Sinne benebelte. Sie tauchte mit dem Po zuerst in die überraschend kühle Gülle und versuchte nicht daran zu denken, was genau hier herumschwamm. Doch unwillkürlich hallten Oskars schadenfrohe Worte durch ihren Kopf. *Kuhfladen, Horn, Geflügelmist, Blut … Nein, nein, nein. Nicht weiter darüber nachdenken!*

Alles war braun. Und feucht. Der Gestank stieg ins Unermessliche und schien ihr Gehirn zusammenzupressen.

Die Arbeiter der Hofgärtnerei waren an den Rand der Grube geeilt und starrten sie an. Marleene versuchte eilig aufzustehen, doch sie glitt auf dem glibberigen Untergrund aus und landete mit einem großen Platscher erneut auf dem Boden. Sie hörte Dorothea und Greta angewidert aufkreischen, als die Jauchespritzer sie erreichten. Alle Arbeiter wichen vor ihr zurück. Wieder versuchte Marleene sich hochzurappeln, um der Jauche zu entgehen. Diesmal langsamer, doch sie flog abermals auf den Hosenboden und fühlte, wie ihr Po im matschig-stinkenden Untergrund versank. Schließlich gab sie entmutigt auf. Regungslos blieb sie auf dem Boden der Grube sitzen, die Jauche reichte ihr bis zur Brust. Es hatte ohnehin keinen Sinn. Sie war über und über mit stinkender Flüssigkeit bedeckt.

Keiner sagte ein Wort.

Sie hob einen Arm, der nun gänzlich braun war, und sah

zu, wie an ihren Fingern eine Miniaturversion des Güllestrahls herunterlief.

Unauffällig warf sie einen Blick an ihrem Körper hinunter. Immerhin zeichneten sich keine weiblichen Rundungen ab.

Noch immer wagte es keiner, das Wort zu ergreifen.

Und weil sie den Tränen so nahe war und nicht wusste, was sie sonst machen sollte, begann sie zu lachen. Erst zaghaft, dann immer stärker. Sie lachte den gesamten Frust und Ärger aus sich heraus. Es tat gut. Schon bald stimmten die anderen Arbeiter ein und lachten die negativen Gefühle weg, die zwischen ihnen angeschwollen waren.

Julius trat, abgesichert von Oskar und Bruno, an den Rand der Grube und hielt ihr die Hand entgegen. Sie rechnete es ihm hoch an und griff danach. Als sie mit seiner Unterstützung den Abhang hinaufkletterte, merkte sie jedoch, wie ihre Hose nach unten sackte. Hastig griff sie mit der freien Hand an den Bund. Sobald sie festen Boden unter den Füßen hatte und sich vorsichtig versichert hatte, dass der Hosenknopf halten würde, machte sie klägliche Versuche, die Jauche von ihren Armen und Beinen zu wischen.

Johannes quetschte ein zerknirschtes »Tut mir leid« hervor. Marleene durchströmte derweil die Erleichterung, dass ihre Verkleidung nicht aufgeflogen war. Leichtmütig breitete sie die Arme aus und rief: »Vergeben und vergessen. Komm her!«

Johannes floh, und sie rannte ihm zur Belustigung aller umarmungsbereit hinterher.

Als die Lacher verebbten, atmete sie noch einmal tief ein. Doch der Jauchegestank war allgegenwärtig.

»Na gut, dann werde ich mich mal waschen gehen.« Alle Arbeiter nickten mitleidig, und sie wandte sich dem Hauptweg zu, doch Julius' Stimme unterbrach sie.

»Was hast du bitte vor, Marten?«

Sie runzelte die Stirn. Lag das denn nicht auf der Hand? »Ich gehe nach Hause…« Er würde doch nicht von ihr verlangen, dass sie in stinkenden Kleidern weiterarbeitete? Das würde ja nicht einmal eine Chefin wie Frau Holthusen wagen.

Julius schüttelte den Kopf und schloss zu ihr auf. »Du kannst so nicht nach Hause gehen, das wäre doch wahnwitzig. Komm mit, du darfst ausnahmsweise in der Fliedervilla ein Bad nehmen.«

Marleene stockte der Atem, und sie starrte ihn an. Bis eben hatte sie geglaubt, die größte Gefahr sei gebannt, da sie aus der Jauchegrube entkommen war, ohne sich verraten zu haben. Und nun sollte sie sich in der edlen Villa entkleiden und dort ein Bad nehmen? Wie sollte sie das schaffen, ohne dass jemand hinter ihr größtes Geheimnis kam?

***

Julius ging voran und drehte sich verwundert um, als er merkte, dass sie ihm nicht folgte. Doch Marleene stand da wie festgewurzelt.

»Na los, worauf wartest du noch?«

Zögerlich folgte sie ihm und tat so, als bereitete es ihr größte Schwierigkeiten, in den durchtränkten Kleidern zu gehen.

»Lass mich raten, du hast keine Wechselsachen dabei?«, erkundigte er sich nun auch noch.

Marleene dachte kurz an ihre frischen Frauenkleider, die im Busch auf sie warteten, ihr in dieser Lage jedoch nicht von Nutzen waren, und schüttelte traurig den Kopf. »Ich habe nur meine Weste im Essraum.« Mit schweren Schritten ging sie weiter. »Deswegen sollte ich wohl doch besser nach Hause gehen. Es bringt ja nichts, wenn ich bade und dann diese ekligen Kleider wieder anziehe.« Sie hielt den stinkenden Arm hoch und deutete auch noch darauf, als könne es irgendwie fraglich sein, wovon sie sprach.

»Unsinn«, sagte er. »Komm mit!«

»Was hast du vor?«, fragte sie mit zittriger Stimme.

»Wir spülen den gröbsten Dreck mit ein paar Gießkannen voll Wasser herunter, bevor du bei uns badest. Ich habe sicherlich noch ein paar alte Kleider im Schrank.«

Marleene wurde übel vor Furcht. Sie konnte nur inständig hoffen, dass das Stubenmädchen und Julius beim An- und Auskleiden den Raum verließen. Das würden sie doch gewiss tun, oder? Immerhin war sie keine Bürgerliche und konnte sich sehr gut alleine ankleiden. Aber was, wenn nicht? Was, wenn jemand helfen wollte?

Nein. Das war zu gefährlich. Sie musste einen anderen Weg finden, und zwar schnell.

»Aber ich will wirklich nichts in der Villa verhunzen. W-warum lässt du mich nicht doch geschwind zur Arbeiterherberge in der Mottenstraße laufen, wo ich wohne?«, fragte Marleene eilig. Im nächsten Moment fiel ihr ein, dass sie ja keine zweite Garnitur Männersachen hatte, aber vielleicht könnte sie irgendwie improvisieren. Erst mal brauchte sie Zeit und Ruhe zum Nachdenken.

Julius warf ihr einen schrägen Blick zu und tauchte eine Gießkanne in das runde Wassersammelbecken.

»Die Mottenstraße ist gar nicht weit von hier«, beteuerte sie. Vermutlich wusste er nicht, wie lange man zu Fuß brauchte, fuhr er doch meist mit der Kutsche oder ritt in die Stadt.

Julius goss das Wasser über sie. »Du willst eine halbe Stunde nach Jauche stinkend durch die Stadt laufen?«

Schiet, er wusste es doch. Und wann hatte sie sich eigentlich das Fluchen angewöhnt? »Ich kann die Arbeit am Sonntag nachholen. O-oder am Samstag, da haben wir ja ausnahmsweise frei wegen der Rathauseinweihung, aber ich werde trotzdem kommen und arbeiten.«

Julius lachte und tauchte die Gießkanne erneut in das Becken. »Marten, es geht mir nicht um die Arbeitszeit. Du bist sehr fleißig und schaffst mehr als genug«, sagte er, während er das Wasser über ihr ausgoss. »Aber Johannes hat recht. Jauchegestank ist hartnäckig. Wenn wir ihn nicht so schnell wie möglich von dir abwaschen, wird er wochenlang an dir haften. Willst du das?«

Das konnte sie schlecht bejahen, und ihr lief die Zeit davon, um sich neue Ausreden auszudenken, da er nun die Gießkanne beiseitestellte und sich offensichtlich auf den Weg zur Villa machen wollte. Während sie den Hauptweg hinunterliefen, überlegte Marleene fieberhaft, doch ihr wollte partout nichts einfallen. Beklommen beobachtete sie, wie Julius die Hintertür der Fliedervilla öffnete.

Im Haus rief er das Stubenmädchen herbei und führte Marleene in die Waschküche. Hier stand ein großer hölzerner Badezuber, in dem die Mitglieder der Familie Goldbach vermutlich ihr samstägliches Bad nahmen, um für den Tag des Herrn und den Kirchgang frisch zu sein. Julius trug dem Stubenmädchen auf, den Ofen anzuheizen. Beeindruckt sah Marleene, dass sie eine Wasserzapfstelle direkt in der Waschküche hatten.

»Wir brauchen warmes Wasser, um den Gestank wegzubekommen«, erklärte Julius und stellte einen Topf auf den Ofen.

Ein warmes Bad! Das klang himmlisch, einen solchen Genuss hatte sie noch nie erfahren.

Doch nun deutete Julius auf ihre Sachen. »Unsere Meike wird dir gleich beim Ausziehen helfen. Die Kleidung kannst du danach zu unserer Wäscherin bringen, Meike.«

»Ich möchte wahrlich keine Umstände machen. Ich kann das ruhig später zu Hause erledigen und auch ab hier alles alleine vorbereiten.« Marleene wusste genau, dass Frieda jetzt mit ihr schimpfen würde, da sie schon wieder so wortreich und weiblich-bescheiden sprach. Aber sie brauchte schließlich eine Ausrede, um sich ohne Beobachter auszukleiden.

»Glaub mir, wenn du den Gestank erst einziehen lässt, sind die Kleider dahin.«

Das wäre natürlich fatal, denn sie würde es nicht schaffen, für Ersatz zu sorgen. Erst vor Kurzem hatte sie ihr angespartes Geld an ihre Mutter geschickt. Aber auf der anderen Seite konnte sie unmöglich vor dem Stubenmädchen ihre Sachen ausziehen, geschweige denn vor Julius. Also musste sie beide loswerden.

»Ich will dich auch gar nicht länger aufhalten«, sagte sie zu Julius. »Die anderen warten gewiss auf deine Anweisungen. Geh von mir aus ruhig schon mal raus. Ihr wollt doch sicherlich mit dem Düngen anfangen.«

Julius sah sie amüsiert an. »Wo denkst du hin? Die Jauche muss erst noch einige Wochen gären. Du kannst heilfroh sein, dass du nicht dann in die Grube gefallen bist, sie riecht mit der Zeit nämlich noch schlimmer.«

Das konnte Marleene sich kaum vorstellen, aber sie zog es vor, nicht weiter nachzufragen. »Trotz allem kannst du wirklich schon zurückgehen. Du hast gewiss allerhand zu tun.«

Julius zögerte noch immer. Marleene vermutete, dass irgendwelche Anstandsregeln es ihm nicht erlaubten, einen Gast im Haus sich alleine zu überlassen.

»Gut«, sagte er schließlich. »Dann suche ich nur noch rasch einige meiner alten Kleidungsstücke heraus. Ich denke, ich habe noch welche, die ich vor Jahren getragen habe und die dir von der Größe her passen sollten.«

Fast hätte Marleene aufgelacht. Nahezu ihr ganzes Leben hatte sie unpassende Kleider getragen, da es bei Arbeiterkindern gängig war, in die Kleidung hinzuwachsen. Aber das sagte sie ihm nicht.

Er verschwand, und Marleene konnte aufatmen. Immerhin war sie erst mal allein. Aber jetzt stand sie vor dem Dilemma, wie sie ihm erklären sollte, dass sie noch nicht im Badezuber saß, wenn er mit den Kleidern zurückkehrte.

Das Hausmädchen leerte indes einen letzten Eimer Wasser in den hölzernen Zuber. Unausweichlich folgte die Frage, die Marleene fürchtete.

»Wenn ich Ihnen jetzt beim Auskleiden behilflich sein dürfte?«

»Vielen Dank, aber das wird nicht nötig sein.« Marleene lächelte dem rothaarigen Mädchen schüchtern zu. »Ich gehöre ja nicht zu den Herrschaften und bin es gewohnt, mich alleine zu entkleiden. Es gibt keinen Grund, warum du dir die Finger mit meinen schrecklich riechenden Kleidern schmutzig machen solltest.«

Aus ihren eng stehenden Augen sah sie Marleene unsicher an. Offensichtlich wusste sie nicht, wie sie sich verhalten sollte.

»Es wird keine Menschenseele von mir erfahren«, flüsterte Marleene ihr verschwörerisch zu und zwinkerte kurz. Daraufhin knickste das Mädchen noch einmal höflich und zog sich diskret zurück. Vermutlich war sie nicht allzu erpicht darauf gewesen, ihre jauchedurchzogenen Kleidungsstücke anzufassen. Es fühlte sich dennoch seltsam an, bedient zu werden. Wie hielt die Herrschaft das nur aus, ohne ein schlechtes Gewissen zu bekommen?

Marleene erinnerte sich, dass sie dringendere Fragen hatte, und entledigte sich zumindest der stinkenden Beinkleider. Jetzt stand sie nur noch in dem Männer-Oberhemd da, das wie alle Hemden dieser Art bis zu ihren Knien reichte. Trotzdem zitterte sie innerlich. Wenn Julius sie so sah, war es aller Wahrscheinlichkeit nach das erste Mal, dass er die Waden einer Frau zu Gesicht bekam. Als Arbeitermädchen waren die Anstandsregeln bei ihr nie so streng gewesen, aber sie erinnerte sich noch heute an den entsetzten Blick ihrer Freundin aus der höheren Mädchenschule, der sie einmal vorgeschlagen hatte, barfuß durch einen Bach zu waten. Anscheinend war der Tabubruch immens gewesen, denn das Mädchen hatte bei ihrer Entschuldigung gestottert und sie fortan stets gemieden.

Aber wenn ihre Ausrede glaubhaft sein sollte, musste sie zumindest guten Willen zeigen.

Sie weichte ihre Beinkleider in einem Eimer ein und begann mit einem Schwamm ihre Beine zu waschen. Es klopfte kurz, und Julius kehrte mit einem Stapel Kleidung auf der linken und einem Flakon mit helllila Flüssigkeit in der rechten Hand zurück. Zum Glück schenkte er ihren Beinen keinerlei Beachtung.

»Das habe ich in Rosalies Zimmer gefunden, es riecht furchtbar süß nach Lavendel, aber es ist besser als Jauche, nicht wahr? Die beiden Hemden und die Hose kannst du behalten, ich habe keine Verwendung mehr dafür.«

Erst jetzt sah er sie richtig an. »So wird das aber nichts«, sagte er belustigt. »Wenn du die Hälfte deiner Kleidung anbehältst, wird ja alles wieder schmutzig, was du zuvor gewaschen hast.«

»Ja, ich …«

… wollte nur eine grobe Vorwäsche machen?

… bin etwas langsam?

… bin unnatürlich schüchtern? Waren Männer auch schüchtern?

Was sollte sie ihm sagen? Herrje, das waren jämmerliche Ausreden. Wo blieben die göttlichen Eingebungen, wenn man sie benötigte?

»Ich …«

Julius nickte verständnisvoll. »Du kriegst das nasse Hemd nicht allein über den Kopf, richtig? Wo ist denn Meike, sie sollte dir doch helfen?« Suchend sah er sich um, aber dann siegte sein Pragmatismus. »Komm, ich mach das eben, das geht schneller.«

»Neinneinnein. Das ist es nicht. Ich bin nur etwas langsam. U-u-und das Wasser. Es war noch viel zu heiß.«

Julius zog die Stirn kraus, ging zum Badezuber und griff hinein. Mist. Es war sicherlich allemal lauwarm, da das Mädchen vielleicht drei heiße Eimer auf zehn kalte getan hatte.

Verwirrt sah er sie an.

»Ich hab nun mal in meinem Leben noch nie warm gebadet«, erklärte sie wahrheitsgemäß, aber Julius ließ sich nicht für dumm verkaufen.

Er ging auf sie zu. »Marten, ich weiß, ich bin dein Vorgesetzter, und dies ist eine … eine unübliche Situation … Aber du musst dich nicht schämen! Auf den Reisen war es gänzlich normal, dass alle Männer sich in einem Zelt umgezogen haben. Lass es uns einfach ruckzuck hinter uns bringen, und dann sprechen wir nie wieder darüber.«

Er wollte nach ihrem Hemdsaum greifen. Marleene sprang entsetzt zurück.

»Nein«, kreischte sie viel zu hoch auf. Jetzt hatte sie sich ganz gewiss allein durch ihre Stimme verraten.

Aber er bemerkte es nicht. »Du musst dir keine Sorgen machen«, sagte er mit einem amüsierten Lächeln auf den Lippen.

»Bitte, ich …«, fiepte sie.

Und nun ging zu allem Unglück auch noch die Tür auf.

Marleene betete, dass es nicht Rosalie oder – noch schlimmer – Alexander war. Doch diesmal hatte sie Glück. Konstantin trat in den Raum und begutachtete die merkwürdige Szene, die sich ihm bot. Marleene atmete auf. Welch ein Segen! Sie hatte nicht einmal gewusst, dass er bereits zurück war. Sollte er nicht erst zum Rosenball zurückkehren?

»Was ist denn hier los?«, fragte er verdutzt.

»Marten ist in die Jauchegrube gefallen, und ich wollte ihm helfen, sich aus den nassen Kleidern zu schälen.«

»Aber ich habe ihm versichert, dass ich das sehr gut alleine hinbekomme«, sagte Marleene mit Nachdruck und sah Konstantin beschwörend an. Er würde ihr Dilemma doch sicherlich verstehen?

Konstantin verschränkte die Arme und spazierte in seinem dunkelbraunen Gehrock belustigt durch den Raum. Sein Blick blieb zu lange an ihren schlanken Beinen hängen, und in seinen Augen flackerte etwas auf, das Marleene nicht einordnen konnte.

»So, so. Die Jauchegrube. Was für ein Pech!«

Marleene schnaubte ihren Unmut heraus. »Ja, wahrhaftig«, zischte sie zwischen zusammengepressten Zähnen hervor. Warum erlöste er sie nicht endlich? Hielt er das alles hier für ein Spiel? Wenn sie aufflog, würde sie so schnell keine neue Anstellung finden. Seit dem Kriegsende gab es ein Überangebot an Arbeitskräften, besonders bei den niederen Anstellungen, die sie annehmen durfte, da sie mit den Kriegsversehrten in Konkurrenz trat.

Flehentlich sah sie Konstantin an. Fast hätte sie gewinselt wie ein Hund, der bettelte.

Und dann kamen endlich die erhofften Worte.

»Ich übernehme ab hier, Brüderchen. Du kannst zurück an die Arbeit gehen.«

Jetzt war Julius verblüfft. »Du?«

»Warum denn nicht? Ich habe schließlich Zeit. Und nun raus mit dir, sonst trödelt die gesamte Belegschaft den halben Tag vor sich hin.«

Mit einem Schulterzucken verließ Julius den Raum und murmelte etwas wie: »Mir soll es recht sein.«

Sobald er außer Hörweite war, konnte Konstantin das Lachen nicht mehr zurückhalten. »Mein Bruder mit einer Weibsperson in Unterwäsche in der Waschküche …«, prustete er hervor. »Wenn Vater das wüsste. Wenn er selbst das wüsste …«

Marleene lächelte zaghaft, und dennoch zogen gleichzeitig Bedenken in ihrem Kopf ein. War ihr Spiel zu gewagt? Könnten auch andere davon Schaden nehmen?

Aber nun glitt Konstantins Blick abermals über ihre Beine, und er wurde ernst. Marleene fühlte sich, als wäre sie bereits gänzlich nackt. Er kam mit seinem charmanten Lächeln auf sie zu.

»U-und schon wieder bin ich dir unendlich zu Dank verpflichtet«, stotterte sie. »Das nimmt ja langsam überhand.«

Er streckte die Hand nach ihr aus und war kurz davor, über ihren Arm zu streichen.

»Du kannst dich gerne bei Gelegenheit erkenntlich zeigen.«

Die vielen kleinen Härchen auf ihrem Arm stellten sich auf, und Marleene wurde trotz der hitzigen Luft eiskalt. Ihr Herz raste. Er kam ein weiteres Stück auf sie zu, war bald nur noch wenige Zentimeter von ihr entfernt.

Was hatte er vor? Er dachte doch nicht etwa …

Sein Kopf näherte sich ihrem Hals, und Marleene überlegte fieberhaft, was sie zu ihm sagen könnte. Sie mochte ihn und konnte nicht leugnen, dass sie jedes Mal in Aufruhr geriet, wenn Konstantin in ihrer Nähe war. Trotzdem würde sie nichts Törichtes machen. Der Preis wäre zu hoch, das hatte sie bei zu vielen anderen Mädchen beobachtet.

»Konstantin, warte«, hauchte sie.

»Ja, meine Hübsche?« Er zog sie noch näher an sich – doch

dann rümpfte er die Nase und ließ abrupt von ihr ab. »Vielleicht warten wir mit deiner Wiedergutmachung, bis der Geruch sich verzogen hat.« Lachend und nach Luft schnappend verließ er die Waschküche.

26. Kapitel

Sein Lächeln war da, bevor er die Augen aufschlug. Ein freudiges Kribbeln erfüllte ihn, denn er wusste sofort, dass heute ein besonderer Tag war. Er würde sie sehen. Obwohl ein Feiertag war. Bruno schlug die raschelnde Bettdecke zur Seite, stieg aus dem hübsch bemalten Alkoven und zog seine Sonntagskleidung an. Es war zwar erst Samstag, aber für solch einen Anlass durfte er eine Ausnahme machen. Seine Mutter hatte es erlaubt.

Er trat in die Bauernküche, die in die Diele überging. Seine Mutter griff leise summend nach einem gusseisernen Topf, der hinter dem wuchtigen Herd neben zahlreichen Pfannen hing, und stellte ihn neben dem schwarzen Kessel auf die Platte. Dann öffnete sie eine der Klappen und legte Holz nach.

»Goden Morgen«, rief sie ihm zu und scheuchte die Hühner aus dem Weg, die sich mal wieder in die Küche verirrt hatten. Es duftete herrlich nach Schinken, der unter dem Giebel des Hauses geräuchert wurde. Seine Mutter bekam ihn immer ganz besonders gut hin, das behauptete nicht nur er, sondern auch die Nachbarn.

Er nickte ihr zu und strich Eske, seinem schneeweißen Huhn, das er selbst mit großgezogen hatte, über den Kopf. Bis heute war sie noch recht mickrig und legte kaum Eier, doch er war froh, dass sie durchgekommen war. Dann setzte er sich an den massiven Tisch und weichte das Brot in der warmen Milch ein. Milchsuppe gab es so gut wie jeden Morgen.

»Na, Bruno-Bär, wo is ’t mit di?«

»Mutter!«

»Oh, dat deit mi leed. Ik sollte dich ja nicht mehr so nennen.« Sie stellte ihm seinen Zichorienkaffee hin, setzte sich mit einer Kumme Kartoffeln an den Tisch und begann sie zu schälen. »Ik weeß, du solltest heute freihaben, aber kannst du mir gleich noch mit de Holzkisten ünner de Arms griepen?«

Er nahm einen ordentlichen Schluck des Landkaffees. »Jo, ik kiek mi dat mol an.«

»Bruno! Du sollst doch keen Plattdüütsch snacken.«

»Aber du sprichst auch ständig platt …«

»Dat is wat anners! Aber die Leute sollen nicht gleich merken, dass du von ’nem Bauernhof wechkommst.«

Bruno verdrehte die Augen. Doch er wusste, dass sich das Streiten nicht lohnte, auch wenn er nie verstehen würde, warum Plattdeutsch eine niedere Sprache sein sollte. War es nicht egal, wie man etwas sagte? Kam es nicht darauf an, verstanden zu werden?

»Ich packe natürlich mit an«, kam er nun auf die Kisten zurück. »Aber dann muss ich los. Ich will vorher noch in die Hofgärtnerei, um die Pflanzen zu gießen, und ich will nicht zu spät am Rathaus sein, es wird bestimmt rammelvoll.«

»Seit wann interessierst du dich eigentlich für so ’n Kram wie die Rathauseinweihung?«

Bruno zuckte mit den Schultern. Er konnte ihr schlecht sagen, dass er nur *ihretwegen* da hinwollte. Auch wenn er seiner Mutter viel erzählte, wollte er seine Gefühle lieber für sich behalten.

Nach dem Frühstück ging er auf den Hof, um die Kisten mit den Weidenruten für die Körbe, die sie abends flochten, in die

Diele zu tragen. Er sah jedoch, dass sie mit getrocknetem Matsch überzogen waren. Also zog er sich doch noch einmal um, er konnte es nicht riskieren, dreckig zu werden und dadurch später einen schlechten Eindruck zu machen.

Als er es fast geschafft hatte, fing er sich einen Splitter ein, und seine Mutter bekam ihn nicht sogleich wieder heraus. Sie bestand aber darauf, ihn zu entfernen, da bei seinem älteren Bruder ein Splitter schon einmal eine Entzündung ausgelöst hatte und er wochenlang nicht hatte arbeiten können. Das würde bei der ganzen Arbeit jetzt im Frühjahr womöglich zu ihrem Verhängnis werden, jeder Tag auf dem Feld war wertvoll. Viel zu spät machte er sich auf den Weg. Die sieben Kilometer nach Oldenburg von Ofenerdiek aus, wo der Bauernhof seiner Eltern lag, schaffte er jedoch zum Glück in weniger als einer Stunde, da er ein Stück mit einem Wagen mitfahren konnte. Den Rest lief er zu Fuß und stellte fest, dass die Straßen voller wurden, je näher er dem Rathaus kam. Bei der Grundsteinlegung vor vier Jahren war es ähnlich gewesen.

Mit suchendem Blick bewegte er sich durch die bunten Straßen. Viele Menschen waren in ihren heimatlichen farbenfrohen Trachten gekommen, von denen ihm die blau-weißen am liebsten waren. Er mochte die handgewebten Kleider unter den Schürzen, die wie eine Blumenglocke fielen, und die Schultertücher mit den gedrehten Fransen, die oft kunstvoll mit Blumen bestickt waren. Auch die Hauben aus Baumwollsamt waren meist üppig mit Brokat verziert. Sogar die Häuser waren geschmückt und hatten zur Feier des Tages Fahnen in Gold und Rot, den Stadtfarben von Oldenburg, herausgehängt.

Wo konnte er sie nur finden? Sein Vorhaben schien nahezu unmöglich. In der Hofgärtnerei hätte man ihn jetzt vermutlich wieder ausgelacht. Sie dachten, er wüsste nicht, dass er manchmal etwas langsam war, aber so war das nicht. Er war schließlich nicht dumm. Er brauchte bloß ein wenig Zeit.

Greta hatte sich ihm gegenüber wegen der Pipi-Sache ein paar Tage lang besonders argwöhnisch gezeigt, bevor sie wieder in ihren üblichen Gleichmut gefallen war. Deswegen würde er ihr heute beweisen, dass er ein Mann von Welt war.

Ja, er nahm an kulturellen Veranstaltungen teil.

Ja, er sah in seiner Sonntagskluft richtig adrett aus – zumindest behauptete seine Mutter das immer.

Ja, er konnte auch anders.

Er lief über den Schlossplatz und entdeckte tatsächlich ein bekanntes Gesicht. Dorothea von Wallenhorst trug einen breiten Hut mit aufgenähten Blumen und langen Federn, die hin und her schwangen, wenn sie den Kopf bewegte. Ihr dunkles Kleid wirkte viel zu warm für den heutigen Tag, denn die Sonne brannte bereits jetzt vom Himmel.

Aufgeregt winkte er ihr zu, doch sie zeigte keinerlei Reaktion. Bestimmt hatte sie ihn nicht gesehen. Er rief ihren Namen, aber das schien im Getümmel unterzugehen, denn sie reagierte erneut nicht. Also kämpfte er sich zu ihr durch.

»… und dann habe ich ihm gesagt, dass er mir gar nichts vorzuschreiben hat. Wenn ich gerne schon um 4.30 Uhr anfangen will, damit ich früher Feierabend machen kann, ist das mein gutes Recht.«

Anscheinend erzählte sie ihrer Freundin mit den aschblonden Locken gerade von ihren neuen Arbeitszeiten. Julius war sehr unglücklich darüber gewesen. Er sagte, dass es den ganzen Ablauf durcheinanderbringen würde. Hinzu kam, dass Dorothea sich deswegen auch jeweils eine Stunde vorher in die Pause zurückzog. Bruno fand das schade, denn so hatten sie kaum eine Möglichkeit, sich besser kennenzulernen.

»Hallo, Dorothea«, rief er ihr nun zu. »Wie schön, dass du auch hier bist. Hast du …«

Die Blonde sah überrascht von ihm zu ihrer schnieken Freundin, die nun den Kopf nach links neigte und die Augenbrauen hob.

»Fräulein von Wallenhorst für dich bitte.«

»Äh … ach so. Selbstverständlich.« Er fühlte sich genötigt, eine ungelenke Verbeugung zu vollführen. »Fräulein Wallenhorst. Ich …«

»*Von* Wallenhorst«, rief Dorothea so scharfzüngig, dass Bruno zusammenzuckte.

»Ich bitte vielmals um Verzeihung«, nuschelte Bruno und zürnte sich selbst, weil sie es schaffte, dass er sich wie ein kleiner Junge fühlte. Hatte er nicht eben noch beschlossen, ein Mann von Welt zu sein? Er streckte den Rücken durch.

»Haben Sie Greta zufällig gesehen?«

Dorothea rückte ihren Hut zurecht. »Ich glaube, ich habe ihr verwaschenes Kopftuch in der Nähe des Degodehauses erblickt.«

»Danke!« Bruno verzichtete auf jegliche weiteren Höflichkeitsfloskeln und bahnte sich einen Weg durch die Menge. Das hübsch verzierte Fachwerkhaus war nicht weit von hier.

Und tatsächlich. Seine Augen brauchten nicht lange, bis sie Gretas feine Gesichtszüge und die dunklen Zöpfe, die unter ihrem Kopftuch hervorschauten, entdeckten. Ihre tiefbraunen Augen erkannte er auf Anhieb, auch wenn sie nun auf die Bühne gerichtet waren, die vor dem neuen Rathaus aufgebaut worden war. Die Menschenmenge begann zu jubeln und zu klatschen. Für eine Sekunde dachte Bruno, sie würden sich mit ihm freuen, dass er sie wahrhaftig gefunden hatte. Dann wurde ihm klar, dass der Bürgermeister gemeinsam mit dem Großherzog die Bühne betreten hatte.

Vorsichtig schlängelte er sich durch die Menge, wo jeder Einzelne gebannt der Rede des Mannes im Anzug lauschte. Schließlich hatte er Greta erreicht und stellte sich neben sie.

»Moin«, sagte er schlicht.

»Bruno, du auch hier!« Sie wirkte ernsthaft erfreut. »Das ist ja schön.«

»Ja, die Einweihung wollte ich mir unter gar keinen Umständen entgehen lassen.« Perfekt. Genau diese Antwort hatte er sich vorher überlegt, wenn er auf sie treffen würde.

»Weißt du schon …«, setzte Bruno gerade an, als ein Mann in feiner Sonntagskluft, breit wie ein Ochse, sich erbost umdrehte, »Pschscht!« zischte und vielsagend auf die Bühne deutete.

Greta und Bruno sahen sich verlegen an, kicherten leise und hörten pflichtbewusst dem Redner zu. Bruno freute sich über dieses Gefühl der Vertrautheit, doch er musste dringend dafür sorgen, dass Greta auch nach der Einweihung an seiner Seite blieb. Ungeduldig wartete er auf das Ende der Rede und wurde missmutig, als nach dem Großherzog auch noch der Bürgermeister selbst das Wort ergriff.

Unruhig verlagerte er das Gewicht von einem Fuß auf den anderen. Als der Bürgermeister ebenfalls geendet hatte und alle Beifall klatschten, applaudierte auch er, allerdings vorwiegend, weil er so froh war, dass es endlich vorbei war. Brunos Herz pochte, als sich die Menge zerstreute. Welche Worte hatte er sich noch gleich als Nächstes zurechtgelegt? Sie waren ausgebüxt. Und nun wandte sich ein Mädchen mit einem Gesicht, nahezu so weiß wie ihre Haube, an Greta.

»Und was fangen wir mit dem angebrochenen Tag noch an? Wir müssen es doch genießen, dass wir an einem Samstag nicht arbeiten müssen.«

Bruno hatte gar nicht bemerkt, dass sie eine Freundin dabeihatte. Aber immerhin war es kein Mann, das war das Wichtigste.

Greta zuckte die Schultern. »Gute Frage.«

»Wir könnten in Doodt's Etablissement gehen«, schlug das blasse Mädchen vor. »Dort gibt es am Wochenende immer Kabarett und Tanz. Es ist gegenüber vom Gertrudenfriedhof.«

Ein Etablissement? Er war noch nie in einem Etablissement gewesen. Das klang ja verdeubelt. Aber ein Mann von Welt würde vor so etwas doch gewiss nicht zurückschrecken, rief er sich in Erinnerung. Und Tanz? Das wäre eine Möglichkeit, um Greta etwas näherzukommen.

»Hmm«, sagte Greta jedoch wenig überzeugt. Sie sah zerknirscht aus. »Ich weiß nicht, ob …«

Bruno ahnte, welcher Art ihre Bedenken waren. Rasch bot er ihr ganz weltmännisch seinen Arm an, wie er es schon oft beobachtet hatte, wenn die Herren die feinen Damen ausführten. Und dann kam das Sahnehäubchen. »Die Damen sind natürlich eingeladen.«

***

Am nächsten Morgen war Bruno voller Tatendrang. Er hatte am Vorabend mehr ausgegeben, als er in einem Monat verdiente. Das Mann-von-Welt-Sein war offenbar nicht auf das Gehalt eines Arbeiters ausgelegt. Doch es hatte sich gelohnt. Sie hatten gespeist wie die Könige. Bisher war er überzeugt gewesen, dass seine Mutter die beste Köchin des gesamten Kaiserreichs war, aber das Essen im Restaurant war unglaublich schmackhaft gewesen. Und sie hatten beim Kabarett gelacht – auch wenn Bruno nicht immer ganz sicher war, warum. Danach hatten sie getanzt. Keinen einzigen Tanz hatte er auslassen dürfen, da es viel zu wenige Männer im Saal gab. Sobald er sich nur kurz gesetzt hatte, wurde er sogar von den Frauen aufgefordert. Einige Mädchen hatten sich gar Zigaretten an den Rock gebunden und sie den Männern geschenkt, wenn sie sie aufforderten. Aber die meiste Zeit hatte er mit Greta getanzt, das war das Schönste am ganzen Abend gewesen. Noch immer konnte er ihre Hand auf seinem Arm spüren, und er hatte das Gefühl, dass eine neue Nähe zwischen ihnen entstanden war, die ihn ganz aufgeregt machte. Erst spät am Abend war er nach Hause gekommen und sofort in sein Schrankbett gefallen.

Aber das Beste war: Es war noch nicht vorüber.

Er stürmte hinunter in die Küche.

»Mutter, was soll es heute Mittag zu essen geben?«

»Wi hebben noch Overblievsels van güstern und ik …«

»Das reicht nicht! Wir brauchen heute etwas Besonderes.« Er überlegte einen Augenblick. Es sollte unvergesslich werden, sein Einsatz hatte sich immerhin bereits am Vortag gelohnt. Aber sie konnten sich nur äußerst selten Fleisch leisten. Er spürte jedoch, dass nichts anderes Greta beeindrucken würde.

Sollte er also eines der größten Opfer bringen, die er sich vorstellen konnte?

Immerhin war sie das Einzige, worüber er frei verfügen konnte. Alles andere gehörte seinen Eltern. Doch er musste wirklich alles Erdenkliche versuchen, um Greta für sich zu gewinnen. Also entschied er sich dafür.

»Du darfst Eske schlachten.« Die Worte brannten in seiner Kehle, dennoch musste es sein.

Seine Mutter blickte überrascht auf. »Dein Huhn?« Sie suchte den Raum ab, ob auch das schneeweiße unter den Hühnern in der Küche war. »Aber noch vor einem Monat warst du vollkommen außer dir, als …«

»Es geht nichts anders.«

Fragend sah sie ihn an.

»Wir, äh … bekommen heute … Damenbesuch.«

»Nein!« Seine Mutter legte eine Hand auf ihr Herz. »Dat is ja nich to glöven! Sollten mir also doch noch Kindskinner vergönnt sein?«

»Mutter!« Schon seit Jahren sehnte sich seine Mutter nach Nachwuchs in ihrem Haus, doch weder sein älterer Bruder noch seine beiden Schwestern hatten bisher damit dienen können. Es war der Herzenswunsch seiner Mutter, trotzdem wollte Bruno es noch nicht einmal wagen, so weit zu denken.

»Schon gut, schon gut. Aber trotzdem, eene Deern bi uns to Huus, dat ist ja …« Ihr fehlten die Worte. Also ging sie entschlossen zum Messerblock und überreichte ihm feierlich das Schlachtbeil. »Dann sieh mal to, dat ich wat Ordentliches in'n Pott bekomme.«

Er suchte nach dem weißen Huhn und fing es gekonnt mit einem Griff. Ein letztes Mal strich er mit seinen rauen Händen über die samtig weichen Federn.

»Es tut mir leid, aber es ist für eine lohnenswerte Sache«, flüsterte er dem Tier in das nicht sichtbare Ohr und küsste es danach behutsam auf den Kopf.

Dann holte er aus und ließ das Schlachtbeil auf den Hals niedersausen.

Die Schneide fuhr mit aller Kraft in den Holzblock. Eske gackerte aufgeregt und sah ihn verängstigt an. Er hatte es nicht tun können und im letzten Moment das Messer danebengelenkt. Gewiss liebte er Greta über alles, und er wollte ihr etwas bieten, doch dieses Huhn hatte er als Küken wochenlang in seiner Innentasche mit sich getragen, um es warmzuhalten.

Er brachte es einfach nicht fertig. Er schluckte, um den Kloß in seinem Hals wegzubekommen, und spürte, wie eine warme Hand seine Schulter drückte.

»Na komm, wi nehmen een ördentliken Ammerländer Schinken.« Seine Mutter deutete zum Dachgiebel, unter dem die gepökelten und geräucherten Schinken nachreiften.

»A-aber die brauchen wir doch für den Verkauf. Wir gönnen uns sonst nur zu Weihnachten etwas von unserem Schinken.«

Seine Mutter holte bereits die Gaffel, um einen Schinken vom Speckstiel herunterzuholen.

»Wenn du sogaar Eske slachten wolltest, scheint diese Frau ganz wat besünners zu sein. Wir machen eine Ausnahme und geben Speck in den Eintopf.«

Dankbar nahm Bruno den Schinken entgegen und schnitt eine großzügige Speckschwarte davon ab.

Während seine Mutter den Eintopf vorbereitete, sah er sich kritisch im Bauernhaus um. Versuchte, es mit Gretas Augen zu sehen. Würde es sie stören, dass ihre Möbel mehrere Generationen alt und angeschlagen waren? Dass an zahlreichen Stellen der Putz von den Wänden blätterte? Die weißen Fliesen mit den blauen Blümchen an der Wand über dem Herd waren recht hübsch, insbesondere die vereinzelten mit den Schiffen gefielen ihm, doch einige hatten ausgeschlagene Kanten oder Risse. Er räumte hier und da ein paar Sachen weg, lief aber etliche Male zur Grootdör, der breiten Eingangstür, und lugte hindurch, um zu sehen, ob sie schon kam.

Doch der Hof blieb leer.

Als sein Vater und seine Geschwister sich um zwölf zum Essen niedersetzten, bettelte er alle an, zu warten. Sie kamen seinem Wunsch nach, denn die Dringlichkeit in seiner Stimme war vermutlich nicht zu überhören.

Nach einer halben Stunde tätschelte seine Mutter seine Hand. »Bruno-Bär, wir müssen nun wirklich anfangen to eten.«

»Ich weiß. Aber lasst uns noch kurz warten. Bitte.« Er lauschte gebannt, damit er auch ja kein Pochen an der Tür verpasste, aber da war nur das Knistern des Feuers im Ofen.

»Sie muss jeden Moment hier sein«, beteuerte er um Viertel vor eins abermals.

Sein Vater sah ihn streng an und griff dann nach seinem Löffel. »Das glaube ich dir, aber wir müssen beileibe mit der Arbeit weitermachen. Sonst schaffen wir es nicht bis zum Sonnenuntergang.«

Bruno hatte ein schlechtes Gewissen. Normalerweise half er natürlich am Sonntag mit den Arbeiten, aber für dieses Wochenende hatte er darauf bestanden, freizuhaben.

»Lasst mich noch ein letztes Mal nachgucken!« Er rannte über den holprigen Dielenboden, wäre beinahe gestürzt, und öffnete die schwere Holztür.

Doch da lag nur Bello, ihr Hofhund, der ihn müde anblinzelte.

Während die anderen den duftenden Eintopf aßen, sagte niemand ein Wort. Bruno selbst hatte jeglichen Appetit verloren. Er starrte eines der blauen Segelschiffe auf den Küchenfliesen an, um niemandem in die Augen sehen zu müssen.

»Bruno …«, begann seine Schwester dann aber doch. Abrupt stand er auf, der Holzstuhl schabte über den Boden.

»Lass mich!«, herrschte er sie an. Er wollte nichts davon hören. Lieber verschwand er in seinem Zimmer, um die Arbeitskleidung anzuziehen. Es hatte keinen Sinn mehr, zu warten, und wenn er im Stall arbeitete, dann wäre er zumindest ein wenig abgelenkt. Wie immer hing in den Kleidern selbst nach dem Waschen ein leichter Geruch nach Kuhdung.

Lustlos überlegte er, was er als Erstes erledigen sollte. War da nicht etwas gewesen, das er unbedingt machen sollte? Gedankenverloren und enttäuscht schlurfte er zur Tür – und wäre beinahe mit Greta zusammengestoßen.

Überrascht musterte sie ihn, und er hätte am liebsten gegen die Wand geschlagen. Jetzt war seine Hose fleckig, und das Hemd, nur halb zugeknöpft, hing heraus. Während sie hingegen rosige Wangen hatte und ihre Augen leuchteten.

»Hast du schon vergessen, dass ich dich heute besuchen komme? Du wolltest mir den Bauernhof zeigen, das hatten wir doch so abgemacht.«

»Nein.« Bruno spürte, dass seine Wangen schweinchenrosa wurden, und stopfte mit zitternden Händen das Hemd in die Hose. »Natürlich nicht. Komm doch rein. Möchtest du etwas essen? Wir haben auch Zichorienkaffee. Dann zieh ich mich in der Zeit um.«

Auf einmal fühlte er sich wieder viel leichter. Er führte sie in die Küche, wo sie seine Mutter begrüßte, und begann wahllos, vereinzelte Dinge aufzuräumen. An ihrem Blick erkannte er, dass ihr der Geruch nach Staub und Spinnenweben, der in der Luft hing, und die abgewohnten Möbel und das Alter des Hauses sehr wohl etwas ausmachten. Gerne hätte er ihr gesagt, dass seine Liebe zu ihr aber mindestens genauso alt war. Und alt war nicht immer schlecht, es zeigte, dass es sich bewährt hatte. Aber wie drückte man so etwas aus? Tat man das überhaupt? Er wollte keinesfalls etwas falsch machen. Er hatte sich tatsächlich bereits an seinem allersten Tag in der Hofgärtnerei in Greta verliebt. Damals war er der Lehrling gewesen und hatte all die Scherze und die noch längeren Arbeitsstunden über sich ergehen lassen müssen. Ohne ihr aufmunterndes Lächeln hätte er es nicht geschafft. Dafür war er ihr dankbar, bis heute.

Nach dem Essen – immerhin hatte sie sich bestens mit seiner Mutter verstanden und das Essen sogar über alle Maßen gelobt – zeigte er ihr den Hof. Die Sonne brannte wie am Vortag vom Himmel, brachte Kornblumen und Löwenzahn zum Leuchten und ließ alles etwas freundlicher erscheinen. Das Scheunentor könnte einen neuen Anstrich vertragen, ihre Arbeitsgeräte waren nicht die modernsten, aber das schien Greta nicht mehr zu bemerken. Entzückt streichelte sie die Kälbchen und kicherte über die Ferkel, die mitunter ziemlich grob ihre Mäuler in das prall gefüllte Gesäuge der Muttersau stießen, damit die Milch schneller floss.

Als sie das Ende des weitläufigen Geländes erreicht hatten, deutete er stolz auf das rote Backsteinhaus, das wie eine Miniaturausgabe des großen Bauernhauses aussah. »Das ist unser Heuerhus. Es wird mir gehören, wenn ich geheiratet habe. Es gehört natürlich ein Stück Land dazu, und vorne im Haus ist Platz für eine Kuh.« Dann kannst du die süßen Kälber direkt in unserem Haus beobachten, hätte er am liebsten hinzugefügt.

»Und dein Bruder erbt das große Bauernhaus ganz alleine? Ist das nicht etwas … unbarmherzig?«

Bruno zuckte die Schultern. Darüber hatte er sich nie Gedanken gemacht. So war nun mal die Regelung, er kannte es nicht anders. »Ich kann ja bei ihm arbeiten und mir Lohn verdienen. Und die restliche Zeit bin ich doch ohnehin in der Hofgärtnerei.«

»Das reicht dir?«

»Ist besser, als Gras zu mähen oder in Holland Torf stechen oder gar auf einem Schiff zu arbeiten.«

»Stimmt«, murmelte Greta, während sie durch das hohe Gras weiterliefen und allerlei Insekten aufschreckten.

Bruno wollte ihr unbedingt noch die Pferde zeigen. Und er musste ihr diese Frage stellen. Es würde sich keine bessere Gelegenheit ergeben. Unter Oskars und Johannes' spöttischen Blicken hätte er noch weniger Aussicht auf Erfolg als unter der wohlwollenden Sonne.

»Greta, ich …«, er räusperte sich, »ich wollte dich fragen …

da es ja nun gestern auf dem Tanzboden bereits so gut geklappt hat…« Ja, das war gut. Nun wusste sie immerhin schon, dass er ein ausgezeichneter Tänzer war. Er schnappte nach Luft. Sie sah ihn leicht belustigt an, und für einen Moment vergaß er, was er sagen wollte. »Also i-ich … wollte fragen … ob du nächstes Wochenende zusammen mit mir auf den Rosenball gehen möchtest.« Unauffällig wischte er die nassen Hände an seiner Hose ab und hoffte, dass Greta den feinen Schweißfilm auf seiner Oberlippe nicht sah.

Und dann kam das, wovor er sich am meisten gefürchtet hatte.

Mitleid.

Ihre Augen füllten sich mit Bedauern, bevor sie sprach. »Aber ich … ich gehe doch schon mit Julius zum Ball.«

»Ach so.« Schiet. Er hatte geglaubt, dass Julius abgelehnt hatte. Anscheinend hatte er mal wieder etwas falsch verstanden. Mit aller Mühe verbannte er den dunklen Schmerz, der sich in ihm ausbreiten wollte, und nahm sich zusammen.

»Schon gut. Aufgehoben ist ja nicht aufgeschoben. Dann frage ich jemand anderes. Vielleicht ist ja Fräulein Dorothea noch frei.« Er zwinkerte ihr zu, und sie lachte auf.

Immerhin hatte er für den Moment die unangenehme Stimmung, die wie Aprilregen auf sie herabgeprasselt war, wieder vertreiben können.

Erst lange nachdem sie sich verabschiedet hatte, er das nach nichts schmeckende Abendbrot heruntergezwungen und sich in den Alkoven zurückgezogen hatte, ließ er die Gefühle zu. Es fühlte sich an, als hätte jemand eine Brombeerranke durch seine Adern gezogen.

Wie sollte er am kommenden Tag in der Hofgärtnerei der Gleiche sein, wenn er nur noch die unerbittlichen Dornen fühlte?

Er stutzte.

Die Hofgärtnerei. War da nicht irgendetwas gewesen? Doch auch die Gärtnerei erinnerte ihn an Greta, und unumgänglich flogen seine Gedanken zurück zu seiner Kollegin. Hatte sie recht? War es wirklich ungerecht, dass sein Bruder alles bekam und er nur ein kleines Haus? Und Julius? Warum bekam er Greta? Er wirkte nicht einmal sonderlich interessiert, bedachte sie nur mit der distanzierten Höflichkeit, die er allen Arbeitern gegenüber an den Tag legte. Die Gärtnerei bekam er vermutlich obendrein, wenn Konstantin weiterhin als Kunstgärtner arbeitete, dabei war er nicht einmal der älteste Sohn. Aber bei Gärtnereien herrschten wohl andere Regeln.

All diese Überlegungen drehten sich in seinem Kopf wie das Riesenrad auf dem Oldenburger Kramermarkt, und auch hier kam er stets dort an, wo er angefangen hatte. Bei Greta. Er würde sie nicht bekommen. Es war sein letzter Gedanke, bevor er in einen unruhigen Schlaf sank.

Als er wieder hochschreckte, war alles um ihn herum schwarz. Die Hofgärtnerei! Ihm wurde schlagartig übel, und er rang nach Luft. Sein Herz galoppierte. Er sprang aus dem Bett, suchte verzweifelt nach der Öllampe und stieß dabei den Schemel um, auf dem seine Kleider lagen. Hastig zog er Hose und Hemd über, merkte nicht, dass es auf links gedreht war. Stolpernd gelang er nach draußen, wo die Nachtluft vom warmen Tag noch sehr lau war und nach Sommer roch. Gehetzt sah er sich um, wusste nicht, welchen Gedanken er als Erstes fassen sollte. Es würde zu lange dauern, das Pferd einzuspannen, sagte er sich schließlich und hastete zu Fuß los.

Der Mond spendete nur wenig Licht, während er über den Schotterweg rannte. Immer wieder blieb er mit dem Schuh an einem Schlagloch oder einer Wurzel hängen und geriet ins Straucheln. Schließlich fiel er der Länge nach zu Boden. Seine Hose riss am Knie auf, wo sich ein spitzer Stein in sein Fleisch bohrte. Er biss die Zähne zusammen, aber der stechende Schmerz kam ihm recht. Er hatte ihn verdient.

Seine Brust brannte, sobald er die Luft einsog, und er hatte heftiges Seitenstechen, doch er rannte ohne Pause weiter. Als er endlich die Allee, die zur Fliedervilla führte, erreichte, musste er sich auf die Oberschenkel stützen, um Luft zu kriegen. Ihm war schwindelig vor Anstrengung.

Langsam richtete er sich schließlich wieder auf, immer noch schwer atmend.

Er ahnte Furchtbares, als er das Tor sah. Es war bereits geschlossen.

Zögernd ging er darauf zu.

Während er die kühle Eisenklinke herunterdrückte, betete er inständig.

Aber das Tor ließ sich nicht öffnen. Er rüttelte vehement daran, kämpfte immer verzweifelter gegen den Feind aus Eisen.

Das durfte nicht sein!

Wenn er noch etwas retten wollte, mussten die Pflanzen sofort Wasser bekommen. Er musste irgendwie auf das Gelände gelangen. Konnte er klettern?

Hoch oben auf jeder einzelnen Strebe zeigten goldene Spitzen in den klaren Nachthimmel. Er würde sich den Bauch aufreißen, wenn er drüberkletterte. Dennoch versuchte er es. Doch auf halber Strecke rutschte er immer wieder an den glatten Eisenstäben herunter. Er rannte zu beiden Seiten des Tors an der Mauer entlang, obwohl er wusste, dass sie zu hoch war.

Verzweifelt kehrte er zum Haupttor zurück. Noch einmal versuchte er sein Glück an den dunklen Eisenstreben, kletterte und kletterte, fast erreichte er das obere Ende – und glitt so schnell daran herunter, dass er schmerzhaft auf dem Hosenboden landete.

Trostlos blieb er auf dem Schotterweg sitzen, lauschte dem Gesang der Grillen, die so taten, als wäre dies eine vollkommen normale Frühsommernacht. Nur die Bäume, die ihre mächtigen schwarzen Körper dem dunklen Himmel entgegenstreckten, blickten verhöhnend auf ihn herab. Er vergrub den Kopf in den Händen und massierte seine pochende Stirn.

Warum war dieses elendige Tor zu?

Vermutlich schloss das Hausmädchen abends ab, gab er sich selbst die Antwort. Hatte Marten nicht so etwas erwähnt?

Wütend sprang er auf. »So ein vermaledeiter Mist!«, schrie er mit voller Kraft in die Nacht und schreckte damit einige Vögel aus den Linden, die aufgeregt davonflatterten. Mit letzter Kraft schlug er gegen das Tor und presste die Augen zusammen, als daraufhin ein beißender Schmerz seine Hand durchzog.

Er war ein Taugenichts. Erschöpft glitt er am Tor zu Boden und kauerte sich zusammen. Rein gar nichts kriegte er hin. Er bekam nicht das Mädchen, das er liebte, und bald würde er nicht einmal mehr eine Anstellung haben. Denn aller Wahrscheinlichkeit nach hatte er sie getötet. All die schönen Rosen. Er hatte sie über seine ganz persönliche Rose schlichtweg vergessen.

27. Kapitel

Noch auf dem Weg zur Arbeit am Montagmorgen schwelgte Marleene in Erinnerungen an das lange Wochenende. Da sie ausnahmsweise zwei Tage am Stück freigehabt hatten, hatten sie die Gelegenheit genutzt und waren zu Friedas Familie nach Wiesmoor gefahren. Auf dem Bauernhof hatte Friedas Mutter sie mit allerlei Leckereien verwöhnt, sie hatten in der Sonne gelegen und vor allem das Baby von Friedas ältester Schwester bestaunt.

Fasziniert hatte Marleene beobachtet, wie sich die winzig kleinen Finger mit den Mini-Fingernägeln immer wieder erstaunlich fest um ihren Zeigefinger geschlossen hatten. Würde auch sie eines Tages Mutter sein? Unwillkürlich tauchte Konstantins wohlfrisierter Kopf in ihren Gedanken auf und lächelte ihr zu – doch eine Sekunde später war dieser von einem herzlich lachenden Julius verdrängt worden, der inmitten von bunten Rhododendren mit ihr am Tisch saß, wo sie kleine Rhododendren-Samen vorsichtig in Tontöpfe mit unterschiedlichen Erdegemischen drückten. Beim letzten Mal hatten sie versucht, sich gegenseitig mit ihrem Wissen um die botanischen Namen zu überbieten, und Marleene hatte gewonnen, da Julius zwar die exotischen Pflanzen kannte, letztendlich aber am Gänseblümchen gescheitert war.

Wieder versank Marleene in einem versonnenen Lächeln. Doch dann schüttelte sie entschieden den Kopf. Solche Gedanken durfte sie nicht zulassen! Keiner von beiden würde sich mit ernsthaftem Interesse auf eine Arbeiterin einlassen. Julius wusste zudem ja noch nicht einmal, dass sie eine Frau war. Und Konstantin war gewiss nur höflich. Ihr Herz wurde schwer vor Bedauern, aber sie musste an ihre Zukunft denken, schimpfte sie mit sich selbst. Die Goldbach-Brüder waren tabu! So flatterhaft kannte sie sich sonst gar nicht …

Vor lauter Sinnieren hatte sie nun auch noch getrödelt und musste den restlichen Weg im Eiltempo zurücklegen. In großen Schritten lief sie die Lindenallee entlang, nachdem sie sich hastig umgezogen hatte. Sie passierte die Fliedervilla und wollte zur Remise gehen, vor der die morgendliche Arbeitseinteilung stattfand, musste aber feststellen, dass die Arbeiter auf dem Hof beisammenstanden. Was gab es denn dort zu sehen? War etwa jemand ohnmächtig geworden?

Als ihre billigen Holzschuhe auf den gepflasterten Untergrund des Hofes trafen, hallten ihre Schritte an den Wänden der Villa wider, und alle Köpfe der Mitarbeiter drehten sich in ihre Richtung.

Sie starrten sie regelrecht an.

Was hatte das zu bedeuten? Waren sie etwa hinter ihr Geheimnis gekommen? Marleenes Herzschlag beschleunigte sich, derweil ihre Schritte kleiner wurden. Sie verengte die Augen, um besser erkennen zu können, worum die anderen sich scharten, aber da waren nur Pflanzen. Als sie näher kam, spürte sie jedoch, dass etwas anders war. Doch sie konnte nicht richtig greifen, was es war.

Irgendetwas passte nicht. Waren erneut Pflanzen verschwunden?

Erst als sie die Gruppe fast erreicht hatte, erkannte sie, was es war. Das Grün. Ihm fehlte die Frische. Es war nun eher ein Kuhfladengrün. Und die Rosen! Vor Tagen hatten sie die Rosenstöcke, die bereits blühten, herausgestellt, damit sich die Blüten länger hielten. Aber die Farbe der Blüten war nun viel zu dunkel. Sie ließen außerdem die Köpfe hängen, als wären sie Trauerweiden.

Keiner sagte ein Wort.

»Was …?« Der Schock legte sich auf Marleenes Brust, und sie schaffte es nicht weiterzusprechen. In ihrem Kopf braute sich eine fürchterliche Ahnung zusammen, was geschehen sein könnte.

Bruno.

Er musste es vergessen haben. Wo war er denn nur? Sie hatte ihn am Freitagabend eigens daran erinnert, und er hatte sein Ehrenwort gegeben, dass er Samstag noch vor der Rathauseinweihung gießen würde. Doch die verdursteten Pflanzen erzählten eine andere Geschichte.

Und natürlich wusste keiner, dass sie den Gießdienst getauscht hatten. Warum kam er denn nicht endlich?

Oskars massige Gestalt tauchte zwischen den Töpfen auf. Sein Blick blieb nur kurz an ihr hängen. Er wischte sich mit dem Unterarm die Stirn ab.

»Wie schlimm ist es?«, erkundigte sich Johannes in einer ungewohnten Sachlichkeit.

»Ich bin jetzt einmal durch.« Oskar schüttelte den Kopf, bevor er weitersprach. »Sie sind alle tot.«

Greta sah ihn voller Verzweiflung an. »Alle?«

»So gut wie. Die eingepflanzten Bäume vom Freilandquartier haben natürlich überlebt. Einige Pflanzen in besonders großen Töpfen und die hitzeresistenten aus den südlicheren Länden ebenso. Aber sonst … Die Flieder, etliche Pflanzen aus der Orangerie, die frisch gesetzten Stecklinge …« Seine Stimme brach. Dann sagte er das, was vermutlich am schwersten wiegte. »Und die gesamten Rosen.«

Das Gefühl des Entsetzens hing zwischen ihnen wie der Schock, wenn man einen Wolf in der Nähe spürte.

Aber am meisten ängstigte Marleene, dass keiner sie ansah. Sie ahnte, warum. Keiner konnte seiner Selbstbeherrschung noch trauen. Sie wusste selbst nicht, wie sie auf Bruno reagiert hätte, wenn er hier gewesen wäre. Doch mittlerweile hatte sie begriffen, dass er nicht mehr kommen würde. Vermutlich war es gut, dass er weit weg war. Und war sie am Ende nicht selbst schuld? Sie wusste doch, dass er nicht gerade der schärfste Spaten im Schuppen war. Warum hatte sie nicht kontrolliert, ob er seine Arbeit machte? Sie hatte doch gewusst, dass Julius und Alexander auf Einkaufsfahrt im Umland waren und auch über Nacht wegblieben. Konstantin war nach wie vor in Neuharlingersiel, Julius' Mutter schien es schlechter denn je zu gehen, und Rosalie interessierte sich nur für Blumen, wenn sie in künstlicher Form an ihrem Hut steckten.

In diesem Moment hörten sie rhythmisches Hufgeklapper, und kurz darauf trabten Lotte und Lore um die Ecke, zogen das Fuhrwerk mit Alexander und Julius auf dem Kutschbock und einem Meer aus dunkelroten und weißen Rosen auf der Ladefläche.

Sie schienen sich angeregt zu unterhalten, Alexander brach in Gelächter aus, doch es erstarb abrupt, als er seine Arbeiter sah. Er überreichte Julius die Zügel, sprang, gefolgt von seiner Jagdhündin, vom Wagen und kam eilig auf sie zu.

»Was ist hier los?«, verlangte er zu wissen, während er sich befremdet umsah.

Oskar nahm die Mütze ab, trat einen Schritt vor und räusperte sich. »Es … es hat da ein Problem gegeben.« Er übermittelte die Hiobsbotschaft und fasste mit wenigen Worten den Stand der Dinge zusammen.

Alexander eilte wie ein Besessener durch das Topfpflanzenquartier, immer wieder waren schmerzverzerrte Aufschreie zu hören. »Nein, nicht auch die Hortensien … und die große Kamelie, die war fünf Mark wert!«

Er kam zurück, und bevor Marleene erklären konnte, wie die Dinge lagen, ließ er ein gewaltiges Wortgewitter auf sie nieder. Marleene konnte es ihm nicht verdenken. Dass fast alle Pflanzen eingegangen waren, war eine Katastrophe, deren Ausmaß sie momentan noch gar nicht richtig fassen konnte.

Worte wie »Was hast du dir dabei gedacht… Unfähiges Pack… auf niemanden mehr verlassen… du Knilch…« schlugen auf sie nieder, und sie spürte die Blicke der anderen, die sie zusätzlich aus allen Richtungen durchbohrten.

»Aber ich…« Sie sah sich nach Bruno um, der war jedoch noch immer nirgendwo zu entdecken.

»Wo ist Bruno?«, wisperte sie kraftlos, was Alexanders Wut lediglich schürte. »Das kann dir schietegal sein! Du hast jetzt wahrhaft andere Probleme.« Mit eiskalten Augen sah er sie an. Dann griff er nach seiner Gürtelschnalle und öffnete sie mit einer Hand. »Mir scheint, Worte genügen hier als Strafe nicht.« Ruckartig zog er den Gürtel aus den Schlaufen, und Marleene wich einen Schritt zurück.

»A-aber ich…«, stammelte sie erneut, doch Alexander ließ den Gürtel einmal knallend durch die Luft sausen. »Das wird dir hoffentlich eine Lehre sein!«

Doch nun eilte Julius auf seinen Vater zu und nahm ihm sanft, aber bestimmt den Gürtel aus der Hand. »Beileibe, das bringt doch nichts. Ich bin mir sicher, Marten weiß bereits, wie schlimm sein Vergehen war, und hat gewiss auch eine vortreffliche Erklärung?«

Auffordernd sah er sie an.

»I-ich…«, stotterte Marleene. Es kam ihr falsch vor, Bruno zu verraten. Es wäre ihr lieber gewesen, wenn er selbst gestanden hätte, was passiert war. Aber vermutlich traute er sich nicht mehr in die Hofgärtnerei.

Alexander deutete zum Ausgang. »Geh! Ich will dich hier mein Lebtag nicht wiedersehen.«

Hilflos blickte sie in die Runde. Fand in den Augen der anderen etwas zwischen Mitleid, Ärger, Unverständnis und Beklommenheit. Das spiegelte ihre eigenen Gefühle wider.

Sie merkte, dass sie momentan keinen klaren Gedanken fassen konnte, und beschloss tatsächlich, zunächst den Rückzug anzutreten. Sobald der Chef sich wieder beruhigt hatte, würde sie unter vier Augen mit ihm sprechen und ihm erklären, was wirklich geschehen war. Dann musste sie Bruno nicht vor versammelter Mannschaft bloßstellen.

Wortlos drehte sie sich weg.

Niedergeschlagen ging sie den inzwischen so vertrauten Weg zwischen den Linden entlang, die ihr wie zum Hohn ihre saftig grünen Blätter zeigten. Sie nahm kaum wahr, wie eine weiße Kutsche sie passierte. Es fühlte sich an, als schritte sie ihrer eigenen Hinrichtung entgegen. Dabei entkam sie wenigstens den vielen Augenpaaren, die sie lynchen wollten.

Sie hatte das Ende der Lindenallee fast erreicht, als ein lautes »Marten!« durch die Luft zu ihr getragen wurde. Verwundert drehte sie sich um und sah einen wild fuchtelnden Alexander am Ende der Allee. Sollte er es sich doch noch einmal anders überlegt haben? War er zu dem Entschluss gekommen, dass sie zwar einen ungeheuerlichen Fehler gemacht hatte, ihre Lehre aber trotzdem fortsetzen durfte? Sollte sie wahrhaftig dermaßen viel Glück haben?

So geschwind, wie sie konnte, rannte sie die Einfahrt hoch und kam nach Luft japsend vor Alexander Goldbach zum Stehen. »Ja?«

Alexanders Augen verengten sich. Er deutete auf die weiße Kutsche mit dem goldenen Rosenemblem auf der Tür, die nun auf dem Hof stand.

»Ich habe mir überlegt, dass …«

Voller Hoffnung sah sie ihren Chef an.

»Ich habe mir überlegt, dass du dieses Desaster Herrn von Wallenhorst, dem Inhaber vom Hotel Rosenstock, selbst erklären kannst.«

Noch einmal sah sie zur Kutsche, wo hinter Dorothea jetzt ihr ebenso beleibter Vater die schmale Stiege herabkletterte. Er wurde trotz seiner Leibesfülle fast von Dorotheas extravagantem Hut verdeckt. Marleene schluckte. *Sie* sollte es dem Hotelier erklären?

Mit hängenden Schultern trottete sie hinter Alexander her in Richtung Fliedervilla. Davor stand noch der Wagen, mit dem Julius und sein Vater gerade nach Hause gekommen waren. Aber die wenigen Pflanzen auf der Ladefläche würden ihnen bei der versprochenen Ausstattung des riesigen Ballsaals samt Foyer auch nicht weiterhelfen. Das wäre, als würde man einem Elefanten ein Gänseblümchen hinters Ohr stecken.

Alexander ging mit einem aufgesetzten Lächeln auf den Hotelier zu, der nun neben seiner Tochter stand.

»Herr von Wallenhorst, wie schön, dass Sie uns beehren«, sagte er in einem besonders charmanten Tonfall, aber der Hotelier schenkte ihm kaum Beachtung. Er war ein paar Schritte auf die Pflanzen auf dem Pferdefuhrwerk zugegangen. »Sind das meine Rosen? Das sieht ja schon ganz vorzüglich aus.«

Alexander lachte etwas zu laut und gestikulierte rasch in Richtung der Fliedervilla. »Warum besprechen wir das nicht im Kontor, ach, was sage ich denn? Im Salon. Oder bevorzugen Sie den Wintergarten? Dann können wir dabei auch eine gepflegte Tasse Ostfriesentee trinken.«

Herr von Wallenhorst folgte Alexander ins Haus, und dieser bedeutete Marten und Julius, ihm zu folgen. In der eleganten Sitzecke des Salons nahmen die Männer Platz, und Marleene blieb bedrückt vor einem dunklen Bücherregal mit edlen Verzierungen stehen.

»Also, wie steht es um meine Rosen? Ich wollte mich versichern, dass alles für Samstag bereit ist. Immerhin beliefern Sie uns in diesem Jahr erstmalig.« Der Hotelier zwirbelte mit seinen behandschuhten Fingern die Enden seines Kaiser-Wilhelm-Schnurrbarts. Sein Seitenscheitel wirkte wie mit dem Lineal gezogen, was er vermutlich auch war.

Marleene fühlte sich immer unwohler. Ach, hätte sie doch Alexander von Anfang an klipp und klar gesagt, was geschehen war. Dann würde sie jetzt nicht hier stehen.

Julius schickte mit den Augen eine stumme Frage an sie, und ihr blieb nichts als ein kläglicher Blick, gepaart mit einem angedeuteten Schulterzucken.

»Ja … also die Rosen … Wie soll ich sagen? Da ist uns, ehrlich gesagt, ein kleines Missgeschick unterlaufen.«

»Ein Missgeschick?« Herr von Wallenhorst runzelte die Stirn. »Was wollen Sie damit sagen?«

»Also.« Alexander räusperte sich umständlich. »Wie es aussieht …« Er verlor seinen verzweifelten Kampf um die richtigen Worte, drehte sich um und winkte Marten an den Tisch.

Langsam tat sie drei Schritte und blieb mit größtmöglichem Abstand vor dem untersetzten Mann stehen.

»Ich höre?«, sagte er, und es war offensichtlich, dass der Zenit seiner Geduldsspanne lange überschritten war.

»Also die Rosen …« Marleene nahm ihre Kappe ab und hielt sie wie einen Schutzschild vor die Brust. Ein letzter Aufschub wurde ihr von Meike, dem Zimmermädchen, gewährt, die nun mit dem Teewagen hereingefahren kam und die Tassen mit dem blauen Zwiebelmuster auf weißem Porzellan vor den Herren abstellte. Da sie momentan nicht weiter sprechen konnten, beobachtete jeder scheinbar gebannt, wie sie die karamellfarbene Flüssigkeit auf die edlen Tassen verteilte und wie die Arme unter so viel Aufmerksamkeit zu zittern begann.

»Darf es sonst noch etwas sein?«, flüsterte sie schließlich so leise, dass man sich beim Zuhören anstrengen musste.

Alexander verneinte, und nachdem das Mädchen den Salon mit einem Knicks verlassen hatte, ruhten sämtliche Blicke wieder auf Marleene.

»Nun?«, fragte Herr von Wallenhorst.

»Die Rosen.« Sie schnappte nach Luft. »Die Rosen. Ja. Also, es tut mir leid, unermesslich leid, ich bin wahrhaftig untröstlich, aber ...«

»Was – aber?« Herr von Wallenhorst schlug mit der Faust so laut auf den Tisch, dass die Tassen hochsprangen und scheppernd auf die Untertassen zurückfielen. »Jetzt lassen Sie mich endlich wissen, was geschehen ist! Mein guter Ruf steht auf dem Spiel. Ich habe über dreihundert Gäste geladen, und wenn ich jetzt nicht den exzellenten Rosenball bieten kann, den ich versprochen habe, mache ich mich zum Gespött von ganz Oldenburg. Von daher frage ich zum letzten Mal: Was ist mit den Rosen?«

Marleene wusste nicht genau, wie sie diese Worte ermutigen sollten zu sprechen, aber sie rang sich dazu durch. Früher oder später musste es ohnehin raus – da war früher vermutlich besser.

»Ich weiß, es ist unverzeihlich, aber ich muss gestehen, dass ... am Wochenende ... leider alle Pflanzen vertrocknet sind.«

Es fühlte sich an, als hätte sie gerade den Tod einer nahestehenden Person verkündet. Und die Miene des Hoteliers wirkte, als hätte er eine ebensolche Nachricht empfangen.

»Wie ... *vertrocknet*?«, fragte er fassungslos. »W-was soll das heißen?«

»Sie wurden nicht gegossen. Die Pflanzen sind tot«, sagte Marleene, um jegliche Missverständnisse aus dem Weg zu räumen. Sie wollte es jetzt nur noch hinter sich bringen und diesen Raum verlassen.

Herr von Wallenhorst sprang auf, und Marleene zog sich zitternd einige Schritte zurück. »Vertrocknet? Wollen Sie damit sagen, dass ich keine einzige Rose für den großen Ball habe, Herr Goldbach? Keine exorbitante Blütenpracht, wie Sie sie mir versprochen haben? Und das, nachdem ich meinem zuverlässigen Stammlieferanten abgesagt habe?« Kraftlos sank er zurück in den Stuhl. Sein untersetztes Gesicht war rot angelaufen, und er lockerte um Luft ringend seine Krawatte. Dann holte er ein weißes Taschentuch hervor, tupfte sich damit die Stirn trocken und klammerte sich danach an der Lehne des Stuhls fest, als benötigte er sogar im Sitzen Halt.

»Ja. So ist es, zu meinem großen Leidwesen.« Alexanders Stimme war tonlos.

»Das ist ein Skandal. Völlig indiskutabel. Es ist unabdingbar, dass wir einen Ausweg finden …« Der Hotelier überlegte kurz. »Wir werden die Rosen woanders einkaufen. Auf Ihre Kosten, das sage ich Ihnen gleich.«

Alexander schüttelte resigniert den Kopf. »Das ist leider nicht praktikabel.«

»Warum sollte das nicht möglich sein? Ganz gewiss ist das machbar, mehr noch, es ist unumgänglich. Und jeden Pfennig, den es mehr kostet, den werden Sie mir bezahlen.« Er deutete mit dem Zeigefinger auf Alexander.

»Wenn es nur das wäre … Die Kosten würde ich sofort tragen.« Marleene glaubte ihm, obwohl das bei den spärlichen Geldmitteln, die die Hofgärtnerei noch besaß, vermutlich nicht das Beste wäre. Aber Alexander war verzweifelt genug, dass er es tun würde.

»Wir haben bereits jede einzelne Rose im Umkreis von hundert Kilometern erworben.«

»Bei Gott, wie kann das sein? Sie können doch nicht wahrhaft alles erstanden haben!? Irgendwo muss es doch noch Rosen geben!«

Nun schaltete Julius sich in das Gespräch ein. »Ich fürchte, das haben wir beileibe. Von Meppen über Bremen bis Buchholz … Überall haben wir die Bestände aufgekauft. Ich habe an diesem Wochenende die letzten fünf in Stuhr bei Bremen ergattert. Alles andere hatten wir bereits erstanden. Wir waren sehr bestrebt, Ihnen eine ganz besonders hohe Anzahl von Rosen zu liefern.«

Der Hotelier fuhr sich durch das Gesicht. »Und nun haben Sie alles vertrocknen lassen. Wahrhaftig alles?«

Alexander nickte mit hochgezogenen Schultern.

»Wie kann das denn einer Gärtnerei passieren? So etwas Unprofessionelles ist mir ja noch nie untergekommen. Die Leute in der Stadt werden mehr als konsterniert sein.«

»Bitte, es darf keiner etwas davon erfahren. Es war ja nicht unsere Schuld, es war unser Lehrling …«

»Und wie soll das bitte schön gehen?«, fuhr Herr von Wallenhorst so laut dazwischen, dass Marleene sich unwillkürlich tiefer in ihre Ecke zurückzog. »Soll ich allen sagen, dass der Besitzer des Hotel Rosenstocks sich plötzlich entschieden hat, seinen legendären Rosenball gänzlich ohne Rosen abzuhalten?« Er gestikulierte aus dem Fenster. »Das ist schwerlich glaubhaft. Die Suppe werden Sie auslöffeln müssen. Und eines sage ich Ihnen«, er richtete sich zu seiner vollen Größe auf und sah Alexander Goldbach genauso herablassend an, wie Dorothea es oft tat. »Ein Lehrling ist immer nur so gut wie sein Lehrmeister. Ich finde es unverantwortlich, eine dermaßen große Aufgabe auf ein halbes Kind abzuwälzen! Sehen Sie sich seine Arme doch einmal an, die sind ja nicht viel breiter als ein Besenstiel. Und damit soll er die gesamte Gärtnerei gießen?« Er schüttelte den Kopf, als er weitersprach. »Nee, nee, nee. Das haben ganz allein Sie zu verantworten.«

***

Julius folgte dem Gespräch zwischen seinem Vater und Herrn von Wallenhorst aufmerksam. Ein Lehrling ist immer nur so gut wie sein Lehrer? So hatte er die Sachlage noch gar nicht betrachtet. Hatten sie ihm tatsächlich zu viel zugemutet? Die Antwort stand vermutlich vertrocknet auf ihrem Hof.

Auch wenn Marten sonst immer äußerst zuverlässig und verantwortungsbewusst gewesen war. An den anderen Wochenenden hatte er selbst zwischendurch stets die Pflanzen überprüft, wenn er in sein Gewächshaus gegangen war, und die Erde war jedes Mal im genau richtigen Maße nass gewesen.

Er wollte sich wieder auf das Gespräch konzentrieren, um seinem Vater beizustehen, aber Marten suchte derweil intensiv seinen Blick. Er reagierte nicht, um ihm zu zeigen, dass er dafür jetzt keine Zeit hatte. Vermutlich wollte er lediglich signalisieren, wie leid ihm das alles tat.

Aber Marten gab nicht auf. Er gestikulierte, räusperte sich, hustete und klopfte schließlich sogar mit dem Schuh auf den Boden.

Entnervt sah Julius in seine Richtung. Musste er ihn gerade jetzt behelligen? Sein Vater brauchte momentan alle Unterstützung. Er warf ihm einen wütenden Blick zu, der den Jungen zum Schweigen bringen sollte, doch augenblicklich begann dieser, mit ganz betonten Mundbewegungen etwas zu flüstern.

Was sollte das?

Er hatte für derartige Eskapaden keine Zeit.

Doch als er kopfschüttelnd den Blick wieder abwandte, klopfte und gestikulierte und hustete Marten erneut.

Was wollte er ihm nur mitteilen?

Schicksalsergeben schenkte er ihm seine Aufmerksamkeit und versuchte zu entschlüsseln, was Marten lautlos flüsterte.

Ganz weit war der Mund zu Beginn geöffnet. Das konnte nur ein A sein. Wenig später formte er etwas mit den Lippen, ein B oder vielleicht auch ein P. Danach ein N. Danach kam ganz deutlich ein O und am Ende wieder ein N. Abnon. Apnon? Was sollte das sein? Wie sollte ihm das weiterhelfen?

Er deutete ein Schulterzucken an.

Marten formte jetzt mit den Händen eine Blume.

Eine Blumensorte, die Apnon hieß?

Alexander redete derweil auf den Hotelier ein. Doch dieser bewegte sich nun auf die Tür zu. Kurz bevor er sie erreicht hatte, wandte er sich noch einmal um. »Das wird ein Nachspiel haben!« Dann rief er nach dem Zimmermädchen, das ihm Hut und Mantel bringen sollte.

Marten hustete wieder und deutete Bewegungen an, als würde er einen Berg hinaufklettern. Was wollte er damit sagen? Was hatten Blumen mit Bergen zu tun? Wieder die vertrauten Mundbewegungen. Apn.

Und endlich verstand er. Alpen!

Alpenrosen.

Sogleich erschien vor seinem inneren Auge ein Saal, der mit Rhododendren – Alpenrosen – geschmückt war. Was für eine grandiose Idee! Warum war er nicht selbst darauf gekommen? Er wollte sich Herrn von Wallenhorst zuwenden, doch dieser war bereits verschwunden. Julius stürzte in den Flur.

»Warten Sie!«, rief er dem untersetzten Mann hinterher. »Es gibt vielleicht doch noch eine Möglichkeit …«

28. Kapitel

»Herr Goldbach, was machen Sie denn hier?«

Alexander schaute von seinem Bierhumpen hoch und blickte direkt in die klaren Augen des Barons von Rittenberg.

Blitzschnell sah Alexander sich um. Dieser Teil von Oldenburg war nicht gerade eine angemessene Gegend für gestandene Geschäftsleute. Was sollte er sagen? Dass er Fleisch von diesem besonders guten Schlachter holen wollte? Er entschied sich für die Wahrheit.

»Ich habe allen Grund dazu«, grummelte er und nahm noch einen ordentlichen Schluck.

Normalerweise griff er niemals tagsüber zum Alkohol, aber der Tag heute hatte ihm zu viel abverlangt. All die schönen Blumen. Achtzig Prozent der Gewächshaus- und Topfpflanzen schlicht und einfach vertrocknet. Es tat ihm in der Seele weh. Nicht zuletzt wegen der Kosten. Um die Hofgärtnerei war es im Frühjahr ohnehin nicht rosig bestellt, und hinzu kam auch noch der Diebstahl. Selbst ihre Drohung, die gesamte Belegschaft zu entlassen, wenn sich der Dieb nicht stellte, hatte zu nichts geführt. Es war natürlich nur eine Irreführung gewesen, um den Dieb hervorzulocken, aber das sollte nie jemand erfahren.

Doch wenn sie jetzt nur noch die Freilandpflanzen, die nicht so schnell vertrockneten wie Topfpflanzen, zum Verkauf hatten, würden sie alle den Gürtel enger schnallen müssen. Verdammt eng.

Und es durfte nichts mehr schiefgehen. Sie durften sich keinen einzigen Fehler erlauben, sonst wäre es um die Hofgärtnerei geschehen.

Der Baron setzte sich auf den Barhocker zu seiner Rechten. »Dann lassen Sie mal hören.«

Für einen Moment überlegte Alexander, ob er sich diese Blöße geben sollte. Aber es musste raus, und er hatte sonst niemanden, mit dem er darüber sprechen konnte. Wenn er die Geschichte auf dem Gärtnerstammtisch zum Besten gäbe, würde er sich nur ins eigene Fleisch schneiden.

Mit wenigen Worten berichtete er dem Baron, was passiert war. Wie wichtig der Rosenball war, musste er von Rittenberg nicht erklären, der Ball war schließlich das Frühjahrsereignis in Oldenburg.

»Und was haben Sie mit dem Jungen gemacht?«, erkundigte er sich, nachdem Alexander geendet hatte.

»Na, was wohl? Rausgeschmissen habe ich ihn. Haushoch. Ich hab ihm gesagt, dass er sich bei uns nie wieder blicken lassen soll.«

Von Rittenberg sah ihn nachdenklich an.

»Was? Verdient hat er es allemal. Er hat mich vermutlich um die Hälfte der Jahreseinnahmen gebracht und beinahe auch noch um den Großauftrag für den Rosenball.«

»Ist der denn so überaus wichtig?«

»Dafür gibt es eine riesige Summe, und das Beste ist, dass wir die Pflanzen nur zur Dekoration ausleihen, sie danach trotzdem zum Verkauf anbieten können.«

Der Baron nickte. »Und die Idee, aus dem Rosenball einen Alpenrosenball zu machen, kam von dem Lehrling?«

Alexander nickte. So hatte Julius es ihm nach dem Gespräch mit von Wallenhorst berichtet. Zuerst war Alexander fuchsteufelswild gewesen, als Julius zugegeben hatte, dass er ein Gewächshaus voll exotischer Pflanzen hatte – wobei diese dank der Bewässerung durch Glaskolben nicht vertrocknet waren. Aber er hatte ihm ausdrücklich verboten, Zeit in die Pflanzenzucht zu investieren. Sie hatten weiß Gott genug zu tun.

Als sie dann jedoch alle gemeinsam, Herr von Wallenhorst, Marten, Julius und er selbst, das Gewächshaus betreten hatten, musste er zugeben, dass selbst er beeindruckt von der mannigfaltigen Blütenpracht war. Diese Alpenrosen oder Rhododendren, wie sie eigentlich hießen, waren wirklich besondere Pflanzen.

Herr von Wallenhorst war vollkommen hingerissen gewesen. Er hatte sogar Ausdrücke wie »prachtvoll« und »Augenschmaus« in den Mund genommen und sich an den majestätischen Blüten kaum sattsehen können. Immer wieder war er den schmalen Weg in der Mitte des Gewächshauses hoch- und runtergelaufen und hatte die vielfarbigen Pflanzen betrachtet, die Julius in allen erdenklichen Formen und Größen herangeschafft hatte. Für die Idee, aus dem Rosenball einen Alpenrosenball zu machen, war er sofort Feuer und Flamme gewesen.

Also war immerhin der Auftrag gerettet. Dennoch hatte er Marten vom Hof gejagt, sobald von Wallenhorst außer Sichtweite gewesen war. Und dann war er in das Gasthaus gegangen. Julius hatte versucht, ihn aufzuhalten. Er hatte gewollt, dass er Marten zurückholte, und hatte erklärt, dass es dessen Idee mit den Alpenrosen gewesen war.

Aber das genügte nicht.

All die toten Pflanzen … Es waren schlichtweg zu viele.

»Wenn ich mir die Bemerkung erlauben darf …« Baron von Rittenberg leerte den letzten Rest seines Bieres und wischte sich danach den Mund ab. »Ich denke, Sie sind etwas zu harsch mit Ihrem Lehrling verfahren.«

»Zu harsch? Wie kommen Sie zu der Annahme?« Seiner Meinung nach war er eher zu milde gewesen. Er hätte ihn auch noch den Ledergürtel spüren und sich nicht von seinem Sohn davon abhalten lassen sollen. Mit Nachdruck stellte Alexander seinen Bierkrug auf den Tresen.

Der Baron sah ihn an. »Sie haben mich einst nach den Aufnahmekriterien bei den Freimaurern gefragt. Eines davon wäre, dass Sie nicht nur Intellekt und Vernunft gelten lassen, sondern auch mit Herz und Gemüt durch die Welt gehen.« Er kletterte vom Barhocker herunter, nickte ihm noch einmal zu und ging.

Alexander grummelte. Sollte er womöglich recht haben?

***

Mit gesenkten Schultern ging Alexander früh am nächsten Morgen die Mottenstraße entlang. Da neben Julius und Herrn von Wallenhorst jetzt auch noch von Rittenberg der Meinung war, dass es nicht allein Martens Schuld war und der Junge sonst immer anständig gearbeitet hatte, hatte er ein Einsehen gehabt. Nun stand er vor dem Herbergshaus, das etwas nach hinten gerückt lag, so wie Julius es ihm beschrieben hatte. Im unteren Bereich der Herberge war ein Gasthaus. Nachdem er im dunklen Flur keine Menschenseele gesehen und auch niemand auf seine Rufe reagiert hatte, betrat er nun den Gastraum. Aber hier herrschte ebenfalls gähnende Leere.

»Hallo?«, rief Alexander.

Nichts rührte sich.

Alexander rief noch einmal aus Leibeskräften, und nun öffnete sich eine der Flügeltüren. Doch nicht ein eifriger Gastwirt oder wenigstens eine Frau stand vor ihm, sondern ein kleiner Junge.

»Wo ist der Besitzer?«, herrschte Alexander ihn an, als könne der Kleine etwas dafür, dass er niemanden antraf.

»Der ist nicht da«, erklärte der Junge wenig hilfreich.

»Und wann kommt er wieder?«

Nun zuckte der Junge bloß mit den Schultern und wischte sich mit dem übergroßen Hemdärmel den Rotz von der Nase.

»Wat 'n Schiet!«, seufzte Alexander genervt.

»Was wollen Se denn?«, verlangte der Junge neugierig zu wissen und entblößte eine riesige Lücke in der oberen Zahnreihe. »Ich bin Anton, meinem Onkel gehört das hier alles …«

Einen Versuch war es wert, entschied Alexander. Manchmal wussten solche Kinder ja ganz gut Bescheid. Dann wäre er vielleicht nicht umsonst gekommen.

»Ich suche Marten«, sagte Alexander, doch der Kleine sah ihn nur verwirrt an.

»Marten? Den Vetter von Frieda?«, fügte er die einzige Information hinzu, die er sonst noch über Martens Familie hatte. »Er soll hier wohnen.«

Anton rümpfte die Nase. »Meinste etwa Marleene? Oder vielleicht Marleenes Vetter Friedrich?« Er schien angestrengt nachzudenken. »Weil Marleene ist ja die Cousine von Frieda. Ist Friedrich dann nicht auch Friedas Vetter?«

»Keine Ahnung, was du hier alles mit Friedrich und irgendeiner Marleene willst.« Dann stutzte er. Auf jeden Fall würde es nicht schaden, mit Frieda zu sprechen. Sie kannte sich gewiss besser aus als dieser kleine Rotzlöffel. »Wo ist denn Frieda? Bring mich zu ihr.«

Der Junge machte Anstalten loszugehen, hielt dann aber inne. Mit einem breiten Grinsen wandte er sich an Alexander.

»Was krieg ich dafür?«, fragte er, und Alexander zog ein paar Groschen aus seinem Portemonnaie. Antons noch breiteres Grinsen zeigte ihm, dass er zu viel gegeben hatte.

Eifrig stieg er hinter dem Knaben die Stufen hoch und hielt

schon bald an einer von unzähligen verschlossenen Türen in dem dunklen Korridor. Anton klopfte an.

»Frieda, bist du da? Ein Herr …« Er sah ihn fragend an, und Alexander nannte ihm seinen Namen. »Alexander Goldbach möchte mit dir sprechen.«

Drinnen hörte man ein Rascheln und Wispern, ein Scheppern ließ vermuten, dass etwas auf den Boden gefallen war. Es dauerte einen Moment, bis Friedas warme Stimme ertönte. »Herr Goldbach?«, fragte sie. »Was will er denn?«

»Was willst du?«, erkundigte sich Anton, als ob er übersetzen müsste, und Alexander wiederholte grämlich: »Ich will wissen, wo Marten ist.«

Der Junge setzte zum erneuten Übersetzen an, aber Frieda kam ihm zuvor, da sie seine Worte durch das dünne Holz natürlich bereits gehört hatte.

»Einen Moment bitte, ich …«, ein aufgeregtes Flüstern war zu hören, »ich … ich bin gleich so weit.«

Alexander wunderte sich, was da so lange dauerte, immerhin war Frieda keine Frau höheren Standes, die erst noch ihre Haare richten und ein pässlicheres Kleid anziehen musste oder dergleichen. Einige Minuten später wurde er endlich von seiner Ungeduld erlöst, und die Tür öffnete sich.

»Na, das ging ja schnell!«, kommentierte er trocken, als das Gesicht von Frieda aus dem Türspalt hervorkam. Sie lachte verlegen und bedeutete Anton, dass er sie jetzt alleine lassen könne. Erst als der Junge vom Flur verschwunden war, öffnete sie die Tür ganz, sodass Alexander die schäbige Kammer betreten konnte.

»Ich …«, setzte er an, doch zu seiner Überraschung entdeckte er genau jetzt Marten. Er lag in einem der beiden Holzbetten, die an je einer Seite der Wand standen.

»Hallo«, sagte er kläglich, und nur sein Gesicht schaute unter der bis zum Hals hochgezogenen Bettdecke hervor.

»Was machst du denn hier? Bist du krank?«

»Ich … fühle mich einfach nicht so gut.«

»Er wäre vorhin fast zusammengebrochen. Darum hat er sich für ein paar Minuten hingelegt«, erklärte seine Cousine jetzt. Alexander sah sich in der Kammer um und entdeckte nun einige Röcke auf dem Nachbarbett, Creme und eine Läusetinktur auf dem Nachtschrank des gegenüberliegenden Bettes. »Wohnt ihr zwei etwa zusammen in einer Kammer?«, fragte er äußerst pikiert. Das wäre absolut skandalös. Selbst wenn sie Vetter und Cousine waren, hatten Frauen und Männer, die nicht miteinander verheiratet waren, nichts in einer gemeinsamen Kammer zu suchen.

»Aber nein«, sagte Frieda beschwichtigend. »Ich habe nur einige meiner Sachen hier abgelegt, ich wohne eigentlich nebenan. Aber dann ging es Marten auf einmal so schlecht, dass ich für den Moment hiergeblieben bin. Normalerweise teilt Marten seine Kammer mit einem Arbeiter, der in der Glashütte in Stellung ist. Der ist natürlich auf der Arbeit«, erklärte sie ausführlich.

»Aber der Junge hat gesagt, du würdest hier wohnen …«

»Ach«, Frieda lachte auf und kehrte die Hände nach außen. »Kinder! Sie wissen ja, wie die sind. Haben nur Unfug im Kopf und bekommen einfach alles durcheinander. Erst letztens hat er …«

»Schon gut, schon gut«, fiel Alexander ihr ins Wort. Diese Welt war wirklich gänzlich anders als seine gewohnte. Aber er hatte momentan andere Probleme. »Könnte ich einen Moment allein mit Marten sprechen?«, wandte er sich fragend an Frieda, doch seine Stimme machte deutlich, dass es vielmehr eine Anordnung war.

»Frieda kann ruhig alles mithören, was für meine Ohren bestimmt ist«, sagte Marten nun aber.

Alexander wusste nicht recht, was er darauf sagen sollte. Er hatte schon größte Schwierigkeiten, seinem Lehrling jetzt dieses Geständnis zu machen. Da brauchte er bei Weitem nicht noch eine junge Frau, die dabei zuhörte und die ganze Begebenheit bei der nächsten Gelegenheit weitertratschen würde.

»So ein Unsinn, natürlich werde ich gehen«, sagte Frieda nun und sammelte ein paar ihrer Sachen zusammen. Wenig später war sie aus dem Zimmer verschwunden.

Alexander sah sich suchend um, und da der einzige Stuhl im Raum mit Martens Arbeitskleidern bedeckt war, setzte er sich nach kurzem Zögern auf das nun freie Bett, auf das Marten mit dem Kopf genickt hatte. Aus irgendeinem Grunde schien er nicht einmal seine Arme unter der Bettdecke hervorholen zu können.

»Ich … ich bin gekommen, um noch einmal mit dir über die vertrockneten Pflanzen zu sprechen. Dass das passiert ist, ist wahrhaftig eine Katastrophe.«

Marten pflichtete ihm bei, indem er so heftig nickte, dass die Schweißperlen auf seiner Stirn in die Haare flossen.

»Nichtsdestotrotz bin ich zu dem Entschluss gekommen, dass es nicht … dass es vielleicht … unter Umständen … nicht *gänzlich* deine Schuld war. Letztendlich trage ich die Verantwortung, und ich muss entscheiden, wem ich welche Arbeiten übertrage. Offensichtlich muss ich mir eingestehen, dass du mit dem Gießen überfordert warst.«

Marten wollte Einspruch erheben, aber Alexander ließ ihn nicht zu Wort kommen. »Doch, das habe ich. Ich meine, es ist augenfällig. Das, was geschehen ist, zeigt ja, dass es zu viel für dich war. Aber das ist nachvollziehbar, du bist nur der Lehrling. Du bist da, um etwas zu lernen, und ich habe eine wichtige Pflicht verpasst, nämlich zu überprüfen, ob du deine Arbeit auch richtig machst. Nur so kannst du dazulernen. Aus diesem Grunde bin ich gewillt, dir diesen erheblichen Fehler durchgehen zu lassen. Ich denke, es ist keinem damit geholfen, wenn wir uns jetzt einen neuen Lehrling zulegen und du dir eine neue Lehrstelle suchst, nachdem sonst alles ganz passabel gelaufen ist.« Auf Martens Gesicht zog ein Lächeln ein, deswegen sah Alexander ihm streng in die Augen. »Aber dieser Fehler kann gewiss nicht ohne Konsequenzen bleiben.«

»Selbstverständlich. Das kann ich verstehen, ich mache alles, was Sie wollen, wenn ich nur meine Lehre beenden kann.«

»Ich habe mir überlegt, dass ich deinen Lohn um drei Mark kürzen werde, auch um damit nach und nach den angerichteten Schaden wieder zu beheben. Obgleich es natürlich bei Weitem nicht reichen wird. Außerdem wirst du jeden ersten Sonntag im Monat in der Hofgärtnerei arbeiten.« Er klopfte sich auf die Oberschenkel und stand auf. »Gut. Nun weißt du Bescheid. Sehen wir uns also morgen in der Hofgärtnerei?«

»Ja, sehr gerne. Danke«, sagte Marten leicht krächzend und blieb wie eine Mumie im Bett liegen. »Ich würde ja aufstehen und Ihnen die Hand reichen, aber ich hoffe, Sie können mir verzeihen, dass ich liegen bleibe. Mir ist sehr duselig, und ich möchte Sie unter keinen Umständen anstecken.«

Alexander nickte knapp und ging bereits auf die Tür zu. »Bleib nur liegen, ich bin schon wieder weg.«

Er stieg die altersschwache Holztreppe nach unten und trat durch die Seitentür in den Schankraum. Nach dieser Eskapade benötigte er dringend ein kühles Bier. Doch nun entdeckte er Frieda in einer Ecke des Schankraums mit ihren Sachen. Verdammt noch mal, wollte sie nicht in ihr Zimmer gehen? Jetzt musste er auf sein Bier verzichten, denn er wollte nicht das Risiko eingehen, dass sie ihn erneut mit einem Wortschwall bedachte.

Er wollte jetzt einfach nur für sich sein. Missgelaunt nickte er dem Wirt zu, der offenbar wiederaufgetaucht war, und machte sich auf den Nachhauseweg.

29. Kapitel

Nun saß Julius schon seit über einer Stunde im geheimen Gewächshaus und ertappte sich dabei, dass sein Blick immer wieder zur Tür flog. Als hätten sie sich abgesprochen, stand Marten sonst doch auch immer nach dem Gießen vor der gläsernen Tür seines Pflanzenparadieses. Nach dem Desaster mit den vertrockneten Pflanzen vor drei Tagen hatte es unter den Arbeitern kein anderes Thema gegeben, und Marten war überglücklich gewesen, dass er die Lehrstelle nicht verloren hatte. Heute wollte Julius den neuesten Erfolg mit ihm teilen, ein letzter schöner Moment, bevor in zwei Tagen alle blühenden Pflanzen zum Ballsaal gebracht werden würden.

Wieder sah er zur Tür. Bei dem Regen, der den ganzen Tag über gefallen war, würde Marten doch nicht gießen müssen. Wo blieb er nur?

Oder hatte er sich heute entschieden, pünktlich nach Hause zu gehen, um aus den nassen Kleidern zu kommen? Dabei hatte Julius den Ofen sogar extra etwas höhergedreht, damit die Kleider schneller trockneten. Und normalerweise hätte er doch zumindest kurz hereingeschaut, so wie er es sonst stets getan hatte.

Da, endlich! Mit einem knatschenden Geräusch öffnete sich die Tür, und Marten schob sich geschwind herein damit nicht zu viel Wärme entfleuchte.

»Was für ein Wetter«, fluchte er.

»Komm!« Julius winkte ihn zu sich heran. »Ich muss dir etwas zeigen.«

Marten schnappte nach Luft, als er sah, auf welchen Topf Julius deutete. »Dein neuer Aganniphum-Rhododendron. Es hat geklappt!«, rief er aufgeregt.

Da Marten die Geschichte zur Pflanze kannte, freute er sich wie eine Sonnenblume nach einer langen Nacht. Julius' erster Versuch war leider verkümmert, und er war schwer geknickt gewesen. Marten hatte ihn ermuntert, es in einem Erde-Torf-Gemisch erneut zu versuchen.

»Ich kann es kaum abwarten, die Blüten zu sehen. Ein Brombeertupfen auf Weiß, das muss zauberhaft aussehen.« Seltsamerweise verzog er nun das Gesicht, als hätte er sich selbst auf die Zunge gebissen. Julius verkniff sich den Scherz, dass er gerade wie Hildegard und Greta geklungen hatte, und fragte stattdessen: »Du weißt aber schon, dass es noch Jahre dauern wird, bis wir die Blüten sehen?«

»Ja, gewiss. Dennoch kann ich es kaum abwarten.« Vorsichtig stellte er den Topf zurück, bevor er weitersprach. »Hast du eigentlich auch Flieder?«

»Wie kommst du denn jetzt auf Flieder?«

Marten winkte ab. »Nur so. Die Beschreibung der Rhododendren hat mich an etwas erinnert.«

Julius brach der Schweiß aus, und er wusste, dass das nichts mit den erhöhten Temperaturen im Gewächshaus zu tun hatte. Aber das war nicht möglich. Marten konnte auf keinen Fall von dem besonderen Flieder wissen. Er meinte aller Wahrscheinlichkeit nach einen weißen Flieder. Der zweifarbige Flieder war niemandem bekannt. Mit seinem Großvater waren alle, die davon wussten, begraben. Das Mädchen war verschwunden. Als er etwas älter gewesen war, hatte er sich sogar die Mühe gemacht, nach Rastede zu reiten, und hatte sich dort nach einem Mädchen mit Fliedervorliebe durchgefragt. Als er fast hatte aufgeben wollen, hatte sich ein alter bäriger Kauz erinnert, der auf dem Marktplatz gesessen hatte.

»'türlich. De kleene Marleene und ihr Vater«, hatte er gesagt. »De hebt en Fliedergarten um dat ganze Heuerhus gepflanzt.«

Sein Herz hatte gerast. Wenn das so war, würde sein Plan nicht aufgehen, denn er wollte den besonderen Flieder exklusiv vermehren, sobald er die Gärtnerei übernommen hätte. Dazu durfte es ihn an keiner weiteren Stelle geben. »Wo finde ich sie?«

Da hatte der Alte gegrunzt und den Kopf geschüttelt. »Ihr Vater ist gestorben, und sie mussten das Heuerhus aufgeben. Sie sind weitergezogen, um Arbeit zu suchen.«

»Und seitdem haben Sie sie nie wiedergesehen?«

Traurig hatte der Mann ihn angesehen und erneut den Kopf geschüttelt.

Er hatte Mitleid gehabt, aber letztendlich gab es nichts, was er hätte tun können. Und seitdem betrachtete er den Flieder als seinen. Seinem Vater konnte er nicht trauen, der würde am Ende noch sagen: »Was der Bauer nicht kennt, frisst er nicht«, und den einzigartigen Flieder wegschmeißen, da er ihn für unverkäuflich hielt.

Er wandte sich an Marten und sagte ihm die halbe Wahrheit. »Ich wollte mich zunächst auf Rhododendren spezialisieren. Diese Pflanze ist so vielfältig, dass es genug zu tun gibt.«

»Verstehe.«

Eine Weile arbeiteten sie einträchtig vor sich hin und entnahmen Samen aus den bereits vertrockneten Blüten, bis Marten das Wort ergriff.

»Du bist ganz anders, als ich dachte«, sagte er plötzlich.

Julius zog überrascht die Brauen hoch. Es war ihm nicht bewusst, dass er sich ungewöhnlich verhalten hätte. Er bemühte sich immer, zu allen so gerecht wie möglich zu sein. Sicher, in der Anfangszeit war er Marten gegenüber etwas missgestimmt gewesen, aber jetzt, da er bewiesen hatte, dass er tatsächlich wusste, was er tat, und lernbereit war, hatte er das eingestellt. Sogar Dorothea gegenüber zeigte er immerfort Geduld, was wahrhaftig nicht einfach war. Der Einzige, der es regelmäßig schaffte, seinen Zorn hochbrodeln zu lassen, war sein Vater.

»Wie meinst du das?«, hakte er deswegen nach.

»Also ehrlich gesagt …« Marten rang um die richtigen Worte. »Du bist irgendwie immer so mies gelaunt während der Arbeit.«

Immer? Sollte seine schlechte Stimmung gegenüber seinem Vater tatsächlich für alle zu spüren sein?

»Nun ja, ich habe es hier ja auch beileibe nicht leicht«, rechtfertigte er sich. »Mein Vater erwartet alles von mir, hört sich aber keinen einzigen meiner Verbesserungsvorschläge an. Und als wäre das nicht genug, darf mein werter Herr Bruder auch noch genau das tun, was er gerne möchte, während ich meine Studienreise abbrechen musste, um hier auszuhelfen.«

Marten zog eine Augenbraue hoch. »Aber machst du denn hier nicht auch das, was du möchtest?« Er deutete mit dem Kopf auf die duftenden Rhododendren um sie herum.

»Das geht nur, weil ich es mir selbst erkämpft habe. Erlaubt hätte mein Vater mir das nie und nimmer.«

»Immerhin konntest du es dir erkämpfen. Diese Möglichkeit steht den meisten Menschen nicht offen.«

»Natürlich. Aber wie heißt es noch so schön? *Jeder ist seines Glückes Schmied.* Man muss sich nur genug dahinterklemmen, dann erreicht man auch das, was man will. Einige Leute sind halt einfach faul.«

Jetzt lachte Marten sogar auf, wirkte aber so gar nicht belustigt. »Ist das dein Ernst?«

»Selbstverständlich. Bist du etwa anderer Ansicht?«

»Allerdings, denn wie soll man denn sein Glück schmieden, wenn man noch nicht einmal das Eisen dazu hat? Es hängt doch immer davon ab, unter welchen Voraussetzungen jemand geboren wurde. Nehmen wir mal Dorothea als Paradebeispiel. Obwohl sie sehr gebildet ist und aus gutem Hause kommt, wollte keine Gärtnerei sie einstellen. Selbst wenn sie sich als ihr eigenes Schmiedeeisen verbogen hätte, hätte das doch nichts gebracht.«

Julius schmunzelte, denn die Vorstellung der korpulenten Dorothea, die sich hufeisengleich verbog, war amüsant. Doch Marten redete weiter, als wäre es ihm vollkommen ernst.

»Irgendwas sagt mir, dass selbst wenn sie deinem Vater ergeben die Füße geküsst hätte, er sie nicht eingestellt hätte. Nein, dieses sogenannte Glück kam nur über ihren Vater zustande, der ungemein viel Geld hat und den Platz mehr oder weniger für sie erkauft hat.«

Julius nickte und forderte Marten so dazu auf, fortzufahren.

»Und möglicherweise gibt es da draußen noch sehr viel mehr Frauen, die gerne Gärtnerin werden würden oder andere Berufe ergreifen möchten, was ihnen jedoch nicht erlaubt ist.«

Woher hatte Marten all diese Ideen und Vorstellungen nur? War er am Ende auch bei den Sozialisten, so wie Johannes?

»Aber vielleicht ist das ja auch gut so. Immerhin ist es der naturgegebene Beruf der Frau, sich um Haushalt und Familie zu kümmern.«

Marten warf ihm einen schrägen Blick zu, sodass er sich beeilte, sein Argument weiter auszuführen. »Dorothea kann ja auch fast nichts. Und das, nachdem sie zwei Jahre auf dieser Schule war! Das zeigt doch am allerbesten, dass das Gärtnerdasein nichts für Frauen ist.«

Julius hatte gedacht, die Diskussion damit beendet zu haben, doch Marten schüttelte den Kopf und lachte sarkastisch auf.

»Ist das so amüsant?«

»Ich bin nur etwas verwundert.«

»Worüber? Du willst doch nicht etwa behaupten, dass sie gute Arbeit leistet?«

»Nein«, sagte Marten mit einem leichten Lachen. »Nein, das will ich nicht sagen. Aber ist es nicht nachvollziehbar, dass sie auf einer Schule nicht das gesamte praktische Wissen erlernen kann wie in einer Lehre im Betrieb?«

»Nun ja«, begann Julius, aber Marten fiel ihm ins Wort. »Und es ist ja nicht so, dass ihr diese Möglichkeit offengestanden hätte. Stell dir doch mal eine Frau vor, die gerne mehr möchte. Eine, der es nicht reicht, lediglich Unkraut zu jäten und vielleicht hier und da ein paar Hilfsarbeiten zu verrichten. Wohin soll sie sich wenden? Es gibt in diesem Land einfach keine Lehrstellen für Frauen in einer Gärtnerei. Es bleibt also allein diese Gärtnerinnenschule für höhere Töchter. Und dass sie dort nicht das Wissen vermittelt bekommen, das sie später brauchen, ist mehr als bedauerlich. Aber ist es nicht grundlegend falsch, die Schülerinnen dafür zu verurteilen? Dorothea hat es schlichtweg nie besser gelernt, und anstatt sie zu verspotten, sollten wir ihr vielleicht helfen, damit sie bei uns lernt, was in einer Handelsgärtnerei an Wissen benötigt wird. Wenn wir uns jeden Tag nur ihretwegen empören, wird es ewig so bleiben, und damit ist wahrhaftig keinem geholfen.«

Julius sprang auf, denn in ihm brodelte der Zorn so stark, dass er nicht mehr nur ruhig dasitzen konnte. »Ach, nun sollen wir den Frauen also ein volles Gärtnergehalt zahlen und sie dazu praktisch ausbilden wie einen Lehrling? So weit kommt's gerade noch. In deiner Vorstellung mag das ja alles nett und praktikabel erscheinen, aber das zeigt lediglich, wie naiv du bist. So etwas kann sich keine Gärtnerei leisten. Dies ist ohnehin keine Branche, in der das große Geld zu holen ist, und wenn man dann teure Fachkräfte hat, die nichts können, gerät das gesamte Gefüge auseinander.« Julius schüttelte den Kopf. »Nein, diese Frau ist unnütz, und sie muss einfach gehen.«

Marten warf sein Messer auf den Tisch und erhob sich ebenfalls von dem Schemel, auf dem er gesessen hatte. Er bedachte ihn mit einem derart abweisenden Blick, dass Julius erschauderte. So hatte er den Jungen noch nie erlebt.

»Wenn du wahrhaftig so denkst, habe ich mich stark in dir getäuscht. Unter diesen Umständen habe ich nicht länger Lust, dich hier bei deinem Vorhaben zu unterstützen.« Marten machte auf dem Absatz kehrt, und Julius sah ihm hinterher, wie er das Gewächshaus verließ.

30. Kapitel

Als Marleene drei Tage später den Hotelsaal betrat, war sie verzückt. Aus jeder Ecke leuchteten ihr die majestätischen Rhododendronblüten entgegen und verströmten einen hauchzarten Duft. Dank der hohen Bogendecke konnten auch besonders große Gewächse in den Saal gestellt werden, sodass es wahrhaftig königlich anmutete. Die bordeauxroten Pflanzen waren in der Überzahl. Frieda in ihrem dunkelroten Kleid, das eine gute Freundin für sie genäht hatte, fügte sich perfekt in die Szene ein.

Sie hatte zudem eine rote Blüte in ihren Dutt gesteckt, den sie anstelle des Haarkranzes trug. Einige zu kurze Strähnen lockten sich über ihr strahlendes Sommersprossengesicht, und mit den geröteten Wangen war sie überaus liebreizend.

»Mir ist fürchterlich warm, ich gehe noch einmal kurz frische Luft schnappen, bevor es richtig losgeht«, teilte Frieda ihr aufgeregt mit, und Marleene sah ihr hinterher, wie sie in ihrem wallenden Kleid davoneilte. Nicht nur deswegen bedauerte Marleene es, dass sie heute nicht als Frau dem Ball beiwohnen konnte. Nicht, dass sie mit ihrer Cousine hätte mithalten können, aber zu gerne hätte auch sie ein Kleid getragen, das bei jeder Drehung ihre Beine umschmeichelte. Vor allem, damit sie mit Konstantin tanzen könnte. Doch das war nicht möglich. Sosehr sie die Vorteile, die ihr die Maskerade bot, genoss, verfluchte sie sie an diesem Tag. Für auch nur einen einzigen Tanz mit Konstantin hätte sie alles gegeben.

Schon den ganzen Tag war es ihr vor lauter Aufregung schwergefallen, ihre Rolle beizubehalten. Ständig musste sie kichern und fühlte sich so leicht und beschwingt, dass sie am liebsten alle Wege entlanggetänzelt wäre, anstatt sie möglichst breitbeinig mit festen Schritten entlangzugehen. Sie redete sich ein, es läge daran, dass sie nie zuvor auf einem richtigen Ball gewesen war, doch im Stillen wusste sie, dass das Wiedersehen mit Konstantin der wahre Grund war. Sie hatte Julius extra noch einmal unauffällig danach gefragt, als sie noch miteinander gesprochen hatten.

Julius … Wenn sie an ihn dachte, grollte sie innerlich. Sie hatte fest geglaubt, dass er moderner eingestellt war, doch er verstand einfach gar nichts. Schade, sie hatte die Stunden mit ihm im Gewächshaus wirklich genossen, und er war so etwas wie ein Freund geworden. Offenbar trennte sie doch zu viel.

Bevor sie weiter darüber nachsinnen konnte, traf Konstantin ein. Marleene war sofort wie gebannt und beobachtete jeden seiner Schritte ganz genau. Wie so oft war er ganz in Kastanienbraun gekleidet, und mit dem passenden Zylinder dazu sah er schlichtweg hinreißend aus. Zunächst schien er sie nicht zu bemerken, und Marleenes Herz sank bis auf den blank polierten Parkettboden. Sein Blick fixierte etwas hinter ihr. Als sie sich umdrehte, um zu sehen, was ihn so faszinierte, sah sie dort aber lediglich einen Spiegel hängen, der den Ballsaal noch größer wirken ließ.

Endlich entdeckte er sie, und auf seinem Gesicht erschien ein Lächeln. Mit geschmeidigen Bewegungen kam er zu ihr herüber. Als würde er ihr Unbehagen fühlen, beugte er sich dicht an ihr Ohr und kitzelte ihren Nacken mit seinem warmen Atem, als er flüsterte: »Du bist die schönste Alpenrose im ganzen Saal. Und wie du duftest …«

»Aber ich …« Resigniert sah sie an ihrer Männerkleidung herunter.

»Das macht nichts. Auch wenn du dich nicht wie die anderen Mädchen herausputzen kannst, bist du atemberaubend. Eine natürliche Schönheit wie du braucht keine Ballkleider.« Dann sah er sich um und berührte für einen Moment ihre Hand, was Marleene zusammenfahren ließ.

»Komm mit«, flüsterte er verschwörerisch und steuerte eine Tür im Saal an. Marleene folgte ihm unauffällig und fand sich bald darauf in einem Korridor voller Türen wieder, durch den Kellner in schwarz-weißen Livreen Kanapees auf Silbertabletten balancierten.

Sie sah Konstantin am Ende des Korridors hinter einer Tür verschwinden. Durch den Türspalt bedeutete er ihr mit einem Winken, ihm zu folgen. Marleene sah sich erneut um, doch von den eifrigen Bediensteten schenkte ihr keiner Beachtung. Wie eine Maus huschte sie den Gang entlang und öffnete daraufhin die Tür, durch die sie Konstantin hatte verschwinden sehen. Neugierig sah sie sich um und erkannte im Licht der hereinfallenden Abendsonne, dass es sich um eine Abstellkammer handeln musste. Alte Schränke, Stühle und Tische, teilweise mit weißen Laken bedeckt, nahmen die gesamte Hälfte des Raums ein.

Konstantin, der sich lässig gegen einen der Tische gelehnt hatte, und streckte ihr die Hände entgegen. »Darf ich bitten?«

Hinter dem Rücken wischte Marleene ihre schweißnassen Hände an ihrer Hose ab. »W-was hast du vor?«

Er trat noch näher an sie heran, und sie bemerkte einen Geruch nach Zedernholz, den sie eigentlich nicht besonders mochte, doch bei Konstantin war es etwas anderes.

»Nun ja, wir können schlecht im Ballsaal miteinander tanzen, aber ich werde es mir nicht nehmen lassen, mit der hübschesten Dame des Abends einen Tanz zu vollführen.« Sanft legte er eine Hand auf ihren Rücken, zog sie näher und griff mit der linken nach ihrer Hand. Er summte eine liebliche Melodie und begann einen langsamen Walzer.

Dabei ließ er sie keine Sekunde aus den Augen.

Marleene ermahnte sich, langsam zu atmen, denn sie hatte so lange die Luft angehalten, dass sie nahezu um Atem ringen musste. Aber das wäre nicht sehr romantisch und würde die wunderschöne Stimmung zerstören. Dennoch fragte sie sich, woher er von diesem Raum gewusst hatte. Sie wollte gerade danach fragen, als er sie ein Stück näher an sich zog. Er hatte aufgehört zu tanzen, und jetzt standen sie nur noch eng umschlungen in dem kleinen Raum, der auf einmal viel zu warm schien.

»Weißt du, dass du etwas ganz Besonderes bist, Marleene?«, flüsterte er, und in seinen Augen sah sie, dass er es ernst meinte.

Sein Gesicht näherte sich ihrem, sie sah seine weichen Lippen auf sich zukommen und war sich sicher, dass sie nun ihren ersten Kuss bekommen würde. Von dem wundervollsten Mann, den sie sich hatte erhoffen können. Sie reckte sich ihm entgegen, als urplötzlich durch die Wände gedämpft ein lauter Tusch ertönte.

Der Ball wurde offiziell eröffnet.

Frieda!

Marleene riss sich los. »Ich … ich muss gehen!«, rief sie, während sie sich bereits zur Tür wandte.

»Was? Jetzt?«

»Ja, ich kann Frieda nicht alleine lassen. Ich habe sie gebeten, mich zu begleiten, und wir haben extra für den Eröffnungstanz geübt.« Ihre Cousine hatte nur kurz frische Luft schnappen wollen, und nun hatte sie sie einfach allein gelassen. Dabei kannte sie doch nahezu niemanden auf diesem Ball und würde es ihr nie verzeihen, wenn sie den Eröffnungstanz verpassten.

Außer Atem kehrte sie in den duftenden Ballsaal zurück. Da die meisten Paare bereits auf der Tanzfläche Stellung bezogen hatten, fand sie Frieda schnell, reichte ihr die Hand, und sie suchten sich einen Platz am Rand.

»Wo warst du denn so lange?«, erkundigte Frieda sich eher neugierig als erzürnt, während sie die ersten Schritte vollführten.

»Das erkläre ich dir später. Ich muss mich jetzt erst mal auf die Schritte konzentrieren …«, log sie.

»Ja? Im Flur der Herberge hat es doch schon ganz gut geklappt. Au!«

»Oh, Entschuldigung«, wisperte Marleene hastig. Aber es war eine Sache, den männlichen Part zu tanzen, wenn man dabei konzentriert war. Wenn man diesen Part tanzen musste und währenddessen einen braun gekleideten Herrn beobachtete, der nun einer ganz anderen Dame sein Lächeln schenkte, war es nahezu unmöglich, alles richtig zu machen.

»Entschuldigung«, flüsterte sie zum siebten Mal innerhalb der letzten Minuten. Frieda zwinkerte ihr zu.

»Sagen wir einfach, das war eine Generalentschuldigung für den restlichen Abend.«

Er muss den anderen Damen gegenüber ebenso freundlich sein, rief Marleene sich in Erinnerung, die bei jeder neuen Drehung das Gesicht mit den braunen Augen zwischen den Tanzenden suchte. Es wäre äußerst unhöflich gewesen, wenn er den Eröffnungstanz ausgelassen hätte. Und doch zerfraß es sie, wenn sie sah, wie seine Hand auf dem Rücken einer anderen lag.

* * *

Nach dem Tanz fanden Marleene und Frieda bei Bruno, Johannes, Manilo und Oskar am Tisch Platz, die alle in ihrer Festtagskluft sehr ungewohnt aussahen. Frieda unterhielt sich blendend mit Manilo, und er bat Marleene schon bald darauf, ihre Cousine auf die Tanzfläche führen zu dürfen. Marleene gestand, dass sie erleichtert wäre, wenn er ihr diese Bürde abnähme, und verblieb bei den anderen Arbeitern.

»Es ist ganz nett, oder?«, sagte Johannes mit Blick in die Runde und hielt bei Marleene inne. »Hätte nur nicht gedacht, dass der Chef dich noch herkommen lässt, nachdem …«

»Herrgott noch mal, Johannes«, fiel Bruno ihm ungewohnt scharf ins Wort. »Können wir dieses leidige Thema jetzt ein für alle Mal abhaken? Seit Tagen reden wir von nichts anderem mehr, aber irgendwann muss auch mal gut sein.« Zustimmendes Gemurmel bekräftigte ihn, weiterzumachen. »Ohne Marten hätten wir gar keinen Alpenrosenball. Wir können ihm verdammt noch mal dankbar sein.«

Marleene lächelte ihm verschwörerisch zu. Nachdem Alexander ihr mitgeteilt hatte, dass sie wieder eingestellt war, hatte sie Bruno im Bauernhaus seiner Eltern in Ofenerdiek aufgesucht. Er war das reinste Häufchen Elend gewesen und hatte ihr nicht in die Augen sehen mögen. Sie hatte mit Engelszungen auf ihn einreden müssen, damit er wieder zur Arbeit kam. Da sie so glimpflich davongekommen war, hatte sie darauf bestanden, die Sache auf sich beruhen zu lassen.

»Aber …«, begann Johannes.

Bruno hob einen Finger. »Kein Wort mehr.« Suchend ließ er den Blick durch den Saal schweifen. »Sagt mir lieber, wo Greta ist. Es sieht ihr nicht ähnlich, zu spät zu kommen, nachdem sie sich dermaßen auf den Ball gefreut hat.«

Seine Frage wurde eine halbe Stunde später beantwortet, als Greta den Saal betrat – allerdings anders als erwartet. Wie eine Furie kam sie über das Parkett hereingerauscht, ließ die tanzenden Paare auseinanderstreben und übertönte mit ihrer schrillen Stimme sogar das Orchester. Ihre Haare waren vermutlich einmal hübsch hochgesteckt gewesen, doch jetzt baumelte nur noch ein zerzauster Klumpen an ihrem Hinterkopf. Einzelne Strähnen hatten sich herausgelöst und hingen verklebt von ihrem Kopf herab. Ihr Gesicht wies dunkle Flecken auf, und Marleene vermutete, dass nicht nur sie sich diesen Kohlestift von Doktor Winkelmann hatte anschnacken lassen.

»Julius!!!« Gretas keifende Stimme hallte erneut durch den Raum. Der jüngste Goldbach-Sohn, der am anderen Ende des Saals mit seiner Begleitung Konversation betrieben hatte, erhob sich langsam.

»Julius, wo zum Teufel bist du?«

Das Orchester verstummte, die Gespräche verebbten.

Julius eilte auf Greta zu, versuchte ihre Hände zu ergreifen, doch sie schlug sie weg. Marleene war ebenfalls auf ihre Kollegin zugegangen, in der Hoffnung, sie zu beruhigen. Vielleicht konnte sie ihr noch mehr Peinlichkeiten ersparen. Als sie bei den beiden ankam, wallte eine so heftige Branntweinwolke zu ihr herüber, dass sie allein von dem Geruch Kopfschmerzen bekam. Der Dunst schien nicht allein aus Gretas Mund, sondern auch aus jeder einzelnen Pore zu kommen.

Konstantin eilte herbei und übernahm sofort die Führung. »Feiern Sie weiter, es gibt hier nichts von Interesse«, rief er in den Saal. Die Musik setzte wieder ein, und langsam flammten auch die Gespräche wieder auf.

Dann schob Konstantin Greta und Julius aus dem Ballsaal in die Eingangshalle des Hotels. Marleene folgte zögerlich, denn sie war sich nicht sicher, ob sie noch zu Gretas Unterstützung gebraucht wurde.

»Was ist hier los?«, erkundigte Konstantin sich.

Greta deutete mit ihrem dünnen Zeigefinger auf seinen Bruder. »Er hat mir versprochen, mit mir zu diesem Ball zu gehen, und dann hat er mich nicht abgeholt. Hat mich einfach sitzen lassen.« Sie schniefte, und frische schwarze Tränen rannen über ihr Gesicht. »Ich habe die ganze Zeit gewartet.«

Marleene tastete ihre Hosentasche nach einem Taschentuch ab, aber auch das hatte sie nicht mehr so regelmäßig dabei, seit sie als Junge unterwegs war.

»Das habe ich dir nie versprochen, Greta«, verteidigte Julius sich. »Ich hatte doch bereits eine Verabredung für den Ball, als du gefragt hast, und ich habe dir nur für das Angebot gedankt.«

Greta verschränkte die Arme. »Du hast es mir versprochen. Und jetzt hätte ich beinahe wegen dir diesen Ball verpasst. Ich hasse dich!«, lallte sie und zog danach schniefend die Nase hoch.

»Aber, aber! Wer wird denn gleich so hart urteilen wollen?« Konstantin legte Greta eine Hand auf den Rücken. »Und wäre es nicht ein Jammer, wenn du dir auch noch den restlichen Teil des Abends verdirbst?«, fragte er mit seiner charmanten Stimme.

Marleene bewunderte, wie unglaublich schnell und weltmännisch er diese Situation meisterte, während Julius nur wie ein herrenloser Welpe danebenstand und todtraurig dreinblickte.

Konstantin hingegen griff nach Gretas Hand. »Ab jetzt werde ich mich um dich kümmern. Höchstpersönlich. Wie wäre es, wenn du dich ein wenig frisch machst? Und dann musst du mir unbedingt deinen ersten Tanz schenken.« Er beugte sich zu ihr herüber und flüsterte ihr etwas ins Ohr, das ihre Laune sofort auf Kastanienbaumhöhe anhob. Sie kicherte mit der Hand vorm Mund und verschwand dann hinter der Tür, wo es die Waschräume für dic Damen geben sollte. Mit einem tadelnden Blick in Julius' Richtung wandte auch Konstantin sich ab und ging zurück in den Saal.

Julius folgte ihm, blieb jedoch bei Marleene in der Tür stehen. »Sag nichts. Ich weiß, dass du mich darauf hingewiesen hattest. Aber ich hatte nicht geglaubt, dass …« Er kehrte die Handinnenflächen nach außen und sah zerknirscht aus. »Ich bin so ein Dummkopf. Hätte ich doch nur auf dich gehört. Wie man merkt, weiß ich wahrhaftig gar nichts über Frauen.« Interessiert betrachtete er sie nun. »Wie kommt es eigentlich, dass du in deinen jungen Jahren dermaßen viel über sie weißt?«

Marleene lachte auf. Ihr wurde ganz anders, wenn Julius so nah an ihrem Geheimnis kratzte, aber sie konnte ihm dennoch eine wahrheitsgemäße Antwort liefern. »Ich verbringe ungeheuerlich viel Zeit mit Frieda.«

Sie blickten beide zu ihrer Cousine auf der Tanzfläche, die noch immer mit Manilo tanzte und ihm gerade ein strahlendes

Lächeln schenkte. Die beiden wirkten wie füreinander bestimmt, wie sie so im vollkommenen Einklang tanzten.

»Wieso scheint es für alle anderen immer wie ein Kinderspiel?«

»Was?«

Julius nickte mit dem Kinn in Friedas und Manilos Richtung. »Der Umgang mit Frauen. Manilo schafft es offensichtlich, obwohl er nur einen Bruchteil ihrer Sprache kann, und Konstantin sowieso. Nur ich trete von einem Fettnäpfchen ins nächste. Ich kann es einfach nicht. Ich kann mich nicht mit ihnen unterhalten.«

»Es wirkte aber, als hättest du dich mit deiner Begleitung ganz famos unterhalten.«

»Mit Julia? Bist du etwa eifersüchtig?«

Jetzt wurde Marleene noch heißer, und sie war froh, dass Julius sogleich weitersprach.

»Das ist nur eine Freundin von Rosalie, und mit ihr habe ich mich beileibe nicht gut unterhalten. Das war allemal der Austausch einfacher Höflichkeitsfloskeln. Ich meine, richtig miteinander *reden*… So, dass man etwas aus der Unterhaltung mitnimmt oder etwas über den anderen erfährt.«

»Vielleicht hast du dann lediglich noch nicht die Richtige getroffen«, schlug Marleene vor. Immerhin konnte sie ihm schlecht sagen, sie wüsste aus sicherer Quelle, dass er sich oft stundenlang mit einer Frau unterhielt.

»Vielleicht«, sagte Julius, klang dabei aber wenig überzeugt. Er seufzte. »Gut, dann werde ich mich wohl mal weiter über die neuesten Stickmuster und Modetrends austauschen. Keulenärmel sind offenbar gerade stark im Kommen.« Er sah gequält zu seinem Tisch hinüber, wo Rosalie mit ihren Freundinnen saß, zu denen auch seine Begleitung gehörte. Er hatte es gesagt, machte aber keinerlei Anstalten, wirklich hinüberzugehen. Stattdessen fixierte er den edlen Parkettboden.

Marleene wartete unschlüssig.

»Viel lieber würde ich … Viel lieber würde ich mit dir über unsere neuesten Züchtungen sprechen«, sagte er schließlich kleinlaut, und Marleene spürte, dass es seine Art der Entschuldigung für ihren Streit im Gewächshaus war.

Sie nickte zaghaft, denn auch sie hatte ihre Unterhaltungen vermisst.

Später am Abend, nach vielen weiteren Tänzen und höflichen Konversationen, ergab es sich tatsächlich, dass Marleene und Julius gemeinsam an einem sonst leeren Tisch saßen. Müde sah sie zu dem lustigen Treiben auf der Tanzfläche.

»Möchtest du nicht viel lieber mit deiner Begleitung tanzen? Du musst wahrlich nicht auf mich Rücksicht nehmen und hier mit mir sitzen, nur weil ich zwei linke Füße habe.«

»Bloß nicht!«, sagte Julius gähnend. »Ich bin heilfroh, dass ich meine drei Pflichttänze absolviert habe und ich mir so von Rosalie nichts mehr vorwerfen lassen kann.«

Vielleicht hätte Rosalie sich aber auch selbst ein paar Pflichttänzer arrangieren sollen. Sie stand in einer lockeren Gesprächsrunde mit ihren Freundinnen beisammen, sah mit säuerlicher Miene jedoch immer wieder auf die Tanzfläche, nachdem sie zuvor einen Jüngling nach dem anderen abgewiesen hatte, wie Marleene beobachtet hatte.

»Du könntest zur Entschuldigung noch einmal mit Greta tanzen«, sagte Marleene, hauptsächlich, um Julius zu ärgern.

»Ich glaube, sie ist momentan mit meinem Bruder recht glücklich.«

Auch das war Marleene nicht entgangen. Ihr Blick wurde von Konstantin angezogen wie eine Honigbiene von den Blüten. Greta, die zwei Köpfe kleiner als Konstantin war, hing in seinen Armen wie eine Prinzessin und strahlte, als wenn sie soeben zu einer gekürt worden wäre. Er hatte sein Versprechen nicht nur eingehalten, sondern sogar übertroffen und den restlichen Abend ausschließlich mit ihr getanzt. Marleene rechnete ihm das hoch an, denn sie war sicher, dass Greta nicht seine erste Wahl war, wenn sie auch stets den Stachel der Eifersucht spürte, wann immer die zwei in ihr Blickfeld kamen. Aber vermutlich musste sie sich nicht sorgen. Wahrscheinlich konnte er sich lediglich vorstellen, wie geschunden Gretas Herz war, und wollte in seiner fürsorglichen Art dazu beitragen, es ein kleines bisschen wieder zu heilen. Derweil murmelte Julius etwas vor sich hin, wovon sie nur »Bloß nicht…« verstand.

»Wie bitte?«, erkundigte sie sich.

»Ach nichts«, beeilte Julius sich zu sagen.

***

Zum ersten Mal konnte Alexander Goldbach verstehen, warum viele Frauen vor einem Ball so nervös waren. Diesmal hatte auch er sich gefühlt, als würden Waldameisen durch seine Blutbahnen ziehen. Es war zwar schon so viel schiefgegangen, dass eigentlich unmöglich noch mehr danebengehen konnte, aber der Teufel machte bekanntlich immer auf den größten Haufen.

Mit Argusaugen hatte er die Verladung jedes einzelnen Rhododendron höchstpersönlich beaufsichtigt, jeden Arbeiter zusammengeschrien, der eine kleine Macke in den Tontopf geschlagen oder einen Zweig abgebrochen hatte. Selbst jetzt, wo der Ball in vollem Gange war und die Gewächse hervorragend anzusehen waren, gab es noch ungemein viel, was schiefgehen konnte. Da seine Frau aber wieder unpässlich war und sich auch für dieses großartige Ereignis nicht aus dem Bett bewegen konnte, blieb

Alexander an diesem Abend ansonsten ohnehin nichts übrig, als mit einem kritischen Blick alle fünf Minuten die Rhododendren zu begutachten.

Würden sie den Abend lang die stickige Ballluft überstehen? Oder würden sie schlappen und der gesamte Alpenrosenball doch noch im Desaster enden, weil die Blüten auf die Tanzfläche rieselten und aussahen wie die verwelkten Kränze auf den Gräbern nach dem Buß- und Bettag?

Aber bisher lief alles vorzüglich. Den ganzen Abend hatte er noch nichts essen können und fühlte sich deswegen nach den drei Bier, die er getrunken hatte, schon beduselt – was eigentlich gegen seine selbst auferlegten Regeln war. So einen dummen Fehler wie neulich auf der Kohlfahrt wollte er gewiss nicht ein weiteres Mal machen. Unter Dorothea von Wallenhorst hatten sie heute noch zu leiden. Just in diesem Moment kam ihr Vater auf ihn zu.

»Und? Habe ich zu viel versprochen?«, fragte Alexander ihn mit seiner zurückgewonnenen Selbstsicherheit.

Herr von Wallenhorst sah aus wie ein glückliches Schweinchen. »Aber absolut nicht, mein Guter. Wollen wir uns von nun an nicht duzen? Ich bin hingerissen von diesen Alpenrosen. Es sind wahrhaft hochherrschaftlich anmutende, wenn nicht sogar königliche Pflanzen. Ich möchte von nun an ausschließlich einen Alpenrosenball ausrichten. Rosen? Das hat doch jeder. Die wahren Königinnen sind Alpenrosen. Ich denke, sie werden in einigen Jahren jeden Garten hier in Oldenburg und im Umland zieren. Ich überlege sogar, mein Hotel danach umzubenennen.«

Das waren fabelhafte Neuigkeiten. Wenn sich der Erfolg herumsprach, würde auch die Hofgärtnerei wieder in aller Munde sein, und sie würden vielleicht endlich aus den tiefroten Zahlen herauskommen.

Als sein Blick auf einem erneuten Kontrollgang durch den

Saal glitt, blieb dieser an seiner Tochter hängen. In ihrem zartrosa Kleid mit den goldenen Locken war sie die Schönste des ganzen Abends – und doch stand sie alleine am Rand der Tanzfläche.

Was war nur los mit der heutigen Jugend?

Er hätte eine solche Schönheit gewiss nicht lange warten lassen. Auch seine Helene war damals die Schönste in ganz Oldenburg gewesen, und er hatte sofort zugegriffen, als sich die Gelegenheit dazu ergeben hatte. In diesem Moment ging Manilo mit zwei gefüllten Sektgläsern an ihm vorbei. Er rief ihn zu sich.

»Bitte, tu mir den Gefallen und fordere meine Tochter zum Tanz auf.«

Manilo wollte etwas erwidern, aber der angespannte Alexander erstickte seine Antwort im Ansatz. »Das ist doch wahrhaftig nicht zu viel verlangt! Jetzt geh.«

Er verließ den Saal, um frische Luft zu schnappen. Mit Sicherheit würde er toben, wenn er wieder hereinkäme und dieser vermaledeite Italiener noch immer nicht seine Tochter aufgefordert hätte. Er konnte es nicht dulden, dass Rosalie keinen schönen Abend hatte. Das würde ein schlechtes Licht auf den Alpenrosenball werfen, und das wollte er unter allen Umständen verhindern. Auch wenn er sich sonst nicht mit diesem Weiberkram beschäftigte, wusste er durchaus, dass sie die Tonangebende unter ihren Freundinnen war. Die anderen Mädchen würden munter alles nachplappern, was sie in den Raum warf. Nicht umsonst hatten sich jetzt bereits zwei weitere am Theater beworben und wollten ebenfalls Schauspielerin werden.

Er grinste vor sich hin, als der Oberkellner auf ihn zutrat.

»Herr Goldbach?«, versicherte sich dieser.

»Das bin ich.«

»Wir haben soeben eine Nachricht für Sie erhalten. Sie sollen umgehend in die Fliedervilla kommen.«

Jemand hatte einen Boten geschickt, um diese Zeit? Das war ungewöhnlich und konnte nichts Gutes bedeuten. Alexander stürmte zurück in den Saal, um seine Söhne zu suchen.

***

Frieda war glücklich. Dieser Rosenball, oder besser gesagt, der Alpenrosenball, zu dem Marleene Karten hatte ergattern können, war das Beste, was ihr je passiert war. In der Gärtnerei war Manilo in letzter Zeit so kurz angebunden gewesen. Kein Wort mehr von Pizza oder Kaffeehausbesuchen. Und nun hatten sie ganz offiziell miteinander tanzen dürfen und davon reichlich Gebrauch gemacht, nachdem er sich sogar erkundigt hatte, ob sie womöglich bereits vergeben sei. Dreimal hatte sie versichern müssen, dass sie wirklich nicht verlobt sei, und danach hatten sie keinen einzigen Tanz mehr ausgelassen. Frieda hatte sich gefühlt, als wären Ostern, Weihnachten und der Oldenburger Kramermarkt auf denselben Tag gefallen. Zeit mit Manilo zu verbringen war bunt, lustig, aufregend und wie ein Geschenk.

Doch nun wackelte sie ungeduldig von einem Fuß auf den anderen. Eigentlich würde sie sich gern hinsetzen, aber sie wusste genau, dass sie, wenn sie einmal saß, nicht wieder hochkommen würde, so sehr schmerzten ihre Beine. Trotzdem wollte sie die letzten Tänze mit Manilo auf der Tanzfläche nicht verpassen. Eine derartige Gelegenheit würden sie unter Umständen nie wieder haben. Und es war schon spät, der Ball würde sicherlich nicht mehr lange gehen.

Wo blieb er denn nur? Er wollte eigentlich nur etwas zu trinken besorgen, damit sie neue Kraft schöpfen konnten.

Frieda ließ den Blick von der überfüllten Theke über die tanzende Menge schwenken. War das etwa …?

Das konnte nicht wahr sein!

Dort tanzte Manilo mit einer bezaubernd aussehenden Schönheit im zartrosa Kleid. Sollte er erkannt haben, wie viel schöner sie als Frieda war, und sich kurzerhand umentschlossen haben? Sollte er wahrhaftig so ein Hallodri sein? Hatte sie sich wirklich schon wieder in einem Mann getäuscht?

Aber vielleicht war es nur ein Höflichkeitstanz, überlegte sie schließlich und ließ sich nun doch auf einen Platz am Rande der Tanzfläche sinken, um zu warten.

Als sie sich umsah, entdeckte sie Marleene und Julius, die ganz am Ende des Saals alleine an einem riesigen runden Tisch für acht Personen saßen. Sie hatten die Köpfe zusammengesteckt und schienen vollkommen in ihr Gespräch vertieft zu sein.

Sie wartete einen, zwei und schließlich auch den dritten Tanz ab.

Zweimal wurde sie von Männern aufgefordert, und zweimal lehnte sie höflich ab, mit der Erklärung, müde zu sein – eine der wenigen akzeptablen Entschuldigungen, die sie als Frau anbringen durfte. Als die blonde Schönheit, die sie inzwischen als Rosalie Goldbach erkannt hatte, herzlich lachend den Kopf in den Nacken warf, reichte es Frieda. Sie stand auf, um sich im Waschraum zu erfrischen. Vielleicht würde sie dadurch wieder einen kühlen Kopf bekommen.

Dieses Hotel war wahrlich ein Palast, fiel ihr auf dem Rückweg auf, nachdem sie sich erleichtert hatte. Gedankenverloren lief sie die Gänge entlang. Von wo war sie bloß gekommen? Auf gut Glück öffnete sie eine erste Tür, die sich jedoch als Besenkammer entpuppte. Dann öffnete sie eine zweite, hinter der sie eine Frauenstimme gehört zu haben meinte. Doch nachdem sie sie aufgezogen hatte, hielt sie in der Bewegung inne.

Die Kammer lag im Dunkeln. Nur das Licht des Korridors

fiel herein und zeigte ihr einen Ausschnitt dessen, was sich dort abspielte.

Sie sah Arme, Beine, eng umschlungene Oberkörper und nackte Haut. Sehr viel nackte Haut. Lediglich obenherum entdeckte sie braunen Stoff.

»Verschwinde!«, herrschte eine dunkle Stimme sie an, und Frieda gelang es endlich, sich aus ihrer Starre zu lösen.

Sie ließ die Tür hastig mit einem lauten Knall zufallen und rannte davon. So rasch wie möglich wollte sie Abstand zwischen sich und dieser Szene bringen. Sie sah noch einmal zu der Tür zurück, um zu sehen, ob man ihr folgte – und prallte gegen eine muskulöse Brust. Frieda geriet ins Straucheln, und kräftige Arme hielten sie. Mit hochrotem Gesicht hob sie den Kopf, denn der Mann, gegen den sie geprallt war, musste bald zwei Meter groß sein. Steingraue Augen musterten sie. »Ist alles in Ordnung?«

Seine Hände lagen noch immer an ihren Armen. Anstatt eine Antwort zu geben, nickte sie lediglich, riss sich los und stolperte weiter. Was hätte sie ihm sagen sollen? Selbst ihre Unterhosen bezeichneten die Frauen als »unaussprechlich« – wie hätte sie ihm da erklären können, in welch eine Szene sie soeben geplatzt war?

Sie erreichte die breitere Tür, die zum Ballsaal führte, schaute aber noch einmal zurück. Ein Fehler. Der große Mann mit den tiefen Koteletten hatte sie noch immer nicht aus den Augen gelassen. Er trug einen dunkeln Anzug, doch seine Haltung zeigte ihr, dass er dies nicht gewohnt war. Mit fahrigen Händen stieß sie die Tür auf und tauchte in die heitere Atmosphäre ein. Sie atmete tief durch, genoss den süßen Blütenduft und versuchte Schweiß und Alkohol, die ebenfalls in der Luft lagen, zu ignorieren.

Noch immer fragte sie sich, wer auf einem so feinen Ball so wenig Anstand haben könnte, sich öffentlich zu vergnügen.

Aber immerhin hatte die Szene sie von ihrer Misere mit Manilo abgelenkt. Doch als sie sich nun umsah, kam alles zurück. Die beiden tanzten noch immer miteinander.

Ein zerstreut wirkender Alexander Goldbach hastete nach draußen und kurz darauf wieder in den Raum. Als er sie entdeckte, kam er auf sie zu. »Hast du Konstantin gesehen?«

Frieda zögerte und wurde rot. War es nicht vielleicht sogar Konstantin in dem Raum gewesen? Er war einer der wenigen, die an diesem Abend Braun trugen.

»Meinen Sohn?«, erklärte er überflüssigerweise. »Oder Julius?«

»Julius saß vorhin dort drüben.« Sie deutete in den hinteren Teil des Saals, wo sie ihn zuletzt mit Marleene am Tisch hatte sitzen sehen. Die beiden waren noch immer vollkommen ins Gespräch vertieft, und Alexander eilte umgehend auf sie zu. Er wechselte ein paar Worte mit Julius, der sofort von seinem Stuhl aufsprang.

Mit großen Schritten durchmaßen sie den Saal. An der Theke verlangte Alexander wild gestikulierend nach einem Blatt Papier und einem Stift. Hastig notierte er etwas und schien dem Kellner Anweisungen zu geben. Dann stürmten er und Julius nach draußen, ohne auch nur ihre Mäntel abzuholen.

Frieda merkte, dass Marleene neben sie getreten war. Gemeinsam beobachteten sie vom Foyer aus, wie Alexander eine Droschke heranwinkte und die Goldbach-Männer einstiegen.

»Was ist denn bloß geschehen?«

»Ich weiß es nicht«, sagte Marleene. »Er hat lediglich gesagt, dass er eine Nachricht bekommen hat, unverzüglich in die Fliedervilla zu kommen.« Fröstelnd rieb sie über ihre Arme. »Wollen wir ebenfalls den Heimweg antreten?«

Frieda sah noch einmal zu Manilo hinüber, der sie jetzt zwar etwas kläglich ansah, aber nach wie vor mit Rosalie tanzte. Sie schob die Schultern zurück.

»Ja, ich habe hier nichts mehr, was mich halten könnte.« Sie holten Friedas Tuch und Marleenes Jacke, und die beiden marschierten zum Saal hinaus. »Weißt du, Cousinchen«, sagte Frieda, während sie sich unterhakte, »ich bin froh, dass wir Frauen sind.«

Marleene legte für einen Moment den Kopf an ihre Schulter und seufzte. »Es mag zwar in meinem momentanen Aufzug nicht überzeugend klingen … aber ich auch.«

31. Kapitel

Alexander schob die Gardine des Fensters im Salon zur Seite und beobachtete, wie der Arzt in die wartende Kutsche stieg und davonfuhr. Er blieb am Fenster stehen, noch lange nachdem das rhythmische Hufgeklapper sich in der Nacht verloren hatte.

Als der Arzt endlich gekommen war, hatte er nichts weiter tun können, als Helene für tot zu erklären. Etwa eine Stunde lang hatte Alexander zuvor an ihrem Bett gesessen und ihre Hand gehalten, die merkwürdigerweise mit Hornhaut übersät war. Leise hatte sie gewimmert und war so schwächlich gewesen, dass sie kaum die Augen hatte öffnen können.

Mit einer unwirschen Bewegung fegte Alexander alle Vasen und Blumentöpfe von der Fensterbank. Das laute Scheppern schien in der gesamten Villa widerzuhallen und verbannte für einen Moment die schmerzvolle Stille der Nacht.

Er hatte ihr nicht geglaubt.

Immerfort hatte sie beteuert, wie elendig sie sich fühle. Ständig hatte sie über Kopfschmerzen geklagt, sich auf nichts konzentrieren können. Und er hatte gedacht, dass sie zimperlich wäre und sich anstelle.

Als Rosalie vom Ball zurückgekehrt und ins Zimmer gekommen war, war sie auf dem Bett ihrer Mutter zusammengebrochen. Ihr Schluchzen hatte sie so sehr geschüttelt, dass der Arzt ihr ein Beruhigungsmittel gegeben hatte. Jetzt schlief sie in ihrem Zimmer. Auch Julius hatte sich zurückgezogen, aber vermutlich würde er in dieser Nacht ebenfalls keine Ruhe finden.

Doch wo zum Teufel steckte Konstantin?

Er hatte den gesamten Ballsaal nach ihm abgesucht und schließlich eine Nachricht für ihn und auch für Rosalie hinterlassen. Nun war es nach drei, und er war noch immer nicht aufgetaucht.

Erschöpft ließ Alexander sich auf das Sofa mit dem grünen Samtbezug gleiten und stützte den Kopf in die Hände. Er hatte sie geliebt. Viele dachten, dass er sie nur wegen der Gärtnerei ihres Vaters geheiratet hatte. Für einen weichenden Erben von einem Tafelgut im Umland von Oldenburg lag die Vermutung nahe. Und ja, er musste sich eingestehen, dass die Möglichkeit, es seinem Bruder Alrich zu zeigen, ein großer Antrieb gewesen war, denn er lag mit ihm schon lange im Clinch. Aber deswegen hatte er Helene nicht geheiratet.

Helene Goldbach hatte ihn vom ersten Augenblick an verzaubert. Sie war schon immer ein zartes Geschöpf gewesen, das der Welt bisweilen entrückt wirkte. Wann hatte er aufgehört, darauf Rücksicht zu nehmen? Anfangs wollte er sie stolz machen, ihr etwas bieten. Unter seiner Führung sollte die Hofgärtnerei noch größer, noch florierender, noch mächtiger werden als zuvor. Aber das war dermaßen ausgeartet, dass er irgendwann allein die Arbeit im Kopf gehabt hatte.

Und nun standen sie kurz vor der Pleite. Er hatte versagt.

Ein Geräusch ließ ihn aufschrecken. Hufgetrappel zu so später Stunde. Aber es verstummte wieder. Alexander stand auf und bezog neben den kaputten Blumentöpfen erneut seinen Posten am Fenster. Im Mondlicht erkannte er eine Gestalt, die soeben aus der Lindenallee heraustrat. Schwankend kam sie auf die Fliedervilla zu. Offenbar hatte Konstantin sich eine Mietdroschke bis kurz vor dem Eingang genommen und lief den Rest, damit er niemanden weckte. Oder damit er nicht entdeckt wurde.

Alexander setzte sich auf einen Stuhl, von dem aus er durch die Tür den Korridor im Auge behalten konnte, und wartete.

Nahezu geräuschlos wurde die Eingangstür geöffnet, und Konstantin schlich in den Windfang. Er stolperte über die Teppichkante, fluchte leise, hielt sich am Türrahmen fest und ging behutsam weiter. Er hickste, auch wenn er versuchte, es zu unterdrücken.

Als er auf Höhe der Salontür war, richtete Alexander das Wort an ihn.

»Wo warst du?«

Konstantin fuhr zusammen. »Vater?!« Seine Augen suchten ihn in der Dunkelheit, und es dauerte einen Moment, bis sie ihn fanden.

»Wo du gewesen bist, habe ich gefragt!«

»Ich … D-das weißt du doch. Auf dem Alpenrosenball.«

Alexander stand abrupt auf. Wollte er ihn für dumm verkaufen? Ihn eiskalt anlügen? Das war das Letzte, was er momentan gebrauchen konnte. Er hatte die schwersten Stunden seines Lebens hinter sich und hätte seinen ältesten Sohn gerne an seiner Seite gewusst. Aber vermutlich hatte der sich wieder mal mit irgendeiner Dirne vergnügt. Er schien ja mitunter nichts anderes im Kopf zu haben.

»Ach ja? Dann warst du wohl auf einem anderen Alpenrosenball als dein Bruder und ich? Denn ich habe dich überall gesucht und konnte dich nirgends finden. Wir hatten einen Notfall.«

»Einen Notfall?« Konstantin schien mit einem Mal vollkommen nüchtern und sah ihn mit aufgerissenen Augen an. »Was ist passiert?«

Alexander atmete durch. Er hätte nicht so aufbrausen dürfen, denn der Tod seiner Mutter war auch für Konstantin ein schwerer Schlag. Aber das alles brachte ihn dermaßen außer sich, dass er nicht wusste, wohin er seine Wut lenken sollte.

»Setz dich.« Er nickte zum Sofa.

* * *

Drei Tage später war die Wut der Ernüchterung gewichen. Der Sarg war unter all den Blumenkränzen, die Alexander bei seiner Schwägerin in Auftrag gegeben hatte, kaum noch zu sehen. Die Trauergemeinde und auch alle anderen, die auf dem Gertrudenfriedhof zusammengekommen waren, sollten sehen, dass Helene eine angesehene Großbürgerin gewesen war. Julius und Konstantin hatten die Bestattung und den daran anschließenden Leichenschmaus arrangiert, während Alexander sämtliche Unterlagen durchgegangen war und dabei eine mehr als unschöne Entdeckung gemacht hatte.

Seine Hündin drückte sich an sein Bein, als würde sie seine Niedergeschlagenheit spüren, und Alexander tätschelte sie kurz, um ihr zu zeigen, dass alles gut war. Nur stimmte das keineswegs. Er ließ den Blick über die dunkel gekleideten Menschen gleiten. Wilhelmine Maader, Helenes Schwester, hatte die Lippen zusammengepresst und zeigte kaum eine Regung. Sie und seine Frau hatten sich bereits vor Jahren auseinandergelebt und einander kaum noch gesehen. Neben ihr stand Julius, die wilden Haare standen heute nur etwas hoch, und er wirkte vollkommen versunken in seiner Trauer. Konstantin sah wie immer wie aus dem Ei gepellt aus, nur diesmal recht ungewohnt in Schwarz, das ihn härter aussehen ließ, als er war. Er hatte es nicht verwunden, dass er die letzten Stunden seiner Mutter verpasst hatte, und hatte nahezu täglich seinen Kummer darüber im Alkohol ertränkt.

Rosalie war sogar mit verquollenen Augen bildschön. Sie hatte die Theaterproben erst einmal abgesagt, klammerte sich mit einer Hand an Manilo und mit der anderen an ein Spitzentaschentuch, mit dem sie sich immer wieder durch das Gesicht fuhr.

Der Italiener war es auch gewesen, der sie in jener verhängnisvollen Nacht nach Hause gebracht hatte. Er würde seine Tochter im Auge behalten müssen, das Verhältnis zwischen den beiden durfte nicht zu eng werden.

Auch die anderen Arbeiter der Hofgärtnerei hatte er zurückgezogen in den hinteren Reihen entdeckt. Oskar war mit seiner Leibesfülle schwerlich zu übersehen, neben ihm standen der alte Alois und Hugo, der zur Überraschung aller wieder genesen war. Der große Johannes mit seinem Vollbart und Brunos feuerrote Haare stachen ebenso aus der Masse heraus. Nicht weit von ihnen sah er Martens schmächtige Gestalt, Dorothea von Wallenhorst mit einem pompösen Hut, Greta, die heute besonders blass wirkte, und das gutmütige Gesicht von Hildegard, die ihm schon einige Male traurig zugelächelt hatte.

Der Pastor sprach von Helenes Liebe zu Blumen, und Alexander dachte an die Rosen, die er ihr zu Beginn so oft gebracht hatte. All dies hatte er fast vergessen, und die Gedanken weckten in ihm eine trübselige Nostalgie.

Doch dann entdeckte er Doktor Winkelmann zwischen den Trauergästen. Das Blut in seinen Adern schien mit einem Mal stillzustehen. Am liebsten hätte er sich nach einem Fluchtweg umgesehen, aber das würde ihm auch nicht helfen. Schließlich wusste der Apotheker, wo die Hofgärtnerei war. Nahezu jeder in Oldenburg wusste das.

Und er hatte alles schriftlich.

Über vierzig fein säuberlich beschriftete Schuldscheine. Alle unterschrieben von seiner Frau. Anscheinend war Helene eifrige Stammkundin in seiner Apotheke gewesen. Das Stubenmädchen hatte inzwischen gestanden, dass es immer wieder Mittelchen für sie abgeholt hatte. Sie musste täglich mehrere Medikamente geschluckt haben. Gegen Kopfschmerzen. Gegen Schwächegefühl. Für eine schönere Haut und glänzende Haare.

Bis heute konnte er sich nicht erklären, warum sie es nicht mit ihm besprochen hatte, denn sie hatte alles auf Kredit gekauft. Und die Tinkturen waren nicht eben günstig gewesen.

Wenn er sich nicht verrechnet hatte, waren über die vielen Monate neunhundert Mark zusammengekommen.

Neunhundert.

Ihm brach der Schweiß aus. Er konnte kaum noch den Worten des Pastors lauschen, und obwohl sie an der frischen Luft standen, fühlte es sich an, als füllte stickige Gewächshausluft seine Lunge.

Der Apotheker war doch nicht etwa hier, um das Geld einzutreiben? Am Tag der Beerdigung? So unmenschlich konnte er beileibe nicht sein, oder? Vorsichtig inspizierte er das Gesicht des älteren Herrn. Mit seinen Lachfalten und den grauen Haaren sah er eigentlich wie ein wohlwollender Onkel aus. Aber das musste nichts bedeuten.

Nachdem der Sarg in die Erde hinabgelassen worden war und die Trauergemeinde sich auflöste, teils, um zurück an die Arbeit zu gehen, und teils, um dem Leichenschmaus in der Fliedervilla beizuwohnen, sah er Doktor Winkelmann auf sich zukommen.

Eilig blickte Alexander sich nach dem Baron von Rittenberg um, den er ebenfalls zwischen den Gästen entdeckt hatte.

»Danke, dass Sie gekommen sind. Wenn ich kurz mit Ihnen sprechen dürfte?«, wandte er sich geschwind an den Baron.

»Aber selbstverständlich, worum geht es denn?«

»Nun ja … Also, wie Ihnen vielleicht bereits zu Ohren gekommen ist, hatten wir ein kleines Problem mit der Bewässerung unserer Pflanzen. Deswegen kann die Belieferung des Hofes in dieser Woche nicht im gewohnten Ausmaß stattfinden …«

Der Baron stutzte. »Sie wollen jetzt wirklich über das Geschäftliche reden?«

Was sollte er ihm sagen? Wenn er nicht bald eine Lösung fand, würde es binnen absehbarer Zeit kein Geschäft mehr geben. Er musste dringend einen Weg finden, um liquide zu bleiben. Und die Lieferungen an den Hof waren dabei der wichtigste Bestandteil.

»Ich bin froh über alles, was mich ablenkt. Und offen gestanden muss ich zusehen, wie wir aus dem Dilemma mit den vertrockneten Pflanzen wieder herauskommen.«

Die anderen Beerdigungsgäste waren inzwischen außer Hörweite, und der Baron sah ihn mit seinen wachen Augen an. Er schien sofort zu verstehen.

»Sie brauchen Geld, um die Geschäfte am Laufen zu halten.« Langsam setzten auch sie sich in Bewegung und gingen über den knirschenden Kiesweg an überwucherten Grabsteinen und der mächtigen Linde vorbei in Richtung des Ausgangs. »Wenn das so ist, kann ich Ihnen ein vermutlich höchst interessantes Angebot unterbreiten. Eigentlich wollte ich damit die Trauerzeit abwarten …«

»Nein, bitte sprechen Sie weiter.«

Der Baron räusperte sich. »Es ist Ihnen womöglich aufgrund

der gegebenen Umstände entgangen, aber der Alpenrosenball ist in aller Munde. Ich habe dem Großherzog von diesen Alpenrosen erzählt, und er hat darauf bestanden, sie noch an Ort und Stelle anzusehen. Er ist dermaßen angetan von ihnen, dass er sie haben möchte.«

»I-in Ordnung. Wie viele denn?«

»Alle.«

»Alle?«, fragte Alexander fassungslos. Es waren immerhin nahezu zweihundert Stück.

Der Baron nickte. »Jede einzelne. Wir zahlen, was Sie verlangen.«

»A-aber wie soll das gehen? Wollen Sie die alle im Schloss aufstellen? Einen Abend überstehen sie, eigentlich sind sie jedoch nicht für Innenräume gemacht …«

»Nein.« Jetzt lächelte der Baron. »Er möchte sie an den Staugraben pflanzen lassen, damit jeder sie beim Flanieren bewundern kann. So gesehen haben die Alpenrosen den Großherzog auch an ein Vorhaben erinnert. Schon lange wollte er den Schlossgarten erneuern und vollkommen neu anlegen lassen. Es soll dazu in der nächsten *Gartenwelt*-Ausgabe einen Wettbewerbsaufruf geben, bei dem Kunstgärtner Vorschläge zur Planung einreichen können. Das ist doch sicherlich auch etwas für Ihren Konstantin.«

Alexander brachte kein Wort heraus und nickte wie gelähmt. Dieser Wettbewerb kam wie gerufen. Kaum einer in der Gegend kannte sich so gut mit der Anlage von Parks aus wie Konstantin, so hatte er gute Aussichten, den Wettbewerb zu gewinnen. Das könnte die Lösung für all ihre Probleme sein, denn mit der Umsetzung eines solchen Vorhabens und dem Preisgeld hätten sie fürs Erste ausgesorgt.

»Und wie ist es mit den Rhododendren? Sind wir uns einig?« Der Baron hielt die Hand bereit, um den Handel zu besiegeln.

Alexander zögerte. Die Rhododendren gehörten Julius. Er hatte sie von seinen Ersparnissen gekauft, wollte herausfinden, welche hier in der Gegend gut wuchsen, und neue Sorten züchten. Aber der Junge konnte ja immer noch neue kaufen. Wenn er dem Baron jetzt nicht zusagte, würde es bald keine Hofgärtnerei mehr geben, in der Julius seine Versuche machen könnte.

Also griff er nach der ihm dargebotenen Hand und schüttelte sie.

32. Kapitel

Statt den Nebeneingang zu nehmen, der direkt zu der Treppe mit den Herbergszimmern führte, wählte Marleene den Weg durch den Gastraum, um dem Wirt das Geld für die Miete zu geben. Sie hatten es heute ausnahmsweise von Oskar bekommen. Alexander und Julius hatten sich seit einer Woche zurückgezogen. Ob Konstantin bereits nach Neuharlingersiel aufgebrochen war, wusste sie nicht. Sie hätte ihm gerne ihr Beileid ausgesprochen, und damit meinte sie nicht diesen unverbindlichen Händedruck, den sie auf der Beerdigung ausgetauscht hatten. Nein. Sie wollte zeigen, dass es ihr wahrhaftig leidtat, und für ihn da sein.

Dass sie sich um das geheime Gewächshaus kümmerte, bis Julius wieder genug Kraft hätte, war für sie selbstverständlich gewesen. Doch dann waren die Wagen mit dem Emblem des Großherzogs gekommen. Sie hatten eine Pflanze nach der anderen aufladen müssen, obwohl sie die Alpenrosen erst am Vortag zurück ins Gewächshaus gebracht hatten. Die zitronengelbe mit den roten Tupfern, die bordeauxrote und auch die riesige mit den

Blüten in leuchtendem Weiß … Obwohl es Julius' Rhododendren waren, fühlte es sich für Marleene an, als risse man ein Stück ihrer Seele fort. Und doch hatte sie hilflos mitmachen müssen. Oskar hatte gesagt, dass es die Anordnung des Chefs war, und das zweifelte sie nicht an. Aber war Julius ebenfalls einverstanden gewesen? Diese Rhododendren waren sein Ein und Alles.

Jede freie Minute hatte er mit ihnen verbracht. Und sie ebenso.

»Was willst du?«, fragte der Wirt barsch, und Marleene lächelte, um seiner schlechten Laune entgegenzuwirken.

»Lediglich die Miete vorbeibringen.« Sie hielt ihm die Münzen hin, die sie bereits fertig abgezählt hatte.

Mit einem mürrischen Grunzen nahm er sie entgegen und warf ihr einen skeptischen Blick zu, als er merkte, dass es der richtige Betrag war.

Seit sie in der Gärtnerei arbeitete, hatten sich ihre Geldprobleme verbessert. Wehmütig dachte sie an die Gehaltsverhandlung mit Alexander vor Beginn ihrer Lehre zurück. Dabei hatte sie gar nicht verhandeln wollen, sie hätte auch für einen Hungerlohn in der Gärtnerei gearbeitet, solange sie die Unterkunft ihrer Mutter bezahlen konnte. Denn das war ihr das Wichtigste, nach allem, was sie für Marleene getan hatte.

»Ich gebe dir fünfzehn Mark pro Monat«, hatte Alexander gesagt.

Ihr mussten sämtliche Gesichtszüge entglitten sein. Das war nahezu doppelt so viel, wie sie zuvor als Zimmermädchen verdient hatte.

»Na gut. Achtzehn. Aber keinen Pfennig mehr«, hatte er sich daraufhin korrigiert.

Entsetzt hatte sie ihn angeguckt, denn sie war nicht sicher gewesen, ob er sich womöglich einen Spaß erlaubt hatte.

»Zwanzig, das ist mein letztes Wort.«

Endlich war ihr klar geworden, dass es ihm ernst war. Offenbar war der Lohn in einer Gärtnerei doch nicht so schlecht, wie immer alle behaupteten. Sogar als ihr Lohn wieder gekürzt worden war wegen der vertrockneten Pflanzen, hatte sie noch mehr als zuvor. Sie hatte Bruno nie davon erzählt, denn sie wusste, dass er kaum genug zum Leben hatte, weil auch er zu Hause regelmäßig alles abgab.

Gedankenverloren ging sie weiter, um durch die Zwischentür in den Korridor zu gelangen.

»Marleene.«

Der Name war genuschelt, und irritiert schaute sie zurück. Sie blickte in sanftbraune Augen, die von solcher Traurigkeit erfüllt waren, dass ihr Herz sofort schwer wurde. Machte es deswegen nicht den gewohnten Sprung, wie sonst, wenn sie ihn sah?

»Konstantin! Was machst du hier? Wie geht es dir?«

»Ich weiß ja, wo du wohnst. Und ich musste dich sehen.« Er tätschelte den Barhocker zu seiner Rechten. »Komm, setz dich für einen Moment zu mir.« An seiner Sprache konnte sie hören, dass der halb leere Bierkrug vor ihm nicht der erste gewesen war, den er getrunken hatte. Sie kletterte auf den Stuhl und sah ihn mitfühlend an.

»Es tut mir furchtbar leid, was passiert ist.«

»Danke.«

Konstantin starrte in seinen Krug und saß vollkommen regungslos da.

»Wann musst du zurück nach Neuharlingersiel?«, erkundigte Marleene sich, als die Stille unerträglich wurde.

Anstatt zu antworten, schüttelte Konstantin nach einer Weile stumm den Kopf.

»Was soll das heißen? Sie haben dich doch gewiss nicht entlassen?«

»Nein.« Konstantin lachte tonlos auf. »Ich möchte nicht mehr zurück.«

»Ich weiß, dass der Schmerz jetzt kaum zu ertragen ist. Aber es hilft niemandem, wenn du deinen Kummer in Bier ertränkst. Das würde deine Mutter nicht wollen.«

Konstantin sah sie nicht an und schüttelte erneut den Kopf.

»Vielleicht bekommt dir ein wenig Abwechslung sogar gut?«

»Du verstehst nicht.«

Marleene beugte sich etwas näher zu ihm. »Doch, ich denke schon. Ich habe auch schon jemanden verloren, der mir sehr nahestand, wenn du dich erinnerst.«

Konstantins Laune änderte sich abrupt, und er schlug so heftig mit der Faust auf den Tisch, dass die Gläser klirrten.

»Aber du hast ihn nicht im Stich gelassen. Ich bin zu spät gekommen.« Seine Augen waren nun nicht länger dunkelbraun, sondern fast schwarz. »Ich war … beschäftigt und habe ihre letzte Stunde verpasst.«

Wenn er nur wüsste … Auch dieses Gefühl konnte sie mehr als gut nachvollziehen. Aber und abermals hatte Marleene sich selbst gescholten, dass sie nicht direkt nach der Schule nach Hause gekommen war. Hätte sie sich nicht mit Rosalie gestritten, hätte sie ihren Vater möglicherweise noch lebend vorgefunden.

Behutsam legte sie eine Hand auf Konstantins Rücken.

»Das ist nicht deine Schuld. Manchmal sind uns gewisse Dinge im Leben einfach nicht vergönnt. Wichtig ist doch, was du vorher für deine Mutter getan hast. Und ich bin mir sicher, dass du sie mit deiner Anstellung als Kunstgärtner in Neuharlingersiel ungemein stolz gemacht hast.«

Ein zuversichtlicher Schimmer erfüllte seine Augen. »Glaubst du?«

»Ja, ganz gewiss!«

Jetzt lächelte er traurig. »Danke, Marleene.«

Sie erwiderte sein Lächeln.

»Du schaffst es immer, mich aufzumuntern.« Er legte eine Hand auf ihren Oberschenkel und beugte sich so dicht an ihr Ohr, dass sie das Malz in seinem Atem riechen konnte. »Kannst du mich denn auch auf neue Gedanken bringen? Soweit ich weiß, hast du dein Zimmer hier …«

Bestürzt sah sie ihn an.

»Bitte! Ich will nur reden. Nichts weiter.« Er blickte sich im überfüllten Schankraum um. »Und das lieber ganz in Ruhe.«

Marleene presste die Lippen zusammen. Sollte sie es wagen, mit einem jungen Mann auf ihre Kammer zu gehen? Auf der anderen Seite konnte sie ihm seine Bitte kaum abschlagen. Er hatte ihr schon so oft geholfen, und nun war es an ihr, ihm in seiner schweren Stunde zur Seite zu stehen.

Ganz gewiss hatte er keine unehrenhaften Absichten.

33. Kapitel

Konstantin nahm einen letzten Schluck Bier und stellte den Humpen auf den Tresen ab. Mit seinem Handrücken wischte er sich den Schaum von der Oberlippe und leckte mit der Zunge hinterher. Endlich würde er das bekommen, wonach er schon so lange lechzte, und könnte wenigstens für eine Zeit lang den grauenvollen Tag in der Vorwoche vergessen.

Marleene war ganz zittrig gewesen, als sie ihm zugeflüstert hatte, hinter welcher Tür sich ihre Kammer verbarg. Sie war gewiss noch unberührt, das spürte er. Leicht schwankend verließ er die Gaststube durch den Haupteingang, nur um gleich darauf durch den Seiteneingang zu den Herbergszimmern zu schleichen.

Die Treppe knarrte, als er die Stufen hinaufstieg. An der fünften Tür klopfte er. Ihr Lächeln wirkte unsicher, als sie ihn erneut begrüßte, und sie klammerte sich an ihrer Weste fest, die sie ausgezogen hatte. Er sah sich in der kargen Kammer um. Sie war einwandfrei aufgeräumt, und er fragte sich, ob es immer so war oder ob sie die Wartezeit dazu genutzt hatte, rasch alles auf Vordermann zu bringen. Trotzdem war er ein wenig befremdet, wie heruntergekommen die Einrichtung war. Der kleine Schrank neben der Tür war eindeutig wurmstichig und zeigte mehr abgeblättertes Holz als Farbe, die Bodenbretter wiesen große Lücken auf, zwischen denen sich Krümel und Staub gesammelt hatten, und das Fenster wirkte zugig.

»Zwei Betten?«, hakte er nach.

Marleene räusperte sich. »Frieda wohnt ja auch hier.« Es klang mehr wie eine Frage.

So eine kleine Kammer, und dann mussten sie sie auch noch teilen? Er konnte sich kaum vorstellen, wie das war. Ihm war ja selbst die Fliedervilla mit ihren zahlreichen Zimmern manchmal zu eng.

»Und wo ist Frieda jetzt?«

»Sie muss heute wohl länger arbeiten.« Für einen Moment wirkte es, als wollte sie noch etwas hinzusetzen, blieb dann aber still.

Er trat auf sie zu und strich langsam über ihren Arm. »Das heißt, wir sind vollkommen ungestört?«

Marleene lächelte. Sie setzte sich auf das Bett, und an der Art, wie es raschelte, erkannte er bestürzt, dass es mit Stroh gefüllt sein musste. »Ja, du kannst dich ganz in Ruhe aussprechen. Wie waren die letzten Tage für dich?«

Aber er wollte jetzt nicht daran denken, welch grauenvoller Sohn er gewesen war. Nein, er wollte sich endlich wieder besser fühlen. Und dafür gab es nur eine Möglichkeit.

Er setzte sich neben sie und zog sie ohne Umschweife zu sich heran, begann sie zu küssen und tastete nach ihren Brüsten.

»Konstantin!« Marleene hatte sich kerzengerade aufgerichtet und schob ihn von sich.

Verblüfft sah er sie an. »Ich dachte, deswegen sind wir hier …«

Marleene sprang auf und verschränkte die Arme. »Du wolltest doch reden!?« Ihre Augen sprühten vor Wut, und sie atmete heftig. Doch er fühlte sich betrogen. Er begehrte sie nun schon so lange, und sie schaffte es immer wieder, sich im letzten Moment davonzustehlen.

»Du denkst doch nicht ernsthaft, dass ich mit auf dein Zimmer kommen wollte, nur um zu reden!«

Er merkte, dass sie so viel Abstand zwischen sich und ihn brachte, wie es in der kleinen Kammer nur möglich war. Wenn er seine Taktik nicht änderte, würde er sie verlieren. Fahrig strich er sich durch die Haare und nahm in Kauf, dass ihr akkurater Sitz zerstört wurde.

»Es tut mir leid«, gestand er ein. »Ich habe seit Tagen nicht richtig geschlafen und stehe einfach vollkommen neben mir.«

Ihre Gesichtszüge wurden wieder sanfter, und sie trat zögerlich einen Schritt auf ihn zu. »Das ist doch verständlich. Du hast einen schweren Verlust erlitten …«

Er ließ den Kopf hängen, und nach einigem Zögern kam sie noch näher und legte eine Hand auf seine Schulter.

»Wie … wie hast du es damals bei deinem Vater verwunden?«

Traurig schüttelte sie den Kopf. »Das habe ich nie«, flüsterte sie sanft. »Man lernt allemal, mit dem Schmerz zu leben.« Sie erzählte noch einiges von ihrer Trauer und wie sie damit umging, doch er konnte einfach nur ihre Lippen beobachten und daran denken, wie gerne er diese jetzt küssen würde. Er wollte sie auf das Bett drücken und mit seinen Fingern jeden Zentimeter ihrer zartweichen Haut erkunden und die vorzüglichen kleinen Brüste …

»Konstantin?«

»Was? Entschuldige …« Er legte die Fingerspitzen an sein Nasenbein und tat so, als würde er von einer Welle der Trauer ergriffen werden und nicht etwa von seiner Wollust. Innerlich seufzte er. Dann stand er auf. Wenn er sie heute ebenfalls nicht haben konnte, musste er gehen, er konnte nicht länger an sich halten.

»Es tut mir leid. Ich fühle mich einfach zu schlecht, ich werde nach Hause fahren und mich ausruhen.«

Marleene nickte verständnisvoll, stand auf und legte ihre elfengleiche Hand auf seinen Arm. »Ich hoffe, dass du dich bald wieder besser fühlst.« Sie hauchte einen Kuss auf seine Wange, und für einen Moment war er versucht, sie an sich zu ziehen und richtig zu küssen. Stattdessen umschloss er ihre Hände, führte sie an seine Lippen und küsste sie zärtlich.

»Danke, dass du für mich da bist.« Er blickte ihr tief in die Augen und sah auf ihrem Herzensgrund etwas aufflackern. Heute hatte sich wieder einmal gezeigt, dass er bei ihr sehr behutsam vorgehen musste. Aber sein Tag würde kommen. Dafür hatte er soeben wieder ein wenig mehr gesorgt.

***

Erst als Frieda den unscheinbaren Eingang zur Arbeiterherberge erreicht hatte, ließ sie dem Brennen in ihrer Kehle freien Lauf. Abermals blitzten nacheinander die Bilder von Rosalie und Manilo in ihrem Kopf auf. Wie Rosalie ihn angelacht hatte, nachdem er sie beim Tanz gedreht hatte. Und viel schlimmer noch, wie er ihr auf der Beerdigung Halt gegeben hatte. Es wirkte, als würde er gar nicht mehr von ihrer Seite weichen.

Durch den Tränenschleier sah sie einen braun gekleideten Mann durch die Zwischentür in den Schankraum verschwinden. Eilig rieb sie mit dem Ärmel die Tränen weg, doch Gott sei Dank beachtete er sie gar nicht.

Sobald er verschwunden war, rannte sie los. Sie wollte jetzt nur noch in ihre Kammer. Den ganzen Tag über hatte sie Hochzeitsgestecke für eine Traumhochzeit am Wochenende fertigen müssen. Der Mai war überaus beliebt zum Heiraten – das war bereits die dritte Hochzeit in dieser Woche gewesen! Mit jedem Stängel, den sie in den Steckschaum steckte, schien jedoch ihre eigene Liebe ein Stück mehr zu zerplatzen. Manilo hatte ihr Herz in gleißendes Licht getaucht, und nun herrschte dort nur noch eine ewige Finsternis. Wann immer sie an ihn dachte, zog ein stechender Schmerz durch ihren Körper. Dennoch konnte sie kaum einen anderen Gedanken fassen. Deswegen hatte sie für die Vorbereitung der Hochzeitsgestecke viel zu lange gebraucht, und Frau Maader hatte sie bis in die Abendstunden alles nachholen lassen. Zum Schluss hatte sie kaum noch ihre brennenden Augen offen halten können.

Jetzt war es geschafft.

Ein weiterer Tag ohne Manilo.

Eilig schloss sie die Tür hinter sich und sank auf den Boden, da ihre gesamte Kraft verbraucht war. Stets war sie nur die Helferin für das Glück der anderen, eine stumme Wegbereiterin für deren großen Tag, den sie selbst womöglich nie erleben dürfte. Sie vergrub das Gesicht in ihren Händen, und als sie spürte, dass Marleene sich neben sie auf den Boden gesetzt hatte und sie in ihre Arme zog, schluchzte sie.

»Warum? Warum falle ich immer wieder auf die falschen Männer herein?«, fragte sie nach einer langen Zeit auf dem Fußboden.

»Sch-sch-sch.« Marleene strich ihr die Haare, die sich aus dem Haarkranz gelöst hatten, nach hinten und wischte ihr dabei auch die Tränen aus dem Gesicht. »Es ist doch noch gar nicht gesagt, dass er der Falsche ist. Du solltest unbedingt noch einmal mit ihm reden.«

»Nein«, sagte Frieda entschieden. »Mit solchen vermeintlichen Kleinigkeiten fing es bei Otto ebenfalls an. Und ich habe mir geschworen, nicht abermals so dumm zu sein. Ich muss den Tatsachen ins Auge sehen – er will mich nicht.«

»Das weißt du nicht sicher.«

Frieda lachte freudlos auf. »Nein. Aber wenn er mich auch nur ein kleines bisschen mögen würde, hätte er doch wenigstens kurz mit mir gesprochen, oder?«

Sie sah, wie Marleene um Worte rang, doch schließlich musste selbst sie kläglich nicken. Wenigstens für eine Minute hätte er sich von Rosalie losreißen können. Doch das hatte er nicht getan, und das sprach Bände.

»Zum Glück ist Hugo wieder gesund, dann muss ich ihm wenigstens nicht mehr begegnen.« Sie rappelte sich mühselig auf und begann ihre Haare zu lösen, die auf der Kopfhaut wehtaten. »Und überhaupt, ich will nicht mal mehr darüber sprechen. Reden wir über etwas anderes. Wie geht es den restlichen Goldbachs? Frau Maader hat sich nahezu in Arbeit gestürzt nach dem Tod ihrer Schwester.« Sie zögerte. »Und kann es sein, dass ich Konstantin hier in der Herberge gesehen habe?« Sie bemühte sich, einen normalen Plauderton anzuschlagen, aber da ihr zeitgleich Tränen über die Wange flossen, war sie vermutlich nicht sonderlich erfolgreich.

»Konstantin?« Marleene wandte ihr den Rücken zu und zog

ihr Hemd über den Kopf. »Nein, da musst du dich verguckt haben.«

Frieda griff nach ihrem Nachthemd, das an dem Haken neben der Tür hing, und erst jetzt sah sie aus dem Augenwinkel, dass Marleene einen hochroten Kopf hatte.

»Da gibt es doch nicht etwa was über Konstantin, das ich wissen müsste?«

Marleene verschwand unter dem Stoff ihres Nachthemds und antwortete darunter hervor: »Über Konstantin? Nein. Was sollte es da schon geben?«

»Nun ja …« Skeptisch betrachtete Frieda ihre Cousine. Sollte sie es Marleene erzählen, was sie auf dem Ball gesehen hatte? Es wäre jedoch wahrlich unangenehm, kein Thema, über das man normalerweise plauderte. Aber vielleicht sollte sie Marleene besser warnen. »Er …«

»Er … was?«

Frieda zog ihrerseits ihr Nachthemd über den Kopf und überlegte fieberhaft. »Er ist stets überaus kleidsam angezogen«, sagte sie, um Zeit zu gewinnen.

Marleene lachte. »Das ist wahr.«

Endlich hatte Frieda eine Idee. »Wie lange wird er eigentlich noch in Neuharlingersiel bleiben?« Denn so lang er weit fort war, bestand immerhin keine Gefahr für ihre Cousine.

»Soweit ich weiß, sind die Arbeiten nahezu abgeschlossen.«

»Mist!«, entfuhr es Frieda und deutete hastig mit schmerzverzerrtem Gesicht auf ihren großen Zeh, als sie bemerkte, dass sie laut gesprochen hatte. Aber wenn er bald dauerhaft hier war, musste sie es ihr sagen. Während sie unter die Bettdecke schlüpfte, legte sie die Worte zurecht. Wie sollte sie es nur bezeichnen? Liebesakt? Wer denn überhaupt Liebe im Spiel gewesen?

Wie durch Nebel drang Marleenes Stimme an sie heran.

»Wie bitte?«

»Ich sagte, dass er danach wohl nach Hannover gehen wird. Er hat sich bei den Herrenhäuser Gärten beworben und ist sehr zuversichtlich, die Stelle zu bekommen.«

Frieda atmete auf. Hannover. Das war schön weit weg.

»Das ist ja großartig!«, sagte sie.

Selbst wenn Marleene Gefühle für ihn hegte, wäre er außer Reichweite. Und außerdem würde eine schlaue und bodenständige Frau wie Marleene sich doch gewiss nicht auf einen Schwerenöter wie Konstantin einlassen? Nein, ihr Verstand war zu scharf, um auf seinen aufgesetzten Charme hereinzufallen. Außerdem hatte sie ja genau gesehen, wie ihre Cousine auf dem Alpenrosenball Zeit mit Julius verbracht hatte. In seiner Gegenwart schien Marleene von innen heraus zu leuchten. Es gab also keinen Grund, ihr von dieser hochnotpeinlichen Sache zu erzählen, in die sie auf dem Ball geplatzt war. Also schwieg sie.

34. Kapitel

Es war August geworden und die Luft an diesem Spätsommertag furchtbar drückend, obwohl es bewölkt war. Der Juni und auch der Juli waren nur so dahingeeilt. Sie hatten alle Gewächse der Gärtnerei umgepflanzt, bei Bedarf ausgeputzt und immer wieder gegossen. Außerdem wurden die Blumen für die kältere Jahreszeit vorbereitet, Nebentriebe und Knospen für einen kräftigen Wuchs entfernt und Primeln, Goldlack und Winterlevkojen ausgesät.

Manilo hatte zudem stets ein Auge auf die Orangerie und die

Warmhäuser gehabt, er durfte den richtigen Moment zum Lüften oder Schattieren nicht verpassen. Und nun mussten sie sich bereits für den Herbst rüsten.

Immer wieder ließen sich winzige schwarze Gewitterfliegen auf sein helles Hemd nieder, doch die bedrohlich wirkenden dunklen Wolken hingen tatenlos am Himmel. Sie entließen nur vereinzelt Regentropfen auf die Erde und verstärkten seine trübe Gemütsverfassung.

Mit einem lauten Krachen ließ er die Bretter neben die fragile Glaswand der Orangerie fallen. An den besonders kalten Tagen würden sie jede Nacht die Fenster des gläsernen Gewächshauses mit den schweren Holzbrettern verkleiden müssen, um die kostbaren Pflanzen vor dem Erfrieren zu schützen. Kostbar waren sie weiß Gott, denn viele waren von weit her aus seiner Heimat, aus Frankreich und aus Spanien angereist. Und aus den Herrenhäuser Gärten in Hannover hatten sie neue Ananaspflanzen bekommen.

Der Chef hatte ihn mehrmals ermahnt, dass mit diesen Pflanzen nichts schiefgehen dürfe – als ob er das nicht wüsste.

Aber das war nicht der Grund für seine schlechte Laune.

Der Grund kam gerade in einem blauen Kleid mit lächerlich großen Keulenärmeln – offenbar der letzte Schrei der Mode, wie er jetzt wusste – aus der Fliedervilla getänzelt.

Und natürlich direkt in seine Richtung.

Er hatte nichts dagegen einzuwenden gehabt, auf dem Alpenrosenball einen Tanz aus Höflichkeit mit Rosalie zu vollführen. Aber dann hatte sie ihn nicht mehr aus ihren Fängen gelassen. Er hatte sich entschuldigen wollen, doch sie hatte darauf bestanden, noch zu dem nächsten Lied zu tanzen. Danach war ihr herzallerliebstes Lieblingslied gespielt worden und anschließend hatte er sie angeblich vor einem aufdringlichen Verehrer schützen müssen.

Normalerweise hätte er sie mit Bestimmtheit abgewiesen, aber immerhin war sie die Tochter des Chefs, und er wollte sie nicht kränken. Als dann noch ihre Mutter gestorben war, war für ihn klar gewesen, dass er sie unterstützen würde, denn die Familie war ihm heilig. Er mochte sich gar nicht vorstellen, wie er sich fühlen würde, wenn seine Mutter verstorben wäre.

Dennoch bereute er mittlerweile sein höfliches Verhalten.

Seit Monaten suchte sie ihn nun regelmäßig mehrmals pro Woche auf. Und er hatte bislang keine Gelegenheit gehabt, Frieda alles zu erklären, denn sie sahen sich kaum, und wenn, dann wich sie ihm aus, oder sie ließ sich verleugnen. Dabei war er unendlich froh gewesen, dass sie doch nicht verlobt und es offenbar ein Missverständnis gewesen war. Aber dann war Hugo zurückgekehrt, und seither übernahm dieser wieder sämtliche Pflanzenlieferungen.

»Hallo, Manilo«, säuselte Rosalie, die nun die Orangerie betrat. Ihr Korsett war so eng geschnürt, dass Manilo sich wunderte, wie sie überhaupt atmen konnte. Der seidig glänzende hellblaue Stoff wirkte im Gewächshaus vollkommen fehl am Platz. »Ich habe vor der Probe noch etwas Zeit und wollte für die Fliedervilla ein paar Blumen schneiden.« Wie zum Beweis hielt sie das geflochtene Körbchen hoch, das sie dabeihatte. »Früher hat Mutter sich ja um derlei Dinge gekümmert, aber jetzt bin ich wohl die Herrin im Hause.«

Manilo lächelte sie unverbindlich an, hörte aber nicht auf, die Heizungsrohre mit Wasser zu besprühen, um die Luftfeuchtigkeit zu erhöhen. »Das ist schön, dass du dich darum kümmerst.«

»Welche Pflanzen darf ich nehmen?«

Manilo zeigte ihr, welche Blumen sie höchstwahrscheinlich nicht mehr verkaufen würden, und Rosalie schnitt sie ab und legte sie vorsichtig in das Körbchen. Doch auch als sie damit fertig war, verließ sie die Orangerie nicht.

Sie stellte den gefüllten Korb neben die offene Tür, ging zu Manilo und folgte ihm auf Schritt und Tritt. Der künstliche Geruch ihres Lavendelparfüms schien direkt in seinen Kopf zu steigen und brachte seine Schläfen zum Pochen.

Mit ihren langen, dünnen Fingern strich sie über die Glockenblumen. »Was sind das für Blumen?«

Es war wirklich verwunderlich. Rosalie lebte seit einundzwanzig Jahren auf dem Gelände der Gärtnerei und konnte gerade mal eine Linde von einer Kastanie unterscheiden.

»Campanula persicifolia.« Bis heute erinnerten die Glockenblumen ihn an Frieda, die bei ihrer ersten Begegnung so umsichtig gewesen war, ihm den botanischen Namen zu nennen.

»Die Bühne im Theater wird beim großen Finale mit ganz ähnlich hübschen Blumen geschmückt. Künstliche natürlich, damit es länger hält. Aber der Schaubildner hat extra welche genommen, die einen guten Kontrast zu meinen Haaren bilden.« Bei der Gelegenheit tastete sie den Sitz ihrer Frisur ab. »Er hat gesagt, ich hätte höchst exzeptionelle Haare, da sie im Licht schimmern, als wären sie aus Gold. Findest du das auch?« Sie schaute nach links und nach rechts, um die Locken zu begutachten, die auf ihren Schultern lagen.

Und wieder einmal hatte sie es geschafft. Egal, worüber man sprach, Rosalie gelang es stets, das Gespräch auf sich zu lenken. Momentan vorzugsweise auf sich und das Theaterstück. Manilo konnte nachvollziehen, dass sie stolz war und aufgeregt, da schon in wenigen Wochen die Premiere anstand. Das Problem war, dass er wenig Freude daran fand, immerfort über ihre Frisuren, Kleider und ihre Großartigkeit an sich zu sprechen.

Aber andere Themen kannte Rosalie nicht. Er konnte sich

nicht erklären, warum sie ihn dermaßen häufig aufsuchte, denn Verehrer hatte sie offenbar genug – zumindest versicherte sie ihm das stets –, und Interesse an seiner Person konnte es nicht sein. Sie hatte ihm bisher keine Frage gestellt, um zu erfahren, wo genau in Italien er lebte oder wie es dort war.

So wie Frieda es stets getan hatte.

Wenn Rosalie etwas von ihm wissen wollte, dann, wie ihm etwas an ihr gefiel. Und dafür gab es natürlich immer nur eine korrekte Antwort.

Aber heute weigerte sich etwas in ihm, ihr das zu geben, was sie hören wollte. Er legte den Kopf schief und sah ihre Haare prüfend an. »Joa, bei dem richtigen Licht mag das so sein.«

Sie sollte sich ein klein wenig über sein halbes Zugeständnis empören. Doch Rosalie wirkte völlig bestürzt.

»Und wenn das Licht nicht gut ist?« Verzweifelt zog sie eine Locke zu sich heran und führte sie vor ihre Augen. »Sind meine Haare in dem Fall nicht schön? Sind sie dann stumpf und glanzlos? Oder eher aschfahl und grau? Wie Aschenputtel? Willst du damit sagen, dass ich ein Aschenputtel bin?«

Manilo seufzte innerlich. Er wusste es doch besser. Warum hatte er sich zu dieser kleinen Gemeinheit verleiten lassen? Das war üblicherweise nicht seine Art. Wenn er ehrlich war, wusste er aber ziemlich genau, warum er es gesagt hatte.

Weil sie ihn in den Wahnsinn trieb.

Und weil sie Schuld daran trug, dass die Sache mit Frieda dermaßen schlecht stand.

»Nein, deine Haare sehen gut aus«, sagte er resigniert, um das Thema schlussendlich abzuhaken, und stellte die Sprühflasche ab.

Doch Rosalie war bei Weitem noch nicht besänftigt. Er hatte ihre Selbstsicherheit durch seinen zweifelsäenden Kommentar zu stark ins Wanken gebracht.

Sie brauchte mehr.

»Sehen meine Haare nur gut aus oder richtig schön?«, fragte sie nach, derweil sie ihm weiter durch die Gänge folgte.

»Richtig schön«, bestätigte er unverzüglich.

Aber auch das genügte ihr noch nicht.

»Und wie meinst du das genau? Jetzt, bei diesem Licht, oder generell?«

Manilo sog unmerklich die Luft ein und ließ sie ganz langsam wieder raus, um nicht laut loszuschreien und dadurch womöglich seine Anstellung zu verlieren. Das durfte nicht geschehen, denn in diesem Fall würde er Frieda nie wiedersehen.

Er setzte sein charmantestes Lächeln auf und sagte ganz langsam und deutlich mit so viel Überzeugung, wie er aufbringen konnte: »Deine Haare sehen jetzt und immer einfach nur wunderschön aus. Wie flüssiges Gold.«

Bitte sehr, jetzt hatte sie, was sie wollte. Aber warum wirkte Rosalie dennoch verärgert? War sie wahrhaftig nie zufrieden?

»Was willst du denn hier?«, fragte sie und sah ihm über die Schulter.

Er folgte ihrem Blick.

Nein, das durfte nicht wahr sein!

Nicht ausgerechnet jetzt. So lange hatte er darauf gehofft, dass sie kommen würde, denn in der Hofgärtnerei konnten sie im Gegensatz zum Blumenladen ungestört sprechen. Etliche Male hatte er sich vorgestellt, ihre feinen Gesichtszüge mit den lustigen Sprenkeln und das scheue Lächeln zwischen den Blüten zu entdecken. Und ausgerechnet jetzt tauchte sie auf?

»Hugo ist wieder krank«, sagte Frieda kühl. »Ich soll die Blumen abholen.« Sie schritt durch den schmalen Gang in Richtung der Anemonen. »Aber lasst euch nicht stören. Ich komme bestens allein zurecht.«

35. Kapitel

Marleene schob die schwere Tür zum geheimen Gewächshaus auf und zuckte zusammen. In der Mitte der nahezu leeren Fläche saß eine zusammengesunkene Gestalt auf einer Kiste.

Sie eilte darauf zu. Dann blieb sie stehen, denn ihr wurde klar, dass sie keine Ahnung hatte, was sie sagen sollte.

»Julius.« Ihre Stimme klang spröde, und im Kopf ging sie sämtliche Möglichkeiten durch, den Satz fortzuführen. Drei Monate hatte er sich vollkommen zurückgezogen und die Fliedervilla nicht verlassen. Gerne hätte sie ihn umarmt oder ihm auf irgendeine Art Trost gespendet, aber das ging natürlich nicht. Klopften Männer sich stattdessen zumindest kumpelhaft auf die Schulter? Sie wusste es nicht, also ließ sie es bleiben und ging nur zaghaft drei Schritte weiter.

Sie hatte sich in seiner Abwesenheit um die frisch gesetzten Rhododendren gekümmert, die noch zu klein für den Herzog gewesen waren, denn davon abgesehen war ihnen ja nichts geblieben.

Julius wirkte einsam in dem riesigen Gewächshaus, das einst von so prächtigen Pflanzen und fröhlichen Farben erfüllt gewesen war. Jetzt beherbergte es nur noch ein paar Holzkisten mit Stecklingen und vereinzelte kleine oder noch zu kümmerliche Topfpflanzen.

Er nickte in die Richtung der sprießenden Rhododendren. »Danke, dass du dich gekümmert hast.«

»Das ist doch selbstverständlich. Es scheint leider nur gut die Hälfte durchzukommen, aber schau mal hier…« Sie griff nach dem Topf mit dem Rhododendron, den Julius aus dem Himalaya mitgebracht hatte. Er war noch immer grün und ein gutes Stück gewachsen.

Ein Lächeln erschien auf seinem Gesicht, das aber nach wenigen Sekunden wieder weggewischt wurde. Er blickte sich im leeren Gewächshaus um, und Marleene sah den Schmerz durch seine Augen ziehen. »Aber sonst ist alles … weg«, flüsterte er.

Marleene nickte traurig in Ermangelung von Worten. Julius hatte die Pflanzen in mühevoller Kleinarbeit zusammengesucht. Es war nichts, was man auf die Schnelle ersetzen konnte.

»All die Pflanzen, die John mir geschickt hat. Und die Rhododendren aus Holland …«

»Das tut mir alles so leid, Julius. Oskar sagte, dein Vater habe es angeordnet?«

Julius stand auf und begann wie ein eingesperrter Hofhund durch das verwaiste Gewächshaus zu laufen. »Er hat mir keine Wahl gelassen. Wenn wir die Pflanzen nicht verkaufen, muss die Hofgärtnerei Konkurs anmelden, hat er gesagt. Zum Ausgleich hat er mich neben Oskar zum Obergärtner ernannt.« Julius schnaubte und bohrte seinen Schuh in den moosgrünen Boden. »Es war ihm egal, dass die Gewächse ebenso unser Neubeginn sein könnten. Ich habe die Menschen gehört auf dem Alpenrosenball. Sie waren begeistert von den Rhododendren, jeder wollte sie für sich zu Hause haben. Wenn wir jetzt nicht darin investieren, wann dann? Noch könnten wir die Ersten sein.« Als hätte ihn jegliche Lebenskraft verlassen, setzte Julius sich wieder auf die hölzerne Kiste. Sie wollte ihm so gerne helfen, ihm irgendwie zur Seite stehen.

»Aber wie immer vertraut Vater mir nicht«, sprach er niedergeschlagen weiter. »Alles muss laufen, wie er es sagt, und unser Schicksal hängt jetzt davon ab, ob Konstantin es schafft, einen überzeugenden Plan für den Schlossgarten zu zeichnen oder nicht.«

»Was für einen Plan soll Konstantin zeichnen?«, hakte Marleene nach, obwohl sie Konstantins Namen nur noch mit gemischten Gefühlen hören konnte. Der Abend in der Herberge hatte trotz seiner Entschuldigung einen faden Beigeschmack bei ihr hinterlassen. Andererseits war er schließlich auch durch eine sehr schwere Zeit gegangen, und jeder machte mal Fehler. Sie hatte ihn seit jenem Tag nur wenige Mal aus der Ferne gesehen, da er in der Abschlussphase seiner Gartenplanung wohl sehr eingespannt war.

Aber die Sache mit dem Plan hatte sie hellhörig gemacht.

»Der Großherzog will den Park am Schloss schon seit einer geraumen Weile vollkommen neu gestalten lassen. Durch den Krieg ist er jedoch lange nicht dazu gekommen.«

Nachdenklich legte Marleene eine Hand an ihr Kinn. Der Großherzog, dem die Rhododendren so überaus gefallen hatten, wollte nun einen neuen Park. Sie drehte und wendete diesen Gedanken in alle Richtungen. Der Großherzog und die Rhododendren. Er mochte sie, während Alexander in ihnen nichts Besonderes sah. Wäre das nicht vielleicht eine Möglichkeit für Julius, seinen Zielen näherzukommen? Quasi durch die Hintertür? Soweit sie wusste, hatte Julius die gleiche Ausbildung genossen wie Konstantin. Er musste sich also ebenfalls in der Gartenkunst auskennen.

»Und wäre dieser Plan nicht auch etwas für dich? Die Grundlagen der Gartenkunst sind dir doch gewiss vertraut?«

Julius sah sie verwirrt an. Offenbar hatte er das noch gar nicht in Erwägung gezogen. »Ein Plan? Ich? Also, die Grundlagen dazu habe ich in der Königlichen Gärtnerlehranstalt schon gelernt, dort werden ja nicht nur Gärtner, sondern auch Gartenkünstler ausgebildet … Aber eigentlich ist Konstantin ja der Kunstgärtner der Familie.«

»Das kann ja auch weiterhin so bleiben. Es spricht aber schließlich nichts dagegen, einen zweiten Plan einzureichen, wenn er für den Erhalt der Hofgärtnerei so bedeutend ist.«

Marleene stand auf und lief langsam im Gewächshaus auf und ab, um durch die Bewegung ihre Gedanken zum Fließen zu bringen. Sie hatte das Gefühl, dass sich in ihrem Kopf gerade eine ganz hervorragende Idee formte. Kein einziges Versatzstück durfte jetzt verloren gehen, sonst würde sie sie nicht zu fassen bekommen.

»Im Gegenteil. Zwei Pläne würden die Gewinnchancen der Hofgärtnerei sogar erhöhen. Und vielleicht hilft dir das bei deinem Vorhaben, und du könntest mehr Respekt bei deinem Vater erlangen.«

Sie merkte, wie Julius' Blick ihr auf Schritt und Tritt folgte, und wurde ganz aufgeregt, als die Idee, die vor Sekunden noch ein kleiner Keim gewesen war, immer deutlicher in die Höhe schoss – und schließlich aufblühte. Ja, so könnte es funktionieren.

»Wie soll ein derartiger Plan meiner Rhododendronzucht helfen?«

»Überleg doch mal! Der Großherzog ist höchst angetan von den Rhododendren, nicht wahr?« Sie deutete in das leer gekaufte Gewächshaus, und Julius nickte ergeben.

»Was wäre also, wenn du einen Schlossgarten planst, in dem die Rhododendren eine entscheidende Rolle spielen?«

Julius erhob sich langsam und sah sich um, als könnte er noch die Umrisse der bunten Alpenrosen auf der dunklen Erde erkennen. Er begann zu lächeln. »... dann hätten wir den Großherzog sogleich auf unserer Seite, das Volk würde ihm mit Sicherheit nacheifern, und wenn wir dann als einzige Gärtnerei der Gegend diese Rhododendren anbieten würden«, er musste eine Pause machen, so ergriffen war er, »d-dann hätten wir ausgesorgt.« Er schnappte nach Luft. »Das ist brillant, Marten.«

Seine Niedergeschlagenheit war für einen Moment verschwunden. Doch sofort verdunkelte sich sein Gesicht erneut.

»Aber wo sollen wir dermaßen viele Alpenrosen herbekommen? Und in zwei Monaten ist bereits Abgabe, wie soll ich das so schnell schaffen? Konstantin brütet schon seit Wochen über seinem Entwurf.«

»Na, dann helfe ich dir eben, wo ich kann. Und kannst du deinen Bekannten aus England nicht noch einmal fragen? Oder ein weiteres Mal nach Holland fahren und neue Rhododendren kaufen? Du sagtest ja, dass sie dort schon viel verbreiteter sind. Wir brauchen ohnehin nur ein paar, um dem Großherzog glaubhaft zu versichern, dass sie hier im Sortiment sind und einkultiviert werden können.«

Julius strich sich durch die zerzausten Haare. Sorgen breiteten sich auf seinem Gesicht aus. »Vielleicht wenn ich das Schweizer Taschenmesser verkaufe, das ich zur Konfirmation bekommen habe. Hmmm … Ich denke, so könnte es gehen. Wenn wir jetzt keine Opfer bringen, wird es womöglich keine Hofgärtnerei Goldbach mehr geben, das hat Vater selbst gesagt.« Für einen Wimpernschlag sah er durch die Tür nach draußen, dann drehte er sich schwungvoll zu Marleene um und sah sie erwartungsvoll an. »Na gut. Wann wollen wir uns auf den Weg machen?«

»W-wie bitte?«

»Boskoop. Dort gibt es das größte Baumschulgebiet unseres Kontinents. Wir fahren mit der Großherzoglichen Eisenbahn bis nach Leer, und von dort geht es weiter nach Holland.«

»I-ich soll mitkommen?«, fragte Marleene entgeistert.

»Ja, natürlich, es war doch deine Idee.«

Ja, das war es. Und es freute sie, dass er sie umsetzen wollte. Aber mitfahren? Das käme einer Katastrophe gleich.

***

Frieda räumte kurz vor Feierabend die kleine Bindekammer auf, als das Läuten der Glocke einen neuen Kunden ankündigte. Sie seufzte. Hoffentlich begnügte er sich mit einer Topfpflanze oder einem fertigen Strauß, sodass sie nicht alles wieder schmutzig machen musste.

»Was willst du denn hier?«

Frau Maaders rauer Tonfall ließ sie neugierig durch den Spalt zwischen Türrahmen und Vorhang linsen, den ihre Chefin jetzt doch aufgehängt hatte. Aber als sie sah, wer im Laden stand, schreckte sie zurück.

Seit dem Alpenrosenball vor über drei Monaten hatte sie kaum ein Wort mit Manilo gesprochen. Da Hugo wieder gesund war, hatte es keine Gelegenheit dazu gegeben.

Außerdem hatte sie ihm nichts mehr zu sagen.

Es war schlimm genug gewesen, dass er nicht ihr, sondern Rosalie die letzten Tänze geschenkt hatte. Ausgerechnet! Und nun war sie tags zuvor auch noch bei ihm in der Orangerie gewesen, als sie die Blumen abgeholt hat. Sie hatte genau mitbekommen, wie er überschwänglich Rosalies Haare mit Komplimenten bedacht hatte. Flüssiges Gold, pah! Rosalie hatte völlig normale blonde Haare. Also konnte das Ganze kein Zufall sein. Vermutlich zog Manilo es inzwischen vor, mit ihr Zeit zu verbringen. Wer konnte es ihm verdenken?

Rosalie war nicht nur hübsch und gebildet, sie war zudem noch die Tochter des Hauses. Frieda war nur nicht klar, was Rosalie davon hatte. Natürlich war Manilo herzerfrischend, brachte einen oft zum Lachen und schaffte es, dass die Menschen sich in seiner Gegenwart wohlfühlten. Trotzdem war er ein einfacher Arbeiter, und Rosalies Mitgift würde in dem Fall mehr als dürftig ausfallen. Und das passte nicht zu dem, was sie bisher von Rosalie gehört hatte.

Sollte sie wahrhaftig eine Frau sein, die auf ihr Herz hörte?

»Hier hat sich ja viel verändert«, sagte Manilo, während er drei Schritte in den Laden hineinging. Frieda hatte noch einige Sträuße in dieser neuen, natürlicheren Anordnung gebunden, nachdem Frau Maader nicht mehr leugnen konnte, dass ihre Kunden davon begeistert waren. Außerdem hatten sie jetzt auf Friedas Vorschlag hin mehrere kleine Topfpflanzen und Vasen im Verkaufsraum stehen. »Es gefällt mir.«

»Schön zu hören«, hörte sie Frau Maader grummeln, die sich über derartige Komplimente nie richtig freuen konnte. »Aber deswegen bist du gewiss nicht hier.«

»Nein.« Manilo blieb stehen. Er nahm seine braune Mütze ab und schloss die Hand fest darum. Gebannt sah Frieda durch den Vorhangschlitz. So schüchtern hatte sie ihn bisher noch nicht erlebt. Er wirkte wie ein kleiner Junge. »Ich wollte Frieda von der Arbeit abholen. Ist sie da?«

Er sah genau in ihre Richtung. Frieda stob nach hinten und drückte sich mit angehaltenem Atem an die Wand. In dem Moment gellte die Stimme von Frau Maader durch den Laden.

»Frieda!«

Frieda nahm sich zusammen und ging mit beherrschter Miene langsam in den Verkaufsraum.

»Hier ist jemand für dich«, erklärte sie, als hätte eine dicke Holztür und kein dünner Vorhang Frieda vom Ort der Unterhaltung getrennt.

Stumm sah sie ihn an.

Manilo ging zaghaft drei Schritte auf sie zu. »I-ich glaube, ich habe dir einiges zu erklären. Hast du etwas Zeit für mich?«

Sollte sie mit ihm gehen? Was könnte er ihr schon sagen? Sie hatte sich geschworen, dass so eine Sache wie mit Otto nicht noch einmal passieren würde. Nie wieder wollte sie dem Falschen vertrauen, und so, wie es in den letzten Wochen gelaufen war, hatte es sich falsch angefühlt. Aber davor war es unglaublich schön gewesen. In Manilos Anwesenheit hatte Frieda sich immer so anders gefühlt. Glücklich. Und eine Erklärung war er ihr allemal schuldig.

Fragend sah sie zu Frau Maader. »Darf ich?«

»Nein. Du bist hier beileibe noch nicht fertig. Der Laden muss gefegt werden, die Blumen gegossen und die verwelkten aussortiert werden.«

Wie dumm von ihr zu glauben, Frau Maader könnte ein einziges Mal die abschließenden Arbeiten allein verrichten. Manchmal wunderte sie sich selbst über ihre Leichtgläubigkeit.

Manilo runzelte indes die Stirn. »Wann hast du heute Morgen angefangen? Wie immer um sieben?«

Was war das für eine seltsame Frage? Frieda hatte keine Ahnung, warum er das wissen wollte, aber sie nickte.

Manilo wandte sich an Frau Maader. »Auf meinem Weg hierher hat die Lambertikirche sechsmal geläutet. Laut Gesetz vom 1. Juni 1891 dürfen Lehrlinge nur noch zehn Stunden am Tag arbeiten.«

Frieda riss die Augen auf. Hatte er das gerade wahrhaftig gesagt? Ahnte er nicht, dass er sie damit in Teufels Küche bringen würde? Solch dreiste Forderungen wagte keine Menschenseele an Frau Maader zu stellen. Diese wetterte auch sogleich los.

»Du willst mich wohl für dumm verkaufen? Glaubst du denn, dass ich nicht genau beobachte, was die Sozialisten treiben? Die mit ihren lächerlichen Forderungen! Wenn das so weitergeht, stellt überhaupt niemand mehr Lehrlinge ein, und dann können alle mal sehen, wo sie bleiben.« Sie hatte ihren Platz hinter der Kasse verlassen und kam mit erhobenem Zeigefinger auf Manilo zu. »Nein, ich weiß genau, was vor sich geht. Und deswegen weiß ich auch, dass dieses Gesetz nur für Fabrikarbeiter gilt. Aber siehst du hier irgendwo rauchende Schornsteine oder ein Fließband?«

Manilo bis sich auf die Unterlippe und schüttelte schließlich den Kopf. Er hatte Frau Maader eindeutig unterschätzt. Sie war kein zahnloser Tiger, sie biss zu, wenn es nötig war.

»Na also. Und deswegen kann ich sehr wohl verlangen, dass Frieda den Laden noch zu Ende sauber macht, bevor sie ihren Vergnügungen nachgeht.«

Es war eine Niederlage, aber Manilo rettete, was zu retten war. »Ja, Frau Maader. Aber es wäre mir eine große Ehre, wenn ich Frieda dabei behilflich sein dürfte.«

Frau Maader schaute biestig und gab nur ein Knurren als Antwort, was Manilo offenbar als Zustimmung wertete. Während sie sich auf den Platz hinter der Kasse zurückzog und ihren Heftroman hervorholte, begann er den Laden zu fegen, und Frieda sammelte wortlos die verblühten Blumen ein.

»Und jetzt seht zu, dass ihr rauskommt«, rief Frau Maader, als auch die letzte verwelkte Blume im Korb gelandet war.

Für eine Weile gingen sie schweigend nebeneinander her. Sie liefen die Kurwickstraße bis zum Ende und gelangten an die Wallanlagen. Einen zusammenhängenden Befestigungsgürtel gab es hier schon lange nicht mehr. Der letzte Großherzog hatte dafür gesorgt, dass eine Ringstraße um die Stadt führte und statt der begrenzenden Wälle sich schmale Grünflächen wie ein Gürtel durch die Stadt zogen. Breite, mit Bäumen bewachsene Straßen und Promenaden schmiegten sich an die Wasserzüge, verbanden die Platzanlagen miteinander und luden zum Flanieren ein.

Frieda steuerte nach rechts, da links der Theaterwall mit dem dazugehörigen Theater kommen würde, das sie unweigerlich an Rosalie erinnerte. Als hätte er ihre Gedanken gehört, räusperte Manilo sich in diesem Moment.

»Ich denke, ich habe dir etwas zu erklären, was Rosalie betrifft.«

Frieda zuckte mit den Schultern. »Du kannst deine Zeit verbringen, mit wem auch immer du willst.«

»Aber das ist es ja gerade! Ich will nicht. Ich werde sie einfach nicht mehr los. Es fing auf dem Alpenrosenball an … Für einen Tanz sollte ich sie auffordern, aber dann hat sie immer wieder Ausreden gefunden, warum wir den nächsten Tanz auch noch gemeinsam machen mussten. Glaub mir, sie kann dabei sehr nachdrücklich sein.« Er blieb stehen und sah Frieda in die Augen. »Und plötzlich warst du weg.«

»Warum hast du ihr denn nicht gesagt, dass du nicht mehr mit ihr tanzen möchtest?«

Manilo antwortete nicht sofort. Jeglicher Schalk war aus seinem Gesicht verschwunden, und er war ungewöhnlich blass.

»Weil ich Angst hatte.«

»Du, Angst?« Das waren zwei Dinge, die sie niemals zusammengebracht hätte. Manilo wirkte immer so sorgenfrei und unerschütterlich, als würde er jegliche Schwierigkeiten einfach weglachen. Nicht weil er so naiv war, sondern weil er Probleme schlichtweg zu nehmen wusste. Doch nun sah er sie vollkommen ernst an.

»Ja. Immerhin ist sie die Tochter des Chefs. Sie ist es gewohnt, dass sie das kriegt, was sie verlangt, und ist dabei sehr impulsiv.

Und aus irgendeinem absurden Grund scheint sie mir zugetan zu sein, und ich …«, er rang um Worte, »… ich hatte einfach diese irrwitzige Vorstellung, dass, wenn sie von uns erfährt, sie womöglich die Beherrschung verlieren könnte. Und wer weiß, wohin das führen würde …«

Er griff nach ihren Händen, und Frieda fühlte, wie die Wärme von ihm zu ihr herüberwanderte und sich gemächlich in ihr ausbreitete.

»Das war deine größte Sorge?«, fragte sie schüchtern, und er nickte. Wenn das wahrhaftig so war, dann war das … gut. Dann hatte er sich allein aus Rücksicht so benommen und nicht das Interesse an ihr verloren, wie sie vermutet hatte.

»Aber was wäre denn das Schlimmste, was passieren könnte? Wäre das nicht eine gute Gelegenheit, dieser verwöhnten Göre mal eine Lehre zu erteilen? Kann man das nicht nutzen, um ihr zu zeigen, dass sie eben nicht alles im Leben haben kann?«

Manilo fand für einen Moment zu seiner Unbeschwertheit zurück und lachte auf. »Frieda, so kenne ich dich gar nicht. Das sind ja geradezu diabolische Gedanken.«

Das stimmte. Normalerweise war sie niemand, der anderen eine Lektion erteilen wollte. Sie war keine rachsüchtige Person. Aber sie hatte nie vergessen, was Marleene ihr über Rosalie erzählt hatte. Dass sie ihren Flieder zerstört hatte, nur weil er besser angekommen war als ihre sprechende Puppe. An dem Tag, als ihr Vater gestorben war. Seitdem hasste sie Rosalie abgrundtief.

Und jetzt wollte sie auch noch Manilo an sich reißen. Ihren Manilo. Das brachte das Fass zum Überlaufen! Frieda fand keinen Funken Güte in ihrem Herzen für diese Person.

Manilo drückte ihre Hände sanft. »Leider fällt mir jedoch etwas ein, was sie mir … uns sehr wohl antun könnte.«

»Ja? Aber was sollte das denn sein?«

»Sie könnte ihren Vater überreden, dass er mich nach Hause schickt.«

Frieda riss die Augen auf und wurde mit einem Mal ganz unruhig. Wenn Manilo auf der Stelle abreisen müsste, wäre das ein Desaster. Daran hatte sie nicht gedacht, und nun, da er es zur Sprache gebracht hatte, wurde ihr bei der Vorstellung ganz übel. Das mussten sie unbedingt verhindern. Manilo strich zärtlich über ihre Wange und holte sich so ihre Aufmerksamkeit zurück.

»Dabei hatte ich gerade überlegt … vielleicht für immer hierzubleiben?«

36. Kapitel

Marleene und Dorothea gingen nach der Arbeitseinteilung zum Schaugarten vor der Fliedervilla, um dort die Hecken zu schneiden. Die anderen hatten erleichtert gewirkt, denn Dorothea war bei den Kollegen noch immer nicht beliebt. Aber Marleene war insgeheim froh, dass sie endlich die Gelegenheit hatte, in Ruhe mit ihr zu sprechen. Nun konnte sie mehr über die Gärtnerinnenschule erfahren und auch von den Frauenvereinen, die Dorothea beim Stecklingeschneiden mal erwähnt hatte. Es gab so vieles, was sie noch nicht verstand, aber bisher waren sie nie zu zweit gewesen, sodass sie es nicht gewagt hatte, die Themen anzusprechen.

»Was wurde an dieser Gartenbauschule für höhere Töchter eigentlich so unterrichtet?«, erkundigte sie sich nun, sobald die anderen Arbeiter außer Hörweite waren.

Dorothea grummelte unwirsch. Sie war mit ihrem ausladenden Rock an einer Brombeerranke hängen geblieben und zerrte missmutig daran.

»Was interessiert dich das?«

Ich bin nun mal ebenfalls eine Frau und hätte meinen rechten Arm dafür gegeben, auch so etwas machen zu dürfen, dachte Marleene. Aber das konnte sie natürlich nicht laut sagen. Außerdem war eine solche Ausbildung für sie als verarmtes Arbeiterkind ohnehin aussichtslos, was wahrlich absurd war, denn die Töchter aus gutem Hause waren ja meist nicht darauf angewiesen, eine Anstellung zu finden. Oft wollten sie sich bloß nicht langweilen, während es in Marleenes Schicht um das schiere Überleben ging.

»Nun ja, es ist immerhin die erste Gartenbauschule für Frauen. Das finde ich höchst interessant. Du warst zudem im allerersten Jahrgang, nicht wahr?«

Bei so viel echtem Interesse konnte Dorothea offenbar ihre distanzierte Fassade nicht länger aufrechterhalten. »Ja«, sagte sie voller Stolz. »Wir waren lediglich zu siebt. Aber so konnte man viel lernen, und ich bin ungemein froh, diese Möglichkeit für mich gefunden zu haben.«

»Wie war das denn, saßt ihr die gesamte Zeit in einem Klassenzimmer? Oder habt ihr auch praktisch gearbeitet?«

Dorothea warf ihr einen erbosten Blick zu.

»Es war doch nur eine Frage … Ich weiß nun mal nicht, wie ich es mir vorstellen soll.«

»Frau Kommerzienrat Heyl hat auf ihrer Besitzung in Charlottenburg eine eigene Gärtnerei errichtet. Es gab dort ein Gewächshaus und mehrere Mistbeetkästen. Unterrichtet wurden wir von einem Obergärtner.«

»Und dort habt ihr dann die gleichen Arbeiten verrichtet wie hier in der Hofgärtnerei?«

Sie hatten die Hecke erreicht und begannen zu schneiden. Gerade im Eingangsbereich sollte immer alles besonders gepflegt aussehen, damit die Kunden einen vortrefflichen Ersteindruck bekamen.

»Ja, einiges davon. Aber es wurden auch umfassendere Themengebiete erörtert. Wir haben unter anderem darüber gesprochen, wie Gartenarbeit gegen Hysterie und Gebrechlichkeiten helfen kann. Außerdem ging es darum, wie wir später als Leiterin des Haushalts das Gesinde in die Gartenarbeit einweisen können.«

Nachdenklich ließ Marleene die lange Heckenschere zuschnappen. Bis eben war sie noch begeistert gewesen, was Dorothea dort gelernt hatte. Jetzt klang es allerdings fast so, als wäre diese Gartenbauschule eine versteckte Haushaltsschule, die Frauen vom Stande ebenso wie die Pensionate auf ihre spätere Rolle als Vorsteherin eines Haushalts vorbereitete. Aber womöglich war das ja lediglich ein kleiner Teil dessen, was sie dort gelernt hatte.

»Ging es denn auch um technische Dinge wie zum Beispiel Düngerlehre?«

Vor einem Monat hatten sie das Güllegemisch über die Pflanzen verteilt, und Marleene war wahrlich fasziniert gewesen, als Oskar ihr erklärt hatte, wie berechnet werden konnte, wie viel Dünger pro Erde benötigt wurde.

»Nein, das war gänzlich neu für mich. Wir haben nur die Arten des Kunstdüngers kennengelernt«, gestand Dorothea aus einiger Entfernung, und Marleene schaute auf. Warum brauchte ihre Kollegin so lange? Sie beugte sich über die Hecke, die sie von der vorderen und Dorothea von der hinteren Seite bearbeitete. Dort hockte die Gärtnerin schwer atmend mit einer kleinen Gartenschere und schnitt eifrig die einzelnen Triebe ab. Aus eigener Erfahrung wusste Marleene, dass das Korsett Dorothea in dieser gebückten Position ordentlich zu schaffen machen musste.

»Die Hecke sollten wir mit der langen Heckenschere schneiden, das geht ungemein schneller.«

Dorothea richtete sich auf, schwankte zunächst leicht, schaffte es dann jedoch wieder, sie von unten herablassend zu mustern. »Das mag sein, aber was du nicht bedenkst, ist, dass die langen Schneiden die Blätter kaputt machen.« Sie deutete auf ein zerschnittenes Ligusterblatt auf Marleenes Seite, um ihre Aussage zu unterstreichen.

Während Marleene nach den richtigen Worten suchte, um Dorothea zu erklären, dass das nebensächlich war, ohne ihre Kollegin zu verletzen, sprach Dorothea weiter.

»Hecken schneiden habe ich auf der Gärtnerinnenschule gelernt. Ich weiß, was ich tue, Marten, wohingegen du noch in der Lehre bist.« Ihr Gesichtsausdruck war triumphierend.

»Ja, das bin ich. Aber ich habe vor zwei Wochen schon die Hecke vor dem Freilandquartier mit Oskar geschnitten, und er hat es mir erklärt.«

Schulterzuckend schnippelte Dorothea mit der Gartenschere ein paar Ästchen ab.

»Glaub mir, den Leuten ist es hier fürchterlich wichtig, dass man die Arbeit auch zügig erledigt. Zeit ist Geld, sagt der Chef doch immer. Die Blätter erholen sich schon wieder, aber wenn wir nicht zusehen, dass wir vorankommen, sind wir heute Abend um neun noch hier. Und wir sollen auch noch Samen sammeln und die Flieder für den Winteraustrieb vorbereiten.«

Dorothea zögerte. Marleene konnte sehen, wie sie innerlich mit sich rang. Schließlich sog sie laut die frische Luft ein, verstaute die Gartenschere in einer Tasche und griff nach der Heckenschere.

Nachdem Dorothea einige Zeit lang in der Hocke die unteren Blätter geschnitten hatte, beobachtete Marleene, wie sie erneut ins Taumeln geriet, als sie hochkam.

»Geht es dir nicht gut?«, fragte sie ehrlich besorgt und ignorierte dabei die innerlich mahnende Stimme, dass sie nicht zu viel Gefühle zeigen sollte.

Dorothea schnaubte. »Du kannst ja gerne mal versuchen, in so einem Korsett zu arbeiten, dann würdest du merken, warum mir die Luft wegbleibt. Aber vermutlich würdest du es nicht einmal zubekommen.«

Marleene versteckte ihr Grinsen, indem sie sich ihrerseits den unteren Blättern widmete. Ein Arbeiterkorsett, das sie gewohnt war, ging zwar nicht so tief herunter und ließ sich von vorne schließen, dennoch war sie sich recht sicher, dass sie auch ein normales Korsett zubekommen würde. Kam es nicht ohnehin stets mit dem dazugehörigen Personal?

Aber vielleicht war dies die Gelegenheit, noch mehr über das andere Thema zu erfahren, das ihr nunmehr seit Monaten unter den Nägeln brannte.

»Es scheint dich ja fast genauso einzuengen wie diese gesellschaftlichen Strukturen, die es nicht zulassen, dass du als Frau das machen kannst, was dir beliebt.«

Dorothea runzelte die Stirn. »Was weißt du denn davon?«

»Na ja, das hattest du ja beim Stecklingeschneiden erwähnt. Ich fand das recht interessant. Ich habe mich gefragt, ob man das Ganze nicht auch auf Lehrlinge übertragen kann, denn so ganz gerecht, dass ich hier am längsten und härtesten arbeiten muss, erscheint es mir ja nicht.«

Dorothea nickte nachdenklich, was Marleene Mut machte; sie schien ihren Vorwand zu glauben.

»Aber so richtig verstehe ich das noch nicht.« Sie lachte nervös auf. »Vielleicht weil ich nur auf eine Dorfschule gegangen bin. Kannst du mir noch mal erklären, wie das alles zusammenhängt?«

»Ist doch ganz einfach«, sagte Dorothea und schnitt voller Elan weiter. »Das eine bedingt das andere. Mit der Bildung fängt es an. Jungen kriegen eine bessere Schulbildung, es steht gar nicht erst infrage, ob sie arbeiten werden, während Frauen sich das erkämpfen müssen. Doch selbst wenn sie das geschafft haben, kriegen Männer zuerst die Anstellung, wenn sich beide auf die gleiche Stelle bewerben. Warum? Da stets Männer die Chefs sind! In allen Firmen und in der Politik ja sowieso. Es entsteht also ein ewiger Kreislauf, und wir haben schlichtweg keine Möglichkeit, an diesen künstlich geschaffenen Strukturen irgendetwas zu ändern.« Inbrünstig schnitt sie einen Zweig ab, den sie zuvor übersehen hatte.

»Die Frau wird künstlich kleingehalten, denn wer sich diese Regeln ausgedacht hat, sind Männer. Und dann gibt es immer diese Ausrede, dass Männer ja für ihre Familie sorgen müssen … Aber was ist denn mit den Frauen, die sich gerne selbst versorgen würden? Warum müssen wir immer auf die Männer angewiesen sein? Das ist doch alles nicht mehr zeitgemäß!«

Marleene wurde innerlich ganz aufgeregt. So langsam verstand sie, wie vielschichtig die Benachteiligung der Frauen in allen Schichten und Bereichen war. Es wurde ihr nun so klar, dass sie selbst nicht mehr verstand, warum es nicht von Anfang an für sie offensichtlich gewesen war. »Und … und … und gibt es einen Ort, wo sich Frauen über diese Ungerechtigkeit austauschen können?«

»Nein.« Die Antwort kam viel zu schnell, und Dorothea beobachtete ganz genau, wie die Schneidflächen der langen Schere die Stängel zerteilten, anstatt Marleene in die Augen zu sehen.

»Bitte, Dorothea, ich würde euch niemals verraten. Erinnerst du dich an meine Cousine?«

»Die mit dem roten Rock, die ihre Kleidung in Büschen versteckt?«

»Ja, genau. Sie ist an diesen Themen überaus interessiert und würde sicherlich gerne mehr erfahren.«

Dorothea überlegte einen Moment, bevor sie antwortete. Dann sah sie sich nach allen Seiten um und beugte sich näher zu Marleene.

»Wir treffen uns alle zwei Wochen mittwochs im Drögen Hasen. Der Tisch mit der Eckbank. Sie soll Stickzeug mitbringen.«

»Wozu das denn?«

»Das ist unsere Tarnung. Oh … äh … Foffteihn!«

Offenbar hatte Dorothea wenigstens die geheime Chef-Warnung beigebracht bekommen, und so schnitten beide nun besonders eifrig weiter. Doch statt Alexander trat Julius auf sie zu. Aber der war nun ja auch der Leiter. Bei seinem Anblick begann Marleenes Herz einen Takt schneller zu schlagen. Er trug ein dunkelblaues Arbeitshemd und wirkte zum ersten Mal seit dem Tod seiner Mutter wieder ansatzweise fröhlich. Seit seinem Vorschlag mit der Hollandfahrt vor zwei Tagen war sie ihm geflissentlich aus dem Weg gegangen.

Jetzt gab es offenbar kein Entrinnen mehr.

Er sah auf die Hecke. »Das sieht ja schon gut aus.« Dann streckte er aber die Hand nach Dorotheas Schere aus. »Komm, ich lös dich mal ab. Das ist, glaube ich, keine Frauenarbeit. Willst du den anderen helfen?«

Dorothea stapfte wortlos davon. Sie schimpfte erbost, als ihr Rock sich erneut in der Brombeerranke verhakte, und Julius und Marleene unterdrückten ein Lachen.

»Jetzt verstehe ich, warum die ersten Gärtnerinnen in England in den Kew Gardens irgendwann angeordnet bekamen, Hosen anzuziehen.«

»Und das haben sie wahrhaftig getan?« Marleene fiel die Heckenschere aus der Hand. Sie bückte sich danach und tauchte mit heißem Kopf wieder auf. Das war wahrlich ungeheuerlich! Nahezu revolutionär. Eine Frau, die offiziell Männerkleider trug … In Gedanken verbeugte sie sich vor diesen mutigen Frauen.

»Ich konnte es ebenfalls kaum fassen, als ich es zum ersten Mal gesehen habe.«

Nachvollziehbar war es aber. Marleene war schon oft bei der Arbeit dankbar gewesen, dass sie keinen hinderlichen Rock samt Unterrockschichten tragen musste.

»V-vielleicht solltest du das Dorothea mal erzählen.«

Julius lachte. Er schien die Vorstellung mehr als amüsant zu finden.

»Das ist mein Ernst. Es könnte eine Erleichterung für sie sein. Bei Regen muss der Rock samt Unterröcken schwer wie eine Tonne sein. Ihre Pelerine hält ja nicht viel ab. Zudem bleibt sie immer und überall damit hängen.«

Er hielt beim Schneiden inne. »Aber dann hätten wir hier demnächst womöglich Zaungäste, die die Frau in Männerkleidern sehen wollen. Die haben in England nämlich nicht lange auf sich warten lassen.«

»Behauptest du nicht immer, man müsse mit der Zeit gehen?« Marleene grinste ihn an.

»So meinte ich das aber nun nicht. Außerdem … ist es nicht unschicklich, wenn ich eine Dame bezüglich ihrer Garderobe berate? Du weißt, wie empfindlich sie ist.«

»Das ist wahr. Vielleicht sollte ich das machen.«

Julius lachte. »Denkst du, von einem Lehrling nimmt sie eher Modetipps entgegen?«

Ach ja. Sie schnitt hektisch die Hecke weiter, ohne auf die richtige Länge zu achten. Wie hatte ihr das herausrutschen können? Aber irgendeine Lösung musste es doch geben. Für einen Moment hörte sie mit dem Schneiden auf, um besser nachdenken zu können.

»Wie wäre es denn, wenn du Dorothea einfach erzählst, dass die englischen Gärtnerinnen es so gehandhabt haben? Dann kann sie ihre eigenen Schlüsse ziehen und daraus machen, was immer ihr beliebt.«

»Gute Idee, das werde ich tun. Hast du dich eigentlich wegen Holland entschieden?«

Marleene fing geschwind wieder mit dem Schneiden an, um ihm nicht in die waldgrünen Augen sehen zu müssen. Sie war noch immer eine schlechte Lügnerin – auch wenn sie es nun regelmäßig tat. Aber diesmal fiel es ihr besonders schwer.

Sie hätte ihn unsagbar gerne begleitet.

Julius hatte ihr schon allerlei über Holland erzählt. Welche neuartigen Techniken sie dort nutzten, wie viel mehr Gärtnereien es gab und dass auf den Feldern im Frühjahr Tausende von leuchtenden Tulpen blühten. Sie hätte gewiss jede Menge lernen können. Aber es war zu riskant. Wenn sie ein gesamtes Wochenende Seite an Seite verbringen würden, könnte zu schnell auffliegen, dass sie kein Junge war. Sie hatte an jenem Abend im Gewächshaus bereits alles versucht, um abzusagen. Den Gießdienst hatte sie vorgeschoben – aber Julius wollte für Ersatz sorgen. Einen nicht vorhandenen Koffer – aber er wollte ihr einen leihen. Als sie gesagt hatte, dass sie noch nie das Land verlassen habe, hatte er erwidert, dass es dann wahrlich an der Zeit sei. Schlussendlich hatte sie um Bedenkzeit gebeten.

Und nun hatte sie sich in aller Ruhe eine perfekte Ausrede überlegen können.

»Ich kann leider nicht mitkommen. Es würde zu teuer werden.«

»Marten, wegen des Geldes musst du dir natürlich keine Sorgen machen. Ich würde deine Fahrkarte mitbezahlen.«

»W-was? Das kann ich auf keinen Fall annehmen. Gerade, wo es um eure Finanzen …«

Julius unterbrach sie, indem er eine Hand hob. »Davon will ich nichts hören. Wenn du nicht gewesen wärst, hätte es keinen Alpenrosenball gegeben. Die Fahrt und den Aufenthalt in Holland zu bezahlen ist das Mindeste, was ich tun kann. Also, kommst du mit?«

Er sah sie so voller Hoffnung in den Augen an, dass es Marleene das Herz brach, ihn enttäuschen zu müssen.

»I-ich kann nicht.«

»Aber warum?« Er war verletzt, das war nicht zu übersehen. Ihr musste schnell eine neue Ausrede einfallen. Wenn er erfuhr, dass sie nicht die Person war, die sie vorgab zu sein, wäre er nur noch enttäuschter.

»Meine Mutter. Ich habe doch erzählt, dass ich sie dreimal im Jahr besuche. Und na ja … dieses Wochenende ist eines davon.«

Er runzelte die Stirn. Zu Recht, denn sie hatte es bisher nicht erwähnt. Wie auch? Es war eine glatte Lüge.

»Und das lässt sich nicht verschieben?«

Sie schüttelte den Kopf. »Leider nicht. Die Bauernfamilie ist unglaublich streng, was das betrifft.«

Er lächelte.

Warum zum Teufel lächelte er nun?

»Das macht nichts. Dann fahren wir einfach übernächstes Wochenende.«

Marleene verzog ihr Gesicht zu einer Art Lächeln. Sie musste zumindest so tun, als würde sie sich freuen, denn eine weitere Ausrede fiel ihr nicht mehr ein.

***

Die Chrysanthemen standen in voller Blüte, und das Meer aus gelben Punkten reichte so weit, dass sie zum Ende hin zu verschmelzen schienen. Bruno schielte immer wieder zu Greta hinüber, die heute mit dem Samensammeln nicht gut vorankam. Sie war schon weit hinter die anderen Arbeiter zurückgefallen.

»Geht es dir nicht gut, Liebchen?«, rief Hildegard zu ihr herüber.

Greta richtete sich auf, und ihre Hände suchten nach einer Möglichkeit, sich festzuhalten. »Alles in Ordnung. Mir ist nur etwas schwindelig.«

Mit ihren dunklen Zöpfen und der sonnengebräunten Haut sah sie wunderschön aus zwischen den gelben Blumen, die noch eifrig von Schmetterlingen umflattert wurden. Von Weitem sahen sie Dorotheas massige Gestalt auf sich zukommen.

»Auch das noch«, zischte Johannes. »Ich dachte, sie soll mit unserem Hänfling … ähhh, Lehrling die Hecken schneiden.«

»Ruhig jetzt!« Oskar warf ihm einen warnenden Blick zu, da Dorothea sie fast erreicht hatte, und erklärte ihr, wo sie die Samen für das nächste Frühjahr bereits eingesammelt hatten und wo sie weitermachen sollte. Da sie mit dem üppigen Rock die Pflanzen in der Mitte des Beetes mitreißen würde, arbeitete sie hauptsächlich am Rand.

Bruno wollte sich gerade wieder an die Arbeit machen, als er sah, wie ein weißer Schmetterling auf Oskars großer verschwitzter Nase landete. Er schlug ihn davon. »Mistviech!«

»Lass das arme Ding in Ruhe«, beschwerte sich Dorothea. »Er tut dir doch nichts.«

Oh, oh. Das war ein Fehler. Selbst Bruno wusste das.

Oskar ging zwei Schritte auf die Gärtnerin zu und sah sie grimmig an. »Ja, Schmetterlinge sind harmlos.« Seine Stimme klang bedrohlich ruhig. »Aber sie legen Eier. Und aus diesen Eiern kriechen Raupen. Und die Raupen können massenweise über eine Pflanze herfallen. Man kann ihnen daher gar nicht rücksichtslos genug zu Leibe gehen. Was glaubst du, warum wir uns immer wieder die Mühe machen, die Raupennester aus den Bäumen zu schneiden? Bestimmt nicht, weil das eine dermaßen vergnügliche Arbeit ist. Aber das weißt du ja nicht, weil du dir zu fein für diese Arbeit warst.«

Ruckartig fuhr Dorothea in die Höhe. »Ich bin mir für gar nichts zu fein. Habe ich nicht erst neulich mit euch die Jauche verteilt? Hast du da auch nur ein Wort des Protests gehört?«

»Soll ich mich darüber etwa freuen? Oh ja, Fräulein von Wallenhorst, es ist überaus gütig von Ihnen, dass Sie die Arbeit ausführen, für die Sie bezahlt werden.« Oskar vollführte einen extra tiefen Diener, was bei seiner Leibesfülle gewiss nicht einfach war.

»Die Raupennester hätte ich auch mit rausgeschnitten, aber Julius hatte mich für etwas anderes eingeteilt. Und ja, vielleicht kann ich wegen fehlender Muskelkraft einige Arbeiten nicht so gut ausführen wie Männer. Aber dafür liege ich bei anderen Arbeiten wieder vorne. Oder hast du bereits vergessen, dass ich doppelt so schnell Stecklinge schneiden kann? Es ist mir ein Rätsel, warum ich mir das hier immer wieder anhören muss. Hildegard und Greta macht ihr das Leben doch auch nicht dermaßen schwer.«

»Und weißt du, warum das so ist?« Oskar ging noch etwas näher auf sie zu und sah ihr direkt in die Augen. Bruno hielt vor Anspannung die Luft an.

»Weil sie für das bezahlt werden, was sie sind. Hilfskräfte. Sie geben nicht vor, etwas anderes zu sein. Sie sind nicht hier, um uns Männern die Arbeitsstellen wegzunehmen.«

Dorothea machte auf dem Absatz kehrt und ging wogenden Schrittes davon.

Bruno fühlte sich fürchterlich, denn ihren Armbewegungen nach zu urteilen wischte sie sich Tränen aus dem Gesicht. Er konnte es nicht haben, wenn es anderen Menschen schlecht ging. Und er hatte auch schon oft über die verschiedenen Positionen von Greta, Hildegard und Dorothea nachgedacht. Es war seltsam, denn wenn man ehrlich war, machten sie alle mehr oder weniger die gleiche Arbeit.

Und Greta hatte ihm mal im Vertrauen erzählt, was sie verdiente – was erschreckend gering war. Jeder wusste, dass man als Gärtnergehilfe nicht reich werden würde, aber er fragte sich oft, wie Greta, die noch weniger bekam, überhaupt ihre Miete zahlen konnte. Vermutlich nächtigte sie deswegen nur als Schlafgängerin bei einer Familie, wo sie nachts das Bett nutzen durfte, da der Familienvater dann Schicht hatte. Weil ihm das alles so ungerecht erschien, hatte er sich gefragt, ob man nicht, anstatt Dorothea auf die Position von Hildegard und Greta herabzusetzen, nicht die beiden ebenfalls als Gärtnergehilfinnen einstellen könnte. Das erschien ihm gerecht. Aber was wusste er schon? Bevor er aufs Neue ausgelacht wurde, behielt er seine Meinung lieber für sich.

Auf dem Hinterhof der Fliedervilla ertönte Hufgeklapper, und er beobachtete, wie eine Gestalt ganz in Braun aus einer Mietdroschke stieg. Konstantin.

»Um fünf Uhr nachmittags«, kommentierte Johannes. »Seltsam, dass der feine Herr in Neuharlingersiel anscheinend bereits Arbeitszeiten erkämpft hat, die sein werter Herr Vater uns verwehrt.« Er spuckte eine Portion Tabak auf die Erde.

Bruno wusste, dass er vor Kurzem beim Chef einen Antrag auf einen Zehnstundentag gestellt hatte. Die Sozialdemokraten hatten ihm diesen Floh ins Ohr gesetzt, und Johannes war Feuer und Flamme gewesen. Doch Alexander hatte ihn zusammengestaucht und gefragt, wie er es wagen könne, in seiner Trauerzeit einen derart unverfrorenen Antrag zu stellen, und darauf hingewiesen, dass er sich gerne im nächsten Frühjahr eine andere Gärtnerei suchen könne, wenn ihm die Arbeitszeiten der Hofgärtnerei missfielen.

Greta entschuldigte sich und ging davon. Bruno merkte, dass seine Blase recht voll war. »Ich geh mal austreten«, rief er den anderen zu und machte sich auf den Weg zum Toilettenhäuschen bei der Remise, da der Chef es nicht gerne sah, wenn sie einfach hinter ein Gebüsch pinkelten.

»Aber, Bruno«, rief Oskar ihm hinterher.

Er drehte sich um.

»Nicht wieder ins Gießwasser pissen!«

Die anderen lachten, und er lief kommentarlos weiter. Das würden sie ihm vermutlich nie verzeihen. Eigentlich wollte er Greta einholen, doch sie war bereits zu weit entfernt. Und dann geschah etwas Seltsames.

Greta bog gar nicht zum Toilettenhäuschen ab.

Bruno wusste, dass es falsch war, aber es ging immerhin um Greta. Deswegen folgte er ihr. Sie bog vom Hauptweg ab und ging durch die vereinzelt stehenden Topfpflanzen auf die Fliedervilla zu. Er konnte deutlich sehen, wie sie sich umschaute, dann huschte sie über den Hof und eilte auf die Hintertür der Villa zu. Bruno duckte sich hinter einen besonders breiten Wacholder, die stiekeligen Spitzen bohrten sich in seine Arme, aber er war so gebannt, dass er es kaum merkte.

Was konnte Greta in der Fliedervilla wollen? Julius war irgendwo in der Gärtnerei, mit Rosalie würde sie ganz gewiss kein Wort wechseln, außerdem war sie heute Morgen wie jeden Tag ins Theater gefahren, und Alexander hatte einen Termin in der Stadt. Es blieb also nur Konstantin. Greta pochte so laut gegen die grüne Hintertür, dass er es bis in sein Versteck hören konnte.

Die zwei hatten doch nicht etwa … eine Liebelei? Brunos Herz wurde alleine bei dem Gedanken mächtig schwer. Konstantin würde er beileibe nicht das Wasser reichen können.

Nun wurde die Tür aufgerissen. Konstantins Gesichtsausdruck und die fahrigen Gesten zeigten ihm immerhin, dass sie sich alles andere als wohl zugetan waren. Die beiden stritten vehement. Warum wohl? Vielleicht wollte Greta schon etwas Geld? Der nächste Zahltag war erst in zwei Wochen. Aber würde sie sich dann nicht an Julius oder Alexander wenden?

Mit einem lauten Krachen warf Konstantin nun die Tür zu. Greta blieb davor stehen. Bruno kroch vorsichtig zurück, bis genügend Pflanzen die Sicht auf ihn versperrten.

Dann rannte er zum Toilettenhäuschen, entleerte seine Blase und lief danach zum Beet mit den Chrysanthemen zurück. Unterwegs entdeckte er auf der Streuobstwiese, unter einem Apfelbaum, eine zierliche Gestalt.

Langsam ging er durch das hohe Gras zu ihr herüber. Als er sie fast erreicht hatte, hörte er leise Schluchzer. Es schnürte ihm die Kehle zu.

»Greta?«, fragte er vorsichtig.

Sie fuhr zusammen und schaute hinter dem Baum hervor. »Was willst du?«

»Nichts. Ich habe dich nur hier sitzen sehen und mir Sorgen gemacht. Kann ich dir irgendwie helfen?«

»Ja.« Greta wischte mit dem Ärmel die Tränen aus ihrem Gesicht. »Lass mich verdammt noch mal allein.«

37. Kapitel

Der Zug ruckelte Richtung Westen, und Marleene beobachtete gebannt, wie die Landschaft sich veränderte. Die Wälle verschwanden, das Land wurde noch flacher, die Felder wurden von kleinen Kanälen unterbrochen, und es schien mehr Schafe als Menschen zu geben.

Julius hatte keinerlei Ausflüchte zugelassen, und letztendlich hatte sie sich ihrem Schicksal ergeben und war mit ihm in den Zug gestiegen. Es würde schon klappen, sagte sie sich. Gut fünf Monate war sie mit ihrer Maskerade durchgekommen, dann würde es auch in Holland funktionieren. Die Lösung war kinderleicht, sie benötigte lediglich ein eigenes Zimmer.

Es war kaum zu glauben, wie sehr sich ihr Leben verändert hatte, seit sie das letzte Mal Zug gefahren war. Der Besuch bei ihrer Mutter war schon wieder viel zu lange her. Was würde sie wohl sagen, wenn sie wüsste, dass Marleene das Land verließ? Würde sie sich mit ihr freuen, oder wäre sie voller Sorge? Ihr Gespräch vom Frühjahr schien Marleene mittlerweile Welten entfernt. Damals hatte sie auf dem Weg zu ihr in der beengten vierten Klasse gesessen und nicht wie heute in der noblen zweiten mit eigenen Abteilen. Damals war sie voller Sorgen gewesen, und es hatte sich angefühlt, als würde sie eine Gewitterwolke mit sich herumtragen. Jetzt war es das völlige Gegenteil. Es fühlte sich an, als würde eine Sonne sie von innen wärmen. Auch wenn die Arbeit in der Hofgärtnerei fürchterlich anstrengend war, war sie in ihrem Leben nie glücklicher gewesen.

Aber lag es nur an der Arbeit, die sie erfüllte? Diese prickelnde Aufregung erfasste sie vor allem, wenn sie mit Julius zusammenarbeitete. Sie betrachtete ihn, wie er schlafend in seinem Sitz saß. Die wuscheligen Haare fielen ihm in die Stirn, und er sah so friedlich aus wie ein Säugling.

Gewiss lag es daran, dass sie das gleiche Interesse teilten. Natürlich hatte sie sich schon immer für Pflanzen begeistert, aber was Julius ihr über die Zucht und Einkultivierung neuer Sorten erzählt und gezeigt hatte, hatte ihr eine neue Welt eröffnet. Sollte sie diese eine Strähne, deren Spitzen gegen seine Nase stießen, zurückstreichen? Es kitzelte gewiss.

Plötzlich schlug Julius die Augen auf.

Marleene schnellte zurück. Unbewusst hatte sie sich ein Stück weit vorgebeugt.

»Entschuldige.« Julius richtete sich auf, strich die Haare nach hinten und rieb sich die Augen. »Ich habe in den letzten Tagen nicht viel schlafen können. Die Sorgen um die Hofgärtnerei haben mich wachgehalten.«

»Das macht doch nichts.«

»Aber es ist unhöflich, dich hier alleine sitzen zu lassen.«

Marleene lachte leise. »Keine Sorge. Es gibt hier doch keine strengen Benimmregeln, ich bin schließlich keine feine Dame der Gesellschaft, sondern nur eine ...« Marleene stoppte sich in letzter Sekunde. Beinahe hätte sie »Arbeiterin« gesagt. Ihre Ohren wurden heiß wie ein Ofenrohr. Wie hatte ihr das passieren können? Sie sollte sich wirklich stärker vorsehen.

»N-nur ein Arbeiter«, sagte sie schnell. »Ein ganz normaler Arbeiter. Arbeiterjunge. Beileibe nichts Besonderes. Ganz gewiss keine Dame.«

Was tat sie da nur? Sie plapperte sich noch um Kopf und Kragen. Am liebsten hätte sie sich selbst geohrfeigt, um zur Besinnung zu kommen. Da das zu auffällig wäre, schüttelte sie unmerklich den Kopf, um die irrwitzigen Gedanken zu vertreiben.

Julius warf ihr einen langen Blick zu, und an den hauchzarten Falten auf seiner Stirn konnte Marleene erkennen, dass er ihr Verhalten nicht richtig einzuordnen wusste. Sie lächelte angestrengt, um ihm zu zeigen, dass alles bester Ordnung war.

»Trotzdem«, sagte er schließlich. »Wir wollten doch arbeiten. Zeig mal her, was hast du denn indes gezeichnet?«

In den letzten zwei Wochen hatten sie alles über Kunstgärten nachgelesen, was Alexander in der heimischen Bibliothek hatte. Marleene hatte außerdem einige Bücher in der öffentlichen Bibliothek gefunden. Und sie hatten gezeichnet, einen Plan nach dem anderen. Jedes Mal mit dem gleichen Ergebnis. Marleene reichte ihm die neue Skizze des Barockgartens und seufzte. »Ach, ich bin nicht wirklich vorangekommen. Ich habe hier einige der bunten Beete entworfen, die diese Muster ergeben …«

Julius unterbrach sie. »Die heißen übrigens Teppichbeete.«

»Ah, verstehe. Weil die Blumen ein Muster ergeben wie bei einem Teppich. Aber genau das ist eins meiner Probleme. Man braucht vor allem Pflanzen von kleinem, gedrungenem Wuchs. Und das massenweise, weil sie immerfort erneuert werden müssen, wenn das Beet den gesamten Sommer blühen soll. Das wird überaus kostspielig.«

Julius reichte ihr die Skizze zurück. »Ich glaube kaum, dass der Großherzog finanzielle Probleme hat.«

»Das nicht.« Marleene schraffierte gedankenverloren eine mögliche Rasenfläche. »Aber könnte man das Geld nicht woanders so viel besser einsetzen? Und selbst wenn man die Kosten außer Acht lässt, finde ich mit diesen Teppichbeeten kaum eine Möglichkeit, unsere Rhododendren so einzuplanen, dass sie ein Blickfang werden. Alpenrosen erreichen immer eine gewisse Höhe, daher müssen wir sie an den Rand setzen. Dann wären sie aber nur schmückendes Beiwerk.«

»Hmmm.« Julius massierte sein Kinn, und die hellen Sprenkel, die Marleene nun in seinen Augen wahrnahm, verdunkelten sich. Er beugte sich erneut über den Plan und kam ihr dabei so nah, dass Marleene seinen Duft nach Seife und Kiefernnadeln riechen konnte.

»Ich kann noch nicht einmal genau sagen, was mich stört.« Marleene deutete auf den Plan mit den bunten Mustern. »Es sind schöne Beete, sicherlich würde es imposant wirken. Es ist einfach …« Sie schüttelte den Kopf.

»Es fühlt sich für Oldenburg nicht richtig an?«

»Ja!« Marleene strahlte über das ganze Gesicht. Sie hatte sich nicht getraut, das zu sagen, da sie bereits seit Tagen an dem Plan mit den geometrisch angelegten Beeten arbeiteten. »Dann ergeht es dir genauso?«

»Ja. In Frankreich kann ich mir so einen Garten bestens vorstellen. Und die Herrenhäuser Gärten sind ebenfalls traumhaft. Es ist auch nicht so, als wenn ich sie nicht mögen würde. Aber für uns in Oldenburg? Das passt nicht richtig.«

»Es würde sich anfühlen, als würde man sich verstellen. Oldenburger sind bodenständig. Eher nüchtern. Ich meine, der Garten soll doch auch für das Volk sein. Kannst du dir vorstellen, dass ein typischer Oldenburger Bauer – nehmen wir doch mal Bruno mit seiner Familie – dort spazieren gehen und sich so richtig wohl dabei fühlen würde?«

Julius schüttelte den Kopf. Bevor er antworten konnte, wurde die Abteiltür geöffnet.

»In zehn Minuten erreichen wir Boskoop«, rief der Schaffner mit niederländischem Akzent und verschwand wieder.

Julius stand auf und holte die Koffer von der Ablage. »Hervorragend, dann sind wir pünktlich und können unseren straffen Zeitplan schaffen.«

»Ich bin schon sehr gespannt«, sagte Marleene und sah aufgeregt aus dem Fenster. »Sieh mal, hier sind bereits die ersten Gärtnereien.«

Unzählige Kanäle und kleine Wassergräben zogen sich weiterhin durch die Landschaft. Zwischen ihnen lagen weitläufige Beete mit gemischten Pflanzen in allen Grüntönen, abgewechselt von Obst- und Nadelbäumen.

»Ja, das wird ab jetzt so weitergehen. Schon seit über zwanzig Jahren gibt es hier Hunderte von Baumschulen. Durch den Torf aus dem Moor ist der Boden dafür besonders geeignet, und die Holländer sind uns aufgrund ihrer Erfahrung weit voraus. Die Vermehrung durch Veredelung hat sich mein Vater zum Beispiel hier abgeschaut. Vorher wurden Absenker von lebenden Pflanzen gemacht, was recht aufwendig ist und viel Platz benötigt. Ich kann dir nachher gerne noch mehr darüber erzählen, aber jetzt sollten wir uns fertig machen.«

Vor dem Fenster des Zuges waren nun vermehrt Backsteinhäuser anstelle von Pflanzen zu sehen, und Marleene griff nach ihrem Koffer, der nahezu leer war, und der dunklen Männerjacke, die Frieda ihr auf dem Markt gekauft hatte. Sie war so klobig, dass sie ihren schmächtigen Körper gut versteckte und Marleene sich sogleich sehr viel männlicher fühlte. Es war eine blendende Idee, trotzdem war sie vergrämt gewesen, dass Frieda dermaßen viel Geld für sie ausgegeben hatte, auch wenn sie die Jacke zu einem verfrühten Geburtstagsgeschenk erklärt hatte.

Der Zug kam zum Stehen, und Julius und Marleene stiegen gemeinsam mit einer Handvoll anderer Leute aus. Neugierig sah Marleene sich um. Jetzt war sie zum ersten Mal in einem fremden Land. So richtig anders fühlte es sich aber eigentlich gar nicht an.

»Ich nehme hier immer die Pension direkt am Bahnhof. Sie ist recht einfach, aber zweckmäßig. Da vorne ist sie.« Julius deutete auf ein zweistöckiges Gebäude aus rotem Backstein mit weißem Zaun und weißen Fenstern. Der vordere Teil des Gebäudes wölbte sich rundlich nach vorne, der hintere schloss gerade daran an und war oben mit einem hübschen Steinarrangement verziert.

Marleenes Herz schlug schneller. Hoffentlich würde sie sich das leisten können. Sie hatte zwar ihre gesamten Ersparnisse mitgenommen und zusätzlich etwas von Frieda geliehen, aber es sah recht teuer aus.

»Ich würde mein Zimmer gerne selbst bezahlen«, kündigte sie vorsichtshalber an.

»Das kommt nicht infrage. Ich habe versprochen, für alles aufzukommen, und das werde ich auch tun.«

Marleene verlangsamte ihre Schritte, damit sie dies ausdiskutieren konnten, bevor sie das Gasthaus erreichten. »Das stimmt. Allerdings würde ich, ehrlich gesagt, gerne ein Einzelzimmer beziehen.«

Sie sah Überraschung in Julius' Zügen, aber er schien nicht verärgert zu sein. »Natürlich, das hatte ich ohnehin geplant. Ich werde dich doch nicht zwingen, mit dem Sohn des Chefs ein Zimmer zu teilen.«

Marleene atmete auf, und Julius öffnete derweil die strahlend weiße Tür. Eine Frau Mitte fünfzig, die Marleene an Frau Holthusen erinnerte, begrüßte sie auf Holländisch, doch als Julius Deutsch mit ihr redete, wechselte sie problemlos in ihre Sprache.

»Zwei Zimmer benötigen Sie? Das tut mir leid, ich habe lediglich ein Doppelzimmer übrig.«

Julius holte seine Taschenuhr hervor und prüfte die Uhrzeit. Seine Stirn kräuselte sich. »Meinst du, du hältst es vielleicht doch eine Nacht mit mir in einem Zimmer aus?«, fragte er mit einem schiefen Grinsen. »Ich habe Sorge, dass wir sonst nicht alles schaffen, wenn wir jetzt noch auf Hotelsuche gehen. Es wäre doch ein Jammer, wenn wir eine der Gärtnereien auslassen müssten nach der langen Reise.«

Was konnte sie dazu noch sagen? Marleenes Kopf brachte Ideen wie am Fließband hervor, aber sie waren allesamt nicht brauchbar. Schnarchen würde ihn nicht abschrecken, Schlafen bei offenem Fenster ebenso wenig, und als Lehrling aus einfachen Verhältnissen konnte sie sich auch nicht wie eine wählerische Diva aufführen. Außerdem wollte sie ja selbst so viele Gärtnereien wie möglich besichtigen.

Eigentlich musste sie nur verhindern, dass er ihre abgebundenen Brüste sah, überlegte sie. Vielleicht könnte sie einfach in ihrem Hemd schlafen, auch wenn sie sonst peinlichst genau darauf achtete, die Tageskleidung nicht mit der Nachtkleidung zu mischen.

Die Hoteldirektorin räusperte sich, und auch Julius' Blick schien sie zu durchbohren.

»Ja, gewiss. Es wir schon gehen«, sagte sie daher, obwohl sie sich da gar nicht sicher war.

***

Das Zimmer im Dachgeschoss war bescheiden eingerichtet, hatte zwei Holzbetten, eins an der kurzen und eins an der langen Seite, war aber trotzdem weitaus größer und auch hochwertiger als Friedas und ihre Kammer. Als sie am Abend zurückkehrten, hatte Marleene Glück. Der Krug mit dem Waschwasser war leer, und während Julius hinunterging, um neues zu holen, nutzte Marleene die Gelegenheit, schnell ihr weites Nachtgewand anzuziehen, das aus einfachem Leinenstoff gefertigt war. Normalerweise war es jetzt immer eine Erholung, die Brüste aus der engen Schnürung befreien zu können, aber heute musste es so bleiben.

Oder sollte sie es vielleicht trotzdem wagen? Die Schnürung war wirklich sehr unangenehm und sie würde schließlich unter der Decke liegen. Bevor sie weiter darüber nachdenken konnte, öffnete sich die Tür, und Julius kam herein. Er hielt den blau geblümten Porzellankrug hoch und goss das Wasser in die Schüssel.

Marleene dachte an jenen Tag in der Fliedervilla zurück, als Konstantin wieder und wieder auf ihre nackten Waden gesehen hatte. Was würde Julius machen, wenn er wüsste, dass er mit einer nur halb bekleideten Frau im Raum stand? Rasch schlüpfte sie unter die Bettdecke, die statt des gewohnten Strohs mit himmlisch weichen Daunen gefüllt war.

»Willst du nicht?«, fragte Julius, während er einen Lappen in das Wasser tauchte.

»Doch. Ich muss mich zunächst nur etwas ausruhen. Wir haben so viel gesehen und erlebt, das war anstrengend.« Sie waren in jeder Gärtnerei herzlich empfangen worden. Obwohl Marleene wegen dieser Sache mit Eik de Vos den Holländern gegenüber eher argwöhnisch eingestellt gewesen war, hatte sie schnell gemerkt, dass er eine Ausnahme war.

Sie liebte Holland! Überall blühten Blumen, und Boote wurden mit langen Stäben in den zahlreichen Kanälen vorwärtsbewegt. Von der Sprache her konnte sie auch einiges verstehen, da sie oft ähnlich wie Plattdeutsch war. Deswegen hatte sie einmal sogar aushelfen können, da Julius als Abkömmling einer Bürgerfamilie die niederdeutsche Sprache nicht gelernt hatte. Doch meist war das nicht nötig gewesen, denn viele Holländer konnten Deutsch, weil sie bereits seit Jahren Pflanzen dorthin lieferten. Julius hatte erzählt, dass sie nicht weniger als ganz Europa mit

Gewächsen versorgten. Er hatte mannigfaltige Rhododendren erstanden, und die Gärtner hatten ihnen großzügig erklärt, wie sie hier arbeiteten. Es wirkte alles um einiges besser organisiert und professioneller als in der Hofgärtnerei. Aber da die meisten Gärtnereien sehr viel größer waren – sie nannten sich daher auch Baumschulen –, musste das vermutlich so sein.

Gebannt beobachtete Marleene, wie Julius sein Hemd auszog und sich sorgfältig wusch. Seine durch die harte Arbeit gestählten Muskeln zeichneten sich unter der Haut ab. Unbewusst hielt Marleene die Luft an. Sie spürte ein Kribbeln in den Fingerspitzen und den Drang, sie über seine Haut gleiten zu lassen. Was geschah hier mit ihr?

Schnell griff sie nach ihrer Pflanzenenzyklopädie, um sich abzulenken. Da ihr Koffer so leer und auffällig leicht war, hatte sie das Buch ihres Vaters eingepackt.

»Was hast du da?«, fragte Julius und schlenderte zu ihr herüber.

Wortlos reichte sie ihm das Buch.

Ihr Gesicht war nur noch einen halben Meter von seinem muskulösen Bauch entfernt. Sie spürte seine Nähe in einer nahezu übernatürlichen Intensität und sog seinen Geruch in sich auf. Er versetzte alles in ihr in Alarmbereitschaft. Über seiner Hüfte konnte sie eine Unebenheit entdecken, ein feiner Strich, der sich bis zu seinem Rücken zog.

»Für meine geliebte Tochter?«, fragte Julius nun, und Marleene wurde durch den Schock, der sie durchzuckte, in die Gegenwart zurückkatapultiert.

»Was?«, fragte sie, nach Luft ringend. Erst jetzt begriff sie, dass er die Widmung ihres Vaters vorgelesen hatte. »Meine Cousine«, erklärt sie schnell. »Es ist eigentlich Friedas Buch.« Sie betete innerlich, dass Frieda ihr auch diese Lüge verzeihen möge. Inzwischen ließen sich die Unwahrheiten kaum noch zählen, und

Marleene musste sich eingestehen, dass sie mehr und mehr den Überblick verlor, wem sie was erzählt hatte.

Julius reichte ihr das Buch zurück. »Die Lithografien sind wunderschön.«

Marleene beobachtete ihn gebannt.

»Ist was?«, fragte er belustigt, als er Marleenes Blick bemerkte, den sie noch immer nicht von seinem freien Oberkörper lösen konnte. Sie fühlte sich ertappt und rang um Worte.

»Diese Narbe … Was ist da passiert?«

»Ach das.« Er sah an seiner Seite hinunter. »Erinnerst du dich an die Flucht während der Pflanzenjagd, von der ich dir erzählt habe?«

Marleene nickte. Seine Schilderung war so eindrücklich gewesen, dass sie diese gewiss nie vergessen würde.

»Wir sind damals durch den dicht bewachsenen Urwald gerannt. Ich bin an einem Ast hängen geblieben.«

Er kehrte zur Waschschüssel zurück und begann den Rasierschaum, den er angerührt hatte, auf seinem Gesicht zu verteilen.

Marleene konnte nicht anders. Als würde eine fremde Macht sie antreiben, stand sie auf.

Ging zu ihm herüber.

Für mehrere Sekunden, die sich unwirklich anfühlten, verweilten ihre Fingerspitzen dicht über seiner Haut. Sie konnte seine Wärme bereits in ihnen spüren.

Sie wollte ihn berühren.

Und noch mehr. Er sollte sie festhalten wie der junge Prinz die Bürgerliche, wie sie es einst heimlich in einem dieser Heftromane der Frau Maader gelesen hatte, als sie auf Frieda gewartet hatte. In diesem Moment hätte sie Julius am liebsten alles gestanden, ihm gesagt, dass sie eine Frau war, denn sie lechzte danach, dass er sie als solche sah.

Mit aller Macht musste sie dagegen ankämpfen.

Es ging nicht. Wenn sie sich ihm offenbarte, würde sie ihren Traum aufgeben müssen. Dann könnte sie keine Gärtnerin mehr werden. Schließlich würde Julius es gewiss nicht vor seinem Vater verheimlichen, das konnte sie sich nicht vorstellen. Und Alexander Goldbach würde nie und nimmer eine Frau in die Lehre nehmen.

Wozu also? Selbst wenn auch er Gefühle für sie hegte… Doch wie sollte er das, wusste er doch nicht einmal, dass sie eine Frau war? Und wenn er Männern zugetan wäre, dann wäre sie ohnehin chancenlos. Und selbst wenn er das Gleiche für sie empfand wie sie für ihn, würde er sie niemals heiraten, da sie als Arbeiterin nichts mit in die Ehe bringen würde. Eine reine Liebschaft aber war für sie ausgeschlossen, das hatte sie sich seit jeher geschworen.

Im nächsten Moment drehte Julius sich um. »Oh, entschuldige. Ich wusste nicht, dass du jetzt auch an die Schüssel möchtest.« Er war ihr so nah, dass sie die Spätsommersonne auf seiner Haut riechen konnte. Nun trat er zur Seite, und ihre Blicke verfingen sich.

Veilchenblau vermischte sich mit Waldgrün.

Für einen Moment unlösbar.

Dann riss Julius sich los. Er wirkte ungehalten, fast zornig.

»Ich gehe ins Bett«, kündigte er an.

Marleene war verwirrt. »Was ist mit deiner Rasur?«

»Das mache ich morgen.« Er griff nach einem Handtuch und wischte den Schaum wieder ab. »Gute Nacht.«

So schnell wie möglich wusch auch Marleene sich und schlüpfte dann erneut unter die Bettdecke. Sie musste sich wirklich besser unter Kontrolle haben. Was war das soeben gewesen? Seit sie Julius so mutterseelenallein im geheimen Gewächshaus vorgefunden hatte, schien sie immerfort neben sich zu stehen.

So hatte sie noch nie gefühlt.

Ihr Verlangen nach Julius war nahezu schmerzlich gewesen. Woher kam das plötzlich? War sie nicht seit jeher Konstantin zugetan? Dem charmanten Mann von Welt und nicht dem rauen Naturburschen? Doch wenn sie mit Konstantin allein im Raum gewesen war, hatte sie sich stets ein wenig gefürchtet, dass er ihr zu nahe kommen könnte.

Bei Julius wünschte sie es sich insgeheim.

Sie erkannte sich selbst kaum wieder. Vielleicht bekam sie ja ihre Tage, es hieß doch, dass Frauen kurz vorher mitunter ein seltsames Verhalten an den Tag legten. Dennoch fühlte sie sich miserabel.

Sie hatte das Lügen satt. Julius war ihr zum Freund geworden, einer der besten, den sie je hatte. Er hatte es nicht verdient, belogen zu werden. Im Grunde genommen verleitete sie ihn gerade sogar zu einer Straftat, denn unverheirateten Männern und Frauen war es nicht gestattet, gemeinsam ein Gastzimmer zu beziehen. Mittlerweile konnte sie sogar verstehen, warum. Diese traute Zweisamkeit in leichter Kleidung verleitete einen ja nur dazu, sich näherzukommen.

Ob er es ebenfalls gespürt hatte?

Fast wünschte sie es sich, doch auf der anderen Seite wäre das fatal.

Wenn es ihm auch nur einen Hauch so wie ihr ergangen war, musste der Gute komplett verwirrt sein. Es wäre schon schlimm genug, wenn er für jemanden außerhalb seines Standes Gefühle hegte, aber dann auch noch für einen Mann? Die Leute würden ihn für verrückt erklären.

Ob sie ihm doch die Wahrheit sagen sollte? Immerhin wusste Konstantin auch, wer sie war. Sie würde sich zumindest um einiges besser fühlen, wenn sie die Karten offen auf den Tisch legte.

Selbst wenn er nichts für sie empfand, hatte er die Wahrheit verdient.

***

Julius lag noch lange wach auf der durchgelegenen Matratze des Gasthauses und lauschte dem verzweifelten Gesumme eines Brummers, der durch die Fensterscheibe zu entkommen versuchte. Er war entsetzt. Entsetzt über sich selbst. Als er neben Marten am Waschtisch stand, hatte er doch tatsächlich das Verlangen gehabt, ihn zu küssen.

Einen Jungen.

Das war ein Skandal. Am liebsten hätte er den Kopf gegen die steinerne Wand geschlagen. So durfte er nicht fühlen! Er war kein überzeugter Kirchgänger und erledigte die sonntäglichen Besuche allein aus Pflichtgefühl, trotzdem wusste auch er, dass die Liebe zwischen zwei Männern wider die Natur war.

Er sollte so nicht fühlen.

Er wollte so nicht sein.

Aber, o Gott, kamen daher etwa seine Probleme, mit Frauen Konversation zu betreiben? Dabei hatte er sich trotzdem immer als zukünftiger Familienvater gesehen. Er wünschte sich Kinder. Er wollte so viel besser machen als sein eigener Vater. Er wusste nur nicht, wie er jemals eine passende Frau kennenlernen sollte. Fühlte er sich also wahrhaftig zu Männern hingezogen? Aber dann wieder … Der Gedanke, mit einer Frau zu schlafen, widerte ihn nicht an. Er hatte zwar Bedenken, ob er alles richtig machen würde, aber die Vorstellung erregte ihn.

Wohingegen mit einem Mann … Er schüttelte sich leicht. Das war nahezu unvorstellbar. Aber lag das vielleicht daran, dass es dem entgegenstand, was man von klein auf lernte und als natürlich ansah? Denn eigentlich würde ja keiner davon Schaden nehmen, wenn zwei Männer oder auch zwei Frauen sich liebten.

»Du liebst ja nicht das Geschlecht, du liebst die Person«, hatte ein Mann vom anderen Ufer ihm im Suff auf seiner Studienreise erklärt, als der Alkohol für die absolute Wahrheit gesorgt hatte.

Das hatte er nachvollziehen können.

Wenn man den Menschen an sich mochte, sollte es doch eigentlich gleich sein, ob er männlich oder weiblich war. Das Einzige, was zählte, war die Person.

Und er mochte Marten. Er war durch ihre enge Zusammenarbeit zu seinem besten Freund geworden, den er je gehabt hatte. Mit niemandem konnte er dermaßen gut über seine Liebe zu Pflanzen, seine Pläne, aber auch seine Sorgen sprechen. Es war nicht so, dass Marten auf alles eine Antwort hätte, doch durch die Gespräche mit ihm wurde vieles ein wenig leichter, und manchmal bemerkte er dadurch, dass die Antwort bereits in seinem Kopf war.

Eine Frau mit dem Wesen von Marten. Das war es, was er brauchte.

Aber das war utopisch. Es gab zwar Frauen, die sich für Pflanzen interessierten, wie etwa Greta, aber denen fehlte es leider meist an Verstand und Weitsicht. Wobei Dorothea zweifellos sehr intelligent war und sich dabei sehr für Pflanzen interessierte. Dennoch sprach sie ihn mit ihrem plumpen Körper und dem missmutigen Gesicht in keinster Weise an.

Sollte er sich also doch wahrhaftig für Männer interessieren?

Julius versuchte, ganz tief in sich hineinzuhorchen und sämtliche gesellschaftlichen Erwartungen dabei außer Acht zu lassen. Trotzdem konnte er sich nicht vorstellen, einen Mann zu lieben. Nicht einmal insgeheim.

Das war nicht er.

Aber was war dann dieser Moment zwischen ihm und Marten gewesen?

Einsamkeit. Genau, das war es, entschied er.

Er sehnte sich durchaus nach einer Frau, mit der er Nähe teilen konnte. Er wollte nicht mehr das Gefühl haben, alle Kämpfe alleine auszufechten. Und für einen Moment hatte sein Inneres die tiefe Freundschaft, die ihn mit Marten verband, und seine Sehnsucht ein wenig durcheinandergebracht. So musste es gewesen sein. Erleichtert, eine logische Erklärung gefunden zu haben, sank er endlich in den Schlaf.

38. Kapitel

»So, jetzt haben wir nur noch eine Baumschule auf der Liste, und dann geht es nach Hause«, sagte Julius und faltete sorgfältig den Zettel wieder zusammen.

Marleene seufzte. »Wie schade, ich könnte ewig hierbleiben. Das ist alles so aufregend!«

Die letzte Baumschule war riesenhaft gewesen und hatte sogar ein traumhaft schönes Wasserrad auf ihrem Gelände gehabt. Julius hatte dort noch einige Exemplare von fünf besonders gut gewachsenen Alpenrosen erstanden. Er kaufte immer mehrere, damit sie ausprobieren konnten, welche in der Oldenburger Gegend die Winter überlebten. Die würden sie dann als winterhart vermarkten können, weil sie nicht jedes Jahr erneuert werden mussten.

»Und wo ist die nächste *boomkwekerij*?«, fragte Marleene kichernd, da sie das holländische Wort für *Baumschule* so lustig fand. Sie hielt abrupt inne, als sie sich daran erinnerte, dass Frieda ihr das Kichern verboten hatte. Aber war das überhaupt noch wichtig, wenn sie Julius ohnehin bald die Wahrheit sagen würde? Sie hatte beschlossen, ihm auf der Rückfahrt alles zu gestehen, wenn sie ungestört wären – und er nicht so schnell weglaufen könnte.

»Die *boomkwekerij* de Vos liegt südlich von hier und ganz in der Nähe des Bahnhofs. Deswegen habe ich sie bis zum Schluss aufgehoben.«

Marleenes Welt blieb stehen. De Vos. Wie hatte sie nicht damit rechnen können? Dieser widerliche Kerl, der ihr im Hotel an die Wäsche wollte, hatte doch die Gärtnerei Goldbach besucht. Natürlich kannte Julius ihn und würde ihm ihrerseits einen Besuch abstatten.

»Doch nicht etwa Eik de Vos?«, fragte sie trotzdem voller Hoffnung.

»Genau der. Kennt ihr euch etwa?«

Marleene wurde heiß. Sie hätte nicht fragen sollen, jetzt hatte sie die Aufmerksamkeit auf sich gelenkt. Auf keinen Fall wollte sie diesem Menschen noch einmal in die gierigen Augen blicken. Was, wenn er sie erkannte? Julius würde es sicherlich um einiges schlechter aufnehmen, wenn er die Wahrheit von jemand anderem erfuhr.

»Komm, dort vorne ist eine Mietdroschke.« Julius lief bereits los, damit sie nicht davonfuhr. In diesem kleinen Ort gab es nicht so viele Droschken wie in Oldenburg.

»Halt! Wir können da nicht hin.«

Julius blieb stehen und wartete, bis sie ihn eingeholt hatte. »Was willst du damit sagen? Natürlich können wir dorthin.«

»Aber hast du es denn nicht gehört?«

»Was gehört?«

Marleene dachte angestrengt nach. Was könnte so schlimm sein, dass Julius den Besuch auf jeden Fall absagte?

»Der … ähh … diese Krankheit …«

»Welche Krankheit?«

»Na, die … die Krätze. Es ist eine richtige Epidemie. Jeder in der Baumschule soll sie haben. Bruno hat davon erzählt.«

Beim kleinen Anton in der Mottenstraße hatte die Ausrede damals gewirkt. Aber Julius war keine acht Jahre mehr und auch nicht auf den Kopf gefallen.

»Woher soll Bruno das denn wissen? Dem hat doch gewiss nur wieder jemand einen Bären aufgebunden.«

Schiet, warum hatte sie ausgerechnet Bruno nehmen müssen und nicht etwa Oskar oder Hildegard?

»Vorsichtshalber schütteln wir einfach nicht seine Hand. Ich mag den Kerl ohnehin nicht besonders. Aber er hat eine riesige Baumschule mit einem breit gefächerten Sortiment. Das sollten wir uns nicht entgehen lassen, denn dort könnten wir noch einige Prachtstücke ergattern.« Er winkte sie heran. »Komm!«

Julius stieg in die Mietkutsche, und Marleene folgte ihm hilflos. Und wenn sie ihm hier und jetzt die Wahrheit sagte? Es war die einzige Möglichkeit, die Lage zu retten.

Sie holte bereits Luft, als Julius sie strahlend ansah und meinte: »Ich kann es kaum abwarten, die Rhododendren im Gewächshaus aufzustellen und mit den Züchtungen anzufangen. Die neuen von Hooker aus England müssten auch bald ankommen. Er hat sie losgeschickt, sobald er gehört hatte, was passiert ist. Und diesmal werde ich Vater was erzählen, wenn er noch einmal meine Zuchtpflanzen verkaufen will.«

»Das ist gut.« Marleene lächelte, obwohl sie nicht sicher war, ob es gut oder schlecht war, dass er vor ihrem Geständnis so gute Laune hatte.

»Es kann nicht sein, dass Monsieur Konstantin und Lady Rosalie tun können, wie es ihnen beliebt, und nur ich meinen Traum für das Bestehen der Hofgärtnerei aufgeben muss.«

»Du scheinst sie nicht besonders zu mögen«, sagte Marleene gedankenverloren, während sie angestrengt versuchte, sich ihre Worte möglichst klug zurechtzulegen, während sie in der Kutsche durchgeschüttelt wurden.

»Die beiden? Nicht im Geringsten. Meinen Wohlsinn benötigen sie aber auch nicht, denn sie lieben sich selbst genug. Alles, was sie machen, ist lügen und betrügen. Wenn ich eins hasse, dann das. Sie gehen durch das Leben und sind nur auf ihren eigenen Vorteil bedacht, ohne Rücksicht auf Verluste. Es ist ihnen vollkommen gleichgültig, wenn andere Menschen aufgrund ihres Verhaltens Schaden nehmen. Hauptsache, sie bekommen, was sie wollen. Mir ist das zuwider. Ich hasse Lügen.«

Was er sonst noch sagte, verschwand in dem nebelartigen Zustand, in den seine Worte sie tauchten. Er hasste Lügen. Abgrundtief.

Wie konnte sie ihm jetzt noch sagen, dass sie ihn das letzte halbe Jahr angelogen hatte? Tag für Tag.

Das ging nicht. Sie würde ihr Geheimnis für sich behalten und sich ihn endgültig aus dem Kopf schlagen.

***

Summend angelte Frieda mit dem Besen nach zwei vertrockneten Blüten, die sich in einer Ecke des Blumengeschäfts versteckt hatten. Nach dem Durchfegen hätte sie es geschafft. Dann würde Manilo sie abholen. Es war jedes Mal eine Freude, aber heute wollte er sie sogar in ein Etablissement ausführen.

»Heute Abend gehst du bitte zum Gertrudenfriedhof und

sammelst alle künstlichen Kränze von den Gräbern wieder ein. Aber warte, bis es dunkel ist, damit dich keiner sieht«, rief Frau Maader aus der Bindestube, wo diese gerade die abgeschnittenen Blumenstängel zusammenkehrte.

Frieda ging auf den kleinen Raum zu. »Verzeihung, ich glaube, ich habe mich verhört. Was soll ich heute Abend machen?«, fragte sie entgeistert.

»Die Kränze, die wir für Mariä Himmelfahrt verkauft haben. Ich brauche sie zurück. Die echten Pflanzen, die wir dazugebunden haben, sind jetzt vertrocknet, und sonst landen sie doch sowieso im Müll. Wenn wir sie jetzt holen, können wir sie für den Totensonntag wiederverwenden.«

Frieda stellte den Besen beiseite. Die künstlichen Kränze waren bei den Kunden beliebt, da sie nicht so hochpreisig wie gänzlich natürliche Kränze waren. Wenn man dann noch echte Blumen zum künstlichen Material dazuband, fiel es auf den ersten Blick kaum auf, dass sie nicht vollkommen echt waren. Trotzdem konnte sie kaum glauben, was Frau Maader von ihr verlangte.

»Aber ich kann doch nicht einfach Dinge von fremden Gräbern nehmen. Außerdem haben die Leute immerhin für die Kränze bezahlt. Das wäre ja … Betrug, wenn ich sie jetzt zurückhole und wir sie erneut verkaufen.«

Frau Maader drängte sich unwirsch an ihr vorbei und ging zur Kasse, um den Abschluss zu machen. »Wie gesagt, sie würden sonst ohnehin nur weggeworfen werden. Auf diese Weise sorgen wir für sinnvolle Wiederverwendung und befreien den Friedhof vom Müll. Diese ganze Verschwendung immer ist vollkommen unnötig.«

»Aber …«

Frau Maader hob den fleischigen Zeigefinger und sah sie mahnend an. »Kein Aber. Wenn du diesen Monat deinen Lohn haben willst, tust du besser, was ich dir sage.«

Frieda presste die Lippen zusammen. Ihre Chefin musste nicht so tun, als wäre es um die Bindewerkstatt schlecht bestellt. Seit sie die neuen Pflanzen und Sträuße im Programm hatten, gab es tagsüber kaum eine ruhige Minute. So gesehen hatte Frieda sich ins eigene Fleisch geschnitten, denn vor den Neuerungen waren die Tage deutlich entspannter gewesen. Andererseits gab es nun immer etwas zu tun, und die Zeit verging sehr viel schneller.

Das Glöckchen über der Tür bimmelte, und beide drehten sich herum.

Manilo nahm lächelnd seinen Hut ab. »Guten Abend, die Damen. Bist du bereit, Frieda?«

Sie hatte ihn gebeten, sie im Beisein von Frau Maader nicht mit seinen überschwänglichen Worten in Verlegenheit zu bringen, da diese dann immer leise vor sich hin grummelte.

»Es tut mir leid«, sagte sie mit gesenktem Blick. »Wir müssen unsere Verabredung leider verschieben. Ich habe heute noch etwas Dringendes zu erledigen.«

Die Enttäuschung stand ihm ins Gesicht geschrieben. Aber Frieda war dankbar, dass er nicht nachfragte und sich lediglich höflich verabschiedete. Es wäre ihr äußerst unangenehm gewesen, ihm gestehen zu müssen, zu welch unsittlicher Handlung sie sich heute verleiten ließ. Auch wenn ihr kaum eine Wahl blieb. Eine stärkere Person hätte es vielleicht geschafft, Frau Maader die Stirn zu bieten.

Nachdem sie die Aufräumarbeiten abgeschlossen hatte, war nur noch Zeit für eine Schüssel Gerstensuppe in der Arbeiterherberge, dann machte sie sich in der Dämmerung mit dem klapprigen Handwagen auf den Weg. Schon vom Pferdemarkt aus konnte sie die mächtige Linde sehen, die selbst die Gertrudenkapelle überragte. Es gab eine Legende, die Frieda jedes Mal das Herz zerriss, wenn sie daran dachte. Sie besagte, dass der Baum vor vielen Hundert Jahren aus einem einzelnen Zweig entstanden sei. Damals hatte sich ein Bürgersohn in die Dienstmagd seines Hauses verliebt und ihr nachgestellt. Da sie ihn jedoch abgewiesen hatte, hatte er seiner Mutter ein wertvolles Medaillon gestohlen und es im Koffer des Mädchens versteckt, wo es dann auch gefunden worden war. Sie hatte ihre Unschuld beteuert, doch niemand hatte ihr geglaubt, und so war sie zum Tode verurteilt worden. Als sie zu ihrer Hinrichtung geführt worden war, hatte das Mädchen einen Zweig von einer Linde abgerissen und gesagt: »Pflanzt diesen Lindenzweig verkehrt herum auf mein Grab, und so gewiss, wie er wachsen wird, so wahr bin ich schuldlos.« Es geschah, wie sie prophezeit hatte, und endlich erkannten alle, dass das Mädchen unschuldig gewesen war.

Frieda passierte den Eingang zum Friedhof und fuhr mit den Fingern über die in den Stein gemeißelte Inschrift: *O, ewich is so lanck*. Das hatte der Sage nach der junge Mann gesagt, der den Tod des Dienstmädchens zu verschulden gehabt hatte. Das Gewissen hatte ihm keine Ruhe mehr gelassen, und er hatte sich den Tod herbeigewünscht. Der Spruch sollte sogar in seinen Grabstein gemeißelt werden.

Frieda erschauderte und zog ihr Tuch enger um sich. Sobald sie auf dem Friedhofsgelände war, wirkte alles gedämpft. Das Hufgetrappel in der Ferne, das Hundebellen, selbst das Rascheln der Blätter. Den Handwagen parkte sie unter der Linde. Sie war noch nie im Dunkeln hier gewesen. Nur vereinzelte Grablichter vertrieben die Nacht, vergrößerten durch die tanzenden Schatten, die sie auf die Grabsteine malten, dafür aber ihr Gefühl der Beklommenheit. Zunächst wollte sie sich einen Überblick verschaffen und sichergehen, dass sonst niemand hier war. Sie schritt durch die schmalen Gänge zwischen den Gräbern.

Bisher hatte sie lediglich fünf künstliche Kränze entdecken können. Da es in Oldenburg nur wenige Katholiken gab, war dieser Feiertag in der Gegend nicht so bedeutend wie im südlichen Kaiserreich. Und dann gab es ja auch noch die Kunden, die sich Kränze aus ausschließlich natürlichem Material leisten konnten.

Plötzlich knackte ein Ast hinter ihr, und Frieda schrie auf. Schlagartig war kein einziges Geräusch mehr zu hören. Allein ihr Herz pochte wild. Hektisch sah sie sich um, versuchte, ihren Atem zu beruhigen, während sie ihre Augen beschwor, in der vorangeschrittenen Dämmerung etwas zu erkennen. Doch das schwindende Licht hatte den Dingen sowohl die Farbe als auch die scharfen Konturen genommen. Alles schien grau, nichts zeichnete sich noch klar ab.

Mit angehaltenem Atem schlich sie weiter, immer auf der Hut. Sie versuchte, alles zu hören, was ihre Augen nicht zu sehen vermochten – doch da war schlichtweg nichts.

Bis ein Geräusch die Nacht zerschnitt.

Und dann leises rhythmisches Knirschen. Waren das Schritte? Frieda stieß die Luft aus, um wieder atmen zu können. Es gibt keine Geister, rief sie sich in Erinnerung.

Sollte sie davonrennen?

Ein neuerliches Knacken. Frieda schwang herum und kniff die Augen ein wenig zusammen. Jetzt war sie sich sicher. Da war etwas.

Und es kam auf sie zu.

Vorsichtig ging sie ein paar Schritte rückwärts, stieß mit den Schuhen gegen ein Grab und kreischte.

Sie rannte los.

»Frieda!«, rief die Gestalt und schien ihr hinterherzueilen.

Frieda schrie wie vom Teufel besessen. Warum kannte der Schatten ihren Namen? Sie keuchte, rang nach Luft, hielt aber inne, als etwas sie stutzig machte.

»Keine Sorge, Frieda, ich bin es nur.«

Sie blieb stehen. »Manilo!? Was machst du hier? Du hast mich zu Tode erschreckt.«

Manilo griff nach ihrer Hand. Sobald sie in seine wachen Augen sah, beruhigte Frieda sich wieder etwas.

»Verzeih mir, das wollte ich nicht. Aber was tust du hier? Du verschiebst unsere Verabredung, um auf den Friedhof zu gehen?«

»Hast du mich etwa verfolgt?«, entgegnete Frieda skeptisch.

»Nein. Ich war nur im Krug etwas Essen, und als ich zurückgelaufen bin, habe ich dich hier im Eingang verschwinden sehen und … Na ja, ich bin neugierig geworden«, gestand er. »Aber was treibt dich denn nun nahezu mitten in der Nacht her? Liegt hier ein Verwandter von dir?«

»Nein, das ist es nicht.«

Wie um alles in der Welt sollte sie Manilo erklären, warum sie hergekommen war? Es war so beschämend. Sie kam sich vor wie eine Grabräuberin. Aber sie hatten sich geschworen, sich ab jetzt immer die Wahrheit zu sagen. Also holte sie tief Luft und erzählte ihm alles.

Manilo schüttelte ungläubig den Kopf, doch zu ihrer Erleichterung begann er zu lachen. Und auf einmal verschwanden jegliches Gruselgefühl und Unbehagen aus der Luft. Er lachte so sehr, dass er sich den Bauch halten musste und sich die Tränen aus den Augen wischte.

»Diese Frau Maader ist wahrlich eine Geschäftsfrau. Gönnt den Toten ihre verwelkten Kränze nicht, nur damit sie ein paar Mark dazuverdienen kann.«

»Ich weiß«, sagte Frieda kläglich. »Und ich mache dabei auch noch mit.«

»Du hast kaum eine Wahl als Lehrling. Aber wenn ich das so höre, solltest du womöglich auch einmal zum Treffen der Sozialdemokraten gehen. Was Johannes davon erzählt, gefällt mir sehr. Sie setzen sich unter anderem für geregelte Arbeitszeiten ein, und das finde ich überaus wichtig. Es ist doch eine Unverschämtheit, dass die Chefin das Recht hat, ein junges, hübsches Mädchen wie dich mitten in der Nacht auf den Friedhof zu schicken.«

So empört hatte Frieda Manilo noch nie erlebt. Eindringlich sah er ihr in die Augen, und sie trat lächelnd auf ihn zu. Bald waren sie nur noch Zentimeter voneinander entfernt, und sein Atem wurde wieder ruhiger. Er zog sie an sich, und sie genoss die Wärme, die von ihm ausging, und versank in seinen braunen Augen.

Für eine Weile verharrten sie so, und Frieda spürte, wie das Herz in ihrer Brust pochte. Ruhig und stetig, aber doch kräftig. Er gab ihr ein Gefühl von Sicherheit und Zuhause. Und dann geschah das, was sie sich bereits so oft gedanklich ausgemalt hatte. Er neigte sich ihr entgegen, und endlich trafen ihre Lippen aufeinander.

Und auf einmal war es ihr gleich, dass sie von Gräbern umgeben waren. Es war bedeutungslos, dass jeden Moment jemand kommen konnte. Die Grablichter waren nicht mehr gruselig, sondern vielmehr romantisch. Und es lastete kaum mehr auf ihr, dass diese unwürdige Arbeit noch immer vor ihr lag.

Es gab nur noch Manilo und sie.

Erst nach einer Ewigkeit lösten sie sich voneinander. »Es tut mir leid. Ich hätte dir gerne einen romantischeren Ort für unseren ersten Kuss geboten, aber ich konnte mich nicht länger zurückhalten.«

»Das macht nichts. Es war ja hoffentlich nicht unser letzter.« Frieda war überrascht von ihrer eigenen Keckheit. Manilo schien nahezu ungekannte Seiten in ihr hervorzukehren.

»Ganz gewiss nicht. Und jetzt lass uns diese vermaledeiten Kränze einsammeln, damit wir von hier wegkommen.«

39. Kapitel

Marleenes Hals brannte, während die Kutsche sie durchschüttelte und die Baumreihen an ihr vorüberzogen. Die Aussicht, bald von der Bürde der Lügen befreit zu sein, war so wohltuend gewesen. Doch je länger sie darüber nachdachte, desto klarer wurde ihr, dass sie es Julius niemals sagen könnte. Dazu war er ihr zu wichtig. Sie wollte ihn nicht verlieren, und das würde sie ganz gewiss, wenn sie ihm jetzt gestand, dass sie ihn all die Monate belogen hatte. Und auch, wenn de Vos in ihr das Zimmermädchen aus Oldenburg erkannte.

Doch es gab kein Entrinnen, die Kutsche bog jetzt auf einen weitläufigen Hof und kam schließlich zum Stehen. Umständlich kletterte sie hinaus, denn ihre Glieder fühlten sich steif an.

Vielleicht war er ja nicht im Hause?

Das Schicksal kannte keine Gnade. De Vos schien die klappernden Hufe gehört zu haben, denn er kam bereits auf sie zu. Eine diffuse Übelkeit stieg in ihr auf, als sie ihn schon von Weitem erkannte.

Würde es ihm genauso ergehen?

Das Gefühl sagte ihr, dass sein Übergriff keine Ausnahme gewesen war. So traurig es auch für die Frauen war, die weniger

Glück gehabt hatten als sie, konnte dieser Umstand jetzt ihre Rettung sein. Wenn sie nur eine von vielen war, würde ihr Gesicht gewiss in der Masse untergehen.

»Der junge Herr Goldbach, welch eine Ehre!«, rief de Vos und begrüßte sie mit einem schmierigen Grinsen. Zum Glück machte er jedoch keine Anstalten, ihnen die Hand zu schütteln.

»Danke, dass Sie uns empfangen, Herr de Vos«, sagte Julius höflich.

»Aber selbstverständlich. Ich trage Ihnen zwar noch nach, dass Sie Ihren Studienaufenthalt bei meinen Kollegen verbracht haben, aber ich will mal nicht so sein.« Er klopfte Julius lachend auf die Schulter, und Marleene sah, wie Julius sich versteifte.

Vermutlich fürchtete er eine Ansteckung. Sie plagte das schlechte Gewissen. De Vos war zwar nach wie vor ein widerwärtiger Kerl, aber die Krätze hatte er nicht. Ihre Lügen schienen sich immer mehr zu verselbstständigen. Wohin sollte das alles noch führen?

»Und wen haben wir hier?«

De Vos' Augen musterten sie lange. Marleene hielt die Luft an. Würde er es bemerken? Oder war ihre Tarnung gut genug? Vielleicht sollte sie noch schnell einen Rülpser ausstoßen oder irgendetwas anderes ganz und gar Unmädchenhaftes machen? Aber selbst ein Flegel wäre nicht dermaßen unhöflich. In Windeseile ging sie Friedas Anweisungen durch, stellte sich etwas breitbeiniger hin und ließ möglichst gleichgültig den Blick über den Betrieb gleiten.

»Das ist Marten, unser Lehrling. Ich wollte ihm gerne zeigen, wo wir vielleicht eines Tages stehen, wenn wir die Gärtnereien in und um Oldenburg auch weiter professionalisieren.«

Das war die Rettung. Abrupt riss de Vos den Blick von ihr los und stieß sein hustendes Lachen aus. »Dann haben Sie allerdings noch einen weiten Weg vor sich. Aber ich bin gespannt, wie weit Sie nächstes Jahr sind, wenn ich auf meiner Tour durch das Kaiserreich bin.«

Während sie de Vos durch die Baumschule folgten, unterdrückte Marleene einen vernichtenden Kommentar, da Julius grinsend ein Kopfschütteln andeutete. Trotzdem hätte sie diesem Großkotz de Vos am liebsten die Augen ausgekratzt. Wie konnte er dermaßen anmaßend sein, und Julius protestierte nicht einmal? Auf die Hofgärtnerei wollte sie nichts kommen lassen. Es stimmte, technisch hinkten sie hinterher. Hier ragten hohe Stäbe empor, die das Wasser in die Luft spuckten und wie Regen über die Pflanzen verteilten, während sie noch alles umständlich mit der Gießkanne machen musste. Es gab jede Menge Pflanzen, die sie nie zuvor gesehen hatte, und die Beete reichten so weit, wie sie gucken konnte. Aber trotzdem.

Sie erinnerte sich noch genau, wie de Vos sich im Hotel Holthusen über das zahlreiche Unkraut in der Hofgärtnerei echauffiert hatte. Doch hier sah sie mindestens genauso viel Unkraut emporsprießen, wenn nicht sogar mehr.

Allerdings musste sie zugeben, dass dies womöglich mit der Größe der Baumschule zusammenhing. Erst nach drei Stunden hatten sie alles gesehen. Julius bestellte einen wunderschönen Tulpenbaum, drei weiße Flieder und fünf weitere Rhododendren.

Dann verabschiedeten sie sich, und Marleenes innere Anspannung löste sich langsam. Diesmal ließ sich das Händeschütteln nicht vermeiden. Obwohl Marleene wusste, dass de Vos keine ansteckende Krankheit hatte, zog sich in ihr alles zusammen, als er ihre Hand ergriff. Seine Finger waren klamm, und er drückte ihre Hand so heftig zusammen, dass es schmerzte. Sein zwiebeliger Mundgeruch erinnerte sie an die Situation vor einem halben Jahr, und sie wendete sich leicht ab.

De Vos lachte auf. »Das ordentliche Anpacken musst du wohl noch lernen, Jungchen.« Er schüttelte auch Julius' Hand und nickte dabei in Marleenes Richtung. »Ich hoffe, bei der Arbeit stellt er sich besser an. Ist ja fast noch een lütjen Hölmel.«

Wieder musterte er sie eindringlich. Er schien etwas zu überlegen.

Marleene brach der Schweiß aus. Es würde doch nicht so kurz vor dem Ende des Besuchs noch etwas schiefgehen? »Ich glaube, wir sollten uns beeilen«, sagte sie an Julius gewandt.

»Du hast recht. Hat mich gefreut.« Mit einem unverbindlichen Lächeln verabschiedete er sich ein letztes Mal, und sie gingen zu ihrem Gepäck, das sie am Eingang abgestellt hatten.

Sie hatten es fast erreicht, als de Vos' knarzige Stimme über den Hof schallte.

»Kenn ich dich eigentlich irgendwoher?«

Marleene drehte sich nicht um. Sie lugte nur vorsichtig über ihre Schulter nach hinten und hoffte, dass ihre Kappe die Panik in ihrem Blick verschleierte.

»Nicht, dass ich wüsste.«

De Vos kratzte sich am Oberarm. »Komm noch einmal her, vielleicht fällt es mir dann wieder ein. Und nimm mal deine Kappe ab. Trägst du deine Haare immer so?«

»D-dazu haben wir beileibe keine Zeit. Unser Zug fährt schon sehr bald.« Hastig griff sie nach ihrem Koffer.

Julius wollte etwas sagen, doch Marleenes Blick brachte ihn dazu, dass auch er stattdessen nach seinem Koffer griff.

»Sagtet ihr nicht, ihr hättet bis zum späten Nachmittag Zeit?«

»Nein, wir müssen uns beeilen. Danke für die Führung und bis zum nächsten Mal«, schaltete Julius sich nun ein.

Mit großen Schritten, obwohl es eigentlich keinen Grund zur Eile gab, liefen sie zum nahe gelegenen Bahnhof. Jetzt war

Marleene froh, dass sie nicht so viel besaß und keine schwere Tasche sie behinderte.

Sie saßen eine Weile schweigend nebeneinander auf der weißen Bank unter dem Ortsschild vor dem Bahnhofsgebäude. Dann brach Julius die Stille.

»Was ist da gerade geschehen?«, fragte er vorsichtig.

»Ich hasse diesen Menschen«, rief Marleene und erkannte zu spät, dass sie sich von ihren Gefühlen hatte leiten lassen.

»De Vos? Aber du kennst ihn nicht einmal…«

»Doch«, sagte sie leise.

Erstaunt sah Julius sie an. »Aber woher?«

»Ich… äh… eine Freundin von Frieda hat von ihm erzählt. Sie arbeitet im Hotel Holthusen, und sie… sie…«

»Ja?«

»Sie hat gesagt, dass er«, Marleene schluckte, »dass er sich an ihr vergehen wollte.«

Julius sprang auf. »Wahrhaftig? Das ist ja kaum zu glauben. Wenn ich das früher gewusst hätte…« Er machte ein paar Schritte in Richtung des Hofes. »Lass uns zurückgehen. Mit diesem Menschen will ich keine Geschäfte machen. Ich werde die Bestellung stornieren.«

Marleene schüttelte den Kopf. Sie wusste es sehr zu schätzen, dass Julius ihre Abneigung teilte, denn immerhin war es auch gang und gäbe, dass sich Hausherren an den Mägden vergriffen, wenn ihnen danach war. Von ihren Freundinnen aus der Volksschule, die eine solche Anstellung gefunden hatten, war bereits die Hälfte schwanger oder hatte ein Kind. Sie war erschüttert gewesen, als sie das gehört hatte. Als auch ihre Freundin Martha Opfer eines Übergriffs geworden war, hatte sie sie zum Arzt begleitet.

Er hatte sie zwar untersucht, dann aber festgestellt, dass ihre

Jungfräulichkeit nicht nachweisbar zerstört worden war, da es keine blauen Flecken gegeben hatte. Ihre Schändung hatte er als Notzucht bezeichnet.

»Es ist zwar ein unmoralischer Akt«, hatte er gesagt, »er ist jedoch der ungesunden Onanie vorzuziehen, wenn der Zugang zu Prostituierten fehlt. Ihr müsst verstehen, regelmäßiger Geschlechtsverkehr ist nun mal ein unverzichtbares Remedium für die Gesundheit des Mannes.«

Und damit hatte er sie entlassen.

Fast alle, denen sie von dieser Ungerechtigkeit erzählt hatte, hatten dies mit einem Schulterzucken abgetan. So war es nun mal.

Umso wichtiger war es für sie, dass Julius erkannte, dass es keine Kleinigkeit war, wenn eine Frau gegen ihren Willen genommen wurde. Trotzdem wollte sie nicht zurückgehen. Vielleicht würde de Vos sie dann erkennen.

»Wie hieß das Mädchen aus dem Hotel denn?«

»Marleene«, murmelte sie, während sie weiter ihren Gedanken nachhing – und erstarrte, als sie bemerkte, was sie soeben gesagt hatte und wie Julius sie anstarrte.

»Etwa Marleene aus Rastede?«

Marleene blieb die Luft weg. Erinnerte er sich etwa doch an sie von jenem schicksalhaften Schultag? Bisher war ihr nicht einmal bewusst gewesen, dass er den Namen des Fliedermädchens gekannt hatte.

»Mag sein«, sagte sie vage. »So genau kenne ich sie nicht. Frieda hatte es mir erzählt. Trotzdem solltest du deswegen die Pflanzen nicht wieder abbestellen. Sie können schließlich nichts dafür. Und es macht das Geschehen nicht rückgängig, letztendlich ist wohl auch nichts passiert. Er hat es lediglich versucht.«

Julius setzte sich wieder neben sie auf die Bank. »Ich werde einen Brief schreiben«, sagte er und wirkte dabei irgendwie abwesend. »Dieser Mensch soll keinen einzigen Pfennig von mir bekommen.«

40. Kapitel

Müde kamen Julius und Marleene am Oldenburger Centralbahnhof an, der wegen seiner verspielten Bauweise mit den Treppengiebeln von den Einheimischen gerne als »Bahnhofsburg« bezeichnet wurde. Doch dafür hatte Julius heute keine Augen mehr. Während der gesamten Rückfahrt hatten sie weiter an den Plänen für den Schlossgarten gearbeitet.

Vergebens.

Abermals hatten sie alle Versuche verworfen. Es passte schlichtweg nicht. Wohin sollten denn die Sichtachsen der Teppichbeete führen? Immerhin war das Gelände für den Schlossgarten etwas verspätet hinzugekauft worden und lag daher leider nicht direkt vor dem Schloss.

Langsam lief ihnen die Zeit davon, der Abgabetermin rückte immer näher.

Julius musste sich jedoch eingestehen, dass es nicht allein an der Problematik lag, einen pompösen Barockgarten mit der Oldenburger Bodenständigkeit zu vereinen. Er hatte an sich Schwierigkeiten, sich zu konzentrieren. Was Marten gesagt hatte, hatte ihn vollkommen aus der Bahn geworfen. Immer wieder wanderten seine Gedanken zu Marleene.

Sollte es seine Marleene sein? Dabei war es absurd, sie so zu nennen. Er hatte sie nur ein Mal als Kind gesehen. Aber er wollte noch immer zu gerne mit ihr über den Flieder sprechen. Vielleicht gäbe es sogar eine Möglichkeit, ihn in den Schlossgarten einzuplanen?

»Na dann«, sagte Marten nun und riss ihn aus den Gedanken. »Danke, dass du mich auf diese überaus informative Reise mitgenommen hast. Ich kann zwar noch lange nicht mit dir mithalten, trotzdem war es für mich fast so etwas wie eine winzige Studienreise.« Er zögerte einen Moment, doch dann sprach er weiter. »Und das weiß ich sehr zu schätzen. Jahrelang kannte ich nur Rastede. Nach dem Tod meines Vaters sind wir zwar von Ortschaft zu Ortschaft gezogen, aber über Bremen und Leer bin ich nie hinausgekommen.«

Julius klopfte ihm auf die Schulter. Er vergaß oft, dass Marten aus einer anderen Schicht stammte als er selbst, weil er so belesen war.

»Es war schön, dich dabeizuhaben. Sonst ziehen sich diese Fahrten immer schier endlos hin. Diesmal ist die Zeit nahezu verflogen.«

Sie traten nach draußen. Julius genoss die frische Luft, denn durch die Dampfloks war es in der überdachten Bahnhofshalle immer sehr stickig. »Ich werde mir eine Droschke nehmen. Möchtest du ein Stück mitfahren?«

Marten schüttelte den Kopf. »Bis zur Herberge ist es ja nicht weit, und ich kann etwas Bewegung nach der langen Fahrt gut gebrauchen.«

Sie verabschiedeten sich, und Julius winkte eine der wartenden Kutschen zu sich heran. Er nannte ihm die Adresse der Hofgärtnerei – doch dann sah er das große Schild des eleganten weißen Hauses, das direkt gegenüber vom Bahnhof lag. Hotel Holthusen. Das brachte ihn auf eine Idee. Eine Möglichkeit, wie er sich endlich Gewissheit verschaffen konnte.

Er klopfte dem Kutscher auf den Rücken.

»Es tut mir leid, ich habe es mir anders überlegt«, rief er ihm zu und sprang aus der Kutsche.

***

Wenig später trat Julius auf die dunkle Bogentür zu, die an der Spitzseite des Hauses lag. Sie wurde von einem französischen Balkon mit gewundenem Geländer überdacht, und auch die restliche Fassade war üppig verziert.

Da er nicht wusste, wie er sein Anliegen vorbringen sollte, und ohnehin schon seit geraumer Zeit hungrig war, beschloss er, zunächst ins Hotelrestaurant zu gehen.

Hinter der Theke stand eine Frau mit braunroten Haaren, die streng zusammengebunden waren. Sie nickte ihm kurz zu, als er eintrat, richtete den Blick dann aber wieder auf das Bier, das sie gerade zapfte.

Bei einer älteren Frau bestellte Julius einen deftigen Braten mit Kartoffeln. Erst als er aufgegessen hatte und die grauhaarige Frau ihm Erdbeerkompott zum Nachtisch brachte, wagte er es, die Frage zu stellen, die nun bereits seit Stunden auf seiner Zunge brannte.

»Ich habe noch eine Frage«, sagte er hastig, als die Kellnerin gerade gehen wollte. Sie blieb stehen und sah ihn erwartungsvoll an.

»Arbeitet hier im Hotel eine Marleene?«

»Marleene Langfeld?« Ein Lächeln huschte über ihr faltiges Gesicht, und er meinte in ihren Augen etwas aufblitzen zu sehen. Doch nun mischte sich die streng aussehende Dame von der Theke ein, die offenbar alles genauestens beobachtet hatte.

»Ich bin Frau Holthusen, die Direktorin des Hotels. Darf ich fragen, warum Sie das zu wissen begehren?«

»Ich … ich kenne sie von früher. Ich habe gehört, dass sie hier arbeitet, und wollte gerne mit ihr sprechen.«

Sie kam hinter der Theke hervor zu seinem Tisch und brachte einen unangenehmen Zigarettengeruch mit sich. Sie musterte ihn gründlich. »Da kommen Sie leider zu spät.«

»Hat sie bereits Feierabend?«

»Nein. Sie hat gekündigt. Schon vor einem halben Jahr. Von einem Tag auf den anderen hat sie mich sitzen lassen, dieses undankbare Ding.«

Julius hätte am liebsten den Kopf in den Händen vergraben. Das durfte nicht wahr sein. Jetzt war er nach so langer Zeit kurz davor gewesen, sie endlich zu finden, und nun war sie ihm erneut wie ein nasses Stück Seife aus den Fingern geglitten.

»Hat sie einen Grund genannt?«, fragte er ohne viel Hoffnung.

»Das hat sie.« Frau Holthusen lachte freudlos auf. »Sie hat es vorgezogen, in einer Gärtnerei zu arbeiten.«

Julius' Herzklopfen wurde schneller. Eine Gärtnerei. Das würde zu der Marleene, die er suchte, passen. Dann war sie also doch noch ihrer Leidenschaft gefolgt. Er musste diese Frau unbedingt kennenlernen!

»W-wissen Sie, in welcher?«

Frau Holthusen zog die Stirn kraus. »Nein, das entzieht sich meiner Kenntnis. Wenn Sie wüssten, was ich mir alles merken muss …« Sie klang unwirsch, aber trotzdem wandte sie sich an die Kellnerin, die noch immer neben ihnen stand. »Weißt du, wo Marleene arbeiten wollte?«

Julius' Hoffnung sank, als diese den Kopf schüttelte.

»Vielleicht weiß Sophie mehr?«, warf die alte Kellnerin dann aber mit einer überraschend jung klingenden Stimme ein.

Die Hoteldirektorin musterte seinen Anzug und danach sein hochwertiges Reisegepäck und schien eine Entscheidung zu treffen. »Stimmt. Die beiden haben ja meist miteinander geplappert, anstatt ordentlich zu arbeiten. Wenn es jemand weiß, dann sie.« Sie ging auf eine weiße Flügeltür zu, die offensichtlich in den Hotelflur führte, und betätigte eine Glocke.

Kurz darauf erschien ein zierliches Mädchen mit pechschwarzen Haaren. Dunkle Ringe unter den Augen ließen ihr Gesicht gespenstisch wirken.

»Sophie, weißt du, in welcher Gärtnerei Marleene anfangen wollte?«

Das junge Mädchen sah unsicher von einem zum anderen, als fürchtete sie, eine falsche Antwort zu geben.

»Der junge Mann hier sucht sie«, erklärte Frau Holthusen.

Sophie blickte Julius in die Augen, und er lächelte unwillkürlich. Das schien ihr Mut zu geben, zu sprechen. »Ich … ich weiß es nicht genau, das ging ja damals so schnell.« Enttäuschung breitete sich bereits auf Julius' Gesicht aus, doch sie sprach weiter. »Aber sie hat immer mal wieder von der Hofgärtnerei gesprochen.«

»Ja, die Hofgärtnerei. Das könnte es sein. Fragen Sie doch dort einmal nach.« Frau Holthusen blickte zu ihm – und stockte. »Ist Ihnen nicht gut?«

Er starrte sie an. Nur mit Mühe schaffte er es, sich zusammenzunehmen. »Doch. Es ist nur … Entschuldigen Sie, ich muss gehen.« Er stand auf, kramte viel zu viel Geld aus seinem Portemonnaie, legte es auf den Tisch und ging auf den Ausgang zu.

»Was ist mit Ihrem Nachtisch? Sie haben ihn ja nicht einmal angerührt.«

»Der ist für das Mädchen«, rief er und ging weiter, ohne sich umzudrehen. Ihm war schwindelig. Die Gedanken stoben in seinem Kopf so wild durcheinander wie aufgewirbelte Blätter im Herbststurm. Marleene. In der Hofgärtnerei. Dazu kam das Bild von Marten im Bett, der in einem Buch las, das offenbar einem Mädchen gehörte.

Marten, der peinlich genau darauf bedacht gewesen war, seine Kleider nicht vor ihm abzulegen.

Marten, der kein Rasiermesser eingepackt hatte und auch mit fünfzehn nicht die geringsten Anzeichen eines Barts zeigte.

Marten, der kicherte und erwähnt hatte, in Rastede aufgewachsen zu sein.

Seine schmächtige Gestalt.

Die hohe Stimme.

Wie ein Puzzle fügte sich alles zusammen und ergab ein Bild, das ihn schier fassungslos machte. Was, wenn Marten und Marleene ein und dieselbe Person waren?

Hätte er sie alle dermaßen hinters Licht führen können? Aber warum sollte er oder vielmehr sie das tun sollen? Seine vehementen Argumente für eine Gärtnerinnenausbildung kamen ihm in den Sinn. Das alles sprach dafür, dass er gar kein *er* war. Nur warum hatte er sich ihm dann nicht anvertraut? Sie sprachen doch über alles und waren mittlerweile Freunde.

Sollte er sich doch täuschen?

Marten konnte schließlich eine Cousine haben, die Marleene hieß, und er war eben ein etwas zarterer Junge. Letztendlich benahm er sich auch wirklich undamenhaft. Manchmal rülpste er, ohne sich zu genieren, ruckelte ständig seine Hose zurecht und fluchte wie ein Großgrundbesitzer.

Das würde doch gewiss keine Frau tun?

Höchstens eine sehr raffinierte Frau, die all dies zur Tarnung nutzte, schoss es ihm in den Kopf. Letztendlich blieb ihm nur eine Möglichkeit. Er musste ihn – oder sie – auf die Probe stellen.

41. Kapitel

»Stimmt etwas nicht?« Marleene und Julius waren drei Tage später an einem spätsommerlich anmutenden Septembertag nach einer Pflanzenauslieferung kurzerhand in den Schlosspark gefahren. Es war Julius' Vorschlag gewesen. Er meinte, dass sie Anregungen für die Pläne bekommen könnten, wenn sie sich das Gelände, auf dem der Schlossgarten angelegt werden sollte, noch einmal ganz genau anschauten.

Doch er verhielt sich absonderlich.

Immerfort brach er mitten im Satz ab. Vergaß, was er sagen wollte. Und seine Augen schienen an ihren Bewegungen zu kleben.

»Wie bitte? Nein, entschuldige. Ich hatte nur gerade eine Eingebung für den Plan.«

»Ja? Was ist dir denn eingefallen?«

War das Panik in seinem Blick?

Und weshalb antwortete er nicht?

»Julius?«

Er deutete auf etwas hinter Marleene. Sie drehte sich um und sah … nichts. Lediglich der Staugraben und verwilderte Rasenflächen lagen vor ihr. Vor vielen Jahren hatte es schon einmal Pläne gegeben, den Schlossgarten neu zu gestalten, und es waren immerhin erste Entwässerungsmaßnahmen in diesem sumpfigen Gebiet ergriffen worden. Doch dann war der damalige Herzog ins französische Exil gegangen, und die Arbeiten waren liegen geblieben. Seitdem war der Park vollkommen verwildert.

»Ich verstehe nicht … Was meinst du?«

Er druckste herum, blickte gehetzt um sich. »Das Wasser«,

sagte er schließlich. »Vielleicht können wir die Marschbäke und die Hunte in unseren Plan einbeziehen.«

Sie folgte seinem Blick und konnte hinter dem verwilderten Feld Wasser in der Sonne glitzern sehen, das zu einem der beiden Flüsse gehören musste. Das war gewiss hübsch anzusehen. Doch wie sollten sie einen natürlich geschwungenen Wasserlauf wie die Hunte in die geometrischen Formen eines Barockgartens einplanen?

Nachdenklich ging sie weiter, und Julius folgte ihr. Alles war vollkommen zugewuchert, die wenigen Wege kaum noch erkennbar. Das Gras reichte ihnen fast bis zu den Knien. Sie hatten in der Mitte der Anlage schon einen ehemaligen Küchengarten entdeckt, der von einer bröckeligen Mauer eingeschlossen war, die kurz davor war, gänzlich zu verfallen. Es gab auch einen Obstgarten sowie einen Marstall, aus dessen kaputten Fenstern junge Eichen wucherten. Der Hopfen an den Seiten schien derweil zu versuchen, das Gebäude gänzlich für sich einzunehmen. Diese Anlagen waren ebenfalls bereits zu Beginn des Jahrhunderts errichtet worden, als es die ersten Versuche gegeben hatte, den Schlossgarten repräsentativ herzurichten. Sie konnten froh sein, dass es damals immerhin gelungen war, genügend zusammenhängende Ländereien für einen Park aufzukaufen, denn mittlerweile war Oldenburg gewachsen. Doch das ganze Vorhaben war extrem lange in Vergessenheit geraten, und die Pflanzen waren sich selbst überlassen gewesen. Und doch hatte der Park eine wilde Schönheit, fand Marleene. Der Gedanke, dies alles wieder abzureißen, um die Natur in geometrische Formen zu pressen, tat ihr beinahe weh.

»Wenn wir mit dem arbeiten, was wir haben, würde es dem Barockgarten etwas Natürlichkeit zurückgeben.«

Marleene überlegte. Sie wurde ganz aufgeregt, obwohl sie ihren Einfall noch nicht richtig fassen konnte.

Natürlichkeit. *Eine Rückkehr zur Natur.*

Wo hatte sie das schon einmal gehört?

Dorothea hatte sich auf jeden Fall über die künstlich geschaffenen Strukturen beschwert, die nicht mehr zeitgemäß waren. Aber auch Friedas Sommersprossengesicht tauchte vor ihrem inneren Auge auf. Wie enthusiastisch ihre sonst so ruhige Cousine doch geklungen hatte, als sie Monate zuvor den Blumenstrauß in ihrer Kammer aufgestellt hatte, den sie auf eine vollkommen neue Art gebunden hatte.

Er war wunderschön gewesen.

Julius hatte offensichtlich bemerkt, dass sie angestrengt nachdachte. »Was ist?«

»Nichts … Ich habe mich nur gerade etwas gefragt.«

Mit schräg gelegtem Kopf sah er sie an.

»Ach, vergiss es.« Sie schüttelte den Kopf. »Es ist nur ein unsinniger Einfall.«

Julius lächelte sanft. »Soweit ich weiß, sind aus den absurdesten Gedanken schon die besten Ideen entstanden. Also, was ist es?«

Marleene ging auf die Wiese, begann Greiskraut und Kornblumen zu pflücken. »Frieda hat mir erzählt, dass es ein neuer Trend in der Blumenbinderei ist, die Blüten so anzuordnen, wie man sie auch in der Natur vorfinden würde.« Aufgeregt pflückte sie noch etwas Grün und dazu Ackersenf. »Während man vor einigen Jahren noch ganz eng Blüte an Blüte gebunden hat, ja sogar Streifen und Schachbrettmuster mit den Blüten gelegt und das Ganze dann mit einer Papiermanschette eingefasst hat, bildet man nun die Natur im Kleinen nach.« Triumphierend hielt sie ihm den Wildblumenstrauß entgegen. So wie die Blumen auf der Wiese verteilt waren, leuchteten ihm die bunten Blüten aus dem Strauch entgegen.

Julius nickte anerkennend. Zögernd nahm er den Strauß an und lachte dabei verlegen, wurde sogar etwas rot.

»Eine natürliche Anordnung der Pflanzen«, murmelte er vor sich hin. »Nicht das Künstliche, in Form Gepresste. Und das in einem Park.« Er nickte langsam. »Das würde mir gefallen. Aber wird es den Oldenburgern ähnlich ergehen? Ein opulenter Barockgarten ist der momentane Standard. Eine natürliche Anordnung könnte viel zu gewöhnlich wirken – zu unspektakulär. Es ist dann schließlich nur die Natur.«

»Aber beschert nicht gerade die Natur uns die größten Wunder? Das Farbenspiel der Blätter im Herbst? Die ersten Krokusse, die sich tapfer durch den Schnee kämpfen? Die beeindruckende Symmetrie eines Baumes, die sich in jedem einzelnen seiner Äste wiederfindet?«

Julius' Blick verweilte so lange auf ihr, dass Marleene unruhig wurde. Sie war unvorsichtig gewesen, schimpfte sie mit sich. Erneut hatte sie sich von ihren Gefühlen davontragen lassen und gefühlvoll und farbenfroh geplappert. So spielte sie die Rolle des Jungen, der schon von klein auf lernte, keine Gefühle zu zeigen, gewiss nicht sehr überzeugend. Sie konnte lediglich hoffen, dass Julius durch diese aufregende Idee genauso abgelenkt war wie sie selbst und ihren Gefühlsausbruch nicht bemerkte.

***

Julius' Gedankenstränge waren so verdreht wie Haselnusszweige. Es war ihm unendlich peinlich gewesen, als er den Blumenstrauß bekommen hatte. Als Mann sollte *er* die Blumen der Frau übergeben, nicht umgekehrt. Aber natürlich nicht einer Frau wie Marleene.

Was dachte er da nur? Er war sich ja noch nicht einmal gewiss, dass es tatsächlich Marleene war, und selbst wenn, müsste er als Bürgersohn sich unbedingt von ihr fernhalten.

Trotzdem wurde ihm heiß.

Martens Worte waren voller Gefühl gewesen. So redete wahrlich kein Mann. Oder doch?

Er vertrieb die Fragen aus seinem Kopf und konzentrierte sich wieder auf das Problem bei der Schlossgartenplanung, um seine Gedanken in unverfänglichere Bahnen zu lenken.

»Ja, die Natur schafft wahrhaftig eine außergewöhnliche Schönheit. Selbstähnlichkeit nennt man es, soweit ich weiß«, sagte er und ging weiter, um endlich den Blick von ihr zu lösen. Viel zu lange hatte er sie bereits heimlich beobachtet, um in ihren Bewegungen womöglich die Anmut einer Frau zu entdecken.

»Formen und beeindruckende Symmetrien werden dabei im Großen wie im Kleinen wiederholt. Die feinen Linien eines Blattes sehen aus wie die Äste eines Baumes und jeder Ast wie die Miniaturausgabe des gesamten Baumes.«

Er war beeindruckt gewesen, als Hooker ihm davon erzählt hatte. Eigentlich war es eine offensichtliche Erkenntnis, doch er hatte es zuvor nie richtig wahrgenommen. Marten hatte dies ganz eigenständig geschafft. Wie klug er doch war.

Oder sie?

Aber ließ sich die Schönheit natürlicher Formen auf Parks übertragen? Wollten die Leute nicht das Pompöse? Die geraden Linien, die Pflanzen in Reih und Glied, die künstlichen, außergewöhnlichen Farben und Formen eines Barockgartens? Das war immerhin gerade sehr gefragt. Jeder Schlossherr, der sein Volk beeindrucken wollte, ließ einen Barockgarten anlegen.

Auf der anderen Seite war Oldenburg nicht Paris.

Oldenburger waren bodenständige Menschen. Sie schätzten das Einfache, das Gute. Extravaganzen wie in der französischen

Hauptstadt gab es hier selten. Im Gegenteil. Man stapelte eher tief. Wenn sein Vater von einem Fremden gefragt wurde, was er von Beruf sei, sagte er oft schlicht und einfach, er sei Gärtner. Dass er eine ganze Hofgärtnerei leitete, verschwieg er.

Wieder betrachtete Julius den Strauß in seinen Händen. Er war hübsch. Nein, mehr als das. Er war perfekt. Er konnte sich keine gefälligere Anordnung der Blumen vorstellen.

Julius begann zu nicken. »Vielleicht sollten wir es versuchen. Letztendlich sind die sogenannten Landschaftsgärten in England auch ungemein beliebt.«

Das schien Martens Interesse zu wecken. »Fürwahr, so etwas gibt es bereits? Dann sollten wir es ganz gewiss ebenfalls machen. Wer sagt denn, dass die Inspiration immer aus Frankreich kommen muss? Was macht so einen *Landschaftsgarten* denn aus?«

Was hatte Hooker ihm damals noch erklärt? Er hatte so viel von ihm gelernt, dass er sich anstrengen musste, sich an alles zu erinnern. Doch dann tauchten die Kew Gardens in seinem Kopf auf, und wie von selbst hörte er Hookers tiefe Stimme: »Es ist wichtig, dass sich der Garten in die Umgebung einfügt.«

»Das sollte sich hier gut umsetzen lassen. Die Hunte ist eine natürliche Begrenzung, und neben dem Park gibt es ja ohnehin hauptsächlich Felder. Was noch?«

»Wasser ist ein wichtiges Element«, erklärte Julius. »Auch hier würden uns die Hunte und die Marschbäke gut in die Hände spielen. Vielleicht könnten wir sogar einen Teich aufstauen? Unabkömmlich sind zudem auch in dieser Art von Park die Sichtachsen, die den Blick auf einen besonders schönen Punkt lenken, sodass es für den Besucher aussieht, als betrachte er ein Landschaftsgemälde.« Julius sah sich in alle Richtungen um. »Schade, dass das Schloss nicht direkt in den Park integriert ist. Das wäre natürlich eine der klassischsten Sichtachsen.«

Sie hatten den Rand des Parkgeländes erreicht, und Marten ließ den Blick über Wiesen und Felder schweifen. »Eigentlich ist das hier aber auch ein wahrlich beruhigender und schöner Blick. Insbesondere, wenn man es mit dem turbulenten Stadtleben vergleicht. Und sieh mal«, Marleene deutete auf das nächste Dorf, das hinter den Weiden zu erkennen war, »dort sieht man sogar die Kirchturmspitze der Backsteinkirche von Osternburg. Das wäre doch ebenfalls eine schöne Sicht.«

Julius folgte Martens Blick und erkannte, dass er recht hatte. »Und vielleicht können wir dann ja noch eine Sichtachse schaffen, die zumindest einen Teil des Schlosses zeigt. In der Gartenstraße gibt es außerdem sehr hübsche Häuser. Vielleicht könnte man die ebenso einbeziehen?«

Marten sah so aus, als wollte er aufgeregt umherhüpfen, doch dann wurde er urplötzlich ganz ruhig. »Das könnte ich mir durchaus vorstellen«, sagte er in einem überaus gesitteten Tonfall. »Was gibt es noch in einem Landschaftsgarten?«

Julius massierte seine Stirn, während er in seinen Erinnerungen stöberte. »In den Kew Gardens sind sogenannte *pleasure grounds* angelegt. Ich weiß gar nicht, wie man das übersetzen könnte, aber es sind Abschnitte, die besonders künstlerisch gestaltet wurden. Und es gibt Bereiche mit einzelnen Ansammlungen von Bäumen auf relativ freien Flächen.«

»Oh ja«, Marten ging ein paar Schritte in die wild wuchernde Wiese hinein und rückte seine Kappe zurecht. »Das würde doch hier wahrlich gut passen.«

»Ja, gewiss. Ich erinnere mich jedoch nicht mehr, wie sie hießen. Wir sollten uns am Wochenende in der Bibliothek in das Thema einlesen.«

Marten drehte sich zu Julius um. Seine Augen strahlten vor Freude, und die Haare, die mittlerweile etwas länger als zu Beginn seiner Lehre waren, kräuselten sich vor seinen Ohren. Mit den Beinen hatte er einige späte Pusteblumensamen gelöst, die nun in der Sonne leuchteten, während sie hinter ihm in der Luft wirbelten. Julius versuchte sich vorzustellen, wie es wäre, wenn Marten statt der Kappe ein Kopftuch tragen würde.

»Das wird bestimmt höchst interessant.« Glockenhell lachte Marten auf. Es war eindeutig das Lachen einer Frau, so lange war kaum ein Junge im Stimmbruch.

»Warum sind wir nicht gleich auf die Idee gekommen, einen gänzlich anderen Park zu planen?«, redete er weiter, doch Julius hörte nur mit halbem Ohr zu, denn er konnte kaum einen klaren Gedanken fassen. War Marten eine Frau, und wenn ja, warum hatte er ihm nichts gesagt?

Mit tiefblauer Unschuld in den Augen sah Marten ihn nun an. Mittlerweile war Julius jedoch fast sicher, dass es lediglich eine vermeintliche Unschuld war. Wenn man genau hinsah, konnte Marten ebenso gut eine Frau mit kurzen Haaren sein, so absurd die Vorstellung auch war.

Dennoch musste er Gewissheit haben, sonst würde er des Nachts nicht mehr ruhig schlafen können. Er brauchte Beweise.

Ohne den Blick zu lösen, trat er einen Schritt auf Marten zu. »Ich weiß nicht, manchmal bedarf es nun mal Zeit, um die Dinge zu erkennen. Nicht alles ist, wie es scheint.«

Unsicherheit zog durch Martens Augen, doch er blieb still.

»Manchmal lässt man sich zu sehr von dem blenden, was die Gesellschaft erwartet. Wir dachten, es müsse ein Barockgarten sein, da dieser gerade *en vogue* ist. Dabei haben wir den Blick für das Wesentliche und das Naheliegende verloren. Ist dir das noch nie zuvor passiert?«

»W-was?«

»Dass du dachtest, du müsstest in einer gewissen Weise handeln, weil es so von dir erwartet wird? Und dabei hast du dich dermaßen verstellt, dass du letztendlich nicht mehr du selbst warst?«

Na los, erzähle es mir.

Furcht flackerte in Martens Augen auf. Er riss seinen Blick los und sah in die Ferne.

»Spielst … spielst du auf etwas Bestimmtes an?«

»Nein.« Julius setzte sich in Bewegung, und Marten folgte ihm in Richtung des Ausgangs. »Ich dachte nur, dass es ja allen vielleicht mal so ergeht. Ich habe mich zum Beispiel erst auf meiner Studienreise richtig kennengelernt und herausgefunden, wer ich wirklich bin.«

»Ach so.« Die Erleichterung in Martens Stimme war nicht zu überhören.

Chance vertan, lieber Marten. Oder Marleene? Er hatte nichts von sich aus erzählt.

Prüfend musterte er ihn noch einmal von der Seite.

Zeichnete sich dort unter dem Hemd nicht eine winzige Erhebung bei der Brust ab?

Er musste es einfach wissen. Wenn Marten nicht freiwillig reden wollte, musste er wohl oder übel härtere Geschütze auffahren. Sie hatten das zerfallene Pförtnerhäuschen am Ausgang fast erreicht.

Julius räusperte sich.

»Ich wollte mich übrigens noch einmal bei dir bedanken, dass du mich nach Holland begleitet hast.«

Marten winkte ab. »Ich bitte dich, Julius, ich habe zu danken. Das war eine großartige Erfahrung.«

»Trotzdem.« Julius blieb stehen. »Es ist gewiss keine Selbstverständlichkeit, dass Lehrlinge auch noch den Sonntag für die Arbeit opfern. Als kleines Dankeschön wollte ich dich am Mittwochabend gerne einladen. Würde dir das passen?«

»Ja, sehr gerne. Mittwoch habe ich keinen Gießdienst. Wo möchtest du denn hingehen?«

Fast fiel es Julius schwer, ein Grinsen zu unterdrücken. Jetzt würde die Wahrheit ans Licht kommen. Denn wenn er den Termin bereits zugesagt hatte, gab es keinerlei Ausreden mehr.

»In die Badehalle. Warst du schon mal dort? Es ist wahrlich erholsam und tut gut gegen die Rückenschmerzen von der harten Arbeit.«

Sämtliche Farbe wich aus Martens Gesicht.

Also war es, wie er vermutet hatte. Es gab keine Möglichkeit, hier noch zu vertuschen, wer er war. Nicht nur wegen der Badekleider – die Badebereiche von Männern und Frauen waren zudem streng getrennt.

»Marten?«

»Am Mittwoch, sagtest du? Herrje, es tut mir leid, da kann ich doch nicht. Ich soll Frieda bei einer Sache behilflich sein, das hatte ich gänzlich vergessen.«

Julius nickte. »In Ordnung.« Eine Weile gingen sie schweigend nebeneinanderher. Er war erschüttert, wie schnell Marten ihm ins Gesicht hatte lügen können. Machte ihm oder vielmehr ihr das gar nichts aus?

Warum zum Teufel vertraute sie sich ihm nicht an?

Es machte ihn dermaßen wütend, dass er beschloss, sie nicht so einfach davonkommen zu lassen. »Dann am Donnerstag oder Freitag? Meinetwegen auch am Wochenende.«

Sie sah ihm nicht in die Augen. Immerhin das schien sie nicht mehr zu wagen. »Ja, äh, … also«, stammelte sie. »Wie sag ich das denn?«

Julius hielt die Luft an. Würde sie es jetzt doch noch gestehen?

»Einfach heraus mit der Sprache«, sagte er leicht außer Atem und beobachtete jede Regung ihrer Mimik.

»Also, ich …«, ein flüchtiger Blick in seine Augen, doch dann sah sie schnell wieder weg. »Ich kann nicht schwimmen.«

Nicht schwimmen. Julius fühlte sich wie von einem Baum erschlagen. Sie vertraute ihm nicht. Oder wollte sie ihn für dumm verkaufen? Wobei er zugegebenermaßen ziemlich lange auf ihr Schauspiel hereingefallen war.

»Und deswegen kannst du nicht mitkommen?«, hakte er nach und wollte ihr damit eine letzte Möglichkeit geben, die Wahrheit auszusprechen.

Doch sie nickte heftig. »Genau. Ich meine … es würde ja nicht viel Sinn ergeben, in eine Badehalle zu gehen, wenn man dort ohnehin nicht schwimmen kann, nicht wahr?«

»Das stimmt natürlich.«

Sie setzte sich in Bewegung und stockte, als Julius ihr nicht folgte. »Wollen wir weiter?«

»Geh du schon mal vor. Ich … ich muss noch kurz zu meiner Tante in den Blumenladen.«

Jetzt hatte auch er einmal gelogen. Die Wahrheit war, er ertrug es momentan nicht mehr, in ihrer Nähe zu sein. Sie hatte ihn zu sehr verletzt.

42. Kapitel

Um fünf Uhr morgens gab Alexander Goldbach auf. Die halbe Nacht hatte er sich von einer Seite auf die andere gewälzt und doch nicht in den Schlaf gefunden. Mit nackten Füßen schlüpfte er in die Hausschuhe und griff dann nach seinem Morgenmantel. Asta sah verwundert auf und folgte ihm hinunter in den Wintergarten. Er warf einen Blick aus dem Fenster. Die Morgendämmerung schimmerte blaugrau am Himmel und ließ die zahlreichen Bäume der Hofgärtnerei wie dunkle Gestalten erscheinen.

Alexander schluckte. Die Gärtnerei war alles, was er noch hatte. Sie war zwar nicht sein Lebenswerk gewesen, aber es hatte ihn mit Stolz erfüllt, dass er den Hofgärtnerstatus hatte halten und die Gärtnerei seines Schwiegervaters so erfolgreich hatte weiterführen können.

Zumindest bisher.

Jetzt stand er kurz davor, alles zu verlieren, und der Gedanke schnürte ihm die Kehle zu. Das mulmige Gefühl, das seit Doktor Winkelmanns Besuch in ihm wohnte, fühlte er noch immer.

Schon als er am gestrigen Nachmittag sah, wer da aus der Kutsche stieg, war ihm bewusst, was ihn erwartete. Der Apotheker wollte sein Geld. Alles. Und das am liebsten sofort.

Doch er hatte es nicht. Alles, was vom Verkauf der Rhododendren geblieben war, hatte er für die Löhne und den Ankauf neuer Pflanzen benötigt. Um den Apotheker gütlich zu stimmen, bot er ihm schweren Herzens eine seiner wenigen letzten Zigarren an, die er noch besaß. Er wollte nicht den Anschein erwecken, in allzu großer Not zu stecken. Natürlich musste auch er mitrauchen, was ein Jammer war, denn er würde sich diesen Luxus nicht länger leisten können, war aber kaum in der Lage, diese vorletzte Zigarre zu genießen. Und Doktor Winkelmann hielt sich nicht allzu lange mit Vorgeplänkel auf.

»Ihre Frist ist abgelaufen, Herr Goldbach. Haben Sie, was Sie mir schulden?«

Es schien, als ahnte er, wie schlecht es um die Hofgärtnerei bestellt war. Doktor Winkelmann wollte seine Schäfchen wohl noch rasch ins Trockene bringen, obwohl er kaum so wirkte, als wenn er es wirklich nötig hätte. Doch der sonst so warme

Gesichtsausdruck des Doktors war verschwunden. Alexander wusste nicht, ob der Apotheker sonst eine Maske aus Freundlichkeit trug oder ob dieser erbarmungslose Blick vorgeschoben war, um das zu bekommen, was er wollte. Nur mit Mühe hatte er es bei Winkelmanns letztem Besuch geschafft, einen Aufschub zu erbitten.

»In gewisser Weise schon«, beteuerte Alexander und paffte betont gelassen den Rauch aus.

»Die Antwort gefällt mir nicht. Ja oder nein?«

»Ja. Ich komme momentan nur nicht an das Geld heran. Aber es ist da! Bitte, ich verspreche, dass ich es in zwei Monaten haben werde!«

Der Apotheker stand auf und drückte die halb gerauchte Zigarre im Aschenbecher aus. Welch eine Verschwendung! Es fühlte sich an, als würde er sie direkt auf seinem Unterarm ausdrücken. »Vier Wochen, keinen Tag länger!« Er sah sich im Raum um. »Sonst gehört die Villa bald der Bank. Wäre doch schade drum.«

Alexander wurde übel. Die Fliedervilla verpfänden, damit er Doktor Winkelmann auszahlen konnte? Das kam gar nicht infrage. Genauso gut könnte er seine Seele verpfänden. Die Villa und die Gärtnerei waren alles, was er noch hatte!

Jetzt hing alles von Konstantins Plan ab. Julius hatte ihm zwar freudig offenbart, dass er und Marten ebenfalls einen Plan beim Wettbewerb einreichen würden, und er wusste den Versuch zu schätzen, musste hier aber realistisch bleiben.

Es war sehr unwahrscheinlich, dass sie mit so wenig Erfahrung gewinnen würden. Konstantin arbeitete immerhin bereits als Kunstgärtner – auch wenn sein Auftrag in Neuharlingersiel nun abgeschlossen war und seine Anstellungsgesuche sowohl für die Herrenhäuser Gärten in Hannover als auch für den Barockgarten Großsedlitz bei Dresden abgelehnt worden waren. Das war ein weiteres Problem. Er konnte sie folglich finanziell nicht unterstützen. Nein, viel schlimmer, er war zurückgekehrt und würde ihnen auf der Tasche liegen.

Und dies war noch lange nicht das Ende seiner Sorgen. Selbst wenn er Winkelmann endlich ausbezahlt hatte, mussten sie außerdem dringend noch mehr neue Pflanzen, Knollen und Samen für den nächsten Austrieb einkaufen, nachdem von ihren eigenen Pflanzen so viele vertrocknet waren. Sonst würde er in wenigen Monaten nichts mehr an den Hof liefern und den anderen Kunden kaum etwas verkaufen können.

Das wäre ein Desaster. Was wären sie für eine Hofgärtnerei, die den Hof nicht beliefern konnte? In diesem Fall würden sich die Berater des Großherzogs nach einer anderen Gärtnerei umsehen, und dann wäre nicht nur ihr Ansehen zerstört, sondern auch ihr größter Kunde abgesprungen. Diese Schmach wollte er sich keinesfalls geben.

Und dieser dreiste Dieb trieb dennoch weiterhin sein Unwesen. Selbst bei den spärlichen Restbeständen, die die Hofgärtnerei nun aufwies, gab es immer wieder Lücken. Pflanzen, die er den Bestandszählungen zufolge noch haben müsste, die dann allerdings nicht mehr auffindbar waren. Vermutlich konnte man von einem Verbrecher keinen Anstand erwarten, aber ein naiver Teil in ihm hatte gehofft, dass der Dieb nun womöglich ein Einsehen haben würde. Mittlerweile bedauerte er, dass er die Drohung im Frühjahr, sämtliche Arbeiter zu entlassen, nicht wahrgemacht hatte. Das Erschreckende war nämlich, dass es tatsächlich einer der Arbeiter sein musste, denn sie schlossen das Tor stets abends ab. Dennoch gab es im Prinzip niemanden, dem er es wahrhaftig zutraute.

Oskar war seine rechte Hand seit mehr als zwanzig Jahren und fiel allein deswegen raus, weil er von seiner Natur her eher träge war. Neben seiner Arbeit gestohlene Pflanzen an den Mann zu bringen, wäre ihm bei Weitem zu anstrengend. Bruno traute er es nicht zu, diesen Diebstahl derart unauffällig und systematisch hinzukriegen. Marten und Manilo waren noch nicht lange genug dabei, und die Frauen würden wohl kaum eine dermaßen große Summe von Pflanzen in ihren Haushalten gebrauchen können. Alois kannte er ebenfalls seit Ewigkeiten, und der Diebstahl war während Hugos Krankheit immens vorangeschritten, also fielen die beiden ebenso weg. Es blieb im Grunde nur Johannes. Der hatte seit jeher etwas Aufrührerisches. Beim Gärtnerstammtisch war ihm zudem zugeflüstert worden, dass er doch tatsächlich an den Treffen dieser Sozialdemokraten teilnahm. Eine Unverschämtheit war das! Das sollte wieder verboten werden. Er musste ihn besser im Auge behalten.

Oder wenn es doch jemand von außen war? Er sollte unbedingt das gesamte Gelände abschreiten und sehen, ob es nicht irgendwo eine Stelle gab, an der man über die Mauer klettern konnte.

»Hmm, Asta, was machen wir nur?«, fragte er seine Hündin, die ihn traurig ansah. Sonst hatte er diese Probleme immer mit Helene besprochen. Er vermisste seine Frau. Auch wenn ihre Ehe schon lange nicht mehr wie zu Beginn gewesen war, merkte er jetzt, wie wichtig ihm seine Frau gewesen war. Nun stand er mit all seinen Sorgen alleine da, und sie drohten ihn zu erdrücken.

Er musste einen Weg finden, um an Geld zu kommen. Ganz gleich wie, er musste es schaffen. Ansonsten blieb nur die Konkursmeldung. Er mochte gar nicht an das Gerede denken, das dann aufkommen würde. Sobald sie ihn in den Straßen Oldenburgs entdeckten, würden sie die Köpfe zusammenstecken und tuscheln. »Dort, das ist er. Der Schwiegersohn des großen Goldbachs. So ein feines Unternehmen hat er geerbt, und doch hat er es geschafft, die Hofgärtnerei zugrunde zu richten, stell sich das einer vor!«

Er schüttelte sich leicht, wandte sich von der Fensterfront ab und ging mit Asta in den Salon. Erschöpft ließ er sich auf das samtene Sofa sinken. Sein Blick fiel auf den tiefen Tisch, auf dem eine unvollendete Stickarbeit von Rosalie lag. Ein weißes Taschentuch mit halb vollendeten filigranen Fliederblüten. Vermutlich für ihre Aussteuer.

»Die Aussteuer«, flüsterte er, und Asta legte den Kopf schief. Er lehnte sich zurück und inspizierte den Gedanken wie das erste zarte Grün beim Frühaustrieb einer Rose.

Sollte das die Lösung sein? Bisher hatte er Rosalie schalten und walten lassen, wie es ihr beliebte. Aber jetzt hatten sich die Zeiten geändert. Die Not war groß.

Im Grunde genommen konnte er ihr das nicht länger durchgehen lassen. Die meisten anderen Männer vom Gärtnerstammtisch hatten schon längst für eine gute Partie für ihre Töchter gesorgt.

Warum sollte er das also nicht ebenfalls machen?

Rosalie selbst schien keinerlei Interesse zu haben, sich einen patenten Ehemann zu suchen … Dann konnte sie genauso gut eine Heirat eingehen, von der alle profitierten. Es war wahrhaftig nicht die schlechteste Lösung. Aber Rosalie war so … charakterstark. Wie sollte er ihr nur beibringen, was er von ihr erwartete? Ganz gewiss würde sie toben. Am besten brachte er es so schnell wie möglich hinter sich. Gleich am nächsten Morgen würde er es ihr sagen.

* * *

Rosalie konnte es kaum abwarten, zum Theater zu fahren, um weiter zu proben, und tänzelte am Morgen voller Elan die Treppe hinunter. Sie hatte das Gefühl, endlich ihre Erfüllung gefunden zu haben, und schon bald würde ihr großer Tag kommen. Die Premiere. Immer wieder stellte sie sich vor, wie sie auf der Bühne brillierte und das Publikum für sie klatschte und jubelte, ja, gar nicht damit enden wollte, und wie sie wieder und wieder für neue Verbeugungen nach vorne kommen musste.

Mit einem Lächeln im Gesicht betrat sie den Salon und hauchte ihrem Vater einen Kuss auf die Wange. Offensichtlich hatte er bereits gefrühstückt, denn sein Teller war krümelig, aber er saß noch am gedeckten Tisch und las in seiner heiß geliebten *Gartenwelt*.

»Hast du gut geschlafen, Papa?« Bevor er antworten konnte, redete sie weiter. »Wir proben heute die letzten Szenen im Theaterstück, das wird so aufregend. Es ist die Stelle, an der ich auch singen muss. Das Ensemble war restlos begeistert von meiner Gesangsstimme. Sieht so aus, als hätten sich die Gesangsstunden, zu denen mich Mama gezwungen hat, also doch noch gelohnt. Nur dass ich sie nicht dazu nutze, eine gute Gesellschafterin zu sein, sondern ein ganzes Publikum zu unterhalten.« Sie lachte auf und sah zu ihrem Vater hinüber, um zu sehen, ob er in ihr Lachen eingestimmt war.

Doch er reagierte gar nicht richtig.

»Ich kann kaum glauben, dass nächsten Monat bereits die Premiere sein soll. Es wird zu aufregend. Ich habe euch allen natürlich bereits Karten reservieren lassen, da musst du dir keine Sorgen machen.« Rosalie griff nach dem Buttermesser und schnitt ein kleines Stück Butter ab.

Langsam blickte ihr Vater hoch. Er sah irgendwie verändert aus. Erst jetzt bemerkte sie, dass er sich noch nicht einmal rasiert hatte. Aus seinem Haarkranz hatten sich an den Seiten mehrere Haare gelöst und standen in alle Richtungen ab. Doch das Schlimmste war sein Blick. Er hatte etwas Raubtierhaftes. »Wir brauchen keine Karten.«

»Wie bitte?« Rosalie ließ die Hand mit dem Buttermesser wieder sinken. »Was willst du damit sagen? Wollt ihr etwa nicht sehen, wie ich spiele?«

»Spiele«, wiederholte Alexander. »Das ist das Stichwort. Dieses Theaterspiel ist doch nur ein unsinniger Zeitvertreib. Ich habe es dir lange durchgehen lassen, aber jetzt ist Schluss mit dieser Kinderei.« Er verschränkte die Arme. »Stattdessen wirst du diese Woche noch nach Norderney fahren und dir einen patenten Ehemann suchen.«

Nun fiel Rosalie das Messer gänzlich aus der Hand. Klirrend landete es auf dem Porzellanteller mit dem Zwiebelmuster. Auf Norderney fand der Hochzeitsmarkt des Nordens statt. Konnte er das wahrhaftig von ihr verlangen?

»Einen Ehemann? Fürwahr? Papa, das kannst du mir nicht antun. Nach all den Mühen und den Proben … Das kann doch gewiss nicht alles vergebens gewesen sein.«

»Doch. Durchaus, es ist mein voller Ernst. Ich habe mir das lange genug angeschaut, jetzt reicht es mir.«

Sie wollte etwas sagen, jedoch hob er mahnend den Zeigefinger. »Du bist meine Tochter und du tust, was ich sage.«

Rosalie zwang sich, ruhig zu bleiben, denn in ihren Kopf drängten zu viele Gedanken auf einmal. Eine Heirat mit irgendeinem wohlhabenden Schnösel, der ihr genau wie dieser Petruchio im Theaterstück die Fesseln anlegen wollte. Das war unmöglich. Sie wusste genau, wen sie einmal heiraten würde. Deswegen musste sie jetzt schnell handeln und durfte dabei keinen taktischen Fehler begehen, dann wäre alles verloren.

Was hatte ihren Vater zu diesem plötzlichen Richtungswechsel bewogen?

Es konnte im Grunde nur bedeuten, dass es um die Hofgärtnerei noch viel schlechter stand, als sie bisher vermutet hatte. Ihr Vater hatte Angst, schloss sie blitzschnell. Und diese Angst würde sie für sich nutzen, um das zu erreichen, was sie wollte.

Er rechnete jetzt vermutlich mit einem Aufstand – deswegen tat sie genau das Gegenteil. Sie setzte ein Lächeln auf. Zum Glück war sie mittlerweile eine überaus geübte Schauspielerin.

»Natürlich, Vater.«

Alexander sah von der Zeitschrift auf, über die er sich zwischenzeitlich demonstrativ gebeugt hatte. Rosalie konnte deutlich die Skepsis in seinem Blick erkennen. Also legte sie nach.

»Du bist der Herr im Haus. Ich respektiere dich und werde deinen Wünschen selbstverständlich nachkommen. Wenn es das ist, was du willst, werde ich nach Norderney reisen und die beste Partie machen, die es gibt. Du kannst mir vertrauen. Ich weiß, dass du etwas Derartiges nicht von mir verlangen würdest, wenn es nicht absolut ernst wäre. Ich werde daher den wohlhabendsten Junggesellen auf der Insel so lange bezirzen, bis er nur noch Augen für mich hat.«

Die Züge ihres Vaters wurden weicher. »Wirklich?« Er klang ein wenig misstrauisch.

»Gewiss.« Rosalie strich eine Locke aus ihrem Gesicht. »Das werde ich machen – unter einer einzigen Bedingung.«

Ihr Vater seufzte leise. »Und die wäre?«

Rosalie sah ihm fest in die Augen. »Du lässt mich die Theaterpremiere und die Vorstellungen danach machen, und dann erst fahre ich auf die Insel.«

Alexander wirkte nicht überzeugt. Also holte sie ihren Trumpf aus dem Ärmel.

»Ich meine, denk doch mal daran, was die Leute sagen würden, wenn ich jetzt Hals über Kopf aufbrechen und alles stehen und liegen lassen würde … Das wirkt doch wahrlich verzweifelt. Es wäre offensichtlich, dass wir es beileibe nötig haben, und das würde mir unser Vorhaben nur erschweren.«

Ihr Vater rieb sich nachdenklich das Kinn.

»Es ist gewiss besser, wenn wir meine Reise bereits jetzt in der Gesellschaft ankündigen, sodass die Menschen nicht frappiert sind. Ich könnte vielleicht sogar noch eine Freundin mitnehmen und vortäuschen, dass ich allein aus gesundheitlichen Gründen an der Nordsee bin. Dann kann sich das mit der wohlhabenden Partie wie von selbst ergeben, sodass keiner merkt, wie sehr ich in Wirklichkeit nachgeholfen habe. Du weißt doch, Vater, dass ich die Leute überzeugen kann, ohne dass sie selbst etwas davon bemerken.«

Ihr Vater klappte die Zeitschrift zu. »Ja, das weiß ich.« Er sah sie mit seinem stechenden Blick an, und Rosalie wurde gewahr, dass er durchaus bemerkt hatte, wie sie auch ihn soeben manipuliert hatte.

Aber das war ihr gleich.

Solange er dem zustimmte, was sie vorgeschlagen hatte. Das war zumindest eine Schadensbegrenzung, durch die sie ein kostbares Gut gewonnen hätte. Zeit. So konnte sie besser planen, wie sie gegen diesen widersinnigen Entschluss vorgehen könnte.

»Ich gebe dir eine Woche. So lange darfst du nach der Premiere das Stück noch spielen. Aber dann machst du dich umgehend auf den Weg nach Norderney und kommst mir nicht ohne einen wohlhabenden Ehekandidaten nach Hause.«

Rosalie legte ihre Hand auf die ihres Vaters und drückte sie. »Ich werde dich nicht enttäuschen, Papa.«

Ihr Vater, der mit so viel Gefühl nicht umgehen konnte, grummelte etwas und verließ dann den Salon. Rosalie frühstückte in Gedanken versunken und mit wenig Appetit zu Ende und wollte gerade aufstehen, um das Zimmer zu verlassen, als Konstantin eintrat.

»Guten Morgen, Mylady«, säuselte Konstantin in seiner üblichen übercharmanten Art, und in Rosalies Kopf begann eine vage Idee Formen anzunehmen.

»Guten Morgen, Bruderherz, bitte geselle dich doch zu mir«, sagte sie lächelnd und tat so, als wäre nichts Besonderes vorgefallen.

Konstantin nahm Platz und begann sein Brötchen aufzuschneiden.

»Und, was hast du heute Schönes vor?« Sie musste etwas belanglose Konversation betreiben, damit sie in ihrem Hinterkopf weiter an ihrem diabolischen Plan arbeiten konnte.

»Vater wird mich in der Gärtnerei als neuen Leiter vorstellen, und dann muss ich mal sehen, was gemacht werden muss. Zu tun gibt es ja immer genug in der Hofgärtnerei.«

»Und dann wollt ihr wirklich zu dritt oder, wenn man Oskar mitzählt, zu viert die Arbeiter führen?« Rosalie runzelte die Stirn und glättete sie gleich wieder, da dies ihre Schönheit ein wenig minderte.

»Nein, das wäre unsinnig. Vater wird Julius mitteilen, dass er vorübergehend zurücktreten muss.«

»Oh.« Rosalie sog zischend die Luft ein. »Da würde ich zu gerne Mäuschen spielen«, sagte sie mit einem teuflischen Lächeln. »Wie ist es denn, vermisst du Neuharlingersiel schon? Oder vielleicht sollte ich eher fragen: Vermisst dich das weibliche Geschlecht dort?« Erst vor einigen Tagen war Greta zur Fliedervilla gekommen und hatte nach Konstantin gefragt. Da die Arbeiter in der Regel nur im äußersten Notfall das private Wohnhaus aufsuchten, hatte sie eine ziemlich klare Vermutung, was Greta wollte.

»Ach, es wurde offen gestanden langsam ohnehin etwas öde dort. Es ist ein recht kleiner Ort, und alle interessanten Bekanntschaften, die ich machen könnte, hatte ich bereits geknüpft.«

Sein Grinsen ließ keine Frage offen, von welcher Art von Bekanntschaften er sprach.

»Apropos, kommen Mathilde und Julia bald mal wieder zu Besuch?«

»Konstantin, ich habe dir oft genug erklärt, dass meine Freundinnen für dich tabu sind.« Wann würde er das endlich begreifen? Es war fast so, als könnte er nicht anders, als seinen Trieben zu folgen, und ihr Verbot schien das Unterfangen für ihn nur noch interessanter zu machen. Rosalie hielt inne.

Das könnte die Lösung sein.

Ja, vielleicht war das die entscheidende Idee, die ihr Schicksal doch noch abwenden konnte. Konstantins ungezügelte Triebe und seine Suche nach Herausforderungen würden ihr hierbei mehr als in die Hände spielen. Sie warf ihrem Bruder einen spöttischen Blick zu.

»Ich wundere mich ohnehin, dass es dir nicht langweilig wird, immer diese armen, unwissenden jungen Dinger zu verführen. Bist du derer nicht allmählich überdrüssig? Vielleicht solltest du dich mal einer richtigen Herausforderung stellen?«

Konstantin biss von seinem Brötchen ab und wartete mit seiner Antwort, bis er den Happen heruntergeschluckt hatte.

»Du machst mich neugierig. Was schwebt dir vor?«

Rosalie tupfte ihren Mund sorgfältig mit einer bestickten Stoffserviette ab, obwohl sie das bereits getan hatte.

»Dorothea von Wallenhorst«, sagte sie bestimmt.

Konstantin hörte abrupt auf zu kauen. »Bist du von Sinnen? Dieses Mühlenpferd mit den aufwieglerischen Vorstellungen?«

Rosalie legte die Serviette beiseite und tat so, als wäre sie im Begriff aufzustehen. »Ich habe mir bereits gedacht, dass du das nicht schaffen würdest.« Ihr Ton war betont gleichgültig.

Konstantins Augen verengten sich. »Natürlich würde ich das schaffen. Ich will nur nicht. Was hätte ich denn davon?«

Rosalie wickelte seelenruhig eine Locke um ihren Finger und ließ sie dann wieder frei. »Nun, es gibt da ja etwas, das du schon seit geraumer Zeit willst …«

»Ach ja?«

Rosalie lächelte siegessicher. Dann sagte sie ein einziges Wort. »Mathilde.«

Konstantin starrte sie ungläubig an, und Rosalie nickte. Es tat ihr leid um ihre Freundin, aber sie musste jetzt wichtigeren Dingen den Vorrang geben. Letztendlich wäre es schließlich auch Mathildes eigene Schuld, wenn sie sich auf Konstantin einlassen würde. »Wenn du es tatsächlich schaffst, die Dickmadam zu verführen, werde ich bei Mathilde ein gutes Wort für dich einlegen.«

Sichtlich beeindruckt lehnte Konstantin sich zurück und verschränkte die Arme. »Einverstanden«, sagte er schließlich.

»Gut, dann ist es abgemacht.« Rosalie schubste einige Krümel von ihrem Schoß und erhob sich, doch bevor sie sich vom Tisch entfernen konnte, richtete Konstantin das Wort noch einmal an sie.

»Und was hast du davon?«

Herrje. Warum nur musste er ihren Plan hinterfragen? Sie wandte ihre gesamte Schauspielkunst an, um ruhig zu bleiben. Scheinbar gleichgültig zuckte sie mit den Schultern. »Amüsement. Oldenburg ist so hinterwäldlerisch, und schon lange ist nichts Kurzweiliges mehr geschehen, da muss ich anscheinend selbst für etwas Unterhaltung in meinem Leben sorgen.«

Das schien Konstantin als Antwort zu genügen. Rosalie war sich nicht sicher, ob es ein gutes oder ein schlechtes Zeichen war, dass er ihr zutraute, für die eigene Erheiterung ihre gute Freundin mehr oder weniger dem Löwen zum Fraß vorzuwerfen. War sie wahrhaftig so schlimm?

Sie handelte doch allein aus der Not heraus, erinnerte sie sich selbst.

Mit angehaltenem Atem verließ sie das Esszimmer. Ihr Plan war riskant, aber es gab immerhin eine kleine Aussicht auf Erfolg. Wenn ihr Bruder es tatsächlich schaffte, Dorothea zu verführen, war es sehr wahrscheinlich, dass sie als ehrbare Frau sich nicht über mögliche Verhütungsmaßnahmen informiert hatte. Wenn Rosalie Glück hatte, würde Dorothea schwanger werden. Ihr Vater, der Hotelier, würde dann auf einer Hochzeit zwischen ihr und Konstantin bestehen. Dann würde durch die von Wallenhorsts jede Menge Geld der Hofgärtnerei zufließen. Ihr war bewusst, dass sie hier mehr oder weniger nach Strohhalmen griff, aber es war einen Versuch wert.

Nur so hätte sie die Gelegenheit, sich auf ihre eigene Liebe zu konzentrieren. Auf den Mann, der gegen ihren Willen seit Monaten ihr Herz schneller schlagen ließ. Sie war selbst überrascht gewesen, als sie bemerkt hatte, dass sie – im Gegensatz zu den Menschen in ihrer Umgebung – ihre Gefühle nicht lenken konnte. Leider war Manilo nahezu mittellos. Aber das würde sie nicht abhalten.

43. Kapitel

Als Julius am Montagmorgen die gewundene Treppe zur Frühbesprechung hinunterlief, bemerkte er, dass sein Vater auf ihn gewartet haben musste. Er ging neben der Haustür auf und ab und schien tief in Gedanken versunken zu sein.

»Julius!«, sagte er, als er ihn entdeckte.

Skeptisch sprang Julius die verbliebenen Stufen nach unten, während aus dem Esszimmer Rosalies und Konstantins Lachen an seine Ohren drang. Es konnte nichts Gutes bedeuten, wenn sein Vater ihn hier abfing.

»Was gibt es?«

Alexander sah abgekämpft aus und wirkte gequält. »Ich wollte noch kurz mit dir sprechen, bevor wir nach draußen gehen.«

Julius wartete ab.

Sein Vater räusperte sich. »Du weißt ja, dass dein Bruder, äh, Konstantin, letzte Nacht aus Neuharlingersiel zurückgekehrt ist. Und du weißt vermutlich auch, dass er bisher keine neue Anstellung gefunden hat.«

Julius nickte.

»Deswegen wird er natürlich in den kommenden Wochen und Monaten in der Hofgärtnerei mitarbeiten.«

Julius nickte abermals. Worauf wollte sein Vater hinaus? Er erzählte ihm hier beim besten Willen nichts Neues.

»Selbstredend kann ein gestandener Kunstgärtner wie dein Bruder jedoch unmöglich als einfacher Arbeiter in der Hofgärtnerei einsteigen.«

So langsam schwante Julius, worauf sein Vater abzielte. Aber er würde doch nicht … Er könnte doch nicht …

»Deswegen habe ich beschlossen, ihn ebenfalls zum Leiter zu ernennen. Ich werde mich vor allem auf das Geschäftliche hier im Kontor konzentrieren, und dann gibt es noch euch drei da draußen …« Sein Vater zögerte. »Aber drei sind natürlich zu viel.«

Nun begutachtete er seine teuren Lederschuhe, die mittlerweile ziemlich ramponiert aussahen. »Und deswegen bleibt mir wohl oder übel nichts übrig, als dich zu bitten, für eine Weile von deiner leitenden Position zurückzutreten.«

»Ich? Warum kann Oskar nicht zurücktreten? Und warum muss Konstantin überhaupt als Leiter einsteigen? Kann er nicht etwas anderes sein?«

Sein Vater wirkte betreten. »Es tut mir wirklich leid, Julius. Ich habe lange darüber nachgedacht, aber es geht nicht anders. Oskar ist seit über zwanzig Jahren der Obergärtner hier und würde es mir niemals verzeihen, wenn ich ihn jetzt degradieren würde. Und wenn ich Konstantin höher einstufe als dich, kommt es auch seinen neuerlichen Anstellungsgesuchen zugute. Was sollen denn sonst die Leute denken, wenn er nicht einmal in der heimischen Gärtnerei eine Führungsposition innehat?« Er schüttelte den Kopf. »Ich wünschte, es gäbe eine andere Lösung, aber es geht nicht. Und es ist ja nur vorübergehend«, beeilte er sich zu sagen. »Sobald er wieder weg ist, steigst du erneut auf.«

»Nach allem, was ich für die Hofgärtnerei getan habe, willst du mir das jetzt wahrhaftig antun?«

»Julius, ich …«

Julius entschied, dass er keine weiteren Ausflüchte hören wollte. Er stürmte nach draußen und ging zu den Arbeitern vor der Remise, die sich bereits im Halbkreis aufgestellt hatten und auf die Chefs warteten. Zu seiner Überraschung entdeckte er, dass Dorothea offenbar seinem indirekten Ratschlag gefolgt war, denn sie trug statt eines Rocks eine sehr weite Hose. Es war fast wie eine Mischung aus Hose und Rock. Dabei hielt sie sich kerzengerade und den Blick fest auf die Haustür der Fliedervilla gerichtet, während Oskar und Bruno heftig tuschelten und auch die anderen kaum den Blick von diesem bizarren Anblick abwenden konnten. Immerhin würde sie nach den Neuigkeiten seines Vaters nicht lange Tagesgespräch bleiben. Wie von selbst suchten seine Augen Marten beziehungsweise Marleene. Er hob den Kopf, doch bevor ihre Augen sich trafen, wandte er rasch den Blick ab. Er beobachtete, wie sein Vater aus dem Haus trat. Mit festen Schritten kam er herüber und verkündete die Neuigkeit um Konstantin nun auch den anderen Arbeitern.

»Und wo ist nun unser neuer … ›Chef‹?«, fragte Johannes mit einer Spur Gehässigkeit in der Stimme und reckte den Hals in alle Richtungen.

Alexander tat so, als hätte er eine ganz normale Frage gestellt. »Konstantin hat eine sehr schwere Woche hinter sich und wird später zu uns stoßen.«

Julius bekam mit, wie Johannes Bruno etwas zuflüsterte. »Stimmt, unsere Woche ist hingegen ja stets das reinste Zuckerschlecken. Der soll ruhig ausschlafen, so eine Gartenplanung muss schließlich ungemein anstrengend sein, immer dieses Brüten über den Plänen und das kräftezehrende Bäumemalen. Viel anstrengender als das Ballenstechen der Bäume und das ganze Auf- und Abladen.«

Bruno sah seinen Kollegen entgeistert an. Wahrscheinlich hatte er den Sarkasmus nicht verstanden, denn Ballenstechen war eine überaus kräftezehrende Arbeit. Doch Alexander brachte alle mit einem Blick zum Schweigen.

»Gut, dann werde ich mich jetzt ins Kontor zurückziehen, Oskar macht die Einteilung.«

Wie angeordnet zählte Oskar die anstehenden Arbeiten auf,

bestimmte, wer was übernehmen sollte. Nur bei Julius stockte er.

»Was wirst du heute machen?«, fragte er höflich.

Julius verschränkte die Arme. »Keine Ahnung. Du bist der Obergärtner, sag du es mir!«

Oskar kratzte sich am Nacken, ordnete dann aber an, dass auch er Laub für die Einwinterung harken sollte, da sie die Pflanzen, die keinen Platz im Gewächshaus fanden, mit Blättern bedeckten. Kurz darauf suchten alle ihre Arbeitsstätten auf. Julius wollte jedoch zuerst einen Blick in sein geheimes Gewächshaus werfen. Obwohl es mittlerweile gar nicht mehr geheim war, nannte er es noch immer so. Normalerweise hatte er seine Arbeiten darin streng in die Freizeit verlegt, das war ihm am heutigen Tag jedoch gleich.

»Julius«, hörte er von Weitem die Stimme seines Bruders, als er gerade die Mistbeete passierte. Das hatte er mit seinem Vater gemein. Wann immer Konstantin zu Besuch gewesen war, hatte er sich nur schwerlich für Julius interessiert. Jetzt stand er prompt auf der Matte, weil er offensichtlich etwas wollte, und wunderte sich vermutlich, dass Julius ihm nicht wie ein Hündchen entgegengerannt kam. Julius hatte so viel Wut in sich angesammelt, dass er, ohne langsamer zu werden, weiterging. Außer Atem holte sein Bruder ihn schließlich ein. »Brüderchen, hast du mich denn nicht gehört?«

Julius sah ihn an und antwortete erst nach einem Moment. »Nein, ich war in Gedanken.«

»Macht nichts. Wie es aussieht, bin ich jetzt ja auch bei der Arbeitstruppe der Gärtnerei dabei. Welche Arbeiten stehen denn an?«

»Du bist nicht einfach nur bei der Arbeitstruppe dabei, du bist Obergärtner, Konstantin. Dementsprechend solltest du dich auch benehmen«, sagte Julius grummelig. »Als Sohn des Chefs musst du immer mit gutem Beispiel vorangehen. Wo warst du denn bei der Morgenbesprechung? Dann würdest du jetzt wissen, was wir zu tun haben.«

Konstantin warf die Hände auseinander. »Tut mir leid, dass es so gekommen ist, aber ich habe nicht um diesen Posten gebeten. Und auf der anderen Seite ist es ja auch nicht so einfach, mich von hier auf heute wieder einzuleben.«

»Als ich dich vorhin am Frühstückstisch mit Rosalie habe kichern hören, schien dir das alles nicht allzu schwerzufallen.«

»Willst du den gesamten Tag an mir und meiner Lebensweise herummeckern oder mir vielleicht einfach sagen, was ich zu tun habe?«

Sie passierten das Beet mit den Berberitzen, und Julius konnte nicht anders. Sie waren am Freitag mit dem vergorenen Jauchegemisch gedüngt worden. Er nickte in Richtung der stacheligen Pflanzen. »Hiervon wurden fünfundzwanzig bestellt, die kannst du aussuchen und aus der Erde stechen.«

Als Konstantin lächelte, erkannte er, dass sein Bruder den aus dieser Entfernung eher subtilen Kuhdunggeruch noch nicht bemerkt hatte.

»Sehr gerne, Bruderherz. Wie läuft es eigentlich mit deinem Plan für den Schlossgarten? Ich hab gehört, du fertigst ebenfalls einen an.«

Da er jetzt über eins seiner Lieblingsthemen sprechen konnte, war Julius wieder ein wenig milder gestimmt.

»Ganz gut. Marten und ich hatten vorige Woche eine entscheidende Idee, die wahrlich einen Unterschied machen könnte. Wir haben deswegen noch einmal ganz von vorne angefangen zu planen, aber ich denke, es könnte dem Großherzog gefallen.«

Konstantin musterte ihn neugierig. »Du und Marten?«

»Ja, wir fertigen den Plan gemeinsam an. Wir haben immerhin nur noch vier Wochen.«

Irgendetwas an Konstantins Lächeln war eigentümlich, doch Julius konnte nicht fassen, was es war.

»Ihr scheint euch ja ganz vortrefflich zu verstehen.«

»Er ist ein helles Köpfchen und hat ausgezeichnete Ideen.«

»Nur manchmal weiß man nicht recht, woran man bei ihm ist.«

Julius wollte nachfragen, was er damit meinte, aber in der Ferne sah er Alexander den Weg hochkommen. Eilfertig griff Konstantin nach einem Spaten, der gegen einen Pflanztisch lehnte. »Dann mach ich mich mal an die Arbeit.«

Julius beschleunigte derweil seine Schritte, um so schnell wie möglich ins geheime Gewächshaus am anderen Ende der Gärtnerei zu kommen. Erst als er die Tür hinter sich zuzog, fiel die Anspannung von ihm ab.

Heute wollte er einige Rhododendren auswählen, die sich für den Schlossgarten eignen könnten. Denn wenn sie jetzt schon die Sorten aussuchten, könnten sie die Pflanzen in diesem Winter nach draußen stellen, um zu sehen, ob sie mit den hiesigen Witterungsbedingungen zurechtkamen. Wenn nicht, würden sie sich etwas einfallen lassen müssen. Manchmal hüllten sie die Pflanzen zum Überwintern in einzelne Tücher oder bauten Gerüste, die sie mit Tannenzweigen bedeckten. Er schritt durch die Reihen, und als er das gesamte riesige Gewächshaus durchquert und das Ende erreicht hatte, stockte sein Herz.

Es war so weit.

Er beugte sich hinunter und sah, dass sein Experiment geglückt war. Schon vor Wochen hatte er einige Triebe seines besonderen Flieders hier ins beheizte Gewächshaus gebracht, nachdem er sie zuvor kalt gestellt hatte. Über all den Dingen, die zwischenzeitlich geschehen waren, hatte er sie jedoch fast vergessen. Mit beiden Händen nahm er die Vase hoch und betrachtete die Triebe. Winzig kleine purpurviolette Blütenblätter mit strahlend weißem Rand schossen aus den Ästen. Ein Hochgenuss für die Augen. Er hatte den Flieder Marten zeigen wollen, um ihn zu fragen, ob sie ihn ebenfalls für den Schlossgarten einplanen wollten.

Marten.

Jetzt war er nicht mal mehr sicher, ob er ihn noch so nennen sollte, denn wenn man es einmal wusste, war es eigentlich offensichtlich, dass sie eine Frau war. Die feinen Gesichtszüge, die zierliche Gestalt, die zarten Hände. Und all das hatte sie verschwiegen. Das Unverständnis darüber, dass sein guter Freund ihn monatelang eiskalt belogen hatte, brodelte wieder an die Oberfläche. All seine Ängste und Nöte hatte er einem Mädchen anvertraut! In seiner Unwissenheit hatte er sogar mit einer Frau eine Nacht in einem Hotel verbracht. Seine Ohren färbten sich nicht weniger rot als die Blüten des Flieders, als er daran dachte.

Und dann erinnerte er sich an etwas noch viel Schrecklicheres.

Als sie damals in die Jauchegrube gefallen war, hatte er sie gebeten, sich ihrer Kleidung zu entledigen. Er hatte nicht nur ihre Knöchel, sondern sogar ihre Waden gesehen! Herrje, welch eine Blamage. Alles in ihm kribbelte, als er daran dachte. Am liebsten hätte er den Gedanken aus seinem Kopf gerissen und so weit fortgeworfen, wie er nur konnte. Warum hatte er so vehement darauf bestehen müssen, ihr behilflich zu sein?

Jetzt verstand er, warum sie sich gewunden hatte wie ein Aal im Trockenen. Wie war es damals noch gewesen? Sie hatte von Anfang an nicht mitkommen wollen, war nahezu vor ihm weggelaufen und hatte allerlei seltsame Erklärungen gefunden, warum sie sich selbst auskleiden wollte. Richtig gescheut hatte sie sich. Bis Konstantin in die Waschküche gekommen war und gesagt hatte, dass er das übernehmen würde.

Auf einmal war sie ganz ruhig geworden. Als hätte sie nichts mehr zu befürchten gehabt.

Julius blieb stehen.

Sollte Konstantin am Ende Bescheid wissen? Hatte sie sich ihrem Bruder anvertraut, ihm jedoch nicht? Reihte sie sich gar in die endlos lange Schlange der Frauen ein, die auf Konstantins Charme hereingefallen waren? In ihm stiegen Bilder vom Alpenrosenball auf, wo Konstantin Marleene etwas ins Ohr geflüstert hatte. Dort hatten die beiden ziemlich vertraut gewirkt. Julius merkte, dass diese Vorstellung sein sonst so geruhsames Gemüt in Aufruhr brachte – mehr noch als die Tatsache, dass Marleene ihn dermaßen lange belogen hatte.

Er würde es im Leben nicht ertragen, wenn sie sich Konstantin hingegeben hätte. Und wenn sie ihn sogar liebte?

Alles auf dieser Welt erschien ihm plötzlich ungerecht, und die Wut wurde Herr über seine Sinne. Er holte aus und schleuderte den Flieder auf die Erde. Die Vase zersprang, und die zarten Triebc lagen zwischen den Scherben da, so wie damals – vor vielen, vielen Jahren, als er das Bäumchen vom Fliedermädchen gerettet hatte.

Das Fliedermädchen, um das er sich hatte kümmern wollen, während Konstantin ihn zurückgehalten hatte, da er das Schauspiel zu sehr genossen hatte.

Er hörte ein schabendes Geräusch und sah, dass die Tür geöffnet worden war. Er blickte ins Gegenlicht. Im Eingang zeichnete sich eine schmächtige Gestalt ab.

»Ist alles in Ordnung?«, fragte eine zarte Stimme, und jetzt, ohne sie richtig sehen zu können, war vollkommen klar, dass es gar nicht anders sein konnte. Marten musste eine Frau sein.

Und das konnte nur bedeuten, dass all seine Befürchtungen wahr waren.

»Raus!«, herrschte er sie mit einer so kraftvollen Stimme an, wie er sie noch nie bei sich selbst gehört hatte.

Er sah, dass sie zusammenzuckte.

Dennoch trat sie einen Schritt auf ihn zu.

»Julius, was ist …«

Er ließ sie den Satz nicht beenden. »Ich habe gesagt, raus! Ich will dich hier nie wiedersehen.«

Diesmal stellte sie keine Fragen mehr. Die Tür ging kratzend zu, und Julius schloss seine Augen.

***

Greta wischte sich mit den dreckigen Händen den Schweiß vom Gesicht und stützte sich auf den Weidenkorb, in dem sie das Unkraut sammelte. Sie wartete, bis der Schwindelanfall vorüber war, und konzentrierte sich darauf, langsam ein- und auszuatmen. Sie hatte mittlerweile erkannt, dass sie auf diese Weise die Übelkeit bekämpfen konnte. Doch heute waren es nicht nur die Beschwerlichkeiten der Schwangerschaft, mit denen sie sich abmühen musste. Ihr Herz klopfte in einem scheinbar unregelmäßigen Abstand gegen die Brust, und abermals bekam sie Schweißausbrüche.

Er war hier.

Der, dem sie ihre Jungfräulichkeit geschenkt hatte.

Der, dessen Kind sie erwartete.

Der, für den seit jeher ihr Herz schlug.

Lange hatte sie geglaubt, dass sie in Julius verliebt wäre, doch auf dem Alpenrosenball hatte sie erkannt, wie großartig Konstantin war. Nur dass seine Großartigkeit nach ihrem Intermezzo in der Abstellkammer des Hotel Rosenstock ein jähes Ende gefunden hatte.

Trotzdem machte es sie überaus unruhig, ihn in unmittelbarer Nähe zu wissen. Sie konnte kaum an etwas anderes denken. Jetzt, wo er hier war, würde mit Sicherheit doch noch alles gut werden. Ihr Kind würde einen Vater haben, und sie würde die heruntergekommene Wohnung, wo sie als Schlafgängerin nächtigte, seit sie das Waisenhaus verlassen hatte, endlich hinter sich lassen können.

Gute drei Stunden waren vergangen, seit sie Konstantin durch die Gärtnerei hatte hetzen sehen. Seitdem hatte sie erst eine Reihe des Beetes von Unkraut befreit; das war peinlich wenig, und sie konnte nur hoffen, dass es keiner mitbekam.

Doch jetzt hielt sie es nicht länger aus.

Sie musste zu ihm herübergehen und mit ihm sprechen, nun, da er ihr nicht einfach wieder die Tür vor der Nase zuschlagen konnte, ohne dass sie ihm ihr Anliegen mitgeteilt hätte. Sie entschuldigte sich bei Hildegard, konzentrierte sich, damit der Schwindel nicht zurückkam, und machte sich auf den Weg. Schon bald hatte sie die Berberitzen erreicht und entdeckte dazwischen Konstantins heruntergebeugten braunen Rücken. Langsam ging sie auf ihn zu und musste mehrmals ihre schweißnassen Hände an ihrem Rock abwischen. Er schien nicht zu bemerken, dass sie da war, und so sagte sie zaghaft seinen Namen.

Konstantin richtete sich auf und zog die Augenbrauen hoch. »Greta … was führt dich zu mir?«, fragte er sie, als hätte sie ihn soeben in seiner Residenz aufgesucht.

»Ich … ich wollte sagen, ich finde es sehr schön, dass du jetzt wieder hier in der Hofgärtnerei arbeitest.«

Er strahlte sie mit seinem gewinnenden Lächeln an. »Ich freue mich auch, wieder hier zu sein.«

Jetzt musste sie es ihm sagen. Das Vorgeplänkel war beendet. Greta holte tief Luft, doch in dem Moment tauchte Dorothea in ihren seltsamen Beinkleidern auf. Konstantin, der ja bei der morgendlichen Besprechung nicht dabei gewesen war, konnte kaum den Blick davon abwenden.

Eine Frau in Hosen.

Auch für Greta war es noch immer ein absonderlicher Anblick.

»Dorothea!«, rief Konstantin nun zu ihr herüber.

Mit wenig Begeisterung sah sich ihre Kollegin zu ihm um. Vermutlich hatte sie die Kommentare zu ihrer Kleidung längst satt.

Doch Konstantin sagte zu ihrer Verwunderung nichts Negatives.

»Das ist ja eine ganz … liebreizende neue Garderobe.«

Dorothea blieb stehen und sah ihn befremdlich an. »Danke.« Dann eilte sie ungewohnt zügig weiter.

Konstantin sah ihr lange nach und wurde erst wieder Gretas Anwesenheit gewahr, als sie sich räusperte. Abwartend sah er sie an, und als sie nichts weiter sagte, kratzte er sich am Nacken. »Kann ich sonst noch etwas für dich tun?«

Sie tat einen Schritt auf ihn zu, damit sie die Stimme senken konnte. »Ja, ich … ich wollte noch einmal mit dir sprechen. Du erinnerst dich an …« Herrje, wie sollte sie es nur nennen? »… an unsere gemeinsame Nacht? Auf dem Alpenrosenball?«, schickte sie vorsorglich hinterher, obwohl er natürlich auch so ziemlich genau wissen müsste, wovon sie sprach.

Sie hatte schon befürchtet, er würde alles leugnen, doch er zwinkerte ihr zu.

»Wie könnte ich die vergessen?«

Das gab ihr Mut, um weiterzusprechen. »Nun ja, also es ist … es ist so, dass ich … dass ich seitdem in anderen Umständen bin.«

Konstantins Lächeln verschwand von einem Moment auf den anderen. »Und was habe ich damit zu tun?«

Greta starrte ihn an. Meinte er die Frage ernst?

»Es ist … natürlich dein Kind.«

Konstantin lachte auf. »Das könnte ja jede behaupten. Und zudem, wer sagt mir, dass du es wirklich bist?«

»Also, ich habe meine Blutung jetzt schon mehrere Monate nicht bekommen. Und … und mir ist ständig übel, und unter meinen Röcken verstecke ich einen kugelrunden Bauch, in dem ich auch schon einige Male ein gewisses Flattern gefühlt habe.«

»Na gut, dann bist du vielleicht wahrhaftig schwanger. Allerdings muss das Kind noch lange nicht von mir sein.«

»Aber ich habe mich niemand anderem hingegeben. So eine bin ich nicht. Schließlich bin ich selbst als Waise aufgewachsen und weiß, wie es sich anfühlt, gehänselt zu werden. Ich habe mir immer geschworen, dass mir so eine Schande nicht passieren würde.«

»Na, dafür hast du dich aber ziemlich schnell auf unser Schäferstündchen eingelassen. Du hast es ja geradezu darauf angelegt. Wer soll mir denn sagen, dass du das nicht bei allen jungen Männern machst? Besonders unerfahren hast du beileibe nicht gewirkt. Verzeih mir, Greta, aber das kann ich dir nicht glauben. Es gibt sogar Gerüchte, dass du es mit jedem treibst, der danach fragt.«

Tränen traten ihr in die Augen. Was er sagte, war mehr als verletzend. Trotz ihrer einfachen Herkunft war sie stets auf ihren guten Ruf bedacht gewesen und hatte auf die Mädchen, die sich allzu rasch auf Männer einließen, immer herabgesehen.

Und nun behauptete er, dass sie eins von diesen leichten Mädchen sei?

Ja, sie hatte sich in der Nacht recht schnell auf Konstantin eingelassen, immerhin kannten sie sich zuvor kaum. Aber sie war auf dem Ball nicht Herrin ihrer Sinne gewesen, durch den ganzen Branntwein, den sie getrunken hatte. Das hatte sie bereits mehr als einmal bereut. Aber sie war dennoch mit ganzem Herzen dabei gewesen. Niemals hätte sie Konstantin ihre Jungfräulichkeit geschenkt, wenn sie nicht geglaubt hätte, dass er es ernst mit ihr meinte und ehrenhafte Absichten hätte.

Sie hätte auch beschwören können, dass er etwas in diese Richtung gesagt hatte. Dass er süße Versprechungen in ihr Ohr gesäuselt hatte, wie sie beide eine Familie gründen und sie die Herrin über die Hofgärtnerei sein könnte. Dann würde sie den Ton angeben und allen auftragen, was sie zu tun hätten. Sie würde in der wunderhübschen Fliedervilla wohnen und ein Stubenmädchen haben, das die ganze lästige Hausarbeit für sie erledigte.

Ja, in ihrer Erinnerung hatte er das gesagt. Aber auf der anderen Seite wirkte ihre gedankliche Rückschau wie ein verblasster Traum. Wirklichkeit vermischte sich mit Unwirklichkeit. Sie war nicht sicher, wo die Grenzen lagen, was auf welche Seite gehörte.

Denn in ihrer Erinnerung hatte sie auch Julius zusammengeschrien und ihm bittere Vorwürfe gemacht. Doch Julius hatte nie ein böses Wort an sie gerichtet, und das hätte er doch, wenn sie das wahrhaftig getan hätte. Oder?

Und in ihrer Erinnerung hatte Konstantin auch Marten lüsterne Blicke zugeworfen – das war ja nun vollkommen aberwitzig.

Sicher war also nur, dass sie sich nicht auf ihre Erinnerung verlassen konnte.

Aber selbst wenn Konstantin ihr keinerlei Versprechungen gemacht hätte, wäre es die Pflicht eines ehrenwerten Mannes, jetzt zu seinen Handlungen zu stehen und das Kind als sein eigenes anzuerkennen.

Entschlossen blinzelte sie die Tränen weg.

»Ich schwöre bei Gott, dass es dein Kind ist. Und jetzt sag mir bitte: Wirst du dazu stehen und es als deinen Abkömmling aufnehmen?«

Konstantins Blick wurde ernst.

So hatte sie ihn noch nie erlebt, sie erkannte ihn kaum wieder. Seine Augen verdichteten sich zu zwei schmalen Schlitzen, und seine Mundwinkel hingen herab.

»Eher möchte ich in der Hölle schmoren, als deinen Bastard als mein Fleisch und Blut anzuerkennen.«

Er bückte sich wieder zu seinen Pflanzen hinunter und signalisierte so, dass er alles zu dem Thema gesagt hatte, was er zu sagen hatte.

Greta wandte sich ab. Mit eiligen Schritten kehrte sie so schnell wie möglich zu ihrem Beet zurück. Sie wünschte, es gäbe einen ruhigen Winkel, in den sie sich in Ruhe zurückziehen könnte, um sich die Seele aus dem Leib zu weinen. Doch als Schlafgängerin hatte sie nur nachts die Erlaubnis, sich im Haus der Familie aufzuhalten, und Geld für ein Gasthaus konnte sie ebenfalls nicht aufbringen. Selbst wenn sie etwas hätte, würde sie es für das Kleine beiseitelegen.

Bei dem Gedanken an das unschuldige Wesen in ihr brannten die Tränen noch heftiger in ihrer Kehle, und sie konnte sie nicht länger zurückhalten. Das arme Kind, das in Schande aufwachsen würde, da Konstantin es nicht anerkannte. Sie hatte alles so viel besser machen wollen als ihre eigene Mutter, und nun schien es, als würde sich der Fehler wiederholen.

Sie hatte auch kurz darüber nachgedacht, es mit den bekannten Mitteln wegzumachen, aber das hatte sie nicht übers Herz gebracht. An sich freute sie sich auf das Kind, sie hätte nur nicht gedacht, dass sie es alleine würde großziehen müssen.

Alleine.

So fühlte sie sich wahrhaftig. Sie fühlte sich so alleine wie noch nie auf der Welt, und das sollte etwas heißen, da sie nur ihre Mutter gehabt hatte und diese an Tuberkulose gestorben war, als Greta fünf gewesen war. Ihre Tränen schienen einem bodenlosen Brunnen zu entspringen und flossen nun ungehindert über ihre Wangen. Um sich abzulenken, stürzte sie sich in die Arbeit und rupfte wie wild das störende Unkraut raus. So heftig, dass sie meist die Wurzel abbrach, was sie eigentlich immer vermeiden sollte, denn dann würde es kurz darauf neu austreiben.

Aber das scherte sie nicht mehr.

Die Goldbachs waren doch alle gleich.

Sie hasste es, dass sie für sie arbeiten musste.

Sie hasste Julius, der sie versetzt und so in Konstantins Arme getrieben hatte.

Sie hasste Konstantin dafür, dass er nicht zu ihr stand.

Aber am allermeisten hasste sie sich selbst. Dafür, dass sie so unendlich dumm gewesen war.

Mit ihrer Schulter wischte sie sich die Tränen aus dem Gesicht und zog immer wieder die Nase hoch. Sie konnte nicht mehr. Der runde Bauch störte, ihr aufgequollener Körper wurde von den Schluchzern heftig geschüttelt, und die Tränen nahmen ihr die Sicht. Da legte sich eine warme Hand auf ihre Schulter, und bald darauf wurde sie in eine feste Umarmung gezogen.

»Aber, aber! Was ist denn nur los, mein liebes Mädchen?«, fragte eine mütterliche Stimme.

Greta gab sich nun endgültig den Tränen hin. Hildegard strich derweil geduldig immer wieder über ihren Rücken und wisperte beruhigende Worte.

Erst als der Weinkrampf sich etwas legte, fand Greta die Kraft zu sprechen.

»Konstantin«, war jedoch alles, was sie herausbrachte.

Hildegard sah sie bestürzt an. »Er ist der Vater?«

»Du weißt es?«, fragte Greta nun ihrerseits entsetzt.

Hildegard griff nach ihrer Hand und drückte sie. »Du weißt ja, ich habe selbst fünf davon. Und achtmal war ich schwanger. Da hat man schnell einen Blick für die Anzeichen. Mit der Übelkeit wird es bestimmt bald besser werden.«

Greta lächelte tapfer. Doch dann sah sie in der Ferne Konstantin, der gerade den Rücken streckte. Hildegard war ihrem Blick gefolgt.

»Dann will er es also nicht anerkennen?«

Greta schüttelte den Kopf. »Ich habe keine Ahnung, was ich jetzt machen soll. Wie soll das gehen?«

»Konstantin ist so eine vermaledeite Drecksamsel!«, schimpfte Hildegard und überlegte dann. »Vielleicht kann ich dir helfen. Hartmut und ich, wir bauen uns gerade etwas auf.«

»Das ist lieb.« Greta stiegen erneut die Tränen in die Augen, aber diesmal wegen Hildegards Großmut, wusste doch jeder, dass sie und ihre Familie selbst am Rande der Armut lebten. »Doch wie du schon sagtest, du hast auch fünf Mäuler zu Hause, die gestopft werden wollen. Da werdet ihr kaum zwei weitere gebrauchen können.«

Hildegard nickte traurig. »Aber ich glaube, es gibt da jemanden, der so gut wie alles für dich tun würde. Vermutlich würde er sogar ein fremdes Kind als sein eigenes anerkennen. Selbst wenn er nicht viel zu bieten hat, bin ich mir sicher, dass er dich zumindest lieben würde bis ans Ende seiner Tage.«

Hildegard deutete mit dem Kinn in die entgegengesetzte Richtung. Bruno, der ihren Blick am anderen Ende des Beetes offensichtlich bemerkte, lächelte und winkte den beiden Frauen aus der Ferne zu. Seine karottenroten Haare glänzten in der Sonne, die durch seine abstehenden Ohren leuchtete. Das Gesicht war schmutzig, und sein Lächeln hatte seine schiefen Zähne offenbart.

Greta wusste, dass Hildegard recht hatte.

Sollte Bruno die Lösung sein? Aber wäre es nicht ungerecht ihm gegenüber, wenn sie seine Gefühle nicht teilte?

Sie sah wieder zu Konstantin, der sich nun mit Dorothea unterhielt. Er lachte gerade, und sein Aussehen war trotz der getanen Arbeit noch immer mustergültig. Kein Haar hatte sich gelöst, die darauf abgestimmte Kleidung war schmutzfrei, das Gesicht markant, und die Augen waren sanft.

Greta wunderte sich. Wie konnte die Natur es zulassen, dass jemand mit einem so unschönen Aussehen wie Bruno ein derart reines Herz hatte und ein anderer mit einem makellosen Aussehen von innen einfach nur hässlich war?

44. Kapitel

Auf dem Weg zum Aufenthaltsraum sah Marleene mit Wehmut, wie Julius in der Fliedervilla verschwand. Es war zwar der letzte Samstag im Monat und somit eigentlich ihr Lieblingstag, denn es war Zahltag. Doch heute konnte selbst die Aussicht auf die leise knisternde Lohntüte in ihrer Hand sie nicht aufheitern. Sie streckte ihre Schultern durch und schnupperte vorsichtig am Kragen des Hemdes, das Julius ihr damals in der Fliedervilla gegeben hatte. Es trug noch immer einen Hauch seines Geruchs nach Kiefernnadeln in sich. Einen Herzschlag lang erntete sie ein Gefühl von Nähe durch den vertrauten Duft, doch wurde dieser sogleich mit Schwermut versetzt.

In den vergangenen zwei Wochen war Julius seltsam gewesen und hatte sich ihr nicht öffnen mögen. Sie vermisste ihre üblichen Gespräche. Stundenlang hatten sie gemeinsam in der Oldenburger Bibliothek alles über Landschaftsgärten gelesen, was sie finden konnten. Noch viele Male waren sie auf dem Gelände des Schlossgartens gewesen, um zu sehen, wie sie ihre neuen Erkenntnisse in den Plan einarbeiten könnten. Doch dabei hatten sie kaum ein persönliches Wort gewechselt. Es ging immer nur um die Arbeit. Jeglichen anderen Versuch hatte Julius vehement abgewehrt. Und er hatte ihr weiterhin nicht sagen wollen, was seinen Wutausbruch ausgelöst hatte. Hatte sie etwas falsch gemacht? Immer wieder hatte sie sich sämtliche Situationen in Erinnerung gerufen, aber ihr fiel nichts ein, was sie sich hatte zuschulden kommen lassen.

Vermutlich war er wütend, dass er degradiert worden und Konstantin jetzt Obergärtner war. Es war aber auch wahrhaftig ungerecht, nachdem sich bisher ausschließlich Julius in die Hofgärtnerei eingebracht hatte.

Aber immerhin spürte Marleene jetzt schon, dass ihr gemeinsamer Plan etwas ganz Besonderes werden würde. Sie hatten geschwungene Wege angelegt, den Lauf der Marschbäke verschoben und zahlreiche charakteristische Baumgruppen und Pflanzen als Blickfang eingeplant. Jede Menge davon waren natürlich Rhododendren. Es gab wunderschöne Sichtachsen, und Marleene konnte sich richtig gut vorstellen, wie der Schlossgarten sowohl ein Rückzugsort für den Großherzog als auch ein Erholungsort des Volkes werden könnte.

Und noch etwas anderes war ihr klar geworden. Etwas, das sie damals im Schlossgarten nur schemenhaft hatte erfassen können, da es zunächst zu komplex für ihre Gedanken gewesen war.

Der Schlossgarten diente als Symbol.

Auf einmal hatten sich die Dinge in ihrem Kopf zusammengefügt. Friedas begeisterte Erklärung über die neue Art des Blumenbindens hatte sich mit dem verbunden, was Dorothea ihr über die Gesellschaft erklärt hatte. Sie hatten beides miteinander verknüpft und mit ihrer Gartenplanung aufgegriffen. Auch mit einem Park konnte man zeigen, dass moderne Zeiten angebrochen waren. Dass sich nicht alles in künstliche Strukturen pressen ließ, sondern dass vielmehr auf dem Weg dorthin etwas Wesentliches verloren gegangen war. Es wäre ihr größter Traum, wenn sie den Park anlegen dürften und zeigen könnten, dass moderne Zeiten anbrachen.

Vielleicht könnte sie sich so für die Frauen einsetzen.

Wenn sie den Wettbewerb gewannen, würde sie ja gewiss ihren Plan präsentieren. Oder vielleicht gab es eine Einweihung, wenn der Park fertig war. Die Verkleidung als Junge käme ihr hier gelegen, denn einem jungen Mann würde man Gehör schenken, Frauen durften nur selten öffentlich sprechen. Und dann könnte sie genau erklären, was ihr vorschwebte. Die gesellschaftlichen Regeln mussten ebenso wenig künstlichen Strukturen folgen wie die Parks und Gärten. Die bunten Blumen mussten nicht in Beete mit geometrischen Formen gepresst werden und die Frau nicht in die Rolle der Hausfrau. Oder allemal Hilfsarbeiterin. Die Menschen sollten durch den Park verstehen, dass es Zeit für eine Veränderung war und dass auch sie als Gesellschaft zur Natürlichkeit zurückkehren sollten.

Deswegen hoffte sie inständig, dass sich der Großherzog für ihren Plan entschied. Dann würde sie nicht mehr für ihr alleiniges Wohl kämpfen, um Gärtnerin werden zu können, sondern für die Frauen an sich.

Doch Julius' schlechte Stimmung hatte ihre Freude über den Plan gemindert. Durch seine einsilbigen Antworten hatte sie ihre neuen Erkenntnisse noch nicht einmal mit ihm teilen können und hatte so keine Gelegenheit, ihn von ihrem Vorhaben zu überzeugen.

Marleene stellte sich ans Ende der Schlange, die sich vor dem Essraum gebildet hatte. Vor ihr stand Dorothea. Unter den Arbeitern hatte man sich so langsam an ihre Beinkleider gewöhnt, doch wie Julius prophezeit hatte, hatte der Anblick inzwischen Schaulustige aus der Stadt herbeigelockt, die ganz offensichtlich nur vorgaben, Gewächse erstehen zu wollen, da sie die meiste Zeit damit beschäftigt waren, ihre Köpfe in Dorotheas Richtung zu verdrehen. Es freute sie trotzdem, dass Dorothea sich Julius' Rat zu Herzen genommen hatte, und nur zu gerne hätte sie sich mit ihm darüber ausgetauscht, aber auch dazu hatte er nur ein nichts und alles sagendes »Hmm« gebrummt.

Vor Dorothea tuschelten Greta und Hildegard miteinander, Bruno drehte sich immer wieder zu den beiden um, während Johannes auf ihn, Manilo und den glatzköpfigen Hugo einredete. Demnach war Oskar gerade im Raum, er kam stets direkt nach dem alten Alois.

Es ging jedoch nur schleppend voran. Vermutlich benötigte Konstantin etwas Zeit, um sich in seine neue Aufgabe einzuarbeiten. Dabei musste er eigentlich bloß im Lohnbuch nachschauen, was jeder bekam, das Essensgeld und den Betrag für kaputte Arbeitsgeräte abziehen, den entsprechenden Betrag aus der Kasse nehmen und in die Lohntüte füllen.

Nun kam endlich Greta aus dem Raum mit der grün gestrichenen Tür. Sie sah niedergeschlagen aus und ging wortlos an ihnen vorbei. Vielleicht hatte sie ein Werkzeug kaputt gemacht und besonders viel Geld abgeben müssen, überlegte Marleene, während nun Dorothea die Tür hinter sich schloss.

Sie blieb außerordentlich lange bei Konstantin im Raum. Marleene fragte sich gerade, ob sie nachsehen sollte, ob alles in Ordnung war, als ihre Kollegin mit rosigen Wangen herausgewatschelt kam.

»Schönen Sonntagmorgen, Marten!«, rief sie ihr ungewohnt fröhlich zu, und Marleene betrat mit gerunzelter Stirn den Essraum.

Konstantin hatte mit einer tragbaren Kasse und den Lohnbüchern, die sie bereits am Morgen hatten einreichen müssen, am Esstisch Position bezogen.

Sein Gesicht erstrahlte, sobald er sie erblickte. »Marleene«, sagte er laut, und sie sah sich gehetzt um.

»Schschsch«, mahnte sie ihn zur Ruhe. »Nicht, dass uns jemand hört. Nenn mich vorsichtshalber einfach immer Marten.«

Konstantin suchte ihr Lohnbuch heraus und begann, darin zu blättern. »Nun gut, *Marten*«, sagte er mit besonderer Betonung. »Dann wollen wir mal sehen, was du dir diesen Monat verdient hast.« Er pfiff. »Da ist ein ganz schönes Sümmchen für dich zusammengekommen. Du kannst froh sein, dass du hier als Junge geführt wirst, denn als Frau würdest du deutlich weniger verdienen.«

»Ja?« Sie hatte zwar gewusst, dass die Löhne der Frauen niedriger waren, aber sie hatte nicht vermutet, dass es so gravierend war.

»Ja, nehmen wir Dorothea zum Exempel. Sie ist eine ausgelernte Gärtnerin, verdient jedoch ein paar Mark weniger als du.«

Marleene sah ihn entgeistert an. »Dorothea bekommt weniger als der Lehrling?«

Konstantin zuckte mit den Schultern. »So ist das nun mal. Frauen benötigen schließlich nicht so viel Geld. Sie müssen ja keine Familie versorgen.«

Marleene klappte den Mund auf und dann wieder zu. Sie

ahnte, dass es wenig Sinn hatte, mit Konstantin über diese Sache zu diskutieren.

»Aber genug davon. Wie sieht es aus, darf ich dich am Wochenende in ein Tanzetablissement ausführen?«

Marleene fing an zu schwitzen, als stünde sie im beheizten Gewächshaus. Sie fühlte sich geehrt, dass Konstantin nach wie vor mit ihr ausgehen wollte, doch dieses Flattern, das sie sonst in ihrem Herzen gespürt hatte, wenn er in ihrer Nähe war, war verschwunden.

»Konstantin, das ehrt mich sehr … Aber ich … ich denke nicht, dass …«

Konstantin hob den Zeigefinger und hinderte sie dadurch am Weitersprechen. »Wir können nach Bremen fahren, wenn du befürchtest, dass wir hier zusammen gesehen werden könnten.«

»Aber selbst dann … Ich denke nicht, dass es eine gute Idee wäre, wenn ich mit meinem Vorgesetzten einer Vergnügung nachgehen würde.«

Jetzt sah er fast enttäuscht aus. »Aber mit Julius bist du sogar nach Holland gefahren.«

»Das war etwas anderes, schließlich war es rein beruflich.«

Sein Gesicht hellte sich wieder auf. »Dann machen wir unsere Tour ebenfalls rein beruflich. Wir können in Bremen eine Gärtnerei besichtigen.«

Marleene wusste nicht, was es war, aber etwas sträubte sich auf einmal vehement in ihr dagegen, mit Konstantin wegzufahren. Sie freute sich über seine Aufmerksamkeit, und vor einigen Monaten hätte sie ohne zu zögern eingewilligt. Niemals hätte sie es gewagt abzulehnen. Doch seitdem war viel passiert, und sie hatte sich verändert. Ihr Bauchgefühl sagte ihr, dass es nicht gut wäre, wenn sie Konstantin bei einer Unternehmung begleiten würde.

Sie betrachtete sein gepflegtes Aussehen, das schicke braun karierte Halstuch, das er in seine Weste gesteckt hatte. Seine wachsamen Augen. Er war so ganz anders als Julius, dessen Augen trotz der ruhigen Art wild funkelten. Manchmal schaffte Julius es auch nicht, sich zu rasieren, und sah ein bisschen verwegen aus; etwas Derartiges würde Konstantin nie passieren.

Aber dennoch hatte sie beim Zusammensein mit Julius mittlerweile ein gänzlich anderes Gefühl. Ein Gefühl von Gewissheit. Sie war sich zum Beispiel sicher, dass selbst wenn Julius gewusst hätte, dass sie eine Frau war, er niemals versucht hätte, sie zu verführen. Bei Konstantin konnte sie sich dessen nie vollkommen gewiss sein. Manchmal schien es ihr gar, als wäre das alles, worauf er hinauswollte.

Als hätte er ihre Gedanken erraten, beteuerte Konstantin nun das Gegenteil. »Es wäre doch nur, damit wir uns besser kennenlernen, Marleene.« Er hauchte ihren Namen zart wie ein Rosenblatt. »Du bist eine faszinierende Person, und ich möchte gerne mehr Zeit mit dir verbringen. Und wer weiß, wenn wir beide uns mögen und schätzen lernen, was sich daraus entwickelt? Womöglich bist du dann eines Tages die Herrin der Fliedervilla. Dann wärst du hier nicht mehr einfacher Lehrling, sondern die Chefin.« Er griff nach ihrer Hand. »An meiner Seite. Ich kann dir einiges bieten, vergiss das bitte nicht.«

Es waren nette Worte gewesen, aber Marleene schüttelte sich innerlich. Das ungute Gefühl verstärkte sich. Trotzdem zwang sie sich, ihre Mundwinkel nach oben zu ziehen.

»Ich werde darüber nachdenken«, sagte sie unverbindlich.

Konstantin schenkte ihr eines seiner charmanten Lächeln und drückte ihr die Lohntüte mit der angehefteten Abrechnung in die Hand.

»Gib nicht alles auf einmal aus«, sagte er mit einem Zwinkern.

Marleene bemühte sich, nicht sarkastisch aufzulachen. Selbst wenn er es sich nicht vorstellen konnte, so hatte sie als Frau auch eine Familie zu ernähren. Sie schickte jetzt noch mehr Geld an ihre Mutter, damit sie sich Brot und Milch kaufen konnte. Wenn sie dann die Miete bezahlt hatte, blieb lediglich ein kleiner Betrag für ihr eigenes Essen. Etwas zum Ausgeben hatte sie daher nie.

»Du brauchst noch was für den Kramermarkt nächste Woche«, setzte er hinzu.

Marleene sah ihn verdutzt an. Sie hatte zwar überlegt, zumindest über den Pferdemarkt zu bummeln, auf dem jedes Jahr zum Ende der Erntezeit die Karussells des Jahrmarkts aufgebaut wurden, aber ganz gewiss hatte sie nicht darüber gesprochen.

»Wir gehen nächsten Samstag direkt nach der Arbeit alle gemeinsam. Das hat in der Hofgärtnerei bereits Tradition. Es wird sicherlich ein Vergnügen.«

Marleene nickte. »Bestimmt.« Aber irgendetwas in ihr sagte ihr, dass das Ganze genauso gut im Desaster enden könnte.

45. Kapitel

Eine Woche später war in der gesamten Stadt die Festtagsstimmung zu spüren. Seit Montag hatte Marleene immer wieder die bunten Wagen der Schausteller gesehen, und nun waren vom Schloss bis zum Pferdemarkt die Stände der Krämer und Marktschreier aufgebaut worden. Bunte Girlanden zierten die Straßen, es duftete nach gebrannten Mandeln und Zuckerwatte, und bunte Luftballons in leuchtenden Farben wiegten sich im Wind.

Am Samstagabend trafen sich die Arbeiter der Hofgärtnerei nach ihrem Dienst auf dem Hof. Alle hatten sich frisch gemacht und trugen ihre Sonntagskluft. Keiner hatte mehr Dreck im Gesicht, Oskar trug ein geplättetes Hemd, Greta ein weites Kleid mit hellem Kragen, Johannes und Manilo hatten sauber gescheitelte Haare voller Pomade, doch die größte Überraschung war Bruno. Mit seinem hochgestellten Kragen, dem Sakko und Jackett sah er richtig stattlich aus.

Um zehn nach fünf kam Konstantin – nicht weniger geschniegelt und gebügelt – aus der Fliedervilla, nur dass dies bei ihm ja der Normalzustand war und somit kein überraschender Anblick. Marleenes Herz sank, als sie entdeckte, dass hinter ihm anstelle von Julius seine Schwester Rosalie über den Hof stolzierte. Ihre Haare waren in Locken gelegt und elegant hochgesteckt. Sie trug ein kunstvoll besticktes weißes Kleid, das Marleene noch nie an ihr gesehen hatte.

Wenn sie ihre ehemalige Klassenkameradin nicht abgrundtief hassen würde, hätte sie wohl zugeben müssen, dass sie bezaubernd aussah.

Konstantin rieb sich die Hände. »Seid ihr bereit? Mein Bruder lässt sich entschuldigen, ich denke aber, dass ich würdigen Ersatz für ihn gefunden habe.« Er machte eine präsentierende Geste in Richtung seiner Schwester.

»Danke«, sagte Rosalie würdevoll. »Wollen wir uns auf den Weg machen? Ich kann in diesen Schuhen nicht so gut stehen.«

»Schuhe, in denen du nicht stehen kannst, für einen Jahrmarktbesuch? Da hat ja jemand ganz vortrefflich mitgedacht.« Johannes spie Rosalie eine Ladung Kautabak direkt vor ihre Füße, sodass sie unter einem kleinen Aufschrei zur Seite sprang.

»Pass doch auf, mein Kleid hat ein Vermögen gekostet!« Fuchsteufelswild funkelte sie ihn an. Dann schien sie sich zusammenzunehmen und lächelte wieder. »Wollen wir los? Ach, ich kann es kaum abwarten zu sehen, was die fliegenden Händler diesmal alles zu bieten haben. Beeilen wir uns besser. Nicht, dass die anderen uns alles wegkaufen.«

»Ich bin mir sicher, dass du nicht zu kurz kommen wirst«, zischte Johannes in Rosalies Richtung.

»Moment! Wartet bitte noch«, rief Hildegard, bevor sie losziehen konnten. Sie hielt einen Korb hoch, über dem ein rotes Handtuch lag. »Ich habe zur Einstimmung eine Kleinigkeit vorbereitet.«

Sie schlug das Handtuch zurück, und darunter kamen goldbraun glänzende kandierte Äpfel zum Vorschein, die sie fachmännisch auf Holzspieße gesteckt hatte.

»Oh, das sieht ja gut aus«, sagte Konstantin und griff beherzt zu.

Bruno beäugte die Äpfel ungläubig. »Ist das nicht viel zu teuer?«

»Keine Sorge, sie sind von unserem eigenen Apfelbaum. Und ich habe sie ja extra selbst gemacht, gerade weil die auf dem Kramermarkt immer so teuer sind.«

»Ihr habt einen Garten?«, fragte Johannes kauend.

»Ja, gewiss. Hier, greif nur zu, Marten.« Hildegard hielt Marleene strahlend den Korb hin, doch sie zögerte, bevor sie zugriff. Sie hatte ausgezählt, dass es nicht für alle reichen würde. Vermutlich hatte Hildegard in Erfahrung gebracht, dass Julius nicht mitkommen würde. Mit ihrer fürsorglichen Art wusste sie immer bestens über die Befindlichkeiten aller Bescheid. Aber Rosalie, die wohl nicht eingeplant war, knabberte ebenfalls an der kandierten Nascherei. Sie schaffte es, selbst dabei elegant auszusehen.

»Ich hatte zu Hause schon genug«, flüsterte Hildegard ihr zu, und Marleene angelte sich nun ebenfalls einen Apfel heraus. So etwas Köstliches hatte sie noch nie gegessen, obwohl auch ihr die überzuckerten Äpfel seit jeher stets verheißungsvoll zugelächelt hatten.

»Herrje, das ist viel zu süß«, rief Rosalie, und bevor man sich's versah, schmiss sie ihren Apfel achtlos ins Gebüsch. Alle Arbeiter starrten sie bestürzt an. Selbst Konstantin warf ihr einen tadelnden Blick zu.

»Was denn? Jetzt kann daraus ein neuer Apfelbaum wachsen, den ihr verkaufen könnt.« Sie ging auf Manilo zu. »Möchtest du heute mein Begleiter sein? Mit diesem Kleid gerät man leicht ins Stolpern.«

Manilo nickte höflich und hielt ihr seinen Arm entgegen, dabei wirkte er jedoch nicht so fröhlich wie gewohnt. Frieda hatte ihr vor Kurzem ganz aufgeregt von ihrem Kuss erzählt, daher konnte Marleene sich denken, dass er nun allein aus Pflichtbewusstsein handelte.

»Wo wollen wir zuerst hin?«, fragte Rosalie in die Runde. »Ich möchte unbedingt im Hippodrom von Haberjan auf einem Pferd reiten, aber das können wir auch später machen. Vielleicht erst mal zu den Buden auf dem Rathausmarkt? Oder wollt ihr sofort zu den Karussells auf dem Pferdemarkt?«

»Ich würde gern die Töpfe und das Geschirr auf dem Waffenplatz anschauen«, vermeldete Hildegard.

Rosalie warf ihr einen Blick zu, als hätte sie sie persönlich beleidigt.

»Töpfe? Wie langweilig. Ich gehe doch nicht auf den Kramermarkt, um dröge Haushaltssachen anzugucken.«

Mit dem Fuhrwerk kutschierte Alois sie bis zum Lappan, dem zierlichen hübschen Glockenturm, der am Anfang der Langen Straße stand und zugleich das Wahrzeichen der Stadt war.

»Vermaakt jo wat!«, rief er ihnen zu, um ihnen viel Spaß zu wünschen, und einer nach dem anderen sprang herunter.

»Kommst du denn nicht mit?«, fragte Marleene betroffen.

»Nee, ich mach lieber Feierabend. Dat is ja eher was für euch junge Leute!«

Am Wegesrand waren schon vereinzelte Buden zu sehen, die sich in dieser Woche über die gesamte Stadt verteilten. Als sie die erste geschmückte Straße entlanggingen, beobachtete Marleene, dass Greta permanent versuchte, an Konstantins Seite zu bleiben, was Bruno mit traurigen Augen verfolgte. Johannes schien genervt von allem zu sein und hielt sich im Hintergrund, Manilos Miene wirkte nicht beschwingter. Konstantin wartete derweil auf Dorothea und bot ihr den Arm an, den sie mit misstrauischem Gesichtsausdruck ergriff. Die Höflichkeit ließ nichts anderes zu.

»Dorothea, wo möchtest du als Erstes hin?«

Die Gärtnerin deutete ein Schulterzucken an. »Lasst uns doch auf dem Schlossplatz beginnen und uns dann systematisch zum Pferdemarkt vorarbeiten. Wenn wir der Reihe nach vorgehen, verpassen wir gewiss nichts, und jeder bekommt, was er will.«

Sie setzten sich in Bewegung, und Rosalie lachte immerfort etwas zu laut auf und machte Manilo auf unterschiedlichste Dinge aufmerksam, zu denen er jedes Mal ergeben nickte. Einmal hatte Marleene sogar das Gefühl, dass er ihr einen Hilfe suchenden Blick zuwarf. Aber so gerne sie den Italiener auch mochte – keine zehn Pferde würden sie dazu bringen, Rosalie an ihrem Arm durch das Getümmel auf dem Kramermarkt zu geleiten. Doch sie hatte einen anderen Einfall. Wie zufällig trat sie an Rosalie heran. »Da vorne gibt es ein Volkstheater. Sollen wir mal nachschauen, was sie spielen?«

Da jeder wusste, wie begeistert Rosalie vom Theater war, hatte sie gehofft, Manilo auf diese Weise wenigstens für ein paar Minuten eine Pause zu verschaffen, aber Rosalie betrachtete sie, als hätte sie sich in einen Dickmaulrüsselkäfer verwandelt.

»Volkstheater? Das ist doch eine Bespaßung für die Dummen. Das interessiert mich nicht im Geringsten.« Sie warf den Kopf so entschlossen in den Nacken, dass die herausschauenden Strähnen ihrer Hochsteckfrisur durch die Luft flogen, und ging ein paar Schritte davon. Manilo warf Marleene ein Grinsen zu, allerdings verschwand es wieder, als Rosalie kurz darauf voller Begeisterung rief: »Hau den Lukas! Jetzt können die Männer der Hofgärtnerei mal zeigen, wozu sie imstande sind. Männer, hier herüber!«

Marleene war so in Gedanken versunken, ob »Hau den Lukas« eine würdevollere Beschäftigung war als das Volkstheater, dass sie nicht daran dachte, dass sie ebenfalls zu den Männern zählte. Rosalie war dies leider nicht entgangen.

»Na los, Marten, du willst doch wohl nicht kneifen?« Auffordernd hielt sie ihr den Hammer hin.

Marleene schüttelte den Kopf. »Ich gebe mein Geld lieber für andere Sachen aus.«

Rosalie lächelte zuckersüß. »Tatsächlich? Das sieht man ja gar nicht. Aber keine Sorge, ich zahle.« Sie blickte gönnerhaft in die Runde. »Ich zahle für alle.«

»Hast du überhaupt Geld?«, fragte Konstantin nun, und Rosalie legte ihren behandschuhten Zeigefinger an die Lippen.

»Stimmt«, gab sie zu. »Konstantin zahlt für alle!«, rief sie dann aber enthusiastisch aus, und einige fühlten sich genötigt zu applaudieren. Danach sahen sämtliche Augenpaare Marleene auffordernd an. Voller Unbehagen schlich sie zum Lukas hinüber, der nicht viel mehr war als eine blau-rote Stange mit verschiedenen Bezeichnungen auf unterschiedlichen Höhen. Je höher die Bezeichnungen angebracht waren, desto weniger beleidigend waren sie.

Das Ganze würde sie doch hoffentlich nicht als Frau entlarven?

Marleene atmete tief ein und gab alles.

Sie holte mit dem riesigen Holzhammer weit aus, spannte die Muskeln an, zielte genau und schlug dann mit ihrer gesamten Kraft auf den gefederten Kopf. Doch der Metallkörper hopste trotzdem nur so kläglich in die Höhe, dass alle mitleidig lachten.

»Knollmichel!«, las Rosalie die Beschriftung am Gerät ab und war zum Glück zu sehr mit ihrer Schadenfreude beschäftigt, um Marleenes hochroten Kopf richtig zu deuten. Sie nahm ihr genüsslich grinsend den Hammer aus der Hand und ging auf Manilo zu. »Manilo, du bist so gut gebaut. Du kannst das sicher besser.«

Manilo ergab sich ebenfalls seinem Schicksal, hob den Hammer und schlug zu. Der Metallkörper ging gerade eben bis zur Mitte, und Marleene konnte sich des Eindrucks nicht verwehren, dass er sich mit Absicht nicht bemüht hatte. »Pingstoss«, las er. »Was bedeutet das?«

»Das ist Plattdeutsch«, erklärte Bruno. »Es ist jemand, der sich besonders auffällig oder schick anzieht.«

»Aha.« Manilo hielt, ohne die Miene zu verziehen, Konstantin den Hammer hin.

»Jetzt bin ich aber gespannt«, sagte Greta und klang dabei sehr gehässig. Sie schien es ihm übel zu nehmen, dass er Dorothea kaum von der Seite wich.

Konstantin wirkte gänzlich unbeeindruckt. Bevor er zuschlug, sah er zu Dorothea und schenkte ihr ein Lächeln. »Das ist für dich.«

Greta verdrehte die Augen, und Marleene wunderte sich einmal mehr, was all das zu bedeuten hatte.

Konstantin holte aus und schlug mit voller Wucht auf den gefederten Kopf.

Doch selbst er schaffte es nicht. Es war wieder kein Glockenläuten zu hören.

»Schnackerwatt«, las nun Johannes die Beschriftung an der hölzernen Schiene. Und obwohl es eine neckische Bezeichnung für Leute war, die Quatsch erzählten, schien Konstantin sich tatsächlich zu ärgern.

»Dann mach es doch besser!« Unwirsch hielt er Johannes den Hammer hin, der ebenso versagte wie Oskar.

Marleene war erleichtert. Es war offenbar wirklich extrem schwer, den Lukas zum Läuten zu bringen, und so war hoffentlich niemandem aufgefallen, dass sie auch für einen jungen Burschen verdächtig schwach war.

Als Letzter griff Bruno nach dem Hammer. Der sonst so sanftmütige Kollege wirkte heute anders. Irgendwie voller Ärger. Womöglich war es das, was den Unterschied machte. Ohne zu zögern, schlug er zu. Eine Sekunde später bimmelte die Glocke, und es leuchtete obendrein sogar ein Licht auf.

Menschen drehten sich staunend nach ihnen um, und die Arbeiter klatschten Beifall.

Bruno hatte es geschafft. Jetzt begann er doch zu strahlen.

Der Budenbesitzer gratulierte ihm und reichte ihm einen Stoffteddybären. Er betrachtete ihn voller Stolz, dann ging er langsam damit zu Greta.

»Den würde ich … dir gerne schenken.«

Greta zauderte einen Moment. Doch dann lächelte sie scheu und wollte ihn entgegennehmen.

»Moment, Moment«, rief Rosalie nun aber, kam in schnellen Tipselschritten herüber und griff nach dem Bären. »Ich habe das Geld bezah… äh … arrangiert, deswegen ist das mein Teddybär.«

Sie kehrte zurück zu Manilo und lächelte ihn liebevoll an. »Der ist für dich.«

Manilo betrachtete erst den Bären, dann sie und zögerte. »Du möchtest ihn mir schenken?«

»Ja.«

»Das heißt, ich kann damit machen, was ich will?«

Rosalie strahlte. »Aber natürlich. Du kannst ihn in deiner Kammer aufstellen oder …«

»Danke!« Manilo griff danach und lief zurück zu Greta. »Hier, der ist für dich.«

Greta lächelte mit Tränen in den Augen und drückte ihn glücklich an sich. Marleene fragte sich abermals, was hier eigentlich geschah. Warum freute sich die sonst so nüchterne Greta dermaßen über einen Bären, dass ihr die Tränen kamen? Sie war doch längst über das Alter hinaus. Oder ging es ihr um die Geste?

Rosalie sprühte derweil vor Zorn, das war nicht anders zu erwarten gewesen. Marleene bewunderte Manilo, dass er sich das getraut hatte. Mit der Tochter des Chefs sollte man es sich wahrhaftig nicht verscherzen, aber sie konnte sein Verhalten gut nachvollziehen.

»Sollen wir uns die Wilden ansehen?«, fragte Hildegard nun rasch in die Runde, wohl um die Wogen zu glätten. »Ich habe gehört, sie sollen gänzlich schwarze Haut haben, halb nackt herumlaufen und filzige Haare haben. Das kann ich mir kaum vorstellen und würde es nur zu gerne einmal sehen.«

»Das ist menschenunwürdig. Hast du die Debatte dazu denn nicht mitbekommen?«, keifte Rosalie sie nun so laut an, dass Hildegard sich wegduckte. Aber das reichte Rosalie nicht. »Wie würdest du dich denn fühlen, wenn du in ein fremdes Land verschifft würdest und dann lauter Leute kämen und dich anstarren würden? Außerdem sind es keine Wilden, sondern lediglich Menschen anderer Abstammung.«

Hildegard nickte bedröppelt. »Wie wäre es dann mit den siamesischen Zwillingen?«, fragte sie dann jedoch vorsichtig und bewies, dass sie Rosalies Argument nicht verstanden hatte. »Oder diese Elvira? Auf den Plakaten steht, dass sie unstreitig das schwerste Mädchen sei, das je gelebt hat. Das möchte ich zu gerne sehen!«, sagte sie, und Marleene sah die Sensationslust in ihren Augen aufflackern.

»Das kann nicht sein«, warf Johannes ein und schielte in Dorotheas Richtung. »Das schwerste Mädchen der Welt arbeitet ja schon bei uns in der Hofgärtnerei.« Johannes und Oskar lachten höhnisch. Marleene wurde das Herz schwer, als sie Dorotheas verletzten Gesichtsausdruck sah. Zu ihrer Verwunderung wirbelte Konstantin herum, fasste Johannes am Kragen und zog ihn so ruckartig zu sich heran, dass dieser ins Straucheln geriet.

»Wenn dir deine Anstellung in der Hofgärtnerei lieb ist, nimmst du das umgehend zurück und bittest die Dame um Vergebung.« Er entließ Johannes aus seinem Griff und schubste ihn in die Menge, und dieser blickte verdattert um sich. Nicht nur er hatte Konstantin so noch nie erlebt.

Unsicher sah er Dorothea an. »I-ich bitte um Verzeihung. Ich wollte dich nicht verletzen.«

Dorothea hatte ihre Haltung wiedergefunden und blickte ihm streng in die Augen. »Gerade von dir hätte ich mehr erwartet, Johannes. Du schreist fortwährend ›Gleiches Recht für alle!‹, aber im nächsten Atemzug sprichst du mir das Recht ab, gut zu speisen, während Oskar ganz offensichtlich noch öfter zulangt.«

»Es sollte doch nur ein Spaß sein«, sagte Oskar unterstützend, ruckelte aber unbehaglich an seinem Hemdkragen.

Bruno hob den Zeigefinger. »Wer im Glashaus sitzt, sollte nicht mit Schweinen werfen.«

Dorothea schmunzelte leicht, und Konstantin hob die Hand, um Aufmerksamkeit zu erlangen. »Na schön, da wir das geklärt haben, haben wir uns eine Besonderheit verdient, denke ich. Das soll hier ja kein Trauerspiel werden. Ich lade euch alle in die russische Schaukel ein.« Er deutete hoheitsvoll auf das riesige Rad, in das hübsch verzierte Gondeln gehängt worden waren. Dann überlegte er kurz und sah zu Oskar und Johannes. »Ausgenommen euch beide natürlich. Ihr könnt derweil hier unten warten und darüber nachdenken, wie man eine Dame behandelt«, ordnete er an, als handelte es sich um zwei ungezogene Schuljungen.

Marleene leuchtete innerlich vor Aufregung. Mit der Russischen Schaukel wollte sie fahren, seit sie diese als Kind zum ersten Mal gesehen hatte, aber sie hatten es sich nie leisten können.

Je näher sie dem gigantischen Riesenrad kamen, desto größer schien es zu werden. Marleene musste den Kopf in den Nacken legen, um den bunten Lichtern bis zum oberen Ende folgen zu können. Konstantin geleitete Dorothea als Erste in eine der hellgelben Gondeln mit Blumendekor. Als Nächstes streckte Bruno Greta den Arm wie ein Kavalier entgegen, und sie griff mit einem schüchternen Lächeln danach. Mit dem Bären auf dem Schoß stieg auch sie mit ihrer Gondel in die Luft.

Anscheinend wollte Manilo Rosalie wieder gütlicher stimmen, denn er eskortierte sie in die nächste Schaukel, und Hildegard fragte Marleene, ob sie gemeinsam fahren wollten. Überdeutlich wurde Marleene klar, dass es eigentlich nur eine Person gab, mit der sie eine solch fantastische Erfahrung teilen wollte – und die war nicht anwesend.

Die Ernüchterung vertrieb für einen Moment jegliche Aufregung und zog sie nach unten. Doch sie durfte sich nichts anmerken lassen. Sie musste sich Julius aus dem Kopf schlagen. Er war ein Bürgerlicher, und sie gehörte zur untersten Schicht der Arbeiter.

Sie zwang sich zu einem Lächeln und nickte Hildegard zu.

Trotz ihrer innerlichen Schwermut war die Fahrt atemberaubend. So hatte sie Oldenburg noch nie erlebt! Sie konnte sich an den vielen Lichtern und dem bunten Treiben gar nicht sattsehen. Wann immer eine Gondel ganz oben war, blieb das Rad für eine Weile stehen. Als sie an der Spitze waren, versuchte Marleene diesen herrlichen Blick über die Stadt gänzlich in sich aufzunehmen, damit sie ihn nie wieder vergaß. In der Ferne strahlte das Schloss, erhellt von den Lichtern des Jahrmarkts, sonnengelb. Einige der Fenster waren hell erleuchtet, da es sogar schon über Strom verfügte. Das Gelände für den Schlossgarten dahinter lag derweil in vollkommener Dunkelheit und bildete einen Kontrast zum bunten Treiben in den Straßen. Direkt unter ihr leuchtete Marleene das gelb-rote Kuppeldach des Pferdekarussells entgegen. Ameisengroße Menschen liefen vergnügt unter rot-weißen Wimpelketten an den beleuchteten Buden vorbei. Gerade eben hatte sich einer der Luftballons gelöst und stieg direkt neben ihr in den Himmel auf. Dieser war heute nicht schwarz, sondern wegen all der Lichter dunkelblau, und der fast volle Mond brachte die Ränder der Wolken in einem geheimnisvollen Weißgrau zum Leuchten, wenn er sich kurzzeitig hinter ihnen versteckte.

Es war wunderschön.

Dennoch zerriss sie gerade diese vollkommene Herrlichkeit. Unauffällig schnupperte sie ein weiteres Mal an Julius' altem Hemd, und die verblasste Erinnerung an Kiefernnadeln stieg in ihre Nase. Das hätte sie nicht tun sollen, denn nun schien die Wunde erst recht aufzuklaffen. Sie konnte diese wundervolle Erfahrung nicht mit dem Menschen teilen, der sie am besten verstand. Sie war hin- und hergerissen von Faszination und Schmerz.

Es tat weh, ohne Julius zu sein. Doch selbst wenn sie sich über die gesellschaftlichen Grenzen hinwegsetzen würden, konnte er ihre Gefühle nicht erwidern, da er ja noch nicht einmal wusste, dass sie eine Frau war. Doch wie sollte sie ihm je die Wahrheit gestehen, solange er sie nicht mehr näher an sich heranließ?

Betrübt senkte sie den Blick. Von ihrer erhöhten Position aus konnte sie direkt in die Gondel von Konstantin und Dorothea sehen, die schräg unter ihr stand.

Und so sah sie es genau.

Konstantin reichte Dorothea etwas.

Sie nahm es lächelnd entgegen. Spielte mit dem seidigen Band zwischen ihren Fingern.

Es war fliederfarben.

Das zartlilafarbene Band, das Konstantin Marleene zu Beginn des Jahres auf dem Marktplatz abgekauft hatte. Seitdem war so viel passiert, von daher sollte es ihr gleich sein. Sie wusste nicht, warum es sie so bestürzte. Ihr Gefühl hatte ihr schon lange verraten, dass man Konstantin nicht trauen konnte.

Die Frage war nur: Wusste Dorothea das ebenfalls?

46. Kapitel

Am Montag war der Geruch nach gebrannten Mandeln lange vergessen, und die bunten Erinnerungen an den Kramermarkt begannen bereits zu verblassen, denn der Abgabetermin für die Schlossgartenpläne war in greifbare Nähe gerückt. Konstantin strich den riesigen Papierbogen glatt, auf dem er seinen Entwurf gezeichnet hatte. Soeben hatte er die Feinzeichnung eines außerordentlich ausgeklügelten Musters für ein Teppichbeet beendet. Er lehnte sich zurück und begutachtete sein Werk kritisch.

Er konnte sehr zufrieden sein, beschloss er.

Es war eine Herausforderung gewesen, dass der Garten nicht direkt mit dem Schloss verbunden war, aber er hatte eine gute Lösung gefunden. Er hatte die Teile des Schlosses, die man vom Garten aus sehen konnte, für die Sichtachse eingeplant. Nun gäbe es ganz wie in den Herrenhäuser Gärten von Hannover oder gar wie in Versailles einen beeindruckenden Barockgarten, der den Oldenburger Großherzog vorzüglich repräsentieren würde. Damit würden sie der Welt zeigen, dass Oldenburg nicht mehr die kleine, unbedeutende Stadt in Norddeutschland war, in der jegliche Weiterentwicklung immer erst ein paar Jahre später Einzug fand. Dieser Garten war eine Verkündung, dass sie nicht länger missachtet werden wollten. Er würde beweisen, dass sie mit großen Städten durchaus mithalten konnten.

Aber etwas fehlte noch.

Konstantin ertappte sich dabei, dass er am Ende des Bleistifts geknabbert hatte, und nahm ihn schnell wieder aus dem Mund. Gedankenverloren sah er aus dem Fenster des Kontors, das er heute für sich nutzen durfte. Sein Vater hatte ihm freigegeben, da am kommenden Tag der letzte Abgabetag für die Entwürfe des Schlossgartens war. Um nicht auf den letzten Drücker fertig zu werden, wollten sie bereits heute ihre Pläne einreichen. Es galt, alles zu vermeiden, was ein schlechtes Licht auf die Hofgärtnerei werfen könnte.

Konstantin hatte alles gegeben, damit sein Plan siegen würde. Er hatte die dunklen Ringe unter den Augen seines Vaters sehr wohl bemerkt. Ihm war klar, dass von dem Erfolg bei diesem Wettbewerb alles abhing.

Wenn sie versagten, würden sie Konkurs anmelden müssen.

Nicht zuletzt deswegen hatte er sich auf Rosalies kleines Spielchen eingelassen. Die Sorgen lasteten dermaßen schwer auf seinen Schultern, dass er dringend etwas benötigte, was seine Gedanken auf andere Wege lenkte. Die Herausforderung, eine Frau wie Dorothea von Wallenhorst zu verführen, war genau das Richtige. Aber er musste zugeben, dass sie ein ordentliches Stück Arbeit war. Sie freute sich zwar über seine Schmeicheleien, dennoch blieb stets ein Hauch Misstrauen in ihrem Blick zurück. Immer wieder hatte er sich um Momente in trauter Zweisamkeit bemüht und versucht, sie zu beeindrucken. Johannes' gehässiger Humor war ihm dabei sehr zupassgekommen, so konnte er sich grandios als Retter in der Not in Szene setzen. Die Fahrt mit der Russischen Schaukel hatte er allein ihretwegen arrangiert. Jedoch hatte sie einen guten Teil seiner Ersparnisse aufgezehrt, die aufgrund seines pompösen Lebensstils eher gering waren. Nur widerwillig hatte er den Rest der Arbeiter mit eingeladen, denn sonst wäre Dorothea gewiss nicht mit ihm in eine Gondel gestiegen. Aber was tat man nicht alles für ein wenig traute Zweisamkeit?

Schon bei der Lohnauszahlung hatte er versucht, sie zu überzeugen, mit ihm auszugehen oder gar wegzufahren. Doch sie hatte sich über seine Annahme empört, dass sie sich als Frau vom Stande zu einer solchen Unternehmung würde überreden lassen. In dieser Hinsicht waren die Arbeiterinnen um einiges leichter. Sie mussten nicht so stark auf Etikette und gutes Ansehen bedacht sein wie die bürgerlichen Frauen.

Aber er würde es schaffen.

Dorotheas hartnäckige Abwehr hatte seinen Jagdinstinkt nur verstärkt. Und er musste zugeben, dass die Gespräche mit ihr durchaus erquicklich waren. Ihr Verstand war messerscharf, und sie setzte dem, was er sagte, um sie zu beeindrucken, oft etwas entgegen. Sie war viel besser informiert als die Damen, denen er üblicherweise den Hof machte. Selbst in politischen Themen. Was könnte er bloß unternehmen, um sie restlos von seinen Vorzügen zu überzeugen, damit er ihren fleischigen Körper …

Ein recht zaghaftes Klopfen ertönte, doch Konstantin schrak trotzdem zusammen. Schnell verbannte er die Bilder, wie sich seine Hand in ihre samtig weiche Haut grub – was ihn durchaus erregte.

»Herein!«, rief er missmutig.

Die Tür öffnete sich, und dieser strunzdumme Bruno trat in den Raum. Verlegen nahm er seine Kappe ab und begann sie zu kneten.

»Der Chef hat gesagt, dass ich den Plan für den Schlossgarten bei dir abholen und dann direkt zum Schloss bringen soll. Ist er das?« Er deutete auf das große Papier auf dem schweren Schreibtisch.

Konstantin sah auf seinen Plan. Eigentlich war er fertig. Aber möglicherweise würde ihm noch eine kleine Besonderheit einfallen, die seinem Entwurf die Krone aufsetzen würde. In dieser Hinsicht war er absoluter Perfektionist. Doch Bruno stand da und wartete. Sollte er es gut sein lassen und ihm einfach den Plan aushändigen?

Auf der anderen Seite war noch ein ganzer Tag Zeit, und nur, weil sein Vater gerne einen besonders guten Eindruck erwecken wollte, sollte er sich nicht diese letzte Gelegenheit entgehen lassen, etwas einzuplanen, was den Unterschied zwischen Sieg und Niederlage ausmachen könnte. Vermutlich würde ohnehin keiner darauf achten, wer wann genau abgegeben hatte, solange man den Plan innerhalb der Frist einreichte.

Deswegen war es im Grunde genommen absurd, seinen Entwurf heute schon abzugeben.

»Weißt du was? Ich werde die Pläne heute Abend höchstpersönlich zum Schloss bringen. Aber bis dahin brauche ich noch ein klein wenig Zeit.« Zwischen Daumen und Zeigefinger deutete er an, wie wenig das sein würde. Dann nickte er mit dem

Kinn zu der großen Papierrolle in Brunos Händen, die von einer glänzenden dunkelgrünen Schleife zusammengehalten wurde. »Ist das Julius' Plan? Dann lass ihn doch einfach hier. Ich gebe die Pläne später gemeinsam ab. Alles andere wäre doppelte Arbeit, und wir haben beileibe genug zu tun, oder?«

Bruno zögerte. »Ich weiß nicht… Ich… Der Chef hat mir direkte Anweisungen gegeben…«

»Und hat der Chef nicht vor einem Monat verkündet, dass ich jetzt hier der neue Obergärtner bin? Ich gebe dir nun eben *andere* Anweisungen. Und man muss doch immer den Anweisungen folgen, die am neuesten sind.«

Konstantin biss innerlich die Zähne zusammen. Das war eine irrsinnige Logik, aber bei Bruno könnte sie funktionieren.

Tatsächlich nickte dieser nun zaghaft, trat so vorsichtig in das Kontor, als bewegte er sich auf dünnem Eis, und legte dann den Plan auf Konstantins Schreibtisch.

An der Tür hielt er jedoch noch einmal inne.

»Gibt es noch etwas?«

Bruno sah ihn mit Bedenken in den Augen an. »Du wirst die Pläne ganz bestimmt abliefern?«

Konstantin lachte auf. »Bruno, du Torfkopp, ich würde mir doch ins eigene Fleisch schneiden, wenn ich es nicht täte. Mir ist das hier genauso wichtig.« Er gestikulierte in Richtung der Pläne. »Ich weiß, dass von unserem Sieg unglaublich viel abhängt, und wenn wir von der Hofgärtnerei sogar mit zwei Entwürfen beim Wettbewerb teilnehmen, haben wir gleich doppelt so hohe Erfolgsaussichten. Also, ich kann dir mein Ehrenwort geben, dass ich sie auf jeden Fall einreichen werde. Und nun raus an die Arbeit mit dir.«

Bruno nickte rasch und verließ den Raum.

Den restlichen Nachmittag war Konstantin vollkommen in

seinen Plan vertieft. Er besserte noch die Muster einiger Teppichbeete aus und plante eine etwas extravagantere Sichtachse ein. Wer nicht wagt, der nicht gewinnt, dachte er. Er hatte nichts Größeres mehr geändert, aber letztendlich war er nun überaus zufrieden mit seinem Plan.

Es würde ihn schon sehr wundern, wenn es jemand geschafft hatte, einen ausgefeilteren Entwurf für den Schlossgarten zu liefern. Er hatte durch seine Ausbildung in der Königlichen Gärtnerlehranstalt bei Berlin und die kleineren Anstellungen bereits umfangreiche Erfahrungen sammeln können. Deswegen sollte er sich mit seinem Können deutlich von den Plänen der anderen abheben. Natürlich gab es noch bekanntere Kunstgärtner, aber die würden sich mit einem vergleichsweise kleinen Schlossgarten wie dem in Oldenburg wohl kaum abgeben.

Als die Sonne untergegangen war und er im Licht der Öllampe seine Augen zu sehr anstrengen musste, um auf dem pergamentartigen Papier etwas zu erkennen, erhob er sich ächzend vom Schreibtisch. Die harte körperliche Arbeit in der Gärtnerei hatte seinem Rücken geschadet, und er dehnte sich vorsichtig nach links und rechts. Sein Blick fiel auf die große Rolle, die Bruno an den Rand des Schreibtischs gelegt hatte.

»Na, dann wollen wir doch mal sehen, was mein Brüderchen und dieses Frauenzimmer geplant haben«, murmelte Konstantin vor sich hin, während er die Schleife löste. Auch Julius hatte in Berlin seine Ausbildung absolviert, aber das Kunstgärtnern war damals nie sein bevorzugtes Fach gewesen, deswegen war Konstantin gespannt zu sehen, was er aus seinem Wissen gemacht hatte.

Neugierig rollte er das Papier auseinander und inspizierte den Plan.

Schließlich runzelte er die Stirn. Was er sah, ergab keinen Sinn.

Er konnte kein einziges Teppichbeet entdecken, das Ganze wirkte eher wie eine wohl organisierte Form der Natur.

Moment mal. War das die Möglichkeit?

Eigentlich hatte er nur einen kleinen Blick darauf werfen wollen, bevor er losging, und die Rolle dann wieder zusammenschnüren und sich auf den Weg machen wollen. Doch nun nahm er sich die Zeit, sich erneut an den Schreibtisch zu setzen und den Plan aufs Genaueste zu studieren.

Es gab einige hervorragend geplante Baumgruppen, einen Rundweg um den gesamten Park und mehrere Sichtachsen. Konstantin schnappte nach Luft. Sein kleiner Bruder hatte es tatsächlich gewagt, statt der gängigen Barockgärten einen sogenannten Landschaftspark zu entwerfen.

Er hatte schon davon gehört, dass solche Anlagen in England modern waren, doch hatte es derartige Vorhaben hier in der Gegend noch nirgendwo gegeben. Das war nicht verwunderlich, denn es war doch eine absurde Idee, sich über die traditionellen repräsentativen Gärten, die jeder Herrscher verlangte, hinwegzusetzen und etwas vollkommen anderes zu entwerfen.

Damit würde Julius mit Sicherheit keinerlei Aussicht auf Erfolg haben.

Konstantin begann zu grinsen, denn er hatte die leise Angst gehabt, dass sein kleiner Bruder ihn trotz seiner mangelnden Erfahrung womöglich übertreffen könnte. Man war sich ja niemals sicher. Auch ein blindes Huhn fand mal ein Korn, und Julius hatte durchaus ein gutes Gespür für Pflanzen, das musste er zugeben. Aber mit einer derartigen Planung würde er ganz gewiss nicht einmal in die engere Wahl kommen.

Entschieden rollte er das Papier wieder zusammen und band einen Knoten in das Band. Er verließ den Raum, im Treppenfoyer blieb er jedoch stehen, um den furchtbaren Gedanken, der sich mit einem Mal in ihm auftat, besser fassen zu können. Was, wenn der Großherzog genau dieses Neue, dieses Frische, das noch nie Dagewesene interessant fand?

An und für sich war der Großherzog dafür bekannt, dass er das Althergebrachte mochte. Auf der anderen Seite hatte er für zahlreiche Neuerungen gesorgt und war dem Fortschritt gegenüber durchaus aufgeschlossen. Sollte es Julius gelingen, sich durch seinen gewagten Plan von allen anderen Entwürfen abzuheben und so das Interesse des Herzogs auf sich zu ziehen?

Das war eigentlich unmöglich.

Aber dann wiederum … Vielleicht ging Julius' Plan auf, und der Großherzog fand Gefallen an diesem hässlichen naturähnlichen Schlosspark.

Seine Hand schloss sich fester um den Plan. Es machte ihn wütend, dass sein Bruder diese Dreistigkeit besessen hatte.

Warum hatte er sich denn nicht mit ihm besprochen? Er hätte ihn sehr gern mit seinem Fachwissen beraten. Ein Wort hätte ausgereicht. Aber Julius wollte stets alles alleine schaffen. Er war stur wie eine dreihundert Jahre alte Eiche. Konstantin griff nach seinem braunen Zylinder und dem dazu passenden Mantel. Mit beiden Plänen unter dem Arm verließ er die Fliedervilla, die vollkommen ruhig dalag. Sein Vater war auf einem weiteren Treffen der Freimaurer, Rosalie im Theater, die Proben liefen so kurz vor der Premiere auf Hochtouren, und Julius verweilte vermutlich noch am anderen Ende der Gärtnerei im Gewächshaus, wo er seine Rhododendren züchtete.

Als Konstantin die riesige Abfalltonne für die vertrockneten Pflanzen passierte, blieb er stehen.

Normalerweise wusste er stets, was er wollte, nur diese Sache machte ihm zu schaffen.

Es würde keinen Unterschied machen, überlegte er. Julius'

Plan würde ohnehin außen vor bleiben, er konnte ihn ruhig abgeben. Aber Herzöge waren schlichtweg unberechenbar. Und er konnte kein Wagnis eingehen. Auch wenn der Großherzog Julius' und Marleenes Plan vermutlich ebenso lachhaft fand.

Ja, das war sogar höchstwahrscheinlich.

Letztendlich würde er nicht nur Julius, sondern auch der Hofgärtnerei eine Schmach ersparen, wenn er diese abwegige Idee nicht einreichte. Als Leiter einer Gärtnerei musste er Entscheidungen fällen – selbst wenn sie nicht allen gefallen mochten.

Vorsichtig sah er über beide Schultern, um sich zu vergewissern, dass er wirklich allein war. Dann schob er die schwere Metallklappe nach hinten und beförderte den Plan hinein. Sofort rieselte trockene Erde auf das Papier, und das grüne Band schien ihn vorwurfsvoll anzublicken. Er griff nach einem Stock und sorgte dafür, dass noch mehr Erde das Papier unter sich begrub. Danach schlug er schnell den Deckel wieder zu, klopfte sich die Hände ab und machte sich endlich auf den Weg zum Schloss.

47. Kapitel

Die sanfte Herbstsonne ließ die Blätter der Linden leuchten wie Honig, während Marleene die Allee hinaufhumpelte. In den letzten Tagen hatte sie so viel hin und her laufen müssen, dass sie an den Füßen Blasen bekommen hatte. Bisher trug sie einfache Holsken, doch sie sparte schon eine Weile darauf, sich die besseren Holzschuhe mit Lederriemen unter dem Holzschaft leisten zu können, denn dann würde sie es im Winter auch wärmer haben, da diese sich besser an den Fuß schmiegten. Noch besser wären Stevelholsken, Holzschuhe mit einem Stiefelschaft aus Leder, aber die kosteten so viel, dass sie sich die wohl niemals würde leisten können.

Sie sah auf die bunten Blätter auf dem Boden, die das laute »Klock-klock-klock« ihrer Holzschuhe so wundervoll dämpften. Zwischen den sonnengelben entdeckte sie bereits vereinzelte braune.

Braun wie der Gehrock, von dem Frieda ihr erzählt hatte.

In Marleene zog sich alles zusammen, als sie an das Gespräch mit ihrer Cousine nach dem Kramermarkt zurückdachte. Ganz begeistert hatte sie Frieda von der Fahrt mit dem Riesenrad berichtet, von den winzig kleinen Menschen und den vielen Lichtern, die sie bis Osternburg und Nadorst zu sehen gemeint hatte.

Aber doch hatte die Sache einen schalen Beigeschmack gehabt, nachdem sie beobachtet hatte, wie Konstantin Dorothea das fliederfarbene Band geschenkt hatte. Es machte sie stutzig, dass er Dorothea so viel Aufmerksamkeit entgegenbrachte. Sie war nicht eifersüchtig, da war sie sich ganz gewiss, denn sie hatte nach und nach erkannt, dass sie ihn völlig falsch eingeschätzt hatte. Und so hatten sich ihre Gefühle für Konstantin verändert wie die Farben der Lindenblätter. Es war ein schleichender Prozess, den sie anfangs gar nicht richtig wahrgenommen hatte, und doch war von dem satten Grün ihrer anfänglichen Gefühle nichts mehr übrig. Erst hatte es nur kleine Sprenkel gegeben, aber schließlich hatten sie sich über leuchtendes Gelb in ein nüchternes Braun gewandelt. Spätestens nach seinem aufdringlichen Besuch in ihrer Herberge war nur noch das Gerüst des Blattes übrig gewesen – bevor es gänzlich zerfiel.

Sie traute Konstantin nicht mehr.

Mittlerweile hatte sie das Gefühl, dass er nahezu jeder Frau schöne Augen machte und bei allen sein Glück versuchte. Sie hatte Frieda nach dem Kramermarkt davon berichtet und erinnerte sich noch zu genau an deren Gesichtsausdruck: Erschrocken wie ein Kaninchen in der Falle blickte ihre Cousine sie an.

»Weißt du etwas über Konstantin, das ich wissen müsste?«, drängte sie Frieda. Die schlug die Augen nieder.

»Nun ja, damals auf dem Alpenrosenball …« Sie rieb die Hände an ihrem roten Rock ab.

»Was war auf dem Ball?« Marleene beugte sich näher an sie heran.

»Also, da bin ich in eine … unschöne Situation geraten.« Frieda schluckte.

»Und die wäre?«

Frieda sah sich hektisch im Raum um und antwortete nicht sofort.

»Jetzt mach es doch nicht so spannend, Frieda. Raus mit der Sprache, sonst vergehe ich noch vor Neugier«, sagte Marleene lachend. Aber das Lachen blieb ihr im Halse stecken, als sie dem lauschte, was Frieda ihr daraufhin offenbarte.

»Also …« Ihre Cousine holte noch einmal tief Luft. »Ich musste nach dem ganzen Bier natürlich irgendwann die Toilette aufsuchen. Ich war ganz aufgeregt, weil ich wusste, dass das Hotel Rosenstock schon eins dieser Wasserklosetts mit Spülung hat. Aber wie du weißt, finde ich mich an ungewohnten Orten nicht so gut zurecht …« Frieda lachte nervös auf. »Nachdem ich fertig war, konnte ich den Ballsaal einfach nicht mehr finden. Also habe ich eine Tür nach der anderen geöffnet. Ich bin sogar in die Küche reingeplatzt. Und hinter einer Tür, da … da … da war …« Friedas Gesicht war roter als ihr Rock, und sie knetete vehement die Finger. Marleene ahnte, was ihre Cousine so in Verlegenheit brachte. »Da hast du beobachtet, wie zwei Menschen … ein Schäferstündchen hatten?«, riet sie.

Frieda nickte heftig.

»Aber was hat das jetzt mit Konstantin zu tun?« Noch während sie die Frage stellte, wurde Marleene klar, was ihre Cousine ihr zu sagen versuchte. Sie schlug ungläubig die Hand vor den Mund. »Grundgütiger! Du meinst, Konstantin hat dort …«

»Ja.« Frieda schlug erneut die Augen nieder.

»Aber warum hast du das denn nie erzählt?« Marleene spürte die Hitze in ihr Gesicht aufsteigen. Zum Glück würde Frieda das genierliche Thema dahinter vermuten. Aber wenn Marleene daran zurückdachte, dass sie selbst beinahe Konstantins Charme erlegen wäre, wäre sie am liebsten im Boden versunken. Hätte Frieda ihr damals schon davon erzählt, hätte sie gewiss viel schneller erkannt, worauf er aus war. Sie beantwortete ihre Frage selbst, indem sie abwinkte. »Das ist einerlei, vergiss es.« Es war immerhin gut gegangen, und sie konnte Frieda nicht vorwerfen, geschwiegen zu haben; es fiel ihr nicht leicht, über solch beschämende Themen zu sprechen. Aber eine Sache machte sie neugierig.

»Weißt du, mit wem?«

»Nein. Ich hab ja die Tür geschwind wieder zugeschlagen. Außerdem war es ein recht schummeriges Licht, und er hat die Frau größtenteils verdeckt. Ich weiß nur, dass sie schwarze Haare hatte.«

Marleene erinnerte sich, wie Konstantin den gesamten Abend mit Greta verbracht hatte. Das würde passen mit den schwarzen Haaren. Aber würde Greta sich wahrlich auf eine Liebschaft einlassen? Auf der anderen Seite passierte es immer wieder. Und Konstantin konnte verdammt charmant und überzeugend sein. Sie wusste ja, was er ihr schon alles für süße Versprechungen gegeben hatte.

Vielleicht erklärte das auch die besonders düstere Stimmung in letzter Zeit. Greta war zwar allgemein nicht der blühende

Sonnenschein, aber in den vergangenen Wochen war ihre Laune noch schlechter gewesen …

Marleene hatte das Gärtnereigelände erreicht und trat zu den anderen Arbeitern, die sich bereits für die morgendliche Besprechung versammelt hatten. Verstohlen beobachtete sie ihre Kollegin aus den Augenwinkeln. War da nicht eine deutliche Wölbung unter den Röcken? Greta schien auch kaum zu hören, was Alexander Goldbach sagte, und starrte die meiste Zeit zu Boden. Nachdem ihr Chef die Einteilung vorgenommen hatte, trotteten alle zu ihrem jeweiligen Quartier. Marleene ging mit den Männern zu den Blautannen und ließ sich zurückfallen, um mit Julius zu sprechen, der unterwegs bei verschiedenen Pflanzen die Feuchtigkeit der Erde kontrollierte.

»Wurden unsere Pläne abgegeben?«

»Ja.« Julius rang sich ein Lächeln ab. Er war ihr gegenüber noch immer überaus kurz angebunden. »Bruno hat sie bereits gestern zum Schloss gebracht, damit wir einen besonders guten Eindruck machen.«

Marleene nickte zufrieden. Auch wenn sie es bedauerte, dass sie nun keinen weiteren Vorwand mehr hatte, um in Julius' Nähe zu sein. Es fühlte sich an, als fehlte ihre rechte Hand. Wenn sie da war, bemerkte man sie kaum. Aber sobald sie fehlte, wurde man mit jeder Bewegung schmerzhaft daran erinnert, dass etwas nicht mehr so war, wie es sein sollte.

Sie hatten ihr Ziel erreicht, und Marleene wollte hinter Bruno und Johannes auf das Feld mit den Tannen abbiegen, als sich seine Hand auf ihre Schulter legte. Sie erstarrte unter seiner Berührung, und obwohl er die Hand umgehend zurückgezogen hatte, fühlte sie den Druck noch immer.

»Marten, du kannst heute die Frauen bei den Mistbeetkästen unterstützen.«

»Aber …«, setzte Marleene an, doch Julius' Blick brachte sie zum Schweigen.

Insgeheim war sie froh, denn das Ballenstechen war körperliche Schwerstarbeit. Man musste sein ganzes Gewicht – was in ihrem Fall nicht viel war – auf den Spaten stemmen, um die mitunter schon recht dicken Wurzeln der Bäume zu durchstechen. Dabei versagte sie regelmäßig kläglich und hatte jedes Mal Angst, enttarnt zu werden. Aber von vornherein schon weggeschickt zu werden, erschien ihr auch nicht richtig.

Sie sah Julius an, und wie so oft musste sie Vorsicht walten lassen, sich in seinem Blick nicht zu verlieren. Er rührte etwas ganz tief in ihr an, von dem sie nicht gewusst hatte, dass es da war. Und er machte noch mehr mit ihr. Sie wollte diesem Menschen, der bis auf ihre Seele zu blicken schien, nah sein. Genau hier zwischen den Blautannen, die in Reih und Glied wie Soldaten standen, wollte sie mit ihren Fingern über seine nicht ganz glatt rasierte Haut fahren, und er sollte sie fest an sich ziehen.

Trotz der milden Sonne bekam sie eine Gänsehaut.

Zum Glück beendete er den Blickkontakt. »Na los, an die Arbeit.«

Er wandte sich ruckartig ab, und Marleene ging verwirrt zu den Frauen hinüber. Sie bestückten die Frühbeete mit frischem Mist. Die Sonne hatte sich jetzt doch hinter die Wolken verzogen, und keine von ihnen sprach ein Wort. Jede von ihnen schien ihren eigenen Gedanken nachzuhängen, und nur die krächzenden Schreie der Krähen vertrieben hin und wieder die Stille.

Marleene bemerkte, dass Greta sich erheben wollte, jedoch auf halbem Wege stoppte. Sie stützte sich schwer atmend auf den Mistbeetkasten. Plötzlich erhob sie sich doch und rannte schnell wie ein Wiesel davon. Als sie wiederkam, wirkte ihr Gesicht mit den dunklen Augen schauerlich.

»Geht es dir gut?«, fragte Marleene besorgt, und im nächsten Moment fiel ihr ein, dass Frieda ihr damals bei der Männlichkeitsschule aufgetragen hatte, nicht mehr so viel Mitgefühl zu zeigen. Aber es schien ihr jetzt wirklich wichtig. Greta litt ganz offensichtlich.

»Ich hab mich nie besser gefühlt«, blaffte Greta sie jedoch unwirsch an.

Jetzt kam Konstantin von der Fliedervilla den Hauptweg entlang, um zu den Männern auf dem Freilandquartier zu stoßen. Als er die Frauen bei den Frühbeeten sah, winkte er zu ihnen herüber.

»Neuer Hut, Dorothea?«

Dorothea hatte sich endlich einen einfacheren Hut mit einer schmaleren Krempe besorgt, der sich besser zum Arbeiten eignete. Sie sah auf und nickte knapp.

»Steht dir wirklich vorzüglich.« Mit seinem gefälligen Lächeln, das immer sein ganzes Gesicht erhellte, ging er weiter. Früher hatte es Marleenes Herz zum Flattern gebracht. Jetzt wurde ihr bei dem Anblick lediglich übel. Sie verteilte eine Lage Pferdemist im Kasten und sah, dass Greta immerfort mit der Schulter über ihr Gesicht fuhr. Sie weinte, und das tat Marleene in der Seele weh. Am liebsten wäre sie zu ihr hinübergegangen und hätte sie in die Arme geschlossen. Sie hätte in ihr Ohr geflüstert, dass Konstantin nur ein mieser Aufschneider war und sie sicherlich noch einen anderen patenten Mann finden würde, der sie viel glücklicher machen würde. Wenn sie das richtig gesehen hatte, strahlte Bruno Greta immer ganz besonders an.

Warum konnte man sich nicht einfach aussuchen, bei wem das Herz aufblühte?

Sie selbst würde einen anderen als Julius wählen, denn der war ohnehin unerreichbar. Oder sie würde dafür sorgen, dass ihr

Herz eine ewige Knospe blieb, denn das war am sichersten. Wer nicht aufblühte, konnte auch nicht verblühen. Aber so unkompliziert war das Leben leider nicht. Unvermittelt warf Greta die Mistforke weg und rannte erneut davon.

Diesmal kehrte sie nicht zurück.

»Weißt du, was mit Greta ist?«, erkundigte sie sich, als Hildegard mit einer vollen Mistgabel vom Wagen zurückkehrte. Hildegard warf den Dung ins Beet und stützte sich schwer atmend auf den hölzernen Stiel. »Ich glaube, es geht ihr in letzter Zeit nicht so gut. Sie hat sich wohl die Grippe eingefangen.«

Als Greta nach einer halben Stunde noch nicht zurück war, stahl Marleene sich unter dem Vorwand, eine andere Forke zu holen, davon und machte sich auf die Suche. In der Nähe der Orangerie hörte sie leises Schluchzen. Sie ging weiter und sah, wie Greta zwischen der Blautannenhecke und dem verschnörkelten Glashaus in einer Mulde kauerte. In einer Hand hielt sie ein zerknittertes Stofftaschentuch, die andere hatte sie auf den Bauch gelegt.

Den Bauch, der sich nun besonders rundlich unter dem Stoff hervorwölbte.

Marleene ging neben Greta in die Hocke. Sie hätte erwartet, dass die stolze Frau sie sofort davonschicken würde, aber Greta schluchzte weiter vor sich hin. Die Tränen schienen nicht enden zu wollen, und Marleene legte zaghaft eine Hand auf ihre Schulter. Sie wusste nicht, wie viel Trost sie als vermeintlich junger Mann spenden durfte.

Schließlich deutete sie auf den Bauch. »Ich nehme an, es ist Konstantins?«

Für einen Moment huschte Erstaunen über Gretas verheultes Gesicht, doch dann nickte sie.

»Hör zu, Greta«, sagte sie mit sanfter Stimme. »Ich bin mir sicher, dass alles wieder in Ordnung kommen wird. Du musst nur den Mut aufbringen und es Konstantin sagen. Er wird dann ganz gewiss ein Ehrenmann sein und zu dem stehen, was er getan hat. Es lag nicht allein in deiner Verantwortung.«

Unversehens verstärkte sich Gretas Weinkrampf. Für eine Weile konnte sie überhaupt nicht mehr sprechen.

»Hast du solche Angst, es ihm zu sagen? Wenn du willst … kann ich es für dich tun.«

Greta wischte wieder und wieder mit dem Handrücken die Tränen aus dem Gesicht, da ihr Taschentuch keine Feuchtigkeit mehr aufzunehmen vermochte. »Das ist es nicht.«

»Aber was ist es dann? Mir ist klar, dass du das Kind jetzt … so nicht wolltest, aber nun musst du damit leben, und es wird sich schon eine Lösung finden. Das Wichtigste ist erst mal, dass du mit Konstantin sprichst. Er muss es wissen.«

Greta hörte unvermittelt auf zu weinen. Mit ihren geröteten Augen sah sie sie an. »Das habe ich bereits.«

»Du hast ihm gesagt, dass du sein Kind erwartest?«, versicherte Marleene sich. »Aber …« Ihre Gedanken wuchsen in Sekundenschnelle durcheinander. »Aber warum bist du dann so erschüttert?«

Greta erhob sich und klopfte den Sand von ihrer Kleidung. »Ich bin am Ende, weil der feine Herr alles abstreitet. Er behauptet, ich würde herumhuren und dass es womöglich gar nicht sein Kind ist.«

»Das heißt, er weigert sich, dazu zu stehen?«, fragte Marleene ungläubig. Dass Konstantin vollkommen anders war, als sie zuvor vermutet hatte, hatte sie mittlerweile begriffen. Aber sollte er wahrlich einen solch gewissenlosen Charakter haben, dass er ein junges schwangeres Mädchen, das sein Kind unter dem Herzen trug, sitzen ließ? Wenn das so war, ekelte sie sich tatsächlich vor sich selbst, dass sie jemals Gefühle für Konstantin gehegt hatte.

Sie umrundeten gemeinsam die Orangerie. »Genau das soll es heißen.«

»Das kann ich gar nicht glauben«, wisperte Marleene.

»Sieh ihn dir doch an. Das Einzige, was ihn interessiert, ist, wo er die nächste Vergnügung finden kann.« Sie blickten in Richtung der Frühbeete. Konstantin war zu Dorothea zurückgekehrt, die Brust geschwellt, als wäre er ein Fasan mit gesträubtem Rückengefieder. Die üppige Frau schien sich langsam für ihn zu öffnen. Sie warf lachend den Kopf zurück, und Konstantin lächelte sein Lächeln. Wenn sie nicht aufpasste, würde selbst die schlaue Dorothea auf ihn hereinfallen.

»Du musst es ihr sagen.«

»Warum sollte ich?«, zischte Greta. »Soll sie doch ihre eigenen Erfahrungen machen. Ihr ging es schon ihr gesamtes Leben viel besser als mir. Sie bekommt mehr Lohn, obwohl sie in einer riesigen Villa wohnt. Sie trägt nahezu jeden Tag ein neues Kleid oder neuerdings diese Beinkleider, und wenn die Sachen schmutzig sind, bringt sie sie zu den Waschfrauen. Und ihr Essen kocht eine Köchin. Muss wirklich ich als einfache Arbeiterin sie retten, obwohl sie all das hat, was ich mir stets gewünscht habe?«

»Aber wir Frauen müssen doch zusammenhalten«, rief Marleene emsig.

Mit einem Ruck kamen die Gedanken in ihr zum Stillstand. Hatte sie das gerade wahrhaftig gesagt? Ihre Emotionen hatten sie erneut so sehr davongetragen, dass sie nicht mehr auf ihre Worte geachtet hatte.

Greta lachte leise auf. »Zählst du dich jetzt schon zu den Frauen, weil du hier bei uns bei den Frühbeeten bist und nicht mit den Männern beim Ballenstechen?«

Marleene zuckte hilflos mit den Schultern. »Ein wenig vielleicht«, sagte sie und grinste. »Aber ich meinte eigentlich auch *wir Arbeiter*. Letztendlich sollten doch alle Menschen irgendwie zusammenhalten. Und wenn man etwas Schlimmes vermeiden kann, sollte man es dann nicht auch tun?«

Gedankenverloren strich Greta über ihren rundlichen Bauch.

Herrje, dachte sie etwa, Marleene hätte darauf angespielt, dass sie es wegmachen sollte?

»Du meine Güte, das meinte ich jetzt aber nicht. Ich verspreche dir, Greta, ich werde einen Weg finden. Konstantin wird damit nicht davonkommen.« Vielleicht hatte sie wirklich die Möglichkeit, Greta zu helfen, denn was diese und vermutlich nicht einmal Konstantin ahnten, war, dass es Zeugen für das Techtelmechtel gab.

Dann tat Greta etwas, was sie noch nie getan hatte. Sie umarmte Marleene fest und lächelte ihr zu.

»Danke«, flüsterte sie und ging in Richtung der Frühbeete davon.

***

Marleene wartete, bis alle Arbeiter die Hofgärtnerei verlassen hatten. Es war ihr ein Leichtes, denn noch immer hatte sie als Lehrling an den meisten Tagen Gießdienst und war daher ohnehin am längsten in der Hofgärtnerei. Das Fenster zum Kontor in der Fliedervilla war hell erleuchtet.

Selbstbewusst klopfte Marleene an die tannengrüne Eingangstür. Das Stubenmädchen öffnete ihr.

»Moin, ich würde gerne mit Konstantin sprechen.«

Sie zögerte. »Der… der Herr ist heute nicht zu sprechen«, sagte das Mädchen ein wenig zu leise, und ihr Blick glitt hektisch hin und her. Sie erinnerte Marleene mit ihrer Art und der weißen Schürze an ihre Zeit im Hotel Holthusen. Wie viel war seitdem passiert, wie viel hatte sich verändert. Damals war Marleene ähnlich unterwürfig gewesen. Gezwungenermaßen. Erst jetzt bemerkte sie, dass die Wochen und Monate als junger Mann sie verändert hatten. Anfangs hatte sie das Selbstbewusstsein gespielt.

Mittlerweile fühlte sie es.

Sie war nicht mehr oder weniger wert als andere. Sie hatte genauso viel recht, eine eigene Meinung zu haben oder das Wort zu erheben wie jeder andere Mensch.

»Das ist seltsam. Wir haben extra einen Termin für heute Abend ausgemacht«, flunkerte sie selbstsicher.

Meike sah sie erschrocken an. »Ja? Also wenn das so ist…«, sie knickste leicht, »bitte folgen Sie mir.«

Marleene trat hinter Meike in den Eingangsbereich und bewunderte ein weiteres Mal die große geschwungene Doppeltreppe, die in das obere Stockwerk führte, und sah, dass das Stubenmädchen wie vermutet das Kontor ansteuerte. Vielleicht war es also doch gar nicht so schlimm, dass Konstantin in der Regel erst gegen zehn anfing, wenn er so spät noch über die Bücher gebeugt saß? Auf der anderen Seite hatte sein Vater das vermutlich ebenfalls stets getan.

»Meike, ich sagte doch…«, herrschte Konstantin das Stubenmädchen an, verstummte aber, als er Marleene entdeckte.

»Ach, du bist es«, sagte Konstantin erfreut und erhob sich sogleich.

»Du kannst gerne sitzen bleiben.«

Konstantin nahm wieder auf dem edlen lederbezogenen Stuhl Platz, nachdem Meike leise die Tür hinter sich geschlossen hatte, und sah sie erwartungsvoll an. »Was führt dich zu mir?«

»Greta«, sagte Marleene schlicht.

Das Lächeln verließ Konstantins Gesicht. »Hat sie dich jetzt etwa auf mich angesetzt?«

»Nein, nichts dergleichen.« Marleene nahm, ohne zu fragen, auf dem Stuhl auf der anderen Seite des Schreibtisches Platz und machte es sich bequem. »Ich habe selbst herausgefunden, dass sie schwanger ist. Aber wie ich höre, weigerst du dich, dazu zu stehen?« Mit hochgezogenen Augenbrauen sah sie ihren Vorgesetzten an.

Konstantin lehnte sich entspannt zurück. Seinen Stift hielt er, als würde es sich um eine edle Zigarre handeln. »Du weißt ja, wie die jungen Dinger sind. Alle suchen das Vergnügen, aber wenn der Ernst des Lebens eintritt, ist das Geschrei groß. Und was läge dann näher, als denjenigen zum Vater zu küren, der dem Balg das beste Leben bieten könnte? Aber ich sage dir was«, er lehnte sich nach vorne, als wollte er ihr ein Geheimnis verraten, »ich würde Greta nicht einmal mit der Raupenzange anrühren.«

»So, so. Nicht mal mit der Raupenzange, sagst du?« Marleene legte den Kopf schief. »Dann ist es für dich sicher nicht erquicklich zu hören, dass ich Augenzeugen für …«, sie rang nach Worten, »… für euer Beisammensein in jener Nacht habe«, sagte sie schließlich und konnte sich ein genüssliches Grinsen nicht verkneifen. Es war wahrhaftig Glück gewesen, dass Frieda in dieses Stelldichein geplatzt war. Nun hatte sie etwas gegen Konstantin in der Hand. Gemeinsam mit Frieda konnte sie beweisen, dass er mit Greta zusammen gewesen war, und ihn zur Verantwortung ziehen, wenn er sich weigerte, zu ihr zu stehen.

»So, so, Augenzeugen, sagst du?« Marleene entging natürlich nicht, dass er sie nachahmte. »Und wer soll das bitte schön gesehen haben?«

Sie setzte sich noch aufrechter hin und schlug die Beine übereinander, wie sie es schon oft bei den feinen Damen beobachtet hatte. »Du erinnerst dich vielleicht, dass bei eurem kleinen Schäferstündchen auf dem großen Ball jemand ins Zimmer gekommen ist?«

Zum ersten Mal sah sie so etwas wie Unsicherheit in Konstantins Gesicht.

»Das war meine Cousine. Frieda.« Sie lächelte siegessicher.

Konstantin stand auf und verschränkte die Arme.

Langsam ging er zum Fenster und betrachtete für einen Moment die schwarzen Bäume, die sich vor der dunkelblauen Dämmerung abzeichneten.

»Tatsächlich. Hat die gute Frieda das Ganze also beobachtet?«

»Ja, das hat sie. Und deswegen kannst du dich jetzt nicht länger aus der Affäre ziehen. Du wirst zu deinem Kind stehen, wirst Greta heiraten und für sie und deine neue Familie sorgen.« Zumindest würde er das tun, wenn er noch einen Funken Anstand in sich hätte.

Langsam drehte sich Konstantin wieder zu ihr um.

»Das dachtest du dir also.«

»Das dachte ich mir, und genau so wird es geschehen.«

»Dann wollen wir mal sehen, wie wichtig dir die bedauernswerte Greta und ihre Zukunft wirklich sind. Nehmen wir mal an, ich mache all das, was du von mir verlangst. Ich werde sie heiraten und für den Rest meines Lebens für den Bastard und sie da sein. Du wirst gewiss verstehen, dass ich unter diesen Umständen *dein* kleines Geheimnis nicht mehr sicher bei mir aufbewahren kann.«

Marleenes Siegerlächeln gefror auf ihrem Gesicht. Wie hatte sie jetzt schon zum zweiten Mal an diesem Tag vergessen können, dass sie eine Rolle spielte und sich vorsehen musste?

»Wie ich vermutet habe«, sagte Konstantin und seufzte andächtig. »So schnell kann die Nächstenliebe sich auch schon wieder verflüchtigen, denn wenn sie dir wahrhaftig wichtig wäre, würdest du natürlich dein Geheimnis für deine Kollegin aufgeben. Aber nein, wenn's drauf ankommt, ist sich halt doch stets jeder selbst der Nächste.«

Marleene stürmte aus dem Kontor. Keine Minute länger hielt sie es hier aus. War sie wirklich so ein schlechter Mensch? Sie riss die Haustür auf und prallte gegen weiche Wolle. Sie roch nach frischem Kiefernholz.

»M-mar-ten«, stotterte Julius und sah sie erstaunt an. »Was machst du denn hier? Wolltest du zu mir?«

»I-ich«, fing Marleene jetzt ebenfalls an zu stottern.

Julius sah sie wieder so durchdringend an. Es war, als würden in der Luft um sie herum unsichtbare Funken sprühen, und ihr gesamter Körper geriet in Aufruhr.

»Ich hatte etwas mit Konstantin zu besprechen.«

Julius' Augenbrauen verdichteten sich. »Konstantin. Verstehe.«

Marleene hatte das Gefühl, dass er noch etwas sagen wollte. Doch als seine Lippen sich öffneten, war in der Ferne etwas anderes zu hören.

Glockenläuten.

Beide wandten den Kopf in die Richtung, aus der es kam. Marleene erkannte, dass Julius genauso angestrengt horchte wie sie.

Das Läuten hörte nicht auf – das konnte nur eins bedeuten.

Sie sahen sich an. Marleene fühlte eine unbändige Angst in sich aufsteigen, und auch hinter Julius' Augen flackerte es.

»Die Brandglocke«, flüsterten sie wie aus einem Munde, und auf Marleenes Armen richteten sich die Härchen auf.

In dem Moment stürmte Konstantin an ihnen vorbei. »Worauf wartet ihr noch, beeilt euch!«

Sie rannten in die Remise, wo Konstantin Lotte hastig vor den Wagen spannte.

»Wir brauchen Eimer!«, rief er Julius und Marleene zu. »Werft alle Eimer und Gefäße auf den Wagen, die ihr finden könnt.«

Gemeinsam hasteten sie durch den Unterstand, wo zwar die Tontöpfe gelagert wurden, doch hatten die meisten Löcher im Boden, um die Pflanzen vor Staunässe zu schützen. Mit fahrigen Händen warf Marleene einige Metalleimer auf die Ladefläche und rannte zurück. Als sie nach einer Emailleschüssel griff, stieg Konstantin bereits auf den Kutschbock. »Das reicht«, ordnete er mit Blick auf die Ladefläche an. »Los, springt auf.« Mit einem Satz schwang sich Julius auf den Wagen und reichte Marleene die Hand. Konstantin nahm die Zügel auf und ließ wieder und wieder die Peitsche durch die Luft schnellen.

Bitte, bitte, lass es keinen Großbrand sein, betete Marleene in Gedanken, während sie mit einem beklommenen Gefühl im Magen den vertrauten Weg entlangfuhren. Durch die vorangeschrittene Dämmerung konnte man nicht erkennen, ob irgendwo bereits Rauchschwaden von dem Unheil kündeten.

Doch in der Stadt hing der zerstörerische Geruch von Rauch zwischen den Häusern. Sie mussten nur noch dem Strom der Menschen folgen. Viele von ihnen hatten sich wie sie mit Eimern und Gefäßen gerüstet. Doch keiner konnte sagen, wo genau es brannte. Dennoch schien die Masse instinktiv zu wissen, wo sie hineilen musste.

Was mochte es sein? Doch nicht etwa die Lambertikirche? Dann schon lieber der hässliche neue Bahnhof.

Das Grauen war jetzt immer stärker zu riechen. Der Rauch vernebelte ihr die Sicht. Das Feuer schien stark zu sein und alles zu verschlingen, was sich ihm in den Weg stellte. Ohne Gnade, ohne Erbarmen. Wenn man es nicht löschte, würde es sich alles einverleiben, was es nur konnte.

Womöglich sogar die gesamte Stadt.

Sie bewegten sich auf die Mottenstraße zu, in der Marleene wohnte. Gedanklich ging sie durch, was sie vermissen würde, sollte sich das Feuer ihrer Bleibe habhaft machen. Aber solange es Frieda gut ging, würde sie alles hergeben. Auch das Buch ihres Vaters und ihre kümmerlichen Ersparnisse, die sie unter der Strohmatratze hortete.

Jetzt bogen sie scharf links ab.

Die Stimmen wurden lauter.

Kommandos vermischten sich mit Schluchzern der Verzweiflung.

»Gott bewahre!«, rief eine tiefe Männerstimme.

»Das kann doch nicht sein, es ist eines der schönsten Gebäude von ganz Oldenburg!«, ließ eine Frauenstimme mit hysterischem Unterton verlauten.

Das unheilvolle Knistern und Knacken, das die Luft erfüllte, schmerzte in ihren Ohren. Konstantin brachte den Wagen zum Stehen. Ab jetzt mussten sie zu Fuß laufen, versuchen, eine Kette aus Eimern zu bilden, um ein Übergreifen des Feuers zu verhindern.

Erst als sie näher kamen, erkannten sie, was sich durch die lichterlohen Flammen so schaurig vor dem Nachthimmel abzeichnete. Eine der vier Säulen des Eingangs zerbarst gerade mit einem ohrenbetäubenden Geräusch. Die anderen folgten, unfähig, die Last alleine zu tragen.

Marleene legte mitfühlend die Hand auf Julius' Schulter, der wie gebannt auf das Gebäude starrte. Er schüttelte den Kopf, aber sie bemerkte, dass auch er begriff. Schließlich löste er sich aus der Starre, in welcher der Schock ihn gefangen gehalten hatte.

»Rosalie!«, brüllte er mit rauer Stimme und rannte auf das brennende Theater zu.

48. Kapitel

Als Bruno am nächsten Tag zur Arbeit ging, sah er, dass sich die Arbeiter der Hofgärtnerei um Hildegard scharten. Er drängte sich zwischen Johannes und Manilo, um besser hören zu können.

»Abgebrannt bis auf die Grundmauern«, wusste Hildegard zu berichten und nickte, während sie in die Runde blickte. »Mein Hartmut war ja einer der Ersten, die zu Hilfe geeilt sind. Sie haben das Feuer recht früh bemerkt, dennoch konnte man nichts mehr machen. Sie werden wohl ein vollkommen neues Theater bauen müssen.«

Bruno ließ die Schultern hängen, er hörte das nicht gerne. Er war zwar noch nie im Theater gewesen, aber er mochte das schöne Gebäude. Zu hören, dass jetzt nichts davon übrig war, tat ihm weh. Nichtsdestotrotz gab es noch etwas Wichtigeres.

»Was ist mit Rosalie?«, erkundigte er sich.

Hildegard seufzte. »Die Ärmste ist vermutlich ein einziges Meer aus Tränen.«

Bruno riss die Augen auf. »Ist sie etwa zu Schaden gekommen?«

Johannes lachte sarkastisch auf. »Ein großer Verlust wäre es ja nicht.«

»Johannes!«, rief Hildegard empört. »Das wünscht man keinem Menschen. Aber ihr könnt alle aufatmen. Nach dem, was ich gehört habe, geht es ihr gut. Den Umständen entsprechend gut«, setzte sie nach kurzem Überlegen hinzu. »Julius hat sie vollkommen aufgelöst vor dem Gebäude gefunden. Sie hat bitterlich geweint und sich stundenlang nicht beruhigen lassen. Dabei soll sie immer wiederholt haben: ›Aber unsere Premiere, unsere Premiere!‹«

Johannes biss unwirsch von seiner Rolle Schnupftabak ab. »War ja klar, dass das wieder das Einzige ist, worum sie sich schert«, sagte er kauend.

Oskar wackelte von der Fliedervilla auf sie zu und winkte zum Mitkommen.

»Los, Leute, wir haben noch alle Hände voll zu tun, jeder macht da weiter, wo er aufgehört hat.«

Die Belegschaft trottete den Hauptweg hinunter.

Jetzt schloss auch Greta außer Atem zu ihnen auf und begrüßte die Runde mit einem knappen Nicken. Bruno musterte sie besorgt. Obwohl sie für ihn die schönste Frau auf der Welt war, musste er zugeben, dass sie miserabel aussah. Ihre Zöpfe hingen schlaff herunter, die Augen lagen in tiefen Höhlen, und ihre Haut wirkte wie Butterbrotpapier. Als er gekommen war, hatte er sie hinter der Remise gesehen. Es schien, als würde diese Magen-Darm-Grippe noch immer anhalten. Es war die seltsamste Grippe, die er je erlebt hatte, denn Greta hatte sie nun bereits seit vielen Wochen.

Vielleicht würde er bei Doktor Winkelmann nach einer Medizin fragen. Für Greta würde er gerne seine Ersparnisse opfern, wenn es ihr nur wieder besser ginge.

Nachdem Oskar sie ermahnt hatte, schwiegen alle, und so war nicht zu überhören, dass Gretas Magen knurrte. Natürlich, da sie kaum etwas bei sich behalten konnte, musste er leer sein. Bestimmt hatte sie großen Hunger. Die Frauen verschwanden im Fichtenquartier, um dort den Kampf gegen die Quecken anzugehen, während die Männer neue Löcher für die Einwinterung gruben. Die Topfpflanzen, für die kein Platz in den Gewächshäusern war, würden so besser überleben. Nach einer Weile stahl

Bruno sich davon. Ohne Umwege lief er in die Orangerie, denn er hatte eine Idee. Diesmal war sie unverfänglich, da war er sich ziemlich sicher. Er musste nur Manilo irgendwie überzeugen.

»Bruno«, rief der Italiener erfreut, als er seinen Kollegen erblickte. »Wie schön, dass du mich in meinen bescheidenen Gemächern besuchst.« Er breitete die Arme aus und deutete auf all die exotischen Pflanzen, die ihn umgaben.

Bruno war befremdet. Das war doch alles andere als bescheiden! Wie immer, wenn er etwas nicht verstand, nickte er und brummte etwas Unverständliches.

Manilo lächelte ihn aufmunternd an. »Was kann ich für dich tun? Ist eine neue Bestellung hereingekommen?«

»Nein, das ist es nicht. Ich bin in eigener Angelegenheit hier.« Warum redete er auf einmal wie ein Beamter? Wahrscheinlich weil ihm sein Anliegen etwas unangenehm war, denn es war eigentlich streng verboten. Aber Manilo würde ihn doch gewiss nicht verpfeifen?

»Ich habe mich gefragt …«, er lockerte sein Halstuch und fischte derweil nach den richtigen Worten, »ob ich eine Banane haben könnte. Ich hab gesehen, dass sie nun reif sind, und …« Er beendete den Satz nicht.

Manilo zog die Augenbrauen hoch. »Du möchtest, dass ich eine der Früchte, die einzig und allein Ihrer Durchlaucht zustehen, einem einfachen Arbeiter gebe?«

Bruno geriet ins Schwitzen. Das hatte er sich beileibe leichter vorgestellt. »Ja … also ich … Es wäre nicht für mich. Ich dachte nur …« Er gestikulierte in der Luft herum und gab letztendlich auf. »Es wäre ungemein wichtig.«

Manilo fing herzlich an zu lachen. »Keine Bange, ich habe dich bloß auf die Schippe genommen. Für wen ist sie denn?«

Bruno senkte den Blick. »Für Greta«, stammelte er schließlich.

Manilo ging zu einer der Bananenpflanzen, knipste eine gelbe Frucht vom Büschel ab und hielt sie Bruno entgegen.

Verblüfft sah er ihn an. »Die gibst du mir so einfach?«

»Aber gewiss doch. Ich denke, dass sie bei Greta um einiges besser aufgehoben ist als beim Großherzog.«

Bruno nickte. »Sie hat bereits seit Wochen diese lästige Magen-Darm-Grippe.«

Manilo musterte ihn und schien über etwas nachzudenken. »Schon seit Wochen? Muss sie sich übergeben?«

Bruno nickte erneut.

»Und bist du sicher, dass sie dann nicht ...« Er schüttelte den Kopf und ging zu einem Mandarinenbäumchen hinüber. »Hier, nimm die ebenfalls für sie mit.«

»Lieben Dank«, rief Bruno begeistert. »Der frühe Vogel mahlt zuerst, was?«

Manilo sah ihn verwirrt an, vermutlich kannte er sich mit Sprichwörtern noch nicht so gut aus. Aber Bruno hatte keine Zeit, es zu erklären, er wollte lieber zu Greta. Er trug die Früchte zu ihr, als wären sie aus dem Sonntagsporzellan seiner Mutter. Nachdem er die Fichten erreicht hatte, die die Frauen gerade vom Unkraut befreiten, versteckte er sich hinter einer größeren Pflanze.

»Psssst«, raunte er in Gretas Richtung, die zum Glück etwas entfernt von Hildegard arbeitete. Sie richtete sich mit einem Ächzen auf, legte die Hände in ihr Kreuz und guckte verdattert um sich.

»Hier«, flüsterte Bruno. Sie entdeckte ihn auf seinem Posten hinter der Fichte, und er bedeutete ihr, zu ihm herüberzukommen.

»Bruno, was ist los?«, fragte Greta verwundert, sobald sie ihn erreicht hatte.

Er strahlte sie an und hielt ihr die Banane und die Mandarine entgegen. »Das habe ich für dich besorgt.«

Greta legte die Hände an die Wangen, als sie das Obst in seinen Händen sah.

»Aber was … Womit …? Du hast doch nicht etwa …« Ihr schienen wahrhaftig die Worte zu fehlen. Ein warmes Gefühl breitete sich in Brunos gesamtem Körper aus. Trotzdem zuckte er mit den Schultern, als wäre nichts gewesen. »Ich habe bemerkt, dass es dir in letzter Zeit nicht so gut ging. Diese lästige Grippe … Und deswegen wollte ich dir eine kleine Freude machen.«

»Danke!« Greta schloss ihn in eine Umarmung, und das warme Gefühl in Brunos Bauch schien Feuer zu fangen.

»Ich sterbe vor Hunger, ich glaube, ich esse es sofort auf.« Greta begann die Banane zu schälen, und Bruno musste ihr helfen, weil die Schale etwas störrisch war. Sie biss ein großes Stück ab und seufzte genüsslich. »Das ist das Wohlschmeckendste, was ich je gegessen habe, Bruno.«

Bruno fühlte sich, als würde er nie wieder aufhören können zu lächeln. Nachdem Greta die Banane gegessen hatte, schälte er für sie auch noch die Mandarine. Es war großartig, ihr eine dermaßen große Hilfe sein zu können. Greta wollte unbedingt, dass er ebenfalls ein Stück der süßlich-sauren Frucht probierte, aber Bruno bestand darauf, dass sie alles alleine aß. Als sie fertig war, rieb sie sich eine Hand an ihrem Rock ab und sah sich dann um.

»Was machen wir denn nur mit den Schalen? Ich kann sie nicht einfach vergraben. Wenn jemand sie findet, sind wir geliefert.«

Bruno hielt ihr eilfertig die Hände entgegen. »Gib sie ruhig mir. Ich werde mich darum kümmern.«

Greta lächelte ihm dankbar zu, und er machte sich glückbeseelt auf den Weg zum Abfall. Als er die große Tonne erreichte, sah er sich um wie ein Dieb, dabei hätte er hier auch lediglich tote

Pflanzen entsorgen können. Er öffnete den Deckel und beförderte die Schalen hinein. Damit man sie nicht sofort entdecken würde, zog er einen Ast heraus und stocherte so lange in der Erde herum, bis genug heruntergerieselt war und kein verräterisches Gelb und Orange mehr zu sehen waren. Zufrieden ließ er den Deckel wieder zufallen.

Er war bereits ein paar Schritte gegangen, als er innehielt.

War da nicht etwas gewesen? Angestrengt dachte er nach. Irgendetwas hatte seine Aufmerksamkeit erregt, aber er wusste nicht, was. Er rang mit sich. Eigentlich war er schon viel zu lange fort. Doch womöglich hatte die Sache mit Greta ihm Mut gegeben, auf jeden Fall konnte er es nicht auf sich beruhen lassen. Geschwind lief er zurück zur Tonne und öffnete sie erneut.

Da war es.

An der hinteren Wand leuchtete ihm etwas Weißes entgegen. Es passte nicht zu den gedeckten Farben des üblichen Pflanzenmülls. Es war die Spitze von aufgerolltem Papier, erkannte er jetzt. Er musste sich tief über den Rand der Tonne beugen, doch schließlich konnte er es mit klopfendem Herzen herausziehen. Er schnappte nach Luft, als er erkannte, was er nun in den Händen hielt. Es war eine große Rolle aus weißem Papier, die von einem dunkelgrün glänzenden Band zusammengehalten wurde. Die Schleife war fort, trotzdem hatte er keine Zweifel. Es war Julius' und Martens Plan, den er da soeben aus dem Müll gezogen hatte. Was hatte das zu bedeuten?

Angestrengt dachte er nach. Der Plan, den er abgeben sollte, lag im Müll. Hatten Julius und Marten vielleicht noch einen zweiten angefertigt? Das war aber sicherlich sehr viel Arbeit. Also vermutlich nicht. Er hörte ein Geräusch von der Fliedervilla. Die Tür klappte zu. Alexander? Aber selbst wenn es Julius oder Konstantin wäre, er spürte einfach, dass jeder von ihnen ausrasten würde, wenn sie ihn hier mit dem wichtigen Plan vor der Abfalltonne entdeckten.

Also tat er das Erstbeste, was ihm einfiel. Er schmiss ihn zurück in den Abfall und rannte davon.

49. Kapitel

Da das lästige Franzosenkraut wieder die Überhand über die Pflanzen zu bekommen schien, war auch Marleene am nächsten Tag zur Unkrauttilgung ins Gewächshaus abkommandiert worden. Gerade bei den noch zart sprießenden Pflanzen, in die sich die Stecklinge aus dem Frühjahr nun entwickelt hatten, durfte das Unkraut nicht die Kraft aus dem Boden ziehen. Marleene schob ihren dicht gebundenen Weidenkorb, in dem sie das Franzosenkraut sammelte, etwas näher zu den anderen Frauen heran. Aus der Entfernung konnte sie sehen, dass Dorothea mit ausladenden Bewegungen auf Greta und Hildegard einredete, und ihre Neugierde war geweckt.

»Aber wenn ich es doch sage«, beteuerte Dorothea. »Uns Frauen wird es über kurz oder lang nur besser gehen, wenn wir zusammenhalten. Deswegen müssen wir uns organisiert zusammenschließen.«

Organisiert zusammenschließen? Das klang nach etwas, das ganz nach Marleenes Geschmack war. Aber wenn es nur für Frauen gedacht war, konnte sie schlecht ihr Interesse bekunden.

»Und was soll das bringen?«, fragte Greta mit wenig Begeisterung und zerrte an einer Quecke mit besonders gut verwachsener Wurzel.

»Wir können uns zum Beispiel darüber austauschen, wer wie viel in der Gärtnerei verdient und wer wie lange arbeiten muss. Wenn wir sehen, dass es gehörig von den Gehältern der Männer abweicht, können wir gemeinsam dagegen angehen. Nur so werden wir als Gärtnerin auf die gleiche Stufe gehoben werden wie die Männer.«

»Gärtnerin? Ich wurde hier noch nie als Gärtnerin angesehen. Und ich bin froh, wenn ich in den kommenden Monaten überhaupt noch eine Anstellung habe, ganz gleich ob als Gärtnerin oder als Hilfskraft.« Greta wischte sich etwas Dreck von der Stirn und stapfte missmutig davon.

»Und was ist mit dir?« Dorothea nahm ihren halb gefüllten Korb, ging zu Hildegard hinüber und neben ihr in die Hocke, um winzig kleine Quecken aus dem Boden zu ziehen.

Hildegard schob ihr Kopftuch nach hinten und sah sich beklommen um. »Aber ist es nicht verboten, dass Frauen sich politisch zusammenschließen?«, wisperte sie.

»Ja, das ist es.« Dorothea warf die ungewollten Pflanzen in den Korb, richtete sich abrupt auf und streckte erbost einen Zeigefinger in die Luft, während sie argumentierte. »Und das allein ist eine absolute Frechheit! Warum soll uns etwas missgönnt bleiben, was die Männer dürfen? Ich sag dir, warum. Weil die Männer Angst vor uns haben, und das zu Recht. Deswegen sollten wir uns die politischen Diskussionen nicht nehmen lassen.« Sie ging wieder in die Hocke und senkte ihre Stimme. »Es braucht ja niemand zu wissen, zu welchem eigentlichen Zweck wir uns zusammenschließen. Wir können genauso gut sagen, dass wir gemeinsam Lieder singen, Kochrezepte austauschen oder was auch immer sie von uns Frauen erwarten.«

Hildegard sah ihre Kollegin an, als hätte sie soeben Vampirzähne entblößt. So aufgeregt, wie sie redete, hätte Marleene es nicht gewundert, wenn das wahrhaftig der Fall gewesen wäre. Aber sie fand die Idee großartig! Endlich gab es jemanden, der wie sie versuchen wollte, etwas zu ändern. Am liebsten wäre sie jubelnd zu Dorothea hinübergelaufen und hätte gerufen: »Ja, ja, ja! Das sollten wir unbedingt tun, wann fangen wir an?«

Hildegard war weniger enthusiastisch. »Und was, wenn sie uns erwischen?«

Genau das hatte auch Frieda gesagt, als Marleene ihr vorgeschlagen hatte, zu Dorotheas Stammtisch zu gehen. Natürlich hätte sie sich am liebsten selbst hinzugesellt, aber das ging ja nicht. Frieda hatte jedoch nur herumgedruckst und schließlich gestanden, dass sie es nicht über sich bringen konnte, etwas Verbotenes zu tun.

Dorothea stieß jetzt resigniert die Luft aus und warf die Hände in die Luft. »Ja, was dann? Was soll uns schon groß passieren? Meinst du, sie entlassen uns auf der Stelle? Wenn alle Frauen mitmachen, kann uns gar nichts passieren, denn sie sind auf uns angewiesen, sonst könnten sie das ganze Unkraut kaum loswerden. Wenn sie Männerlöhne dafür zahlen müssten, wäre das überhaupt nicht machbar.«

Hildegard runzelte die Stirn. In dem Moment steckte Alexander den Kopf in das Gewächshaus, und beide zuckten zusammen.

»Kommt bitte zur Obstbaumwiese«, sagte er mit Oberbefehlshaberstimme. »Ich habe euch etwas zu sagen.«

Marleene ließ ihren Korb stehen und machte sich auf den Weg, gefolgt von Hildegard und Dorothea.

»Siehst du, dein Gärtnerinnenverein hat noch nicht mal losgelegt, und er sorgt schon für Unmut«, zischte Hildegard Dorothea zu, die nur die Augen verdrehte.

Draußen vor der Obstbaumwiese standen bereits die Männer, die eine riesige Solitärpflanze verladen hatten, die verschifft werden sollte.

Marleene und die anderen Frauen stellten sich dazu, sodass sie einen Halbkreis um ihren Chef bildeten.

Alexander hatte die Hände in die Hüfte gestemmt und wurde von Julius und Konstantin flankiert. Mit zusammengezogenen Augenbrauen sah er von einem zum anderen, als könnte er von den Gesichtern etwas ablesen.

»Ich habe eine Mitteilung zu machen.«

Keiner von ihnen wagte, etwas zu sagen.

»Ich bin die letzten Tage immer wieder die Bücher durchgegangen, und egal, wie ich es drehe und wende, der Diebstahl der Pflanzen ist nicht zurückgegangen. Im Gegenteil. Unser Dieb ist sogar dreister geworden. Und das zu Zeiten, wo jeder weiß, dass es der Hofgärtnerei nicht gut geht. Und mit den neuen Vorsichtsmaßnahmen, die Alois und Hugo getroffen haben, weiß ich, dass es kein Dieb von außen sein kann.« Alexander nahm sich erneut Zeit, um den Blick über jeden Einzelnen schweifen zu lassen. »Der Schuldige muss unter den hier Anwesenden sein.«

Obwohl sie unschuldig war, spürte Marleene in sich den Impuls, sich wegzuducken, um seinem eisigen Blick zu entgehen.

»Deswegen bleibt mir keine andere Wahl, als so zu handeln, wie ich es jetzt tun werde.« Er wandte sich an seinen ältesten Sohn. »Konstantin, teile der Belegschaft bitte mit, welche Entscheidung wir getroffen haben.«

Konstantin sah seinen Vater für einen Moment zornig an, trat dann aber vor und räusperte sich laut.

»Wir geben dem Dieb eine Woche, sich freiwillig zu melden. Sollte bis dahin keiner seine Schuld bekennen, sehen wir uns verpflichtet, der gesamten Belegschaft zu kündigen, denn so können wir einfach keinem von euch mehr vertrauen.«

Ohne ein weiteres Wort machte er auf dem Absatz kehrt. Der Sand knirschte, als er den Hauptweg hinunter in Richtung der Fliedervilla ging. Alexander folgte ihm, und auch Julius wandte sich ab, warf aber zumindest noch einmal einen entschuldigenden Blick zu den Arbeitern.

Zurück blieb nur ein unheilvolles Gefühl.

Schweigend kehrten sie zu ihren Arbeitsplätzen zurück. Sobald die Tür des Gewächshauses hinter ihnen geschlossen war und der moosige Geruch sie umhüllte, wetterte Dorothea jedoch los.

»Siehst du, auch so etwas meine ich«, sagte sie zu Hildegard, die wie vom Donner gerührt schien und sogar leicht zitterte. »Dergleichen sollten sie sich nicht einfach erlauben können. Es kann beileibe nicht sein, dass man hier jahrelang arbeitet und dann ohne Weiteres innerhalb einer Woche für das Vergehen eines anderen gekündigt wird.« Sie sah Marleene und Greta an. »Sagt doch auch mal was! Ist es euch denn vollkommen gleich?«

Greta zuckte mit den Schultern. »Irgendwie schon, denn ich denke, meine Anstellung ist ohnehin nicht mehr zu retten.«

Dorothea sah sie verwirrt an, wandte sich dann aber an Marleene. »Und was ist mit dir?«

Marleene fühlte sich noch immer so, als wäre soeben die Walze, die sie immer zum Begradigen der Beete hinter Lotte spannten, über sie hinweggerollt.

»Ich weiß nicht. Ich bin ja nur der Lehrling und habe kein Recht, etwas zu verlangen«, sagte sie flüsternd. Dorothea wollte sich soeben resigniert abwenden, als Marleene sich ein Herz fasste. »Ich finde aber, dass du recht hast.«

Dorotheas Kopf flog zu ihr herum, und sie sah sie überrascht an. »Wie bitte?«

»Ihr solltet es machen. Ihr solltet euch tatsächlich zusammenschließen und versuchen, gemeinsam etwas an euren Bedingungen zu ändern. Wenn ich noch mehr Lehrlinge kennen würde, würde ich das Gleiche tun, denn nur wenn man an einem Strang zieht, kann man etwas erreichen. Wusstet ihr zum Beispiel, dass sogar ich mehr Lohn bekomme als ihr?«

Marleene war sich nicht sicher, ob sie soeben einen Fehler begangen hatte, aber letztendlich fühlte sie sich, als wäre sie es den Frauen schuldig, sie darüber ins Bild zu setzen. Immerhin bekam sie dieses Mehr an Gehalt doch nur, weil sie sich als Mann verkleidete, und nicht etwa, weil sie mehr Fachwissen oder irgendetwas anderes mitbrachte. Im Gegenteil, sie war bloß der Lehrling, und so verfehlten ihre Worte ihre Wirkung nicht.

»Was sagst du da? Das ist ja eine Unverschämtheit! Wenn sogar der Lehrling mehr Geld bekommt als wir Frauen, müssen wir etwas dagegen tun«, rief Dorothea jetzt entschlossener denn je.

Marleene sah zu Hildegard und Greta, die bereits zu ihren Körben zurückgekehrt waren und mechanisch die Quecken aus dem Boden rissen.

»Wollt ihr das wahrhaftig auf euch sitzen lassen?«, fragte Dorothea verzweifelt.

»Du hast leicht reden.« Greta spie die Worte aus wie vergorene Milch. »Wenn das Unterfangen misslingt, kehrst du in eure hübsche Villa im Dobbenviertel zurück und lässt dich wieder von hinten bis vorne bedienen. Wenn es aber für uns Arbeiterinnen schiefgeht, sind wir arbeitslos und sitzen dann auch noch mit dem Ruf des aufständischen Zankweibs auf der Straße. Früher oder später landen wir in der Gosse und können betteln gehen. Und deswegen, so schön ich die Idee auch finde, sage ich Nein. Nein, danke.«

Gretas Worte waren lauter und klarer gewesen als alles andere, was sie in den letzten Wochen von sich gegeben hatte. Die Wut hatte sie zu ihrer ursprünglichen Haltung zurückfinden lassen.

»W-wie könnt ihr überhaupt noch weiter darüber nachdenken?«, fragte Hildegard mit zittriger Stimme. Sie stützte sich am Boden ab, um sich aufzurichten, und klopfte danach die Erde von ihren Händen. »Wenn der Dieb sich nicht meldet, sitzen wir ohnehin alle auf der Straße. Oder glaubt ihr, jemand stellt uns noch ein, wenn es heißt, wir würden klauen?« Ihre Augen verschmälerten sich. »Es war bestimmt Manilo. Diesen Leuten aus fremden Ländern kann man einfach nicht trauen.«

»Manilo? Aber beileibe nicht«, rief Marleene entschieden.

»Was soll der denn mit den Pflanzen?«, argumentierte auch Dorothea. »Der hat lediglich die kleine Kammer in der Stadt und reist in einigen Monaten ohnehin wieder ab. Nein, nein, wenn ihr mich fragt, war es Johannes. Oder Bruno.«

Greta schoss hoch. »Bruno war es ganz gewiss nicht. Er hat ein viel zu großes Herz, als dass er die Hofgärtnerei betrügen würde.« Sie verteidigte ihn so vehement, dass Marleene sich wunderte. Aber auch sie konnte sich nicht vorstellen, dass er es gewesen war.

»Und was denkst du?«, fragte Hildegard sie.

Nacheinander erschienen die Gesichter der einzelnen Arbeiter in Marleenes Kopf. Der alte Alois hatte sein Leben lang für die Hofgärtnerei gearbeitet. Außerdem war er schon recht gebrechlich. Was sollte er mit all den Pflanzen wollen?

Und Johannes war zwar schon immer rebellisch gewesen und nahm kein Blatt vor den Mund, aber auch ihm traute sie es nicht zu. Er sprach immer so vehement von den Dingen, die auf den Versammlungen der Sozialdemokraten besprochen wurden. Sie setzten sich dort für gerechte Arbeitszeiten und Löhne ein, sein

Rechtsempfinden war überaus groß. Er würde doch sicherlich kein Unrecht begehen, um Gerechtigkeit für sich einzuholen?

Dann tauchte Manilos strahlendes Gesicht vor ihrem inneren Auge auf. Hier musste sie gedanklich gar nicht länger verweilen. Sie spürte, dass er etwas Derartiges niemals tun würde.

Und schließlich kam Brunos Sommersprossengesicht mit den roten Haaren. Er stieß ein leicht dümmliches Lachen aus, das seine schiefen Zähne entblößte. Hätte er den Grips dazu, Pflanze um Pflanze wegzuschaffen, ohne aufzufallen? Selbst wenn er ihn hätte, passte es einfach nicht zu seinem Wesen, entschied Marleene. Am ehesten hätte sie es Hugo zugetraut, da sie ihn erst seit einigen Wochen kannte und nicht gut einschätzen konnte. Allerdings waren auch während seiner Abwesenheit Pflanzen verschwunden. Sie schüttelte leicht den Kopf.

»Eigentlich kann ich es mir bei keinem so richtig vorstellen.«

Dorothea und Greta nickten zustimmend, nur Hildegards Ausdruck veränderte sich. Er wurde kalt und berechnend.

»Wer weiß«, sagte sie. »Womöglich hatte Johannes ja damals bei der Jauchegrube recht, und du warst es.«

* * *

»Ich … ich … Mir geht es nicht so gut«, sagte Bruno zu Johannes, nachdem von den Goldbachs nichts mehr zu sehen war und sich die kleine Versammlung, die sich diese unheilvolle Ansprache hatte anhören müssen, wieder auflöste.

»Sag Oskar bitte, dass ich nach Hause gegangen bin.«

Johannes blickte ihn entsetzt an. »Du kannst jetzt doch nicht nach Hause gehen! Die haben uns alle auf dem Kieker, wir dürfen uns nichts, aber auch rein gar nichts zuschulden kommen lassen.«

»Ich weiß«, sagte Bruno schwach. Genau deswegen wollte er ja weg. Er hatte das ungute Gefühl, dass es auf ihn zurückfallen würde, wenn herauskäme, dass Martens und Julius' Plan in der Mülltonne lag. Und das wollte er wiedergutmachen. Er hatte lange und angestrengt darüber nachgedacht, wie er dort gelandet sein könnte. Ihm war nur eine Erklärung eingefallen. Konstantin hatte ihn dort hineingeworfen, und zwar, weil er zu gut war. Julius wusste ganz gewiss nichts davon, denn er hatte sich vor zwei Tagen noch aufgeregt erkundigt, ob er den Plan abgegeben habe. Und er hatte dies bejaht, weil er nicht hatte zugeben wollen, wie Konstantin ihn mit seiner rechthaberischen Art und seiner Entscheidung, alles selbst abzugeben, überfahren hatte. Konstantin hatte es zwar versprochen, aber im Nachhinein war er sich nicht mehr so sicher, ob man sich tatsächlich immer an die neueste Anordnung halten sollte und nicht vielleicht doch lieber an die des Ober-Chefs.

Bruno legte eine Hand auf seinen Bauch. »Es geht nicht anders. Oh, oh, ich glaube, es geht schon wieder los. Vielleicht hat Greta mich mit dieser Grippe angesteckt.« Er krümmte sich zusammen und stieß einige schmerzerfüllte Laute aus.

Johannes vergrößerte umgehend den Abstand zwischen ihnen. »Na, dann geh, ich werde es Oskar schon irgendwie beibiegen.«

Bruno nickte dankbar und machte sich auf den Weg.

»Und du solltest dringend mal wieder zu einem Treffen der Sozialdemokraten kommen«, rief Johannes ihm auf seinen Spaten gestützt hinterher. »Wir wollen nämlich unter anderem auch dafür eintreten, dass der Lohn weitergezahlt wird, wenn man krank ist.«

»Mir ist jetzt wirklich nicht zum Spaßen zumute«, rief Bruno, denn das wäre ja absurd. Wer würde denn weiterzahlen, obwohl der Arbeiter an dem Tag gar nicht da war? Das wäre zwar eine wahnsinnige Erleichterung, denn für viele waren gerade längere Krankheiten der sichere Einstieg in die arbeitslose Armut; er konnte sich aber nicht vorstellen, dass es jemals so was geben würde.

»Nein, das ist mein voller Ernst«, gab Johannes zurück.

Bruno winkte ab, während er davonstapfte. Heute würde er Johannes nicht auf den Leim gehen.

Sobald er die große Abfalltonne erreichte, sah er sich erneut verstohlen um, ob ihn auch niemand beobachtete. Als er sicher war, dass er alleine war, ging er hinüber und schob die schwere Eisenklappe nach hinten. Der Geruch von Torf, Tannennadeln und Schimmel schlug ihm entgegen, trotzdem beugte er sich tief hinein, um die Papierrolle herauszuziehen, denn inzwischen waren noch mehr kaputte Töpfe hineingewandert. Er zog die Rolle heraus und stellte erleichtert fest, dass sie zwar zerknittert, aber weitestgehend trocken war. Nur am unteren Rand gab es eine feuchte Stelle, wo sich das Papier wellte.

Eilig schob er den Plan unter seine braune Weste, sodass nur noch ein Stück herausschaute.

Um möglichst gleichgültig zu wirken, ging er pfeifend auf die Lindenallee zu, während er die Längsseite der Fliedervilla mit dem edlen Wintergarten passierte. Dann fiel ihm ein, dass er ja eigentlich krank spielen wollte, und er hielt abrupt inne. In dem Moment hörte er, dass sich die Hintertür der Villa öffnete, und er sprang, ohne darüber nachzudenken, hinter einen Fliederbusch. Er hörte knirschende Schritte im Kies, und kurz darauf bog Rosalie in einem dunkelblauen Kleid um die Ecke. Es schien ihm eher ein Kleid für den Abend zu sein als für den Tag, aber da kannte er sich nur leidlich aus. Ihre Haare waren kunstvoll zu Locken gedreht und aufgesteckt, und sie war so aufwendig geschminkt, als hätte sie vor, noch heute eine Theaterbühne zu betreten. Bruno sah ihr hinterher, bis sie in der Orangerie verschwand. Armer Manilo. Er hatte Bruno erzählt, dass die Tochter des Hauses ihn in letzter Zeit nahezu täglich aufsuchte und ihm schöne Augen machte. Dem herzensguten Italiener waren bereits die höflichen Ausreden ausgegangen. Doch da konnte er ihm nicht mit Rat und Tat behilflich sein. Er hätte höchstens all die Dinge aufzählen können, die er bereits getan hatte, um Greta für sich zu gewinnen. Eine umgekehrte Lage konnte er sich gar nicht vorstellen.

Was tat man, um eine Frau abzuschütteln?

Durch die ärmlichen Verhältnisse, aus denen er kam, war er nie dazu gezwungen gewesen. Seine orangeroten Haare und seine langsame Denkweise hatten auch nicht gerade dazu beigetragen, einen Schwarm an Frauen herbeizulocken. Vermutlich hätte er sich einfach gefreut, dachte er. Eine höhere Tochter wie Rosalie brachte gewiss eine ordentliche Mitgift in das Eheleben, selbst wenn diese stets auf den Anwärter abgestimmt wurde. Er schüttelte sich dennoch, denn andererseits konnte er sich eine Ehe mit Rosalie nicht einmal vorstellen.

Für ihn gab es nur Greta.

Er rannte zur Lindenallee hinüber, aber anstatt wie gewöhnlich mittig zwischen den Bäumen die Einfahrt entlangzulaufen, hielt er sich rechts neben den Linden. An dieser Seite gingen sie in das Freilandquartier über, das von einer Wacholderhecke abgegrenzt wurde, und er war sich sicher, dass er hier nicht zufällig entdeckt und aufgehalten wurde.

Ohne weitere Vorkommnisse kam er an der Nadorster Straße an, fragte einen Bauern mit Pferdefuhrwerk, ob er hinten mitfahren könne, und hatte Glück. Er sprang auf den hölzernen Wagen und setzte sich ins Heu. Sie passierten die Central-Halle, das

Schuhgeschäft Wilhelm Spalthoff, den Klempner Meinjohann und den Gertrudenfriedhof. Als zu seiner Rechten die steile Spitze des Lappans auftauchte, wusste er, dass es nun nicht mehr weit war. Am Paradewall rief er dem Bauern ein »Dank ok!« zu und sprang vom Wagen.

Schon aus der Entfernung sah er die Wachen vor dem Schloss stehen. Wie sollte er sie nur überzeugen, sein Anliegen vortragen zu dürfen? Vielleicht würde es helfen, wenn es überaus dringlich wirkte? Immerhin war es das ja auch, aber wenn er einfach auf sie zuspazierte, sah es gewiss nicht danach aus.

Also rannte er los.

Natürlich verwehrten sie ihm dennoch den Einlass. »Bitte, ich muss mit jemandem sprechen, der für den Wettbewerb um den Schlossgarten zuständig ist.« Außer Atem wedelte er mit der großen Papierrolle.

»Der letzte Termin zur Einreichung war vorgestern«, sagte der linke Uniformierte barsch.

»Ich weiß. Aber ich muss ganz dringend mit der zuständigen Person sprechen. Bitte, es geht um Leben und Tod.«

Der beleibte Wachmann zu seiner Rechten lachte auf. »Das könnte ja jeder behaupten. Na los, verschwinde von hier.«

Bruno verschränkte die Arme. »Nein. Ich werde erst gehen, wenn ich mein Anliegen vortragen konnte.«

Er merkte, wie die Wachen einen Blick austauschten, und der Dickere zuckte schließlich die Achseln. Um seinem Ansinnen Nachdruck zu verleihen, setzte Bruno sich auf die Pflastersteine.

»Und ich werde singen. Ohne Unterlass.« Selbst seine gutmütige Mutter flehte um Gnade, wenn er sang. Deswegen stimmte er jetzt laut eins seiner liebsten Erntelieder an, das ganz besonders qualvoll war. »Hejo, spann den Wagen an, denn der Wind treibt Regen über Land …«

Als er die höher zu singende Textzeile abermals anstimmte, seufzte der ältere Wachmann und verschwand mit schmerzverzerrtem Gesicht im Schloss.

»Da bist du ja endlich wieder, die Leute gucken schon ganz pikiert«, beschwerte sich sein Kollege, sobald er zurückkehrte.

»Ich hätte ihn ja davonschaffen lassen, aber der Baron ist neugierig geworden.« Der Alte wandte sich mit Gewittermiene an Bruno. »Komm mit.«

Bruno folgte ihm freudestrahlend ins Schloss. Es war bereits das zweite Mal in diesem Monat, dass er ein nicht geringes Wagnis eingegangen war, und es schien sich erneut auszuzahlen. Nach einigen Schritten im Schloss blieb er stehen. Mit offenem Mund sah er sich um. Alles war hell, licht und glänzend. Im Bauernhaus seiner Eltern hing meist der Rauch des Herdfeuers im Dachgiebel, so etwas gab es hier nicht. Ein weicher Teppich fing die lauten Klopfgeräusche seiner holzbesohlten Schuhe auf. Wenige Schritte vor ihm ging der Wachmann eine von zwei imposanten Säulen eingefasste Treppe nach oben. Selbst auf den Stufen lag Teppich, und das rote Geländer wurde von verschnörkelten goldenen Streben gehalten. Er war zwar schon ein paarmal in der Fliedervilla gewesen, die auch sehr vornehm war, aber dermaßen viel Prunk hatte er noch nie gesehen. Er fühlte sich vollkommen fehl am Platz.

Sie passierten so viele Türen, dass Bruno sie nicht mehr zählen konnte. Schließlich blieb der Wächter stehen und öffnete eine weiße Flügeltür mit goldenen Einfassungen. Der Raum, der sich dahinter verbarg, verschlug Bruno umso mehr die Sprache. In der Mitte prangte ein gigantischer Kronleuchter, der an seiner Aufhängung von verschiedenen vergoldeten Stuckringen umrundet wurde. Dort oben verweilte sein Blick noch länger. Die Decke bestand nicht einfach nur aus einer geraden Fläche, sondern war ein Kunstwerk für sich. Weiß wechselte sich mit Gold ab, verschnörkelte Schmuckelemente waren herausgearbeitet und bemalt worden. Auch die Fenster und Türen waren mit vergoldeten Elementen verziert, und sogar der riesige Standofen war in Weiß und Gold gehalten. An den Wänden hingen Gemälde, die größer als er selbst waren und düstere Geschichten erzählten, die er nicht verstand.

Und ganz am Ende des großen Raumes befand sich ein dunkelbrauner Schreibtisch mit geschwungenen Beinen. Darauf lagen allerlei Papiere und Briefbeschwerer, daneben eine große Feder und ein Tintenfass. Ein älterer Mann mit müden Augen und Koteletten, die in einen Bart übergingen, sah von einem Papier auf, das er gelesen hatte.

»Das ist er, Herr Baron«, sagte der Wachmann.

»Danke, dann können Sie jetzt wegtreten.«

Die Wache verbeugte sich kurz und marschierte davon.

Schiet! Bruno wusste nicht, was angebracht war. Sollte er sich ebenfalls verbeugen? Er ließ es, nahm aber seine Kappe ab und drückte sie an die Brust.

»Nun? Was ist Ihr Anliegen?« Der Baron sah ihn abwartend an.

»Ich ...« Wie sollte er den ganzen Schlamassel nur zusammenfassen? Und hätte er sich nicht vielleicht doch verbeugen sollen? Nicht, dass nun alles daran scheiterte, weil er als nicht ergeben genug eingeschätzt wurde. Er verbeugte sich nachträglich, entschied auf halbem Wege jedoch, dass es nun ohnehin zu spät war, richtete sich ruckartig wieder auf und geriet ins Taumeln.

»Ich habe noch einen Plan für den Wettbewerb zur Planung des Schlossgartens nachzureichen«, sagte er mit hochrotem Kopf.

Der Baron lehnte sich nach hinten und musterte ihn abschätzend. »Tut mir leid, die Frist ist bereits abgelaufen. Es wäre nicht gerecht, würde ich diesen Plan noch nachträglich akzeptieren.«

»Aber … aber … aber …« Bruno tat einen Schritt auf den Baron zu. »Die Ersteller können nichts dafür. Er war sogar vor dem Abgabetermin fertig. Sie denken, er wäre bereits hier.«

»Und warum ist er das nicht?«

Bruno überlegte fieberhaft. Als Hofgärtner stand die Familie Goldbach immer wieder im Kontakt mit dem Schloss, sie waren hier vermutlich angesehen und galten als ehrenhafte Familie. Würde er ihm glauben, dass Konstantin Goldbach so rücksichtslos gewesen war, den Plan seines Bruders wegzuwerfen?

»Es … es … es hat da wohl ein Missverständnis gegeben. Irgendwie ist der Plan doch tatsächlich im Müll gelandet. Deswegen ist er so verknittert. Ich versichere Ihnen, dass er ursprünglich in einwandfreiem Zustand war.«

»Ein Missverständnis also.« Der Baron sah ihn streng an. »War das dein Verschulden?«

War es seine Schuld, dass Konstantin den Entwurf entsorgt hatte? Gewiss nicht. Aber vermutlich hätte er ihm den Plan erst gar nicht überlassen, sondern die Aufgabe, die ihm aufgetragen worden war, selbst erfüllen sollen.

»Ein wenig schon«, stammelte er.

Der Baron nahm seine Papiere wieder auf. »Es tut mir leid. Das alles ist sehr bedauerlich, aber ich kann dir nicht helfen.«

Bruno schloss die Augen und atmete tief ein. Dann nickte er mutlos und trottete zur Tür.

Doch kurz bevor er sie erreichte, schallte die tiefe Stimme des Barons so laut durch den Raum, dass es hallte. »Eine Frage noch!«

Bruno blieb stehen und sah über seine Schulter.

Der Baron deutete mit dem Kopf zu einer vergoldeten Uhr an

der Wand. »Du gefährdest deine Anstellung, indem du hier um diese Zeit auftauchst. Warum?«

Er hatte recht. Sogar krank durfte man nur wegbleiben, wenn es gar nicht mehr anders ging, deswegen kam selbst Greta mit ihrer Grippe. Also warum hatte er es getan?

»Der eine Ersteller des Plans, Marten … er hat mich einmal gerettet«, sagte er. »Ich dachte, ich könnte es so vielleicht wenigstens ansatzweise wiedergutmachen, wenn ich den Plan rette.«

Das schien das Interesse des Barons zu wecken, denn er winkte ihn wieder heran. Er wollte die gesamte Geschichte hören. Bruno erzählte ihm alles. Vom getauschten Gießdienst, wie er es vergessen hatte und abends nicht mehr in die Gärtnerei gekommen war. Und wie Marten am nächsten Tag bestraft worden war – und die ganze Schuld auf sich genommen hatte.

Am Ende war sein Mund trocken, und die Zunge fühlte sich so faserig wie ein abgerissener Grashalm an. »Ich hatte schon geglaubt, dass alles am Ende wäre, denn eine Anstellung wie die in der Hofgärtnerei würde ich nie wieder finden. Aber er hat mich gerettet, und das wollte ich wiedergutmachen.«

Der Baron sah ihn nachdenklich an, dann nickte er langsam. »Na schön. Mir scheint dieser Marten ein aufrichtiger, selbstloser und rücksichtsvoller Mann zu sein. Das findet man nicht oft heutzutage. Du kannst deine Hand dafür ins Feuer legen, dass der Plan tatsächlich rechtzeitig fertig war?«

Bruno nickte so heftig, dass ihm duselig wurde.

»Wohlan, ich werde den Entwurf mit aufnehmen.«

»Wahrhaftig?« Sollte der liebe Gott ihm heute so wohlgesonnen sein? »A-aber warum?«

Der Baron lächelte geheimnisvoll. »Freiheit, Gleichheit, Brüderlichkeit, Toleranz und Humanität. Das sind die Werte, nach denen ich lebe.«

Bruno wusste nicht, was sein Gegenüber damit sagen wollte, aber das störte ihn nicht. Hauptsache, der Plan war nun da, wo er sein sollte.

50. Kapitel

Wann immer Rosalie an diesem viel zu sonnigen Morgen an die grellen Flammen dachte, die vor zwei Tagen so schonungslos ihren Traum zerfressen hatten, wurde sie von einem Weinkrampf geschüttelt. Sie schluchzte, bis ihr die Luft wegblieb, und boxte voll kraftloser Ohnmacht in ihr Daunenkissen.

Es gab nichts, was sie noch tun konnte.

Es war wie ein wahr gewordener Albtraum gewesen, als sie freudig gestimmt zur Probe gegangen und dann bereits in der Stadt diese seltsame Unruhe bemerkt hatte. Der Geruch von Rauch hatte in der Luft gelegen, aber sie hatte ihn nicht weiter beachtet, da sie vermutet hatte, dass er von einem Fabrikschornstein käme.

Und dann, als sie das Theater erreicht hatte, hatte sie es gesehen.

Riesige Flammen hatten bereits aus den Fenstern des imposanten Gebäudes geschlagen. Obwohl sie wohlbehalten in sicherer Entfernung vor dem Eingang gestanden hatte, war es ihr so vorgekommen, als hätte das Feuer sie ebenfalls verbrannt. In gewisser Weise hatte es das auch getan, denn mit dem abgebrannten Theater war ihr alles genommen worden, was ihr lieb war.

Selbst heute erschien es ihr noch unfassbar. Wie hatte es nur so weit kommen können? Womit hatte sie das verdient? War ihr denn jegliches bisschen Glück, das sie haben könnte, missgönnt? Wieso wurde sie so gestraft? Es war, als bliebe ihr nichts Gutes im Leben. Für eine Weile gab sie sich dem neuerlichen Weinkrampf hin.

Doch dann richtete sie sich entschieden auf.

Das stimmte nicht.

Mit einem Taschentuch tupfte sie die Tränen aus ihrem Gesicht. Wenn es etwas gab, das sie wieder glücklich machen könnte, dann war es diese eine Sache. Sie stand auf und rief Meike herbei, damit sie ihr half, ihr schönstes Kleid anzuziehen. Sie hatte es ihrem Vater aus den Rippen leiern können, indem sie beteuert hatte, dass dies das Einzige sei, was sie nach dem Tod ihrer Mutter wieder froh machen könne. Es war im edlen Blaudruckverfahren hergestellt worden und betonte das goldene Blond ihrer Haare ganz hervorragend.

Und das mochte er ja so gerne.

Sie setzte sich an ihren Schminktisch mit dem Spiegel und ließ Meike ihre Haarpracht mit der Brennschere bearbeiten. Derweil holte sie eine schwarze Dose hervor, die sie sich für das Theater besorgt hatte. Für die Bühne musste man Schminke auflegen, sonst wirkte man blass und farblos, und es wurde erwartet, dass jeder Bühnenkünstler sich selbst damit ausstattete. Heute würde die Schminke ihr helfen, ihre verquollenen Augen zu verbergen. Danach legte sie noch etwas Rouge auf. Ausgezeichnet. Jetzt sah sie wieder frisch und lebendig aus.

Das Stubenmädchen hatte inzwischen fast all ihre Haare zu Locken geformt. Rosalie wartete geduldig, überlegte derweil, was sie sagen würde, und beobachtete im Spiegel, wie Meike ihre Haare so hochsteckte, dass ihr Gesicht noch schlanker wirkte. Zufrieden betrachtete sie ihr Spiegelbild und lächelte sich selbst zu. Sie sah aus wie das blühende Leben und als könnte sie kein Wässerchen trüben.

»Du kannst jetzt gehen«, sagte sie und erhob sich.

Eilig verließ sie die Fliedervilla durch die Hintertür und folgte dem kleinen Weg, der sie bis zur Orangerie führte. Sie war in den letzten Wochen öfter hier gewesen, und Manilo hatte sich stets freundlich gezeigt, aber er hatte ihr noch keinerlei Avancen gemacht. Das war jedoch nicht verwunderlich, immerhin war sie die Tochter des Hauses. Eine höhere Tochter des Großbürgertums, während er nur ein Arbeiter war. Es wäre für ihn ein gewagtes Unterfangen gewesen, ihr den Hof zu machen, denn sie hätte es als Affront werten können. Offenbar brauchte er etwas Ermunterung, damit er verstand, dass dies durchaus in ihrem Sinne wäre. Sie hatte zwar schon kleinere Andeutungen gemacht, aber bisher war er nicht darauf eingegangen. Vermutlich hatte er sie nicht richtig deuten können, immerhin sprach er erst seit einigen Monaten Deutsch. Sie musste ganz offensichtlich deutlicher werden, beschloss sie, als sie die gläserne Tür öffnete und vom Blumenduft umhüllt wurde. Auf das üppige Parfüm hätte sie verzichten können.

»Rosalie«, rief Manilo sofort, als er sie in der Tür entdeckte, und lief auf sie zu. Er schien ihr wahrlich zugetan zu sein, denn so voller Überschwang hatte er sie noch nie begrüßt.

»Ich habe gehört, was mit dem Theater passiert ist«, sagte er nun und legte eine Hand an ihre Schulter. »Ich bin untröstlich und fühle mit dir. Wie geht es dir?«

Rosalie schritt mit ihrem ausladenden Kleid langsam durch die Gänge und begutachtete die bunten Blumen. Der Lavendel verströmte seinen Duft, und einige hochstielige gelb-rote Blüten leuchteten ihr entgegen. Sie ließ zu, dass die Tränen ein wenig ihre Augen benetzten, denn Manilos Fürsorge gefiel ihr.

»Ich bin wahrhaftig am Boden zerstört. Es war mein großer Traum, dieses Stück aufzuführen, und nun ist er zerplatzt. All die Wochen voller harter Proben … Es war alles vergebens.«

»Können sie denn nicht ein neues Theater aufbauen, und dann holt ihr die Aufführung nach?«

»Gewiss, doch es dauert, bis das Interimstheater fertiggestellt ist. Und zu meinem Leidwesen hat mein Vater mir nur noch erlaubt, bis zum Ende des Monats am Theater zu bleiben. Er hat nie verstanden, wie ernst es mir mit der Schauspielerei ist, und hat sie als kindische Alberei abgetan. Und nun bleiben mir lediglich diese letzten Wochen, um meinen Traum zu verfolgen, und dann soll ich …« Rosalie zögerte. Sollte sie ihm gestehen, dass sie sich dann einen Ehemann suchen musste? Aber das würde ihn vielleicht abschrecken. »Dann soll ich etwas anderes machen«, sagte sie ausweichend.

»Hmmm«, Manilo legte die Hand an sein Kinn und ging mit sehr gemächlichen Schritten weiter. »Dann muss die Premiere schneller stattfinden«, überlegte er laut.

»Aber selbst wenn alle Leute aus der Stadt mit anpacken … Es braucht einfach Zeit, bis ein Theater gebaut ist, und innerhalb dieses Monats werden sie es keinesfalls schaffen.« Wieder ließ sie es zu, dass sich die Tränen in ihren Augen sammelten. »Es gibt schlichtweg nichts, was ich tun kann, es ist vorbei.« Sie holte ihr Spitzentaschentuch hervor, tupfte damit ihre Augen ab und schniefte leise.

»Im Grunde genommen brauchte man doch vor allem eine erhöhte Bühne und eine Vielzahl an Stühlen für die Zuschauer.«

»Ja«, sagte Rosalie vage, denn sie hatte keine Ahnung, worauf Manilo hinauswollte.

»Und um so etwas aufzubauen, benötigt man vor allem Platz.«

Rosalie nickte.

»Und hier auf dem Hof haben wir doch recht viel Platz …«

Manilo brauchte nicht weiterzusprechen. Rosalie verstand unverzüglich, was ihm vorschwebte. In ihrem Herzen begann ganz zart die Hoffnung aufzukeimen.

»Die Leute aus der Stadt könnten alle verfügbaren Stühle und Bänke herbringen, dazu wären sie gewiss bereit, wenn sie damit uns Theaterleute unterstützen könnten.«

»Und die Bühne könnte von ein paar Männern recht schnell aus Brettern gezimmert werden. Die Ränder und den Bereich hinter der Bühne könnten wir durch einige der großen Topfpflanzen abgrenzen. Aber wie machen wir das mit dem Vorhang?«

Rosalie strich langsam über einige gelbe Blumen und überlegte. »Es wäre recht aufwendig, eine Konstruktion zu bauen, von der ein schwerer Vorhang herabhängen könnte. Vielleicht könnten ein paar Menschen ein riesiges Tuch hochhalten. Das wäre zwar überaus simpel, aber es hätte auch etwas Lustiges, und jeder würde verstehen, warum wir es auf diese Weise machen müssen.«

Manilo strahlte sie an. »Ja, ich glaube, so könnte es funktionieren.«

In einem Anflug von Übermut trat Rosalie auf Manilo zu und küsste ihn auf die Wange. »Welch vortreffliche Idee. Du bist großartig, Manilo. Ich weiß gar nicht, wie ich dir danken soll.«

Manilo wich einen Schritt zurück. »Ich habe doch nur bei den Überlegungen geholfen, wie man das Stück in diesem Monat noch auf die Bühne bringen könnte.«

Rosalie beglückte ihn mit einem koketten Lächeln und strich durch die Locken, die aus ihrer pompösen Frisur heraus seitlich auf die linke Schulter fielen.

»Aber dennoch … Ich glaube, du ahnst gar nicht, *wie* zugetan ich dir bin.« Sie sah ihn mit einer solchen Vehemenz an, dass auch der Schüchternste verstehen musste, worauf sie aus war.

Manilo steckte geschäftig den Zeigefinger in einige Töpfe und kontrollierte die Feuchtigkeit der Erde.

»Das … äh … das ehrt mich wirklich sehr, Rosalie.« Er räusperte sich. »Aber damit keine Missverständnisse aufkommen, muss ich wohl etwas klarstellen. Ich schätze dich ungemein als Mensch, und du bist eine …«, er gestikulierte in ihre Richtung und betrachtete ihr blaues Kleid und die zurechtgemachten Haare, »… du bist eine bildschöne Frau. Aber doch ist es so, dass mein Herz bereits einer anderen gehört.«

Er senkte den Kopf und schaffte es offensichtlich nicht mehr, ihrem Blick standzuhalten. Die neuerliche Hoffnung, die Rosalie geschöpft hatte, verschwand mit dem nächsten Atemzug. Ihr Körper schien einzig und allein aus Schmerz und Enttäuschung zu bestehen.

»Aber wer …«, stammelte sie. »Wer ist es? Kenne ich sie? Wo hattest du denn überhaupt Gelegenheit, jemanden kennenzulernen? Du arbeitest doch den gesamten Tag?« Sie konnte sich das wirklich nicht erklären, denn sie wusste, dass Greta ihrem Bruder verfallen war, und Hildegard war ja bereits verheiratet und auch bei Weitem zu alt für Manilo.

Wer konnte es also sein?

»Manchmal macht unser Herz uns vermutlich blind für das Naheliegende«, sagte Manilo geheimnisvoll. »Aber solange wir noch nicht offiziell verlobt sind, würde ich es gerne für mich behalten.«

Rosalie war Manilo in den kleinen Betriebsraum mit dem Heizkessel gefolgt, wo er Kohlen nachlegte. Nachdem er die Klappe geschlossen hatte, lächelte er sie entschuldigend an.

»Es tut mir leid, Rosalie, aber ich muss noch beim Umpflanzen der Cotoneaster helfen.« Er schien ihre Bestürzung als Verwirrung über den Pflanzennamen zu deuten. »Zwergmispeln«, erklärte er.

Rosalie nickte, denn ihre brennende Kehle erschwerte das Sprechen. Sie merkte, wie frische Tränen bereits hinter ihren Augen lauerten. Sie benetzte die Lippen und sammelte jedes kleine bisschen an Würde, das sie in ihrem Inneren noch finden konnte, um gediegen antworten zu können.

»Verstehe«, presste sie hervor. »Dann danke ich dir für deinen Ratschlag bezüglich der Theateraufführung und wünsche dir alles Gute mit deiner Liebsten.« Mit diesen Worten drehte sie sich um und rannte nahezu aus der Orangerie, doch erst in ihrem Zimmer, nachdem sie sich auf das Bett geworfen hatte, ließ sie den neuerlichen Tränen ihren Lauf.

So hatte sie den Tag begonnen, und anscheinend sollte sie ihn auch unter Tränen beenden. Eine Weile gab sie sich ihrem Elend hin, doch die Frage, wen Manilo ihr vorzog, ging ihr nicht mehr aus dem Kopf. Sie musste es herausfinden.

* * *

Marleene dachte noch während des gesamten Rückwegs über Hildegards vorwurfsvolle Worte nach. Wie konnten sie ihr etwas Derartiges nur zutrauen, fragte sie sich zum aberhundertsten Mal, als sie ihr zusammengeschnürtes Bündel mit den Frauenkleidern aus der Wachholderhecke zog. Mit fahrigen Bewegungen zerrte sie den Knoten auf. Wann hatte sie Hildegard je Anlass zum Misstrauen gegeben?

Oder lag es daran, dass sie vermeintlich ein Mann war? Misstraute man als Frau dem anderen Geschlecht generell oder zumindest eher?

Sie konnte nur hoffen, dass die anderen Arbeiter nicht zu demselben Schluss kamen. Am Ende wurde sie noch wegen eines falschen Verdachts entlassen.

Vollkommen in Gedanken versunken trat sie hinter der Hecke hervor, während sie ihre Haube aufsetzte. Ein spitzer Schrei entfuhr ihr, als sie mit jemandem zusammenstieß. So spät und halb im Gebüsch hatte sie wahrhaftig niemanden erwartet. Sie sah belustigte braune Augen, tiefschwarze Haare und ein sonniges Lächeln.

»Manilo«, flüsterte Marleene wie betäubt.

»Marten, was machst du …« Er hielt mitten im Satz inne und sah an ihr herab. Sein Blick blieb an ihren weiten Röcken hängen und flog zurück zu ihrer Haube.

Marleene hielt die Luft an.

Schließlich nickte er. »So ist das also«, sagte er schlicht.

»Bitte, Manilo, du darfst es niemandem verraten. Ich … ich … wollte unbedingt diese Lehre machen und habe keinen anderen Weg gesehen, als …«

Manilo hob beschwichtigend die Hände. »Sag kein weiteres Wort. Du musst dich mir nicht erklären. Ich bin mir sicher, dass du deine guten Gründe hast, und es ist durch diese Verkleidung ja niemand zu Schaden gekommen.«

Marleene lächelte kläglich, denn sie war zwar froh, dass er sie nicht verurteilte, aber ob wahrlich niemand zu Schaden genommen war, wusste sie nicht. Ihr Verhältnis zu Julius war nach wie vor mehr als angespannt. Vielleicht hatte sie ihn in eine große Verwirrung gestürzt, und womöglich zweifelte er an sich selbst, während sie es noch immer nicht geschafft hatte, ihm die Wahrheit zu sagen. Darum sollte sie sich unbedingt sehr bald kümmern.

»Aber warum gehst du hier neben den Linden und nicht die

Auffahrt entlang?«, stellte sie nun ihrerseits die Frage, die sie verwunderte.

Manilo seufzte. »Rosalie«, erklärte er. »Manchmal lauert sie mir auf, wenn ich nach Hause gehe, aber heute habe ich nicht die Kraft dazu.«

Marleene nickte verständnisvoll. Das Ultimatum von Konstantin hatte allen ganz schön zugesetzt, da konnte man sich keine weiteren schlechten Gedanken leisten.

»Komm«, sagte Manilo und winkte ihr zu. »Ich glaube, wir gehen in dieselbe Richtung. Ich wollte Frieda abholen und sie in eine Speisewirtschaft ausführen.« Sie gingen ein Stück des Weges und mieden das ernste Thema der möglichen Kündigung; stattdessen sprachen sie lieber über den blühenden Herbst und wie er sich vom italienischen Herbst unterschied. Als sie das Ende der Lindenallee erreicht hatten, stockte Manilo. »Möglicherweise ist es gar nicht schlecht, dass ich hier auf dich gestoßen bin. Und vielleicht kommt es mir ja zugute, dass auch du mit den Feinheiten des weiblichen guten Geschmacks gesegnet bist.«

»Was willst du damit sagen?«

»Nun ja, ich spiele mit dem Gedanken …«, er stocherte mit seinen Schuhen in den gelben Blättern herum, »bei deiner Cousine um ihre Hand anzuhalten, und ich …« Bevor Manilo weitersprechen konnte, fiel Marleene ihm um den Hals. Es war ein so grauenvoller Tag gewesen, doch mit dieser Nachricht vertrieb er jegliche trüben Gedanken. Es freute sie von Herzen, dass so ein netter junger Mann wie Manilo ihre liebe Frieda heiraten wollte. Einen besseren Ehemann konnte sie sich gar nicht erhoffen, er war wirklich tausendmal besser als dieser Bauer Otto, der ihre Cousine hatte sitzen lassen.

»Das ist fabelhaft, Manilo, ich freue mich so für euch beide.«

Manilo lachte. »Nun aber mal langsam. Ich hab ja noch gar nicht gefragt, und du tust schon so, als hätte Frieda bereits Ja gesagt.«

»Aber das wird sie ganz gewiss.«

Manilo wirkte auf einmal ungewohnt schüchtern und senkte den Blick. »Also, was ich eigentlich wissen wollte, ist, wie es bei euch üblich ist. Frage ich einfach Frieda, oder muss ich erst zu ihren Eltern reisen und dort um ihre Hand anhalten?«

Marleene lachte auf. »Also, wenn das alles ist, erkläre ich es dir sehr gerne.« Sie hakte sich unter und wollte weitergehen, als ein Geräusch sie zusammenfahren ließ. Panisch fuhr sie herum, ungeachtet des wild pochenden Herzens in ihrer Brust. Ein trockener Ast. Er würde doch nicht ohne jegliches Zutun zerbrechen? Ihre Augen suchten im Zwielicht rasch die Lindenallee ab. Aber da war nichts.

* * *

Rosalie hatte nach dem dritten Weinkrampf an diesem Tag erst gegen Abend zu ihrer Contenance zurückgefunden. Entschlossen putzte sie sich die Nase und begab sich in den Salon, dessen Fenster zur Lindenallee hinausging. Dort ließ sie sich nieder.

»Meike, wo bleibt mein Tee? Du weißt doch, dass ich ihn um diese Zeit trinke. Ich werde ihn heute hier einnehmen, muss ich dich an alles erinnern?«, herrschte sie das Stubenmädchen an, um zumindest etwas von ihren schlechten Gefühlen loszuwerden.

Meike knickste ergeben und eilte davon. Sie hörte, dass die Haustür sich öffnete.

»Vater?«, rief sie hoffnungsvoll, und kurz darauf kam er in den Salon.

»Geht es dir gut, Liebes?« Der Schock, dass er beinahe auch

noch seine Tochter verloren hätte, hatte eine sanfte Seite an ihm hervorgekehrt.

»Ja.« Sie stand auf und ging auf ihn zu. »Und ich habe eine ganz famose Idee.«

Sein Blick war voller Zweifel.

»Wie wäre es, wenn wir das Theaterstück hier in der Hofgärtnerei aufführen würden?«

»Hier? Ein so großes Fest noch in der Trauerzeit? Ich weiß nicht.«

»Bitte, Vater!« Rosalie legte sämtliche Hoffnung in ihren Augenaufschlag. »Ich bin mir ganz sicher, dass Mutter es so gewollt hätte. Sie wäre stolz auf mich.«

Alexander sah nach draußen und runzelte die Stirn. »Aber wie soll das gehen? Das wäre sicherlich mit allerhand Arbeit verbunden.«

Sie nahm seine Hände und ließ zu, dass die Tränen ihre Augen neuerlich verschleierten.

»Bitte«, flüsterte sie. »Es würde mir äußerst viel bedeuten. Du weißt, dass es meine letzte Gelegenheit ist, auf der Bühne zu stehen, denn danach fahre ich ja nach Norderney und suche mir einen wohlhabenden Ehemann.«

Ihr Vater nickte bedächtig.

»Und wenn alle mit anpacken, geht es sicherlich recht schnell. Wir können die Bühne aus Paletten bauen und die riesigen Topfpflanzen als Begrenzung nehmen.« Sie merkte, dass er nicht mehr gänzlich abgeneigt war. »Das wäre gewiss eine gute Reklame für die Pflanzen. Denk daran, wie vorzüglich das auf dem Alpenrosenball funktioniert hat, danach wollte die halbe Stadt die Rhododendren haben. Das wäre dir doch bestimmt nicht unrecht …«

Alexander seufzte ergeben. »Na schön. Man kann dir aber auch wahrhaftig nichts abschlagen, wenn du so traurig bist. Ich werde den Männern sagen, dass sie gleich morgen mit den Vorbereitungen beginnen sollen, und du gibst im Theater Bescheid.«

Er verließ den Raum. Für einen Moment war sie wohlgestimmt, doch dann fiel ihr wieder ein, was Manilo gesagt hatte und weswegen sie in den Salon gekommen war.

Um eine Ausrede zu haben, holte sie ihr Stickzeug und legte es auf ihren Schoß. Sie hatte jedoch nicht die Absicht, auch nur einen weiteren Kreuzstich zu machen. Wozu auch? Die Truhe mit der Aussteuer wartete bereits gut gefüllt oben im Flur. Bettwäsche, Tischdecken, Taschentücher, alles hatte sie mühevoll bestickt. Und jetzt würde sie es zu irgendeinem reichen Schnösel mit in die Ehe bringen, der es vermutlich gar nicht brauchte.

Es sei denn, sie konnte ihr Schicksal doch noch wenden.

Wie an so vielen Abenden zuvor saß sie hoch konzentriert am Fenster. Es war fast Feierabendzeit, und bald würden die Arbeiter nach und nach das Gärtnereigelände verlassen. Manilo ließ diesmal auf sich warten, anscheinend musste er noch eine dringliche Arbeit fertigstellen, das hatte immer Vorrang. Als Erstes sah sie den alten Alois mit Hugo die Lindenallee hinunterhumpeln. Es folgte Oskars watschelnde Gestalt neben Johannes, der sich immer mal wieder zur Seite beugte, vermutlich um Tabak auszuspucken. »Du bist verabscheuungswürdig«, murmelte sie leise vor sich hin. Etwas später liefen Greta und Hildegard die lange Einfahrt hinunter, wurden von Dorotheas Kutsche überholt, und danach eilte Marten die Allee entlang.

Und dann endlich, sie hatte gerade überlegt, ob sie sich ein Modemagazin heranholen sollte, entdeckte sie Manilo. Fast hätte sie ihn übersehen, doch sein helles Hemd verriet ihn. Statt normal über den Hof zu laufen, hielt er sich dicht an der Remise und bog dann noch vor der Einfahrt zwischen den Linden in das schmale Stück zwischen Hecke und Lindenbäumen ein. Was, zum Teufel …? Eilig verließ sie die Villa, tapste über den Hof und folgte ihm unauffällig, indem sie von Baum zu Baum schlich und sich dahinter versteckte.

Sie konnte sich schon vorstellen, warum er sich so sonderbar aufführte. Endlich würde sie herausfinden, für wen sein Herz schlug.

Als er fast am Ende der Lindenallee angekommen war, hielt Rosalie die Luft an. Eine Gestalt kam hinter dem Baum hervor. Eine Frau. Was hatte sie dort zu suchen? Hatte sie im Gebüsch auf ihn gewartet? Die beiden sprachen miteinander und gingen weiter. Rosalie schlich im Schutz der Bäume hinterher. Doch erst als sie nur noch wenige Meter von den beiden entfernt war, da sie stehen geblieben waren, erkannte sie, wen sie da vor sich hatte.

Sie schlug die Hand vor den Mund und versteckte sich rasch hinter einem Baum. Hektisch schnappte sie nach Luft, und ihr Herz begann so schnell zu schlagen, dass sie sich einer Ohnmacht nahe fühlte.

Wahrhaftiger, das musste ein Trugbild sein!

Sie konnte noch immer nicht glauben, was sie da soeben gesehen hatte.

Vorsichtig lugte sie abermals hinter dem knorrigen Stamm hervor und blinzelte mehrmals, um gewiss zu sein. Es war zu skandalös.

»Nein, nein, nein, das kann nicht sein«, flüsterte sie kaum hörbar und verschwand mit rasselndem Atem wieder hinter dem Stamm.

Warum trug Marten Frauenkleider? Es ergab keinen Sinn. Dann stockte sie. Stück für Stück fügte sich alles zusammen, wie eine kaputte Porzellantasse, die man klebte.

Marten war eine Frau.

Aber nicht nur das. Sie war ein Mädchen, das ihr nur allzu bekannt war. Jetzt endlich begriff sie, warum ihr der Lehrlingsbursche die ganze Zeit so vertraut vorgekommen war. Marten war die kleene Marleene aus der Schule.

Und als wäre das nicht genug, stand ihr ein neuerlicher Schock bevor, als sie abermals vorsichtig um den Baum lugte.

Manilo und Marten umarmten sich.

Nein! Rosalie wurde schwindelig. Unwillkürlich ging sie einen Schritt rückwärts, geriet ins Wanken und trat auf einen trockenen Ast. Die junge Frau zuckte zusammen, und ihr Kopf flog in ihre Richtung. Rosalie schob sich rasch hinter den dicken Baumstamm zurück. Sie lehnte sich nach Luft ringend an und legte eine Hand auf ihre Brust, um wieder ruhiger zu atmen.

Ihr geliebter Manilo! Der Mann, dem sie trotz aller Standesunterschiede indirekt ihre Gefühle offenbart hatte, liebte das Mädchen aus ihrer Schulzeit, das sie am meisten gehasst hatte. Wie sehr hatte sie sich damals auf den Schautag gefreut, wollte allen ihre großartige Puppe zeigen, auf die sie so ungemein stolz gewesen war. Monatelang hatte sie ihrem Vater deswegen in den Ohren gelegen, bis er endlich nachgegeben hatte. Und wer hatte letztendlich im Mittelpunkt gestanden? Marleene mit ihrem schnöden Flieder. Nicht genug, dass sich bereits zu Hause alles um Pflanzen drehte, jetzt war es in der Schule genauso. Und nun nahm Marleene ihr auch noch den Menschen, dem sie ihr Herz geschenkt hatte.

»Das wirst du mir büßen«, flüsterte sie.

51. Kapitel

Nach seinem Rundgang durch die Gärtnerei ging Julius zum Pferdestall, um Lore zu holen. Seit fast einer Woche bereiteten sie und viele Helfer aus der Stadt alles für das Theaterstück vor. Sie hatten heute den Auftrag, so viele Fichten wie möglich aus dem Freilandquartier zu stechen, um sie als Abgrenzung für Rosalies Bühne aufstellen zu können. Die Fichten mussten sie dringend verkaufen, deswegen hatte Alexander sich dafür entschieden, in der Hoffnung, dass einige der Zuschauer dermaßen begeistert von ihnen waren, dass sie sie für ihren Garten erstehen wollten. Alois half ihm, den schweren Wagen in die richtige Position zu bringen.

»Ganz schön was los hier«, sagte er mit Blick auf die zahlreichen Freiwilligen aus der Stadt, die auf dem Hof eine improvisierte Bühne aus Holz zimmerten. Die Bestürzung über das abgebrannte Theater war groß, und jeder wollte den Schauspielern helfen, damit sie ihr Stück trotzdem aufführen konnten – selbst wenn der Oktober mit seinen frischen Temperaturen bereits angebrochen war.

»Das kann man wohl sagen«, stimmte Julius zu. Sie hörten Hufgeklapper, und kurz darauf traf ein weiteres Pferdefuhrwerk ein, voll beladen mit Stühlen und Bänken aus der Nachbarschaft. Mehrere Männer eilten hinzu, um beim Abladen zu helfen.

Julius schnalzte mit der Zunge, und Lore schritt über den Hauptweg zum Fichtenquartier, wo die Männer bereits mit der Arbeit begonnen hatten. Aber was war das? Oskar saß auf einer hölzernen Schubkarre, Johannes lehnte an einem Spaten neben Bruno, der mit leicht geöffnetem Mund einfach nur dastand. Alle beobachteten Marten, oder besser gesagt Marleene, wie sie mit weggedrehtem Gesicht und zusammengepressten Augen die Fichtenzweige hochhielt, damit Konstantin sie zusammenbinden konnte. Erst dann ließ sich der Ballen der Pflanze aus dem Boden stechen. Sechs Bäume waren auf diese Weise vorbereitet worden, was nicht viel war, wenn man bedachte, dass sie bereits seit gut einer Stunde an der Arbeit waren.

Wenn er es richtig sah, ließ sein Bruder sich auch noch reichlich Zeit, bis er damit begann, die Schnur in aller Seelenruhe um die Äste zu wickeln. Er hörte Marleene leise ächzen, als er die Gruppe erreicht hatte, und ihr Gesicht war schon voller roter Striemen, wo die spitzen Nadeln ihre Haut zerkratzt hatten. Sein Herz zog sich unwillkürlich zusammen.

»Was ist denn hier los?«, fragte er Konstantin.

»Na, was wohl? Wir binden die Bäume hoch, damit wir sie umsetzen und unser Schwesterherz auf der Bühne glänzen kann.«

»Und warum binden nur du und Marten die Zweige ab?«

»Du weißt doch, dass der Rangniedrigste die leidvolle Aufgabe des Zweigehochhaltens übernehmen muss. Und wir haben ja nun mal nur Marten als Lehrling …«

Julius stieß entnervt die Luft aus. Wusste sein Bruder denn nicht, dass jede Minute, in der die Arbeiter herumstanden, ein Heidengeld kostete?

»Und dann lässt du zu, dass die anderen nur zusehen? So kriegen wir die Bühnenabgrenzung im Leben nicht fertig.« Er sah zu den drei Männern hinüber. »Na los, an die Arbeit!«

Doch die drei rührten sich nicht.

»Du bist nicht unser, Chef«, sagte Johannes mit verschränkten Armen. »Außerdem bin ich hier als Gärtnergehilfe und nicht als Bühnenarbeiter angestellt.«

Julius spürte Ärger in sich aufsteigen. Für Johannes' Rebellentum hatte er jetzt wirklich keine Zeit. Am liebsten hätte er darauf hingewiesen, dass ihm schließlich nichts anderes übrig blieb, wenn sein Bruder offenbar nicht wusste, wie man Arbeiter anleitete, und der alteingesessene Obergärtner es nicht wagte zu widersprechen.

»Ich sag dir was, wenn du hier noch länger tätig sein willst, gehst du jetzt verdammt noch mal an die Arbeit. In eurem Fall hat sich das Ausdiskutieren, wer die niedrigere Stellung hat, bereits erledigt. Johannes, du wirst die Zweige zusammenhalten, und du, Bruno, bindest sie hoch. Oskar und ich können schon mal mit dem Ballenstechen anfangen.«

Konstantin kam zu ihm herüber. »Mach du doch mit dem Aufbinden weiter, ich werde dann die Ballen stechen.«

Julius konnte ein Grinsen kaum unterdrücken. Offensichtlich ahnte sein Bruder nicht, dass das Ballenstechen noch viel anstrengender als das Abbinden war. Er nickte Marleene zu, dass sie ihm zur nächsten Pflanze folgen sollte, und beugte sich dann tief hinab, um die stiekeligen Zweige hochzuhalten. Er biss die Zähne zusammen, als die Nadeln ihre scharfen Spitzen durch seine Leinenhose und den Wollpullover ins Fleisch bohrten. Heute Abend würde sein Körper vermutlich überall jucken und mit kleinen roten Punkten übersät sein.

»Aber…«, setzte Marleene an, doch Julius schüttelte den Kopf. »Ist schon gut, ich denke, du hast dir eine Pause verdient. Ich weiß, wie unangenehm die Nadeln auf Dauer sind.«

Flink wie ein Wiesel rannte Marleene mit dem Band um die Zweige. Ohne jeden Zweifel war sie für diese Aufgabe optimal geeignet. Doch als Konstantin entdeckte, dass sie die Plätze getauscht hatten, erhob er das Wort.

»Nein, nein, nein. Marten muss die Zweige hochhalten.«

»Es ist doch einerlei, wer das macht. Hauptsache, wir werden fertig.«

Konstantins Augen verdunkelten sich. »Keine Widerrede. Ich habe hier das Sagen, und ich befehle, dass Marten als Lehrling die Zweige hochhält. Da mussten wir alle durch, und sonst tanzt er uns irgendwann noch auf der Nase herum.« Er sah Marleene dabei eindringlich an, und Julius hatte das unbestimmte Gefühl, dass es hier um mehr ging als nur das Aufbinden der Fichtenzweige.

Gezwungenermaßen tauschten sie bei der nächsten Pflanze die Plätze. Für eine Weile hörte man nur das Ächzen der Männer und das dumpfe Knacken, wenn der Spaten die Wurzeln des Baumes durchtrennte. Schließlich hievte Konstantin siegessicher die erste Fichte, dic er freigestochen hatte, aus dem Boden. »So wird es gemacht! Fichte Nummer eins ist fertig zum Abtransport. Wo sind die Ballentücher?«

Julius sah zu dem Baum und hätte am liebsten den Kopf zwischen den Händen vergraben, denn er konnte es kaum mit ansehen. Johannes schien es ebenfalls bemerkt zu haben. Er lachte auf und spuckte die obligatorische Ladung Kautabak in die Erde.

»Hast du denn noch nie Ballen gestochen? Mit diesem winzigen Erdballen wird die Fichte nicht lange überleben, geschweige denn zum Verkauf geeignet sein …«

»Oh, oh«, höhnte jetzt auch Oskar, und seine unterdrückten Lacher wurden vom Wind davongetragen.

Die anderen mochten es womöglich nicht bemerken, aber Julius kannte seinen Bruder gut, und er spürte genau, wie wütend dieser innerlich wurde.

»Na und?«, rief er leichthin und schmiss die Fichte beiseite. »Ist doch egal. Letztendlich ist es mein Geld, und wenn ich den Ballen so stechen will, dann ist es meine Sache.«

»Oh ja, mit deinem Geld bist du ja ohnehin immer überaus großzügig, und in Form von toten Tannen auf dem Komposthaufen ist es sicherlich auch viel besser angelegt als bei lebendigen Wesen«, sagte Marleene voll triefendem Zynismus in der Stimme.

Julius hatte sie zuvor noch nie so erlebt.

»Marten, hüte deine Zunge«, sagte Konstantin und betonte dabei *Marten* ganz eigenartig. Was zum Teufel ging hier vor?

Bedauerlicherweise musste er noch bis zur Frühstückspause warten, bis er Marleene endlich zur Rede stellen konnte. Während Bruno, Oskar und Johannes bereits zur Remise trotteten und Konstantin sich zur Fliedervilla aufgemacht hatte, banden Julius und Marten die letzte Fichte hoch.

»Was ist zwischen Konstantin und dir geschehen? Warum benehmt ihr euch wie zwei Kampfhähne in einer Wettspelunke?«

»Ts«, stieß Marleene aus. »Wenn du es genau wissen willst – ich bin sauer, weil dein Bruder eine Bracknase ist.«

Das waren ja gänzlich neue Töne. Wobei sie eigentlich noch nie so richtig über Konstantin gesprochen hatten. Julius war lediglich davon ausgegangen, dass Marleene ihm ebenfalls verfallen war. Anscheinend hatte sein Bruder irgendetwas an sich, dem keine Frau widerstehen konnte. Aber was war nun geschehen? Hatten die beiden ein Zerwürfnis?

»Und was verleitet dich zu der Annahme, wenn ich fragen darf?«

»Ich weiß nicht. Vielleicht die Tatsache, dass …« Sie hielt inne und rang um Worte. »Ach, was soll's, früher oder später wirst du's ohnehin erfahren. Jeder wird es erfahren. Er hat Greta geschwängert und weigert sich nicht nur, sie zu heiraten, sondern auch zu dem Kind zu stehen. Er will nicht mal einen einzigen Pfennig zahlen.«

Julius starrte sie an. »Greta?«, fragte er verdattert. Er wusste zwar, dass sein Bruder ein Schwerenöter war, hätte jedoch nie angenommen, dass er Greta anziehend fand, noch dass Greta sich auf ihn einlassen würde.

Marleene nickte. »Erinnerst du dich an den Alpenrosenball?«

Julius fasste sich an die Stirn. Das erklärte einiges.

»Dann ist es mir anzulasten«, flüsterte er. »Sie hat geglaubt, dass ich mit ihr auf den Ball gehe, und sich deswegen betrunken.«

»So ein Unfug«, rief Marleene und rieb sich die zerstochenen Arme. »Es ist weder Gretas Schuld noch deine. Greta und Konstantin haben sich entschlossen …« Sie gestikulierte in der Gegend herum und wurde rot. »Sie haben beschlossen, dass sie sich auf diese Weise näherkommen wollen, und nun müssen beide mit den Folgen leben. Aber dein Bruder weigert sich, die Konsequenzen zu tragen, und deswegen ist ganz allein er verantwortlich für diesen Schlamassel. Oder willst du etwa unterstellen, dass die Frauen selbst schuld sind?«

Julius sah sie erschrocken an. So etwas würde er doch niemals behaupten. »Wie kommst du darauf?«

»Na ja, damals im Gewächshaus hast du ja auch gesagt, dass die Frauen selbst schuld sind, dass sie keine Lehre machen dürfen.«

Julius runzelte die Stirn. »Vielleicht lag ich damals falsch. Vermutlich sogar sehr. So oder so, was Konstantin macht, ist unerhört. Ich werde sofort mit ihm sprechen.« Mit schweren Schritten ging er zum sandigen Hauptweg, doch bevor er abbog, fasste er sich ein Herz. Anscheinend hatte er die ganze Situation vollkommen falsch eingeschätzt und sollte dringend mit Marleene reden. Nervös drehte er sich noch einmal um.

»Stattest du mir bald wieder einmal einen Besuch in unserem geheimen Gewächshaus ab?«

Sie wirkte überrascht.

»Ich … Es tut mir leid, dass ich dich damals so angefahren habe. Das war überaus unhöflich und auch unnötig. Ich bitte vielmals um Verzeihung, denn ich …« Er senkte den Blick, und seine Stimme zitterte leicht, als er weitersprach. »Ich vermisse unsere gemeinsamen Stunden dort.«

Es war vollbracht. Jetzt hatte er es gesagt.

Wie würde sie reagieren?

Mit klopfendem Herzen beobachtete er jede Regung von ihr.

Marleenes Gesicht sah aus, als wäre in ihrem Innern die Sonne aufgegangen, stellte er erleichtert fest.

»Gerne«, sagte sie jedoch nur, und er nickte ihr zu, bevor er auf den Hauptweg trat. Vor der Fliedervilla fing er seinen Bruder ab, der nach der Frühstückspause gerade die Stufen nach unten sprang.

»Du kommst mit«, sagte er im barschen Tonfall. Was Marleene ihm erzählt hatte, war wirklich ungeheuerlich.

Konstantin sah ihn verwundert an. »Darf ich fragen, warum?«

»Das wirst du gleich erfahren. Komm, wir gehen in den Salon.«

In der Villa setzte sich Konstantin auf das Sofa mit dem grünen Samtbezug. Ihr Vater war in der Stadt, um die Bewirtung der Theatergäste am kommenden Abend zu veranlassen, deswegen konnten sie zumindest ungestört reden.

»Wie ich erfahren habe, erwartet Greta ein Kind von dir?«

Konstantin lachte auf und schlug die Beine übereinander. »Wer hat dir denn so einen Unfug erzählt? Ich und Greta? Das wäre doch nun wahrhaftig unter meiner Würde.«

»Bei dir bin ich mir nicht einmal sicher, ob du so etwas wie Würde besitzt, Konstantin.« Sein Bruder wollte auffahren, aber Julius redete weiter. »Du musst es gar nicht abstreiten, ich weiß, dass es so ist, denn auch ich habe euch schließlich beim Alpenrosenball gesehen. Es sähe dir nur ähnlich, dir ihren beschwipsten Zustand zunutze zu machen. Und ich werde nicht tatenlos mit ansehen, wie du sie ins Verderben treibst. Sie ist eine gute und ehrliche Arbeiterin und hat es nicht verdient, der Schande ausgesetzt zu werden. Wenn du sie schon nicht heiratest, wirst du ihr ab jetzt jeden Monat eine großzügige Summe zukommen lassen, sodass sie für sich und das Kind sorgen kann.« Eindringlich sah er seinen Bruder an. »Es ist dein Kind, verdammt noch mal. Willst du wirklich, dass es in der Gosse landet?«

»Das ist nicht mein Problem. Die Frauen wissen sehr gut, was passieren kann, wenn sie sich auf eine Liebelei einlassen. Und was mit meinem Geld passiert, entscheide immer noch ich.«

»Na schön«, sagte Julius und wandte Konstantin den Rücken zu, um aus dem Fenster zu sehen. »Wenn du Vater nach all dem Drama auch noch diese Sache zumuten willst, nur zu. Ansonsten wäre ich bereit, Stillschweigen zu bewahren, wenn ich sichergehen kann, dass Greta das Geld bekommt. Monat für Monat.«

***

In der Nacht vor der Premiere schreckte Manilo aus dem Schlaf. Ein Blick aus dem Fenster zeigte den grauen Himmel und das fahle Licht, das alle Häuser mit einem Grauschleier überzog. Bald würde die Sonne aufgehen, und er würde aufstehen müssen, aber noch war es nicht so weit.

Es klopfte, und Manilo zuckte zusammen. War es das, was ihn geweckt hatte?

»Manilo!« Die Stimme der alten Frau von nebenan klang hektisch.

»Was ist?«

»Hier ist jemand für dich. Sie sagten, es wäre überaus dringlich.«

Wer mochte zu so früher Stunde mit ihm sprechen wollen? Aufgeregt sprang er aus dem Bett, schlüpfte in seine Hose und riss die Tür auf.

Ein bärtiger Mann um die fünfzig, den er noch nie gesehen hatte, betrat seine Kammer. Zu seiner Verblüffung folgte ihm Hildegard. Die Alte schloss die Tür hinter sich und ging wieder.

»Hildegard, was ist geschehen? Ist etwas mit der Hofgärtnerei? Doch nicht etwa ein weiterer Brand?« Sein Herz begann zu klopfen. »Oder ist etwas mit Frieda?«

Noch während er die Worte sprach, fragte er sich, woher Hildegard wissen sollte, was mit Frieda war.

Hildegard wirkte wie ein Häufchen Elend, und er wollte einen Schritt auf sie zumachen. Doch da umfasste ihn der Mann von hinten und hielt ihn in einem festen Klammergriff. Manilo ruderte mit den Armen, und bevor er sich's versah, spürte er etwas Kaltes direkt an seinem Hals. Er schluckte, als er erkannte, worum es sich handeln musste.

Ein Messer.

Direkt an seinem Hals.

»Was …«, ächzte er, doch der Mann schnürte ihm die Luft ab.

»Du bist still und hörst zu«, sagte der Mann mit heiserer Stimme. »Du wirst genau das tun, was ich dir sage. Gleich heute Morgen gehst du zum Chef der Hofgärtnerei. Dort wirst du gestehen, dass du der Dieb bist. Du hast die Pflanzen geklaut.«

Manilo wand sich unter dem Griff und versuchte, sich freizukämpfen. Doch der Mann, von dem er nur annehmen konnte, dass er Hildegards Ehemann war, verstärkte den Druck der Klinge. Er spürte, wie sich die Messerspitze in seine Haut bohrte und etwas Warmes seinen Hals herunterrann. Fassungslos sah er seine Kollegin an, die er immer sehr geschätzt hatte.

»Du warst es?«

Sie senkte den Blick. »Es tut mir leid«, sagte sie leise. »Ich habe keinen anderen Weg mehr gesehen. Das Geld … es reicht einfach nicht. Hartmut und ich schaffen es sonst nicht mehr, die Kinder sattzukriegen.« Sie fuhr sich über das Gesicht und schob ihr dunkles Kopftuch zurück. »Es ist nicht recht, dass wir dir das antun müssen, aber es ist die beste Lösung. Dir kann nichts passieren. Der Chef wird dich zurück nach Italien schicken, wo du wieder in deiner früheren Gärtnerei arbeiten kannst … Ich hingegen würde meine Arbeit auf Dauer verlieren, kein anderer stellt eine Diebin ein. Und wir haben fünf Kinder zu versorgen.«

»Aber ich wollte gar nicht mehr zurückgehen, ich möchte hierbleiben. Für Frieda. Wir wollten uns ein gemeinsames Leben aufbauen.«

Hildegard ging auf ihn zu. »Daraus wird nichts.«

»Bitte, Hildegard, ich flehe dich an. Das könnt ihr mir doch nicht antun! Ich …«

»Schluss jetzt!« Hildegards Augen hatten jegliche Wärme verloren. Statt seiner bemutternden Kollegin fand er sich einem skrupellosen Menschen gegenüber, der so wirkte, als würde er über Leichen gehen. »Es gibt keinen anderen Weg. Du wirst tun, was wir sagen, und gestehen, dass du der Pflanzendieb warst.«

Wut stieg in Manilo auf. Er wollte keine andere, er wollte Frieda, und er würde sich sein Glück nicht zerstören lassen, indem er etwas gestand, das er nicht getan hatte. Er versuchte, Hartmut den Ellbogen in den Bauch zu rammen, aber der war muskulös und um einiges größer als er.

»Einen Teufel werde ich tun!«, rief er zornig. »Du hast den Karren in den Dreck gefahren, Hildegard, du wirst ihn auch wieder herausholen. Warum sollte ich für etwas einstehen, das du getan hast?«

»Ganz einfach«, zischte Hildegards Ehemann. »Wenn du es

nicht tust, wird die kleine Frieda, von der du ständig redest, ihres Lebens nicht mehr sicher sein.«

»Was?« Manilo wurde schlagartig übel. »Das könnt ihr doch nicht tun! Was habt ihr vor? I-ihr werdet ihr doch nichts antun?«

Hartmut verstärkte den Druck auf das Messer. »Solange du tust, was wir verlangen, wird ihr nichts passieren. Du wirst in die Hofgärtnerei gehen und gestehen, dass du der Pflanzendieb bist. Solltest du das nicht tun«, er ließ Manilo abrupt los und fuhr mit dem ausgestreckten Zeigefinger genüsslich langsam von rechts nach links über seinen Hals, »dann war es das für die kleine Frieda. Ebenso, wenn du sie warnst oder ihr etwas verrätst. Wir haben einige Vertraute, die wissen, was zu tun ist, falls wir im Gefängnis landen.«

Hartmut packte Manilo und zog ihn wieder zu sich heran. Abermals spürte er das kalte Metall an seiner Kehle. »Wenn du ihr wirklich so zugetan bist, wie du vorgibst, dann hast du keine Wahl.« Mit einem Ruck nahm er das Messer von seinem Hals.

Manilo rang nach Luft. Gleichzeitig spürte er, wie sich die Furcht in ihm ausbreitete. Sie schien jeden Winkel seines Körpers in Besitz zu nehmen.

Hartmut deutete auf seine restlichen Kleider, die Manilo am Vorabend über einen Holzstuhl gehängt hatte. »Zieh dich an. Dann machen wir uns auf den Weg zur Hofgärtnerei und werden genau beobachten, wie du zum Chef gehst. Ein falsches Wort, und das war's mit Frieda.«

Mit wild tobenden Gedanken kleidete Manilo sich an. Er suchte nach einem Auswcg, jedoch überschlugen sich seine Gedanken immer wieder. Ob er der Alten von nebenan irgendetwas im Vertrauen sagen konnte? Aber wie sollte er das anstellen, wenn Hildegard und ihr Mann nicht von seiner Seite wichen?

Sie verließen das kleine Haus am Rande der Innenstadt und

machten sich auf den Weg zur Hofgärtnerei. Der Weg war Manilo nie zuvor dermaßen kurz vorgekommen. Vermutlich hatte er deswegen noch immer keinen Ausweg aus dieser verfahrenen Lage gefunden. Es musste etwas geben, womit er seine Unschuld beweisen konnte! Vielleicht wenn er dem Chef die gesamte Geschichte erzählte? Wenn er ihm sagte, dass Hildegard und ihr Mann ihn bedrohten, falls er nicht gestand? Dann könnten sie sich gemeinsam überlegen, wie sie da wieder rauskämen, und notfalls erst mal nur so tun, als wenn er wirklich gestanden hätte. Ja, so könnte es funktionieren.

Das könnte seine Rettung sein.

Ein wenig hoffnungsvoller bog er mit seinen Begleitern in die Lindenallee ein. Bevor sie aus dem Schatten der Bäume in der Morgendämmerung traten, sah Hartmut ihn grimmig an.

»Ich habe es mir überlegt. Hildegard, du wirst mit ihm ins Kontor gehen und so tun, als wenn du ihn auf frischer Tat ertappt hättest. So können wir sichergehen, dass er keine Fisimatenten macht.«

Manilo musste einen Fluch unterdrücken. Im Nu hatte sich sein Plan wieder in Luft aufgelöst.

Sie gingen die Stufen hoch, und da Manilo keine Anstalten machte, klopfte Hildegard zaghaft an die Tür. Es dauerte eine Weile, bis das Stubenmädchen mit müde herabhängenden Augenlidern ihnen öffnete. Da Manilo stumm blieb, erhob Hildegard das Wort.

»Wir müssen den Chef sprechen. Sofort. Es ist dringend.«

Meike nickte und verschwand im Innern des Hauses. Wenig später erschien Alexander, der überraschenderweise schon fertig angezogen und frisiert war.

»Was gibt es?«, fragte er mit gerunzelter Stirn.

»Manilo hat etwas zu sagen«, sagte Hildegard mit bebender

Stimme. Alexander brummte eine Antwort und deutete mit einem Kopfnicken an, ihnen in die Villa zu folgen. Er steuerte das Kontor an und schloss leise die Tür hinter den beiden, bevor er sich an den massiven Nussbaumtisch setzte. Manilo und Hildegard blieben unschlüssig stehen.

»Also, was wollt ihr so früh hier?«

»Los, Manilo, erzähl ihm, was du zu sagen hast, sonst muss ich das übernehmen, und das wird sich sicherlich nicht mildernd auf dein Vergehen auswirken«, sagte Hildegard und sah ihn eindringlich an.

Alexander verschränkte die Arme, lehnte sich zurück und beobachtete Manilo mit grimmiger Miene.

»Ich … ich habe etwas zu gestehen«, presste er hervor, während sich in seinem Innern alles dagegen auflehnte. Er konnte nicht glauben, dass er das hier tat. Alles in ihm wollte die Wahrheit sagen, erklären, was wirklich geschehen war und dass er mit fiesesten Mitteln erpresst wurde. Vielleicht war es noch nicht zu spät.

»Hildegard hat …«, setzte er an, doch ihr Räuspern unterbrach ihn. Ein Blick in ihre Augen genügte, und er sah wieder die eiskalte und skrupellose Hildegard, die er eben erst kennengelernt hatte.

Das Risiko war zu hoch.

Dieser Frau war alles zuzutrauen, er durfte es nicht wagen, Friedas Leben aufs Spiel zu setzen. Sie war die Liebe seines Lebens. Ihr durfte nichts geschehen.

»Ich war's«, sagte er schlicht. Kurz und dennoch nicht schmerzlos – aber er hatte es hinter sich. Alexander tat ihm jedoch nicht den Gefallen, es dabei zu belassen.

»Was warst du?«

»Ich habe die Pflanzen geklaut.«

Alexander klatschte mit der flachen Hand auf den Tisch.

»Habe ich es mir doch gedacht«, stieß er hervor, und Manilo hätte beinahe empört *Was?* gerufen.

»Du bist der Einzige, der wirklich etwas mit den Pflanzen anfangen kann. Vermutlich hast du sie immer direkt nach Italien geschickt. Die anderen arbeiten einfach schon zu lange in der Hofgärtnerei. Außer Marten natürlich, aber der würde so etwas niemals machen.«

Flammen des Zorns stiegen in Manilo empor, und er musste hilflos ertragen, wie sie seine Würde, sein Ansehen und seine Rechtschaffenheit fraßen.

»Was soll jetzt geschehen? Wollen wir auf die Polizeiwache gehen?« Bei der Polizei könnte er erzählen, wie es wirklich war, und sie könnten Frieda beschützen. Waren Schutzmänner nicht auch für so etwas da?

Alexander legte eine Hand ans Kinn und grübelte.

»Nein«, sagte er nach einer Weile. »Dann würden sie dich nur wegsperren, und ich würde nichts mehr von meinen Pflanzen oder meinem Geld sehen. Du wirst zurück nach Italien gehen. Noch heute. Du nimmst den Morgenzug. Dann wirst du in Italien deine Stellung wieder antreten und mir Monat für Monat Geld senden, bis der Schaden ersetzt wurde. Und wie du weißt, wird es vermutlich bis an dein Lebensende dauern, bei der großen Menge an edlen und teuren Pflanzen, die du gestohlen hast. Und du wirst niemals zurückkehren. Ich übergebe deine Beschreibung an die Polizei, sobald du weg bist. Solltest du noch einmal einreisen, wirst du verhaftet.«

»I-ich … ich soll sofort abreisen? Das geht doch nicht! Was ist mit den Sachen in meiner Kammer in der Stadt? Ich muss doch noch meinen Koffer packen und … mich bei allen verabschieden.«

»Deine Sachen? Falls du die Kleider meinst, die ich dir zu Beginn geschenkt habe, die werden hierbleiben. Verabschieden brauchst du dich auch nicht. Keiner wird mehr mit dir reden wollen, immerhin hast du die Anstellung deiner Kollegen gefährdet.«

Manilo blickte zu Hildegard, sie starrte die Holzdielen an.

Er sah noch einmal zu Alexander, um sich zu vergewissern, dass es ihm wirklich ernst war. An dem Blick seines Chefs hatte sich nichts verändert; wenn überhaupt, war er lediglich härter geworden.

»Soll ich vielleicht …«, fragte Hildegard in einem ungewohnt hohen Lispelton, »… soll ich vielleicht mit zum Bahnhof fahren und gucken, ob er auch wirklich abfährt?«

»Ja«, sagte Alexander. »Das ist eine wahrhaft gute Idee. Ich bin dir sehr verbunden, Hildegard.« Er schenkte ihr ein Lächeln und schien nicht zu bemerken, wie rot sie wurde.

Dann war es also besiegelt – auch wenn alles in Manilo rebellierte. Aber eine Sache musste er einfach noch machen. Er konnte das Land nicht verlassen, ohne Frieda zumindest ein paar Worte auszurichten. Sie hatten heute Abend gemeinsam das Theaterstück ansehen wollen, und danach hatte er vorgehabt, um ihre Hand anzuhalten. Deswegen war er am letzten Sonntag extra nach Wiesmoor gereist und hatte ihre Familie um Erlaubnis gebeten. Sie sollte nicht denken, dass er es sich anders überlegt hätte oder irgendetwas mit ihr nicht stimmte. Flehentlich sah er Alexander an. »Darf ich bitte noch eine kurze Nachricht an Frieda schreiben? Sie soll sich keine Sorgen machen.«

Sein Chef zögerte.

»Bitte! Was passiert ist, ist nicht ihre Schuld.«

Alexander seufzte, nahm dann aber einen Bogen Papier und hielt es ihm gemeinsam mit einem Füller hin. Manilo stürzte darauf zu, als könnte sein Chef es sich jeden Moment anders überlegen. Mit zitternder Hand schrieb er seine Zeilen und spürte dabei Hildegards prüfenden Blick bei jedem Tintenstrich, den er zog.

Meine geliebte Frieda,

leider bin ich gezwungen, das Land zu verlassen. Es ist eine lange Geschichte, die ich dir gerne erzählen würde. Bitte komm mich in Italien besuchen, dann kann ich dir alles erklären. Ich bin untröstlich, dass ich so überraschend gehen muss, sei dir aber bitte sicher, dass es nichts mit dir zu tun hat. Mein Herz brennt, wenn ich daran denke, dass ich dich verlassen muss. Du bist eine wunderbare Frau, und ein Leben ohne dich kann ich mir nicht mehr vorstellen. Deswegen komm bitte nach Italien, ich flehe dich an.

Dein dir ergebener Manilo

Er notierte seine Adresse, faltete den Zettel zusammen und reichte ihn Alexander. »Werden Sie ihr den Brief geben?«

Alexander nickte und legte ihn auf dem Schreibtisch ab.

Manilo konnte nur hoffen, dass Alexander sein Wort hielt. Sie verließen die Fliedervilla, und als sie die Lindenallee erreicht hatten, sah Manilo Hildegard von der Seite her an.

»Wie konntest du nur?«

Hildegard schnaubte. »Mir hat das Leben schon oft genug übel mitgespielt. Mittlerweile weiß ich, dass jeder sehen muss, wo er bleibt.«

Schweigend gingen sie weiter zum Bahnhof. Schon von Weitem hörte Manilo das durchdringende Pfeifen der abfahrenden Züge. Es kam ihm so vor, als würden die Töne sein Herz durchbohren. Jetzt würde er sie verlassen. Und es gab kein Zurück mehr.

52. Kapitel

Rosalie stand am Morgen der Theaterpremiere besonders früh auf. Der Gedanke an den großen Auftritt war das Einzige, was sie in den vergangenen Tagen aufrecht gehalten hatte. Heute war es so weit. Ursprünglich hatte sie an diesem Tag glänzen wollen. Sie hatte der Welt nicht nur zeigen wollen, was für eine Schönheit sie war, sondern vor allem, welch eine begnadete Schauspielerin.

Doch dann hatte das Ereignis in der Lindenallee ihre Welt ins Wanken gebracht.

Diese vermaledeite Marleene versuchte sie alle zum Narren zu halten. Deswegen würde Rosalie ihr eine Lektion erteilen, die sie niemals vergessen würde.

Nachdem Meike ihr Korsett geschnürt und ihr ein smaragdgrünes Kleid angelegt hatte, ging sie die geschwungene Treppe hinunter und klopfte an die Tür des Kontors ihres Vaters. Dieser zerriss gerade mit grimmiger Miene einen dicht beschriebenen Briefbogen. Die Handschrift war ihr fremd.

»Was ist das?«, fragte sie neugierig.

Er warf die Fetzen eilig in den Papierkorb. »Nichts Wichtiges.« Erst jetzt musterte er sie, und sein Gesicht leuchtete auf.

»Welch ein erfreulicher Anblick! Bist du bereit für deinen großen Tag? In der Hofgärtnerei ist zumindest alles auf Hochglanz poliert. Die Bühne steht, umrahmt von unseren schönsten Pflanzen. Es fehlt nur die Dekoration, aber wir haben ja noch den ganzen Tag.«

»Danke, Vater.« Sie küsste ihn auf die Wange. »Darf ich Alois bitten, mich heute Morgen in die Stadt zu fahren? Ich habe noch einige Besorgungen zu machen.«

»Aber selbstverständlich.«

Sie lächelte ihn an, und nachdem sie gefrühstückt hatte, kutschierte Alois sie und Meike in die Innenstadt. Rosalie ging zunächst ins Blumengeschäft ihrer Tante. Ihr Vater hätte mit ihr geschimpft, da es hier schließlich die Pflanzen gab, die sie auch in der Hofgärtnerei hatten. Aber jeder in Oldenburg wusste inzwischen, dass sie hier besonders hübsch gebunden wurden und dabei noch äußerst preisgünstig waren, und beim Empfang im Anschluss an die Aufführung sollte keiner ahnen, wie es um die finanziellen Mittel der Familie Goldbach bestellt war. Ein paar prunkvolle Blumenbouquets, wie man sie auch im Schloss von Oldenburg finden würde, durften daher nicht fehlen.

Frieda schien das Leuten der Glocke nicht gehört zu haben, als sie das Geschäft betraten. Sie hatte ihnen den Rücken zugekehrt, während sie einen gigantischen Strauß zurechtzupfte und leise vor sich hin summte.

»Kann man hier mal bedient werden?«, fragte Rosalie unwirsch, und Frieda schnellte herum.

Ihre dunklen Augen leuchteten, und ihre Wangen waren rosig. »Oh, ich bitte vielmals um Verzeihung«, trällerte sie fröhlich. »Was darf es denn sein?«

»Warum bist du denn so froh gestimmt?«, entgegnete Rosalie mürrisch.

»Ach, ich weiß auch nicht«, sagte Frieda und tanzte förmlich zum nächsten Blumenbouquet. »Ich freue mich einfach auf heute Abend. Du etwa nicht? Es ist immerhin dein großer Tag, du müsstest doch platzen vor Freude. Warum so ernst? Hast du Bedenken wegen der Aufführung?«

»Nein.« Rosalie lächelte und konnte ihre diebische Vorfreude kaum verbergen. »Ich bin mir sicher, dass es eine großartige Darbietung wird, die in aller Munde sein wird.«

Dann wählte sie zwei von den vorhandenen Blumengestecken und orderte noch drei zusätzliche, da ihr die restlichen nicht pompös genug waren. Sie bestand darauf zu warten, bis Frieda fertig war.

Als diese schließlich drei üppige Gestecke aus farblich harmonierenden Dahlien, Anemonen und Gladiolen vor sie hinstellte, belud Rosalie Meike damit und ließ anschreiben.

»Bring die Gestecke schon mal zur Kutsche, Meike, und hol dann die Bouquets«, sagte sie vor dem Geschäft. »Ich habe noch eine weitere Besorgung zu machen.«

»Aber …«, setzte Meike zum Protest an, und Rosalie wusste genau, worauf sie hinauswollte. Es schickte sich für eine Frau ihres Standes nicht, alleine unterwegs zu sein.

»Herrje«, empörte Rosalie sich. »Die Arbeiterinnen sind ständig alleine auf den Straßen zu sehen, dann werde ich das wohl auch schaffen. Oder willst du etwa sagen, dass ich weniger kann als die Arbeiterfrauen?«

»Nein, natürlich nicht.« Mit gesenktem Kopf ging Meike zum Heiligengeistwall, wo Alois mit der Kutsche wartete. Rosalie selbst spazierte in die entgegengesetzte Richtung. Sie bog in die Bergstraße und kurz danach in den Knick, der zur Kleinen Kirchenstraße führte. Für einen Moment betrachtete sie die Kräuter, die eiserne Waage und die braunen Fläschchen mit den schwarz-weißen Etiketten, die in der Auslage der Apotheke zu sehen waren.

Auch hier kündigte eine helle Glocke ihr Eintreten an, und kurz darauf tauchte der Apotheker im weißen Kittel im Verkaufsraum auf. Auf seinem Gesicht erschien ein breites Lächeln, und die Fältchen um seine Augen kräuselten sich, als er sie in ihrer vornehmen Aufmachung entdeckte.

»Das Fräulein Goldbach, welch eine Ehre! Was kann ich für Sie tun?«

Rosalie hielt sich an ihrer Handtasche fest, ihre Finger begannen zu schwitzen. »Ich habe zunächst eine Frage.« Nervös trat sie näher an den Tresen heran und ließ ihre Augen unablässig über die unzähligen Fläschchen und Dosen hinter dem freundlichen Apotheker wandern.

Aqua conservata, Digitalis, Cera flava, Iodium, Ethanol.

Das alles sagte ihr nichts. Sie kam wohl nicht umhin, ihr Anliegen zu beschreiben, um das zu bekommen, was sie wollte. Sie räusperte sich.

»Eine liebe Freundin von mir fühlt sich überaus unwohl. Innerhalb von wenigen Stunden ging es rapide bergab mit ihr. Ihr ist schwindelig, dabei auch noch übel, sie hat Auswurf und kann kaum noch ihre Zunge bewegen.«

Der Apotheker sah betroffen aus. »Herrje, die Ärmste ist ja in einem bedauernswerten Zustand.« Er wandte sich dem großen Regal hinter ihm zu. Zielsicher griff er ein Fläschchen heraus und hielt es ihr entgegen. »Hier, geben Sie ihr dreimal am Tag einen Löffel hiervon. Es ist Akazienhonig, dann wird sie sich alsbald wieder besser fühlen.«

Rosalie nahm das Gefäß und betrachtete es neugierig. Sie räusperte sich erneut, denn ihre Kehle war wie ausgetrocknet, während ihr Herz heftig gegen ihre Brust pochte. »Und wenn eine vollkommen gesunde Person diesen Honig nehmen würde … Würde er dann genau diese Symptome hervorrufen?«, fragte sie mit einem unschuldigen Augenaufschlag.

Der Apotheker warf ihr einen langen Blick zu. Seine Miene war jedoch unergründlich. Durchschaute er sie? Würde er sie für ihre Anfrage zum Teufel jagen?

Mit seinen faltigen Händen nahm er ihr den Honig wieder ab.

»Nein, dafür bräuchten Sie etwas anderes.« Er verschwand

im Hinterraum und kehrte dermaßen lange nicht zurück, dass Rosalie bereits befürchtete, er würde sie nicht mehr bedienen.

Doch dann tauchte er wieder auf.

Mit ernstem Gesicht übergab er ihr ein Döschen. »Das ist, was Sie benötigen.«

»Danke«, flüsterte Rosalie und deutete vor Erleichterung sogar einen Knicks an. Sie hatte so sehr befürchtet, dass ihr ausgeklügeltes Vorhaben an diesem Schritt scheitern könnte. Sie bezahlte und verstaute die kleine Dose in der Handtasche, während sie zur Tür ging.

»Passen Sie aber mit der Dosis auf«, rief Doktor Winkelmann ihr hinterher. »Nur eine kleine Prise! Andernfalls wird Ihre liebe Freundin deutlich mehr als starke Übelkeit verspüren. Um genau zu sein, wird sie dann gar nichts mehr spüren.«

53. Kapitel

Mit einem prüfenden Blick sah Frieda sich im Blumenladen um. Sie hatte die Topfpflanzen noch einmal ordentlich gegossen, sodass sie am folgenden Sonntag kein Wasser benötigten, sie hatte die welken Blumen aus den eisernen Eimern sortiert, sie hatte durchgefegt und für den Montag alles vorbereitet. Sie atmete tief ein und ging auf Frau Maader zu, die an ihrem Lieblingsplatz an der Kasse saß und die Einnahmen der Woche zählte.

»Ich wollte fragen«, sagte Frieda und ärgerte sich, dass ihre Stimme leicht zitterte, »ob ich heute unter Umständen etwas früher gehen könnte? Sie wissen schon, die Theaterpremiere …«

Manilo hatte sie eingeladen, ihn dorthin zu begleiten, denn die

Arbeiter der Hofgärtnerei durften das Stück kostenfrei ansehen und sogar noch eine Begleitung mitbringen. Außerdem hatte er angedeutet, dass er ihr an diesem Abend etwas Wichtiges sagen wolle, und der Gedanke daran hatte schon den ganzen Tag ihr Herz schneller schlagen lassen.

Würde es die Frage sein, die sie seit Ewigkeiten herbeisehnte?

Sie wünschte sich nichts mehr, als ihr Leben mit Manilo zu verbringen. Dafür würde sie sogar das Kaiserreich verlassen und mit ihm nach Italien gehen – auch wenn er bereits angekündigt hatte, dass er ihr zuliebe bleiben würde. Doch das war ihr fast gleich, Hauptsache, sie waren zusammen. Um für die mögliche Frage aller Fragen gerüstet zu sein, wollte sie an diesem Abend besonders hübsch aussehen, und dafür benötigte sie Zeit. Deswegen hatte sie sich bemüht, alle Arbeiten so geschwind wie möglich zu erledigen. Rosalies Großbestellung am Vormittag, die sie furchtbar viel Zeit gekostet hatte, wäre ihrem Plan beinahe zum Verhängnis geworden, aber sie hatte es letztlich geschafft.

»Ach, sind Uraufführungen am Theater neuerdings Feiertage des Herrn? Oder wieso solltest du zu diesem Behufe die Erlaubnis bekommen, früher gehen zu dürfen?«, fragte Frau Maader mit ihrer ruppigen Stimme und klang dabei sogar wütend.

»Nein, aber …« Frieda fehlten die Worte. Wie sollte sie es jemandem mit einem Herzen aus Stein begreiflich machen, was ihr heute bevorstand und welch prickelndes Hochgefühl das in ihr auslöste?

»Werden Sie denn auch kommen?«, fragte sie stattdessen. Mitunter erzählte Frau Maader ja gerne von sich, vielleicht würde das ihre Laune bessern.

»Nein. Ich werde zum Friedhof gehen.« Sie nickte zum Strauß aus weißen Rosen, Santiniballs, Wachskraut und Disteln, eingefasst von Aralienblättern und Lederfarn, verziert mit einer schwarzen Schleife. Frau Maader hatte ihn am frühen Nachmittag eigens gebunden, und Frieda hatte wohlwollend zur Kenntnis genommen, dass auch sie sich jetzt der neuen Bindetechnik bediente. »Mein Ehemann ist auf den Tag genau vor fünfzehn Jahren gestorben.«

»Das tut mir sehr leid.«

Frau Maader grunzte etwas Unverständliches und winkte mürrisch ab.

So viel also zu ihrem Vorhaben, die Unterhaltung auf angenehmere Themen zu lenken. Mutlos ließ sie den Kopf hängen und schlich zurück, um ein weiteres Mal den blitzblanken Boden zu fegen, damit sie zumindest etwas zu tun hatte.

Frau Maader seufzte, schlug die Kasse zu und sah sich im Laden um. Es war ihr kaum anzumerken, aber ihre Mundwinkel schienen ein klitzekleines bisschen nach oben zu zucken.

»Na, dann geh halt«, sagte sie verdrossen, und Frieda hielt in der Bewegung inne.

»Wirklich?«, fragte sie freudestrahlend.

»Ja, aber sieh zu, dass du fortkommst, sonst überlege ich es mir noch wieder anders.«

Frieda hätte die mollige Frau am liebsten fest gedrückt, aber sie wusste, dass die Alte von derartigen Gefühlsausbrüchen nicht viel hielt.

»Danke, danke, danke«, rief sie und klatschte dabei in die Hände. Sie eilte in den Binderaum, wo sie ihr Tuch für die kühleren Tage abgelegt hatte.

»Die verlorene Zeit wird nächste Woche aber nachgearbeitet«, rief Frau Maader ihr hinterher, und Frieda sang ein leichtfüßiges »Ja-ha« als Antwort. Ihr war alles recht, wenn sie nur heute mehr Zeit hatte, um sich herauszuputzen.

In der Arbeiterherberge begann sie mit den Vorbereitungen.

Im Wirtschaftsraum, wo ein Waschzuber für alle stand, gönnte sie sich den Luxus, das Wasser sogar warm zu machen. Marleene hatte ihr von diesem großartigen Badeerlebnis in der Fliedervilla erzählt, und seitdem sehnte Frieda sich danach, das einmal zu erfahren. Leider gab es hier nur einen kleineren Stehzuber und keinen so großen und vornehmen wie in den Herrenhäusern, wo man sich mit dem ganzen Körper hineinsetzen konnte. Aber sie goss in diesen Stehzuber viel mehr Wasser, als sie sonst brauchte, obwohl Wasser sehr teuer war. Heute wollte sie sich diesen kleinen Wohlstand gönnen, es war immerhin ein besonderer Tag. Deswegen hatte sie heute auch die Fliederschrubbkur, die sie von ihrer Oma zu Weihnachten bekommen hatte, hervorgeholt, ein kleines Gläschen mit getrocknetem Flieder und Zucker. Sie massierte die Kur in ihre Haut, kniete sich dann in den Zuber und spülte sie wieder ab. Ihre Haut fühlte sich bereits jetzt himmlisch weich an, dennoch rieb sie mit einem leichten Tuch und extra viel Seife – ein weiterer Luxus – ihren gesamten Körper ab. Dann wusch sie sogar ihre Haare und spülte sie danach mit Essig, damit sie schön glänzten. Selbst ihre Fingernägel wurden durch die Prozedur sauber. Sie betrachtete sie verzückt, da sie ohne die schwarzen Ränder gleich viel eleganter wirkten.

Eifrig rieb sie sich trocken, und jetzt kam der Clou: Sie rieb ihre Arme und Beine mit ein wenig Fliederöl ein, das Marleene vor zwei Jahren angesetzt hatte. Danach genoss sie das Gefühl, in die frischen Kleider zu steigen. Marleene und sie hatten sie schon zu Beginn der Woche besonders ordentlich gewaschen, damit sie an diesem Abend etwas Frisches zum Anziehen hatten. Ihre Cousine hatte ihre Sachen mit zur Arbeit genommen und würde sich direkt in der Hofgärtnerei umziehen, da sie an diesem Tag ebenfalls arbeiten musste und es sich nicht lohnte, davor nach Hause zu kommen.

Frieda sah stolz an sich herab und bewunderte den besonders glatten Rock und die Bluse, denn sie hatte die Nachbarin extra um ihr Plätteisen gebeten und dafür am vergangenen Sonntag den ganzen Tag in ihrem Haushalt geschuftet. Das war zwar der Tag des Herrn, aber Frieda hatte sich gesagt, dass er sicherlich einverstanden wäre, denn auf dem Bauernhof wurde am Sonntag ja auch gearbeitet. Manchmal blieb einem schlichtweg keine andere Wahl.

Danach verwendete Frieda viel Zeit darauf, ihre dunkelbraunen Haare, die ihr bis zur Hüfte fielen, auszubürsten, damit sie glänzten. Sie bemühte sich, beim Flechten ihres Haarkranzes die Strähnen überaus gleichmäßig umeinanderzulegen. Der abschließende Blick in den fleckigen alten Spiegel ließ vermuten, dass es ihr gelungen war.

Jetzt folgte die kleine Besonderheit, die sie sich überlegt hatte. Sie steckte einige rote Astern in ihre Haare, die den Ton ihres Rocks aufgriffen. Am liebsten hätte sie Pfingstrosen und Glockenblumen genommen, denn über diese hatten Manilo und sie sich schließlich kennengelernt. Doch es war zu schwierig, Frühjahrsblumen im Herbst zum Austrieb zu bringen. Die Blüten ließen sich meist nur um wenige Monate vorziehen oder zurückhalten.

In der Ferne hörte sie nun die Lambertikirche sechsmal läuten und machte sich voller Aufregung auf den Weg. Das Stück sollte zwar erst in anderthalb Stunden beginnen, aber so hätte sie noch genügend Zeit, um mit Manilo zu reden, und er konnte ihr die neuen Blumen in der Orangerie zeigen.

Als sie aus der Lindenallee auf den Hof bog, blieb Frieda fasziniert stehen. Leuchtende Lampionketten waren über den gesamten Hof gespannt worden und verbreiteten Festtagsstimmung. Fackeln umsäumten die Bühne, auf der ein paar Männer noch an den Kulissen arbeiteten, und es waren sogar einige elektrische Lichter aufgestellt worden, sodass man das Bühnengeschehen sehr gut sehen konnte. Selbst der Mond schien seinen Beitrag leisten zu wollen, denn er verteilte sein Licht so großzügig, als wollte er der Sonne Konkurrenz machen.

Vor der Bühne hatte bereits das Orchester Platz genommen, einige Musiker stimmten ihre Instrumente und spielten sich ein. Dahinter gab es ein buntes Sammelsurium von Stühlen und Bänken, auf denen sicherlich gut zweihundert Leute würden Platz finden können. Überall waren zudem Brennkörbe aufgestellt, damit es trotz des Oktoberwetters noch angenehm warm war im Freien.

Die Ränder der Bühne waren umsäumt von Fichten, und davor waren rot blühende Zaubernüsse platziert worden. Sie wurden von unten beleuchtet, sodass es aussah wie in einem Sommermärchen. Es fehlten eigentlich nur noch kleine Glühwürmchen, die umherschwebten, wie sie es einst in einem Buch gesehen hatte.

Frieda blickte sich nach Manilo um, konnte ihn jedoch nirgends entdecken. Als sie weiterging, sah sie Johannes und Bruno, mit denen sie nach Feierabend hin und wieder Bier getrunken hatte. Sie rückten einige Zaubernüsse zurecht, aber Manilo war nicht dabei.

»Ist Manilo noch in der Orangerie?«, rief sie zu ihnen herüber.

»Weiß nicht, ich habe ihn den ganzen Tag noch nicht gesehen«, rief Johannes zurück und zerrte weiterhin am Topf der riesigen Hamamelis. Auch Bruno, der von der anderen Seite schob, zuckte nur mit den Schultern. Also machte sie sich auf den Weg in die Orangerie und genoss den inzwischen so vertrauten Duft von Moos und Blüten, der sie sofort umhüllte, als sie eintrat.

Es war ungewohnt dunkel.

Frieda genoss die Annehmlichkeit, dass hier bereits elektrisches Licht installiert worden war, und knipste es an.

»Manilo, ich bin da!«, rief sie, und ihre Stimme vibrierte vor Vorfreude.

Doch nur die Stille antwortete ihr.

Ratlos ging sie durch die Reihen mit der extravaganten Farbenpracht, um sicherzugehen, dass er sich nicht gerade irgendwo bückte und sie womöglich nicht gehört hatte. Sie sah in den kleinen Abstellraum mit dem wuchtigen Heizkessel, in dem das Feuer knisterte, entdeckte Manilos graue Jacke, doch auch hier war er nicht. Enttäuscht trat sie wieder ins Freie und versuchte, auf den dunklen Pflanzenquartieren etwas zu erkennen. Aber er würde wohl kaum allein im Halbdunkel dort arbeiten. Sie hörte aus der Ferne Applaus und machte sich auf den Rückweg. Das Stück würde doch nicht etwa verfrüht beginnen? Als sie den Hof mit der Bühne erreichte, sah sie, dass der Chef der Hofgärtnerei jetzt von der Bühne sprang. Sein Hund bellte fröhlich und sprang an ihm hoch. Von Marleene gab es ebenfalls keine Spur, sonst hätte Frieda sie gefragt. So langsam machte sie sich Sorgen, denn das Stück sollte in Kürze beginnen.

»Entschuldigen Sie bitte«, wandte sie sich mit schüchterner Stimme an den Chef der Hofgärtnerei.

»Was gibt es?« Herr Goldbach sah sie abwartend an.

»Ich suche Manilo. Wir waren hier verabredet.«

Er antwortete nicht sofort.

Zunächst sah er von links nach rechts und wirkte plötzlich unruhig. Schließlich schien er sich durchzuringen, ihr eine Antwort zu geben.

»Es fällt mir schwer, dir das zu sagen, Kindchen, aber …«, sagte er nun und sah sie aus kalten blauen Augen an. »Manilo arbeitet hier nicht mehr, ich habe ihn heute Morgen nach Hause geschickt.«

Nur langsam sickerte die Bedeutung seiner Worte in Friedas Bewusstsein.

Was er sagte, ergab keinen Sinn. Manilo war nicht mehr in der Hofgärtnerei? Sie schüttelte den Kopf. Hier musste gewiss ein Missverständnis vorliegen, ein gehöriges Missverständnis.

»Das kann nicht sein«, flüsterte sie.

»Es tut mir leid, aber so ist es.«

Schlagartig fiel ihr das Atmen schwer. »A-aber w-wieso denn?«, presste sie hervor.

»Es hat sich herausgestellt, dass er wiederholt Pflanzen gestohlen hat. Du wirst verstehen, dass ich ihn unter diesen Umständen nicht hierbehalten konnte.«

Frieda rang nach Luft. Es fühlte sich an, als glitte ihr der Boden unter den Füßen weg, und es gab nichts, woran sie sich hätte festhalten können.

»A-aber das kann nicht sein. So etwas würde Manilo nie im Leben tun!«

Herr Goldbach sah sie zerknirscht an. Selbst sein Hund schien sie aufmuntern zu wollen und stupste gegen Friedas Bein.

»Leider doch. Die Menschen sind nicht immer die, für die man sie hält …«

»Aber Manilo …«

»Es gibt Zeugen«, fiel er ihr ins Wort.

»Herr Goldbach«, rief nun ein Mann im dunklen Anzug, und er warf ihr noch ein letztes, um Verzeihung bittendes Lächeln zu. »Bitte entschuldige mich, ich werde gebraucht«, sagte er und eilte davon.

Zurück blieb nur Frieda.

Sie war von Menschen umgeben und fühlte sich doch, als sei

sie allein. Vollkommen allein auf dieser Welt. Sollte sie sich dermaßen in Manilo getäuscht haben?

Sie fuhr sich durch das Gesicht und stieß dabei auf etwas Weiches. Tonlos lachte sie auf und zog dann kraftlos die Blüten aus ihren Haaren. Sie kam sich damit nur noch lächerlich vor.

Wie Blutstropfen landeten sie auf dem Boden. Blüte um Blüte, bis sich ein kleiner Haufen gebildet hatte. Die Zuschauerreihen hatten sich inzwischen noch weiter gefüllt, kaum ein einzelner Platz schien noch frei zu sein. Trotzdem strömten immer mehr Menschen aus der Lindenallee auf den Hof der Gärtnerei. Nur Frieda ging in die entgegengesetzte Richtung. Sie verließ die märchenhafte Szene, die angefüllt war mit freudiger Erwartung und Aufregung. Sie hatte hier nichts mehr zu suchen.

54. Kapitel

»So, das ist die letzte Hamamelis«, sagte Julius, während er Marleene half, die verbliebene Pflanze neben die seitliche Bühnenbegrenzung zu ziehen, wo ihr karminrotes Laub von einer Lampe zum Leuchten gebracht wurde. Es war Rosalies Idee in buchstäblich letzter Minute gewesen. Eigentlich war alles vorbereitet gewesen, die Stühle aufgestellt und die Bühne eng von Fichten umsäumt, doch seine Schwester hatte es für viel zu dunkel befunden. Also hatten sie vor gut einer Stunde damit begonnen, die Fichten nach hinten zu rücken und die Zaubernüsse mit dem feurig roten Laub davorzuziehen. Nachdem sie nun auch die letzte Pflanze in Position gezogen hatten, streckte Marleene ächzend den Rücken nach hinten und begutachtete danach ihr Werk.

Es war eine wahre Schinderei gewesen, doch sie musste zugeben, dass es wirklich beeindruckend aussah. Die Hamamelis leuchteten vor den dunklen Bäumen fast ebenso wie die Fackeln und Feuerkörbe, die überall aufgestellt worden waren.

»Julius, Marten, könnt ihr bitte mal mitkommen? Ich habe Neuigkeiten.« Alexander war aus der Fliedervilla getreten und winkte sie zu sich heran. Sie sahen sich verwundert an, gingen zum Haupthaus und traten ihre Schuhe an der Fußmatte ab, bevor sie hineingingen.

»Konstantin wartet bereits.«

Was er ihnen wohl zu sagen hatte? Sie folgten Alexander in den Salon, wo Julius' Bruder und auch das Stubenmädchen standen. Mit einem breiten Grinsen holte Alexander eine Champagnerflasche hervor. Meike nahm währenddessen ein silbernes Tablett mit Sektflöten vom Vertiko.

Alexander verteilte die prickelnde Flüssigkeit auf die Gläser, und Meike trat nacheinander zu jedem von ihnen, damit sie sich ein Glas vom Tablett nehmen konnten. Verwundert tat Marleene es den anderen gleich, als Meike bei ihr angelangt war. Was hatte all dies zu bedeuten?

Als alle versorgt waren, räusperte sich Alexander.

»Vorhin war ein Bote des Großherzogs da. Mir wurde mitgeteilt, dass sowohl Konstantins als auch euer Plan für den Hofgarten in die engere Wahl gekommen sind.«

Konstantin verschluckte sich, stellte eilig das Glas auf einen Tisch und wandte sich ab, um wieder zu Atem zu kommen.

Marleene wäre derweil am liebsten Julius jubelnd um den Hals gefallen. Einzig Friedas Lektionen in Sachen Männlichkeit hielten sie davon ab, zu zeigen, dass sie vor Freude übersprudelte. Stattdessen tauschte sie einen gelassen-freudigen Blick mit Julius. Sie waren tatsächlich mit ihrem Plan in die engere Wahl gekommen!

Konstantin hatte sich wieder beruhigt, und Alexander strahlte einen nach dem anderen an. »Genau genommen wird es eine Entscheidung zwischen euren beiden Plänen geben. Der Großherzog möchte sie schon nächste Woche von euch persönlich präsentiert bekommen und seine Entscheidung davon abhängig machen. Offenbar will er die genauen Hintergründe hören, die zu den Plänen geführt haben.«

»Das ist ja grandios«, rief Konstantin, der jedoch noch etwas bleich aussah. Alexander erhob sein Glas, und sie taten es ihm gleich und ließen sie aneinanderklirren.

Marleene erfasste eine aufgeregte Hochstimmung, als sie zum ersten Mal das Prickeln der Champagnerbläschen in ihrem Mund spürte. Für sie war es kaum vorstellbar, dass sie schon bald dem Großherzog höchstpersönlich gegenübertreten und gemeinsam mit Julius die Hintergrundgedanken zu ihrem Plan näher erläutern würde.

»Das ist wahrlich ein Grund zur Freude, dass wir es so weit geschafft haben. In jedem Fall hat die Hofgärtnerei bereits gewonnen, denn die Ausführung des Plans wird nun unter allen Umständen von unserer Gärtnerei gemacht werden.« Er hob erneut sein Glas. »Das bedeutet, wir sind gerettet.«

Sie stießen ein weiteres Mal miteinander an, und Marleene genoss das neuerliche Prickeln in ihrem Mund und die Leichtigkeit, die seine Worte in ihr auslösten. Sie musste gleich noch einen Schluck nehmen, da es sich so lustig anfühlte, fast als gäbe es einen Miniatur-Hagelsturm direkt in ihrem Mund.

Doch kurz darauf merkte sie, wie ihr warm wurde und ein leichter Schwindel sie ergriff. Julius warf ihr einen besorgten Seitenblick zu und hob den Arm, als wollte er ihn ihr zur Stütze anbieten, doch dann ließ er ihn rasch wieder sinken.

Was war das gewesen? Julius bot ihr den Arm? Sollte er womöglich etwas ahnen? Oder war es ein Zufall gewesen? Da sie am Vortag bis spät in die Nacht die Bühne aufgebaut hatten, hatte es noch keine Gelegenheit für ein Gespräch gegeben.

Alexander sah auf die goldene Uhr auf dem Vertiko. »Oh, schon so spät. Ich denke, wir sollten wieder hinausgehen und nachsehen, ob die Theaterleute weitere Unterstützung benötigen.«

Sie stellten allesamt ihre leeren Gläser auf Meikes Tablett und traten hinaus. Der Boden fühlte sich für Marleene an, als würde sie über Heu gehen. Kaum hatten sie die Fliedervilla verlassen, drang Johannes' Stimme zu ihnen herüber.

»Konstantin, Julius, könnt ihr mir mit dieser Pflanze helfen?«

Sie sahen, wie Johannes versuchte, eine riesige Topfpflanze näher zur Bühne zu rücken, damit die in den Zweigen angebrachte Lampionkette besser gespannt war. Die beiden Goldbach-Brüder hasteten zu ihm.

Alexander ließ mit einem zufriedenen Gesichtsausdruck den Blick über die verwandelte Hofgärtnerei schweifen. »Sehr schön, dann kann die Vorstellung ja bald beginnen.«

Doch nun eilte Rosalie auf sie zu. Wie immer sah sie atemberaubend aus, heute Abend in einem extravaganten Kleid ganz in Rot. Die Haare waren in einer ausladenden Frisur mit dazu passendem Hut hochgesteckt. Erst als sie vor ihnen stand, bemerkte Marleene, wie aufgebracht sie war.

»Es ist alles vorbei, ihr könnt wieder abbauen«, schluchzte sie. »Es bringt nichts mehr, wir müssen aufgeben.« Sie kühlte mit dem Handrücken ihre Stirn und schniefte.

Sie wirkte so niedergeschlagen, dass Marleene am liebsten trotz ihres Zwistes eine tröstende Hand auf ihren Arm gelegt hätte. Auch Alexander sah sie bestürzt an. »Liebes, was sagst du denn da? Seit einer Woche arbeitet die halbe Stadt auf Hochtouren, damit wir das Theaterstück auf die Bühne bringen. Was soll denn jetzt noch schiefgehen?«

Rosalie tupfte sich einige Tränen aus dem Gesicht. Es musste ihr wahrlich schlecht gehen, denn normalerweise zeigte eine Frau vom Stande in der Öffentlichkeit niemals Gefühle, wie Marleene wusste.

»Es ist einer der Schauspieler. Der, der den Diener des Lords spielen sollte. Er ist plötzlich erkrankt.« Ihre Stimme war tränenerstickt. »Vor einer Stunde ging es ihm noch gut, aber jetzt … Ihm ist ganz duselig, und er kann kaum die Zunge bewegen.«

»Könnt ihr die Rolle denn nicht einfach streichen?«

Rosalie schüttelte traurig den Kopf. »Dann funktioniert das gesamte Stück nicht mehr.« Wieder holte sie ihr spitzenbesetztes Taschentuch hervor. »Es ist nur eine kleine Rolle, aber dennoch ist sie essenziell für das Gelingen des Stücks.«

»Aber habt ihr denn keinen Ersatz? Ihr müsst doch im Theater für derartige Fälle gerüstet sein.«

Das brachte Rosalie nur noch heftiger zum Weinen. »Natürlich haben wir normalerweise Zweitbesetzungen. Aber es sind mehrere Schauspieler beim Feuer zu Schaden gekommen und liegen nun im Hospital. Viele der Rollen sind bereits mit der Zweitbesetzung belegt, und nun ist einfach keiner mehr übrig.« Rosalie schluchzte auf. »Ich sag's doch … Wir sind verloren.«

Ihre Schultern bebten, obwohl sie offensichtlich versuchte, die Schluchzer zu unterdrücken. Marleene wurde ganz bang ums Herz. Was musste das für ein schreckliches Schicksal sein? Das gönnte sie selbst ihrer schlimmsten Feindin nicht. Rosalie hatte sich so darauf gefreut, dass das Stück jetzt doch noch aufgeführt würde, und nun sollte alles an dieser Kleinigkeit scheitern?

»Dann muss jemand anderes einspringen«, entschied Alexander.

»Wo sollen wir so rasch noch einen Ersatz herbekommen? Das Stück fängt in zwanzig Minuten an. Die Zuschauer warten bereits. So geschwind können wir gewiss niemanden auftreiben.«

Alexander sah sich suchend um, und schließlich blieb sein Blick an Marleene hängen.

Selbst Marleene hatte aus Mitleid bereits überlegt, ob sie nicht irgendwie … Aber dann hatte sie entschieden, dass es zu riskant wäre. Es war bereits eine Herausforderung gewesen, ihre frischen Sachen in einem unbeaufsichtigten Moment anzuziehen. Doch für so ein Theaterstück müsste sie in ein Kostüm schlüpfen. Wer wusste schon, ob sie dabei unbeobachtet wäre …

Alexander klopfte Marleene auf den Rücken. »Hier, nimm doch Marten. Er ist ein gescheiter Bursche, lernt schnell und kann sich sicherlich für das Theater begeistern.«

Rosalie blinzelte sie fast schüchtern unter ihren Tränen an, und Marleene sah die Hoffnung in ihren Augen aufblühen. Sie klatschte freudig in die Hände – wegen der feinen Handschuhe erklang nur ein dumpfes Pochen – und versteckte danach ihr Lächeln hinter den Fingern.

»Das würdest du wahrhaftig machen?«

Marleene sah zerknirscht zu Boden. Sie musste jetzt an sich denken. »Ich weiß nicht … Ich fürchte, ich bin nicht für die Bühne gemacht.«

»Aber es ist auch nur eine winzig kleine Rolle, und du würdest uns alle retten. Ihr habt doch ebenfalls so viel Arbeit da reingesteckt, damit die Bühne rechtzeitig steht. Du möchtest gewiss nicht, dass ihr das alles ganz vergebens gemacht habt, oder?«

Marleene scharrte mit ihrem Holzschuh im Sand, um Rosalie nicht in die Augen sehen zu müssen, wo die Hoffnung leuchtete. Es fühlte sich grauenvoll an, so ein Spielverderber zu sein. Natürlich wollte sie nicht, dass alle umsonst die ganzen Überstunden geleistet hatten, aber noch weniger wollte sie, dass ihre Maskerade aufflog.

»Nein, das will ich gewiss nicht. Aber warum fragen wir nicht Bruno oder vielleicht Johannes? Der hätte sicherlich nichts dagegen, auf der Bühne zu stehen. Der schwingt ja gerne mal Reden vor versammeltem Publikum …«

Rosalie kräuselte ihre hohe Stirn und sah dadurch aus wie ein kleines Schweinchen. »Nein, nein. Ich denke, das wäre keine gute Alternative. Wenn ich es mir recht überlege, bist du eigentlich wie geschaffen für die Rolle.«

Alexander holte seine goldene Taschenuhr hervor. »Auf jeden Fall müssen wir schnell zu einem Entschluss kommen. Denn die neue Person muss sich noch umziehen und eine Einweisung bekommen.«

»Eine kleine Gnadenfrist haben wir. Das Stück beginnt ja mit dem Trunkenbold, der erst mal in eine Kneipe geht. Das eigentliche Stück wird innerhalb der Rahmenhandlung erzählt, sodass wir noch ein bisschen Zeit zum Umziehen haben. Aber wir müssen jetzt hinter die Bühne.« Auffordernd sah sie Marleene an.

»Es tut mir leid, aber ich kann nicht.« Marleene wand sich innerlich. »Ich bin nun mal kein Bühnenkünstler und möchte mich nicht vor so einem riesigen Publikum lächerlich machen. Vermutlich könnte ich mir nicht einmal den richtigen Text merken, und wir haben ja kein einziges Mal geprobt … Das … das kann einfach nicht gut gehen!«

Rosalie schniefte noch einmal. »Verstehe«, sagte sie mit tränenerstickter Stimme. »Dann müssen wir das Stück jetzt absagen. Kannst du das übernehmen, Papa? Ich bringe es schlichtweg nicht übers Herz.«

Alexander legte nachdenklich die Hand an das Kinn und ging einige Schritte auf und ab. »Nein, das müssen wir nicht. Ich habe die Lösung. Kommt mit«, ordnete er an und trat mit entschiedenen Schritten auf die Bühne zu.

Das Stimmengewirr, das über der Hofgärtnerei gelegen hatte, wurde augenblicklich still, als das Publikum bemerkte, dass sich etwas auf der Bühne tat.

»Liebe Bürger von Oldenburg, sehr verehrte Damen und Herren. Es ist mir eine große Ehre, dass wir die Shakespeare-Vorstellung in diesem Jahr hier in der Hofgärtnerei aufführen können und Sie alle so eifrig mitgeholfen haben, um das Stück zu retten. Leider scheint die Aufführung jedoch unter keinem guten Stern zu stehen. Wie sich herausgestellt hat, ist einer der Schauspieler ernstlich erkrankt, und es gibt keine Zweitbesetzung.« Er sah mit ernstem Blick in die Runde, und umgehend verbreitete sich Gemurmel unter den Zuschauern. Alexander hob die Hände, um alle wieder zur Ruhe zu bewegen. »Wir haben jedoch die Möglichkeit, dass jemand für diesen Schauspieler einspringt. Es wäre dann aber so, dass dieser Jemand das Stück kein einziges Mal geprobt hat und natürlich auch den Text nicht sicher beherrschen wird.«

»Das macht doch nichts«, rief ein Mann mit opulentem Schnurrbart aus der Menge.

»Genau«, pflichtete eine adrett gekleidete Dame mit einem dermaßen ausladenden Hut bei, dass der Platz hinter ihr leer geblieben war.

»Hauptsache, das Stück wird überhaupt aufgeführt«, rief nun ein Herr mit weißgrauen Haaren, und umgehend brannte zustimmendes Stimmengewirr auf. Alexander hob abermals die Hände, und die Leute verstummten wieder.

»In genau diese Richtung gingen auch unsere Überlegungen. Und ich freue mich, Ihnen mitteilen zu können, dass unser Lehrling, der junge Marten, sich bereit erklärt hat, diese Rolle heute zu übernehmen. Marten ist ein ganz außergewöhnlicher junger Mann, überaus fleißig, und er kennt so ziemlich alle botanischen Pflanzennamen.« Alexander lächelte kurz in seine Richtung und hielt für einen Moment inne. »Wenn ich ehrlich bin, erinnert er mich in seiner Art oft an mich selbst. Ich wage zu behaupten, dass er der beste Lehrling ist, den wir in der Hofgärtnerei je hatten. Gärtnern kann er in jedem Fall, im Schauspiel hat er jedoch wenig Erfahrung. Aber für uns würde er sich dennoch auf die Bühne wagen – unter der Voraussetzung, dass ihm sämtliche Fehler verziehen werden.«

Applaus brandete auf, und Alexander streckte auffordernd die Hand nach Marleene aus.

Marleene fand sich von einem Moment auf den nächsten im Zentrum der Aufmerksamkeit wieder. All die Blicke, die erwartungsvoll auf sie gerichtet waren, schienen sie zu erdrücken. War das gerade wirklich geschehen?

Ein Impuls riet ihr, davonzurennen. Aber machte sie sich dann nicht erst recht verdächtig? Sie suchte händeringend nach einer Ausrede, vermochte aber kaum nachzudenken, da so viele Blicke auf ihr ruhten.

Alexander winkte sie zu sich. »Na los, Marten, nicht so schüchtern.«

Der Applaus der Menge hatte sich zu einem auffordernden Rhythmus vereinigt. *Los-los-los-los-los* schienen die klatschenden Hände zu rufen.

Rosalie legte eine Hand auf Marleenes Rücken und schob sie sanft nach vorne.

Los-los-los-los-los.

Ihr blieb nichts anderes übrig.

Sie musste auf die Bühne gehen, wenn sie sich nicht gänzlich lächerlich machen wollte. Als watete sie mit ihren Holzschuhen durch tiefstes Moor, trat sie auf die kleine hölzerne Treppe zu, die zur Bühne hinaufführte.

Oben angekommen, verwandelte sich das anfeuernde Klatschen in wilden Applaus. Sie sah auf die zahlreichen Zuschauer herunter und wurde noch nervöser. Die Lichter blendeten sie, und sie konnte nur die ersten Reihen hinter dem Orchester sehen, doch sie wusste, dass dahinter zahlreiche Stuhlreihen vollkommen ausgefüllt waren. Mit zusammengebissenen Zähnen lächelte sie dem Publikum zu. Sie hatte sich selten dermaßen kläglich gefühlt. Alexander griff nach Marleenes Hand und hielt sie in die Höhe, und der Applaus brandete erneut auf. Die Leute klatschten so begeistert, als hätte sie schon jetzt eine famose Meisterleistung auf der Bühne absolviert.

»Danke.« Sie sprach so leise, dass es wohl kaum jemand hörte.

Nun trat auch Rosalie zu ihnen auf die Bühne, und Marleene sah sofort, dass sie ganz in ihrem Element war. Von den Tränen gab es keine Spur mehr. »Vielen Dank für Ihr Verständnis«, sagte sie gewandt. »Dann werde ich Marten jetzt mal entführen, und wir bereiten uns auf das Stück vor. Ich wünsche Ihnen viel Vergnügen.« Sie lächelte und sah dabei ein wenig aus wie ein Fuchs, der etwas im Schilde führte.

Aber das bildete sich Marleene sicher nur ein. Die Nervosität spielte ihr einen Streich.

Anstatt die kleine Treppe von der Bühne zu nehmen, führte Rosalie sie in das geheimnisvolle Reich hinter der Bühne. Für den Bühnenabgang hatten sie beim Aufbau eigens zwischen zwei Fichten etwas Platz gelassen. Als Nächstes fand sich Marleene in einer Art übergroßem Zelt wieder, das mit mehreren Bettlaken unterteilt worden war.

Rosalie führte sie zu einer leeren Nische und bedeutete ihr, sich auf eine Truhe zu setzen. Mit hastigen Worten fasste sie das

Stück für Marleene zusammen. »Es geht also um diesen Trunkenbold, mit dem sich ein Lord einen Spaß erlaubt. Er macht ihm weis, er sei gar kein betrunkener Kesselflicker, sondern besitze in Wirklichkeit ein herrschaftliches Anwesen, und seine Ehefrau sei hocherfreut, dass er jetzt endlich wieder bei Sinnen sei. Und an dieser Stelle kommst du ins Spiel.«

»M-moment mal, i-ich soll die Ehefrau spielen?«, fragte Marleene von Angst ergriffen und stolperte über ihre eigenen Worte.

Rosalie kicherte und winkte ab. »Keine Sorge, du spielst keine wahrhaftige Frau. Es ist einer der Diener des echten Lords, den sie in Frauenkleider stecken.«

Marleene wurde heiß. »Es … es tut mir leid, Rosalie, aber ich glaube, ich kann das wirklich nicht.« Sie sprang auf. »Ich muss gehen.«

Rosalie sah sie tief enttäuscht an. »Aber du kannst doch jetzt keinen Rückzieher machen. Wir haben es schließlich bereits allen angekündigt, und die Leute haben sich bei dir bedankt. Es wäre äußerst unhöflich, sie jetzt zu enttäuschen. Dann hätten wir uns jemand anderen suchen müssen, doch dafür ist es jetzt zu spät …«

Marleene überlegte fieberhaft. Letzten Endes würde trotz der Frauenkleider niemand wissen, dass sie in Wirklichkeit eine Frau war. Im Grunde funktionierte ihre Verkleidung, weil die Leute das sahen, was sie zu sehen glaubten. Alle hielten Marten für einen Jungen, und wenn sie dann als verkleideter Diener in Frauenkleidern auf der Bühne stünde, würde das nichts ändern. Sie würden weiterhin glauben, dass der Lehrling Marten ein Mann war.

Und Rosalie hatte recht.

Sie kam aus dieser Sache tatsächlich nicht mehr raus, ohne sich womöglich sogar noch verdächtiger zu machen, weil es keinen guten Grund für einen Rückzieher gab.

Sie seufzte ergeben. »Na gut, wo sind die Kleider, die ich anziehen soll?« Es blieb zu hoffen, dass sie Rosalie würde loswerden können.

Rosalie lächelte begeistert, verschwand und kam kurz darauf mit einem wunderhübschen Kleid zurück. Es war aus einem seidigen Stoff in Altrosa, zu den Seiten etwas altmodisch weit ausgestellt und über und über mit kleinen Blumen bestickt.

Es war dennoch das schönste Kleid, das Marleene je gesehen hatte. Sie ließ die Finger über den glatten Stoff gleiten und war fasziniert davon, wie weich er sich anfühlte. Das war etwas vollkommen anderes als das raue Leinenhemd, das sie normalerweise trug.

»Du kannst dich alleine ankleiden, denn du musst es einfach nur über den Kopf ziehen«, erklärte Rosalie. »Im Theater muss es oft schnell gehen, deswegen hat es keine feinen Eisenhäkchen auf dem Rücken, sondern einen praktischen Gummizug. Das Kleid wird sich genau an deinen Körper anpassen.«

Marleene nickte erleichtert. Eine Sorge weniger. Als könnte sie ihre Gedanken lesen, hielt Rosalie ihr nun zwei kleine runde Kissen entgegen, die Marleene verwirrt ansah.

»Damit kannst du den Brustraum ausstopfen«, sie zwinkerte ihr zu und schien nicht zu bemerken, wie rot Marleene geworden war. »Gut, dann lass ich dich jetzt in aller Ruhe dein Kostüm anziehen. Ruf mich einfach, wenn du noch etwas benötigst oder Hilfe brauchst.«

Durch die luftige Fichtenwand hörte Marleene, dass das Stück inzwischen begonnen hatte und der Kesselflicker in der Gastwirtschaft dem Alkohol frönte. Marleene streifte sich das Kleid über und fragte sich, warum nicht alle Kleider so praktisch gefertigt wurden. Doch es war dermaßen tief dekolletiert, dass man den Wickel um ihre Brust sah. Also zog sie es wieder aus, öffnete den Knoten und entfernte den Wickel mit einem mulmigen Gefühl. Sie bewegte sich auf wahrlich dünnem Eis. Sollte sie um eine Bluse oder ein Umhängetuch bitten?

Auf keinen Fall durfte Rosalie sie mit freigelegten Brüsten erblicken. Geschwind zog sie das Kleid wieder über den Kopf – und sah verzückt an sich herunter. Der feine Rock ließ ihre schmalen Hüften wunderschön breit aussehen, und das mit Rosshaar verstärkte Oberteil presste ihre zierlichen Brüste so stark nach oben, dass sie unter dem Spitzenbesatz nahezu üppig aussahen.

Nie zuvor hatte sie sich so hübsch und so weiblich gefühlt.

Aber das beunruhigte sie nur noch mehr, und sie bekam ernsthafte Zweifel. Würde die Sache gut gehen?

»Bist du angekleidet?«, hörte sie Rosalies Stimme hinter der Stoffwand, und Marleene schob rasch die runden Brustersatzkissen und den Wickel unter ihre Arbeitskleidung.

»Ja, ich bin fertig«, rief sie unsicher.

Rosalie kehrte in die Nische zurück, und als sie Marleene erblickte, legte sie die Hände an die Wangen.

»Fantastisch!«, rief sie aus.

»Ja? Aber sehe ich jetzt nicht tatsächlich wie eine Dame aus? Du musst verstehen, dass ich mich nicht zum Narren machen möchte.«

Rosalie lachte in ihrer affektierten Art und Weise auf. »Ihr Männer immer … Sorgt euch stets um eure Männlichkeit. Aber sei versichert, du siehst immer noch aus wie ein echter Mann. Vielleicht hilft es dir auch, dass du nur einen Hut aufsetzen musst, denn wir haben keine Perücken mehr rechtzeitig anfertigen können. Sie sind alle verbrannt.« Sie reichte ihr einen breitkrempigen Hut mit rosa Blumenschmuck.

Rosalie lauschte, was auf der Bühne gesagt wurde. »Herrje,

das war bereits das erste Stichwort. Komm, du hast gleich deinen Auftritt.« Sie zog Marleene durch den Irrgarten aus Bettlaken und plapperte dabei weiter. »Im Grunde genommen musst du dem kranken Mann im Bett einfach nur sagen: ›Ach, da seid Ihr ja wieder, endlich aus Eurer Umnachtung erwacht. Erkennt Ihr mich nicht? Ich bin Eure Euch liebende Ehefrau‹, und dann wirfst du dich weinend auf das Bett.«

»Das ist alles?«, fragte Marleene und kam nicht umhin, sich zu fragen, ob sie diese kleine Rolle nicht doch hätten streichen können.

»Eigentlich hattest du noch mehr Text, aber das ist die Essenz dessen, was die Rolle sagt, und ich denke, es wird für das Stück genügen.«

Sie passierten im Vorübergehen einen Spiegel, und Marleene erschrak. Sie sah gut aus. Zu gut? Rosalie ließ ihr keine Zeit, ihre Erscheinung zu prüfen, sondern zog sie weiter.

»Rasch, wir müssen uns beeilen.«

Schließlich traten sie in den Bereich hinter den Fichten, die herrlich dufteten und Marleene etwas beruhigten.

Bis der Theaterintendant sie entdeckte.

»Das ist der neue Diener in Frauenkleidern?«, fragte er mit gerunzelter Stirn. »Hättet ihr nicht einen Ma…«

Rosalie fiel ihm ins Wort.

»Wir haben unser Bestes gegeben, und es wird schon funktionieren«, sagte sie entschieden, und der Mann verstummte.

Marleenes Herz galoppierte und ließ ihre Zweifel größer und größer werden.

Sie wollte ihren Kragen öffnen, um besser atmen zu können, aber ihr Dekolleté lag ja bereits vollkommen frei.

Hatte der Intendant gerade sagen wollen, dass sie aussah wie eine *echte* Frau?

Würde sie sich am Ende selbst enttarnen, wenn sie jetzt in diesen Frauenkleidern auf die Bühne ging?

Blanke Panik kroch Marleenes Kehle hinauf.

Sie konnte es nicht tun, es stand zu viel auf dem Spiel.

»Rosalie, es tut mir leid, aber ich kann wirklich nicht. Ihr müsst improvisieren.« Sie befreite sich aus Rosalies Griff und wollte wieder nach hinten gehen.

Rosalie zog die Augenbrauen hoch und legte den Kopf schief.

»Das wird nicht nötig sein«, sagte sie mit einem fiesen Grinsen – und schubste Marleene auf die Bühne.

***

Die dramatische Musik hatte bereits eingesetzt, und die Bühne wurde von acht menschlichen Vorhanghaltern verhüllt, als Julius aus der Fliedervilla auf den improvisierten Zuschauerraum zueilte. Vor dem Stück hatte ihn die anstrengende Arbeit mit den schweren Hamamelis-Töpfen warm gehalten, doch für das Stück war er zurück in die Fliedervilla gegangen, um geschwind seine Jacke zu holen. Dabei war er mit Meike zusammengeprallt, und gleich mehrere Platten mit Kanapees für den Empfang einiger ausgewählter Persönlichkeiten – hauptsächlich aus den Reihen der Freimaurer, die sein Vater nach wie vor umgarnte – waren auf dem Boden gelandet. Meike war vollkommen aufgelöst gewesen. Julius hatte sie beruhigt und geholfen, das Malheur zu beseitigen, deswegen war er jetzt viel zu spät dran.

Mit geducktem Rücken huschte er an den zahlreichen Stuhlreihen vorbei. Wo saßen die Arbeiter der Hofgärtnerei? Direkt vor der Bühne hatte das Orchester Platz bezogen, und der Bereich dahinter war für die Mitglieder des Hofstaats reserviert. Da, jetzt leuchteten ihm Brunos Haare entgegen. Er saß zwischen

Greta und Johannes, daneben Oskar, Hugo und Alois. Hildegard hatte überraschend abgesagt. Aber wo war Marleene? Er hatte sich darauf gefreut, das Stück an ihrer Seite zu erleben, denn er genoss es, in ihrer Nähe zu sein. Sosehr er jedoch seine Augen bemühte, er konnte sie nirgendwo entdecken, auch nicht weiter hinten.

Schließlich glitt er in einen freien Stuhl neben Konstantin, der sich einige Reihen entfernt neben Dorothea gesetzt hatte. Noch einmal drehte er sich um und suchte mit den Augen die Menschenmenge ab.

»Wo ist denn Marten?«, fragte er seinen Bruder im Flüsterton.

Dieser sah ihn überrascht an. »Hast du das nicht mitbekommen? Er vertritt einen der Schauspieler in einer kleinen Nebenrolle. Das wird sicherlich äußerst amüsant.« Er ließ die Augenbrauen nach oben schnellen und sah demonstrativ zur Bühne, wo der arme Kesselflicker gerade auf das Anwesen des Lords gebracht wurde.

Ein ungutes Gefühl kroch elendig langsam durch Julius' Körper. Marleene auf einer Theaterbühne? Konnte das gut gehen? Auf der anderen Seite machte es vermutlich keinen Unterschied, ob sie sich hier verkleidete oder auf der Bühne.

Trotzdem fühlte es sich so an, als würde sein Blut mit doppelter Geschwindigkeit durch die Adern rauschen. Er hatte Schwierigkeiten, ruhig sitzen zu bleiben und dem Stück zu folgen.

Und dann entstand eine zu lange Pause auf der Bühne, einige Leute begannen zu flüstern.

Der Kesselflicker räusperte sich, wiederholte seinen letzten Satz etwas lauter und sprach mehr in Richtung des Bühnenaufgangs. Schließlich polterte es hinter der Spielfläche, und kurz darauf stolperte ein junges Mädchen auf die märchenhaft beleuchtete Bühne. Sie war hochgewachsen und hatte trotz der

Stolperschritte eine elegante Anmut. Ein enges rosafarbenes Kleid mit hauchfeinen Verzierungen betonte ihre weiblichen Rundungen.

Sie war wunderschön. Ihr Anblick rührte etwas in Julius an und weckte eine eigentümliche Sehnsucht.

Und als er endlich begriff, stockte ihm der Atem.

Marleene. Das bezaubernde Mädchen war Marleene. Unwillkürlich spannte sich jeder Muskel seines Körpers an. Ihn graute es vor den Dingen, die womöglich folgen würden, denn er war vermutlich nicht der Einzige, der sie entgeistert anstarrte.

Vorsichtig blickte er um sich, und sein Gefühl bestätigte sich. Jeder Einzelne starrte gefesselt auf die Spielfläche, und eine nahezu greifbare Stille hatte sich über das improvisierte Theater gelegt.

Marleene sah unsicher mit ihren strahlend blauen Vergissmeinnicht-Augen in die Menge. Die Furcht in ihrem Blick erinnerte ihn an sein Reh, das er als kleines Kitz im Wald gefunden hatte.

»Dat soll de Lehrjungse sein?« Mit der halblauten Frage aus dem Publikum löste die Stille sich auf und machte nach und nach einer wispernden Unruhe Platz.

»Dat is ja eene echte Deern«, rief jemand von hinten. Marleenes Gesicht bekam rötliche Flecken, sie starrte in die Menge, vermutlich um zu erkennen, wer sie soeben als Mädchen bezeichnet hatte.

»Jo, se is een lütten Fruunsperson, dat is klipp un klar«, pflichtete eine weitere Person bci und legte Julius' Nerven blank, denn auch ohne Plattdeutsch zu sprechen, verstand er, was soeben gesagt wurde. Sie hatten Marleene als Mädchen, als junge Frau erkannt.

Marleene versuchte die Zwischenrufe nicht weiter zu beachten und trat mit inzwischen mohnrotem Kopf einen Schritt auf den Kesselflicker zu. »S-seid Ihr …«, stotterte sie.

»Die Frage ist wohl eher, wer Ihr seid«, rief nun die Frau mit dem Riesenhut, was ein genüssliches Grinsen auf Konstantins Gesicht malte.

Auf einmal schien das Stück vergessen, und jeder redete durcheinander.

Marleene blickte hektisch in die Menge und dann nach links und nach rechts. Urplötzlich schien sie eine Entscheidung zu treffen, schürzte ihr Kleid in die Höhe und rannte mit Tränen in den Augen los. Anstatt die kleine Treppe zu nehmen, lief sie zur anderen Seite, wo die Lindenallee war, sprang mit einem Satz von der Bühne und hetzte über den Hof.

Schließlich entschwand sie in der Dunkelheit.

Julius sprang auf, schlängelte sich durch die engen Reihen und musste den gesamten Zuschauerbereich umrunden, um ihr hinterherrennen zu können. Währenddessen betrat Alexander die Bühne und hob beschwichtigend die Hände.

»Meine Damen und Herren, so beruhigen Sie sich doch wieder. Hatten wir nicht ausgemacht, dass wir meinem Lehrling jegliche Patzer verzeihen? Anscheinend hat er doch Lampenfieber bekommen. Und um jegliche Missverständnisse aus dem Weg zu räumen: Es sah zwar sehr überzeugend aus, aber Marten hat einen jungen Diener in Frauenkleidern gespielt. Natürlich ist er ein Junge.«

»Also wenn dat een Jungse war, dann freet ik en Besen.«

Die Lacher hatte der Bauer auf seiner Seite.

Julius wurde langsamer und blieb schließlich stehen. War sein Vater wahrhaftig so blind?

Ganz offensichtlich wollte er es noch immer nicht wahrhaben. Er hatte Marten stets in den höchsten Tönen gelobt, und

Julius vermutete, dass er sich zum Teil in Marten wiedererkannt hatte. Man merkte es kaum, aber auch sein Vater kam aus sehr einfachen Verhältnissen und hatte sich emporgearbeitet. Wenn er sich jetzt eingestehen musste, dass Marten kein schlauer Bursche war, sondern gar eine Frau, würde sein Weltbild gänzlich zusammenbrechen.

»Aber ganz gewiss ist er ein Junge!«, beteuerte sein Vater. »Ich kenne doch meinen Lehrling. Genügen denn tatsächlich ein paar Frauenkleider, um euch dermaßen zu blenden?«

»Die Frage ist wohl eher, wer hier geblendet wird, mein Herr«, sagte die Hutträgerin wieder. »Wie mir scheint, ist Ihr Lehrling eher eine Lehrling*in*.« Sie stutzte über ihre eigene Wortschöpfung. »Wie sagt man denn in einem derartigen Fall?«, fragte sie.

Die Leute lachten wieder. Und von ganz hinten musste jemand noch mehr Salz in Alexanders Wunde streuen. »Ich wusste nicht, dass die Hofgärtnerei dermaßen am Ende ist und jetzt schon Frauen in die Lehre nimmt.«

Julius sah, wie Dorothea die Arme verschränkte, doch die Mehrheit der Leute im Publikum war überaus erheitert.

»Seid ihr denn nicht mehr bei Sinnen?«, rief sein Vater nun richtig vergrellt und hob drohend die Hand.

Aus der Mitte versuchte ein Mann mit brauner Kappe, vermutlich ein Gärtnerkollege, ihn zu beschwichtigen. »Alexander, laat di keen Wippkes vörmaken, dat is beileibe eine Maid«, sagte er ganz ruhig.

Doch ein weiterer rief indes: »He sitt up'n Peerd un sucht daarnach«, und klopfte sich feixend vor Lachen auf die Schenkel, denn es bedeutete so viel wie, dass Alexander den Wald vor lauter Bäumen nicht sah. So war es wahrhaftig, aber Julius wünschte sich, dass sein Vater nun einfach von der Bühne kommen würde. Er wollte Marleene hinterherrennen, hatte aber das Gefühl, dass er seinen Vater so nicht allein lassen konnte. Diese öffentliche Debatte schürte seine Wut nur noch stärker. Er ging zur hölzernen Treppe, um ihn fortzuholen. Gerade hatte er die unterste Stiege erreicht, da trat von hinten Rosalie mit bedächtigen Schritten auf die Bühne. Gut, dann würde sie ihn von dort wegbringen.

Sofort wurde es still.

Sie trat auf ihren Vater zu. »Es tut mir leid, Papa«, sagte sie und hielt ihm mit spitzen Fingern ein Stück Stoff entgegen.

Alexander sah es an, als handelte es sich um Giftpilze, schien es unter keinen Umständen berühren zu wollen. »Was ist das?«

Rosalie wandte sich von ihrem Vater ab und sprach jetzt zum Publikum, als gehörte dies zum Stück dazu. Als Erstes hielt sie zwischen Daumen und Zeigefinger der linken Hand einen sehr langen Stoffwickel in die Höhe. »Das ist der Stoff, den Marten – oder besser gesagt Marleene – verwendet hat, um tagtäglich ihre Brüste wegzuschnüren.« Sie ließ den Arm sinken und hob den rechten, mit dem sie zwei kleine runde Kissen hochhielt. »Und dies hier sind die Auspolsterungen, die ich ihr gegeben habe, um das Kleid obenherum auszufüllen. Aber …« Sie senkte den Arm und gleichzeitig die Stimme. Dann wandte sie sich ganz langsam wieder ihrem Vater zu und sah ihn mit großen, traurigen Augen an. »Aber sie hat sie nicht benötigt.«

Pure Fassungslosigkeit stand in Alexanders Gesicht geschrieben.

»Nein«, flüsterte er, und seine Stimme war getränkt von Entsetzen.

Als gute Schauspielerin, die sie war, griff Rosalie genau diesen Tonfall auf. »Doch«, flüsterte sie zurück und ließ zu, dass Tränen in ihren Augen aufblitzten, als hätte sie Mitleid mit ihm wegen dieses dreisten Vergehens.

Aber schon in der Sekunde, wo er Marleene in dem wunderschönen Kleid auf der Bühne erkannt hatte, wusste Julius, dass dies Rosalies Handschrift war.

Sie musste es irgendwie herausgefunden haben.

Vielleicht hatte sie die Wechselkleider entdeckt, vielleicht hatte Marleene sich verplappert, oder sie hatte sie einfach doch wiedererkannt. Und ja, es war nicht rechtens, was Marleene getan hatte, aber es war vollkommen unnötig gewesen, aus ihrem Vergehen eine öffentliche Zurschaustellung zu machen. Vermutlich hatte sie Marleene wie ein Greifvogel schon seit einer Weile voller Kalkül umkreist. Jetzt hatte sie wohlbedacht und schnell zugeschlagen. Er spürte, wie die Wut in ihm hochkochte. Herrje, nahezu die halbe Stadt war hier versammelt, und nun wussten alle, was geschehen war.

Das hatte Marleene nicht verdient.

Und sein Vater, der hier ebenso entblößt wurde, auch nicht.

Was war bloß in Rosalie gefahren? Hatte sie all dies arrangiert, nur weil Marleene ihr als kleines Mädchen an jenem vermaledeiten Schautag in der Schule die Aufmerksamkeit gestohlen hatte? Konnte jemand dermaßen geltungssüchtig sein?

»Sollen wir dann jetzt mit dem Stück weitermachen?«, fragte Rosalie strahlend ins Publikum, das begeistert bejahte.

Sein Vater verließ mit staksigen Schritten die Bühne. Julius hätte sich gerne um ihn gekümmert, aber er wusste, dass es jemanden gab, der seinen Beistand noch dringender benötigte. Ohne eine weitere Sekunde zu vergeuden, rannte er los.

55. Kapitel

Eine neuerliche Welle des Zorns wallte durch Marleenes Körper, als sie durch die Nacht stürmte. Sie hatte zugelassen, dass Rosalie sie wie eine Puppe vorgeführt hatte.

Sie kann sogar sprechen.

Zehn Jahre später war es kein Vorzeigetag in der Schule, sondern wegen der fulminanten Theatervorstellung eher ein Schautag für halb Oldenburg, den Rosalie nutzte, um sich in Szene zu setzen.

Heiße Tränen rannen über Marleenes Gesicht, und sie vermisste ihre Ärmel, um diese wegzuwischen. Sie musste wahrlich ein kurioses Bild abgeben, wie sie hier in diesem prunkvollen Kleid durch die Mondscheinnacht lief. Den Hut hatte sie auf ihrer Flucht bereits verloren. Aber das war ihr gleich. Sie hatte es keine weitere Sekunde auf dieser Bühne ausgehalten.

Wie alle sie angestarrt hatten. Ebenso gut hätte sie nackt auf der Bühne stehen können. Doch der Skandal war jetzt sogar noch größer.

Der Lehrling des großen Alexander Goldbach war eine Frau.

Aus der Fernc hatte sie gehört, wie jemand gelästert hatte: »Ich wusste nicht, dass die Hofgärtnerei dermaßen am Ende ist und jetzt schon Frauen in die Lehre nimmt« – und wie die Leute dann noch lauter gelacht hatten. Es hatte wirklich den Anschein, als wäre es ein Verbrechen, dass sie einen echten Beruf erlernen wollte, um nicht als Hilfsarbeiterin zu enden.

Sie hatte sich oft ausgemalt, wie es wäre, wenn es herauskäme. Doch in ihrer Vorstellung war es immer still und leise vonstattengegangen. Alexander war es zugetragen worden von jemandem, der sie erkannt hatte, und er hatte sie auf dem Freilandquartier aufgesucht und stumm mit dem Finger auf den Ausgang gedeutet. In einer verklärten Version ihrer Vorstellung hatte er wütend getobt, dann aber versöhnlich die Hand auf ihre Schulter gelegt und ihr gesagt, sie leiste dermaßen gute Arbeit, dass sie trotzdem bleiben dürfe. Zwar mit weniger Lohn, aber in dieser schöneren Version zählte nicht, *was* sie war, sondern lediglich, *wer* sie war. Und in der besonders naiven Variante ihrer Vorstellung hatte er ihr an dieser Stelle auch noch gesagt, dass sie die Tochter sei, die er sich stets gewünscht habe. Marleene hatte durchaus gewusst, dass dieser Gedanke den Liebesromanen entsprungen war, von denen Frieda ihr so gerne vorschwärmte, doch sie hatte sich den Traum gegönnt.

Nicht mal in ihren schlimmsten Albträumen hatte sie mit einer öffentlichen Bloßstellung gerechnet. Das hatte Rosalie schön eingefädelt.

Marleene schrie auf, als sich ein spitzer Stein durch die dünne Sohle ihres feinen Schuhs bohrte. Das Schreien erleichterte sie etwas, stellte sie fest, und darauf entließ sie ihren gesamten Schmerz voller Inbrunst in die Nacht. Im nächsten Moment öffnete sich ein Fenster in der Nadorster Straße, und jemand rief erzürnt: »Halt die Piepen, du Trunkenbold!«

Jetzt wurde sie noch wütender. Wieso glaubte eigentlich jeder, ihr vorschreiben zu können, was sie tun und was sie lassen sollte? Sie schrie aus Leibeskräften ihre Wut und den allumfassenden Schmerz hinaus.

Bis sie nicht mehr konnte.

Als wäre sie nur noch die Hülle ihrer selbst, lief sie weiter. Sämtliche Energie und jegliche Gefühle hatten ihren Körper verlassen.

Zurück blieb allein die Leere.

Schließlich erreichte sie den Gertrudenfriedhof, und wie von selbst bogen ihre Füße darauf ein. Am Grab ihres Vaters blieb sie stehen.

»Es ist alles aus, Papa«, flüsterte sie mit bebender Stimme.

Erst jetzt wurde ihr bewusst, dass es wahrhaftig so war. Sie würde ihre Lehre nicht fortsetzen dürfen. Keine Pflanzen mehr, kein Unkraut jäten, keine Frühbeete lüften, keine Raupennester schneiden oder gar ein geheimes Gewächshaus besuchen. Kein Wetteifern beim Stecklingeschneiden, keine gemeinsamen Lieder und derben Witze. Nie wieder Oskar, der unwirsch vor sich hin brummte, keine fiesen Sprüche von Johannes und kein Bruno, der drei Wimpernschläge zu spät darüber lachte. Kein fröhlich summender Manilo, keine Hildegard, die fragte, ob sie auch ausreichend gegessen habe. Und sie würde nie erfahren, ob Greta einen Jungen oder ein Mädchen bekam. Ob Dorothea es schaffte, ihren Gärtnerinnenverein zu gründen, und ob sie Konstantins Avancen gegenüber hart bleiben würde.

Und was am schlimmsten wog: kein Julius mehr.

Ihre Kehle begann zu brennen, und die versiegten Tränen fanden eine neue Quelle. Vom Boden ihrer Seele stiegen tiefe Schluchzer auf und schüttelten sie heftig, als sie begriff, dass sie Julius nie wiedersehen würde. Vorbei waren ihre Stunden im Gewächshaus, die geteilte Freude über einen frisch sprießenden Rhododendron – und die Blicke in seine grünen Augen, die sie jedes Mal hastig unterbrechen musste, um sich nicht darin zu verlieren.

Sie sackte kraftlos auf die Knie, vermochte den Tränen keinen Einhalt zu gebieten.

Eine ganze Weile verharrte sie so, unfähig, sich zu beruhigen. Während das Mondlicht sachte über ihre Haut strich, löste sich ihre Welt in Wohlgefallen auf.

Als eine Stimme sie ansprach, zuckte sie zusammen. Bisher hatte sie geglaubt, vollkommen allein zu dieser Stunde auf dem Friedhof zu sein.

»Es wird mit der Zeit besser werden«, hatte jemand zu ihr gesagt.

Mit einem leisen Ächzen richtete sie sich auf, wischte mit dem Handrücken die Tränen aus dem Gesicht und zupfte zwei Efeublätter aus ihrem Kleid.

Sie konnte kaum glauben, wer vor ihr stand.

»Das sagen sie alle. Dennoch stimmt es nicht, finde ich. Ich vermisse ihn wie am ersten Tag«, sagte sie mit leiser Stimme. »Aber das ist es nicht …«

Frau Maader betrachtete sie schweigend. »Dann ist es jetzt also herausgekommen?«, fragte sie letztendlich.

»Sie haben es gewusst?«

»Aber gewiss, ich habe dich ja gesehen, wenn ich meine Schwester besucht habe. Nur mein Schwager erkennt die Leute schon nicht mehr wieder, wenn sie einen neuen Hut oder eine andere Frisur haben.« Sie legte ihr Tuch um Marleenes Schultern, da ihr Kleid lange Ärmel hatte.

Marleene zog es dankbar enger um sich. »Aber warum … warum haben Sie dann nichts gesagt?«

Frau Maader zuckte mit den Schultern. »Warum sollte ich? Denkst du, mir gefällt es, dass es mir erst gestattet war, das Blumengeschäft zu führen, als mein Mann verstorben war? Warum musste die Hofgärtnerei an meinen Schwager übergehen, obwohl ich sie liebend gern geführt hätte? Sind wir Frauen denn erst vollständige Wesen, wenn wir einen Mann an unserer Seite haben?«

»Eigentlich nicht.« Marleene runzelte die Stirn. »S-sie wollten die Hofgärtnerei führen?«

»Natürlich, ich liebe Pflanzen und habe jede freie Minute in der Gärtnerei verbracht, habe den Arbeitern über die Schulter geschaut, auch deinem Vater übrigens.«

»Sie haben ihn gekannt?«, fragte Marleene überrascht. Sie hatte vergessen, dass Frau Maader ebenfalls in der Fliedervilla aufgewachsen war.

»Er hatte stets ein nettes Wort oder einen kleinen Scherz für mich parat«, erklärte Frau Maader mit einem leichten Lächeln.

»Und warum ging es nicht? Warum durften Sie die Hofgärtnerei nicht führen?«

»Eine Frau als Geschäftsführerin einer Firma mit mehreren Mitarbeitern? Mir wurde gesagt, dass Frauen dafür einfach nicht den Verstand haben. Ein paar Blumen zurechtschnippeln, ja, das ging gerade noch. Aber die Arbeiter anleiten … Das war schier unmöglich.« Frau Maader schüttelte den Kopf und verschränkte die Arme. »Ich fand es überaus mutig, was du getan hast, und habe die Dinge gerne aus der Ferne verfolgt. Es geschieht Alexander vollkommen recht, soll er doch auf diesem Wege miterleben, dass auch eine Frau Gärtnerin sein kann. Und damit meine ich nicht nur Unkraut zupfen!«

»Aber es ist vorbei. Er wird mich nie mehr zurücknehmen.« Sie erzählte Frau Maader von dem Theaterstück und wie sie vor der halben Stadt entlarvt worden war.

Frau Maader schnaubte. »Und deswegen willst du jetzt kampflos aufgeben? Diese Welt wird von Männern gemacht, deshalb müssen wir Frauen zusammenhalten und uns unsere Plätze erkämpfen. Wer weiß, womöglich entsteht aus der ganzen Sache sogar etwas Gutes? Du könntest der erste weibliche Lehrling in einer Handelsgärtnerei sein. Und vielleicht folgen dann andere Gärtnereien dem Beispiel der Hofgärtnerei, und es kommt zu einer Kehrtwende! Ich sag dir was. Wenn du versprichst, am

Montag wieder zur Hofgärtnerei zu gehen, werde ich ein gutes Wort bei Alexander für dich einlegen. Mein Schwager wäre ein Narr, wenn er dich gehen ließe, nur weil du eine Frau bist.«

56. Kapitel

Als Marleene in die Arbeiterherberge zurückkehrte, fand sie ihre Cousine vollkommen aufgelöst in ihrer Kammer vor. »Frieda!« Sie stürzte sofort an ihr Bett und legte eine Hand auf ihren Rücken. »Was ist geschehen?«

Frieda rieb sich die Tränen aus dem Gesicht und berichtete unter Schluchzern von Manilo. Als sie geendet hatte, erzählte Marleene ihrerseits alles von dem unglückseligen Abend, der hinter ihr lag.

»Ich kann nicht glauben, dass Rosalie das wahrhaftig getan hat«, sagte sie, schloss sie unter Tränen in die Arme, und sie gaben sich gegenseitig Halt.

»Und ich finde es unvorstellbar, dass Manilo wirklich die Pflanzen geklaut haben soll. Das sieht ihm überhaupt nicht ähnlich«, erwiderte Marleene. Die gesamte Nacht debattierten sie, was war und was sein könnte, bis sie in den Morgenstunden in einen unruhigen Schlaf sanken.

Nachdem sie den halben Sonntag verschlafen hatten, gingen sie den restlichen Tag am Staugraben spazieren und schmiedeten Pläne. Trotz Frau Maaders Worten war Marleene unsicher, ob sie sich je wieder in die Hofgärtnerei wagen sollte.

»Wenn ich am Montag hingehe, wüsste ich nicht einmal, was ich anziehen soll«, gestand sie ihrer Cousine. »Meine Arbeitshose, wie zuvor? Oder sollte ich dann zu Röcken wechseln? Müsste ich mir gar solche weiten Beinkleider zulegen, wie Dorothea sie trägt?« Gemeinsam entschieden sie, dass sie praktische Frauenkleider tragen würde, denn es gab schließlich nichts mehr zu verstecken.

»Vielleicht sollte ich es doch einfach sein lassen. Alexander wird mich mit Gewissheit nicht zurücknehmen.«

»Das kommt gar nicht infrage.« Frieda stemmte die Hände in die Hüften. »Ich mach das nicht gerne, aber ich muss Frau Maader recht geben. Du darfst nicht kampflos aufgeben, und wenn du nicht hingehst, hast du bereits verloren. Wenn du es zumindest versuchst, hast du immerhin die Möglichkeit, dass Herr Goldbach noch einmal darüber nachdenkt. Ich meine, es ist ja nicht so, als würden gar keine Frauen in der Hofgärtnerei arbeiten.«

»Also als Unkrautjägerin fange ich ganz gewiss nicht an«, sagte Marleene, während sie beobachtete, wie ein paar Enten auf der Marschbäke ihre Bahnen zogen.

»Normalerweise hätte ich nun gefragt, ob es denn klug ist, jetzt noch Ansprüche zu stellen, aber du hast recht. Entweder du bleibst ordentlicher Lehrling oder nichts. Immerhin ändert sich nichts an deiner Arbeitsweise, nur weil der Chef jetzt weiß, dass du kein Junge bist.«

Marleene sah einer herrschaftlichen Kutsche hinterher, die an ihnen vorübergezogen war. Friedas Worte waren vollkommen sinnig. Aber würde Alexander es ebenso sehen? Er musste einfach.

»Eben«, sagte Marleene mit fester Stimme und sog die herbstliche Luft tief ein. »Und was machen wir mit dir?«

Offenbar füllte schon der Gedanke an Manilo Friedas Augen mit frischen Tränen. »Das Gleiche, was wir letztes Mal gemacht haben. Ich werde mit mir schimpfen, welch unendlich dumme Gans ich wieder gewesen bin, und versuchen, nur mit einem angeknacksten Herzen aus der ganzen Sache herauszukommen.«

***

»Du schaffst das«, hatte Frieda Marleene am Morgen mit auf den Weg gegeben, als sie sich mit zitternden Händen angezogen hatte. Sie hatte sogar ein kleines Lächeln zustande gebracht, obwohl ihr noch bei jeder Gelegenheit die Tränen in die Augen stiegen. Trotzdem wurden Marleenes Schritte jetzt wie beim ersten Tag als Lehrling immer kleiner, je näher sie auf die Fliedervilla zukam. Selbst das Haus schien sie tadelnd anzublicken. Wie die anderen wohl reagieren würden? Mit Sicherheit wusste nun jeder, wer sie in Wirklichkeit war. Selbst die, die nicht zu der Aufführung gekommen waren. Tat sie etwas Törichtes? Sollte sie nicht doch vielleicht einfach wieder nach Hause zurückkehren und sich unter der Bettdecke verkriechen? Denn danach war ihr momentan wahrhaft mehr zumute, als sich Alexanders Blick aus kalten Augen zu stellen.

Erstmalig bog sie als Lehrling im Rock um die Ecke und blieb unschlüssig am Ende der Lindenallee stehen, als sie die kleine Gruppe der Arbeiter vor der Remise versammelt stehen sah. Sie schienen heftig über etwas zu diskutieren, und Marleene konnte sich recht gut denken, was es war.

Die Gespräche verstummten, als Hildegard sie entdeckte und die anderen ihrem Blick folgten.

Für einen Moment wagte keiner etwas zu sagen. Marleene hörte lediglich den Wind durch die Blätter rauschen. Sie atmete tief ein, spannte jeden Muskel an und machte sich für das Donnerwetter bereit, das jeden Moment über sie hereinbrechen könnte. Oder würden die anderen sie mit kalter Missachtung strafen? Mit einem unguten Gefühl im Magen beobachtete sie jede Regung der Gruppe.

Schließlich trat ausgerechnet Johannes einen Schritt auf sie zu.

Oh nein. Gerade Johannes. Der, der ihr noch nie sonderlich zugetan gewesen war und die vehementesten Reden schwingen konnte. Am besten machte sie direkt wieder kehrt und verkroch sich in ihrer Kammer. Doch was war das? Er hob den Arm und … winkte sie herbei.

Marleene runzelte die Stirn.

»Komm ruhig rüber …« Er überlegte kurz. »Marleene, richtig?«

Sie sah sich um, als könnte er dennoch jemand anderes meinen. Erst dann tat sie einen zögerlichen Schritt auf ihn zu. Warum war Johannes plötzlich so freundlich? War das seine Taktik? Lockte er sie wie eine fleischfressende Pflanze mit vorgespielter Gefahrenlosigkeit, um dann eiskalt zuzuschlagen?

Doch das Lächeln, das sich nun auf seinem bärtigen Gesicht ausbreitete, wirkte aufrichtig.

»Na los, wir werden dich schon nicht fressen«, sagte er schmunzelnd.

Marleene fühlte, wie ihre Wangen rosig wurden. Seit wann war sie dermaßen leicht zu durchschauen? Sie sah zu Alois, der freundlich nickte, Hildegard lächelte warm, und sogar Greta deutete mit dem Kopf an, dass sie zu ihnen herüberkommen sollte. Sollte sie es wagen? Julius, Oskar und die anderen Obergärtner schienen noch zur Vorbesprechung in der Villa zu sein. Vielleicht sollte sie diesen ersten Kampf jetzt austragen.

Also trat sie langsam auf die Gruppe zu, ihr Herz wurde mit jedem Schritt wackeliger. Schließlich trat sie in den Kreis hinein und blickte zaghaft in die Runde. Zu ihrer Überraschung klopfte Johannes ihr aufmunternd auf den Rücken.

»Ja, das ist ja was, was man da so hört … Hast uns ganz schön ins Staunen versetzt.« Jetzt wirkte er gar zerknirscht. »Tut mir leid, wenn ich manchmal etwas hart zu dir gewesen bin. Wenn ich gewusst hätte, dass du eine Frau bist und wie mutig du für eure Rechte eintrittst, hätte ich mich natürlich besser benommen.« Er zwinkerte ihr zu. »Ich hoffe, du kannst mir noch einmal verzeihen.«

»Aber …«, flüsterte Marleene ungläubig und räusperte sich. Ihr wurde so leicht ums Herz, als könnte sie jeden Moment abheben. »Aber seid ihr mir denn gar nicht böse, dass ich euch belogen habe?«

Johannes, Alois und Bruno schüttelten grinsend den Kopf, und Greta und Hildegard riefen: »Nein!«

»Wir sind zu dem Entschluss gekommen, dass es keine Rolle spielt«, erklärte Dorothea jetzt hoheitsvoll.

»Wirklich?« Marleene lachte vor Erleichterung. Sie war ihren Kollegen unendlich dankbar, dass sie ihr die Sache nicht übel nahmen.

Hildegard legte derweil in ihrer mütterlichen Art einen Arm um Marleenes Schulter.

»Aber, Menschenskind, warum hast du uns denn nichts gesagt?«, fragte sie.

»Wir hätten dir gewiss bei der einen oder anderen Sache helfen können, wenn du uns ins Vertrauen gezogen hättest«, sagte nun auch Greta.

Marleene zuckte die Achseln. »Ich wollte einfach keinen von euch mit meiner Lüge belasten. Ich weiß ja auch noch immer nicht, wie diese Angelegenheit ausgehen wird, und wollte euch nicht als Mitwisser in Mitleidenschaft ziehen.«

Die Arbeiter nickten.

»Also wusste wirklich niemand Bescheid?«, fragte Johannes neugierig.

Marleene wusste nicht, was es war, aber sie scheute davor zurück, Konstantin zu erwähnen. Trotz ihrer Differenzen hatte er sein Versprechen gehalten und sie nicht verraten. »Manilo hat es vor Kurzem herausgefunden«, sagte sie stattdessen.

Jetzt kam Bruno auf sie zu und senkte schüchtern den Blick. »Und ich wollte mich noch mal entschuldigen ... für diese Sache, die ich damals gemacht habe. Aber es tut mir so oder so leid, nicht nur, weil du eine Frau bist und es dadurch noch unflätiger war.«

Marleene zog eine Augenbraue hoch. »Welche Sache?«

»Na ja ... diese Sache eben. Mit dem Gießwasser.« Brunos Haut leuchtete fast so rot wie seine Haare.

»Was hast du mit dem Gießwasser gemacht?«, fragte Marleene verdattert. »Ich habe keine Ahnung, wovon du sprichst.«

Johannes trat vor und legte einen Arm um Bruno, der hoch konzentriert beobachtete, wie sich seine Schuhspitzen im Sand vergruben.

»Willst du mir etwa sagen, du hast ihm, ähhh, ihr nie erzählt, dass du ins Gießwasser gepinkelt hast?«

»Na ja ... ich«, setzte er an, während Marleene entsetzt aufschrie.

»Was?«

»Ich ... ich ... Es tut mir leid! Ich dachte, du hättest es längst mitbekommen ... Ich hab nicht richtig nachgedacht, das war wirklich ungehörig.«

»Aber wirklich«, murmelte Dorothea mit gerümpfter Nase, doch Marleene winkte ab. Ihre Kollegen hatten ihr so viel verziehen, da wollte sie jetzt nicht nachtragend sein.

»Das macht doch nichts«, sagte sie mit einem Schulterzucken. »Spätestens meine intensive Begutachtung der Jauchegrube hat mich gänzlich unempfindlich gegenüber solchen Dingen gemacht.«

Die Arbeiter lachten, und auch Marleene stimmte ein, sodass es sich fast wie früher anfühlte. Sie sah von einem freundlichen Gesicht ins nächste und fühlte sich, als wäre sie angekommen. Jetzt hatte sie das Gefühl, dass doch noch alles gut werden könnte.

»Manilo hat außerdem gesagt, dass es im Wasser ja tausendfach verdünnt werden wird …«, warf Bruno abschließend ein.

»Wo ist der egentlik affblieven?«, fragte Alois und sah sich suchend um.

»Es hat sich herausgestellt, dass Manilo der Pflanzendieb war. Mein Vater hat ihn zurück nach Italien geschickt«, sagte eine klangvolle Stimme hinter Marleene, und sie schwenkte herum.

Da stand er.

Julius musterte sie ganz genau mit seinen dunkelgrünen Augen, in denen so viel verborgen zu sein schien, von dem er niemals sprach. Ein Prickeln, ganz ohne Champagner, breitete sich in ihr aus, und auf einmal war es, als gäbe es die anderen Arbeiter gar nicht mehr. Auch die Gärtnerei lag jenseits ihrer Wahrnehmung. Es gab nur noch Julius und sie, gefangen in diesem Moment. Julius trat schüchtern auf sie zu, und Marleene bemerkte erst jetzt, wie unsicher auch er war.

»Ich habe dich gesucht … Samstagnacht«, sagte er.

Er hatte nach ihr gesucht? Eine innerliche Sonne vertrieb alle dunklen Gedanken, denn Julius' Reaktion hatte sie mit am meisten gefürchtet. Er hasste es, angelogen zu werden, und doch hatte sie nichts anderes getan. Würde er sie verstehen?

»Ich …«, setzte sie an, doch ein wütender Aufschrei unterbrach sie.

»Was hast du hier zu suchen?« Selbst aus der Entfernung war nicht zu überhören, dass Alexander vor Zorn tobte. Mit erbosten Schritten kam er auf sie zugeeilt, dicht gefolgt von Oskar. Nur von Konstantin fehlte jede Spur.

»Dass du es dir überhaupt anmaßt, hier noch einmal aufzukreuzen, ist eine Unverschämtheit.«

Marleene streckte sich und hob den Kopf, wie sie es am Vortag mit Frieda geübt hatte. »Soweit ich weiß, arbeite ich noch immer hier. Es wäre nicht rechtens gewesen, einfach nicht zu kommen.«

»Da hast du dich aber gewaltig getäuscht.« Alexander gestikulierte wild durch die Gegend. »Du bist die längste Zeit hier in Stellung gewesen! Ich zahle niemandem Lohn, der mich dermaßen niederträchtig hintergeht und mich dann auch noch vor der halben Stadt bloßstellt.«

Alexander deutete mit dem Finger in Richtung der Lindenallee und rief erbost: »Raus hier!« Es war genau, wie sie es sich schon so oft vorgestellt hatte.

»A-aber …«

»Ich will nichts weiter hören«, polterte Alexander. »Raus!«

Marleene stand wie vom Donner gerührt da. So viel zu den Argumenten, die sie extra mit Frieda geprobt hatte. Sie atmete tief ein, da ihre Kehle sich zuschnürte und ihr schwindelig wurde. Das war es also, jetzt war wirklich alles aus. Sie schluckte. Eisern unterdrückte sie den Schmerz, der sich durch ihre Seele zu fressen begann. Ein letztes Mal blickte sie zu ihren Kollegen, mit denen sie so viel Zeit verbracht und von denen sie so viel gelernt hatte, dann lief sie dem Ausgang entgegen.

Doch zu ihrer Überraschung zog Johannes sie an der Schulter zurück. Er funkelte Alexander an und verschränkte die Arme.

»Das halte ich für keine gute Idee. Marleene ist sehr fleißig, und in ihr steckt mehr Mut und mehr Kraft als in manchem Mann. Ich finde, sie sollte bleiben.«

Alexander schüttelte den Kopf und war im Begriff, etwas zu entgegnen, doch nun machte sich Dorothea Platz und sah Alexander direkt ins Gesicht. »Ich denke, das Einzige, was von Bedeutung sein sollte, ist die geleistete Arbeit. Es wäre unvernünftig, sie zu entlassen, nur weil sie kein Mann ist. Marleene ist ein vortrefflicher Lehrling. Immer fleißig, immer wissbegierig, sie hat sich nie etwas zuschulden kommen lassen und hat schon in diesen jungen Jahren einen enormen Fundus an Wissen aufgebaut.«

Alexander lachte sarkastisch auf. »*Nie etwas zuschulden kommen lassen?* Dieses Weibsbild hat dafür gesorgt, dass die halbe Gärtnerei vertrocknet ist.« Er fuhr sich durch die Haare. »Herrje, wenn ich damals schon gewusst hätte, dass sie nur eine Frau ist, hätte ich ihr niemals so viel Verantwortung übertragen. Einem Mann wäre so etwas nicht passiert, der hat schließlich einen rationalen Verstand.«

»Das weiß man nicht«, sagte Bruno kleinlaut.

»Red doch keinen Unsinn. Es sind schließlich die Frauen, die immer nur plappern und einfach nicht logisch denken können.«

Bruno atmete tief ein und trat vor. »Wie es aussieht, ist es an der Zeit, dass ich jetzt auch etwas gestehe. Nicht Marten, oder eher gesagt Marleene, hat die Pflanzen vertrocknen lassen, sondern ich.« Ein Raunen ging durch die Gruppe, doch Bruno sprach unbeirrt weiter. »Ich hätte an dem Wochenende Gießdienst gehabt, da ich mit ihr getauscht hatte. Aber sie hat alles auf ihre Kappe genommen und mich nicht verraten. So wie ich das mitbekommen habe, hat sie in den vergangenen Monaten verdammt gute Arbeit geleistet, und auch ich finde, dass sie bleiben sollte.«

Alexander schnaubte. »So, so, dann war es also nicht das erste

Mal, dass sie mich eiskalt belogen hat.« Er warf Marleene einen bitterbösen Blick zu. »Ist das alles?«, rief er dann, »oder möchte noch jemand etwas zu dieser Sache beisteuern?« Es war nur eine rhetorische Frage gewesen, und Alexander war im Begriff weiterzusprechen, doch Greta ergriff das Wort.

»Ja, das möchte ich«, sagte sie mit fester Stimme und wandte sich an Alexander. »Auch ich finde, dass es ein großer Verlust wäre, wenn Marleene entlassen würde. Sie hat mir vollkommen selbstlos bei einer Sache geholfen.« Sie warf einen schnellen Blick in Richtung Fliedervilla, wo Konstantin gerade aus der Hintertür trat und auf die Gruppe zukam. »Ihre Arbeit ist wirklich tadellos. Ist es nicht das, was maßgeblich sein sollte?«

Lediglich Hildegard hatte sich von den einfachen Arbeitern noch nicht geäußert, aber bei den Reden der anderen stets heftig genickt.

Alexander wandte sich nun missmutig an Oskar. »Und? Was sagst du dazu?«

»Och, an der Arbeit gab's tatsächlich nichts zu meckern.« Oskar steckte die Hände in die Taschen und schürzte die Lippen. »Aber was sollen die Leute denken, wenn wir jetzt eene Deern als Lehrling haben? Wir machen uns doch zum Gespött der gesamten Stadt!«

Marleene biss die Zähne zusammen. Sie wusste, dass Alexander sehr stark auf das achtete, was die Leute von ihm hielten. Vermutlich waren alle Stimmen, die für sie gesprochen hatten, jetzt nicht mehr der Rede wert. Und jetzt hatte auch noch Konstantin die Runde erreicht und stellte sich mit gerunzelter Stirn dazu.

Doch nun räusperte Julius sich. »Ich möchte gerne daran erinnern, dass nicht nur ich den Plan für den Schlossgarten ausgearbeitet habe, der bereits übermorgen im Schloss präsentiert werden soll«, sagte er in seiner wohlbedachten Art.

Marleene hätte ihm um den Hals fallen können. Sie ahnte, dass er seinen Vater mit klaren, rationalen Argumenten zu überzeugen versuchte – was vermutlich der einzig wirksame Weg war. In der Aufregung der letzten Stunden hatte sie doch fast die Präsentation im Schloss vergessen.

»Eigentlich hatte Marleene sogar die meisten Ideen für den Plan, und es geht ja vor allem auch darum, was dahintersteckt. Hier hat Marleene sich führend eingebracht, und ich wüsste gar nicht, wie ich unsere Überlegungen dazu darlegen sollte. Wenn wir sie entlassen, würden wir ziemlich lachhaft dastehen.«

Marleene wagte es, Hoffnung zu schöpfen. Sollte die Ausschreibung des Großherzogs ihre Rettung sein?

Alexander sah Julius nachdenklich an und begann schließlich zu nicken.

Doch jetzt benetzte Konstantin seine Lippen. »Allerdings möchte ich gerne darauf hinweisen, dass es Frauen gar nicht gestattet ist, an derartigen Wettbewerben teilzunehmen.« Mit einem Siegergrinsen sah er zu Marleene, und all ihre Hoffnung verwelkte umgehend.

Alexander blickte sinnend in die Runde und wirkte, als würde in seinem Inneren etwas kochen. Es fehlte nur noch, dass er knurrte.

»Ich sag dir was«, wandte er sich an Marleene. »Du wirst übermorgen öffentlich um Verzeihung bitten, dass du dir angemaßt hast, als Frau einen Plan für den Schlossgarten einzureichen. Ich möchte mich nicht vor dem Großherzog blamieren. Dann wirst du die Präsentation halten. Und dann, wenn das geschehen ist, werde ich darüber nachdenken, ob ich dich wieder einstelle.«

* * *

Marleene war beinahe überrascht, als sie den Lappan sah, denn sie hatte kaum bemerkt, dass ihre Füße sie bereits in die Innenstadt getragen hatten. Fast wäre der rote Backsteinbau mit der gebauchten Glockenhaube in diesem Jahr abgerissen worden, aber die Oldenburger Bürger hatten es gerade noch verhindern können.

Ziellos lief sie weiter die Lange Straße entlang und dachte dabei fieberhaft nach.

Wie sollte sie sich nur entscheiden?

Eine öffentliche Entschuldigung käme einer Niederlage gleich, jedoch konnte sie kaum auf ihre Anstellung verzichten. Wie sollte sie ansonsten die Kosten für die Unterbringung ihrer Mutter bezahlen? Und wie sollte sie jemals wieder eine Anstellung finden, wenn Alexander bei den wenigen anderen Gärtnereien, die es in Oldenburg und im Umland gab, Schlechtwetter machte?

Sie passierte die Kurwickstraße, die sie zur Mottenstraße bringen würde, bog jedoch nicht ein, da der Gedanke, den verbleibenden Tag in ihrer Kammer zu verbringen, ihr allzu bedrückend erschien. Zwischen den Fußgängern, die ihr entgegenkamen, entdeckte sie nun ein vertrautes Gesicht und schob sich schnell hinter einen hochbeladenen Handwagen. Aus den Augenwinkeln sah sie, wie Frau Holthusen mit ihrer vergrämten Miene an ihr vorbeizog. Ihrer ehemaligen Chefin wäre es vermutlich gerade recht, dass Marleene mit ihrem neuen Vorhaben kläglich gescheitert war. Sie erreichte den Marktplatz, wo wie immer lebhaftes Treiben herrschte, und schüttelte den Kopf über sich selbst, als sie daran zurückdachte, wie sie hier versucht hatte, ihre Waren zu verkaufen, und wie fasziniert sie von Konstantin gewesen war. Ach, gäbe es doch eine Möglichkeit, sofort die Seele der Menschen zu erkennen, das würde das Leben um einiges leichter machen. Jeder Mensch sollte am besten eine Blüte auf dem Kopf tragen, die etwas über sein Inneres aussagte. Konstantin hätte dann eine tiefschwarze Lilie auf dem Kopf. Und Rosalie hübsche, unschuldig aussehende Maiglöckchen, von denen jedes Kind wusste, dass sie hochgiftig waren. Und Julius? Der hätte etwas ganz Besonderes wie etwa eine Alpenrose, während sie selbst einfach nur das Fliedermädchen wäre.

Am Degodehaus bog sie in die Kleine Kirchenstraße und kam bald darauf an Doktor Winkelmanns Apotheke vorbei, die sie seit ihrem letzten Besuch nicht wieder aufgesucht hatte. Der Doktor war nicht zu sehen, vermutlich drehte er gerade im Hinterraum neue Pillen.

Nach einer weiteren Wendung nach rechts merkte sie, dass ihre Füße sie zu den vermutlich einzigen Menschen getragen hatten, die ihre Lage verstanden. Die Blumenbindewerkstatt Maader präsentierte in der Auslage prächtige Blumenbouquets und Gestecke, die nun fast ausschließlich so gebunden wurden, wie Frieda es ihr einst in übersprudelnder Freude gezeigt hatte. Das kleine Glöckchen kündigte ihr Eintreten an, und gleich darauf schob sich Friedas Kopf durch den Vorhang. Auch Frau Maader kam aus dem Kassenbereich auf sie zu.

»Und? Wie ist es gelaufen?«, fragten sie wie aus einem Munde.

»Stellt er dich wieder ein?«, setzte Frieda noch hinzu.

Marleene seufzte, trat zum Stehhocker, auf dem Frau Maader sonst immer saß, und kletterte hinauf. »Unter einer gewissen Bedingung schon«, erklärte sie den beiden und fasste zusammen, was Alexander gesagt hatte.

»Das ist doch wundervoll!«, rief Frieda strahlend. »Dann entschuldigst du dich öffentlich, und alles wird gut.«

Sollte sie es sich wirklich so einfach machen? Gewiss, ihre Lehrstelle hätte sie dann womöglich zurück. Aber sollte sie es einfach so hinnehmen? Außerdem hatte sie für die Präsentation ja Pläne gehabt.

»Ich wollte mich auf der Präsentation auch für die Frauengärtnerei einsetzen. Wie soll das gehen, wenn ich mich davor dafür entschuldige, eine Frau zu sein?«

Frau Maader, die zwischen den Blumen auf und ab gegangen war, schüttelte den Kopf und stützte sich auf den Verkauftresen. »Einen Teufel wirst du tun!«

»Was?«, fragte Frieda, und auch Marleene blickte sie überrascht an.

»Versteht ihr denn nicht, was wir hier haben?«

Marleene versicherte sich mit einem Blick, dass Frieda ebenso ratlos war wie sie, und zuckte dann hilflos mit den Schultern.

»Ein Amorphophallus titanum.«

Marleene ging alle botanischen Namen durch, die sie kannte, doch dieser war ihr noch nie untergekommen.

»Was ist das denn?«, erkundigte sich Frieda.

»Der Titanenwurz. Eine drei Meter hohe Blume aus dem Urwald, die«, sie senkte die Stimme und bewegte sich mit beschreibenden Gesten durch den Raum, »nur alle zehn Jahre blüht. Genau das hast du gerade vor dir.«

Marleene runzelte die Stirn. »Inwiefern?«

»Verstehst du denn nicht? Du wirst vor dem Großherzog sprechen. Als Frau. Was gäbe es für eine geeignetere Gelegenheit, um zu beweisen, dass wir Frauen sehr wohl fähig sind? Dass auch wir Gärtner, ja sogar Kunstgärtner werden können?« Frau Maader sah sie eindringlich an. »Wenn du mich fragst, entschuldigst du dich nicht, sondern du nutzt diese einmalige Gelegenheit, um für die Sache der Frauen zu kämpfen. Wer weiß, vielleicht können wir dann irgendwann sogar eine eigene Gärtnerei leiten und womöglich sogar Hofgärtnerin werden?«

»Aber die Lehrstelle …«, wandte Frieda ein, und die Angst in ihrer Stimme war nicht zu überhören. Hatte sie recht? Sollte

Marleene sich wirklich diese einmalige Gelegenheit entgehen lassen, um die Chance auf ihre Lehrstelle zu wahren?

Marleene glitt von dem Hocker. »Ich danke euch! Ich denke, ich muss mir das alles erst einmal ganz in Ruhe durch den Kopf gehen lassen.«

Sie verabschiedete sich von den beiden, lief nachdenklich die schmale Gasse zum Marktplatz wieder hoch, bog nach rechts, ging weiter geradeaus und warf einen sehnsuchtsvollen Blick zum gelben Schloss. Hier sollte sie am übernächsten Tag ihren Plan dem Großherzog vorstellen. Vor Publikum.

Aber sollte sie sich davor wirklich öffentlich entschuldigen? Sie kehrte dem Schloss den Rücken zu, ließ zwei elegante Kutschen mit dem Wappen des Herzogs vorbeitraben und überquerte dann die Straße. Sie betrat das Areal, das sie mit Julius so oft besucht hatte, während sie ihre Planung für den Schlossgarten gemacht hatten.

An den Spitzen der langen Gräser hing noch immer der Morgentau. Er benässte ihren Rock, als sie dem Trampelpfad folgte, der sie an dem leicht verfallenen Haus vorbeiführte. Die Sonne brachte die verbliebenen Blätter der Bäume goldgelb und weinrot zum Leuchten, bevor sie sich in den Ähren der wilden Gerste verfing. Marleene folgte dem Pfad bis zum Ende des Geländes, wo sie über Felder und Wiesen bis zur Kirchturmspitze von Osternburg gucken konnte, und strich dabei mit den Fingerspitzen über die Gräser. Sie sog die erdige Luft tief in sich ein und seufzte. Letztendlich blieb ihr keine Wahl.

Sic musste es tun.

Plötzlich hörte sie ein Knacken hinter sich und fuhr erschrocken herum. Sie sah eine Gestalt auf sich zukommen – und ihr Herz begann zu flattern. Julius kam mit der Sonne im Nacken und festen Schrittes auf sie zu.

Ein leichtes Lächeln umspielte seine Mundwinkel. »Ich habe mir gedacht, dass du hierherkommen würdest«, rief er ihr zu.

Auf einmal fühlte sie sich eher nach Frühsommer als nach Herbst und rannte ihm durch das hohe Gras entgegen. Doch dann blieb sie stehen, als gäbe es eine unsichtbare Mauer zwischen ihnen.

»Es tut mir leid, dass ich es dir nicht gesagt habe«, sprach sie nun endlich aus, was ihr seit so langer Zeit auf der Seele brannte.

Julius lächelte so sanft wie die Herbstsonne. »Ich habe es gewusst. Zumindest nach einiger Zeit.«

»Wahrhaftig? Wie hast du es herausgefunden?«

»Es gab da mehrere Kleinigkeiten, die unstimmig waren, und schließlich habe ich eins und eins zusammengezählt. Da war zum einen dieses Pflanzenbuch, das einer Tochter gewidmet ist, deine hohe Stimme … und dann hast du dich auf unserer Hollandreise nicht ein einziges Mal rasiert. Möglicherweise habe ich dich daraufhin nur deswegen zum Schwimmen eingeladen, um zu sehen, wie du damit umgehst«, sagte er, während ein leichtes Grinsen seine Lippen umspielte.

Marleene stemmte die Hände in die Hüften. »Das ist ja ungeheuerlich! Wie konntest du nur?«

»Ich musste mir einfach Klarheit verschaffen.«

Jetzt tat Marleene einen Schritt auf ihn zu. »Das kann ich verstehen.«

»Und es gibt da etwas, das ich dir verschwiegen habe.«

»Tatsächlich?«, fragte Marleene. Ihr fiel beim besten Willen nichts ein, was das sein könnte. Doch jetzt konnte sie ihren Augen kaum trauen.

Julius griff in die Innentasche seiner Jacke und hielt einen kleinen Fliederzweig in die Höhe.

Einen zweifarbigen Flieder.

Purpurfarbene Blütenblätter mit weißem Rand.

Marleene legte eine Hand auf ihr Herz und kämpfte die Tränen zurück. »D-das ist … Das kann doch nicht …« Sie ging langsam auf ihn zu, nahm ihm den Zweig aus den Händen und betrachtete ihn verzückt von allen Seiten.

»Habe ich doch richtig vermutet, dass du das Fliedermädchen bist. Es tut mir leid, dass ich dir damals nicht beistehen konnte. Wenn ich zu jener Zeit durchschaut hätte, welch ein Windhund Konstantin ist, hätte ich nicht auf ihn gehört. Aber damals habe ich noch zu meinem großen Bruder aufgesehen …«

»Das verstehe ich. Manchmal braucht es Zeit, um die Dinge zu durchschauen. Aber … woher hast du diesen Zweig?«

Julius lächelte sanft, während der Wind ihm die Haare aus dem Gesicht pustete.

»Wenn ich schon dich damals nicht retten konnte … Beim Flieder habe ich es geschafft. Ich habe damals einige zurückgebliebene Zweige aufgesammelt, und mein Großvater hat mir geholfen, sie zu veredeln. Einer von ihnen hat es geschafft. Ich habe ihn in den Wald am Ende des Gärtnereigeländes gepflanzt. Den Zweig habe ich für dich vorgetrieben.«

»Du willst …« Marleene versagte die Stimme. Sie schlug die Hände vor ihren Mund. »Willst du damit sagen, dass das hier der Flieder meines Vaters ist?«

Julius nickte stolz. »Ich nenne ihn *Sensation.*«

Marleene konnte sich nicht mehr zurückhalten. Sie stürzte auf Julius zu und fiel ihm um den Hals. Er erwiderte ihre Umarmung und zog sie fest an sich. Marleene genoss seine Nähe, sog den vertrauten Geruch nach Kiefernnadeln tief in sich ein und hätte nichts dagegen gehabt, wenn die Welt in genau diesem Moment stehen geblieben wäre.

»Danke«, flüsterte sie schließlich. »Danke, dass du das Andenken an meinen Vater gerettet hast.« Dann lösten sie sich, und Marleene lachte auf. »Ich kann nicht glauben, dass du mir das so lange vorenthalten hast.«

»Darf ich dich daran erinnern, dass du es warst, die monatelang alle an der Nase herumgeführt hat? Ich sollte hier derjenige sein, der empört ist.«

Marleene ließ die Arme sinken und sah auf die langen Grashalme, die sie zertreten hatte.

»Du hast recht. Aber ich habe all diese Lügen nur äußerst ungern erzählt, das musst du mir glauben. Ich habe einfach keine andere Möglichkeit gesehen … Ich möchte unbedingt Gärtnerin werden, und wenn den Frauen die Lehre nun mal verwehrt ist … Zweimal hatte ich es als Frau versucht, aber da hat dein Vater mich jedes Mal abgewiesen.«

Julius trat auf sie zu und griff nach ihren Händen. Marleene spürte die Wärme, die von ihnen ausging. Es fühlte sich an, als würden ihre Hände sofort miteinander verwachsen, da sie zusammengehörten. Langsam sah sie auf und genoss den Blick in seine unergründlichen Augen. Zum ersten Mal musste sie den Blick nicht wieder abwenden und konnte sich darin verlieren. Marleenes Herz pochte wie verrückt, während sie inmitten des hohen Grases zwischen all den Bäumen standen und apfelfarbene Blätter durch die Luft segelten. Dann zog er sie zärtlich an sich. Er löste seine Hände und legte sie an ihre Wangen, zog sie noch näher an sich heran und küsste sie mit einer Entschlossenheit, die sie an ihm nicht kannte. Seine Lippen waren sanftweich, der Bart etwas stiekelig, aber das störte sie nicht, denn er gehörte zu Julius.

Und sie waren zusammen. Endlich.

Marleene legte die Arme um seinen muskulösen Rücken. Sie genoss seine Nähe, die Geborgenheit, die er mit sich brachte, und dass sie sich endlich nicht mehr verstellen musste. Er fühlte wie sie, und schlussendlich hatten sie zusammengefunden.

»Ab jetzt ist alles in Ordnung«, sagte Julius schließlich, als sie sich voneinander lösten. »Du musst dich übermorgen lediglich entschuldigen, und dann können wir wieder gemeinsam in der Hofgärtnerei arbeiten, sogar ohne jegliche Verkleidung.«

»Was die öffentliche Entschuldigung betrifft, bin ich mir noch nicht sicher. Es würde vielleicht das falsche Signal senden …«

Julius sah sie verunsichert an. »Was soll das heißen? Natürlich entschuldigst du dich!«

»Aber es geht doch nicht allein um mich«, erklärte sie. Marleene fühlte sich, als hätte jemand sie wachgerüttelt und sie würde jäh in die Wirklichkeit zurückkehren. »Wenn ich mich jetzt dafür entschuldige, dass ich als Frau etwas getan habe, was uns Frauen genauso gut zustehen sollte, dann gebe ich öffentlich zu, dass Frauen weniger wert sind. Und Alexander hat nur gesagt, dass er mich eventuell wieder einstellen wird – er hat nicht gesagt, dass ich auch meine Lehre fortsetzen darf. So wie ich ihn kenne, werde ich dann eine einfache Hilfsarbeiterin werden und nicht die Ausbildung bekommen, die ich mir wünsche. Dafür finde ich das Opfer, das er von mir verlangt, zu groß.«

Julius löste seinen Griff und schüttelte den Kopf. »Ich weiß nicht, was du willst. Du bekommst alles, was du möchtest, auf dem Silbertablett serviert, und es ist dennoch nicht genug?«

»Ich kann nicht glauben, dass du das sagst! Was bekomme ich denn bitte schön *serviert*? Verstehst du das nicht? Mir geht es darum, ein Umdenken anzuregen. Wenn ich jetzt als Frau die Lehrstelle behalte, wird es kein Tabu mehr sein, Frauen auszubilden. Es könnte ein Türöffner dafür werden, dass auch andere Gärtnereien weibliche Lehrlinge einstellen. Doch wenn ich das einfach so aufgebe, dann war alles umsonst.«

Julius sah sie fassungslos an. Er ging drei Schritte rückwärts und fuhr sich durch Haare und Gesicht. »Das klingt ja schön und gut, aber willst du dafür wahrhaftig deine Anstellung aufs Spiel setzen? Denn leider reicht mein Einfluss auf meinen Vater nicht so weit, dass ich ihn überzeugen könnte, dich wieder einzustellen, wenn du dich nicht entschuldigst. Du weißt, wie wichtig es ihm ist, was andere von ihm denken.« Julius unterstrich seine Worte mit großen Gesten, und aus seinen Augen sprühte der Zorn. »Wenn du mich fragst, ist das ein ziemlich großes Opfer, um etwas für die Frauenwelt zu erreichen.«

Marleene schloss für einen Herzschlag die Augen. Offenbar verstand er es wahrhaftig nicht. Sollte sie sich so sehr in ihm getäuscht haben? Sie hatte geglaubt, Julius wäre anders.

Allem Anschein nach hatte sie sich geirrt.

War er am Ende gar wie alle anderen Männer, die die Benachteiligung der Frauen nicht erkannten oder nicht erkennen wollten?

Wenn das so war, musste sie das Ganze beenden, bevor es angefangen hatte. Sie war ohnehin schon viel zu sehr in ihren Gefühlen für ihn gefangen. Sie presste die Lippen zusammen, holte tief Luft und schluckte den Kloß, der sich in ihrem Hals bildete, herunter.

»Wenn du so denkst«, wisperte sie mit zittriger Stimme, »verstehst du es wirklich nicht. Und in dem Fall will ich nichts mehr mit dir zu tun haben.« Durch das hohe Gras ging sie davon, ohne sich noch einmal umzudrehen.

57. Kapitel

Am Tag der Präsentation der Gartenpläne war der große Saal im Oldenburger Schloss zum Bersten voll. Immer wieder glitt Julius' unruhiger Blick durch den Raum.

Alle waren gekommen.

Die Arbeiter der Hofgärtnerei hatte er in den hinteren Stuhlreihen entdeckt, seine Tante saß mit Frieda in der Nähe der Doppeltür, durch die jetzt nur noch vereinzelt Menschen eintraten. Sogar sein Onkel Alrich, den Julius seit vielen Jahren nicht gesehen hatte, hatte ihm von der anderen Seite des Saals kurz zugewinkt. Lediglich Rosalie hatte es nicht für nötig befunden, ihren Brüdern beizustehen. Sie sollte schon bald nach Norderney aufbrechen und gab vor, packen zu müssen. Julius war es gleich, er wechselte seit ihrem hinterhältigen Verhalten während der Theatervorführung ohnehin kein Wort mehr mit ihr.

Viele der aufgeregt plappernden Zuschauer wirkten in ihren mitunter sehr alten und verwaschenen Kleidern fehl am Platz in dem eindrucksvollen Saal. Dieser war mit doppelreihigen Fenstern ausgestattet, die Decke und Wände zierten kunstvolle Bemalungen. Ein gigantischer Kronleuchter aus Messing fasste vermutlich mehr als hundert Kerzen. Er hing Ehrfurcht gebietend von der Decke herab und war so groß, dass wohl niemand auf die Idee käme, ihn zu klauen.

Drei große Schreibtische mit edlen Lederpolstern waren an der Kopfseite des Raumes aufgestellt worden, ihnen gegenüber zwei kleinere. Am rechten hatte Konstantin Platz genommen, links er selbst. Als Zeichen der Hoffnung hatte er sich einen

Zweig des Sensationsflieders ans Revers gesteckt – doch er schien nicht zu helfen.

Sie war noch immer nicht da.

Unauffällig trocknete er die schweißnassen Hände an seiner dunklen Hose ab. Solange er konnte, hatte er vor dem Eingang des Schlosses auf Marleene gewartet. Aber sie war nicht aufgetaucht.

Er wusste nicht, was ihn mehr beunruhigte, die nahende Vorstellung seines Planes oder die Erinnerung an die Enttäuschung in Marleenes Augen. Der Gedanke, dass sie womöglich doch zu verschieden waren.

Seine Augen suchten die neu eintretenden Besucher nach den vertrauten blauen Augen oder den hellblonden Haaren ab. Vergebens.

Er konnte sie nicht verstehen. Warum warf sie für ihre irrwitzigen Vorstellungen alles fort? Er hatte geglaubt, dass sie an seiner Seite sein wollte. Dass sie sich ebenfalls eine gemeinsame Zukunft wünschte. Und wenn sie unbedingt Gärtnerin werden wollte, war er keiner der Männer, der ihr das verbieten würde. Nein, er freute sich sogar, dass sie dieses Interesse verband. Er wollte sein Leben mit ihr verbringen, sie heiraten – trotz aller Standesunterschiede.

Warum musste sie das alles opfern?

Legte sie denn keinen Wert auf eine Zukunft mit ihm?

Der Gedanke an die Präsentation, dass er im Mittelpunkt dieses riesigen Saales stehen würde, schnürte ihm die Luft ab, doch das Zerwürfnis mit Marleene stürzte ihn in tiefste Verzweiflung.

Ihm blieb keine Gelegenheit, sich weiter den Kopf darüber zu zermartern, denn jetzt wurde der Großherzog angekündigt, und er erhob sich wie die restlichen Menschen im Saal. Kurz darauf betraten drei Männer mit einem Gefolge an Dienern und Schreibern in andächtigen Schritten den Raum. Alle Anwesenden vollführten eine Verbeugung.

Der erste war Baron von Rittenberg, der Adjutant des Großherzogs. Er war zugleich Logenmeister der Freimaurer, sein Vater hatte bereits mehrere Male von ihm gesprochen. Die dunkle Jacke des Barons war mit Doppelknopfreihen versehen und wurde von mehreren Verdienstorden geziert. Zielstrebig ging er auf den ersten Schreibtisch zu und stellte sich daneben.

Der Großherzog nahm in der Mitte Platz, nachdem ein Diener den Stuhl bereithielt, und ließ dann den Blick hoheitsvoll durch den gefüllten Saal gleiten. Den dritten Mann konnte Julius nicht zuordnen. Er war schon recht gebrechlich und brauchte seine Zeit, bis auch er seinen Platz eingenommen hatte. Vermutlich war er ein Sekretär, denn er griff sogleich nach einem Tintenfüller und reckte sein spitzes Kinn zur Seite, während er etwas in unendlicher Langsamkeit notierte.

Und da sah er sie.

Aus dem Augenwinkel bemerkte Julius eine zierliche Gestalt in den Raum huschen. Er warf einen Blick über die Schulter und stellte mit Erleichterung fest, dass es tatsächlich Marleene war, die sich zwischen Frieda und seine Tante setzte, die ihr offensichtlich einen Platz freigehalten hatten. Sie sah verändert aus. Es konnten nicht die Frauenkleider sein, die kannte er inzwischen. Aber ihr Gesicht hatte nicht das übliche Leuchten und keinerlei Frische. Sie sah eher ausgemergelt aus, und ihre Augen waren von roten Rändern umgeben. Vermutlich hatte sie die Nacht unter Tränen verbracht. Julius presste die Lippen zusammen.

Der Baron räusperte sich und bat um Ruhe. Danach begrüßte er die Anwesenden und fasste noch einmal das Ziel der Zusammenkunft zusammen. Dann übergab er das Wort an Konstantin, der ohne zu zögern aufstand und mit einem charmanten Lächeln die Prüfungskommission und die Zuschauer begrüßte.

Julius trug zwar ebenfalls seinen besten Anzug und hatte nicht wenig Zeit damit verbracht, seine Haare durch einen angemessenen Seitenscheitel zu bändigen, aber sein Bruder wirkte in dem braunen Anzug mit passendem Zylinder und seinem resoluten Auftreten wie ein absoluter Fachmann.

Sein Plan hing an einer Aufstellwand, und wie Julius jetzt bemerkte, war Konstantin so vorausschauend gewesen, einen Zeigestab mitzubringen, mit dem er auf die erwähnten Dinge deuten konnte, während er sie erklärte.

»Wie Sie sehen, habe ich für unser schönes Oldenburg einen klassischen französischen Barockgarten mit wohlgeformten Beeten angedacht. Es gibt eine Haupt- und mehrere Nebenachsen, die ich durch Kanäle und Wege eingeplant habe.« Lächelnd deutete er mit dem Stab auf beides.

»Die zentrale Sichtachse leitet den Blick zu dem, was am wichtigsten ist. Das Schloss.« Er machte eine Kunstpause und warf dem Herzog einen bedeutungsvollen Blick zu. »Auch wenn es in unserem Fall ja leider nicht möglich ist, dass der Garten direkt an das Schloss anschließt. Aber dennoch sieht man vom Garten aus auf das Gebäude. Diese Sichtachse ist in regelmäßigen Abständen von Wegen umgeben, die sich sternförmig schneiden, um ihre Herrlichkeit noch zu betonen.«

Er erklärte, welche Bäume und Sträucher er einsetzen wolle – natürlich nur welche, die sich besonders akkurat schneiden ließen, um die geometrischen Formen zu betonen. Außerdem hatte er durch ausgefeilte Treppenanlagen, einen prächtigen Brunnen und Wasserspiele schöne Akzente gesetzt.

»Durchlaucht, ich kann Ihnen versichern«, Konstantin legte eine lange Pause ein und nahm sich Zeit, die Anwesenden zu betrachten, »mit diesem Plan wird Vollkommenheit demonstriert. Ihr zeigt Euren Wohlstand und Eure Macht.« Ein Raunen ging durch das Publikum, und Konstantin sah dem Großherzog fest in die Augen.

Julius schluckte. Dass er das wagte! Wenn er selbst vorne stand, würde er vermutlich nicht einmal den Blick heben können und zudem ausschließlich vor sich hin nuscheln.

»Die klaren, künstlichen Formen zeigen: Ihr seid nicht nur der Herrscher über das Volk, sondern auch über die Natur«, schloss Konstantin das Plädoyer für seinen Plan.

Der Großherzog wirkte beeindruckt, und es brandete spontaner Applaus auf. Vereinzelt standen die Leute sogar auf. Doch Julius konnte nicht anders, als an Marleenes Worte zu denken.

Die Natur beherrschen. Ist das denn überhaupt erstrebenswert? Ihre Argumentationen waren damals so schlüssig gewesen und hatten Konstantin den Wind aus den Segeln genommen, aber würde auch er sie so sinnig darlegen können?

Schon jetzt stand ihm der Schweiß auf der Stirn, und wenn er nur daran dachte, dass er dies alles gleich vor Hunderten von Augenpaaren erklären sollte, wurde ihm schwindelig.

Der Herr mit dem spitzen Kinn stand jetzt auf, schlurfte schmerzhaft langsam zur Stellwand hinüber und schlug Konstantins Plan nach hinten, nachdem er kurz mit dem übergroßen Papier gekämpft hatte. Konstantin nahm währenddessen mit einem siegessicheren Grinsen Platz, verschränkte die Arme und lehnte sich zurück. Auf der Stellwand kam nun das Konstrukt zum Vorschein, über das Julius wochenlang mit Marleene gebrütet hatte. So viele schöne Stunden. Nun wirkte es ziemlich zerknittert. Trugen sie hier im Schloss denn keine Sorge für die Pläne, die eingereicht wurden? Oder war er vielleicht durch besonders viele Hände gegangen und dies ein gutes Zeichen?

»Als Nächstes haben wir …«, verkündete der ältere Mann nun mit krächzender Stimme, »Julius und M… Ma…«, er rückte seinen Zwickel zurecht und beugte sich näher über die Signatur auf dem Plan. »Was steht da? Marten?«

Im Saal war es unruhig geworden, und doch hörte Julius nun eine hohe, aber feste Stimme. »Marleene. Julius und Marleene«, sagte Marleene, und eine aberwitzige Freude erfüllte Julius' Herz, da es so schön war, ihrer beider Namen zusammen zu hören.

»Was … eine Frau?«, tönte es nun jedoch aus dem Publikum.

Der Alte wirkte ebenfalls überaus irritiert. Langsam schlurfte er zu seinem Schreibtisch zurück und wühlte in einigen Papieren.

»Es ist nicht vorgesehen, dass Frauen an diesem Wettbewerb teilnehmen«, sagte er zum Großherzog. Dieser tauschte einen Blick mit seinem Adjutanten aus, der ein Schulterzucken andeutete.

Der Großherzog sah noch einmal zum aufgeschlagenen Plan, bevor er das Wort ergriff.

»Lasst sie trotzdem sprechen.«

Julius' Herz pochte, als er sah, wie sich Marleene einen Weg durch die Menge nach vorne bahnte. Im Zuschauerraum brandeten ein wildes Flüstern und entrüstete Aufrufe auf, die erst abebbten, als der Baron mit der flachen Hand auf den Tisch klopfte.

»Ruhe, bitte, sonst muss die Präsentation unter Verschluss stattfinden.« Dann wandte er sich Marleene zu, die inzwischen nach vorn getreten war. »Du hast den Plan mit dem jüngeren Herrn Goldbach ausgearbeitet?«

»Das ist richtig«, sagte sie, und Julius hörte die Aufregung in ihrer Stimme. »Aber wir verfolgen dabei ein vollkommen anderes Konzept als unser Vorredner.«

Sie war schlau. Ohne sich auf jegliche Diskussion einzulassen, ging sie zum Fachlichen über. Als wäre es das Selbstverständlichste der Welt, schnappte sie sich dann auch noch Konstantins Zeigestock von seinem Tisch und wirkte mindestens ebenso gebildet wie er, als sie in ihren schlichten Kleidern vor dem Plan stand.

»Wir finden es nicht mehr zeitgemäß, die Natur in künstliche Formen zu zwingen. Wir wollen eher dem natürlichen Lauf der Dinge folgen und mit dem arbeiten, was die Natur zu bieten hat. Trotzdem soll alles besonders reizvoll anzusehen sein, ähnlich wie ein Landschaftsgemälde, jedoch eines, das man betreten kann.«

Ein beeindrucktes »Oh« ging durch die Menge.

Anders als bei Konstantin äußerte der Großherzog sich jetzt direkt. »Ein interessanter Ansatz. Aber wie soll das funktionieren?«

Marleene zeigte nun die Sichtachsen, Rundwege und Baumgruppen, die sie ihrerseits geplant hatten. Julius bewunderte, wie gewandt sie alles schildern konnte, sie schien ganz in ihrem Element.

»Und hier, an der Hunte, würden wir eine große englische Rhododendren-Anlage pflanzen, mit zahlreichen Pflanzen, die Seiner Durchlaucht auf dem Alpenrosenball so zugesagt haben. Julius Goldbach hat inzwischen noch viele weitere aus England und Holland kommen lassen und auch schon einige selbst gezüchtet. Wir wollen Sorten entwickeln, die sogar unseren Winter überstehen.«

Für einen Moment hatte Julius Sorge, dass dem Großherzog Marleenes freudiger Enthusiasmus, in den sie nun verfallen war, zu viel sein könnte, doch er schien ein wahrer Pflanzenfreund zu sein und überhäufte sie mit Nachfragen, die sie alle bereitwillig beantwortete. Auch er selbst konnte ab und an das Wort ergreifen.

Schließlich legte der Herzog eine Hand an sein Kinn. »Aber wenn ich nun diesen …«, er wedelte in Richtung ihres Planes, »… diesen neuartigen Plan nehme. Wie nennt ihr einen derartigen Park noch gleich?«

»Landschaftsgarten.«

»Ein Landschaftsgarten, genau. Wenn ich nun so einen Landschaftsgarten anlegen lasse, bin ich dann überhaupt noch zeitgemäß?«

»Aber mehr denn je.« Marleene lächelte und wirkte, als hätte sie nur auf diese Frage gewartet. »In England gibt es schon einige dieser Landschaftsgärten, und im Wandel der Gesellschaft ist es der folgerichtige Schritt. Auch hier in Oldenburg rauchen die Schornsteine der Fabriken. Dort hinten ist die Glashütte, vorne die Seifensiederei und da drüben die Beeck Maschinenfabrik.« Sie deutete in die jeweilige Richtung. Das war jetzt endlich etwas, das die Zuhörer nachvollziehen konnten, und Julius bemerkte, dass auch sie an ihren Lippen hingen.

»Deswegen ist es wichtig, dass wir Orte schaffen, an denen sich die Bürger erholen können. Und das geht in einem natürlichen Park mit zahlreichen Zufluchtsorten am besten.«

Zustimmendes Gemurmel war im Publikum zu hören.

Marleene, die während ihrer Rede hin und her gegangen war, blieb nun in der Mitte stehen. »Es gibt keinen Grund mehr, künstlich geschaffenen Strukturen zu folgen, wie man es bei einem Barockgarten mit strengen geometrischen Formen machen würde. Passt so ein pompöser Garten denn überhaupt zu uns Oldenburgern? Oder nicht vielleicht doch eher etwas Natürliches, Bodenständiges?«

»Genau, sonst endet der Park noch wie die Bahnhofsburg«, rief jemand von hinten, dessen Stimme stark an Johannes erinnerte.

Marleene lächelte. Dass vor Kurzem beschlossen worden war, den überprunkvollen Bahnhof trotz aller Kosten wieder abzureißen, stützte ihre Argumentation vortrefflich. Jetzt wandte sie sich dem Großherzog zu. Von ihrer Niedergeschlagenheit war nichts mehr zu bemerken, sie wirkte frisch und voller Energie und Tatendrang.

»Es stimmt, dass ein Schlossgarten ein Spiegel der Gesellschaft ist. Die Frage ist nur, welche Botschaft Ihr senden wollt, Durchlaucht. Soll das Schloss wie beim Absolutismus der alleinige Herrscher sein, der über sein Volk regiert?«

Es war dermaßen still im Raum, dass man es gehört hätte, wenn ein Blatt zu Boden gefallen wäre.

Marleene ließ allen die Gelegenheit, über ihre Worte nachzudenken, bevor sie weitersprach. »Oder soll der Garten dem Gedanken der Aufklärung folgen? Warum sollte nicht auch der Schlossgarten zeigen, dass die Freiheit des Menschen im Naturrecht inbegriffen ist? So kann auch Eure Durchlaucht seine moderne Denkweise nach außen hin zur Schau stellen.«

Ein Einzelner begann zu klatschen. Dann wurden es immer mehr. Ein wahrer Jubel brach aus, und nahezu alle im Raum standen auf.

Julius aber wurde derweil schwindelig. Die Gedanken flogen in seinem Kopf durcheinander. Diese Worte über die künstlich geschaffenen Strukturen hatten ihn an etwas erinnert. Etwas, das Marleene, als Marten verkleidet, ihm vor langer Zeit im geheimen Gewächshaus gesagt hatte. Was konnten die Frauen dafür, dass die Gesellschaft sie zu Dingen zwang, gegen die sie nicht ankamen?

Warum durfte eine Frau keine Gärtnerin werden?

Und weiter noch, warum sollten sie nicht auch Ärztin werden? Es gab schließlich zahlreiche Krankenschwestern. Warum konnten sie aus der Fülle an Berufen nicht ebenso frei wählen wie die Männer und ihre Tätigkeit auf ihre Art und Weise, die sicherlich anders, aber nicht unbedingt schlechter war, ausführen?

Die Schranken der Gesellschaftsordnung waren ebenso künstlich wie die strengen Begrenzungen der Barockgärten. Sie pressten die Natur in unnatürliche Muster, die vereinzelten Menschen gut zupasskamen, anderen jedoch einen sehr hohen Preis abverlangten. In den Gärten mussten die Blumen ständig zurechtgestutzt werden, und größere Pflanzen, die breiter und ausufernder wuchsen, kamen schlichtweg gar nicht zum Einsatz.

So war es auch in der Gesellschaft. Nur wer ins System passte, fand seinen Platz. Dass es aber noch viele weitere Möglichkeiten gab und die Natur vielleicht etwas vollkommen anderes vorgesehen hatte, war im Laufe der Jahre in Vergessenheit geraten.

Das sollte sich jetzt wieder ändern.

Er fing Marleenes Blick auf, lächelte und stand nun ebenfalls klatschend auf. Alles, was sie gesagt hatte, galt auch für die Frauengärtnerei. Letztendlich waren es künstlich geschaffene Regeln der Gesellschaft, die Frauen davon abhielten, den Beruf zu ergreifen, den sie wollten.

Das war nicht mehr zeitgemäß.

Und es war klug und vorausschauend von Marleene, dagegen zu kämpfen. Er nickte ihr anerkennend zu und versuchte zu signalisieren, dass er jetzt endlich verstand.

58. Kapitel

Noch während Marleene den Schlosssaal verließ, sprudelte die Aufregung in ihr, vermischt mit purer Freude. Sie hatten gewonnen! Der Großherzog hatte es höchstpersönlich verkündet.

Schon im Flur wurde sie von einer Traube von Menschen umringt, die sie beglückwünschten, sie umarmten und mit ihr jubelten, während sie gemeinsam auf den Ausgang des Schlosses zuströmten.

»Das war großartig, Marleene«, rief Frieda, sobald sie draußen angelangt waren. »Sofern sich der Großherzog als gebildeter Mann der Aufklärung positionieren wollte, hatte er gar keine andere Möglichkeit, als euren Plan zu wählen.« Frieda umfasste ihre Hände und tanzte mit ihr im Kreis.

Johannes schmunzelte. »Aber du hattest ihn ohnehin schon, nachdem du von den Rhododendren erzählt hattest, die ihr eingeplant habt.«

Unvermittelt öffnete sich eine Schneise im Gemenge, und Marleenes Herzschlag beschleunigte sich, als sie den Grund dafür erkannte. Julius kam auf sie zu. Seine Haare hatten den Kampf gegen das Haarwachs gewonnen und standen nun wieder wirr von seinem Kopf ab. Sein Lächeln ließ sie sich leicht wie Pusteblumesamen fühlen, die durch die Luft segelten.

»Du warst großartig«, sagte er mit ernster Stimme, ohne sie auch nur eine Sekunde aus den Augen zu lassen. »Ich selbst hätte es niemals so überzeugend präsentieren können wie du.«

Marleene senkte den Blick, denn da war so viel Zuneigung in seinen Augen, dass sie es nicht ertragen konnte. Sie konnte ja doch niemals bei ihm sein, zu groß waren ihre Unterschiede –

sowohl die ihres Standes als auch die ihrer höchstpersönlichen Sichtweisen.

»Und da ist noch etwas anderes … Ich habe jetzt begriffen, worauf du hinauswolltest im Park.«

Sie traute sich kaum aufzublicken. »Ja?«

Er nickte, und sein Lächeln wärmte ihr Herz. »Es ist nicht mehr zeitgemäß, dass Frauen keine Gärtnerlehre machen dürfen, und ich verstehe jetzt, dass du dich dafür einsetzt und dass es dir eben nicht nur um dich selbst, sondern um das große Ganze geht. Ich werde dich fortan dabei unterstützen. Gleich zu Hause werde ich mit Vater sprechen. Du hast recht, wir haben die einmalige Gelegenheit, mit gutem Beispiel voranzugehen, wir sollten noch viel mehr Frauen als Gärtnerinnen einstellen.«

Marleene wäre ihm am liebsten um den Hals gefallen und verfluchte die gesellschaftlichen Regeln, die ihr dies untersagten.

Es war ruhiger um sie geworden, die Gesellschaft hatte sich mehr und mehr aufgelöst, aber die verbliebenen Menschen, die noch auf dem Schlossplatz standen, sahen jetzt alle in eine Richtung. Alexander Goldbach, gefolgt von Konstantin, kam in eiligen Schritten aus dem Schloss auf sie zu. Sie waren nicht mit der großen Menschenmenge hinausgetreten, sondern hatten noch mit dem Großherzog gesprochen, wie Marleene beim Hinausgehen gesehen hatte.

Hinter ihm tauchte nun auch Baron von Rittenberg auf. »Herr Goldbach?«, rief er ihm hinterher, und Alexander eilte zu ihm zurück.

»Ja? Was gibt es?«

Der Baron legte die Arme auf den Rücken und wanderte ein Stück neben ihm her. »Sie hatten ja ein Gesuch, um bei uns als Freimaurer aufgenommen zu werden …«

»Das ist richtig.« Alexander nickte heftig.

»Ich fürchte, daraus wird nichts.«

»Was?« Alexander riss die Augen auf, und selbst aus der Entfernung konnte Marleene seine Bestürzung sehen. »Aber warum denn nicht?«

»Toleranz, Brüderlichkeit und Menschlichkeit.«

»Kommen Sie mir doch nicht wieder mit Ihren Grundwerten, sagen Sie mir lieber, was das heißen soll.«

»Uns ist es wichtig, dass unsere Mitglieder danach leben. Mir ist zu Ohren gekommen, dass Sie dieses junge Mädchen«, jetzt deutete er auf Marleene, »hinauswerfen wollten, weil sie eine Frau ist. Das ist weder tolerant noch menschlich, deswegen müssen wir Ihr Gesuch leider ablehnen.«

Mit einem knappen Nicken verabschiedete er sich und ging ins Schloss zurück.

»Aber … aber …«, stammelte Alexander und lief ihm einige Schritte hinterher. Als er merkte, dass er ihn nicht erreichen würde, kehrte er zu ihnen zurück und deutete auf Marleene. »Du!« Er musterte sie, und seine Augen verengten sich, als er weitersprach. »Du hast es ihm verraten!«

»Nein, ich …«, wollte Marleene beteuern, doch er fiel ihr ins Wort.

»Die Lehre kannst du nun endgültig vergessen, Mädchen.«

»Vater!«, rief Julius und trat vor Marleene, als ob er sie beschützen müsste. »Das würde ich mir gut überlegen. Die Hofgärtnerei soll den Plan umsetzen, den wir eingereicht haben, oder etwa nicht? Ging es nicht hauptsächlich darum?«

»Ja, das war das Ziel.«

»Dann kannst du Marleene nicht entlassen. Wenn sie geht, gehe ich auch. Und dann suchen wir uns eine andere Gärtnerei für die Umsetzung«, sagte Julius triumphierend.

Alexander schnaubte. »Das hättest du wohl gerne. Ich habe

mich im Gegensatz zu dir jedoch genaustens informiert. Der Park wird in jedem Fall von der Hofgärtnerei umgesetzt werden, da er in ihrem Namen eingereicht wurde.« Jetzt sah Alexander wieder zu Marleene, und seine Augen waren so kalt, dass sich alles in ihr zusammenzog. »Dich brauchen wir dazu nicht. Du bist gefeuert.«

Er spie die Worte aus, und Marleene zog ein wenig den Kopf ein. Flehentlich sah sie ihn an, doch sie konnte in seinem Blick kein Fünkchen Gnade ausmachen. Sie hatte gehofft und gebetet, dass sich jetzt doch noch alles zum Guten wenden würde, aber ganz offensichtlich konnte Alexander ihr einfach nicht verzeihen.

»Das kannst du nicht machen.« Julius schleuderte die Worte seinem Vater entgegen, und Marleenes Kehle begann zu brennen. Würden Julius und sie sich jetzt nie wiedersehen?

Alexander verschränkte die Arme. »Noch bin ich der Chef der Hofgärtnerei, also entscheide ich.«

»Aber es ist mein voller Ernst.« Julius trat einen Schritt auf Alexander zu. »Wenn Marleene die Hofgärtnerei verlassen muss, gehe ich auch.«

Die beiden starrten sich an, und es wirkte, als würden sie jeden Moment aufeinander losgehen. Das konnte Marleene nicht zulassen.

»Bitte, streitet euch nicht«, beeilte sie sich zu sagen. »Ich gehe.«

Geschwind wandte sie sich ab und kämpfte die aufsteigenden Tränen nieder, während sie über den Schlossplatz schritt und Hunderte von Blicken in ihrem Rücken spürte. Dass Freude und Leid so nahe beieinanderliegen konnten. Vor wenigen Minuten war sie überglücklich gewesen, und jetzt fühlte es sich an, als würde sie ihr Lebtag nicht mehr froh werden.

»Marleene, warte«, hörte sie nun von hinten eine schmerzlich vertraute Stimme.

Sie beschleunigte ihre Schritte. Es war schwer, sie liebte ihn vom Herzensgrunde, aber sie wollte Julius nicht ins Unglück stürzen. Dafür war er ihr zu wichtig. Julius und die Hofgärtnerei gehörten einfach zusammen, das konnte sie ihm keinesfalls nehmen. Das Opfer wäre zu groß.

Sie hörte, dass er hinter ihr herrannte, und wurde noch schneller, da sie wusste, dass sie ihm nicht in die Augen würde sehen können.

»Marleene!« Julius erreichte sie atemlos und umrundete sie in einer engen Kurve, bis er direkt vor ihr stand und sie an den Schultern festhielt. Marleene wich seinem Blick aus und fixierte den Brunnen auf dem Schlossplatz, um sich an etwas festzuhalten.

Doch dann ging er vor ihr auf die Knie.

Im Hintergrund hörte sie ein Raunen. Marleene rang nach Luft, der Boden unter ihren Füßen schien sich zu drehen.

Ganz vorsichtig blinzelte sie in seine Richtung und wurde überwältigt von einem glücklichen Kribbeln, das sein Anblick in ihrem gesamten Körper auslöste. Aber nun hörte sie aus der Ferne ein wütendes »Untersteh dich, Julius, sie ist eine Arbeiterin und eine perfide Lügnerin noch dazu!«.

Schnell sah sie wieder weg.

Julius hingegen ließ sich davon nicht beirren. Er nahm mit der rechten Hand den Sensationsflieder aus seinem Knopfloch am Revers und griff mit der linken Hand nach der ihrigen. Sie war warm und voller Gewissheit. Sanft drückte er sie und zwang sie dadurch, ihn endlich anzusehen.

Ganz langsam riss sie den Blick vom sprudelnden Brunnen los und sah durch einen Tränenschleier zu ihm herab.

Julius lächelte. So selbstsicher wie in diesem Moment hatte sie ihn noch nie erlebt. »Marleene, ich habe dich vorgestern im

Park gehen lassen, und es fühlte sich entsetzlich an. Den Fehler mache ich nicht erneut. Im Gegenteil, mir ist klar geworden, dass ich Tag und Nacht mit dir zusammen sein will«, sagte er noch immer leicht außer Atem. »Es tut mir leid, dass ich keinen Ring habe, aber vielleicht verbindet uns das hier ohnehin viel mehr.«

Er hielt den zweifarbigen Flieder ein Stück höher. Marleene blinzelte, und der sanfte Herbstwind strich kühl über die Stelle, wo eine Träne ihre Wange hinabgekullert war.

»Deswegen frage ich dich, mit diesem einzigartigen zweifarbigen Flieder, den du mit deinem Vater veredelt hast und ich mit meinem Großvater: Willst du meine Frau werden?«

Ruckartig blieb ihre Welt stehen. Keiner sprach ein Wort, keine Pferde trabten vorbei, kein Vogel zwitscherte mehr, und selbst das Wasser im Brunnen schien nicht länger zu plätschern. Unsicher blickte sie zu Julius hinunter.

Mit Augen voller Hoffnung hob er den Flieder noch etwas höher.

»Aber …«, sagte sie und sah kurz zweifelnd in Alexanders und Konstantins Richtung.

Julius lachte leise auf. »Marleene, du hast gerade eine lange Rede darüber gehalten, dass künstlich geschaffene Strukturen nicht mehr zeitgemäß sind. Aber sind nicht letztendlich auch die gesellschaftlichen Schichten künstlich geschaffen? Ich liebe dich, und ich habe das Gefühl, dass du ebenso empfindest. Warum sollten wir dann nicht heiraten? Nur weil es normalerweise nicht üblich ist? Jetzt hast du die Gelegenheit, dich selbst zu positionieren. Bist du eine moderne, aufgeklärte Frau, die rational handelt? Oder möchtest du doch lieber den verstaubten Strukturen folgen?«, fragte er mit einem Augenzwinkern, da er ihre Rede für den Herzog auf sie selbst umgemünzt hatte.

»I-ich … ich …«

Es ging nicht.

Sie fand einfach keine Worte. Sie war zu überwältigt von dem, was hier gerade passierte.

Sie sah zu Frieda, die ergriffen die Hände an ihr Herz gelegt hatte und heftig nickte. Auch Johannes, der alte Alois, Hugo und Bruno bedeuteten ihr zuzustimmen. Oskar zuckte mit den Schultern, aber sogar Greta flüsterte lautlos »Ja!«, obwohl ihr Herz einst selbst für Julius geschlagen hatte. Konstantin hingegen hob eine Augenbraue und wandte sich dann scheinbar gleichmütig seinen Fingernägeln zu. Alexander hatte die Hände zu Fäusten geballt und signalisierte durch seinen Blick die heftigsten Drohungen, was passieren würde, wenn sie den Antrag annahm. Frau Maader wiederum lächelte zufrieden und deutete ebenfalls ein Nicken an, so wie zahlreiche andere Menschen, die sie nie zuvor gesehen hatte.

»Marleene«, sagte Julius nun mit sanfter Stimme. »Bitte gestehe mir, was *du* willst. Nicht, was irgendwelchen Gepflogenheiten oder gesellschaftlichen Erwartungen und Regeln entsprechen würde.« Er räusperte sich und sprach dann laut und klar: »Würdest du mir die Ehre erweisen, meine Frau zu werden?«

Die Aufrichtigkeit in seinen Augen ließ in ihrem Herzen eine Sonne aufgehen, sodass sie gar nicht anders konnte, als zu lächeln.

Vielleicht hatte er recht?

Mehr und mehr Passanten blieben sensationslüstern stehen und machten Marleene noch nervöser. Aber Julius gab ihr Halt. Er hatte ihr seine wahren Gefühle offenbart, sie war ihm nun nach all den Lügen und Ausreden ebenfalls die Wahrheit schuldig.

»Ja«, flüsterte sie daher offen und ehrlich. »Mein Leben mit dir zu verbringen, wäre mein größter Traum.«

Julius stand auf und überreichte ihr den Flieder, den sie seit ihrer Kindheit so liebte. Während sie ihn lächelnd an die Nase hob, um den lieblichen Duft wie zur Besiegelung ihres Bundes in sich aufzunehmen, klatschten die Leute überschwänglichen Beifall, und Julius schloss sie in seine Arme.

»Ich würde sagen, das muss gefeiert werden«, rief er ausgelassen in die Menge und bot Marleene seinen Arm, damit sie sich einhakte. »Kommt mit ins Gasthaus, ich gebe eine Runde aus.«

Sie waren erst wenige Schritte gegangen, als Alexander sich noch einmal zu Wort meldete. »Überleg dir besser gut, was du mit deinem Geld machst«, zischte er mit tonloser Stimme. »Denn so musst du mir nicht mehr nach Hause kommen. Du bist fortan enterbt und auf dich gestellt.«

Julius zuckte mit den Schultern. »Ich habe alles, was ich brauche.«

Er lächelte Marleene zu und legte seine Hand auf ihre. Sie spürte den warmen Druck und erwiderte ihn. Gemeinsam mit Frieda und den Arbeitern der Hofgärtnerei gingen sie davon

»Marleene?«, wetterte Alexander ihnen laut hinterher. »Du musst dir keine Hoffnung machen, dass du jemals wieder irgendwo als Lehrling unterkommen wirst. Ich werde alle Gärtnerkollegen davor warnen, was für ein liederliches Stück du bist!« Offenbar konnte er ihr einfach nicht verzeihen, dass sie ihn getäuscht hatte.

»Das macht nichts«, rief Marleene ihrem ehemaligen Chef über die Schulter zu. »Eine Gärtnerlehre ist ohnehin nicht mehr das, was ich möchte.« Und etwas leiser zu Julius sagte sie: »Mir schwebt seit gestern, als ich mir meine Worte für die Präsentation zurechtgelegt habe, etwas viel Größeres vor.« Letztendlich gab es vielleicht eine noch bessere Möglichkeit, als in anderen Gärtnereien darum zu betteln, dass sie mehr Gärtnerinnen einstellten.

Julius lächelte sie herzerwärmend an, und Marleene spürte, dass, solange sie mit Julius zusammen war, alles gut gehen würde. Vielleicht sogar ihre neue Idee. Sie war sehr gewagt, aber wenn es funktionierte, wäre sie am Ziel ihrer Träume.

Nachwort

Liebe Leserin, lieber Leser,

Danke für all die Stunden, die Sie mit Marleene, Julius und ihren Freunden und Kollegen verbracht haben. Ich hoffe, es hat Ihnen gefallen, und Sie begleiten unsere Schützlinge auch weiterhin, denn die Saga um die Hofgärtnerin geht weiter.

Da ich selbst es bei historischen Romanen im Nachgang immer spannend finde zu erfahren, was wirklich geschehen ist und was nicht, möchte ich für Interessierte gerne über ein paar Dinge Auskunft geben.

Historischer Hintergrund

Vorwegschicken möchte ich, dass dieses Buch ein fiktiver Roman ist, lediglich inspiriert durch einige reale Begebenheiten. So gab es keine Hofgärtnerei als große Handelsgärtnerei vor den Toren von Oldenburg. Es gab aber einen Hofgärtner, und zwar Julius Friedrich Wilhelm Bosse, der tatsächlich den Oldenburger Schlossgarten anlegte. Julius Bosse wurde als Landschaftsgärtner ausgebildet und unternahm, wie »unser« Julius, auch zahlreiche Studienreisen. Es gab jedoch keine Reise mit Joseph Hooker und keine Spezialisierung auf Rhododendren. Diese kamen nämlich bereits durch seinen Vater, Carl Ferdinand Bosse, ins nahe gelegene Rastede.

Es entspricht aber der Wahrheit, dass dem Oldenburger Herzog die Rhododendren sehr am Herzen lagen. Er ließ sie bereits 1828 im Oldenburger Schlossgarten anpflanzen, und sie gehören heute zu den ältesten Rhododendren Deutschlands.

Warum ist das dann bei mir erst im ausgehenden 19. Jahrhundert geschehen?, fragen Sie sich vielleicht. Zeitlich musste ich einige Verschiebungen vornehmen, um alle Themen vereinen zu können. Da ich unbedingt die Problematik um die sogenannte Frauengärtnerei in den Roman einbringen wollte und es die erste Gartenbauschule für Frauen von Hedwig Heyl erst 1890 gab, habe ich mich für diese Zeit entschieden.

Das Setting

Für alle Beschreibungen der Stadt Oldenburg habe ich die großartige Bildsammlung der Webseite alt-oldenburg.de konsultiert. Hier gibt es zahlreiche historische Fotos von vielen Oldenburger Straßen und Orten (Danke an den Betreiber, eine hoch spannende Sammlung!). Auch Andreas von Seggerns Bildband *Oldenburg um 1900: Zwischen Restauration und Aufbruch* aus dem Isensee Verlag und die Bilder von Theodor Presuhn waren eine großartige Inspiration.

Eine echte Hofgärtnerei gab es, wie gesagt, leider nicht, aber die fiktive habe ich mir am Stadtrand, abgehend von der Nadorster Straße, vorgestellt.

Für das Hotel Holthusen habe ich mich am prachtvollen Hotel Deus am Bahnhofsvorplatz orientiert, das im Krieg leider größtenteils zerstört wurde.

Als gedankliche Vorlage für die Arbeiterherberge habe ich die Gesellenherberge aus der Achternstraße Nummer 18 verwendet, diese aber in die Mottenstraße verlegt, weil ich den

Straßennamen so amüsant und für Marleenes Lage recht passend fand.

Das wunderschöne Großherzogliche Theater ist wirklich 1891 abgebrannt. Das Shakespeare-Stück »Die bezähmte Widerspenstige«, heute bekannt unter dem Titel »Der Widerspenstigen Zähmung«, wurde hier 1890 uraufgeführt. Es gab auch den erwähnten Dramaturgen Julius Mosen, dieser ist jedoch bereits 1867 verstorben. Sein Grab liegt übrigens – so wie das von Julius Friedrich Wilhelm Bosse – auf dem Gertrudenfriedhof in Oldenburg. Apropos Gertrudenfriedhof: Den gibt es, inklusive der Linde, ebenfalls. Die erwähnte Sage fand ich so herzzerreißend, dass ich sie gerne einbringen wollte.

Den Kramermarkt gibt es noch heute, und alle aus Oldenburg und Umgebung werden ihn kennen. Er findet traditionsgemäß weiterhin im Herbst zum Ende der Erntezeit statt. Heute wird er auf dem riesigen Gelände der Weser-Ems-Halle aufgebaut, aber früher zogen sich tatsächlich alle Vergnügungen durch die gesamte Stadt, so wie im Buch erwähnt. Auch die aus heutiger Sicht fragwürdigen Attraktionen fanden zu jener Zeit statt.

Ein neues Rathaus gab es auch, es war jedoch bereits 1890 fertiggestellt. Auch das Degodehaus am Marktplatz existiert wirklich, und es ist wunderschön, die Apotheke in der Straße »Knick« ist jedoch fiktiv, ebenso wie das Hotel Rosenstock mit dem Rosenball. Die Idee hierzu stammt aus Köln, da ich manchmal im Café Rosenstock geschrieben habe.

Wer wissen möchte, wie ich mir Marleene vorstelle: Bei ihr habe ich das Bild von Albert Henry Collings *Girl With Lilac* vor Augen.

Das historische Gärtnern

Die geschilderten gärtnerischen Praktiken habe ich historischen Gärtnerlehrbüchern entnommen. Insbesondere das *Illustrierte Handbuch des Gartenbaues – Ein Hand-, Lehr- und Nachschlagewerk aus der Praxis für die Praxis* von Hans Settegast (im Jahr 1900 erschienen) und das sogenannte *Späth-Buch 1720-1930*, das die Geschichte der damals größten Baumschule der Welt schildert, waren hilfreich.

Vieles habe ich zudem den Erzählungen meines Vaters und Onkels entlehnt, die beide Gärtner sind und ihre Lehre im Jahr 1964 begannen. Damals wurde natürlich bereits anders gearbeitet, aber auch sie bekamen mit, wie die Generation der Älteren arbeitete, und ihre Erzählungen waren sehr anschaulich. So beruht die kleine Gemeinheit von Johannes – die Stecklinge in einer versteckten Kiste zu sammeln, sodass Marten Überstunden machen musste – beispielsweise auf einer wahren Begebenheit, denn auch damals mussten die Lehrlinge einiges über sich ergehen lassen.

Als ich meinen Vater fragte, was er in seiner Lehre so alles machen musste, war seine erste Antwort: Gießen. Auch er war als Lehrling für diese Knochenarbeit zuständig, die noch in den 1960er-Jahren selbst bei den großen Pflanzenquartieren vor allem mit der Gießkanne erledigt wurde. Und es war tatsächlich selbstverständlich, dass die Lehrlinge am längsten und härtesten arbeiteten. Deswegen musste »Marten« all dies ebenso erleiden.

Immerhin ist aber keiner von den beiden in eine Jauchegrube gefallen. Gedüngt wurde damals aber tatsächlich mit einem Gemisch aus Kuhdung, Ziegenmist, Blut, Knochenmehl, Horn und Asche.

Auch die »Pflanzentreiberei« war zu jener Zeit ein sehr großes Thema, um den Hof und Kunden zu jeder Jahreszeit mit frischen Blumen versorgen zu können. Da man die Pflanzen damals noch nicht so schnell transportieren konnte und sie somit längst verblüht wären, wenn sie angekommen wären, gab es mit Kohleöfen aufwendig beheizte Gewächshäuser, in denen sogar im Winter Blumen zum Austrieb gebracht wurden.

Historisches Blumenbinden

Hier haben mir ebenfalls historische Lehrbücher, aber auch das Betriebsheft meiner Mutter, die gelernte Floristin ist, geholfen, um mich in das Thema einzufinden.

Ich finde es faszinierend, dass man sogar schon im 19. Jahrhundert mit künstlichem Material unter anderem bei den Grabkränzen arbeitete – und dass dies auch damals schon sehr verpönt war. Die erwähnten Bindetechniken und die Veränderungen gab es so wie beschrieben, es mag jedoch sein, dass der Umschwung weg von den Biedermeiersträußen im Drahtgestell zum locker gebundenen Strauß schon etwas früher stattfand.

Die Pflanzenjagd

Vom 17. bis ins 19. Jahrhundert war die Hochzeit der Pflanzenjäger. Forschungsreisende brachten zahlreiche Nutz- und Zierpflanzen aus Amerika, Asien und Australien nach Europa. Auch viele unserer bekannten Rhododendren stammen aus dem Himalaya und wurden als Grundlage für die Züchtung winterharter Sorten verwendet.

Insbesondere Großbritannien sandte Pflanzenexpeditionen aus, um unbekannte Blumen für die großen Parks zu finden. Zu dieser Zeit entstanden viele der heute berühmten Gärten wie die Kew Gardens, und es wurden nicht nur hohe Summen dafür ausgegeben, sondern – wie im Buch erwähnt – auch große Gefahren in Kauf genommen. Damals wurden sehr viele Pflanzen entdeckt, die wir heute als ganz normale Gartenpflanzen wahrnehmen. Bereits um 1500 gelangten beispielsweise die Tulpe und die Rosskastanie nach Europa. Im 19. Jahrhundert kamen Dahlien, Lupinen, Forsythien, Hortensien, Scheinzypressen und eben auch Rhododendren hinzu. Joseph Dalton Hooker löste in England eine regelrechte Rhododendren-Begeisterung aus. Er gehörte neben Robert Fortune, Reginald Farrer, Frank Kingdon Ward und vielen anderen zu den berühmtesten Pflanzenjägern, wenngleich seine großen Entdeckungen bereits in der Mitte des 19. Jahrhunderts stattfanden und er nur bis 1885 Direktor der Royal Botanic Gardens in Kew war.

Die gesellschaftliche Stellung der Frauen

Es war wirklich wie im Roman geschildert: Frauen gingen nicht nur kürzer zur Schule, sondern wurden oft auch nicht in naturwissenschaftlichen Fächern unterrichtet, weil man davon ausging, dass sie nicht den Verstand dazu hätten. Zudem war es längst nicht selbstverständlich, dass sie die Schule mit einem Abschlusszeugnis verließen. Allein schon deswegen hatten viele keine Möglichkeit, eine Ausbildung zu absolvieren oder eine Universität zu besuchen. Nachdem sie dieses Recht endlich erkämpft hatten und einige Berufe von Frauen erlernt werden durften, gab es neue Hürden. Viele Unternehmen weigerten sich, Frauen einzustellen. Wenn doch, waren eine ungleiche Behandlung, schlechtere Bezahlung und kein Kündigungsschutz nahezu selbstverständlich. Darüber hinaus behinderte sie die eigene Kleidung oft beim Arbeiten.

Das war bei nahezu allen Berufen so, ich habe es nur am Beispiel der Gärtnerinnen veranschaulicht. Sobald Frauen in einen Beruf drangen, stießen sie auf Hohn und Ablehnung. In zahlreichen Zeitungen und Fachzeitschriften wurden Gärtnerinnen karikiert und ihre Arbeitsfähigkeit, Motivation und Belastbarkeit angezweifelt. Die abfälligen Kommentare, die Dorothea sich anhören durfte, habe ich in sehr ähnlicher Form in Leserbriefen der Fachzeitschrift *Gartenwelt* gefunden. In den Ausgaben um 1890 wurde auch sehr oft die fachliche Ausbildung der Gärtnerinnenschule bemängelt, gleichzeitig wollte jedoch kaum einer eine Frau in eine klassische Lehre im Fachbetrieb nehmen, sodass sich die Frauen in einer regelrechten Zwickmühle befanden.

Den Arbeiterinnen ging es dabei häufig noch schlechter. Sie wurden zwar eingestellt, dennoch waren sie meist nur Hilfsarbeiterinnen und verdienten einen Hungerlohn. Auch das erwähnte Verständnis der »Notzucht«, bei dem es in Kauf genommen wurde, dass Männer sich an Hausangestellten vergriffen, um ihren Drang abzubauen, beruht leider auf wahren Begebenheiten. Häufig blieb dies nicht ohne Folgen, doch es gab nahezu kein Mitleid für Mägde und andere Arbeiterinnen, die schwanger wurden – ganz gleich, ob es mit oder ohne ihr Einverständnis geschehen war. In vielen Fällen wurden die Mädchen dann sogar vom Hof gejagt und waren gänzlich auf sich gestellt.

Norddeutsche Bräuche

Der Ostfriesentee mit Kandis oder den noch größeren Kluntjes aus dem blau-weißen Zwiebelmustergeschirr ist noch heute weitverbreitet. Ebenso das Boßeln und die Kohlfahrten. Doch manch einer, der die Kohlfahrten schon kennt, hat sich vielleicht gewundert, dass es ein Ausflug der Oberschicht war. Während Boßeln heute eher eine Vergnügung der »normalen« Bevölkerung ist, war es zu jener Zeit tatsächlich der Oberschicht vorbehalten, und selbst der Herzog hat wohl daran teilgenommen.

Die niederdeutsche Sprache

Plattdeutsch ist aus Norddeutschland kaum wegzudenken. Ich muss jedoch leider sagen, dass ich es persönlich kaum spreche. Man schnappt natürlich einige Sätze und Redewendungen wie zum Beispiel die eigentlich auf alles passende Antwort »Denn man to« auf. Spätestens, wenn man die Heimat verlässt und die Studienkollegen keine Ahnung haben, was ein »Feudel« ist, und die Bäcker in der neuen Heimat einen irritiert angucken, wenn man einen »Stuten« oder »Hedwig« kaufen möchte, merkt man, dass sich einige Wörter in der Alltagssprache eingenistet haben. Aber so richtig gelernt habe ich es leider nie.

Das hängt mit dem Satz zusammen, den Brunos Mutter zu ihrem Sohn sagt, als er Plattdeutsch spricht: »Die Leute sollen nicht gleich merken, dass du von ’nem Bauernhof wechkommst.«

Leider wurde Plattdeutsch eine Zeit lang wirklich als verpönte Sprache betrachtet, und so haben selbst meine Eltern es schon nicht mehr richtig gelernt und konnten es daher nicht an mich weitergeben. Mittlerweile hat sich das zum Glück geändert, und es gibt einige Maßnahmen, um die Sprache wieder zu fördern.

Ich habe mich daher bemüht, immer mal wieder ein bisschen Platt einzufügen, da es hier aber zahlreiche verschiedene Dialekte gibt, war das nicht leicht. Wenn es mehrere Varianten gab, habe ich mich in der Regel für die entschieden, die am einfachsten zu verstehen ist, und davon abgesehen habe ich es mir vorbehalten, viele Ausdrücke »einzudeutschen« oder zu vereinfachen. Immerhin lesen dieses Buch auch Menschen, die sicherlich nicht wissen, was ein Feudel ist.

Persönlicher Hintergrund

Ich selbst arbeite zwar als Autorin und Lektorin, stamme aber aus einer Gärtnerfamilie. Mein Vater ist Gärtner, sein Zwillingsbruder, meine Schwester und mein Schwager ebenso, meine Mutter ist Floristin. Sie arbeiten alle zusammen in ihrer Baumschule in der Nähe von Oldenburg, und dort bin ich aufgewachsen.

Da ich aber keine Rosalie bin und meine Eltern keine Fliedervilla besaßen, war in wirklich allen Schulferien Unkrautjäten angesagt. Beet für Beet, Reihe für Reihe. Das Einzige, was ich lesen durfte, waren die Sortenschilder. Das war für mich immer eine willkommene Abwechslung, und daher weiß ich, dass Fraxinus excelsior kein neuer Zauberspruch von Harry Potter ist, sondern einfach nur der botanische Name einer Esche.

Wie Marleene habe ich außerdem Stunden mit Gießen verbracht, haufenweise Stecklinge geschnitten, den ganzen Tag an der Topfmaschine gestanden (um die Marleene uns sicher beneidet hätte) und Rhododendren im Rekordtempo getopft. Ich habe stachelige Berberitzen und zahlreiche andere Pflanzen beschnitten, aber immer wieder ging es doch ins Unkraut. Über Wochen hinweg habe ich also acht Stunden am Tag in gebückter Haltung Unkraut gezupft. Natürlich mit Wurzel, weil es sonst Ärger gab. Und wenn Wochen später endlich die ganze Baumschule geschafft war, konnte man wieder von vorn beginnen. Möglicherweise hatte dies einen nicht geringen Einfluss darauf, dass ich mich – als Einzige aus der Familie – mehr in die Arbeit mit Worten als in die mit Pflanzen verliebte und begann, in einem Buchverlag zu arbeiten. Umso mehr freue ich mich aber, dass ich mit diesem Roman nun beide Welten miteinander vereinen kann.

Denn die Idee zu diesem Roman verdanke ich der heimischen Gärtnerei, in der vor allem auch Flieder vertrieben wird. Mir schwebte auf einmal ein blasses Fliedermädchen vor. Dass in dem Fall auch der zweifarbige Flieder eine besondere Rolle spielen würde, wurde mir schnell klar, denn den gibt es tatsächlich. Er wurde in Wirklichkeit aber erst 1938 in den Niederlanden entdeckt. Es handelt sich – wie dezent angedeutet – um die Sorte »Sensation«. Ich habe mich sofort in ihn verliebt, als ich ihn im Fliedergarten meiner Eltern das erste Mal gesehen habe.

Als Nächstes kamen die Rhododendren hinzu, da diese bei uns im Ammerland sehr bekannt sind. Hier gibt es mittlerweile bis zu 1000 Sorten, und die Gegend gilt als das Zentrum der Rhododendronzucht. Rund 85 Prozent der Rhododendren und Azaleen in Deutschland kommen aus dem Ammerland. In Westerstede, der Hauptstadt des Ammerlandes, findet alle vier Jahre sogar eine riesige Rhododendronschau statt – die RHODO –, während der sich die gesamte Stadt in ein buntes Blütenmeer verwandelt. Bei meinen ersten Recherchen habe ich darüber gelesen, wie sie hier einkultiviert wurden, und fand das sehr interessant. Unweigerlich bin ich über die Rhododendren auf die gesamte Bosse-Hofgärtnerfamilie gestoßen und hatte darüber die Idee, auch den Schlossgarten mit in den Roman einzubringen.

Es sind aber nicht nur die Rhododendren, die in der Gegend um Oldenburg besonders gut wachsen. Heutzutage ist das Ammerland absolutes Baumschulgebiet. Wegen der milden Winter und der nicht ganz so heißen Sommer reiht sich im Ammerland mittlerweile Baumschule an Baumschule, und es ist eines der wichtigsten Anbaugebiete für Bäume und Sträucher in Europa. Im ausgehenden 19. Jahrhundert, also zu der Zeit, in der der Roman spielt, fing dies allerdings gerade erst an. Diese spannende Zeit wird unter anderem im zweiten Band der »Hofgärtnerin« eine große Rolle spielen.

Wer noch mehr zu den Hintergründen dieses Romans erfahren möchte oder benachrichtigt werden will, wenn die Folgebände erscheinen, ist herzlich eingeladen, meine Webseite zu besuchen. Hier findet sich weiterführendes Material, ich gehe auf noch mehr Kleinigkeiten ein, die wahr oder fiktional sind, und zeige die Bücher und Zeitschriften, die ich als Quelle verwendet habe. Es gibt zahlreiche Fotos, und Sie können erfahren, welche Rhododendren denn nun wirklich im Schlossgarten von Oldenburg wachsen.

Herzliche Grüße
Rena Rosenthal
www.RenaRosenthal.de

Personenverzeichnis

Marleene Langfeld (19)/Marten (15): Arbeitermädchen, aufgewachsen in Rastede, durfte bis zum Tod ihres Vaters aber auf eine höhere Mädchenschule in Oldenburg gehen.
Frieda Hildebrand (20): Marleenes Cousine aus Wiesmoor und ihre Mitbewohnerin. Macht eine Lehre als Blumenbinderin im Blumenladen von Frau Maader.

Familie Goldbach

Alexander Goldbach (50): Chef der Hofgärtnerei
Helene Goldbach (48): Alexanders kränkliche Ehefrau, Mutter von Konstantin, Rosalie und Julius
Konstantin Goldbach (26): Der älteste Goldbach-Sohn. Er arbeitet als Kunstgärtner.
Julius Goldbach (22): Jüngster Sohn. Er soll eines Tages die Hofgärtnerei übernehmen.
Rosalie Goldbach (21): Tochter des Hauses. Sie möchte Schauspielerin werden.
Wilhelmine Maader (52): Inhaberin des Blumengeschäfts, in dem Frieda ihre Ausbildung macht; Schwester von Helene, Tante von Julius, Rosalie und Konstantin
Asta: Alexanders Münsterländer Jagdhündin

Arbeiter der Hofgärtnerei
Oskar Schröder (53): Obergärtner
Alois Hermanns (73): Urgestein der Hofgärtnerei
Manilo Moretti (23): Italienischer Gastarbeiter
Bruno Moorman (25): Gärtnergehilfe, Sohn einer ärmlichen Bauersfamilie
Johannes Keßler (26): Gärtnergehilfe, engagiert sich in der Arbeiterbewegung
Greta Gerdes (22): Hilfsarbeiterin; Waise
Hildegard Claußen (48): Hilfsarbeiterin; Mutter von fünf Kindern
Dorothea von Wallenhorst (27): Gärtnerin; als höhere Tochter eine der ersten Absolventinnen der Gartenbauschule für Frauen
Hugo Deters (44): Gärtnergehilfe, lange Zeit krank

Weitere Personen
Käthe Holthusen (55): Direktorin des Hotel Holthusen, Witwe
Baron von Rittenberg (59): Berater des Großherzogs und Logenmeister der Freimaurer
Eik de Vos (42): Niederländischer Baumschulbesitzer, Gast im Hotel Holthusen, Geschäftspartner der Hofgärtnerei

Henrietta, Mathilde und Julia: Rosalies Freundinnen

Glossar

Boßeln: Eine sehr bekannte Sportart im Oldenburger Land. Hier wird entlang einer festgelegten Strecke die Boßelkugel mit möglichst wenigen Würfen geworfen.

Heuerhus: Kleines Haus, meist mit einem Stück Land, das zu einem größeren Bauernhaus gehört. Die Bewohner arbeiten die Miete auf dem Bauernhof ab. Vor allem in Nordwestdeutschland war dies sehr verbreitet.

Kluntje: Besonders großer Kandiszucker.

Kohlfahrt: Sozusagen der Nationalsport des Ammerlands. Man zieht mit Bollerwagen, Schnaps und Boßelkugel über einsame Straßen und kehrt schließlich in einem Gasthof ein, um Grünkohl mit Kassler und Pinkelwurst zu essen. Früher war diese Unternehmung tatsächlich der Oberschicht vorbehalten.

Stevelholsken: Holzschuhe mit einem Stiefelschaft aus Leder.

Veredeln: Aufsetzen einer Edelsorte auf eine widerstandsfähige »Unterlage« wie Wurzeln oder Stamm einer Wildsorte.

Zichorienkaffee: Wird aus den Wurzeln der Gemeinen Wegwarte (Zichorie) hergestellt und galt früher als preisgünstige Alternative zum teuren Bohnenkaffee. Zichorienkaffee ist von Natur aus koffeinfrei.

Zwiebelmuster: Typisch blaues Dekor auf Porzellan. Es stellt in Wahrheit keine Zwiebeln dar, sondern Granatäpfel und Pfirsiche.

Plattdeutsche Begriffe

Gebräuchliche Wörter

affblieven: abgeblieben
Deern: junges Mädchen
egentlik: eigentlich
Glattsnacker: Schmeichler, Anbiederer
kleen: klein
Kindskinner: Enkelkinder
Kumme: Schale
Holsken: Holzschuhe
lütjen Hölmel: kleiner Junge/Kind
Mors: Hintern
Pingstoß: Pfingstochse. Auffällig angezogener junger Mann
Schietklatten: grober Dreck, der aus Schuhsohlen herausfällt
Schnackerwatt: einer, der viel Unsinn erzählt
stiekelig: stachelig/kratzig

Schimpfwörter

Bohnenjokel, Buttermilchgesicht, Döspaddel, Dummbüdel, Knollmichel, Rübenschwein, Torfkopp, Bracknase, Drecksamsel

Dann freet ik en Besen: Dann fress ich einen Besen.

Dat deit mi leed: Das tut mir leid.

Dat is eene Maid: Das ist ein Mädchen.

Dat is ja eene Deern: Das ist ja ein Mädchen.

Dat is ja nich to glöven!: Das ist ja nicht zu glauben!

Da word ja de Stuuv düüster, wenn se am Fenster langsgeiht: Das Zimmer wird dunkel, wenn sie am Fenster vorbeigeht (eine sehr dicke Person).

De wat mögen, de wat dögen: Gute Esser sind auch gute Arbeiter.

Ick kiek mi dat mol an: Ich sehe mir das mal an.

He sitt up de Peerd un söcht daarna. Er sitzt auf dem Pferd und sucht danach (Entspricht: Er sieht den Wald vor lauter Bäumen nicht.)

Keen Knopen an de Büx hebben: Noch keinen Knopf an der Hose haben (sehr jung sein).

Llaat di keen Wippkes vörmaken: Lass dich nicht für dumm verkaufen.

Mog dat maal: Mach das mal.

Se is een lütten Fruunsperson, dat is klipp un klar: Sie ist eine junge Frau(ensperson), das ist doch offensichtlich.

Ünner de Arms griepen: Unter die Arme greifen.

Vermaakt jo wat!: Viel Spaß!

Wenn de Arbeid daan is, laten de Faulen sük sehn: Wenn die Arbeit getan ist, lassen sich auch die Faulen sehen.

Wi hebben noch Overblievsels van güstern: Wir haben noch Reste von gestern.

Wo is ’t mit di?: Wie geht es dir?

Botanische Namen

Campanula persicifolia – Pfirsichblättrige Glockenblume

Cotoneaster – Zwergmispel

Cyclamen – Alpenveilchen

Hamamelis – Zaubernuss

Juniperus – Wachholder

Päonie – Pfingstrose

Rhododendron – Alpenrose

Syringa vulgaris – Flieder

Tilia – Linde

Alles rund um Flieder

Zehn ungeahnte Fakten über Flieder

1. Es gibt über 1000 verschiedene Fliedersorten.
2. Flieder gehören zu der Familie der Ölbaumgewächse.
3. Die bekannteste Blütenfarbe ist natürlich das helle Lila. Es gibt die Blüten aber auch in Weiß, Hellblau, Hellgelb, Rosa und Dunkelrot.
4. Die Blüten sind essbar.
5. In der Blumensprache steht lilafarbener Flieder für die erste Liebe.
6. Mit den Sommer- und Schmetterlingsfliedern aus der Familie der Braunwurzgewächse ist der Flieder nicht verwandt.
7. Bei trockenem Klima nagen Hornissen und Wespen an der Rinde von Fliederzweigen, um den Pflanzensaft aufnehmen zu können.
8. Flieder ist keine heimische Pflanze. Er wurde 1560 aus Konstantinopel nach Wien gebracht.
9. Flieder duften am stärksten an sonnigen und warmen Tagen.
10. Der botanische Name Syringa hat seinen Ursprung in der griechischen Mythologie. Es heißt, dass Pan sich in eine Nymphe namens Syringa verliebt habe. Als er ihr durch einen Wald folgte, verwandelte sie sich aus Angst vor ihm in einen Fliederbusch. Pan fand den Busch und nahm einen Teil davon, um seine erste Panflöte zu machen.

Marleenes Tipps für schöne Fliedersträuße

Wenn man sich im Mai den Flieder in die Wohnung holt, verströmt er dort seinen lieblichen Duft und verbreitet überall Frühlingsstimmung und die Verheißung auf Sommer. Doch leider hält die Freude manchmal nicht lange vor, und die Blüten hängen bereits nach kurzer Zeit schlapp herunter.

Marleene hat über die jahrelange Arbeit mit Flieder zum Glück einige Tipps zusammengetragen, wie die duftende Frühlingsblume möglichst lange schön bleibt:

- Schneiden Sie die Triebe frühmorgens oder spätabends, um sie keiner allzu großen Hitze auszusetzen, solange sie frisch sind.
- Flieder benötigt sehr viel Wasser, daher sollte er nur so kurz wie möglich der trockenen Luft ausgesetzt sein. Nehmen Sie daher am besten ein vorbereitetes Gefäß mit Wasser mit zu dem Flieder, den Sie schneiden wollen, damit die frischen Triebe gleich versorgt werden.
- Fliederblüten öffnen sich kaum noch, sobald sie geschnitten wurden. Entscheiden Sie sich daher für Dolden, die zum größten Teil bereits geöffnet sind.
- Schneiden Sie besonders lange Stiele, wenn möglich.
- Nutzen Sie eine scharfe Gartenschere und schneiden in einem 45-Grad-Winkel.
- Auch die Blätter benötigen viel Wasser, das sie jedoch den Blüten entziehen. Entfernen Sie daher alle Blätter von den Blüten und stellen Sie das Laub besser einzeln hinzu.
- Stellen Sie die Blüten in eine Vase mit warmem Wasser. Das regt die Pflanze dazu an, das Wasser aufzunehmen.
- Wechseln Sie das Wasser täglich, am besten erneut mit warmem Wasser.

Marleenes Fliederduftöl

Flieder hat eine extrem kurze Blütezeit von etwa drei Wochen. Um den herrlichen Duft noch länger genießen zu können, stellt Marleene gerne Fliederöl her. Das duftende Öl wirkt sehr entspannend, soll sogar gegen Schmerzen helfen und verwandelt unangenehm riechende Räume in Frühlingsoasen. Es kann auch als Badezusatz verwendet werden. Zudem eignet es sich hervorragend als Geschenk und ist ganz einfach herzustellen.

Man benötigt

- mehrere Fliederdolden
- Mandelöl
- verschließbares großes Gefäß
- verschließbare kleine Gefäße
- fliederfarbene Bänder

Herstellung

- Wenn die Flieder in voller Blüte stehen, die Dolden bei Sonne schneiden.
- Verschmutzte Blüten oder eventuelle Insekten entfernen.
- Zwei Tage auf einer Zeitung trocknen lassen, vorher nicht waschen.
- Die Blüten in eine saubere, trockene und verschließbare Flasche oder in ein großes Weckglas geben und vollständig mit Öl bedecken.
- Das Gefäß luftdicht verschließen und mindestens vier Wochen an einem dunklen, kühlen Ort lagern, damit die Blüten ihr Aroma abgeben können.
- Danach die Blüten aus dem Öl entfernen, da sie schimmeln könnten, wenn sie nicht mehr mit Öl bedeckt sind.

Für Geschenke das Öl in schmuckvolle Flaschen abfüllen und mit einem fliederfarbenen Band versehen. Ein Flaschenetikett macht das Geschenk perfekt. Auf der Website www.RenaRosenthal.de finden Sie Etiketten zum Herunterladen und Ausdrucken.

Zitronen-Flieder-Kur: Friedas Geheimrezept für weiche Haut

Nach einem Geheimrezept ihrer Oma weiß Frieda, dass eine Zucker-Schrubbkur die Gesichtshaut fester macht und die Poren verkleinert. Für besondere Anlässe verwendet sie daher aus ihrem Weckglas mit der lilafarbenen Schleife diese Zitronen-Flieder-Schrubbkur.

Man benötigt

- 1–2 hübsche verschließbare Gläser
- eine Kaffeetasse voll braunem oder weißem Zucker
- 4 Teelöffel Kokos- oder Mandelöl
- 2 Teelöffel Zitronensaft
- 10 Tropfen Flioderöl (selbst gemacht oder aus der Apotheke)
- optional für die heutige Zeit: 4 Tropfen lila Lebensmittelfarbe (dann aber besser weißen Zucker verwenden)
- fliederfarbenes Band

Herstellung

Bringen Sie das Kokosnussöl im Wasserbad zum Schmelzen und vermischen es danach mit dem Zucker. Falls die Masse noch zu feucht ist, kann löffelweise weiterer Zucker hinzugefügt werden. Fügen Sie die Lebensmittelfarbe hinzu, wenn die Schrubbkur eine frische Fliederfarbe haben soll. Zum Abschluss kommt das Fliederöl hinzu.

Anwendung
Tragen Sie die Zucker-Schrubbkur auf die noch leicht feuchte Haut auf, und verreiben Sie sie etwa zwei bis drei Minuten in massierenden Kreisbewegungen. Den Bereich um die Augen aussparen. Waschen Sie danach die Paste mit warmem Wasser ab und tupfen Ihre Haut trocken.

Marleenes himmlischer Fliederzucker

Zucker ist hervorragend geeignet, um den lieblichen Fliederduft zu absorbieren und Süßspeisen und Getränken eine besondere Note zu verleihen. Dabei lässt sich Fliederzucker ganz einfach selbst herstellen. In einem hübschen Glas sieht er zauberhaft aus und eignet sich hervorragend als Geschenk.

Man benötigt
- 1 Fliederdolde
- 2 Kaffeetassen Zucker
- 1 hübsches verschließbares Glas
- fliederfarbenes Band oder Paketband

Zubereitung
Eine Fliederdolde bei Sonnenschein schneiden und zu Hause gut ausschütteln, aber nicht waschen. Befreien Sie die Blüten lediglich mit den Fingern von Schmutz und eventuellem Ungeziefer. Zupfen Sie danach die kleinen Fliederblüten vom grünen Stängel, da dieser leicht bitter ist. Sammeln Sie die Blüten in einem Schälchen und geben Sie sie anschließend abwechselnd mit dem Zucker in das Weckglas. Dabei sollten Sie auf eine gleichmäßige Verteilung von Blüten und Zucker achten. Das verschlossene Glas mit dem fliederfarbenen Band schmücken und an einem

dunklen Ort für fünf bis sieben Tage ziehen lassen. Täglich einmal schütteln, damit sich die Blüten verteilen und keine Klumpen entstehen.

Wenn sich der Zucker lila färben soll, kann man auch die Blüten mit dem Zucker vermörsern. In dem Fall sollte die Mischung einige Stunden auf einem Backblech ausgebreitet trocknen, bevor sie in das Glas gefüllt wird.

Der blumige Zucker kann für alles eingesetzt werden, wofür man sonst den einfachen Zucker verwenden würde. Er schmeckt besonders gut in Keksen und sommerlichen Torten und ist ein wahrer Hingucker auf Pudding oder Muffins.

Der Zucker verleiht aber auch Tee ein ganz besonderes Aroma und macht sich hervorragend in Sommercocktails.

Fliederzucker-Etiketten vollenden das Geschenk – Vorlagen dazu können Sie auf der Website www.RenaRosenthal.de herunterladen.

Wird Marleenes Traum in Erfüllung gehen?

Werden Marleene und Julius auch ohne Alexanders Segen heiraten?

Wird Frieda von Manilos Unschuld erfahren?